www.b-books.co.kr

www.b-books.co.kr

이상 기후

이상 기후

이 다 림 장 편 소 설

DAHYANG
ROMANCE
STORY

contents

프롤로그

화판을 옆구리에 끼운 채 들어선 강의실의 기류가 평소와 다르다. 여학생들을 중심으로 자욱하게 내려앉은 묘하게 들뜨고 수선스러운 분위기.

설주는 고개를 갸웃거리며 자리를 잡았다. 굳이 애써서 대화에 끼지 않더라도 그들이 하는 소리가 귓가를 멋대로 맴돌았다.

"대박이라니까? 진짜 모델 같았어."

"모델에 진짜 가짜가 어디 있냐?"

"아니 내 말은, 음, 패션쇼 같은 데 나오는 그런 모델 말이야! 아니다, 단순히 키만 큰 게 아니라 생긴 게 더 대박이더라. 배우인가? 아님 아이돌?"

"얘 또 오버한다. 배우나 아이돌이 미쳤다고 삼십만 원 벌려고 이런 데서 홀딱 벗겠어?"

충분히 일리 있는 반격에 설주는 조용히 고개를 끄덕였다. 믿어 달라고 가슴을 팡팡 치고 발을 구르는 동기가 재미있어 웃음이 나왔다.

그러나 끝이 뭉툭하고 다듬어지지 않은 연필을 발견한 순간 흥미는 금방 사그라들었다. 가방에서 칼을 찾아 연필을 깎는 얼굴은 무감했다. 애초에 잘생긴 남자에 열광하는 취미는 고등학교 시절에도 없던 것이다.

티격태격 입씨름하는 소리가 뿌옇게 희미해질 즈음이었다.

문을 여는 소리가 들리고, 그 어떤 소리도 용납되지 않는 진공 상태에 빠진 듯 강의실이 순식간에 고요해졌다. 교수의 등장 때문이 아닌 것만은 분명했다.

학생들의 시선은 누구 하나 빠짐없이 교수의 뒤를 따라 들어온 검은 가운 차림의 남자에게 꽂혀 있었으니까.

"자. 조교한테 설명은 들었죠? 저기 가운데로. 아, 가운은 벗고."

사십 대 중반의 남교수는 곧 얼빠진 학생들의 시선이 의미하는 바를 깨닫고 남자를 향해 새침하게 지시를 내렸다.

'예엡.' 하는, 말을 길게 늘여 권태가 짙은 목소리가 그에 응답했다.

다 깎은 연필을 이리저리 돌려 보던 설주가 고개를 든 것은 그 직후였다.

시선이 얽혔다.

낯선 사람과 예상치 못하게 눈을 마주치고도 남자는 놀라거나 시선을 돌리며 시침을 떼는 대신 빙긋 웃었다. 입이 먼저였고 눈이 그다음이었다. 그 순서가 너무나 명확해서 도저히 의문을 갖지 않을 수 없었다.

자연스러움을 실종한, 마치 의무에 가까운 웃음이다.

설주는 눈을 가늘게 뜨고 혹시 이전에 어디선가 만난 적이 있는 사람은 아닐까 머릿속을 뒤졌다.

아닌데. 아는 사람.

잠깐의 고민 끝에 설주는 그렇게 결론을 내렸다. 쉽게 잊을 수 있는 얼굴이 아니었다. 장님이 아니고서야, 저런 남자를 기억에서 지울 수 있는 사람은 흔치 않을 것이다. 그건 남자의 외모에 무관심한 설주에게 도 해당되는 말이었다.

그러나 남자는 강의실 중앙으로 걷는 짧은 순간조차 그녀를 응시하는 것을 멈추지 않았다. 이제는 입가에만 희미하게 남은 웃음이 선이 뚜렷한 검은 눈동자와 어우러져 어쩐지 섬찍한 기운마저 풍겼다.

"아……. 저 얼굴로 저렇게까지 웃는 건 진짜 반칙 아니냐?"

"그치. 쩔지. 인정하지, 이번엔?"

"완전 인정. 야 근데 자꾸 내 쪽 쳐다보는 것 같아. 아아, 오늘 화장 잘 안 먹었는데."

그러나 그 미소에서 어떤 계산을 읽은 것은 그녀뿐인가 보다. 다들 칭찬 일색인 것을 보면.

설주는 동기들의 표정이 궁금해서라는 핑계를 스스로에게 대며 남자 의 불편한 시선을 피해 고개를 돌렸다.

여학생들은 약속이라도 한 듯 하나같이 두 뺨에 불그스름한 홍조를 띠운 채였다. 설주는 저도 모르게 제 얼굴을 쓸어내렸다. 어쩐지 자신 의 얼굴도 그녀들과 별다를 바 없을 것 같았다.

이상 기후로 인한 때아닌 폭염에 한여름으로 착각했을까.

아직도 벚꽃이 듬성듬성 남은 5월 초의 교정에는 성급한 매미의 울 음소리가 가득했다. 모든 유리창이 꽉 닫혀 있고 빈틈없이 블라인드로 가려져 있는데도 짝을 찾는 매미의 노래가 기어이 강의실로 비집고 들 어왔다.

발악 같은 매미 소리. 여학생들의 속삭이는 소리. 남학생들의 짜증 스러운 헛기침 소리. 누군가 껌을 씹는 소리. 코를 훌쩍이는 소리.

정적이 지나간 자리엔 그렇게 많은 소음이 실타래처럼 엉켜 있었다. 그러나 설주를 어지럽게 하는 건 아주 작고 사소해서 놓치기 쉬운,

그런 소리였다.

허리끈이 풀린 검은 가운이 바닥으로 추락하는 소리.

설주는 두통을 느끼는 사람처럼 관자놀이에 손가락을 얹은 채 눈을 질끈 감았다. 온몸의 감각이 예민하게 곤두서는 것을 이해할 수가 없었다.

나체의 모델을 그리는 것은 이미 열두 번도 더 해 본 일이잖아. 그렇게 스스로에게 주입시켰지만, 쿵쿵거리는 심장 박동을 진정시키는 데에는 조금도 도움이 되질 않았다.

"상체를 조금 더 비틀어 볼래요? 응, 그렇지. 몸은 좀 힘들어도 그런 포즈가 근육이 도드라져서 그리기엔 더 좋거든."

설상가상으로 교수의 목소리가 그녀의 상상력에 불을 지폈다. 감은 눈꺼풀 안에 멋대로 그려지는 헐벗은 몸에 놀라 설주는 눈을 번쩍 떴다. 바닥에 앉은 채 불편하다 못해 고통스러워 보이는 자세로 포즈를 취한 남자와 또 한 번 눈이 마주쳤다.

우연이 아니야.

이쯤 되니 확신하지 않을 수 없다. 남자와 눈이 마주쳤다고 서로 주장하는 옆의 동기들처럼 차라리 착각이면 좋을까. 낯선 남자의 이토록 노골적인 시선을 이유도 모른 채 감당해야 하는 것은 결코 유쾌한 일이 아니었다.

"자, 10분 준다. 실시!"

교수가 교탁 위에 모래시계를 놓으며 소리쳤다.

설주는 고개를 털어 잡생각을 떨쳐 냈다. 연필을 쥔 손에 다부지게 힘을 주고 여전히 가시처럼 콕콕 찔러 오는 남자의 눈을 무시한 채 그녀가 바삐 손을 놀리기 시작했다.

스윽스윽.

남자의 약간 마른 듯한 몸을 눈으로 더듬으며 설주는 새하얀 크로키

북을 빠르게 채워 나갔다. 섬세하면서도 힘이 느껴지는 선으로 큰 근육은 물론 작은 근육까지 거침없이 표현했다.

넓게 벌어진 어깨와 도드라진 갈비뼈, 세로로 길게 갈라진 허벅지와 종아리 근육. 거의 완벽에 가까운 비율을 가진 몸이었다.

몇 가지만 제외한다면, 그는 마치 실재하는 사람이 아니라 어떤 거장의 손에서 탄생한 작품이라고 생각될 만큼 현실감이 없는 몸을 갖고 있었다.

그 몇 가지란 느리게 깜빡거리는 눈꺼풀이나, 호흡에 따라 규칙적으로 오르내리는 가슴, 옆구리에 진하게 남은 세로줄의 흉터, 또…… 미학적인 것과는 거리가 먼 제멋대로 난 무성한 음모나 그 사이에 자리한 굵은 살덩이 같은 것들이었다.

본능적인 거부감이 치밀어 올랐다. '긴장감'이라는, 상황과 어울리지 않는 감정을 자각한 순간 설주는 내내 유지해 오던 여유를 잃고 말았다.

그녀는 대충 연필을 휘갈겼다. 얼버무렸다는 표현이 어울릴 것이다.

10분이라는 제한 시간, 게다가 원래가 세세한 묘사를 요하는 작업도 아니지 않느냐는 변명을 갖다 붙였지만 신체의 다른 부위에 비해 남자의 성기 부분만이 확실히 무성의해 보인다는 것만은 부정할 수 없었다.

"스톱. 모두 손에 든 것 내려놔."

다른 때라면 교수의 지시에 아쉬움을 느꼈을 테지만, 묘하게도 이번엔 해방감만이 느껴질 뿐이었다.

모델을 위해 휴식 시간이 주어지자 설주는 기다렸다는 듯 누구보다도 빨리 강의실을 벗어났다.

"……뭐야."

당황한 목소리가 화장실 벽면을 튕기고 커다랗게 울렸다.

열감이 느껴진다 했더니 아니나 다를까 두 뺨이 잘 익어 있었다.

설주는 찬물을 얼굴에 마구 끼얹었다. 덕분에 홍조는 가라앉았지만 거칠게 문지른 탓인지 화장이 지워져 주근깨가 옅게 드러나 있었다.

김 기사의 잔소리가 벌써 귓가에 앵앵거리는 듯해서 급격히 피곤해졌다.

눈살을 찌푸리며 노려보는 거울에 누군가 막 화장실로 들어서는 것이 비쳤다. 그녀는 반사적으로 홱 뒤돌아 쏘아붙였다.

"여기 여자 화장실이에요."

"알아요."

그렇게 대꾸하는 남자에게는 최소한의 놀라는 기색도 없었다.

뭐 이런 뻔뻔한.

설주는 기가 막혀 할 말을 잃은 채 눈을 부라렸다.

그러나 투박하기 짝이 없는 삼선 슬리퍼에 어설프게 실크 흉내를 내는 검은 가운을 걸친 남자는 보란 듯 입구 벽에 삐딱하게 기대어 설 뿐이었다.

그 큰 키로 막고 있으니 어쩐지 갇힌 듯한 기분마저 들어 조급해지는 것은 오히려 제 쪽이었다.

"알면 안 나가고 뭐 해요?"

"그쪽이랑 대화하고 있잖아요."

대화? 대화아?

마구 빈정거리고 싶은 충동이 드는 것을 간신히 내려놓고 설주는 최대한 차분하게 말을 이어 나갔다.

"이런 것도 대화라고 하나요?"

"아닌가? 그럼 지금부터 하죠, 뭐."

"저기요. 아까 내 말 못 들었어요? 여기 여자 화……."

"나 잘 그렸어요?"

"네?"

맥락 없이 튀어나온 질문에 순간 말허리를 잘렸다는 것도 깨닫지 못한 채 멍청히 되물었다.

남자는 피식 웃었다.

약 15분 전의 강의실에서처럼.

그건 굉장히 근사했지만, 아니 실은 굉장히라는 부사로는 미처 다 표현하지 못할 정도로 환상적인 미소였지만, 여전히 어딘가 부자연스럽다는 인상을 지울 수가 없었다. 가장 이상적인 각도를 얻기 위해 여러 번 계산기를 두드렸을 것 같은 미소다.

다시 은근히 열이 오르던 뺨이 싸늘하게 식은 것은 그 때문이었다.

"그건 왜 물어요?"

"잘 못 그린 것 같길래."

"내 그림, 봤어요?"

"아니요."

"근데 무슨 근거로 그런⋯⋯."

"초조했잖아요. 불편했잖아. 그거, 다 보였어요."

기어이 발끈하려던 찰나, 그가 또 한 번 말을 가로막았다.

그녀는 냉소하며 입술을 비틀었다.

"넘겨짚는 취미가 상당하시네요."

"넘겨짚는 거 아니고, 말했잖아요. 다 보였다고. 내가 내내 그쪽만 보고 있는 거 알고 있을 줄 알았는데?"

그래. 알고 있었지. 도저히 모를 수가 없게 빤히 쳐다봤으니까.

역시나 그 시선이 다분히 고의적이었다는 것을 깨닫자 다시금 의문 부호가 머릿속에 떠올랐다.

얇은 가운만 겨우 걸친 남자와 여자 화장실에서 마주한 상황. 누군가 이 광경을 보면 귀찮은 일이 생길지도 모른다는 사실이 이젠 더 이상 중요하게 느껴지지 않았다.

"일부러, 내가 알아주길 바라고 쳐다봤단 소리네요, 그럼?"

"맞아요."

"왜요?"

"그건 내가 묻고 싶은데. 왜요? 어떻게 기억을 못 해? 나는 한눈에 알아보겠던데."

"무슨……."

대체 무슨 소리를 하는지 정말 하나도…….

찜찜함이 죄의식으로 발화하는 것은 그야말로 순식간의 일이었다. 남자가 서운한 듯 아랫입술을 비죽거리자 무슨 일이 있어도 그를 기억해 내야 한다는 사명감까지 들 정도였다.

하지만 그러다가도 문득, 남자의 기계 같은 미소를 목격하면 정신이 번쩍 들었다. 남자가 누구든, 어디서 어떻게 만난 사이든, 그것이 자신이 기억하지 못할 정도로, 혹은 기억할 필요가 없을 정도로 별것 아닌 만남이었을 게 틀림없었다.

같은 엘리베이터를 탔다든가, 종업원과 손님으로라든가. 어쩌다, 우연히. 그렇게 설명할 수 있는 비계획적인 만남 말이다.

그러니까 이런 시답잖은 말장난은 그만하라고. 그렇게 말하려고 했다.

"잘 기억해 봐요. 나, 처음 본 거 아니잖아."

남자가 갑자기 허리를 굽히고, 코끝이 닿을 정도로 그 얼굴이 가까워져서…….

심장이 불규칙하게 뛰었다.

그리고 쿵쿵.

그 세계가 흔들리는 것 같은 소리가 채 사그라들기도 전에 남자가 그랬다.

"나도, 내 여기도."

한쪽 손가락으로 아랫도리를 가리키면서.

"하긴. 그때보다 많이 커졌…… 컸죠?"

"네에?"

물음표를 단 비명을 내지르자 남자가 키득거리며 웃었다. '쿡쿡'으로 시작해 이내 '하하하'가 되어 버리는 그 웃음을 설주는 멍하니 쳐다보았다.

더웠다. 유례를 찾아보기 힘들 정도로 기록적인 5월의 폭염이었다.

이게 다, 이상 기후 때문이야. 날이 이러니까 매미도 미치고, 사람도 미치고, 그러는 거야.

그새 물기가 말라 버린 뺨에 손등을 갖다 대고 입술을 깨물었다.

그러지 않으면 소리치게 될 것 같아서.

그만하라고. 그렇게 웃지 말라고.

봄의 끝에서 여름까지

"어땠어? 예쁘지? 착하지? 키는 많이 컸어? 예전엔 나랑 비슷했는데. 나는? 내 이름은 기억해? 응?"

촐싹거리는 목소리. 해준이다.

휘휘 내젓는 손에도 줄곧 그놈의 '예쁘지? 착하지?' 타령과 함께 들러붙는 걸 보니 하루 종일 뭐 마려운 개처럼 안절부절못했을 것이 분명했다.

원이 한숨을 내쉬며 돌아보자 해준이 냉큼 그 허리에 앞치마를 둘러주며 아부를 시작했다.

"얘기 좀 해 주라, 응? 원아아."

이를 어쩐다.

원은 손끝으로 턱을 긁으며 고민에 빠졌다.

어디까지 사실대로 말해 줘야 이 심약한 인간이 울지 않고 넘어가려나.

"아님, 혹시 알아챈 거야? 네가 나 아닌 거? 그런 거야?"

"형은 헌혈하면 피 대신 김칫국이 나올 거다."

"응? 그게 무슨 말이야?"

"기억도 못 하더라."

"응?"

"차해준이 누군지 모르더라고."

귀찮게 팔에 매달려 있던 해준이 여름을 다 보낸 매미처럼 툭, 하고 힘없이 떨어져 나갔다.

사실을 말했을 뿐인데, 원은 괜히 죄지은 듯한 느낌이 들어 짜증스럽게 뒤통수를 긁었다. 그 짜증에는 꼴같잖은 자기 위안으로 또 땅굴을 파고 들어가기 시작하는 해준이 한몫 단단히 했다.

네 이름도 기억 못 하는 여잔데, 차라리 욕을 할 것이지.

"하긴, 그게 벌써 15년도 전의 일인데. 기억하는 게 더 이상하지. 게다가 걔는 우리 고아원 말고도 다른 데도 봉사 많이 가서……. 나 같은 애들이 얼마나 많았겠어. 안 그래?"

"이야, 그랬겠구나. 재벌 3세가 전국 고아원 봉사 가서, 갈 때마다 거기 애들이랑 개천에서 발가벗고 수영하고. 뭐, 그럼 형 하나쯤이야 기억 못 하는 게 이상한 건 아니겠네, 그치?"

"그래. 되게 좋아했었다니까. 수영도 엄청 잘하고……."

"형. 형이 나한테 그랬잖아. 수영하다 그 집 사모님한테 걸려서 뺨 맞았다고. 대놓고 반항하려는 게 아니면 미쳤다고 계집애가 혼날 짓을 전국구로 했겠어?"

"아, 아니야! 난 맞을 뻔만 했어! 걔가 내 대신 맞아 줘서……."

"그러니까. 그런 일까지 있었는데 왜 형을 기억 못 하느냐고."

일 복잡해지게.

마침내 꿀 먹은 벙어리가 된 해준이 어깨를 움츠렸다. 그 여자를 두

둔하느라 나불거리는 게 짜증 나서 다그쳤더니, 저렇게 의기소침해 있는 건 그것대로 또 성질이 난다.

에잇, 하고 툭 내뱉으며 원은 소파에 다이빙하듯 몸을 던졌다. 그 빌어먹을 놈의 모델인지 뭔지를 하느라 온몸이 다 쑤셨다.

시간이 얼마 없어서 확실한 한 방이 필요하다고 생각해 한 일인데, 기대한 만큼의 소득을 얻지도 못한 것 같았다.

한마디로 그냥 개고생만 했다 이거지.

해준에게 이름 좀 빌리겠다고 하긴 했지만, 솔직히 진짜 해준의 이름을 써먹게 될 줄은 몰랐다. 그 전에 여자가 먼저 관심을 드러낼 거라고 원은 확신했었다.

왜냐고?

지금까지 다 그래 왔으니까.

여자가 얼마나 쉽고 가벼운 존재인지 설명하자면 하루를 다 써도 모자랄 지경이다. 그 많은 여자들이 모든 남자에게 쉽지는 않았을 테지만, 적어도 원에게 여자란 마치 편의점의 생수처럼 너무나 간단히 얻을 수 있는 대상이었다.

나이가 적든 많든, 미혼이든 기혼이든 상관없이 그랬다.

길게 지속되는 시선이나 짧은 미소 따위를 멋대로 '신호'라고 오해한 여자들은 지금껏 기꺼이, 아주 열성적으로 그에게 가진 모든 걸 내놓으려고 들었다. 가끔은 아주 성가실 정도로.

"귀하디귀한 애기씨께서 감당하기엔 너무 파격적인 첫 만남이었나……."

"응? 뭐라고?"

혼잣말에 해준이 귀를 쫑긋하며 묻는다.

원은 별것 아니라는 듯 고개를 저었다. 겨우 3개월 남짓 남았는데, 청순한 방법으로 내숭 떨어 가며 진도 나가서야 목적 달성은 어림도 없다.

잘한 일이야.

원은 만족스러운 표정을 지으며 핸드폰을 뒤적였다. 그의 손가락이 수많은 여자들의 이름 사이에서 '윤설주'라는 이름을 찾아 빠르게 움직였다.

[뭐 해]

물음표를 붙이는 것조차 귀찮아 대충 그렇게 적어 보내는데 해준이 꿈이라도 꾸는 듯한 표정으로 묻는다.

"원아, 근데 진짜 이쁘긴 하지?"

"예쁘긴 펴나. 주근깨 삐삐 마른 빨간 머리 앤 알지? 딱 그래. 거기서 머리만 까매."

원은 충격을 받은 얼굴로 그럴 리가 없다며 발끈하는 해준을 보며 설주의 얼굴을 떠올렸다.

예쁘냐니. 성장하면서 무슨 큰 재앙을 겪지 않은 이상 어렸을 때에도 딱히 예뻤을 것 같은 외모는 아니었다.

있는지 없는지 잘 모르겠는 희미한 쌍꺼풀이나 밋밋한 코, 색기라고는 없는 얇고 단정한 입술이 차례차례 그려졌다. '여기 여자 화장실이에요.' 하던 목소리도 그 얼굴만큼이나 썩 매력 있는 편은 아니었다.

겨우 장점을 하나 찾자면……

"웃는 건 그나마 봐 줄 만하더라."

그것도 웃음이라고 할 수 있을지는 모르겠지만. 사실 코웃음에 가까웠다.

발끝을 세워라, 목을 더 젖혀라, 도저히 불가능한 자세를 지시하던 교수라는 작자 때문에 열이 받아서 저도 모르게 중얼거렸을 때였다. 이럴 거면 오징어나 낙지를 갖다 쓰지, 라고 했었나. 뭐라고 했었는지 기억도 잘 나지 않았다.

　　그러나 그 순간, 여자의 피식하는 흐트러진 숨소리와 아래로 처지던 눈매 같은 것은 또렷했다. 눈이 마주치자 서둘러 갈무리해 버리는 바람에 신기루처럼 금방 사라져 버린 그 표정이, 이상하게도 유난히 선명했다.

　　"그래도 예쁜 얼굴은 아니야."

　　다시금 신이 나서 설주에 대한 찬양을 늘어놓는 해준에게 따끔하게 덧붙인 후, 원은 이만 머릿속에서 그녀를 몰아내고 쪽잠이나 자려고 했다.

　　그러나.

[누구세요?]

　　라는 답장이 돌아온 순간, 잠기운이 모조리 달아나 버렸다.

　　그때 직감했어야 했다.

　　좀처럼 만만한 여자가 아니라는 걸. 아무것도 잃지 않고 상대의 전부를 얻을 수 있었던 이전과는 다를 거라는 걸.

◇　◇　◇

　　"원래 이렇게 말이 없어?"

　　후루룩. 커피를 마시는 소리가 민망할 정도로 컸다. 마주 앉은 여자가 수다와는 거리가 먼 타입이라 더욱 그렇게 느껴지는 건지도 몰랐다.

　　테이블을 사이에 두고 앉은 지 10분 경과. 여자는 자신의 질문에 간신히 네, 아니요 정도의 답만 내놓고 있었다.

　　고의적으로 무시하는 게 아니라면 정말…… 재미라곤 더럽게 없는

25

여자다. 무시무시하게 희박한 사회성의 소유자거나.

"네……?"

게다가 어마어마하게 고집도 세다. 이쪽에서 줄곧 반말을 하는데도 돌아오는 것은 대쪽 같은 존댓말이다.

화장실에서 얘기했을 때의 여자는 마치 날카로운 발톱을 숨기고 있는 고양이 같았는데, 오늘의 여자는 죽을 날 받아 놓은 노인네 같다. 이마에 그렇게 쓰여 있다. 무기력.

"저기, 용건이 있어서 보자고 한 거 아니에요? 제가 다음 스케줄이 있는데."

안다, 알아. 월요일은 필라테스, 화요일은 쿠킹 클래스, 수요일은 꽃꽂이 교실, 목요일은 예비 시어머니와 갤러리 투어, 금요일은…… 뭐더라?

어쨌든 윤설주는 학교를 다니는 것 외에도 자유 시간이 아니라 '해야 할 일'로 꽉꽉 찬 시간 계획표를 가지고 있는 여자였다. 그중에 여자가 진심으로 원해서 생긴 일정은 몇이나 될지, 문득 쓸데없는 호기심이 생겼다.

그러나 뒷조사와 미행으로 알게 된 사실을 당사자에게 물을 수는 없는 일이다.

원은 오늘은 칼이나 국자 따위가 들릴 여자의 손을 바라보았다. 비린내가 나는 생선을 토막 낸다든가, 피가 뚝뚝 흐르는 고기를 주물럭거리는 것은 도저히 상상조차 할 수 없는 손이었다.

주름 하나 없는, 밀랍으로 만들어진 것 같은 손을 보고 있자니 '물 한 방울 안 묻혀 본 손'이 과연 저런 것일까 하는 생각마저 드는 것이었다.

"저기요?"

"아, 미안. 뭐라고 했더라?"

어제는 고양이 같았다가 오늘은 노인네 같은 이상한 여자와 있으니 따라서 이상해지는 걸까. 자꾸 딴생각이 들어 심란했다.

윤설주는 차분한 건지, 차가운 건지 헷갈리는 시선으로 빤히 응시해 오더니 끈기 있게 같은 말을 반복했다.

"용건이 뭐냐고 물었어요. 제가 스케줄이 있어서 시간을 오래 못 낼 것 같다고도 했고."

"근데, 아까부터 왜 계속 존댓말 해? 동갑이라니까. 게다가 우리가 보통 사인가? 홀딱 벗고 같이 수영……."

"기억에도 없는 예전 일을 가지고 이렇게 해라 저렇게 해라, 강요 안 해 줬으면 좋겠어요."

역시, 노인네보단 고양이 쪽이라니까.

"존댓말이 편해요. 그리고 내가 예의를 갖추는 이상 그쪽도……."

사실을 따지자면 존대를 해야 하는 것은 제 쪽이라 여자의 깍듯한 예의가 더 거슬리는 건지도 모른다. 차해준이라는 가면을 벗고 나면 그 녀가 그보다 한 살이 더 많았으니까.

하지만 본인이 정 싫다는데 뭐 별수 있나.

"아, 예예. 알아서 모시란 말씀이시죠, 아가씨?"

"빈정대지 말고요."

"빈정대는 거 아닌데."

"그게 빈정대는 게 아니면……."

"섭섭해서 투정 좀 부리는 것 가지고, 무슨 빈정씩이나."

거듭 말을 끊자 마침내 인내심이 다한 것인지 윤설주가 얼굴을 찌푸 렸다. 우글우글 주름이 잡힌 콧잔등에 주근깨가 내려앉아 있어 그저 철 부지 소녀의 짜증 정도로만 보였다.

한마디로 전혀, 위협이 되지 않았다는 소리다.

"친한 척 좀 해 주면 안 돼? 난 되게, 엄청, 완전, 까무러치게 반가

왔는데."

"기억이 안 나는데 어떻게 친한 척을 해요."

"좋아. 그거야 어쩔 수 없다 치고. 존댓말도 정 원한다면 오케이 하겠지만……. 예의 차리자는 사람이 그쪽, 저쪽 하면 듣는 그쪽은 되게 기분 묘한데 말이지."

"그럼……."

"내 이름 몰라서 안 부르는 건 아닐 테고."

여자가 입을 꾹 다문 채 눈을 데굴데굴 굴렸다. 그 속이 뻔히 읽혀 자칫 웃음이 삐져나올 뻔했다.

해준아, 하고 부르자니 존댓말과는 어울리지 않고, 어린 시절 소꿉친구 비슷한 상대에게 해준 씨라는 호칭은 더더욱 적당하지 않을 테니까.

"아, 혹시 그런 건가? 내 전화번호 저장 안 한 것처럼, 이름 따위 외울 가치가 없다든가……."

"아니, 아니에요. 그런 게 아니라……."

윤설주는 자리에서 펄쩍 뛰어오를 기세로 손사래까지 치며 극구 부인했다.

원은 이로써 어떤 요령 하나를 터득하게 되었다. 그저 몇 번 같이 어울린 고아를 대신해 제 부모에게 빰을 내어 줬다는 얘길 전해 들으며 원은 그녀가 어떤 종류의 사람인지를 파악했던 것이다.

그리하여 윤설주에게 붙은 분류표는 다음과 같았다.

쓸데없는 측은지심에 휘둘려 본인의 인생을 스스로 피곤하게 만드는 타입.

원에겐 잘된 일이었다. 설주로 하여금 연민의 감정을 느끼게 하는 것이야말로 그녀와 정반대의 세상을 살고 있는 그에게 가장 쉬운 일일 테니까. 뭔가를 더하고 빼고 할 것도 없이, 밑바닥 인생 그대로를 보여 주기만 하면 된다.

윤설주가 자기보다 잘난 남자가 아니면 거들떠보지도 않는 부류의 여자가 아니라는 데 원은 크게 안도했다.

"오해하지 마세요. 저장하는 걸 깜빡한 것뿐이에요. 그날 강의가 끝나자마자 교수님 면담이 있어서……."

그렇게 생각하니 구구절절 해명하는 여자가 조금 가엾기까지 했다. 원은 한껏 상처받은 듯한 표정을 지우고 이내 이해한다는 듯 웃어 보였다.

윤설주는 가슴을 들썩이며 밭은 숨을 내뱉더니 음료를 쭈욱 들이켰다. 꽤나 목이 탔나 보다. 말을 빠르게 잇느라 그녀의 얼굴은 온통 촌스러운 빨강이었다.

측은지심과 마찬가지로, 이런 순박함 역시 이름만 대면 다 알 만한 대기업 회장을 외할아버지로 둔 여자가 가지고 있을 만한 덕목은 아니었다. 그것이 원의 마음을 어수선하게 만들었다.

차라리 이기적이고 탐욕스럽고 약아빠진 사람이었으면 나았을까.

"아무튼, 그쪽이라고 부른 건 미안해요. 적당한 호칭을 찾기가 힘들어서 그랬어요. 그렇다고 이름을 부를 만큼 가까운 사이도 아니고."

"가까운 사이가 왜 아니야."

"또 수영 얘기를 할 거라면……."

"네가 내 첫사랑인데."

하긴, 윤설주가 어떤 사람이든 달라질 게 뭐가 있나.

원은 앞으로 저지를 일들을 어떻게든 정당화하고 싶어 하는 스스로에게 비소를 날렸다. 여자가 천하의 악녀라고 할지라도, 이 관계에서 가해자가 자신이라는 것은 절대 변하지 않을 사실이다.

"남자한테 첫사랑은 죽을 때까지 평생 못 잊는 그런 거래."

원은 흔들리는 여자의 동공에 비치는, 태연한 얼굴로 거짓말을 내뱉는 남자에게 침을 뱉고 싶은 충동을 느꼈다.

"다 잊은 것처럼 지내다가도 불쑥 생각나면 막 설레고 그립고."

사실 첫사랑이 어떤 건지, 그런 거 소유해 본 적도 없는 그 남자를 향해서 말이다.

"나한테 그런 거야. 너."

여자가 눈을 댕그랗게 떴다. 원은 그 눈 속의 스스로에게 다짐하듯 말했다.

"그러니까 각오하는 게 좋을걸."

#2

　　원이 윤설주에 대해 알고 있는 정보는 생각보다 그 종류가 다양했
다.

　　이력서 필수 항목인 취미나 특기뿐만 아니라 외조부로부터 당시 평
가액 5억 원 정도의 주식을 열 살 생일 선물로 받은 일이라든가, 동유
럽으로 떠난 12박 일정의 고등학교 수학여행 중간에 장염으로 혼자 귀
국한 일 같은 과거의 자질구레한 사건들까지.

　　더불어 한 달에 한 번 주기적으로 만나는 약혼자의 학력이나 여자관
계 같은 것도.

　　보고서로 작성한다면 열 장은 가뿐히 채울 수 있을 만큼 그 양이 방
대해서 원은 어떤 상황에서도 설주의 행동을 예측할 수 있을 거라고
감히 자부했었다.

　　연애 경험 무.

　　원이 특히 주목한 부분은 바로 이것이었고, 그래서 첫사랑이니 뭐니

하는 말을 나불대면서 은근히 그녀의 반응을 기대했던 것도 사실이었다.

어쩔 줄 몰라서 도망가진 않을까. 감동받아 울어 버리면 어쩌지. 그도 아니면 너무 긴장해서 기절을 할지도 모르겠다.

아, 마지막 가설만큼은 아니었으면 좋겠는데. 골치 아프니까.

상상이 점점 극단적으로 치닫을 만큼 충분히 뜸이 든 다음이었다.

"호신용 전기 충격기라도 준비해야 하나요?"

그렇게 말하는 윤설주는 다소 시니컬하게 웃고 있었다. 해머로 뒤통수를 가격당한 듯 머리가 얼얼해서 원은 선뜻 말을 받아치지 못했다.

"무슨 선전 포고처럼 들리긴 하는데 대체 뭘 각오하라는 건지 모르겠네. 내가 그쪽, 그러니까 차해준 첫사랑이고, 첫사랑은 설레고 그립고 평생 못 잊는 거고. 그래서요? 스토킹이라도 하겠다는 거예요?"

연애는 해 본 적이 없지만, 좋다고 귀찮게 쫓아다니는 놈은 많았던 건가? 보고서 어디에도 인기가 많았단 말은 없었는데. 이성은 물론 동성에게도.

원은 헷갈린다는 얼굴로 고개를 갸웃거렸다. 순박한 시골 처녀 같았던 여자가 이젠 종신 서원을 한 엄숙한 수녀쯤으로 보였다.

그토록 로맨틱했던 순간을 어떻게 이런 방식으로 박살을 낼 수 있단 말인가.

원은 재빨리 주변을 훑었다. 카페 안의 여자들이 동경과 질투의 시선으로 이쪽 테이블을 응시하고 있었다. 그 말인즉, 남자 배우 누구와 아이돌 누구를 절묘하게 섞어 놓은 것 같다는 그의 얼굴이 오늘도 여전히 빛나고 있다는 뜻이다.

원은 조각조각 흩어진 여유를 그러모아 느릿하게 말을 이었다.

"스토킹이라니. 무슨 말을 그렇게 무섭게 해. 내 뜻은, 보고 싶었다는 거였어. 그리고 앞으로도 보고 싶을 거란 소리였고."

"오늘은 용건이 있다고 해서 나온 거예요. 그리고 그 용건이라는 게 첫사랑 얘기라면……. 제 기준에 그건 앞으로 다시 만날 이유는 아닌 것 같구요."

오늘 이 여자의 쿠킹 클래스 요리 재료는 단호박인가? 왜 이렇게 단호해?

"그럼 이만 일어날게요. 시간이 다 돼서."

손목시계를 들여다본 윤설주가 핸드백을 어깨에 걸며 일어섰다.

원은 아무 말도 하지 못하고 설주를 떠나보냈다. 아니, 그녀가 거의 뭐에 쫓기다시피 카페를 빠져나간 덕분에 붙잡을 틈조차 없었다고 하는 게 맞다.

"……나 참."

원은 황당함에 혀를 차면서도 빠르게 인도를 걷는 설주의 뒷모습에서 시선을 떼지 못했다.

어딘가 이상하다고 느낀 건, 그녀가 편의점에 들어가 생수를 사 들고 나온 후였다. 횡단보도에서 신호를 기다리며 선 여자가 뺨과 귀에 따지도 않은 생수병을 대고 문지른 바로 그 순간.

이상한 5월이었다.

발가벗은 채 여자를 만났던 첫날은 덜 여문 여름이었고, 새벽에 비를 쏟은 오늘은 아직은 시린 봄 같은, 그런 5월.

목도리를 다시 꺼내고 싶을 만큼 기온이 크게 떨어졌다며 아침 뉴스의 기상 캐스터는 호들갑을 떨었었다.

그래서였을 것이다.

옷깃을 여미며 빠르게 걷는 사람들 사이에서 달아오른 얼굴을 생수병으로 식히는 윤설주가 유난히 도드라져 보인 것은. 믿지 않게 보인 것은.

◇ ◇ ◇

"3일 정도면 충분하겠지?"

"응? 뭐가?"

"심사숙고했다는 느낌을 주기에 말이야."

"심사숙고?"

"뭔가를 오래 고민한 느낌이 나냔 말이야. 3일 정도면."

원이 입가에 잔뜩 소스를 묻혀 가며 자장면을 먹는 해준에게 휴지를 건네며 물었다.

해준이 젓가락을 내려놓고 심각한 얼굴로 휴지를 받아 들었다. 그러나 검은 소스와 함께 곧 그 표정도 지워졌다.

"고민은 짧게 하는 게 좋은 거랬어."

티 없는 얼굴로 해준이 웃으며 대답했다. 지극히 해준다운 대답이라 원도 피식 덩달아 웃어 버렸다.

"나 나갈게, 형. 이따 바에서 봐. 나갈 때 창문 확인, 가스 확인, 문단속은 철저……."

"아이, 알았어. 내가 애야?"

해준이 입술을 비죽거렸다. 토라진 듯 흥, 콧방귀를 뀌면서도 먹던 것을 두고 굳이 방 하나, 주방 겸 거실 하나인 좁아터진 집구석에서 마중까지 나온다.

해준을 알게 된 지 10년에 가까워 오지만, 해준이 한쪽 다리를 절뚝거리며 뒤따라오는 것을 볼 때면 원은 한결같이 속으로 욕을 내뱉곤 했다.

병 걸리면 치료해 줄 부모도 없는 인간이 소아마비인지 뭔지 그런 거지 같은 병엔 왜 걸려 가지고는, 이런 험한 말이 혀끝에 맴돌아서 입안이 소태를 문 것처럼 씁쓸했다.

"됐으니까 들어가. 면 불어."

"그래그래. 이따 늦지 말고!"

하마터면 잊을 뻔했다는 듯, 후다닥 자장면에게 돌아가는 해준을 뒤로하고 원은 미로처럼 복잡한 비탈길을 내려갔다.

그가 스물에 정착한 이 동네는 스물넷이 된 지금까지도 재개발 문제로 주민과 개발사 간의 줄다리기가 이어지는 중이었다. 칠이 벗겨져 가뜩이나 흉한 담벼락엔 결사반대라든지 물러나라 따위의 새빨간 글자가 마치 피로 쓴 것처럼 휘갈겨져 있다.

매일 보는 살풍경에 시큰둥한 원의 옆으로 얼굴을 찌푸리고 손가락으로 코를 틀어막은 여고생 둘이 팔짱을 끼고 지나갔다. 서울에 아직도 이런 데가 있어? 라고 둘 중 하나가 말했다.

원은 담배에 불을 붙이며 자조적으로 웃었다.

그래. 이런 데도 있고, 이런 데에 사는 이런 사람도 있다. 여기서 '이런'이 무슨 뜻이냐고 누군가 물으면, 원은 아마 이렇게 대답할 것이다.

좆같은, 이라고.

어느새 꽁초가 되어 버린 담배를 손가락으로 튕기고 원은 자그마한 마을버스에 몸을 실었다. 여자의 학교까지 가기 위해서는 버스를 두 번 갈아타야 해서 정신을 바짝 차리고 있어야 했다.

그러나 놀이기구처럼 이따금 엉덩이를 허공에 띄울 정도로 크게 요동치는 버스에 앉아서도 원은 머지않아 꾸벅꾸벅 졸기 시작했다. 새벽까지 일했기 때문이었다. 하필 어제 마감조였던 탓에 겨우 서너 시간 눈을 붙인 게 다였다.

"이봐요. 일어나. 종점이야."

"……네?"

"종점이라고. 젊은 사람이 대낮부터 무슨 잠을 그렇게 자?"

제길. 욕이 절로 입 밖으로 샜다.

설주의 시간표와 그녀의 학교까지 가기 위해 걸리는 시간을 계산하며 원은 걸음을 빨리했다. 택시를 탈까 잠시 갈등했지만 마지막 버스에서 내려 여자의 학교까지 전속력으로 달리면 적어도 허탕은 치지 않을 것 같았다.

꽃이라도 한 송이 사서 가려던 원래의 폼 나는 계획은 포기해야 하겠지만.

"뭔 놈의 학교가…… 이렇게 넓어."

원은 헉헉 숨을 몰아쉬며 땀에 젖은 이마를 훔쳐 냈다. 그러나 달리기를 멈출 수는 없다. 각 건물마다 학생들이 쏟아져 나오는 것을 보니 이제 막 강의가 끝나는 시간인 게 분명했다.

그야말로 아슬아슬하게 미대 건물 앞에 도착한 원에게 몇몇 학생들이 알은체하는 시선을 보냈다. 하지만 그중에 그가 찾는 사람은 없다.

놓친 건가?

전담 기사 하나가 여자의 시간표와 동선에 맞춰 언제나 대기하고 있다는 것을 안다.

윤설주의 뒤를 밟으며 안 사실이지만, 원의 시선에 그건 여자의 편의를 위해서라기보다는 감시 같아 보였다. 친구들과 삼삼오오 모여 함께 학교 식당에서 점심 식사를 가진다거나 하는 평범한 대학 생활이 그녀에겐 없었다.

이 같은 생활에 대해 여자가 만족하고 있는지, 아닌지는 모른다. 솔직히 말하면 그는 그녀의 생각 따위에는 눈곱만큼도 관심이 없다.

그러나 김 기사라는 이름의 감시자 때문에 윤설주를 쉽게 만나기 어려운 환경에 대해서라면 얘기가 달랐다. 정확한 시간을 공략하지 않으면 여자를 가로채게 되니까.

오늘은 이미 글렀다, 라고 생각하면서도 원은 미련을 버리지 못하고 미대 건물로 뛰어 들어갔다.

학생들이 다 빠져나간 복도는 이미 한산했다. 누드 크로키 수업을 했던 강의실을 지나, 뭔가가 되다 만 찰흙 덩어리가 여기저기 늘어서 있는 또 다른 강의실을 기웃거리던 찰나였다.

"……거기서 뭐 해요?"

여자였다. 화구통을 멘 채 놀란 토끼 눈을 한 윤설주.

"오늘도 모델 하러 왔어요?"

"아니, 그게 아니라……."

"아가씨?"

누군가 그의 말을 끊고 설주의 관심을 끌었다. 원은 뒤돌아 굳이 확인하지 않고도 훼방꾼의 정체를 짐작할 수 있었다.

본명 김춘식. 약칭 김 기사. 나이는 마흔하나에 초등학생 쌍둥이 딸을 둔, 전직 사설 경호 업체 에이스 출신.

"아, 아저씨. 지금 가요."

망할, 버스에서 졸지만 않았더라도 10분은 여유가 있었을 텐데.

원은 마음이 조급해졌다. 계획했던 꽃도, 흔한 캔 커피 하나도 없이, 이렇게 엉망진창으로 세 번째 만남을 치러야 할 줄이야. 차라리 오늘은 그만 물러나고 다음을 기약하는 게 나을지도 모른다.

그러나 설주가 눈인사와 함께 이만 자리를 벗어나려고 하자 원은 무의식적으로 그녀의 화구통 끈을 붙잡고 말았다.

"나 그냥 스토킹인지 뭔지, 그거 하려고."

이것 역시 계획에 없던 말이었다.

'참으려고 했는데, 너무 보고 싶어서 도저히 오지 않을 수 없었어.' 뭐, 그런 말들을 준비했던 것 같은데…….

백지처럼 하얗게 비워진 머릿속엔 아무것도 남아 있지 않았다.

"……네? 스토킹이요?"

"어, 그거. 그러니까 전기 충격기를 사든, 경호원을 더 고용하든, 그도 아니면 경찰에 신고를 하든 마음대로 해."

"아가씨?"

"참고로 나는 끈기도 있고 맷집도 있고 고집도 있고……."

"괜찮아요, 아저씨. 잠시만……."

"상처도 잘 안 받아."

저벅저벅 가까워져 오는 춘식의 구둣발 소리를 들으며 원은 허겁지겁 말을 맺었다.

땀이 마르자 한기가 느껴졌다. 아니, 말없이 빤히 올려다보기만 하는 여자의 시선이 불길해서인지도 모르겠다. 그도 아니면 엎어 치기와 돌려 차기의 대가라는 김 기사의 존재 때문인지도…….

"아저씨, 먼저 가 계세요."

"아가씨."

"강의실에 핸드폰을 두고 와서 그래요. 금방 나갈게요."

"……알겠습니다."

탐탁지 않은 목소리를 남기고 마침내 훼방꾼이 사라졌다.

원은 얼떨떨한 얼굴로 설주의 빨갛게 달아오른 귓바퀴를 내려다봤다. 윤설주는 입가를 누르며 웃음을 참고 있었고, 원은 대체 무엇이 그녀를 웃게 만든 것인지 알 수 없어서 멍청히 서 있기만 했다.

"이렇게 당당한 스토커가 어딨어."

웃음기가 묻어서 분명하지 않은 발음으로 여자가 투덜거렸다.

"그나저나, 고집 센 거…… 이젠 인정하는 거야?"

칼 같은 존댓말을 버린 여자가 알 수 없는 소리만 해 댔다. 그녀가 피식 웃으며 설명을 덧붙였다.

"기억 안 나? 어릴 때, 접영을 평영이라고 네가 하도 우겨서 나 엄청 울었었잖아."

그랬었나.

더듬더듬할 수 있는 말은 그것뿐이었다.

여자가 사실은 해준을 잊지 않고 있었다는 사실에 이해할 수 없는
불쾌함이 가슴을 짓눌렀다.

미리 듣지 못한 두 사람의 추억으로 인해 난처해진 상황 때문일까.
아니면, 여자가 이런 웃음을 보여 주는 상대가, 실은 선우원이 아니라
차해준이기 때문일까.

"모르는 척해서 미안."

부드럽게 미소 짓는 윤설주는 어쩐지 전혀 다른 사람 같다. 예쁘지?
하고 묻던 해준의 목소리가 괜히 귓가를 어지럽혔다.

"키가 엄청 컸다. 예전엔 나보다 작았던 것 같은데."

설주가 새삼 신기한 듯 들뜬 목소리로 말했다. 그러곤 키 차이를 재
보려는 듯 제 정수리에 올렸던 손바닥을 곧 원 쪽으로 뻗었다.

원은 화구통 끈을 잡았던 손으로 그녀의 손목을 낚아챘다.

"아, 미안. 기분 나빴어?"

"……."

"예전엔 머리 만져 주면 좋아했……."

"이젠 안 좋아해."

"어?"

"지금은, 이런 시시한 스킨십 좋아할 나이 아니니까. 윤설주도, 나도."

어리숙하게 벌어진 입술이 아까부터 거슬렸다. 그 사이로 쏟아져 나
오는 말들만큼이나.

그래서 그랬을 뿐이다.

입술을 빼앗긴 여자가 얼굴을 붉힌 채 할 말을 잃은 모습이 훨씬 더
마음에 들어서.

그래서.

◇　◇　◇

"형, 살살. 살살 발라."

"그러게, 대체 어떻게 구르면 다리가 이렇게 돼? 피가 철철 난다."

"또 오버하기는. 다 발랐음 일어나자. 그만 쉬고 일해야지."

키스 도둑의 말로는 비참했다.

톡 치면 툭 하고 쓰러질 것같이 비실비실한 윤설주는 의외로 괴력의 소유자였고, 원의 종아리에는 단화에 찍힌 자국이 깊게 남았다. 해준이야 계단에서 굴렀다는 원의 거짓말을 철석같이 믿고 있긴 하지만.

'미, 미, 미쳤어!'

요즘 같은 세상이면 유치원생들도 코웃음 칠 그런 뽀뽀가 순식간에 지나간 후, 윤설주는 빼액 소리를 지르며 날뛰었다.

그때는 꼭 야생마 같았다. 머리와 옷이 흐트러지는 것도 모르고 마구 발길질에 주먹질을 하다가 별안간 저가 더 놀라 괜찮으냐고 물으며 울상이 되던 얼굴도 재미있었다.

'경호원, 없어도 되겠는데?'

그렇게 농담하자 목까지 발긋하게 물들던 것도 꽤 쏠쏠한 구경거리였다. 깨끗이 헹군 크리스털 잔을 정리하면서 원은 저도 모르게 웃음을 터뜨렸다.

"왜 막 혼자 웃어? 혹시 구르면서 머리라도 부딪힌 거 아니야?"

방금 막 손님이 빠진 테이블을 정리하고 돌아온 해준이 걱정스럽게 물었을 때였다. 원이 미처 표정을 수습하기도 전에, 비수 같은 목소리가 날아와 그 웃음을 난자했다.

"요새 살 만한가 보네."

"……여, 연수야, 왔어?"

트레이를 끌어안은 해준이 눈치를 보며 몸을 피했다. 예나 지금이나 해준은 연수를 무서워했다.

"뭐가 그렇게 재미있어? 말해 봐, 같이 좀 웃게."

그러나, 세상에서 서연수를 제일 두려워하는 사람은 사실 따로 있다.

"……저녁은 먹었어?"

"쓸데없는 소리 집어치우시고요. 뭔데? 나도 같이 좀 웃자니까?"

목이 졸린 것처럼 숨이 막혀 왔다. 손에 힘이 들어가서 글라스가 자칫하면 깨질 것만 같았다.

원은 잔을 내려놓고 행주를 집어 들었다. 물기 하나 없이 깨끗한 싱크대를 닦고 또 닦으며 연수의 날카로운 시선을 애써 무시했다.

옅게 느껴지는 알코올 냄새는 바에 진열된 술들이 아니라 서연수가 그 원인이었다.

"아직 9시밖에 안 됐는데, 왜 이렇게 취했어."

"술이라도 마셔야지. 그래야 안 미치지. 안 그래?"

"나가자. 택시 잡아 줄……."

"내가 부탁한 건?"

자신을 부축하려는 손을 가차 없이 쳐 낸 연수가 또렷한 시선으로 물었다. 원은 말없이 자신의 손등을 내려다보았다.

윤설주에게 차여 피가 나는 정강이보다, 연수가 밀어 낸 손등이 더 시렸다.

"만나 봤어?"

"······."

"만나는 봤냐고!"

인내심이 그리 길지 않은 연수가 버럭 소리를 질렀다. 바 안의 손님들이 불쾌한 듯 눈을 흘겼지만 연수는 신경도 쓰지 않는 눈치였다. 더 대답을 망설였다가는 그 성격에 손톱을 세우고 달려들 게 뻔했다.

"응."

죽은 짐승의 것처럼, 언제나 희끄무레하게 얼어붙어 있는 연수의 눈동자 안에 불꽃이 튀었다. 짙은 향수로도 가려지지 않는 술 냄새를 묻히고, 연수는 매달리듯 물었다.

"만났어? 만나 본 거야? 어때? 예뻐? 키는 커? 몸매는?"

그 내용이 언젠가 해준에게 들었던 것과 흡사해서 하마터면 헛웃음이 터질 뻔했다. 물론, 해준은 이런 핏발 선 눈으로 닦달하지 않았지만.

"너도 아는 걸 굳이 왜 물어. 사진 봤잖아."

무성의하게 대답하자 연수가 아랫입술을 꾹 깨문 채 노려보기 시작했다.

알고 있다. 연수가 궁금한 건 단순히 윤설주가 예쁜지, 몸매가 좋은지 하는 것 따위의 문제가 아니라는 걸.

하지만 다 죽어 가는 늙은이 같다가도 따박따박 따질 땐 고양이 같고, 분하면 야생마처럼 돌변해 사람을 마구 팬다는 것도 서연수가 원하는 대답은 아닐 것이다.

원은 고심 끝에 적당한 말을 골랐다.

"그냥····· 평범해."

"뭐?"

"평범하다고."

"평범? 한주기업 회장 외손녀가, 미래에 화경건설 사장 며느리가 될 여자가, 평범? 평범하다고?"

연수는 입술을 비틀어 올리며 여러 번 그 단어를 강조했다.

원은 뭔가 연수의 마음에 들 만한 다른 말을 떠올리려 노력했지만 윤설주를 설명하기에 '평범'보다 더 적절한 단어는 없을 것 같았다. 그저 같은 말을 더 길고 장황하게 늘이는 게 할 수 있는 전부였다.

"그래. 그냥 그렇고 그런 여자야. 특별히 눈에 띄지도, 특별히 예쁘지도, 특별히 착하지도 않은……. 돈이 아주 많다는 것만 빼면 어디서나 볼 수 있는 그런 여……."

"그럼 쉽겠네."

연수가 더 이상의 설명은 필요 없다는 듯 딱 잘라 그렇게 말했다. 확답을 바라는 듯 집요하게 추적해 오는 눈동자에 원은 마지못해 고개를 끄덕였다.

"그래. 걱정할 일 없을 거다."

"얼마나 기다려야 해? 한 달? 한 달이면 충분……."

"너는 2년을 넘게 삽질하고 있는 걸, 나한텐 한 달 안에 끝내라고?"

욱하는 마음에 저질러 놓고 아차 싶었을 때엔 이미 늦은 후였다.

자존심이 상한 것인지 굳은 얼굴로 허공을 쏘아보던 연수의 눈동자 아래 순식간에 눈물이 차올랐다.

젠장. 젠장. 젠장! 휴지를 우악스럽게 한 움큼 뽑아 건네며 원은 자학하듯 제 혀를 깨물었다.

"……초조해서 그래."

연수가 사납게 휴지를 낚아채며 코맹맹이 소리로 말했다. 원은 바 테이블 끄트머리에 비스듬히 기댄 채 고해 성사를 듣는 신부처럼 연수의 음성에 묵묵히 귀를 기울였다.

"가끔은, 그 사람이 정말 날 좋아하는 게 맞는지 모르겠어. 내가 원하는 건 다 해 주겠다는 약속에 파혼만은 예외래……. 하. 얼마나 관대하고 다정하신지."

"……."

"그게 바로 내가 원하는 단 하나인 줄도 모르고 말이야."

연수는 이내 휴지로는 감당할 수 없을 만큼 펑펑 울어 대기 시작했다.

보다 못한 원이 티슈를 케이스째로 품에 안겼지만 그녀는 눈물을 닦을 생각조차도 하지 못하는 것처럼 보였다.

"아내가 둘일 수는 없잖아. 응? 그 사람이 윤설주랑 정말 결혼해 버리면 나는, 버릴 자신도 버림받을 자신도 없는 나는…… 정부 따위밖엔 안 될 텐데. 난 그렇겐 못 살아. 나는 죽어도 그 사람 못 나눠 줘. 차라리 죽는 게 낫지 절대로 그렇게는……."

"이쯤 했으면 됐어. 청승 그만 떨어."

다른 사람도 아니고 네가, 죽는다는 말을 어떻게 그렇게 쉽게 하냐고. 그렇게 소리 지르고 싶은 것을 원은 간신히 참아 냈다.

빌어먹을 새끼. 발정 난 개새끼. 소리 없이 입술만 달싹이며 분풀이하듯 욕을 씹어뱉었다.

서연수의 애인이자, 윤설주의 약혼자이기도 한 그 남자를 향해서.

"대체 뭐가 그렇게 좋냐."

"……뭐라고?"

"왜 하필 그런 사람을 좋아하냐고. 언제나 한발 빼고 있는 그런 비겁한 놈을 대체 왜……."

"그런 식으로 말하지 마. 그 사람 잘못이 아니니까."

그것은 악에 받친 목소리도 아니었고, 여느 때처럼 빈정거리는 말투도 아니었다.

슬프고 무섭도록 가라앉아 있는 분위기에 원은 질식할 것만 같았다. 연수의 창백한 혼잣말이 유령처럼 주변을 맴돌기 시작했다.

"넌 누굴 사랑해 본 적 없잖아. 아니. 그 비슷한 거라도 해 본 적 없을 거야, 넌."

원은 거짓으로도 연수의 말을 부정할 수 없는 스스로에 환멸을 느꼈
다.

그는 여자를 통해 그저 원하는 것을 취할 뿐이었다. 오로지 돈. 그것
이 원이 여자를 만나는 목적의 전부였다.

그리고 그 사실을 누구보다 잘 알고 있는 게 눈앞의 서연수다.

"내가 선택한 거야."

연수가 단호히 말했다. 원은 어쩐지 그렇게 말하는 연수가 부러웠다.

"그 사람 때문에 울게 될 줄 알면서도."

"……."

"죽고 싶어질 줄 알면서도."

그러나 동시에 가여웠다.

사실, 원은 단 한 번도 연수를 동정해 본 적이 없었다.

그녀는 그에게 언제나 두려운 존재였다. 가장 외면하고 싶은 사람이
었다.

그러나 지금은, 서연수가 두렵고 부러운 동시에, 가엾다. 허락된다면
저 작은 어깨를 토닥여 주고 싶을 만큼.

엉거주춤, 고장 난 로봇의 것처럼 손이 올라갔다. 잠깐 두드려 주는
것쯤은 괜찮지 않을까 싶어서.

그러나 그 순간, 마치 경고를 하듯 귓가에 이명이 들린다.

섬뜩한 사이렌 소리. 지난 기억이 해일처럼 손쓸 새 없이 원을 덮쳤
다.

'안 돼! 거기 서! 그거 병원비야! 우리 집사람 병원……!'

뒤쫓아 오는 다급한 발소리를 피해 더욱 빠르게 도망치는 소년. 속

도를 버티지 못하고 아스팔트를 사납게 긁으며 스키드 마크를 남기는 타이어.

쿵. 퍽. 사람의 살이, 뼈가.

부딪치고 깨지고 망가지고 으스러지는 소리들.

원은 선 채로 악몽을 꾸며 볼품없이 헐떡였다. 흡사 혼절이라도 할 것 같았지만 정신을 잃는 행운은 역시나 일어나지 않는다. 살인자에게 그렇게 손쉬운 도피가 허락될 리 없다.

"그, 그만 가……. 네가 여기 너무 오래 있으면 사장님이 눈치 줘."

원은 뭔가에 중독된 것처럼 파들파들 떨리는 손을 등 뒤에 숨긴 채 힘겹게 목소리를 쥐어짰다. 그러자 눈물로 얼룩진 얼굴이 다시 한번 애원해 왔다.

"그 여자…… 치워 줘. 그 사람한테서. 나한테서. 멀리멀리 치워 줘."

열여섯의 선우원이 죽인, 그 불쌍한 남자의 딸이.

#3

그날, 아이는 어제에 이어 아무것도 먹지 못한 상태였다.

체구에 비해 턱없이 크고 낡은 옷을 걸친 아이가 비로소 마음을 먹은 듯 비장하게 외투 주머니에 손을 집어넣었다. 자신이 혼자라는 것을 몇 번이나 확인한 이후에, 아이는 보물을 다루듯 조심스럽게 주머니 속의 내용물을 꺼냈다.

카스테라.

아이는 사실 그 빵의 이름을 당시에는 알지 못했다. 그것은 며칠 전 인심 좋은 아주머니로부터 운 좋게 얻은 것으로, 아이는 그 카스테라를 며칠째 먹지 않고 주머니에 숨겨 두었었다.

처음 받았을 때에 비해 모양이 많이 흐트러지긴 했지만 이틀째 굶고 있는 아이에게 그런 게 중요할 리 없었다.

막 유치가 빠지기 시작한 아이의 뺨 안쪽에서 군침이 올라왔다. 그럼에도 불구하고 아이는 선뜻 빵을 먹지 못하고 안절부절못하며 살펴

보기만 했다.

아이는 갈등하고 있었다.

지금보다 더 배고픈 날이 있을지도 모르는데. 오늘은 겨우 하룻밤 굶었을 뿐인데.

하지만…… 배가 너무 고픈걸.

아이는 결국 허기를 참지 못하고 빵을 덥석 물었다. 맛을 제대로 느낄 새도 없이 빵을 입안에 욱여넣으면서 아이는 연신 감탄을 금치 못했다.

세상에 이렇게 맛있는 음식이 있다니. 이렇게 부드럽고, 이렇게 달콤한 음식이.

아이는 행복하게 웃었다. 군데군데 피어 있는 알록달록한 것이 곰팡이라는 것, 그런 게 생긴 음식을 먹으면 탈이 난다는 걸 누구도 아이에게 알려 준 적 없었다.

머지않아 아이는 아프기 시작했다. 식은땀이 나고 입술이 마르고 속이 울렁거렸다.

아이는 결국 모두가 모인 자리에서 먹은 것을 전부 토해 냈다. 그 꼴을 본 아버지가 어기적거리며 다가왔다.

'토할 것이 없을 텐데?'

귀찮다는 듯 비정하게 중얼거리며 아이의 옆에 쪼그려 앉은 아버지는 덩어리가 섞인 토사물을 보곤 험상궂은 얼굴로 아이의 머리채를 잡아 일으켰다.

아버지는 겁에 질려 옹기종기 서로 엉겨 붙어 있는 나머지 아이들을 향해 힘없이 축 늘어진 아이를 마리오네트처럼 흔들어 보였다.

'다들 잘 봐라. 욕심부리면 이렇게 벌받는 거야.'

짜악. 짜악. 쓰러진 아이를 일으켜 연거푸 뺨을 때리는 소리.

이것이 원이 가진 기억 중 가장 최초의 것이다.

사내에겐 아이가 많았다. 아이들의 숫자는 이유 없이 늘기도 하고 줄기도 했지만, 같이 지내는 동안 그 아이들은 모두 그 사내를 아버지라고 호칭하도록 강요받았다.

사라진 아이들은 어디로 갔는지, 새로 들어오는 아이들은 또 어디서 오는 것인지 아무도 몰랐다. 마찬가지로, 원 역시 자신이 어쩌다 그 사내의 아이들 중 하나가 됐는지 알 수 없었다.

집은 때로는 짓다 만 폐건물일 때도 있었고, 버려진 컨테이너 창고일 때도 있었다. 그러나 어떤 날엔 한겨울에 시궁쥐가 들끓는 지저분한 뒷골목에서 서로의 체온을 이불 삼아 잠에 들어야 할 때도 있었다.

사내가 경찰이니 단속이니 하는 단어를 굉장히 두려워했으므로 거처를 자주 옮겨야 했기 때문이었다.

입는 옷은 사계절 내내 비슷했다. 추워지면 얇은 옷 위에 얇은 옷 하나를 더 껴입는 정도였다. 그마저도 팔다리가 짧아 항상 우스꽝스럽고 겨울이면 냉기에 드러난 살이 빨갛게 부르텄지만 사내는 자신의 아이들이 꾀죄죄하고 병약해 보일수록 기뻐했다. 그러면 적선으로 받아오는 돈이 훨씬 많아지기 때문이었다.

그러나 사내는 아이들이 아파 보이는 것은 좋아해도, 정말로 병이 나는 것은 무척 싫어했다. 제대로 된 진찰 없이 어떤 병이건 해열제나 한 스푼 떠먹이는 주제에 아픈 아이들은 돈이 많이 든다며 질색했다.

얼른 낫지 않으면 어딘가에 팔아 버리겠다고 협박하기도 했는데, 다 커서 생각해 보니 차라리 정말 팔려 가는 편이 나았겠다는 생각도 든다.

다행인지 불행인지, 원은 질병으로 사내의 심기를 거스른 적은 단 한 번도 없었다.

사실 원은 사내가 특별히 아끼는 아이 중 하나였다. 눈이 가는 예쁘장한 외모로 어렸을 때부터 벌어 오는 돈의 액수가 남달랐기 때문이었다.

다른 아이들과 마찬가지로 부모 없고 더럽기는 매한가지인데도 사람들은 유난히 그를 안타깝게 여기며 기꺼이 주머니를 뒤져 있는 것을 나눠 주었다. 그랬기 때문에 원이 몇 번 문제를 일으켰을 때에도 사내는 못 이긴 척 눈감아 주고는 했다.

한번은 사내가 새 식구라며 제법 큰 아이를 하나 주워 왔다. 원보다 한 살 위의 형이랬다. 양쪽 다리 길이가 달라 절뚝거리며 걷는 해준은 드물게도 스스로 이곳을 선택한 아이였다.

고아원 원장의 학대에 못 이겨 몰래 도망 나왔다가 기차역 앞에서 사내를 만나 여기까지 왔다며 웃는 해준을 보며 원은 강렬하게 끓어오르는 호기심을 느꼈다.

고아원이 얼마나 끔찍한 곳이기에 여길 다 왔을까?

그러나 해준이 사내의 친절한 연기에 속았다며 울고불고하기까지는 채 사흘이 걸리지 않았다. 사내는 각목을 들어 도망치려고 하는 해준에게 무자비한 매질을 가했다.

어디서 그런 용기가, 아니, 오지랖이 튀어나왔는지 모르겠다. 그 순간엔 그저 그렇게 해야만 할 것 같았다. 그러지 않으면 해준이 멀쩡한 다른 한쪽 다리마저 못 쓰게 될 것 같아서.

옆구리에 도끼에 찍힌 듯 길게 남은 흉터는 그때 생긴 것이다. 그리고 덤으로 찰거머리 같은 차해준도 얻었다. 아. 다시는 남의 불행에 끼어들지 말아야지, 하는 다짐도 함께.

그러나 어디 세상일이 마음먹은 대로 되던가.

'새끼야. 밥값을 하란 말이야, 밥값을!'

해준은 정말이지 아무짝에도 쓸모가 없었다.

다리가 불편하니 소매치기 같은 것은 어림도 없었고, 부끄러움이 많아 구걸을 나가서는 한마디도 하지 않고 버티기 일쑤였다.

결국 사내가 팔아 버리겠다며 으름장을 놨다. 원은 자신의 옷자락을 잡고 겁에 질려 울먹거리는 해준을 보며 결국 한발 앞으로 나섰다.

'제가 형 몫까지 벌어 올게요.'

얼마나 후회했는지 모른다.

그 말을 한 것을. 막 은행에서 나오는 한 남자를 본 것을. 그 남자의 가방을 낚아채 달린 것을. 비명 소리를 듣고 뒤돌아본 것을.

그때가 원의 나이 열여섯의 일이었다.

그 이후의 일은 마치 유리창에 성에가 낀 듯 뿌옇고 흐릿하다.

그저 몇 사람의 얼굴과 목소리만 선명했다. 자신을 향해 '살인자'라고 소리치던, 교복을 입은 여학생의 분노와 절망으로 일그러진 얼굴 같은 것들이.

'불우한 성장…… 살인에 대한 고의성이 없고 피고인이 미성년자인 점을 유리한 양형의 이유로 판단…….'

알아듣기 어려운 단어를 나열하던 판사의 기계적인 목소리.

'……소년부 송치를 결정한다.'

누군가의 남은 생을 영원히 빼앗아 버렸는데, 그에 비해 처벌은 너무나 가벼웠다. 원은 1년 6개월의 소년원 생활 후 고아원으로 옮겨졌다.

해준이 그토록 끔찍해했던 곳이었으나, 그곳의 어른들 모두가 친절한 목소리로 입을 모아 말했다.

그건 살인이 아니라 사고라고. 소매치기한 것은 나쁘지만, 그 아저씨를 죽이려고 한 건 아니잖아, 라고.

그건 기만이었다.

원은 하마터면 정말 속아 넘어갈 뻔했다. 그런 다정하고 상냥한 위로는 난생처음이라서, 정말 그대로 믿어 버릴 뻔했다.

'네가…… 우리 아빠 죽인 거야.'

더 이상 고아원에 머무를 수 없는 나이가 되어서 그 여학생을 찾아가기 전까지.

몇 년 전 재판에서 마지막으로 봤을 때보다 깡말라 있어 동일인인지 의심스러울 정도였다. 연수가 핏발 선 눈으로 한 글자, 한 글자 끊어 뱉은 말이 원의 심장에 가시처럼 박혔다.

원은 어쩔 줄 모르고, 떨리는 손으로 나라에서 얼마간 주는 정착금을 고스란히 내밀었다. 그 돈을 물끄러미 내려다보며, 연수는 금방이라도 끊어질 듯 힘없는 목소리를 이었다.

'우리 엄마가 죽으면 그것도 너 때문이야. 내가 죽으면…… 그것도 다 너 때문이야.'

마치 당장 내일이라도 죽어 버릴 것처럼 그렇게.

'세상 사람들이 다 아니라고 해도, 네가 죽인 거야.'

"……헉!"

"왜 그래? 또 악몽 꾼 거야?"

잠깐 앉아만 있는다는 게 어느새 잠들었었나 보다. 원은 식은땀으로
흥건히 젖은 뒷목을 손으로 훑어 내렸다.

해준이 걱정스러운 얼굴로 생수를 내밀었다. 고맙다고 대꾸할 기운
조차 없어서 원은 말없이 웃기만 보였다.

"너는 꼭, 연수 만난 날에는 악몽 꾸더라."

해준이 눈을 피하며 우물쭈물 입술을 달싹거렸다. 원이 이렇게 사는
게 전부 자신 때문이라고 생각하는 해준은 연수의 이름을 입에 올릴
때마다 언제나 주인 없는 개처럼 주눅 들고는 했다.

풀 죽은 모습이 보기 싫어서 원은 해준의 어깨를 툭 치며 일어섰다.
아야야. 해준이 신음하며 반격이랍시고 달려들었다.

축 처져 눈치 보는 것보단 엄살떨며 어리광 부리는 편이 훨씬 낫다.

"사장님이 문단속만 잘하고 가래."

영업시간을 훌쩍 넘긴 가게는 적요했다. 밖으로 나서니 이미 해는
떠 있고 그 사이로 벌써 출근하는 부지런한 도시 사람들이 눈에 띄었
다. 그 풍경이 전혀 다른 세상의 것처럼 이질적으로 느껴진다.

불청객, 아니 불순물이 된 것 같은 이 느낌은 그날 이후 늘 원을 괴
롭혀 오던 것이었다. 원은 괜히 어깨를 움츠려 걸었다.

정장을 차려입고 어딘가로 바삐 향하는 사람들 사이에서, 해준의 짝

짝이 다리는 또 왜 이리 눈을 시리게 하는지.

원은 서둘러 달려가 해준의 몸에 팔을 걸치며 거만하게 턱을 치켜세웠다.

"형. 간만에 근사하게 조식 어때?"

"응? 조식?"

"어. 저기."

원이 가리키는 곳을 확인한 해준의 입이 함지박만 하게 벌어졌다.

면으로 된 요리라면 환장하는 해준이 포장마차의 천막 사이로 앞장섰다. 앉은 채 꾸벅꾸벅 졸던 주인이 우동 두 그릇을 외치는 해준의 목소리에 화들짝 잠에서 깼다.

곧 김이 모락모락 나는 따뜻한 우동이 파란 플라스틱 테이블 위에 차려졌다.

원은 며칠은 굶은 사람처럼 허겁지겁 우동을 먹어 치웠다. 어린 시절, 치열한 생존 경쟁에서 살아남은 대가로 얻은 습관이었다. 아주 악질적이고도 악착같은.

"원아. 넌 오늘 쉬는 날인데 뭐 할 거야?"

"글쎄. 잘 모르겠네."

어느새 국물만 남은 그릇을 내려다보며 원은 심드렁하게 대답했다.

평소라면 하루 종일 밀린 잠에 취해 있겠지만, 오늘은 그러고 싶지 않았다. 황금보다 더 귀한 휴일을 거듭되는 악몽으로 낭비할 수는 없다.

"일이나 하지 뭐."

"일? 무슨 일?"

해준이 궁금한 듯 눈을 동그랗게 떴다.

원은 폐기 처분 직전의 부식된 로봇처럼 삐걱대는 미소와 함께 후루룩 국물을 마실 뿐이었다.

◇　◇　◇

윤설주는 오늘도 자신의 엄격한 시간 계획표에 따라 공사다망하게 움직이고 있었다.

원에게는 좋은 점이었다. 어디야? 라고 메시지를 보내는 수고가 없이도 여자가 어디서 뭘 하고 있는지 다 꿰뚫을 수 있었으니까.

원이 말한 '일'은 경기도 외곽의 한 고아원에서부터 시작되었다.

이곳은 매주 토요일만 되면 귀공녀들의 은밀한 티타임 장소가 되고는 했다.

대한민국 10대 기업 중 5개 기업과 관련한 여자들이 여기 참석할 뿐만 아니라, 심지어는 대통령 조카까지 포함하는, 그야말로 억 소리 나는 모임이었다.

원은 이곳에 미리 도착해 한차례 전쟁 같은 설거지를 마친 참이었다. 고무장갑을 벗고 나오니 번쩍거리는 검은 차들이 줄줄이 좁은 운동장으로 들어오고 있었다.

기사를 대동한 차 뒷좌석에서 내리는 여자들을 보며 원은 조소를 금치 못했다. 봉사 활동이라는 것은 남에게 보이기 좋은 구실일 뿐이라는 게 그들의 화려한 옷차림에서 고스란히 드러났기 때문이다.

발목이 부러질 듯 아슬아슬한 하이힐과 타이트한 원피스는 누군가를 돕기는커녕 제 몸 하나 건사하기도 힘들어 보였다.

그리고 윤설주는 정확히 여섯 번째로 도착한 차에서 모습을 드러냈다.

"쯧."

학교에서 화구통을 메고 있을 때의 수수한 윤설주와 마치 미인 대회라도 나온 듯 기를 쓰고 치장한 윤설주. 그 경이로울 정도의 낙차가 기어이 원으로 하여금 혀를 차게 만들었다.

원은 먼발치에서 그 무리의 행동을 관찰했다. 나이가 가장 많아 보이는 여자가 원장에게 봉투를 내밀었다.

여기서 근무하는 한 사회 복지사의 고발에 따르면 모임은 매주 이런 식이었다.

후원금이랍시고 얼마간의 돈을 주고는 고아원과 이곳에서 보호하는 아이들을 통째로 빌린 것처럼 군다는 것이다.

사전에 협의된 기자를 대동하고 온 것은 셀 수도 없을 정도이고, 한 번은 멋모르는 아이에게 인형을 안겨 주고 함께 셀카를 찍어 SNS에 올린 여자가 네티즌에게 뭇매를 맞고 황급히 사진을 삭제한 적도 있다고 했다. 그 철없는 인사가 윤설주는 아니라니, 그나마 다행이라고 해야 할 것이다.

두 시간쯤 지났을까. 하나둘 빈자리가 생기기 시작했다.

슬슬 파장 분위기인가.

원은 방금 막 탈수기에서 꺼내 온 이불을 빨랫줄에 널며 설주를 찾아 주위를 두리번거렸다. 그러나 듬성듬성 남아 있는 여자들 사이에 그녀는 없었다. 빨랫감과 사투를 벌이느라 잠깐 한눈을 판 사이에 슬쩍 돌아가 버린 모양이었다.

"진짜 일만 하다 가게 생겼……."

"우와! 또 오십 점 먹었다!"

어디선가 날아온 환희에 찬 어린 여자아이의 목소리가 원의 푸념을 단번에 끊어 놓았다.

와아, 하는 함성이 끊이질 않아서, 원은 호기심을 이기지 못하고 건물 안을 기웃거리며 훔쳐보았다.

"대체 저기서 뭘 하는……."

윤설주가 그 안에 있었다.

진주로 된 단추가 줄줄이 달린 새하얀 시폰 블라우스와 무릎이 나온 회색 트레이닝팬츠의 조화는 정말이지 끔찍하기 짝이 없었다.

"치마는 어디 갖다 버린 거야?"

누가 듣는 사람도 없는데, 원은 괜히 소리 내어 투덜거렸다. 그사이 또 한 번 함성이 울렸다.

뭘 하나 했더니 공기놀이다.

다섯 개의 공기를 손등 위에 올렸다가 그것을 허공으로 띄우고 잡아채는 사이에 박수를 정확히 세 번이나 친다. 어린 여자아이들의 오락에 대해 잘 모르는 원이 보기에도 여자의 기술은 대단해 보였다.

그때부터였다. 원이 넋을 놓고 설주를 구경하기 시작했던 것은.

여자는 혼자 씻지 못하는 아이들을 목욕시키다 쫄딱 젖기도 하고, 숙제를 도와주겠다고 나섰다가 의외로 어려운 수학 문제에 진땀을 빼기도 했다. 남자 아이들 사이에 껴서 공을 찰 때에는 우스꽝스럽게 엎어져 모두의 웃음거리가 되었다.

아이들 모두가 그녀에게 스스럼없이 다가가 친근하게 어울렸다. 비단 오늘 하루만의 일이 아니라는 것을 방증하듯이.

"아, 저분. 진짜 별종이죠."

설주에게 꽂히는 원의 시선을 알아챈 사회 복지사가 키득거리며 말했다. 흉을 보는 건가 했지만 말투로 보아하니 오히려 그 반대에 가까웠다.

"매번 기사님한테 혼나는 것 같던데, 뭐가 저렇게 재밌는지."

사회 복지사가 고개를 절레절레 흔들었다.

하긴. 저렇게 땀범벅에 먼지까지 뒤집어쓴 모습을 김 기사가 결코 좋아할 리 없다.

머리끝부터 발끝까지 반짝반짝 빛나던 요조숙녀는 온데간데없고 원의 눈에는 헝클어진 머리에 누구의 것인지 모를 커다란 운동화를 헐떡대며 뛰어다니는 말괄량이만 하나 있을 뿐이었으니까.

"……그러게요."

다소 무신경하게 들리는 대답과 함께 원이 고개를 기울였다. 그사이에도 여자를 둘러싼 아이들에게선 왁자한 웃음소리가 폭죽처럼 터졌다.

어느 쪽이 진짜 윤설주일까.

어느새 전염되어 버린 웃음을 입가에 묻히고 생각했다.

참 이상한 여자라고. 참 헷갈리는 여자라고. 그래서 참 궁금한 여자라고.

동에 번쩍, 서에 번쩍. 동선을 눈으로 좇기 힘들 정도로 여기저기 참견하고 다니는 윤설주의 이번 미션은 아이들의 저녁 식사 준비인 모양이었다.

원은 후끈한 열기로 가득한 주방 구석에서 야채를 써는 설주의 옆에 무심히 섰다. 대용량의 카레 봉지가 저녁 메뉴를 짐작케 했다.

예쁘게 썰린 당근을 집어 입안에 털어 넣으며 원이 그럴싸한 인사말을 고르고 있던 찰나였다.

"흑."

여자가 별안간 코를 쿵, 들이마신다.

옆을 흘끗거린 원은 들고 있던 당근 조각을 떨어뜨릴 정도로 깜짝 놀랐다. '오늘 되게 예쁘네.'로 굳어져 가던 첫인사와 달리 입에서는 전혀 다른 말이 튀어나왔다.

"왜 울어?"

원은 설주를 홱 돌려세워 그녀의 턱 끝을 들어 올렸다. 온 얼굴이 눈물범벅이었고 눈두덩은 발갛게 부어 있었다. 굉장히 오랜 시간 공을 들였을 화장이 번져서 눈자위는 거무스름했다.

윤설주는 눈이 잘 떠지지도 않는 듯 더듬더듬 칼을 도마 위에 내려 놓더니 손등으로 마구 눈을 비볐다. 점점 그로테스크해지는 몰골에 원 역시 잔뜩 심각해졌다.

"뭐야. 무슨 일인데."

"누구…… 차해준?"

"왜 우냐니까. 어디 아파?"

칼질하다 손이라도 베인 건가. 원은 재빨리 설주의 손을 이리저리 뒤집어 보았다.

상처 없이 깨끗한 손을 확인하자마자 원은 무릎을 꿇고 앉아 그녀의 헐렁한 바지를 위로 말아 올렸다. 여자가 주춤거리며 뒤로 물러섰다. 안타까울 정도로 마른 발목이 한 손에 잡혔다.

이렇게 비실거리는 다리로 하루 종일 뛰어다니다니. 이러니 별종 소리를 듣지.

"어, 어딜……."

"이상한 생각 하지 마. 무르팍 무사한지 보려는 거니까."

"무릎?"

"아까 넘어진 거 봤어. 무슨 여자애가 그렇게 기를 쓰고 공을 차. 월 드컵이라도 나갈 거야?"

"아…… 봤어?"

"봤지, 그럼. 그렇게 요란하게 넘어지는데 어떻게 못 봐. 이쪽은 멀 쩡하네. 왼쪽 다리……."

"안 다쳤어."

덥석. 여자에게 두 손목을 붙들렸다. 민망한 듯 헛기침 섞인 만류의 목소리도 함께였다.

올려다본 윤설주의 눈물범벅 얼굴은 아까보다 더욱 우스꽝스럽게 변해 있었다. 조금 전까지만 해도 눈두덩만 빨갛던 것이 이젠 얼굴 전체와 목까지 번져 있었기 때문이다.

그 모습이 퍽 놀려 먹고 싶게 생겼다고 생각하면서도 원은 한마디도 하지 못했다.

작고 힘없는 손이라 뿌리치려면 충분히 그럴 수 있었는데도 불구하고 얌전히 두 손을 맡기고 있었던 것처럼.

"그럼 왜 우는데."

퉁명스럽게 묻는 게 전부였다.

말투는 또 왜 이 모양이야. 손은 내가 잡았어야 하는데, 왜 '잡혀' 있는 거냐고.

정말이지 이 여자와 있으면 계획한 대로 되는 일이 하나도 없다.

엉망진창이네. 원은 자괴감과 함께, 한편으론 미처 확인하지 못한 설주의 왼쪽 다리에 대한 찝찝함을 느끼고 있었다.

그녀가 조심스럽게 고백해 오기 전까지는.

"양파가 너무 매워."

큼. 또 한 번 코를 훌쩍이며 멋쩍게 먼 산을 응시하는 윤설주.

무슨 설명이 더 필요할까. 그제야 알싸하게 코끝을 자극하는 매운 냄새와 썰다 만 양파로 어지럽혀져 있는 도마가 보인다.

원은 폭소를 터뜨렸다.

간신히 웃음이 느슨해질 때쯤, 설주는 잡았던 손을 던지듯 내팽개치며 그만 웃으라고 쏘아붙였다. 그녀는 개구리처럼 퉁퉁 부은 눈으로 겨우 초점을 잡고 있었다.

"내가 할게. 가서 세수라도 하고 와."

"아, 나 많이 흉하지."

"아니라고 해도 안 믿을 거잖아."

"그렇긴 한데. 넌, 참…… 빈말이라도 좀……."

"안 흉해."

원하는 답을 돌려줬는데도, 흘겨보는 설주의 시선이 더욱 날카로워졌다.

"엎드려 절 받기는 사절이야."

"진짜야."

"네네. 됐고요. 나 세수만 좀……."

원은 구차한 해명 대신 설주의 입술에 자신의 것을 포개었다. 그러나 저번과는 달리 원은 주춤거리는 스스로를 느낄 수 있었다.

어째서?

또 정강이를 걷어차일까 두렵기 때문은 아니었다. 화장이 번져 알록달록한 도깨비처럼 되어 버린 여자의 얼굴 역시 망설임의 이유는 아니었다.

틀린 이유만 찾아 대는 그를 놀리듯이, 본능적으로 눈을 꼭 감아 버린 윤설주의 얼굴이 아지랑이처럼 일렁였다.

입술을 떼고 싶지 않았다. 입을 맞추기 전엔, 어쩐지 저질러서는 안 될 것 같아 머뭇거려 놓고선.

원은 순간적인 충동에 반기를 들듯이 설주의 뺨을 감쌌던 손을 떨어뜨리며 한 걸음 물러났다. 그러곤 태연하게, 아무런 고민도 없는 사람처럼 설주를 놀렸다.

"난 예쁜 여자 아니면 뽀뽀 안 해."

여자가 손등으로 입술을 가린다. 그게 왜, 또 못내 아쉬운지.

"그러니까, 말하면 좀 믿어라."

차라리 저번처럼 세게 한번 차 줬으면 좋겠다. 아니, 차라리 어디 한 군데 부러지도록 흠씬 두들겨 패 줬으면 좋겠다.

쓸데없는 질문 같은 건 머릿속에 떠오르지 않도록.

"이, 이런 거 하지 마. 다음엔 진짜 전기 충격기 사 버릴 테니까!"

그러나 윤설주는 경고라고 하기엔 너무나 수줍은 목소리로 소리치고 선 주방에서 도망칠 뿐이었다. 원은 그 뒷모습을 바라보았다.

유난히 뜨겁게 느껴지는 입술을 깨문 채로. 정의할 수 없는 낯선 울렁거림을 뒤집어쓴 채로.

#4

원은 와자지껄한 아이들 사이에 섞여 저녁을 먹었다. 설주는 그와 멀리 떨어진 곳에 자리를 잡고 아직 젓가락질이 서툰 아이의 식사를 도와주고 있었다.

그녀는 카레를 만드는 동안 내내 그랬던 것처럼 밥을 먹는 동안에도 원과는 눈도 마주치지 않으려고 들었다.

그러나 이따금 뒤통수가 간지러운 느낌에 돌아볼 때마다 그는 유난히 허둥대는 설주를 발견할 수 있었다. 세수를 해서 말간 맨얼굴이 홍시처럼 잘 익어 있는 것도.

그랬던 설주가 마침내 원을 무시하기를 그만두고 말을 섞어 준 것은 설거지까지 다 끝낸 후였다.

"무릎 꿇을까?"

"……"

"나 무릎 꿇는다. 어?"

"……됐어. 너 다리도 아픈……."

만류하던 윤설주가 문득 생각났다는 듯 목소리를 키웠다.

"그러고 보니까 너 다리 이제 다 나은 거야? 예전엔……."

"일찍도 물어본다."

"너무 아무렇지 않아 보여서 잊고 있었어. 지금은 괜찮아? 치료한 거야?"

"어. 수술했어. 말짱해."

"수술만 하면 고칠 수 있는 거였구나. 다행이다."

"……그러게. 간단하더라. 생각보다."

준비된 거짓말을 뱉는 혀끝이 깔깔했다.

설주의 기억에 사실은 해준이 남아 있다는 것을 알게 된 이후 언젠간 이런 얘기를 하게 될지도 모른다고 생각했었다.

그러나 안도감으로 가슴을 쓸어내리는 여자를 보니 짐작한 것보다 더욱 마음이 불편했다. 원은 설주의 눈을 제대로 보지 못한 채로 너스레를 떨었다.

"그렇게 걱정되는 사람이 저번엔 어떻게 그랬을까."

"저번?"

"내가 통뼈인 걸 천만다행으로 알아. 정강이 나가는 줄 알았어."

"아! 많이 다쳤어? 설마 수술한 거 다시 잘못된 거 아니지?"

그녀는 울음을 터뜨리기 직전의 어린아이처럼 발을 동동 구르며 어쩔 줄을 몰랐다.

흐렸다가, 해가 반짝 비췄다가, 이젠 비를 잔뜩 머금은 먹구름으로 가득 차 버린 하늘을 보는 것 같았다.

원은 고개를 저었다.

윤설주는 장난을 걸기에 적합한 상대가 아니다. 이렇게 뭐든 심각하게 받아들이는 여자에게 농담은 무슨 농담.

"다른 쪽 다리였어. 그나마도 스친 정도였고."

"아닌데. 그때 내가 좀 세게……. 아냐. 그러지 말고 한번 보자."

"보긴 뭘……."

윤설주는 뜻밖에도 행동력이 남다른 여자였다.

원은 자신의 말이 끝나기도 전에 쪼그려 앉아 바지를 걷어 올리고 있는 설주를 발견하고 황당함에 말을 더듬었다.

"무, 무슨 여자애가 남자 바지를 막……."

"너도 아까 그랬으면서. 잠깐만. 움직이지 말아 봐."

아직 아물지 않은 상처를 발견한 여자의 입에서 신음성이 흘러나왔다.

눈꼬리를 아래로 내리고 올려다보는 윤설주의 얼굴 위로 애니메이션에 나오는 장화 신은 고양이가 겹쳐 보여 원은 오히려 피식 웃어 버렸다.

"지금 웃음이 나와? 병원은 가 봤어?"

"이런 걸로 남자가 무슨 병원이야."

"세상에. 너무 멋있다, 차해준. 역시 남자네. 파상풍 같은 걸로 입원 신세 좀 져 봐야 정신 차릴 거지, 응?"

"그게 뭔지는 모르겠는데, 죽을병 아니면 굳이 병원 안 가도 다 나아."

"치료 안 하면 죽을 수도 있는 병이야."

"윤설주, 의사 하면 잘하겠다."

"뭐?"

"의사들이 그런 거 잘하잖아. 겁주는 거."

설주가 입을 앙다물고 쏘아보았다.

위험 신호다. 대개 여자들은 여기서 조금 더 나가면 '삐침' 단계에 돌입하곤 하니까. 재수 없을 때는 토라지는 것에서 끝나지 않고 분노로

심화되기도 하고.

원이 서둘러 그녀를 달래려던 찰나였다.

"겁주는 거 아니야. 상처가 생각보다 커서……."

뭐라고 웅얼거리는 목소리가 들리지 않아 원이 허리를 숙였다.

"커서, 뭐라고?"

"……미안하다고."

윤설주는 흐린 얼굴로 자책했다.

이렇게까지 미안해할 일은 아닌데. 지금까지의 삶을 돌아보면 이 정도는 상처 축에 들지도 않는데. 여자의 이런 말이나 표정은, 어리광을 부리고 싶은 충동을 불러일으킨다.

그러나 사실 원은 어리광이 어떤 것인지도 잘 모른다.

아파도 아프지 않은 척. 슬퍼도 슬프지 않은 척. 괜찮지 않아도 괜찮은 척. 원이 잘할 수 있는 건 이런 것들이다. 익숙하지 않은 상황은 어색하고 그래서 도망치고 싶어진다.

원은 설주가 말아 올린 바지를 다시 끌어 내려 상처를 가리며 열없이 대꾸했다.

"미안하긴 뭐가 미안하다고. 완전 바보 아냐?"

"뭐라고? 바보?"

"그래. 바보. 나는 맞을 짓 해서 맞았고, 너는 때릴 만해서 때린 거잖아. 안 그래?"

그건 그렇지, 하고 윤설주는 고개를 끄덕였다. 그러나 말과는 달리 얼굴엔 찜찜함이 남아 있어서 그야말로 반쪽짜리 수긍이었다.

원은 쯧, 혀를 찼다.

"정말 그거 사야겠다, 윤설주."

"그거?"

"전기 충격기."

"그건 네가 또 그러면······."

"조만간 또 그럴 것 같거든 내가."

"스토킹도 선전 포고 하더니······. 뭐든 미리 말만 하면 다 용서된다고 생각하는 거야?"

여자가 타이르듯 말했다. 조소가 흘러나왔다. 원은 고개를 비스듬히 기울였다.

"용서받으려고 미리 말해 주는 거 아닌데."

"그럼?"

"네가 너무 순하고 맹하고 물러 터졌으니까."

그래. 그래서야. 이렇게 건방지게 충고하는 건.

"가능하면 피해 보라고."

나 같은 놈한테 당하기엔 당신은 꽤 괜찮은 사람인 것 같거든.

이 얼마나 이율배반적인 마음인지. 원은 자신의 고의적인 허술함에 격렬한 증오를 느꼈다.

실은 더 잘할 수 있다는 걸 알고 있었다. 연수의 눈물을 생각하면 자신이 더욱 절박해져야 한다는 것도 알았다. 그러니까 이런 같잖은 충고로 여자를 헷갈리게 해서는 안 되는 거였다.

대체 뭐가 문제야?

원은 스스로에게 날카롭게 질문했다. 답은 허무할 정도로 간단했다.

너무 착해 빠졌잖아.

이런 타입의 여자를, 원은 언젠가 만나 본 적이 있었다. 다치지 않을 만큼만 상대에게 주고, 원하는 것을 취하는 그런 영리한 여자들과는 정반대였던 사람.

'나한테 왜 이렇게 잘해 줘요? 관심 있어요?'

'네. 관심 있어요.'

'왜요? 내 어디가 좋은데?'

'부자잖아요. 난 돈 많은 여자가 좋더라.'

이렇게 대답하고 나면 반응은 두 가지로 갈렸다. '별 미친놈 다 보겠네.' 의 정상적인 부류와 '솔직해서 좋네.' 의 정신 나간 부류.

그러나 그 여자는 아무 말도 하지 않았었다.

전자인가 싶어 손 떼려고 했더니 먼저 연락을 해 왔다. 요구하는 건 뭐든 손에 쥐여 주면서도 정작 그 여자가 바라는 거라곤 너무나 평범하고 소소한 데이트뿐이었다.

겨우? 라는 생각이 들었었다. 이번엔 참 쉬운 게 걸려들었구나, 하고 등신처럼 히죽댔었다.

파티 같은 곳에 끌려가 마네킹 노릇을 하지 않아도 됐고, 밤낮으로 호텔 침대에 불려 가지도 않았으며 온갖 히스테리에 시달릴 일도 없었다. 착하고 좋은 여자였고 그래서 피곤하지 않았다.

'원아. 사랑해.'

그런 말은 워낙 자주 들어 왔던 거니까. 대수롭지 않게 생각했다. 진심인지 아닌지 그런 건 애초에 생각해 보려고도 하지 않았다.

'나도.' 하고 되돌려 줄 때 그 말에 자신이 어떤 감정도 싣지 않는 것처럼, 여자들의 '사랑해.' 도 '안녕.' 이라든지 '밥 먹었어?' 와 같은 형식적인 인사일 거라고 생각했었다.

그러나 그 안일함에 대한 대가는 참혹했다.

어떤 여자들은, 자신이 준 만큼의 사랑을 되돌려 받지 못하면 스스로를 망가뜨리기도 한다는 걸 원은 그때 처음 알았다.

여자는 딱 죽지 않을 만큼만 스스로를 다치게 했다. 그리고 자신의 고통을 무기로 원을 협박하기 시작했다.

'너 때문에 내가 이렇게 아프잖아.'
'네가 떠나면 나 정말 죽어 버릴 거야, 원아.'

그 순간 원이 가장 견딜 수 없었던 건, 그럼에도 불구하고 여자를 사랑할 수 없던 그 자신이었다.

여자의 슬픔과 고통을 조금도 이해할 수 없었던, 조금도 나눠 지고 싶지 않았던, 선우원. 바로 그 자신.

"맹하다니."

윤설주가 들은 말을 되풀이하며 코끝을 찡그렸다.

"사람 보는 눈 완전 꽝이다, 차해준."

그러다가도 다시 빙그레 웃는다.

원은 그 얼굴을 물끄러미 내려다보다 복사하듯 설주의 미소를 따라 했다.

"그래. 그랬으면 좋겠다."

그런가. 틀린 건가. 단지 내가 겁이 많아진 것뿐일까.

"정말이야. 나 말 안 듣는다고 되게 혼나면서 컸어. 아니지. 과거형으로 말하면 안 되겠다. 오늘도 들어가면 왠지 한바탕 깨질 것 같으니까."

여자는 이곳에 올 때와 180도 달라진 자신의 옷차림을 내려다보며 한숨을 푹 내쉬었다.

하의는 트레이닝팬츠를 빌려 입은 덕에 좀 더러워진다 한들 상관없었지만, 명품 브랜드의 블라우스는 사정이 달랐다.

원은 새하얀 블라우스 위에 흡사 네발짐승의 발자국처럼 찍힌 카레를 보며 물었다.

"뻔히 혼날 짓을 왜 하는데."

"어?"

"혼날 거 알면, 안 하면 되잖아."

윤설주는 흐응, 하고 의미를 알 수 없는 추임새를 집어넣었다. 대답을 고르는 건가 했는데 괜히 허공을 더듬는 시선은 멋쩍음에 가까웠다.

"할 필요 없는 일들 중에 제일 즐거운 거라서."

"할 필요 없는 일."

원은 앵무새처럼 조용히 설주의 말을 따라 했다.

이 여자의 옆에서 하루 종일 웃음을 터뜨리던 아이들을 생각하면, 어쩐지 무섭게 들리는 말이라고 원은 생각했다. 그런 원의 머릿속을 다 읽고 있는 것처럼 설주가 설명을 덧붙였다.

"딱 세 가지로 나뉘거든. 해야 하는 일. 할 필요 없는 일. 하면 안 되는 일."

친절하지만 고독한 음성으로 여자는 찬찬히 손가락을 꼽아 가며 말했다.

"할 필요 없는 일을 했을 때에는 잔소리 정도로 끝나니까. 운 좋게 어머니가 피곤한 날엔 그냥 이런 눈빛에 쯧쯧, 혀 차는 걸로 끝나기도 하고."

'이런 눈빛'을 표현하느라 윤설주는 눈을 가늘게 뜨고 턱을 치켜들고 있었다.

단어로 말할 것 같으면 한심이나 경멸쯤이려나.

결코 유쾌하지 않은 얘기를 아주 재미있는 농담처럼 풀어 하려는 여자의 노력이 가상해서, 원은 비스듬히 웃으며 물었다.

"그럼, 하면 안 되는 일을 했을 땐? 매라도 맞는 건가?"

"그럴 리가. 우리 심 이사님 기준에 그건 당신 품위를 해치는 최악의 처벌 방법이라서."

원은 걸핏하면 각목을 휘둘렀던 한 사내를 떠올렸다.

한때 자신이 아버지라고 불렀던 그에게도 잃고 싶지 않은 품위라는 게 있었더라면 좋았을걸.

"일의 경중에 따라 다르겠지만 지금까지 가장 끔찍했던 건…… 외출 금지. 반년 넘게 집 밖으론 나가질 못했었거든."

여자는 덤으로 제 사촌들이 받았던 다양한 처벌에 대해서도 알려 주었다.

카드와 차를 압수당하거나, 유배당하듯 지방 지사의 한직으로 좌천되거나, 주식을 빼앗기거나 하는, 드라마에서나 봤을 법한 이야기들을.

그러나 속사포처럼 빠르게 이어지는 말에서 원은 어떤 껄끄러움을 읽었다. 그녀는 의도적으로 그가 끼어들 틈을 주지 않고 있었다.

"심 이사…… 아니, 우리 어머닌, 그런 방법이 나한테 별 위협이 안 된다는 걸 안 거야. 어렸을 때부터 그랬대. 먹던 사탕을 뺏겨도 통 울지를 않았다더라. 장난감 하나를 두고 서로 갖겠다고 친구들이랑 싸우는 일도 한 번도 없었고. 그게 내 가장 큰 문제점이라고 늘……."

"왜?"

"우리 어머니는……."

"아니. 그거 말고."

대화가 아니라 독백에 가깝던 목소리가 툭 끊겼다. 동시에…… 생기라고 해야 할까. 여자의 동공 안에서 수명이 다해 가는 필라멘트처럼 위태롭게 깜빡이던 뭔가도 함께 꺼져 버렸다.

철모르는 아이 같던 여자는 이제 시들어 메마른 꽃 같은 얼굴로 자신을 올려다보고 있었다. 그 극단적인 변화의 이유를, 원은 꼭 알아야겠다고 생각했다. 알고 싶었다.

"무슨 잘못?"

"……."

"대체 어떤 '하면 안 되는 일'이길래 반년이나 감금인데."

마음 한구석으로부터, 차라리 모르는 게 나을 거라는 충고가 들려왔다. 상대가 꺼내기 어려워하는 말은 들어서 좋을 것이 없는 내용이 대부분이니까.

그래. 지금이라도 그냥. 멈춰야 할는지도 모른다. 말하기 힘들면 하지 않아도 된다고. 그렇게 하는 편이…….

"연애를 했거든. 그게 벌써…… 3년 전이네."

시들고 메마른 윤설주가 그렇게 말했다. 3년 전의 일이 마치 어제의 일인 듯 생생한 아픔처럼.

윤설주의 사연은 시시했다.

평범에 조금 못 미치는 남자와 내로라하는 재벌가 여자의 고리타분한 러브 스토리. 운명인가 하며 시작했다가 비극이구나 하고 끝나는 연애.

전부 다 버리고 사랑 하나로만 살겠다는 각오가 현실에 좀먹히기까지 1년이면 충분하더라고, 그녀는 남의 얘기를 옮기듯이 건조하게 말했다.

입막음을 철저히 한 것인지 물밑 작업을 하는 동안 한 번도 듣지 못한 이야기였다. 대학 재학 중 붕 떠 버린 2년의 빈 공간은 그래서 생긴 거였구나.

드디어 의문에 대한 답을 얻었음에도 원은 오히려 막막해졌다.

유학이라고 알려진 것과 달리 출입국 기록이 사실과 다르다던 흥신소 직원의 말이 가리키는 게…… 남자와 야반도주를 했다가 잡혀 들어오고, 집 안에 감금당하다시피 한 역사였다니.

원은 설주의 과거에 대해서는 크게 관심이 없었다. 그러나 그게 그녀의 현재에 영향을 미칠 만큼 대단한 사건이라면 말이 달랐다. 그에게 불리하게 작용할 일이라면 더더욱.

　　"나, 결혼할 사람이 있어."

　　너무 이르다.

　　원은 미간을 찌푸렸다. 이 고백을 듣는 것은 훨씬 더 나중일 거라고 생각했는데.

　　"정략결혼이라고 하잖아. 집안에서 정해 준 사람. 그 사람 외의 남자는 만나선 안 되는 거였는데, 내가 그 엄청난 짓을 겁도 없이 저질러 버렸다는 거 아니야."

　　손가락 두 개를 펼쳐 V를 만들어 보이며 여자는 히죽 웃었다. 묵묵히 듣고만 있던 원의 투박한 음성이 설주를 탓했다.

　　"차라리 울어라."

　　"울긴……."

　　"그래야 달래라도 줄 거 아냐. 웃으면서 그런 얘길 하면 어떻게 해야 할지 도저히 모르겠으니까."

　　그러자 윤설주는 무안할 정도로 사람을 빤히 쳐다봤다. 말뿐만이 아니라 정말 어떻게 해야 할지 몰라 곤란할 정도로.

　　"고마워, 해준아."

　　여자가 손을 머리 위로 손을 뻗어 왔다. 강아지를 쓰다듬듯 가볍게 머리카락을 흩뜨리고는 아차, 하는 얼굴로 재빨리 손을 거뒀다.

　　이젠 이런 거 싫어한다고 했지, 중얼거리고는 마른 손끝을 손바닥 안으로 감춘다.

　　"그러고 보니, 네가 처음이야."

　　"뭐가."

　　"그 일 있고 나서 누구에게도 위로받아 본 적이 없었거든. 다들……

세상 물정 모르는 한심하고 멍청한 계집애가 드디어 제대로 사고 쳤다고, 손가락질하기 바빴으니까."

그래. 그랬겠지. 나라도 그랬을 거야. 남자가 뭐고, 사랑이 다 뭐라고 그깟 신기루에 전부를 걸어. 자기가 가진 게 얼마나 대단한 건지 그 가치도 모르는 어리석은 여자 같으니라고.

원은 냉소를 짓지 않기 위해 혀끝을 세게 깨물었다.

아파서 인상을 찌푸리게 되는 편이 차라리 낫다. 지금 이 상황에는.

"나 괜찮아. 그러니까 그런 얼굴 하지 마."

순진해 빠져서는, 지금 누가 누구 걱정을 하는 건지.

원이 남몰래 혀를 차는 사이 그녀는 자신의 이야기를 덤덤하게 이어 나갔다.

"그런데 있잖아…… 내가 정말 견딜 수 없었던 건, 어머니도 아니고, 날 손가락질하는 사람들도 아니고, 바로 나였어."

"……."

"시간이 지나고 돌이켜 생각해 보니까…… 내가 그 사람을 사랑해서 그런 짓을 저지른 건지, 단지 도망치고 싶어서 그 사람을 이용한 건지 헷갈리기 시작하더라. 꼭 그 사람이어서가 아니라, 그땐 누구든 상관없었을지도 모른다는 생각이 드는 거야. 나한테 떠나자고 손 내밀어 줄 사람이면, 그게 누구든 나는 사랑이라고 착각해 버렸을 거라고."

의문이 든 건 그 시점이었다. 어째서 이런 얘기를, 이렇게까지 자세하게 하는 걸까, 하는 의문이.

"그래서 해준아. 나한테 안 그랬으면 좋겠어."

젠장. 이거였군.

입을 막기에는 이미 늦은 타이밍. 원은 사납게 자신의 머리를 쓸어 올렸다.

"흔들리니까. 흔들리고 싶어지니까. 덥석 손잡고 싶어지니까. 이용하고 싶어지니까."

"······."

"너한테 미안할 일, 안 하고 싶어."

노력은 가상하지만, 글쎄······.

원은 하마터면 실소를 흘릴 뻔했다. 이렇게 친절하고 위협적이지 못한 접근 금지령은 처음이라서.

"늦었네. 나 이만 가 봐야겠다."

뒤늦게 어색함이 밀려오는지 여자가 서툴게 대화를 마무리 지으려 했다. 그러나 원은 그녀의 뜻에 따라 줄 의사가 전혀 없었다.

"내가 좋아질 것 같다는 얘기를 이렇게 하는구나, 윤설주는."

"내 말 지금까지 뭐로 들은 거야. 나는······."

"당장 꺼져. 꼴도 보기 싫어. 다신 내 눈앞에 나타나지 마."

"······."

"이렇게 말했어야지. 정말 나를 포기하게 만들 거였으면."

조리대에 느슨하게 걸터앉은 원이 설주의 팔을 잡아 끌어당겼다. 다리 사이에 갇힌 여자가 덫에 걸린 작은 짐승처럼 연약한 눈동자로 올려다보았다.

그래. 단순하게 생각하면 된다. 포식자와 피식자. 잡아먹히는 건, 그것이 약하기 때문이다. 잡아먹는 쪽이 악해서가 아니라.

"나는 앞으로도 계속 이럴 거야. 흔들리고 싶게 하고 손잡고 싶어지게 할 거야. 근데 네가 내 손 잡으면, 그건 절대 이용은 아닐 거야."

그러니까 미안해할 필요, 없는 거다.

"사랑인지 필요인지 헷갈리게 안 할 거거든, 나는."

#5

원은 사실, 휴일이 즐겁다고 생각해 본 적이 없다. 아무것도 할 일이 없다는 것은 휴식이라기보다는 고문에 가깝게 느껴졌기 때문이다.

몸이 편하다는 것은 방심할 틈이 생긴다는 것이라, 멍하니 있으면 악귀처럼 뇌리에 들러붙어 있는 지옥 같은 과거가 조금씩 제 몸집을 부풀리며 속삭이는 것이다.

아직 날 잊지 않았지? 하고.

그래. 잊을 리가, 잊힐 리가 있겠는가.

보통의 아이들이 학교에 가고 운동장에서 뛰어놀고, 저녁이 되면 따뜻한 밥상이 차려진 집으로 돌아갈 때에 구걸하고 훔치고 쫓기고 굶고 맞으며 컸는데. 아무도 가르쳐 주지 않아서 열 살이 되도록 글조차 제대로 쓸 줄 몰랐는데.

슬프고, 분하고, 억울한 기억들.

그러나 그런 건 견딜 수 있다. 다소간 기분이 가라앉기야 하겠지만,

그 이상으로 영향을 끼치진 못하니까.

"8월 12일……."

그런 이유로, 하릴없이 시간을 놀리는 게 싫어 아는 형네 가게에서 하루짜리 아르바이트를 하고 있던 참이었다.

탄 고기가 달라붙은 불판을 마흔 개 정도 씻고 나니 간신히 물 한잔 마실 틈이 생겼다. 마침 핸드폰이 짧게 진동했고 원은 메시지를 열었다.

발신인은 서연수. 글자 하나 없이 사진 한 장만 달랑 첨부되어 있다.

그건 누군가의 청첩장을 찍은 것이었다. 신부의 이름은 그가 익히 아는 이름.

원은 손가락을 움직여 사진을 크게 확대해 보았다.

〈윤경필 심여진의 장녀 윤설주〉

윤설주. 틀림없는 그녀의 이름이었다.

그러나 원은 글자를 어설프게 알던 시절 그랬던 것처럼, 윤설주, 그 세 글자의 자음 모음을 여러 번 곱씹어 읽어 보았다.

몇 번을 읽어도 윤설주는 역시 윤설주.

더는 어떻게 해 볼 수 없이 완벽히 인정한 이후에, 원은 주머니를 뒤져 담배를 찾아 입에 물었다.

뻐끔뻐끔. 하얗게 흩어지는 연기를 보면서 하릴없이 8월 12일까지 남은 날을 차근히 세어 보는데 누군가 그의 어깨를 툭 치며 말을 걸어 왔다.

"무슨 일 있냐? 얼굴이 왜 그래?"

가게 주인인 석구 형이다. 찬찬히 뜯어보는 시선에 원은 담배를 끼운 손가락으로 제 뺨을 쓸어내렸다.

"해준이 또 어디 아프냐?"

"아니. 아프긴."

"근데 뭐 그렇게 심란해? 젊은 놈이 축 처져 가지고."

내가? 형이 잘못 본 거 아니고? 난 아무렇지 않은데?

마구 따져 묻고 싶은 충동이 들어 입술을 달싹거렸다가, 이건 따질 일이 아니라는 데에 생각이 미쳐 그냥 피우던 담배나 마저 피우기로 한다.

석구는 대답이 없는 원에게 장난 반, 진담 반을 섞어 충고했다.

"그러고 있지 마. 네가 그러고 있으면 우리 가게 여직원들이 신경 쓰여서 일을 제대로 하겠냐?"

"무슨 상관이라고."

"왜 상관이 없어. 쟤, 미진이. 쟤, 서영이. 너 언제 또 알바하러 오 냐고 하루가 멀다 하고 물어보는데."

원은 석구가 가리키는 곳을 대충 눈으로 훑었다. 지목당한 여직원들 이 '아우, 사장님! 제가 언제요!' 콧소리를 내며 총총총 도망쳤다.

알게 뭐야. 감상은 단지 이것뿐.

원은 다 태운 꽁초를 비벼 끈 후, 한 대를 더 필까 말까 심각하게 고 민하는 중이다.

"하여간 세상 참 불공평해. 누군 고기판 앞에 쪼그려 앉아서 담배만 피워도 화보고……."

"형."

"응?"

"원래 청첩장이라는 게, 그렇게 일찍 나오나?"

무심결에 말이 튀어나왔다. 소리가 되어서 나온 생각에 놀란 것은 원 자신이었다.

"뭔 소리야. 누가 결혼한대?"

"……어. 두 달 반 후에."

정확히는, 두 달 하고…… 17일 후.

"두 달 반이면……. 그렇게 일찍도 아닌 것 같은데? 보통 그즈음 해서 만들지 않나?"

"그런가."

"그렇지. 닥쳐서 하는 것보다 미리미리……."

"근데 두 달 반 동안 무슨 일이 생길 수도 있는 거 아닌가."

"일? 무슨 일?"

"뭐, 갑자기 막 지진이 날 수도 있고, 사고가 날 수도 있고. 싸우고 나서 이 결혼 못 하겠다, 엎어 버릴 수도 있고……. 딴 사람이 좋아질 수도 있고."

석구는 어리둥절한 표정으로 고개를 잔뜩 뒤로 뺐다.

제기랄. 새어 나가려는 욕을 간신히 입안으로 가두었다. 석구의 눈빛이 아니더라도, 원은 제 말이 얼마나 황당하게 들릴지 쉽게 짐작할 수 있었다.

결국 담배를 하나 더 물고는 신경질적으로 손을 휘저었다.

"못 들은 걸로 해, 형. 내가 어제오늘 잠을 제대로 못 자서……."

"들은 걸 어떻게 못 들은 걸로 하냐? 누가 결혼하는데? 철천지원수라도 돼?"

"원수가 왜 나와?"

"아니 꼭, 결혼 파투 나길 바라는 사람처럼 얘기하니까."

석구의 말에 원은 긍정도 부정도 하지 않은 채 시선을 다른 곳으로 돌렸다.

사실 석구의 말이 아주 틀린 말은 아니었다. 철천지원수는 아니지만, 그 결혼…… 파투 내긴 할 거니까.

"뭐 얼마나 대단한 원수를 진 건진 모르지만, 남의 경사에 훼방 놓는 거 아니다. 천벌받을 일이야, 그거."

원의 침묵을 멋대로 긍정이라고 판단한 석구가 어울리지 않게 진지한 음성으로 타일렀다. 그러곤 쑥스러웠는지 잔기침과 함께 슬그머니 몸을 일으켜 홀 쪽으로 향했다.

원은 어느새 꽁초가 되어 버린 두 번째 담배를 발밑에 떨어뜨려 짓이기며 석구의 뒷모습을 무심히 응시했다. 타는 듯 뜨거운 목을 타고 올라온 혼잣말에 눈이 따끔거린다.

"……천벌은 무슨."

하늘은 그냥 하늘이다. 하늘은 아무것도 못 한다.

핏덩이가 길가에 쓰레기처럼 버려질 때에도, 그 핏덩이가 굶주리고 추위에 떨며 아이가 되는 동안에도, 그 아이가 소년이 되어 죄 없는 사람을 죽일 때에도. 아무것도 하지 않았던 야속한 하늘 따위는.

— 으응, 소희야.

여자는 전화를 받자마자 대뜸 낯선 이름을 찾았다.

잘못 걸었나? 원은 귀에서 핸드폰을 떼고 번호를 다시 확인했다.

맞는데. 윤설주. 떨떠름하게 다시 전화를 귓가로 옮기자 긴장한 듯 잔뜩 경직된 목소리가 흘러나왔다.

— 나 지금 집에 들어가는 중인데, 왜? 소희 넌 뭐 해?

이토록 어색한 원맨쇼라니. 로봇이 해도 이보단 낫겠다 싶어 픽, 웃음이 새어 나왔다.

"친한 친구 이름인가?"

— 응? 으응.

"나쁘지 않네. 둘만 아는 암호 같고."

낮은 웃음소리가 건너왔다. 뒷좌석에서 잔뜩 숨을 죽인 채 조심스럽게 핸드폰을 쥐고 있을 여자의 모습이 신기할 정도로 쉽게 그려진다. 어제 본 연약한 눈동자가 지금은 김 기사의 눈치를 보느라 바쁘게 구르고 있을 것이다.

— 근데 무슨 일로 전화했어?

무슨 일? 용건을 묻는 거라면, 원은 딱히 돌려줄 말이 없었다.

그러게, 왜 전화했을까. 통화 버튼을 누르기 전에 했어야 할 질문을 뒤늦게라도 해 보지만, 적당한 이유가 떠오르지 않는다. 물어보고 싶은 거라면 하나 있지만.

8월 12일. 너 결혼해?

해선 안 될 질문이다.

"그냥. 목소리 듣고 싶어서."

— 아…… 그렇구나. 무슨 일 있는 건 아니고?

"무슨 일 있으면, 만나 줄래?"

— 글쎄. 시간이 좀…….

"만나자. 잠깐이라도 좋으니까. 지금 집 앞으로 갈게."

— 뭐? 해주, 소, 소희야. 잠깐…….

당황한 여자의 목소리가 뚝 끊겼다.

핸드폰을 바지 주머니에 쑤셔 넣은 원은 앞치마를 벗고 카운터에 서 있는 석구에게 다가갔다.

"형. 나 오늘 일당."

"얌마. 너 아직 한 시간 남았잖아."

"그럼 한 시간어치 빼고 줘."

"이놈이 왜 안 하던 짓을 해? 아깐 보는 사람 심란하게 인상 팍 쓰고 있더니."

"내가 언제 그랬다고. 아, 빨리 돈이나 줘."

원이 빚 받으러 온 사채업자처럼 독촉했다. 석구의 눈이 의뭉스레 빛났다.

돈통을 열어 만 원짜리 몇 장을 꺼내는 순간, 냉큼 채 가려는 원을 피해 석구가 손을 높이 들어 올렸다.

"영 수상하다, 선우원. 너 혹시 여자 생겼냐?"

"형, 질문을 반대로 한 거 아니야? 여자야 항상 있었는데 뜬금없이 무슨……."

"아니, 그런 여자 말고 인마. 진짜 좋아하는……. 어? 야야! 그거 다 가져가면 어떡해!"

심각한 홍석구는 사절. 좋아하는 여자라느니 하는, 대답할 가치조차 없는 질문 역시 사절.

원은 석구를 봐주느라 기다리고 있던 것을 관두고 팔을 뻗어 잽싸게 돈을 낚아챘다. 만 원짜리가 아홉 장. 시간당 만 원으로 치니까…….

원은 그중 세 장을 빼 석구의 와이셔츠 주머니에 쑤셔 넣었다.

"자, 이건 우리 형 용돈 하시고. 난 간다. 연락할게."

무성의한 인사를 일방적으로 던져 놓고 원은 곧 긴 다리로 빠르게 걸어 먹자골목의 인파 속에 완전히 섞여 사라졌다.

"자식이. 남의 돈으로 생색내기는."

이러니저러니 해도 도무지 미워할 수가 없는 녀석이다. 석구는 삼만 원을 다시 돈통에 넣으며 투덜거렸다.

◇　◇　◇

석구의 고깃집이 자리한 먹자골목은 오후 6시 이후로는 저녁을 해결하기 위해 찾아온 사람들로 주말이고 평일이고 가리지 않고 발 디딜 틈 없이 붐볐다.

유동 인구가 많은 곳이다 보니 단순히 음식점들만 늘어서 있는 것이 아니라, 작은 액세서리를 파는 좌판이나 투병한 비닐 팩에 칵테일을 담아 파는 간이 매장 같은 것들도 즐비했다.

그뿐인가. 최근엔 부쩍 거리 공연을 하는 밴드나 마술사가 늘어나기도 했고, 오락실도 한 블록에 하나씩 있을 정도로 우후죽순 생기기 시작했다.

이런 이유로, 이곳에서 퇴근한 넥타이 부대의 뒤를 이어 가장 쉽게 발견할 수 있는 부류는 바로 데이트 중인 커플들이었다.

그 길을 통과하는 오늘의 원은, 여느 때와는 조금 달랐다.

흐릿한 배경 화면 같았던, 그래서 존재감 없었던 풍경이 문득 의식의 테두리 안으로 들어왔다.

분명히 조금 전까지만 하더라도 버스와 택시를 양쪽에 놓고 머릿속에서 저울질하고 있었는데, 지금 원의 관심을 독차지한 것은 작은 꽃다발을 품에 안고 이를 드러내며 환하게 웃는 이름 모를 여자들이다.

저깟 꽃이 뭐라고 다들 저렇게 행복한 표정을 짓는 걸까. 상추나 배추처럼 그냥 풀포기일 뿐인데. 조금 더 알록달록하고 비싼 풀포기.

여자란 정말 알다가도 모르겠다고 툴툴거리면서, 원은 영 못마땅한 얼굴로 꽃을 파는 좌판대로 다가갔다.

수십 가지 종류의 꽃다발 사이에 서 있는데, 꼭 여탕 한복판에 뚝 떨어진 것 같은 당황스러운 기분이 들었다. 장사를 하기에는 무척 앳되어 보이는 여주인이 상냥하게 물었다.

"어서 오세요. 찾는 꽃 있으세요?"

찾는 꽃이라는 게 있을 리가. 애초에 내가 왜 여기 서 있는지도 모르겠는데.

"아, 그냥 좀 본 거예요. 죄송합니다."

반사적으로 대충 둘러대고 원은 뒤도 돌아보지 않고 도망치듯 거리

를 빠져나왔다. 자신의 행동이 매우 촌스럽고 수상해 보였겠다는 생각
은 버스를 탄 이후에나 간신히 할 수 있었다.

왜 이래? 아마추어같이. 꽃이라곤 한 번도 사 본 적 없는 사람처럼.

동창 모임 중이니 빈손 말고 꽃을 사서 와 주라는, 명령이나 다름없
는 부탁에 언젠가 흐드러진 장미꽃 다발을 사 본 적이 있다. 함께 걷다
가 꽃집을 본 상대가 하도 조르는 바람에 이름 모를 노란 꽃다발을 사
다 안긴 적도 있고.

문제는, 그 꽃을 받은 상대가 누구였는지 기억에 없다는 것이었다.

그때도 이랬었나?

머리를 긁적이며 그 속을 헤집어 봤지만, 꽃집 앞에서 허둥거리는
덜떨어진 선우원은 그 안에 없었다.

오히려 찾아낸 거라곤 편의점에서 담배를 살 때만큼이나 매우 자연
스럽고 태연하게 값을 치른 꽃다발을 손에 쥐는 자신의 모습이었다.

그때와 지금이 대체 뭐가 다른 건데?

생각의 끝이 마침내 근원적인 질문에 도달했을 때였다. 차창 밖의
풍경이 눈에 익다 했더니, 어느새 윤설주네 동네 근처였다.

원은 행여 지나칠세라 다급히 벨을 눌렀다. 복잡하게 엉긴 의문들은
떠나는 버스에 남겨 둔 채로, 원은 설주 몰래 몇 번이고 와 봤던 길을
걸어 올라갔다.

그야말로 만화 속의 궁전을 축소시켜 놓은 듯한 으리으리한 대저택
들이 서로 저 잘났다 뽐내고 있는 모양새다. 이야, 하는 집을 지나고
나면 우와, 하는 집의 등장이 반복되는 것이다.

윤설주의 집은 그런 별천지 한가운데 속해 있다.

자연히, 여고생들이 찌푸린 얼굴로 코를 막고 지나가던 지저분한 달
동네가 떠올라 기분이 가라앉았다.

천양지차라는 말은 이럴 때 쓰는 거지. 원은 조소하며 걸음을 옮겼다.

"……."

가로등 밑을 서성거리는 가느다란 인영이 눈에 띄었다.

여자는 자신의 집에서 조금 떨어진 곳까지 나와 있었다. 핸드폰을 꼭 쥔 채로, 몇 초 간격으로 액정을 켜 보는 것이 멀리서도 반짝이며 보였다.

"나 기다려?"

"악!"

여자가 별안간 소리를 꽥 지르며 팔을 마구 휘저었다. 요령 좋게 몸을 뒤로 빼기는 했지만, 원이 피하는 바람에 도리어 설주가 균형을 잃어버렸다.

기우뚱 기울어지는 몸을 원의 팔이 잽싸게 낚아챘다. 드러난 곳만 마른 줄 알았더니, 허리가 한 팔에 다 차지도 않는다.

쯧. 원이 혀를 차며 설주에게로 고개를 기울였다.

"환영 인사가 격하다."

"이, 인기척도 없이 갑자기 튀어나오니까……. 맞은 건 아니지?"

"왜 아니야. 핸드폰에 맞아 봤어? 엄청 아프네. 멍 들겠는데."

"아파? 어디?"

당혹감에 젖어 허리가 잡힌 것을 깨닫지도 못하고 큰 눈을 대록대록 굴리는 걸 보는데, 좀 전의 우울한 기분은 씻은 듯 사라졌다.

걱정스러운 목소리로, '어디? 어디?' 보채며 묻는 게 기껍다. 예쁘진 않은데 귀엽다는 생각이 이따금 드는 건 속이기 쉬운 순진함 때문인지도 모른다.

"여기."

"여기? 이마?"

"어. 빨갛지."

"어두워서 그런가, 잘 모르겠어. 많이 아파?"

"음…… 아니다. 여긴가?"

"턱?"

여자가 작은 손으로 더듬더듬 얼굴을 매만져 왔다.

그 손은 온도도, 감촉도, 거칠고 딱딱한 자신의 것과 너무 달라서 원은 잠시 그녀의 손에 제 얼굴을 얌전히 맡기고 서 있었다.

"어. 돌아간 것 같아."

"돌아가? 어떡하지? 아, 해 봐. 아에이오우, 해 봐."

"아에이……."

푸흡.

한계까지 부푼 풍선이 터지듯, 겨우 참던 웃음이 일시에 밤공기와 섞였다. 멍청한 얼굴로 갑작스럽게 변한 상황을 헤아리던 윤설주가 곧 분한 듯 씩씩거렸다.

"놀리려고 왔어?"

"그럴 리가."

"용건 있음 얼른 얘기해. 몰래 나온 거라 빨리 들어가 봐야 해."

"용건 같은 거 없는데."

원은 뻔뻔한 얼굴로 빙긋 웃었다.

그러나 미소로 얼렁뚱땅 넘어가려는 건 꿈도 꾸지 말라는 듯, 허리에 척 하고 손을 올린 설주가 핀잔조로 말했다.

"용건도 없는데 이렇게 갑자기 찾아오면 어떡해? 사람 곤란하게……."

"나야말로 곤란하다, 정말."

"뭐?"

"용건도 없는데 시도 때도 없이 생각나고 보고 싶어서."

가로등 불빛을 받은 윤설주의 눈동자가 금색 바다처럼 일렁였다.

좀처럼 취향이 아닌 외모와, 애교라고는 찾아볼 수 없는 말투도 전부 용서가 될 만큼 그 눈이 예뻐 보였다.

"그러게, 나를 왜 이렇게 만들어. 사람 곤란하게."

하? 한숨인지 헛웃음인지 모를 것을 뱉어 내는 입술과, 그 사이로 보이는 두 개의 앞니가 무척 앙증맞았다.

키스하면 어떨까? 문득 그런 생각이 들었지만 뽀뽀 정도로 마구 폭력을 휘두르는 여자니, 키스를 했다가는 정말 철창신세를 지게 될지도 모른다.

원은 가벼운 목소리로 분위기를 환기시켰다.

"축하하러 안 갈래?"

"축하? 무슨 날이야, 오늘?"

"어. 우리 첫 심야 데이트."

뭐야, 그런 게 어딨어. 그녀는 타박했지만, 그가 멋대로 잡은 손을 팽개치지는 않았다.

몰래 나왔다던, 그래서 빨리 들어가 봐야 한다던 여자가 못 이기는 척 끌려왔다.

그렇게 나란히 손을 잡고 걸었다. 서로에게만 들릴 법한 작은 목소리로 별것 아닌 얘기를 나누면서. 늦봄인지, 초여름인지 애매한 경계의 계절에.

좋다, 라는 말은 사치일지 몰라도 그럭저럭 이만하면 괜찮다, 정도의 감상은 괜찮지 않을까.

그런 생각을 하며 걸어 내려가는 길은 혼자 올라왔을 때와 달리 무척 짧았다.

#6

"……평균은 한다며."

대체 이게 어딜 봐서 평균이지. 원은 오뚝이처럼 좌우로 몸을 까딱거리는 설주를 향해 혀를 찼다.

"보통 평균이라고 할 땐 소주 한 병 정도를 얘기하는 거 아냐?"

뭔가 심각한 오류가 있었던 대화를 되짚기에는 이미 너무 늦은 타이밍.

고주망태까지라고는 할 수 없지만, 이대로 집에 데려다줬다가 무슨 사달이 나는 건 아닌가 하는 염려가 무리는 아닐 정도로 여자는 취해 버렸다. 그것도 겨우 소주 세 잔에.

"설마 잠든 거야? 윤설주. 내 말 들려?"

푹 수그리고 있는 고개가 불길해 어깨를 살살 흔드니 얼굴을 번쩍 쳐든다.

아이 씨, 심장 떨어질 뻔했네.

놀란 원이 가슴께를 누르는 걸 아는지 모르는지, 설주는 얄미울 정도로 태평하게 '들려어어.' 하고 말끝을 흐렸다.

"가서 술 깨는 음료수 좀 사 올게. 어디 안 가고 여기 얌전히 있을 수 있지?"

"……얌전히?"

"그래. 얌전히. 어디 가지 말고. 여기서 나 기다리라고."

"싫어……."

뭐야. 기다리기 싫다는 거야?

뒷목이 뻐근해졌다. 제대로 걷지도 못할 것 같은 계집애를 들쳐 업기라도 해야 하는 건가. 그러게, 애초에 술을 못 마신다고 했으면 먹이지도 않았잖아.

성가신 표정의 원이 어떻게 설주를 구슬려야 하나 고민하는 동안, 중얼중얼 염불을 외는 것 같은 소리가 들렸다. 뭐라는 건가 싶어 원이 설주의 입가에 귀를 갖다 댔다.

"……왜 나는 항상, 얌전해야 해."

"뭐?"

"재미없다. 사는 거."

고개를 숙인 채 혼잣말을 하는 여자의 눈에서 물방울이 톡, 하고 떨어졌다. 그 어떤 흐느낌도 없었다. 살짝 풀린 눈과 홍조로 물든 뺨 어디에도 눈물의 흔적은 없었다. 가지런히 모은 여자의 손등이 약간 젖어 있을 뿐.

원은 물끄러미 설주의 손을 보다가 제 소매로 그 위의 물기를 닦아 냈다.

여자의 시선이 느껴졌다. 아이처럼 제 몸을 고스란히 남에게 맡긴 윤설주가 잠긴 목소리로 물었다.

"……내가 왜 좋아?"

원은 저도 모르게 냉소를 지었다.

상대가 윤설주만 아니었다면, 그러니까, 연수의 부탁만 아니었으면 원은 이번에도 으레 하던 대답을 돌려주었을 것이다.

'돈이 많아서 좋아.' 라고.

사랑 타령이나 하는 남자를 원하는 여자라면 일찌감치 뺨이나 맞고 끝내는 게, 진심인 척 포장하느라 피곤함을 감수하는 것보다 훨씬 나았다. 요즘 같은 세상에 돈으로 산 남자에게 마음을 주는 호구는 매우 드물었으니까.

하지만 어디에나 예외는 있는 법이라 그럼에도 불구하고 진심이라며 매달리는 여자도 있기 마련이었다. 이런 경우 원의 마지막 인사는 한결 같았다.

난 처음부터 얘기했었어. 경계하지 않은 건 당신이지.

그 냉정함에 다들 더 어찌해 볼 생각도 하지 못하고 질려 떨어져 나갔다.

미안하지 않았다.

예쁘다. 보고 싶다. 값을 치르고 얻은 대가성 사탕발림에 판단력이 흐려진 그들이, 미련한 거였으니까.

"왜 좋지, 내가……."

그래서 원은 지금 이 상황이 몹시 거북했다.

모든 책임이 고스란히 자신의 몫이 되고 나면, 일이 끝난 후 여자를 버려야 할 때 느껴야 할 죄의식의 크기가 어느 정도일지 원은 못내 두려웠다. 그땐 지금까지처럼 당당하게 네 탓이라고 말할 수 없을 테니까.

더듬더듬, 마뜩잖은 기색을 간신히 숨기고 원은 쥐어짜듯 답했다.

"첫사랑이라고 했잖아."

"그러니까, 왜?"

"글쎄. 왜일까."

끝내 얼버무리는 원에게 설주의 시선이 집요하게 따라붙었다. 원의 은근한 타박이 이어졌다.

"술에 취하니까 궁금한 게 많아지네."

"아니…… 그냥, 솔직해진 거야."

말을 돌리려는 노골적인 시도였지만 술기운에 흐리멍덩해진 그녀는 다행히 알아차리지 못했다.

"궁금한 건, 늘 많았는데……."

좀 전의 질문은 몽땅 잊어버린 듯, 뾰로통하게 입술을 모은 윤설주의 음성에는 섭섭함이 한가득했다.

은근히 귀여운 구석이 있단 말이지.

바람을 넣어 볼록해진 뺨을 쿡 찔러 보고 싶어진다. 아니, 정확히는 깨물어 맛을 보고 싶은 건지도 모른다. 그러면 찝찔한 살 맛 대신에 달 짝지근한 과일 맛이 날 것 같아서.

그러다 원은 이윽고 얼굴을 잔뜩 찌푸렸다.

솜털이 보송보송할 나이를 한참 지나친 여자의 얼굴을 보며 복숭아나 살구 따위를 떠올리고 있자니 어쩐지 스스로가 변태가 된 기분이었다.

"……왜 그렇게 빤히 봐?"

"먹어 보고 싶어서."

그러나 정신을 차리고 보니 속엣말을 여자에게 줄줄 읊어 대고 있는 중.

젠장. 저 정도 술에 취할 리가 없는데.

뒤늦게 아차 싶었지만 이내 될 대로 되라, 자포자기의 심정이 되고 말았다. 말마따나, 솜털 가신 지 오래인 청춘 남녀가 언제까지 뽀뽀만 하고 놀 수는 없는 거 아닌가. 게다가 이렇게 더딘 진도는 초반에 세운 계획과 어긋나도 한참 어긋나 있기도 하고.

원은 해이해지는 마음 위에 8월 12일이라는 숫자를 거듭 새겼다.

"먹어? 뭘……?"

네 뺨, 이라고 말할 수는 없어서 원은 대답 대신 설주의 아랫입술을 엄지로 나른하게 쓸었다. 스치듯 만졌을 뿐인데, 얇은 표피 아래로 순식간에 피가 몰려 붉은색으로 물들어 버린다.

야한 입술이야, 라고 원은 생각했다.

빈말로라도 도톰하다고는 할 수 없는, 가장 얇은 붓을 골라잡고 그려 넣은 듯 가느다란 입술은 정말이지 그의 취향이 아니었는데…….

"키스해 줘."

정신없이 핥고 물고 깨물어 보고 싶어진다.

"아니면 내가 해 줄까?"

금방이라도 코끝이 닿을 거리에서 원이 안달난 목소리로 보챘다.

"네가 허락만 해 주면 되는데."

"그런 걸 왜 물어보고 해?"

수줍음을 이기지 못하고 그녀가 눈을 이리저리 굴렸다.

당장이라도 작은 턱을 잡아 입술을 맛보고 싶은 충동을 억누르며 원은 애써 여상한 어투로 대꾸했다.

"또 멋대로 입 맞추면 그거 쏠 거라며."

"그거……?"

아아. 전기 충격기.

여자가 바보 같은 자문자답과 함께 키득거렸다.

제기랄. 지금 웃음이 나와?

원은 도저히 참지 못하겠다는 듯 고개를 기울여 설주에게 다가갔다.

그러나 코가 닿자마자 반달처럼 휘어 있는 입술이 다시 한 뼘의 간격을 두고 멀어졌다. 그러고는 다시 그 빌어먹을 질문을 내뱉기 시작하는 것이다.

"해준아. 너는 정말…… 상관없어?"

피를 말려 죽이려고 작정한 게 아니라면 이럴 수는 없다. 대체 뭐가 상관없느냐는 걸까. 미완성의 문장에 원의 미간에 깊게 주름이 졌다.

"나한테 결혼할 남자가 있다는데……."

그거였군.

원은 차게 웃었다. 그리고 곧장 설주의 입술 위에 자신의 것을 포갰다.

이번엔 눈 한 번 깜빡이면 끝나 버리는 시시한 입맞춤이 아니었다. 원은 놀라 벌어진 설주의 이 사이에 혀를 밀어 넣고 마음껏 그 안을 탐했다.

예상했던 복숭아나 살구 따위의 과일 맛은 나지 않았다. 나눠 마신 소주의 알싸한 향이 희미하게 느껴질 뿐이었다.

그러나 이따금 그 쓰디쓴 술이 달게 느껴지는 것처럼, 여자의 입안은 지독하게 달았다. 숨이 모자란 여자가 호소하듯 옷깃을 쥘 때에야 마지못해 그 입술을 놓아주었을 정도로.

원은 강한 자극에 못 이겨 부풀어 오른 설주의 입술을 아쉬운 듯 혀 끝으로 쓸었다. 여전히 옷깃을 쥐고 있는 작은 손이 애처로울 정도로 떨고 있었다.

"이 정도면 대답이 돼?"

상관, 없다는 뜻이야? 몽롱하게 젖은 목소리가 물었다.

"당연히 싫어. 불안하고, 초조해."

여자의 눈이 겨울 하늘처럼 잔뜩 흐려졌다. 미안함 때문일 것이다. 가엾게도.

원은 설주의 눈꺼풀 위에 입술을 꾹 눌러 약해지는 마음을 다잡았다. 그녀의 머리카락에 코를 묻고 마른 어깨를 당겨 안았다.

눈을 보지 않는 것이 훨씬 수월하다.

"그 남자 때문에 네가 날 안 보겠다고 할까 봐, 실은 엄청 걱정돼."

거짓말을 해야 할 때에는.

"그래도 어쩌겠어."

"……."

"네가 좋은데."

설주가 왈칵 울음을 터뜨렸다.

후드득 떨어지는 눈물을 닦아 주며 원은 기뻐했다. 비열하게도.

그날 밤부터, 연인 아닌 연인 같은 사이가 되었다.

사귀자는 고백도 없이 시작된 애매모호한 연애, 만남은커녕 연락 조차 마음 편히 할 수 없는 도둑 연애였지만 그 흔한 말다툼도 없이 제법 순탄하게 이어 가고 있는 중이었다.

머릿속에 언제나 째깍째깍 울리는 시한폭탄을 품고 있다는 것만 빼면, 원은 사실 설주와 보내는 시간이 지금보다 더 즐거웠을 거라고 종종 생각하고는 했다.

8월 12일.

카운트다운이 시작된 이후로, 어디서 뭘 하든 원은 결코 그 날짜에서 자유로울 수가 없었다.

'차해준'으로도 모자라 '소희'라는 여자 이름으로 불리며 비밀스러운 통화를 할 때에도. 꽃꽂이와 스쿼시 사이에 비는 30분의 시간 동안 카페에서 의미 없는 말장난을 주고받으며 시시덕거릴 때에도. 밤에 몰래 빠져나온 여자와 매운 닭발을 먹으며 약속이라도 한 듯 눈물 콧물 뺄 때에도.

언제나 가장 지배적인 감정은 불안이었다.

달력을 볼 때마다 신경질이 나기 일쑤였고, 뉴스에서 상대 남자가 팀장직으로 근무하고 있다는 '화경' 그룹에 대한 기사라도 나올라 치면 넋을 놓는 일이 다반사였다.

아니. 곰곰이 되짚어 보면 딱히 어떤 기폭제 없이도 요새는 수시로 감정이 널을 뛰었다. 스스로 뭘 하고 있는지 자각하고 있는 순간보다 그렇지 않은 때가 더 많았다.

"얼씨구. 아까운 술 다 버리네?"

"……네?"

"버릴 거면 그냥 버리지 뭘 그렇게 고생스럽게 버려?"

오늘은 그냥 넘어가나 했더니.

바 테이블 끄트머리에서 눈으로 쌍욕을 내뱉는 사장을 발견했을 때에는 이미 늦어 있었다. 분명 셰이커에 각얼음과 보드카를 넣은 기억까지는 있는데 어째서 그 이후론 깜깜한지.

원은 돌이킬 수 없을 정도로 망해 버린 애플 마니티를 슬그머니 개수대에 쏟으며 천연덕스럽게 웃었다.

"술 아니고 라임 주스인데요, 사장님."

"얼씨구. 웃음이 나와? 이게 가면 갈수록 넉살만 늘어서는."

"언젠 그게 제 장점이라면서요."

사장, 태경이 웬 뜬구름 잡는 소리냐, 하는 표정으로 눈을 희번덕거렸다.

원이 흠흠, 목소리를 가다듬으며 변명을 시작했다. 어린 시절의 대부분을 외국에서 보내 묘하게 꼬불거리는 태경의 한국말을 흉내 내는 건 원의 특기이자 취미 중 하나였다.

"난 네가 쓸데없이 잘 웃는 게 참 좋다, 원아. 기억 안 나십니까?"

"그거야 손님 앞에서지. 네놈이 한 번 방긋할 때마다 매출이 껑충 뛰니까."

"아아, 그래서였어요? 난 또……."

"또, 뭐?"

"솔직히 사장님이 그렇게 말씀하셨을 때 속으로 식겁했거든요."

"식겁해? 왜?"

"제 매력이 남자한테도 먹히는 건가 싶어 가지고."

"뭐, 인마? What the……! 야! 나 여자 좋아해! 그것도 엄청!"

발을 구르며 분개하는 태경을 목격한 직원들이 숨죽여 웃음을 삼켰다.

바에서 태경을 상대로 농담 따 먹기를 할 수 있는 상대는 오로지 원뿐이었다. 영업시간에는 매우 깐깐해지는 태경도 원의 실수에는 어지간하면 눈감아 주는 일이 잦았다.

덕분에 직원들 사이에서는 가게를 홀랑 태워 먹지 않는 이상 사장이 원을 자를 일은 없을 것이라는 우스갯소리까지 암암리에 퍼져 있었다.

"장난 그만 치고, 8번 테이블 가 봐. 누가 너 좀 보고 싶으시단다."

"VIP인가 보네요? 이 귀한 몸을 독점하도록 허락해 주시다니."

"당연하지. 이거, 세팅해서 같이 가져가고."

사장이 애지중지 꺼내 드는 것은 다름 아닌 아르망디였다.

다른 직원들의 긴장된 시선이 원에게 꽂혔다. 행여 서빙하는 중에 깨 먹었다가는 한 달 치 월급을 능가하는 생돈이 통째로 날아갈 판이라 동정하는 시선 반, 시샘하는 시선 반이다.

시샘하는 쪽은 어떻게 해서든 VIP를 제 단골로 만들고 싶어 하는 부류들이다.

원은 제게 라이벌 의식을 갖고 사사건건 시비를 걸어오는 바텐더 하나에게 보란 듯 어깨를 으쓱여 보인 후 곧장 문제의 8번 테이블로 다가갔다.

"원이 오빠!"

두부 같은 하얀 손이 물풀처럼 허공에 팔랑팔랑 흔들렸다.

VIP의 정체를 확인한 순간 원은 하마터면 근무 중이라는 것을 잊고 그대로 유턴할 뻔했다.

트레이에 실린 샴페인의 무게와 뒤에서 눈으로 레이저를 쏘는 사장의 존재로 결국 상상에만 그친 충동을 끌어안고, 원은 다소 퉁명스럽게 테이블을 세팅했다.

"너였냐."

상대는 송미도. 고등학교 4개와 대학교 3개, 병원 1개를 거느리는 사학 재벌가의 애물단지 고명딸로, 거의 아이돌을 숭배하는 팬 수준으로 원에게 집착했던 전력이 있다.

'사랑해.' 라든지, '결혼할래?' 라든지, 위험 수위를 수시로 넘나드는 발언에 원이 겨우 한 달 만에 학을 떼고 정리해 버린 여자이기도 하다.

"뭐야, 오빠. '너였냐?' 라니. 좀 더 반가워해 줘야 하는 거 아냐?"

"최대한 노력한 거야."

"안 되겠다. 나 이거 무를래."

"그러든지."

미도가 샴페인 주둥이를 쥐고 흔들며 생떼를 쓰자 원이 심드렁하게 쏘아붙였다.

환불한다는 거, 다시 사장님께 반납하려고 손을 내미니 장난이었다는 듯 미도가 먼저 꼬리를 내리며 샐쭉 웃었다.

"나 오랜만이지?"

"그러네."

그간 연락이 좀 뜸해서 좀 살 만했었는데. 그 빌어먹을 머저리 짓, 아예 그만둔 거 아니었구나.

원이 속으로 구시렁대는 것을 아는지 모르는지 미도는 신이 났다.

"요새 좀 바빴어. 맘잡고 일 배우고 있거든. 다들 나보고 사업하는 머리가 타고났대. 이 속도면 오빠들 제치는 거야 일도 아니라나? 쳇. 누가 들으면 내가 오빠들 이겨 먹으려고 혈안이 된 줄 알겠어. 하여튼, 형제간 싸움 붙이는 데 재미 들린 망할 노인네들 같으니라고.”

끝없는 수다가 시작되었다.

상대방의 반응 따위는 무시하고 제 할 말만 늘어놓는 건 딸 귀한 집 안에서 귀염을 독차지하며 자란 결과인 걸까?

예나 지금이나 미도의 하이 톤 목소리는 원의 신경을 날카롭게 긁어 놓았다. 마치 한여름 밤에 사방에서 앵앵대는 모기 소리를 들을 때처럼.

“재단 상속에는 그다지 욕심 없는데 말이야. 솔직히 지금 주는 용돈 만큼만 꼬박꼬박 통장에 들어오면 이사장 자리 같은 건 누가 갖든 난 상관없지만……. 근데, 오빠.”

네가 술 한 병에 남들 한 달 치 월급을 아무렇지 않게 쓸 수 있는 돈이 다 그 재단에서 나오는 거란다.

순진한 건지, 멍청한 건지.

원이 속으로 푸념을 늘어놓을 때, 미도가 예쁘장한 얼굴을 가까이 기울이며 슬며시 물었다.

“내가 재단 이사장 되면, 오빤 어떨 것 같아?”

“내가 뭐, 어때야 해?”

“아니 내 말은…… 오빠 돈 좋아하잖아. 내가 지금보다 돈 더 많아 지면 오빤 어떨 것 같냐구.”

또 시작인가. 원은 단전에서부터 차오르는 한숨을 가까스로 내리눌 렀다.

겉으론 ‘쿨하게, 친구처럼’을 표방하는 것으로 원이 정식적인 거부 를 못 하게 하면서 오늘처럼 호시탐탐 경계를 기웃거리는 게 미도의 수법이었다. 이렇게 빙빙 돌려 말하는 것도 빠져나갈 구멍을 미리 확보

해 놓는 것이나 다름없다.

"송미도, 내가 전에도 그랬지. 헛소리할 거면 찾아오지 말라고."

"내, 내가 무슨 소릴 했다고 그래? 그냥 다들 나한테 왜 이렇게 욕심이 없냐고 하니깐, 오빠 생각은 어떤가……."

"그러니까. 애초에 내 생각이 왜 궁금하냐고. 네가 이사장 되는 거랑 나랑 무슨……."

"어? 이, 일행 왔다! 여기! 여기예요!"

점점 시무룩해지던 미도가 구세주를 만난 듯 자리에서 튀어 올랐다. 원은 입술 새로 욕을 짓뭉개며 몸을 일으켰다.

나지막한 재즈를 밟고 몇 개의 발소리가 가까워지고 있다. 원은 이 성가신 VIP의 일행을 확인하기 위해 뒤를 돌았다.

그리고 곧장, 후회했다.

7

블랙 시스루 블라우스를 입은 여자 하나와, 정석에 가까운 완벽한 슈트 차림의 남자 넷.

그중 하나의 얼굴이 불행히도 무척 낯익었다. 일면식도 없는 사람에게 '낯익다'라는 표현을 사용해도 되는지는 모르겠지만.

"이러기예요, 오빠? 아무리 결혼 앞두고 있다고 해도 그렇지, 이렇게 오랜만에 얼굴 보여 주는 게 어디 있어?"

"하하. 미안, 미안. 요새 진짜 정신이 없어서."

하준재.

원은 조심스럽게 자신이 알고 있는 이름을 입안에 굴렸다. 8월 12일이 지나면, 윤설주의 남편이 될 남자다.

원은 수십 번이나 들여다보았던 사진 속의 인물과 눈앞의 얼굴을 비교해 보았다. 군더더기 없이 말쑥한 이목구비에서 고생 없이 잘 자란 티가 난다고 하면…… 너무 자격지심 같을까.

원은 쓰게 웃었다. 그 순간, 미도와 인사를 나눈 후 고개를 돌린 남자와 눈이 마주쳤다.

"아! 인사해. 여기는 준재 오빠, 여기는 원이 오빠. 각자 내 친구랑 친구니까, 둘도 앞으로 친구 해."

가운데서 부지런을 떠는 미도의 얘기를 듣던 원의 관자놀이에 빠득 힘줄이 섰다. 미도가 말하는 '친구'가 정말 순수한 의미의 친구인지 의심스러웠다.

과거에 여러 번 몸을 섞었던 자신이 지금 송미도에게 친구가 된 것처럼, 하준재도 그런 걸까.

하긴. 멀쩡한 약혼녀는 약혼녀대로 두고, '파혼 말고 다 해 주겠다'는 말로 내연녀를 꼬드기는 작자이니 엔조이쯤 하나둘 더 있다고 해도 무리는 아닐지도 모른다.

"안녕하세요. 하준잽니다."

"선우원입니다."

그런 이유로, 목소리가 곱지 않게 튀어 나갔다. 준재가 선의로 내민 손을 원은 필요 이상의 힘을 실어 마주 잡았다. 꽉 쥐고 흔들자 반듯한 미간이 일그러진다.

통쾌했다. 원이 흡족한 미소와 함께 손을 거뒀다.

"자자. 인사는 이쯤 하고 다들 앉자. 오빠도 좀 더 있다 갈 수 있지? 오늘 한가한 편 아니야?"

"아무리 한가해도 바텐더는 바에 있어야지."

"아아, 안 돼. 못 가. 사장님 어디 계셔? 이거 세 병 정도 시키면 오빠 여기 쭉 있어도 되는 거지?"

미도가 떼를 쓰기 시작했다. 보는 눈도 많은데, 게다가 거기에 하준재가 섞여 있는데 끊임없이 팔에 매달리며 징징거리는 미도 때문에 원은 여간 골치가 아픈 게 아니었다.

"옷 늘어나. 이것 좀 놓고……."

"소문의 그분이시구나. 미도가 요새 푹 빠져 있는 남자가 있다더니."

당연한 듯, 가장 가운데 자리를 차지한 하준재가 매우 능숙한 손놀림으로 잔을 채우며 말했다. 뭐가 그렇게 재미있는지 눈가에 주름이 잡히도록 웃고 있었는데, 원은 그 모습을 보며 '과연 바람둥이 상이야.'라고 생각했다.

"지금은 아닙니다. 과거형이에요."

"지금은 아니라고 누가 그래? 그거야 오빠의 희망 사항이겠지. 이제 그만 좀 튕기고 나한테 장가와라, 원이 오빠. 응? 집이고 뭐고 내가 다 할게. 정말이야."

원이 짧게 부정하기 무섭게 미도가 반박했다. 철없는 투정이 농담인지 아닌지 분간할 수가 없다.

원이 곤란한 기색으로 얼굴을 일그러뜨리자 준재가 나서서 분위기를 누그러뜨렸다.

"제가 아끼는 동생이거든요. 걸음마 뗄 때부터 봐 와서. 송미도, 너 어렸을 때 나한테 시집온다고 하루 종일 울고불고했던 거 생각은 나?"

"칫. 그게 언제 적 얘긴데. 그리고 오빠가 나한테 그런 말 할 처지는 아니잖아요? 낼모레 결혼할 사람이."

"하하. 하여간 한마디도 안 진다니까."

"그나저나, 그 언닌 언제 소개해 줄 거예요? 오빠 예비 신부요. 지금 전화해서 오시라고 하면 안 돼요?"

프흡. 콜록.

두 사람의 대화에 가만히 귀를 기울이며 물을 마시던 원은 그만 사레가 들고 말았다. 미도가 의아한 얼굴로 돌아보곤 등을 두드려 주었다.

덕분에 설주에게 전화해 보자던 미도의 제안이 흐지부지되는가 싶던 찰나.

"그럴까?"

하준재의 대답에 원은 저도 모르게 잔에 들어 있던 물을 바닥에 조금 쏟았다.

"올 수 있을지는 모르지만 한번 물어나 보지 뭐."

자연스럽게 남자를 말릴 수 있을 만한 말이 떠오르지 않았다.

원이 확연히 눈에 띌 정도로 불안해하고 있는 와중에 준재가 핸드폰을 꺼내 어딘가로 전화를 걸었다. 다행히 모두의 시선이 준재에게 꽂혀 있어 누구도 원의 파리한 안색을 알아채지 못했다.

"오빠, 스피커폰! 스피커폰으로 해!"

"무슨 스피커폰이야."

준재가 피식 웃으며 손을 가로저었다.

그러나 굳이 그런 기능을 사용하지 않더라도 통화 볼륨이 최대치로 설정되어 있는지 따르륵, 하는 소리가 밖으로 다 새어 나왔다.

받지 마라. 받지 마.

원이 아무도 듣지 못할 말을 간절히 중얼거릴 때였다.

— 여보세요?

아.

저도 모르게 탄식이 터져 원은 황급히 입가를 가렸다.

"나예요. 지금 뭐 해요?"

— 막 자려던 참이에요. 무슨 일 있어요?

"무슨 일 있는 건 아니고, 그냥 전화해 봤어요. 목소리 좀 들을 겸."

우우, 하는 야유가 사방에서 낮게 쏟아져 나왔다. 다들 매우 신이 난 표정이다. '오라고 해!' 누군가 목소리를 키워 통화 중인 남자를 부추겼다.

— 좀 소란스러운 것 같은데. 밖인가 봐요.

"오랜만에 친구들 좀 만나고 있어요. 실은 애들이 하도 설주 씨가 궁금하다고 해서⋯⋯. 지금 청담동인데 혹시 올 수 있어요?"

두근거리며 심장이 뛰는 소리가 시끄러울 정도였다. 귀를 틀어막는다고 막을 수 있는 소리도 아니라 원은 마른침만 연신 삼켰다.

— 아⋯⋯. 미안해요. 이미 다 씻고 누워서, 다시 준비하고 나가긴 좀 힘들 것 같아요. 준재 씨 친구분들 뵙는 자리면 대충 하고 나갈 수도 없고, 시간도 늦었구요.

"괜찮아요. 혹시나 해서 물어본 거니까 마음 쓰지 말아요."

안도의 한숨이 번졌다. 동시에 미친놈처럼 웃음이 새었다.

시종일관 마치 직장 상사라도 대하는 듯 딱딱하기 그지없는 설주의 말투는 자신과 통화할 때와는 딴판이었다. 그게 무척 마음에 들었다. 왜냐고 하면 명쾌히 그 이유를 설명할 수는 없지만.

"아이, 그냥 대충 와도 된다고 하지."

준재가 통화를 마무리하자마자 여기저기서 원성이 쇄도했다. 남자는 매끄러운 미소로 일행들을 진정시키고는 잔을 들어 올렸다.

"자, 간만에 모였는데 짠 한 번 해야지."

술자리는 빠르게 무르익었다. 말로만 세 병이 아니라, 이들 무리는 최고로 비싼 술만 주문해 서빙하기가 무섭게 비워 내고 있었다. 네 병째부터는 무리라며 기권한 미도를 대신해 어느 순간부터 물주는 준재로 바뀌었다.

하룻밤 술자리에 천만 원쯤은 우습게 감당할 수 있는 준재가, 원은 정말이지 싫었다. 술에 취했어도 흐트러짐 없이 꼿꼿한 몸가짐이며, 또박또박 정직한 발음마저도 꼴불견이다.

이런 남자의 아내가 될지도 모른단 거지. 윤설주가.

완벽한 엘리트의 모습 이면에 감춰진 준재의 난잡한 사생활을 떠올린 원의 얼굴이 차게 굳었다.

하준재란 인간에 대해 설명하려면 **빼놓을 수 없는** 것이 화려한 여성 편력에 관한 것이었다. 지금 놈의 저울 위에 있는 게 연수와 설주뿐이라는 게 신기할 지경으로 놈의 과거사는 지저분하기 짝이 없었다.

단지 연애 경험이 많다는 것은 흠이 아니다. 그러나 고작 서른의 나이에 친자 확인을 위한 유전자 검사를 다섯 번이나 의뢰했다는 건 보통 문제가 아니질 않나.

대체 아랫도리를 얼마나 부주의하게 놀리고 다니기에.

원은 저도 모르게 준재의 옆자리에 설주를 그려 넣었다. 마냥 온순한가 하면 때로는 엉뚱하고 과감하게 저 하고 싶은 일을 저지르는 윤설주와 반듯하고 단정한 얼굴의 망나니 하준재라.

어쩌면 잘 어울리는 한 쌍일지도 모른다는 생각이 들었다.

그러나 원은 곧바로 손바닥 뒤집듯 생각을 번복했다.

잘 어울리긴 뭐가 잘 어울린단 말인가. 그 수더분하고 어리바리한 게 어떻게 이런 놈을 감당해? 죽을 거야. 화병이 나서 말라 죽거나. 외로워서 시들어 죽거나.

"그나저나 희대의 탕아 하준재도 결국은 그렇고 그런 유부남이 되는 건가?"

무리 중 가장 많이 취한 누군가가 혀가 꼬인 발음으로 중얼거렸다.

희대의 탕아. 그렇고 그런 유부남. 귀에 거슬리는 단어 천지였다. 원은 잠자코 취기에 사로잡힌 사내들의 이야기에 귀를 기울였다.

"그러게. 나는 준재 너는 절대 정착 못 할 줄 알았어. 요샌 무슨 중늙은이처럼 따분하게 굴지만, 실은 우리 중에 네가 제일 골 때리는 녀석이었잖아."

"맞아! 예전 일 생각나? 그때 너네 별장에서, 그 동네에 시골뜨기 계집애 하나가 주제에 엄청 도도하게 굴어서⋯⋯."

"쉿. 여기 송미도 이 꼬맹이도 있는데, 그 얘긴 남자들끼리 있을 때나 해."

"나 꼬맹이 아니거든!"

취해서 평소보다 더욱 엉겨 붙던 미도가 발끈하며 소리쳤다. 원은 그들이 마무리 짓지 못한 얘기가 뭔지 대충 알 것 같았다.

그런 부류들이 있다. 성 경험 얘기를 마치 무용담처럼 거들먹거리며 늘어놓는 싸구려들.

원이 싸늘하게 굳어 가는 얼굴을 문지르는데 미도가 허리를 껴안아 오며 은근히 물었다. 일찌감치 멀리 밀어 놓았는데도 눈 하나 깜짝 안 하고 들러붙는 것도 재주라면 재주다.

"나도 알 거 다 아는데. 그치, 원이 오빠?"

"하하하. 아무튼 미도 쟨 자그마한 게 완전 여우라니까."

왁자하게 웃음이 터졌다. 피로가 어깨를 무겁게 짓눌렀다. 그만 자리를 떠야겠다. 원이 소파에서 엉거주춤 엉덩이를 뗐을 때다.

"아무튼, 대체 어떤 여자길래 하준재가 착실하게 결혼식장 들어갈 결심을 한 거냐?"

"이게 내가 좋아서 하는 결혼인가. 집안 결정이니까, 그냥 따르는 거지."

젠장. 원은 욕을 삼키며 다시 자리에 앉았다. 딱 이 얘기까지만 듣고 가야겠다.

"그래도 영 '아니올시다', 였으면 네가 이렇게 고분고분했겠어? 심 이사님께선 딸을 어지간히 끼고도시나 봐? 사교 모임이나 파티 같은 데도 잘 안 나타나잖아. 우리 중에 네 와이프 될 여자랑 말 한마디 제대로 섞어 본 애가 없더라."

"집이 좀 엄하긴 한데…… 그거랑 별개로 시끌벅적한 거, 별로 안 좋아하는 것 같더라고."

"으음. 따분한 타입이구만. 얼굴은 예뻐? 볼륨은? 하준재 스타일은 나올 데 확실히 나오고 들어갈 데 확실히 들어간 스타일 아닌가? 얼굴도 한두 군데쯤 만진 티 나는 애들이고."

"미친놈. 아주 줄줄 꿰고 있구나."

"당연하지. 내가 강남 클럽을 누구랑 같이 정복했는데. 아무튼 그래서 대답은?"

딱 봐도 날라리처럼 머리를 염색한 놈이 음흉하게 웃으며 대답을 보챘다. 원은 구역질이 날 것 같아 입매에 단단히 힘을 준 채 준재를 노려보았다.

미래의 아내 될 사람을 두고 친구라는 새끼가 이러쿵저러쿵, 따분하다느니 볼륨이 어쩌고저쩌고하는 걸 듣고만 있다니. 한심한 자식.

원은 당장이라도 반반한 얼굴에 주먹을 내리꽂고 싶은 것을 간신히 참았다.

"글쎄……. 그냥 평범해."

원은 저도 모르게 자리에서 벌떡 일어섰다. 저급한 농담을 주고받으며 키득거리던 사람들의 시선이 일제히 제게 꽂히는 걸 알면서도 별일 아니라는 여상한 웃음이 나오지 않았다.

평범하다니.

'그 여자는 전혀 평범하지 않아!' 라고 원은 소리 없이 외쳤다. 해준에게나 연수에게나 '윤설주는 평범한 여자다.' 설파하고 다녔던 지난 일은 전부 싸그리 잊은 것처럼. 마치 대변인이라도 된 듯 목에 핏대를 세운 채 뻐끔거렸다.

억울하다. 억울해. 환장하게 분하다. 설주를 두고 잘 알지도 못하는 사람들이 떠들어 대는 것을 가만히 듣고만 있어야 한다는 게. 그 여자는 사실 매우 특별해, 라고 쩌렁쩌렁 소리칠 수 없는 것이.

"오빠. 왜 그래?"

미도가 소매를 잡아당기며 물었다. 의아함으로 물든 여섯 쌍의 눈동자 앞에 뒤늦게 정신이 돌아온 원이 입꼬리를 끌어 올렸다. 고장 난 기계에서처럼 삐걱거리는 소리가 날 것만 같은 미소다.

"하하. 화장실이 급해서."

도망치듯 테이블을 빠져나왔다. 눈꺼풀이 불이 붙은 듯 화끈거려, 원은 그만 눈을 감아 버렸다.

"무슨 술을 이렇게 마셨어."

설주의 타박이 까무룩 잠에 빠지던 원을 흔들어 깨웠다. 원은 주머니에 넣었던 손을 빼 두 눈을 부비며 고개를 들었다.

으리으리한 저택들이 줄줄이 이어져 있는 동네. 그 동네 어귀의 편의점이다.

원은 눈이 아플 정도로 번쩍이는 초록색 전광판을 바라보다가 자신을 걱정스러운 눈으로 내려다보는 허여멀건 얼굴에 곧 시선을 빼앗겼다.

"어…… 여기 왜 있어?"

"뭐야. 나올 때까지 기다린다고 협박할 땐 언제고."

"……내가?"

"그래. 네가. 봐. 덕분에 옷도 제대로 못 입고 나왔잖아."

정말이네.

헐렁한 티셔츠에 청바지, 얇은 카디건 하나만 달랑 걸친 설주를 보며 원이 히죽 웃었다.

이러고 달려왔단 말이지. 나를 보려고.

별것도 아닌 일에 기분이 좋아져서 옜다, 기분이다 하며 두 팔을 활짝 펼쳤다.

"이리 와."

애교 있게 살포시 안기는 것까진 아니어도, 저렇게 나무토막처럼 멀 거니 서 있을 필요는 또 뭔가.

원은 툴툴거리며 설주의 손목을 잡아당겨 그녀의 허리를 끌어안았 다. 꼭 이렇게 자신이 먼저 움직이게 만드는 아주 피곤한 여자다, 윤설 주는.

원은 설주의 납작한 배에 오른쪽 얼굴을 파묻은 채 느릿하게 숨을 내뱉었다. 안기 전엔 몰랐는데, 막 씻었는지 향긋한 바디 워시 냄새가 그녀의 전신에서 은은하게 배어 나왔다.

안주도 없이 병째 들이부은 소주보다 설주의 향기에 더욱 취하는 듯 한 기분이 되어 버렸다. 저도 모르게 허리를 끌어안은 팔에 힘이 들어 갔는지, 그녀가 약하게 몸을 뒤채며 물었다.

"무슨 일 있어?"

응, 하고 대답했다. 말랑말랑한 윤설주의 배에다 대고, 응.

소리가 일으킨 진동이 간지러운지 그녀가 급하게 숨을 들이켰다. 설 주가 빠져나가려고 몸을 비틀면 비틀수록, 원은 더욱 필사적으로 그녀 의 허리를 두 팔에 가두었다.

어떡하지. 어떡하지.

정상적인 사고가 불가능할 정도로 혼곤해진 머릿속에는 주어도 없고 목적어도 없는 질문만이 가득 찼다.

"무슨 일인데, 응?"

따지고 보면 아무 일도 아니다. 어제 너의 약혼자를 만났고, 그 남자 가 마음에 들지 않는다는 것뿐.

아니. 마음에 들지 않는다는 표현으론 모자라다. 원은 준재가 싫었 다. 가능하다면 흠씬 두들겨 패 주고 싶을 만큼 싫다. 불가해한 혐오로 가슴속이 지글지글 타올랐다.

왜지? 연수 때문일까? 고작 그런 놈에게 휘둘려 내 앞에서 그렇게 펑펑 눈물을 쏟아 냈던 연수가 가여워서?

아니면 그런 쓰레기 같은 놈을 결국 연수의 손에 쥐여 주겠다고 이 꼴을 하고 있는 스스로가 한심해서?

아니. 아니다.

그러면 윤설주 때문인가? 결혼할 여자 따로, 애인 따로인 남자. 그 것도 모르고 미래의 시어머니와 매주 정기적인 만남을 갖고, 쿠킹 클래스를 다니는 이 불쌍한 예비 신부 때문에?

원은 물끄러미 설주를 올려다보았다. 맑은 눈망울에 머뭇거림이 가득해 무엇을 고민하나 했더니, 그녀가 조심스럽게 손을 들어 머리를 매만져 주었다.

이런 건…… 차해준이나 좋아하지, 나는 아니라니까. 내가 똥개 새끼도 아니고, 툭하면 계집애가 왜 남의 머리통을 쓰다듬느냐 말이야, 왜.

그러나 원은 속으로만 구시렁댈 뿐 최면에 걸린 것처럼 꼼짝도 하지 못했다. 그러고 가만히 있으니, 정말로 주인 손에 잘 길든 강아지가 된 것 같은 느낌이 들었다.

"그만 가자. 택시 잡아 줄게. 아직 초여름이라 밤엔 추……."

"같이 있어."

"지금 시간이……."

"같이 있자."

"……."

"밤새 그냥, 이렇게 만져 주라."

소중하다는 듯이. 좋아한다는 듯이. 애틋하다는 듯이.

원은 설주의 뒷목을 감아 자신에게로 끌어당겼다. 벌어진 입술 사이로 박하의 초록색 맛이 났다.

떼어 놓고 싶지 않았다. 그럼 이만, 하며 아무렇지 않게 손 흔들고 싶지 않았다.

아쉬우니까. 여자의 손이 머물렀던 자리가 허전하니까.

그러니까 이건 전부 너의 탓.

화가 나는 것도. 술이 고픈 것도. 난데없이 문득 외롭게 되는 것도. 전부 순진하고 미련해서 교활한, 너의 탓이다.

"어어! 움직이지 마."

원이 심한 편두통에 관자놀이를 짚은 채 몸을 일으켰을 때였다.

어디선가 다급한 목소리가 들려오는가 싶더니 제대로 상황을 파악하기도 전에 다시 타인에 의해 강제적으로 침대에 눕혀졌다. 강제라는 살벌한 단어를 쓰기엔 어깨를 누르는 손이 너무 작고 가냘프긴 했지만.

"거의 끝나 가니까 조금만 이러고 있어 줄래? 음, 목마르면 물 좀 갖다줄까?"

원은 멍한 얼굴로 고개를 끄덕였다. 뭐가 거의 끝나 간다는 건지는 모르지만 갈증을 해소하는 것이 우선이었다.

주방 쪽으로 파드닥 빠르게 움직이는 여자의 맨발. 하얀 발목을 지켜보며 원은 조각난 어젯밤의 기억을 짜 맞추려 애썼다.

윤설주의 동네 앞 편의점에서 술을 마셨고, 취했고, 그녀가 왔다. 같이 있자고 했고, 만져 달라고 했……

젠장!

어린애처럼 졸랐던 걸 떠올렸을 때에는 여자가 가져온 컵에 코를 박고 딱 죽고 싶은 심정이었다.

"여기는……"

"아, 내 작업실. 어제 일…… 기억 안 나?"

설주가 시선을 피하며 웅얼거렸다. 어제 일? 원은 순간 패닉에 빠졌다.

설마 끝까지 간 건가? 술에 취한 채로? 혹시 싫다는 걸 졸라서……. 아니겠지? 빌어먹을. 아무리 급해도 그렇지 술에 취해서 여자를…….

"푸흡."

설주가 폭발하는 웃음을 숨기려 이불 위로 얼굴을 묻었다. 가쁘게 들썩이는 작은 등을 보고서야 원은 그녀가 자신을 놀리고 있다는 것을 깨달았다.

다행이다.

자신을 웃음거리로 만든 설주에게 화가 난다기보단, 아무 일도 없어서, 다행이다가 먼저였다.

그러다 의아한 마음이 들었다.

기억도 제대로 하지 못할 정도로 만취해서 여자를 안았구나 싶었을 때, 그 순간 밀려오던 자괴감이라니. 가당치도 않다. 술을 마신 후 호텔 침대 위에 낯선 여자와 엉켜 눈을 뜬 게 한두 번 있던 일도 아닌데.

"몰랐는데, 애교가 넘치시더라구요?"

침대 위에, 아니 정확히 말하자면 쭉 뻗은 원의 다리 위에 반쯤 엎어진 설주가 여전히 간헐적으로 터지는 웃음과 함께 말했다.

애교고 나발이고. 원은 곤란한 표정으로 다급히 이불을 끌어다 배 위를 덮었다.

"……저리 가. 무거워."

"추워?"

"아니."

"그럼 이불 안 덮으면 안 돼? 아직 다 못 그렸단 말이야. 아까처럼……."

"추워."

"뭐야. 좀 전엔 안 춥다고……."

"추워. 갑자기 춥네. 그, 어, 물이 너무 차가워서 그런가 보다."

끝나 간다는 게 그림이었군. 원은 그제야 머지않은 곳에 펼쳐진 이젤을 발견했다.

그러거나 말거나. 지금 원의 몸은 한가하게 모델이나 하고 있을 상태가 아니었다. 신체 건강한 성인 남성의 아침이 으레 그렇듯, 원의 페니스가 발랄하게 기지개를 켜고 있는 탓이었다.

"……저기, 물 한 컵만 더."

"춥다면서?"

"어. 그러니까 따뜻한 물 좀."

원은 멋쩍게 다 비운 컵을 내밀었다. 저리 좀 가라고 해도 말을 듣지 않던 설주가 그제야 못마땅한 듯 침대에서 일어섰다.

원이 신경질적으로 뒤통수를 벅벅 긁었다. 종아리를 누르던 말랑한 살덩이가 사라지니 그제야 좀 숨통이 트였다.

"계집애가 겁도 없이 다 큰 남자 몸에 덥석덥석 기대고 난리야."

주방에서 달그락거리는 설주의 눈을 피해 원이 슬그머니 자리를 털고 일어섰다.

어디 가? 하고 등 뒤에서 들려오는 설주의 물음에 답할 여유도 없이, 그 아침 원은 화급히 화장실로 피신했다.

◇　◇　◇

"12층을 걸어 올라왔다고? 나를 업고?"

"업은 건 아니고, 끌고……. 어! 움직이지 말라니까."

설주의 성화에 원이 다시 느릿느릿 베개에 기댔다. 그녀는 쉴 새 없이 손을 놀리며 원의 기억이 놓친 어젯밤의 일을 설명하고 있는 중이었다.

"너 여기 데려다 놓고, 난 다시 계단으로 내려가서 엘리베이터 타고 올라왔어."

"엘리베이터 CCTV 때문에?"

"혹시 모르니까."

너 정말 피곤하게 산다는 말이 목젖까지 올라왔으나 차마 입 밖으로 꺼내진 못했다.

이런 일을 저렇게 무덤덤한 얼굴로 얘기하게 되기까지, 그가 상상할 수 없는 구속과 금단이 얼마나 더 많았을까. 힘들었겠다는 위로도, 왜 이렇게 미련하게 사느냐는 핀잔도 전부 너무나 가볍게 여겨져 말할 수 없었다.

넌 괜찮을까. 참을 수 있는 걸까. 그래서, 사랑하지도 않는 사람과 결혼도 할 수 있는 건가. 하준재 그놈처럼, 집안에서 결정한 일이니까 그저 군말 없이 따르려는 걸까.

사각사각. 눈꺼풀을 무겁게 하는 작은 소음을 뚫고, 원이 충동적으로 물었다.

"혹시, 꿈 같은 거 있어?"

설주의 손이 멈췄다. 들어선 안 될 질문을 들은 것처럼, 적잖이 당황해 빠르게 깜빡거리는 눈이 원을 향했다.

"······응?"

"뭐······ 거창하게 꿈까진 아니더라도, 정말 하고 싶은 거라든지, 되고 싶은 거라든지."

원도 덩달아 긴장하게 만들 만큼, 그녀는 불시에 뭔가로 얻어맞은 듯한 얼굴을 하고 있었다. 그러다 곧 표정을 수습하고 다시 슥삭슥삭, 도화지를 채우는 일에 열중하는 것이었다.

한동안 소리라곤 그뿐이었다. 대답을 듣기는 글렀구나. 원이 체념하려던 찰나였다.

"이렇게 살고 싶다, 하는 건 있었지."

귀를 기울일 수밖에 없는, 자칫하면 놓치기 쉬운 작은 음성.

"돌아가야 할 곳이 없는 사람처럼 살고 싶었어."

그 한없이 부드러운 목소리로 여자는 자신이 진작 포기해 버린 삶을 얘기했다.

"전 세계의 수많은 노트르담 성당을 들러 보고, 내가 제일 좋아하는 뮤지컬을 알아듣지도 못할 나라의 언어로 보고 싶었어. 암호처럼 느껴지는 지하철 노선도와 싸우느라 외로울 틈도 없고…… 눈 내리는 오늘 쓴 일기를, 다음 날 지중해의 해변에서 읽는 변덕스러운 삶 말이야. 그러다 다시는 어디로도 떠나고 싶지 않을 만한 이유가 생기면, 어느 낯선 곳에 정착해 사는 것도 좋지 않을까……. 음, 근데 역시 이런 건 꿈이라고 하기 좀 그런가."

차라리 안타깝거나 슬픈 기색이 묻어났더라면 나았을 것이다. 설주의 담담한 음성에 원은 어느새 그녀를 대신해 깊은 상실감에 사로잡혀 있었다.

그녀의 꿈이 실현될 가망이 없어 보였기 때문이다. 이번 결혼이 실패로 돌아간다고 해도, 그녀는 곧 집안에서 고른 다른 적당한 상대와 손익을 철저히 따진 정략결혼을 해야 할 테니까.

무슨 상관이야. 이 여자 인생이 어떻게 굴러가든, 그게 나랑.

원은 몇 번이나 저 자신을 다그쳤다. 냉정해지라고. 쓸데없이 동정하거나 동요할 필요 없다고.

"떠돌이. 방랑자. 뭐 그런 게 되고 싶은 거네."

"방랑자라. 그러네, 정말."

"하면 되지. 까짓것."

하지만 어떤 다짐도 결국은 무용했다. 그나마 웃는 거 하나 봐 줄 만했던 여자인데, 웃는 것도, 우는 것도 아닌 스산한 표정을 하는 건 정말이지 눈 뜨고 봐 줄 수가 없었으니까.

"여권 항상 챙겨 다녀."

"여권?"

"어느 날 갑자기, 내가 윤설주 납치해다가 지중해에 뚝 떨어뜨려 놓을 거니까."

여자의 눈이 초승달처럼 휘었다. 휘파람 같은 웃음이 귓가도, 심장도 간지럽혔다.

그것은 흡사 통증처럼 느껴지는 낯선 감각이었다. 생에 단 한 번도 느껴 보지 못해서, '최초'라고밖엔 설명할 수 없는 감각.

"그래. 꼭 그래 줘."

어떤 순간이 잔상으로 남기 위해선 무슨 조건이 필요한 것일까.

원은 궁금했다. 대체 어떤 이유로, 지금 이 순간을 영영 지우지 못할 거라는 공포에 사로잡히는 것인지.

"다 그렸다."

"……"

"와서 볼래?"

설주가 뿌듯한 얼굴로 손짓했다. 원은 내내 한 자세로 누워 있던 둔한 몸을 일으켜 시간이 멈춰 버린 것 같은 공간을 느릿하게 통과했다.

한 걸음 한 걸음, 선명하게 고동치는 심장 박동을 밟으면서.

"너무 순정 만화 느낌인가? 솔직히 이렇게까지 비현실적으로 잘생기진 않았잖아, 그치?"

그림 대신 어린아이처럼 키득거리는 설주를 내려다보면서, 원은 지금 입을 맞춰선 안 될 것 같다는 생각을 했다. 여자에게 닿은 이후엔 절대 그 이전으로 돌아갈 수 없을 것만 같다는 예감이 들었다.

개화한 꽃에겐 꺾이거나, 철 지나 시들어 버리는 결말뿐인 것처럼.

"왜 그래? 별로 맘에 안······."

그러나 키스했다. 느닷없고, 조금도 설득되고 싶지 않은 예감 따위에 애써 변명하면서. 단 한 번 펴 보지도 못하고 꽃망울째 죽어 버리는 것보다는, 차라리······.

그래. 차라리 꺾이거나 시들겠다고.

8

여자는 순순했다. 어쩔 줄 모르고 떨면서도 입술을 열고 어설프게 혀를 내밀었다. 윗입술과 아랫입술이 빈틈없이 맞물렸다. 원래부터 짝으로 만들어진 톱니바퀴처럼 그렇게.

원은 설주의 뒷목을 받치고 정신없이 그녀의 입술을 빨았다. 습자지처럼 얇은 입술이 강한 흡입에 도톰하게 부풀어 올랐다.

부드러운 살갗이 견디지 못하고 터지면 어쩌나, 그런 걱정을 하면서도 도저히 멈출 수가 없어서 빨고, 또 빨고. 그러고도 뭔가 성에 차지 않아 잘근잘근 씹었다. 상처를 내려고 작정한 사람처럼 보여도 할 말이 없을 정도였다.

입술이 벨벳 같아서, 그 안의 혀가 무척 뜨거워서, 자잘하고 고른 치아가 앙증맞아서, 그 모든 것이 얄미울 만큼 취향이라서, 반나절쯤 오로지 키스만 한다고 해도 질리지 않을 것 같았다.

그러나 동시에 야한 기대감이 뭉근히 피어올랐다.

이 여자의 다른 곳은 어떨까. 이렇게 부드럽고, 습하고, 귀여울까. 도저히 싫증 나지 않을 만큼 달까.

맞닿은 혀를 비비고 엮으며 원은 의자에서 일으킨 설주를 품 안 가득 끌어안았다. 그렇잖아도 빠듯하게 발기한 아랫도리는 그녀의 아랫배에 닿자 이내 바지가 갑갑하게 느껴질 정도로 부풀어 올랐다.

그게 어떤 의미인지 모를 만큼 어리숙하진 않은지, 마치 귀신에라도 홀린 듯 여태 멍하게 그의 리드에 끌려오던 여자가 흠칫 몸을 물렀다.

"너, 아직 수, 술이 덜 깼나 봐."

손등에 반쯤 가려진 작은 얼굴이 온통 새빨갰다. 다른 때라면 이쯤에서 물러났을지 모르겠다. 이성을 잃을 정도로 강렬한 성욕이라든지, 머뭇거리는 여자를 침대에 쓰러뜨리기 위해 어르고 달래는 구차함 같은 것은 저와 거리가 먼 이야기였으니까.

"아니, 말짱해. 완전히 제정신으로 네가 안고 싶어 미치겠어."

"저기……."

"차라리 취해서 이러는 거였으면 좋겠다 싶을 만큼."

이렇게 귀찮은 설득을 거쳐야 한다고 생각하면, 들끓던 열기가 자연스럽게 짜게 식고는 했다.

구구절절한 사탕발림을 해서라도 섹스하고 싶은 여자 따위, 없었다.

때로는 여자를 안을 때, 상대의 성감대를 자극해 전희를 이끌어 내는 일이나 사정 후에 땀과 체액으로 범벅이 된 찝찝한 몸을 서로 끌어안고 있는 것이 매우 성가시게 느껴지기도 했다. 차라리 욕실에서 홀로 빠르고 간편하게 해결해 버리는 게 낫다는 생각을 종종 했고, 그런 생각이 드는 것에 어떤 문제의식도 품지 않았었다.

하지만 그런 건 전부 가짜였는지도 모른다. 지금 당장, 갖지 않으면 죽을 것 같은 이런 절대적인 갈망이야말로 진짜가 아닐까.

원은 조심스럽게 입술을 가린 설주의 손을 끌어 내렸다. 그리고 온통 빨갛게 익어 버린 뺨과, 귀와, 목덜미를 차례로 쓸어내렸다.

헐렁한 티셔츠 아래 도드라진 빗장뼈와 한 손에 잡히는 가느다란 팔과 한 줌도 되지 않는 손목이라니. 그 모든 게 한결같이 부드럽다니.

원은 신음성을 내뱉었다.

아, 어쩌면 이토록 연약할까. 너무나 하찮아서 다정해지고 싶을 정도로, 어쩌면 이렇게.

"후회할지도 몰라."

가슴 위로 향하는 손을 붙들며 설주는 숫제 울먹이듯 그랬다.

원은 파르르 떨리는 그녀의 속눈썹을 물끄러미 내려다보다가 이내 그 위에 진하게 입술을 눌렀다.

"상관없어."

이미 수백의 후회 중에 너 하나쯤 더해진대도 대단치는 않을 테니까. 여태 그래 왔던 것처럼 '어쩔 수 없지.' 하고, 어찌어찌 위태롭게 살아는 갈 거니까.

◇   ◇   ◇

잠든 설주의 얼굴은 깨어 있을 때보다 몇 배로 더 섬약해 보였다. 눈꺼풀은 눈동자의 움직임이 고스란히 읽힐 정도로 얇고, 주근깨가 내려앉은 피부는 희다 못해 창백할 정도였다.

결이 고른 눈썹을 가만히 더듬었다가 선이 완만한 콧날로 손가락을 미끄러뜨리기도 하며, 원은 지치지도 않고 그녀의 얼굴을 감상했다.

속눈썹이 매우 촘촘하구나. 인중이 짧은 편이구나. 윗입술과 아랫입술의 두께가 거의 비슷하구나.

외워 봤자 쓸데도 없는 것을 박제하듯 머릿속에 새기며 원은 의아하게 고개를 갸웃거렸다. 이런 얼굴을 두고, 밋밋해서 눈길 끄는 구석이라곤 하나도 없다고 깎아내렸던 스스로를 이해할 수가 없다.

이렇게 재밌는데.

동글동글한 코끝을 검지로 톡톡톡 두드리며 원은 피식 웃었다. 많이 피곤했는지, 이렇게나 치근덕거리는데도 좀처럼 깰 생각을 하지 않는다.

그래. 잠이 아니라 기절이라고 해도 무리는 아닐 만큼 몰아붙이기는 했다.

원은 뒤늦게 설주가 안쓰러웠다. 굶주린 짐승처럼 달려들었던 스스로에 대한 자괴감도 밀려들었다. 그녀가 눈을 떠 '다신 너랑 안 잘 거야.' 라고 선언한다고 해도 저로서는 싹싹 비는 수밖에 별도리가 없겠다고 생각될 정도였다.

요약하자면 좀 전의 원은, 경험이라고는 없는 십 대 소년처럼 무척 서툴고 조급했다.

믿기 어렵겠지만 정말 그랬다. 브래지어를 벗기는 것은 눈 감고 발로도 할 수 있다고 자신했던 선우원은 어디 간 건지. 성마른 손길로 후크를 풀지 못해 헤매는 숙맥 하나만 있을 뿐이었다.

그뿐일까. 잔뜩 흥분해서는 설주의 가슴을 터뜨릴 듯 우악스럽게 주물러 종내에는 그녀가 통증을 호소하게 만들기도 했다.

빨리 들어가고 싶은 마음이 앞서서 그녀의 안이 제대로 젖었는지, 근육이 충분히 이완됐는지 확인하지도 않고 대뜸 저를 밀어 넣었다가 원은 하마터면 비명을 지를 뻔했다. 설주의 안이 놀랍도록 좁아서, 이러다 페니스가 끊어지는 건 아닌가 하는 어이없는 걱정마저 들었던 것이다.

그러니 미간을 잔뜩 찌푸리며 뻣뻣하게 몸을 굳히던 여자에게도 삽입은 쾌락보단 고통에 가까웠을 텐데.

그때라도 정신을 차렸어야지…….

홉사 브레이크가 망가진 차처럼 원은 폭주했다. 숨조차 제대로 쉬지 못하고 헐떡거리는 설주의 골반을 쥐고 그저 끝없이 파고들고 파고들었다.

결국 한계란 있는 걸 알면서도, 조금 더 깊이, 조금 더 가까이. 오로지 그 생각뿐. 그러다 미처 준비하지도 못한 절정을 맞이했다. 너무나 이른 사정이었다.

천천히 몸을 빼는데 젠장, 소리가 절로 나왔다.

마음만 먹으면 한 시간도 거뜬했는데, 그 반의반도 채우지 못하고 안에 고인 것을 성급하게 해방시킨 자신의 물건에게 배신감마저 들었다.

그리고 동시에 불안해졌다. 닦아 줄게, 하며 휴지를 찾는 원을 만류하고 욕실로 쌩하니 들어가 버린 설주 때문이었다.

꾸깃꾸깃해진 침대와 아무렇게나 나뒹구는 속옷, 그리고 뭘 잘했다고 다시 고개를 들며 꺼떡거리는 자신의 뻔뻔한 페니스를 보며 원은 설주를 기다리는 내내 욕을 지껄였다.

이윽고 설주가 젖은 머리를 수건으로 말고 나와 말했다. 너도 씻어.

분명 권유였는데, 그때는 그게 명령처럼 들려서 원은 반쯤 일어선 물건을 어떻게 해 보지도 못하고 욕실로 쫓기듯 들어갔다.

괜찮아, 만회하면 돼. 비장한 각오를 다지며 씻는 내내 머릿속으로 온갖 테크닉을 구상했지만 막상 샤워를 마친 그를 기다리는 건 깊이 잠들어 버린 설주였다.

깨울까 말까. 족히 열두 번은 고민한 것 같다.

오늘이 아니면 앞으로 영영 기회가 없는 거 아닐까. 이렇게 형편없는 섹스가 처음이자 마지막이 되는 것은 아닌가.

안절부절못하고 침대맡을 서성이던 원은 결국 설주의 옆에 슬그머니 몸을 누였다.

까짓것 그냥 깨우면 되지, 뭐가 어렵다고. 못내 투덜거리기는 했지만 말이다.

"……잘 자네."

그래도, 잠에 취해 완전히 풀어진 얼굴을 구경하는 것도 나름 색다르긴 했다. 꽤, 나쁘지 않다. 근사한 풍경을 보면 마음이 들뜨는 것처럼, 평온한 그녀의 모습을 감상하는 것만으로도 반신욕을 할 때처럼 신경이 녹진해지는 것이다.

그러나 단 하나 거슬리는 게 있었으니, 바로 젖은 머리카락이다.

얼마나 피곤했으면 머리도 말리지 못하고 침대에 쓰러졌을까 싶어 미안함 반. 저렇게 자다 감기라도 걸리면 그땐 겨우 미안한 정도로 안 끝날 것 같은데, 하는 걱정 반.

결국 조심스럽게 침대를 빠져나갔다 돌아온 원의 손엔 드라이어가 들려 있었다. 하지만 코드를 꽂고 나서도 전원을 켜는 것은 여간 망설여지는 게 아니다.

시끄러운 소음이 여자의 단잠을 방해할까 봐 걱정되는 것은 부차적인 이유였고, 주된 문제는 자신이 자발적으로 이런 낯 뜨거운 짓을 한 적이 없었다는 자각이었다.

원이 수많은 여자들을 경험하며 깨우친 것들 중 하나는, 그녀들의 이상형과 연애나 섹스에 대한 판타지가 정말 무궁무진하게 다양하다는 거였다.

사정을 할 때 꼭 욕을 첨가해 달라거나, 손을 잡거나 팔짱을 끼는 대신 서로의 바지 뒷주머니에 손을 집어넣고 걷는 걸 좋아하는 특이하고 난감한 케이스가 있는가 하면, 팔베개처럼 대다수가 좋아하는 보편적인 로망이라는 것도 있기 마련이다.

그중 하나가 머리 말려 주기.

원으로서는 도저히 이해할 수 없지만, 여자들은 종종 그에게 드라이어를 쥐여 주곤 했다.

실은, 그건 원이 정말 질색하는 요구였다. 손으로 털어 가며 대충 말리면 되는 남자 머리랑은 다르게 매우 까다롭고 시간도 오래 걸리기 때문이다.

시켜서 울며 겨자 먹기로 하던 특급 서비스를 왜? 너 뭐 잘못 먹었냐?

"그러게 말이다."

진짜 어지간히 미안한가 보지. 아니면 어지간히 심심하던지.

변명인지 푸념인지 모를 것을 허공에 던지고서 원은 드라이어의 전원을 켰다. 그리고 가장 약한 단계의 버튼을 눌렀다.

가장 센 바람으로 후딱 끝내 버리는 게 낫지 않아?

머릿속에서 누군가 물으면 또 다른 누군가가 우물쭈물 대답했다. 괜히 자는 거 깨웠다가 짜증 내면 어떻게 해? 가뜩이나 지은 죄도 있는데. 하고.

위에서부터 아래로, 결을 따라서 따뜻한 바람이 머리를 가볍게 훑고 지나간다. 가느다란 머리카락이 손가락을 뱀처럼 휘감았다. 염색이나 펌 같은 것은 따로 하지 않았는지, 피부에 닿는 느낌이 마치 실크 같았다.

원은 낮게 콧노래를 흥얼거렸다. 바람에 흩날릴 때마다 좋은 향기가 나는 설주의 머리카락에 코를 묻고 싶은 것을 겨우 참아 내면서.

"으음."

그러나 결국 설주를 깨우지 않는 것에는 실패하고 말았다. 작게 뒤척이던 그녀의 눈꺼풀이 느리게 밀려 올라갔다.

잠기운이 묻은, 초점이 흐릿한 눈동자와 시선이 얽힌다. 무슨 말이라도 해야 했지만 그저 아득했다. 잘 잤느냐는 인사도, 배려가 부족했던 섹스에 대한 사과도, 전부 목젖에 걸려 있을 뿐이었다.

"……다정하네."

설주가 반쯤 감긴 눈을 비비며 말했다.

원은 뒤늦게 드라이어의 전원을 끄고 그녀가 부스럭거리며 몸을 반쯤 일으키는 것을, 보송하게 잘 마른 머리카락을 당겨 눈앞에 흔들어 보는 것을 지켜보았다.

그리고 해사하게 웃는 것을 보았다.

처음으로 원은 그림 그리는 재주가 제게도 있었으면 좋겠다고 바랐다. 머리가 나빠서, 언젠가는 잊어버릴 순간이고, 흐릿해질 미소라는 생각을 하니 문득 서운해진다.

"또또또. 또 그런다."

설주가 알 수 없는 말을 중얼거리더니 손을 뻗었다. 시야가 그녀의 손바닥에 가려져 순식간에 까맣게 변했다.

"그렇게 빤히 보지 마. 민망하단 말이야."

"민망해?"

"그래. 가뜩이나 지금은 더."

"지금은 더? 왜?"

다시 확 밝아진 시야에 원은 미간을 찌푸렸다. 설주는 다소 황당한 낯으로 반쯤 입을 벌린 채였다.

"왜냐니, 진짜 몰라서 묻는 거야?"

"뭘?"

"기억, 안 나?"

"무슨 기억?"

"이것 봐. 아니라더니 역시, 술이 덜 깼었네."

"대체 무슨 얘길 하는 거야?"

여자가 둔한 것일까 아니면 자신의 연기력이 지나치게 탁월한 것일까.

원은 터질 것 같은 웃음을 남몰래 삼켰다. 대놓고 놀리고 있는데도 알아차리지 못하다니.

여기서 더 짓궂게 굴면 울릴지도 모르겠다. 원은 이제 그만 이실직 고하려고 했다. 설주의 씁쓸한 목소리에 선수를 빼앗기지만 않았더라면.

"아니야. 그냥, 별거 아냐."

어라. 이건 예상한 시나리오가 아닌데.

원이 자신도 모르게 인상을 찌푸렸다. 그 표정을 오해한 것인지 설주가 어색하게 웃으며 덧붙였다.

"내가 잠이 덜 깼나 보다. 쓸데없는 헛소리를 다 하고."

"헛소리 아닌 것 같은데. 말해 봐. 뭐가 별게 아니라는 건지."

"정말 별거 아니니까 신경 쓰지 마. 아, 배고프다. 뭐 좀 먹을까?"

설주가 시선을 피하며 이불을 걷고 일어섰다. 정말이지 이렇게 어설픈 연기는 처음 본다.

원이 한숨을 쉬며 설주의 손목을 잡아 앉혔다.

"우리가 잔 게 어떻게 별게 아닌데?"

까만 눈동자가 젖어 있었다. 거의 울 뻔했던 눈이 휘둥그렇게 변해 원을 응시했다.

"……기억해?"

"당연히 기억하지. 말했잖아. 술 다 깼다고."

"그런데 왜……."

"왜는 내 쪽에서 해야 할 말인 것 같은데."

"무슨 말이야?"

"좀 전에 왜 그랬어? 어떻게 그렇게 쉽게 별게 아니란 말이 나와. 내가 기억 못 하면, 없던 일로 하려고 했어?"

어쩌다 보니 윽박지르는 듯한 모양새가 되어 버렸다. '응.' 하는 대답이 나오면 어쩌나, 원은 가까스로 불안감을 억눌렀다.

"아니야, 그런 게 아니라……."

전신의 힘이 탁, 하고 풀렸다. 원은 폐가 뻐근하도록 공기를 들이마시고 나서야 자신이 그녀의 대답을 기다리는 동안 숨을 참고 있었다는 사실을 알아차렸다.

"네가 후회하는 줄 알았어. 그래서 기억 안 나는 척, 핑계를 대는 건 아닐까 하고."

그래서, 장단을 맞춰 주려고 했다?

어처구니가 없어서 웃음이 다 나왔다. 후회는 뭐고, 핑계는 또 뭐란 말인가.

원은 설주가 자신을 무척 가벼운 남자로 취급하는 것 같아 괘씸했지만, 먼저 고약한 장난을 친 죄가 있으니 더 따져 묻지 않기로 했다. 대신 조금 떨고 있는 것 같은 설주를 답삭 끌어안았다.

"그런 거면 됐어. 나는 또 네가……."

아차. 굳이 해서 득 볼 것 없는 얘긴데.

중간에 끊어 버린 말에 대해 설주가 궁금해하지 않길 바랐지만, 이내 품 안에서 고개를 내민 그녀가 물었다.

"내가? 내가 뭐?"

이리저리 말을 돌리던 원은 끈질기게 묻는 설주에게 결국 항복. 야단맞은 강아지처럼 풀 죽은 대답이 흘러나왔다.

"내가 좀, 너무…… 형편없어서. 그래서 무르려고 하는 줄 알았어."

"물러? 뭘?"

이 여자가 진짜, 모르는 척하는 거야 아니면 기어이 미안하단 소릴 듣고 싶은 거야?

"뭐긴 뭐야. 좀 전에."

"좀 전?"

앙큼하기는. 원은 모르는 척 새침하게 되묻는 설주의 코끝을 손끝으로 튕겼다.

상대가 짓궂게 굴 땐, 그보다 한술 더 떠 심술궂어지는 원이다. 그가 불량하게 웃으며 품에 안은 설주의 귓가에 입술을 대고 속삭였다.

"내가 너무 흥분해서 빨리 싸 버린 거 말이야."

꺄악. 설주가 새빨갛게 달아오른 귀를 손으로 막고 눈을 흘겼다.

"너무 꽉 조여서."

"안 들려. 안 들려. 아무것도 안 들려."

"도저히 내 맘대로 조절이 안 됐어."

"아아아. 안 들려."

요새 초등학생들도 하지 않을 유치한 장난을 하는 여자가 어이없기도 하고, 귀엽기도 하고.

그래서 이대로 두고 볼까 하다가 생각을 고쳐먹었다. 지금 할 얘기는 그녀가 꼭 들어 주었으면 해서.

"한 가지 확실히 하고 싶은 게 있는데."

또 야한 얘기를 하려나 싶은지, 경계심이 잔뜩 낀 설주의 시선을 무시하고 원은 단호하게 설주의 손을 잡아 떼어 냈다.

"우리 이제 절대 친구는 아닌 거다."

여자는 허점을 찔린 듯 아무런 대꾸도 하지 못했다.

예상은 했지만, 마냥 기쁘다고만은 할 수 없는 복잡한 그녀의 표정을 보자 원은 왠지 심사가 뒤틀렸다. 무심결에 퉁명스러운 목소리가 튀어 나갔다.

"그렇다고 완전히 애인이라고 할 수도 없지. 나도 알아."

제길. 원은 극심한 패배감을 느꼈다. 좌절하기에는 너무 이르다는 것을 알면서도 문득 가슴이 선뜩했다.

단 한 번 몸을 섞은 것으로 그녀의 마음을 독차지할 수 있을 거라고 자신한 것도 아니었는데. 그래. 아니었는데……. 어째서 벌써 버려진 기분이 드는 건지 알 수 없었다.

원은 설주의 손을 놓고 거칠게 머리를 쓸어 올렸다.

"그런데 이건 알아줘. 나는 애매한 것도, 어중간한 것도 싫어. 그런데 그냥 이 정도로 만족하는 건, 애매하고 어중간한 거 참지 않으면 당장 옆에 있을 수도 없는 걸 알기 때문이야."

번지르르하게 말하긴 했지만, 그 내용은 그저 겁쟁이의 자기변호에 그칠 뿐이었다. 지금 당장 하준재와 그 자신, 둘 중 하나를 고르라고 하면 선택받지 못할 위험이 크다는 것은 자명한 일이었다.

"죄책감 느끼라고 하는 소리 아니야. 부담 가지라고 하는 말은 더더욱 아니고."

말과는 다르게 불안정하게 흔들리는 눈동자를 고의로 노출시키며, 원은 애써 괜찮은 듯 어깨를 들썩였다. 눈물이 살짝 고이면 금상첨화겠지만, 아무래도 거기까지는 무리였다.

"저울질해. 그거, 나쁜 거 아니니까."

설주가 고개를 떨어뜨리며 두 손으로 얼굴을 감쌌다. 원의 입가에 희미한 미소가 감돌았다. 그런 걸 할 만한 깜냥이 안 되는 여자다.

그럼에도 이런 말을 하는 이유는 단순했다. 그녀를 괴롭히려는 것도, 쓸데없는 허세를 부리려는 것도 아니었다.

단지 동정표를 얻으려는 속셈이었다. 강하고 완벽한 것보다, 위태롭고 모자란 것에 쉽게 마음을 주는 게 윤설주라는 것을 알기 때문에.

원의 손가락이 설주의 턱 끝을 들어 올렸다. 원은 무방비하게 흐트러진 그녀의 얼굴을 매만졌다.

"넌 잘못 없어. 나한테 다 얘기했으니까."

아무리 일러 줘도, 이런 식의 자기합리화는 꿈도 꾸지 못할 여자.

"내가 나쁜 거야. 다 알면서도 뺏으려는, 내가."

윗니에 짓눌려 하얗게 핏기를 잃은 설주의 아랫입술을 혀끝으로 쓸며 원은 조소했다. 어느새 악역이 천직이 되어 버린 자신의 인생이 이젠 지긋지긋했다.

#9

"원이 너 요새 또 투잡 뛰지?"

늘어지게 하품을 하는 원에게 다소 까칠한 목소리가 날아들었다. 태경이었다.

원이 빠릿하게 차렷 자세를 하고 고개를 저었다.

하여간 저 능구렁이 같은 놈.

태경의 근엄한 표정은 1분을 채 가지 못하고 풀어졌다. 웃는 얼굴에 침 못 뱉는다는 것도 다 옛말이라지만, 저렇게 생긴 얼굴이 웃으면 아무래도 모질어질 수가 없다.

"거짓말하지 마. 해준이 놈한테 다 들었어. 요새 낮에 뻔질나게 돌아다닌다던데."

"아닌데요. 요새 낮에 내내 집에만 있었는데."

"집에 있으면 뭘 해? 핸드폰 들여다보느라 잠도 안 잔다는데. 이거, 이거, 눈 시뻘건 것 봐라. 다크서클이 땅 파고 들어가겠다."

"빈혈이라 그래요, 빈혈이라."

"아무 말이나 막 할래? 밤에 일하는 놈이 낮에 안 자면 언제 자?"

"역시. 내 걱정 해 주는 건 우리 사장님밖에 없다니까."

"아오. 저거 진짜, 말이나 못 하면."

무슨 말을 해도 유들유들하게 받아치니 잔소리도 꾸중도 소용이 없다.

구김살이라곤 찾아볼 수 없는 모습에 태경은 원이 처음 이 바에서 일을 시작했을 때만 해도 그저 평범한 가정에서 자란 성실하고 성격 좋은 청년일 것이라고 생각했다. 그러더니 몇 달 지나지 않아 아는 형이라며 웬 어리숙한 놈을 하나 끼고 와서는 '혹시 이 형이 할 만한 일은 없을까요?' 하며 일자리를 부탁해 왔다.

그게 해준이었다. 지능에 문제는 없는 것 같은데 좀처럼 어려운 술 이름은 잘 외우질 못하고, 손도 느리고, 결정적으로 다리를 약간 절뚝거리는 것 때문에 일을 시킨 지 3일 만에 도저히 안 되겠단 판단이 들었었다.

해준을 계속 쓰는 건 무리일 것 같다고 원에게 통보하던 날이 떠올랐다. 인생 선배랍시고 한 조언에 원이 내놓았던 대답도.

'어떻게 아는 형인지는 모르겠는데…… 뭐, 피라도 섞인 거 아니면 적당히 모르는 척해. 한번 받아 주기 시작하면 끝도 없는 거야. 너같이 잘난 놈이 뭐가 아쉽다고 저런 애 뒤치다꺼리나 하고 있어?'

그러자 지금처럼 빙글대며 하는 말이 '사장님. 저 그렇게 잘난 놈 아닌데요.' 였다.

그날 알게 되었다. 세상에는 자신이 상상할 수조차 없는 인생도 있다는 것을.

뒷골목에서 구걸하고 돈을 훔치던 고아에, 비록 전과는 없다 하더라도 강도 치사로 소년원 생활을 한 전적까지 있는 원을 계속 고용할 것인가, 당시 태경은 고민이 많았다.

그러나 그동안 자신이 봐 온 원을 믿어 보기로 했다. 해준에게도 청소나 테이블 정리 같은 단순한 일을 맡겼다.

다행히, 태경이 그때의 결정을 후회할 만한 일은 벌어지지 않았다. 마치 대단한 은혜라도 입은 것처럼 원은 누구보다 열심히 일해 주고 있었다.

기실, 바의 매상을 원이 책임지고 있다고 해도 과언이 아니다. 원이 쉬는 날이면 매출이 뚝 떨어지는 것만 봐도 알 수 있다. 오죽하면 소문을 듣고 찾아온 라이벌 매장의 사장이 원을 스카우트하기 위해 장장 일주일 내내 바에 출석한 적도 있었다.

기특한 녀석.

듣기론 꽤 큰 액수를 불렀다는데 끝까지 의리를 지킨 원이다. 그러니 태경이 원을 애지중지하는 것도 무리는 아니었다.

"너 인마. 사람이 밤낮 바꿔서 생활하는 게 얼마나 몸 축나는 건지 알아? 낮에라도 충분히 자야지 그러다 큰일 나. 젊은 것도 한때지. 혹시 돈 때문이면 내가 도와줄 수도 있으니까……."

"아, 진짜 투잡 아니라니까 그러시네."

"그럼 뭔데?"

"저도 여자도 좀 만나고 그래야죠."

"그러니까 결국은 돈 때문인 거 아냐. 서연수가 또 돈 필요하대?"

잊을 만하면 가게를 찾아와 원의 속을 뒤집어 놓고 가는 골칫덩이를 떠올리며 태경이 낮게 한숨을 내쉬었다.

가게에서 주는 돈이 적지 않은데도 원이 늘 필요 이상으로 아끼는 건 다 서연수 때문이다.

머리끝부터 발끝까지 도배한 명품, 준재벌 이상이어야 그나마 꿈꿔 볼 만한 고급 빌라, 1억 원을 가뿐히 호가하는 스포츠카.

서연수는 원을 쥐어짜 얻은 돈으로 그 모든 것을 누리고 살았다. 물론, 그 돈을 벌기 위해서 원이 하는 짓도 결코 당당하다고는 할 수 없었다.

그러나 팔은 안으로 굽는다고, 태경에게 더 안타까운 쪽은 언제나 원이었다.

"물주로 만나는 거 아니에요."

원의 손이 물기 하나 없이 건조한 싱크대를 닦고 또 닦고 있었다.

수상하다. 태경의 직감이 그렇게 외쳤다.

"뭐야. 그럼 진짜 여자 친구?"

"그런 달짝지근한 건 또 아니고요."

하여간 짜식이, 하늘 같은 사장님한테 비밀이 많단 말이지.

"뭐 어쨌거나, 썸을 타든 연애를 하든 다 좋은데 우리 가게 단골들한테 들키지만 마. 등 돌린 팬이 제일 무서운 거다, 너."

"옙! 걱정 붙들어 매세⋯⋯."

기합이 단단히 들어간 목소리가 반짝거리는 핸드폰 액정을 확인하고 급격히 힘을 잃었다. 여자 친구야? 하고 묻자 원이 건성으로 고개를 끄덕였다.

방금 전까지만 해도 그런 달짝지근한 사이는 아니라더니?

태경은 갑작스러운 원의 태도 변화에 할 말을 잃고 멀뚱히 바라보기만 했다. 대화 중이었다는 사실은 까맣게 잊은 듯, 원의 관심은 오로지 핸드폰에 집중되어 있었다.

메시지를 서너 개 주고받는 것 같더니, 갑자기 번쩍 고개를 쳐들고 원이 애걸하기 시작했다.

"사장님, 저 딱 한 시간 반만 외출 안 될까요?"

독감에 걸렸을 때도 꾸역꾸역 나와 셰이커를 흔들던 녀석이 근무 중 외출이라니?

원이 딱 한 번 부탁이라는 것을 해 온 게 해준의 일자리 문제 때문이었던 것을 생각하면 그야말로 기절초풍할 노릇이다.

기함할 것처럼 놀란 태경을 아는지 모르는지, 원은 본격적으로 협상안을 제시하고 나섰다.

"대신 오늘 쉬는 시간 다 반납할게요."

"흠······."

"더하기 마감까지."

쉬는 시간 반납에 마감까지. 태경으로서는 결코 밑지는 장사가 아니다. 그러나 순순히 오케이 하고 싶지 않은 건, 여자 친구는 아니라고 딱 잡아떼던 원이 얄밉기 때문일 것이다.

"야박하게 이러실 거예요?"

"어째서 내가 야박한 게 되는 거냐? 일하던 중간에 여자 만나러 간다는 네놈이 너무한 거지."

태경이 가차 없이 정곡을 찔렀다. 공격이 제대로 먹혀 들어간 것인지 시무룩하게 알겠다는 대답이 돌아왔다.

더 하면 울겠네, 아주.

태경이 원의 손에서 행주를 빼앗아 들었다.

"딱 한 시간 반이다."

"네?"

"갔다 오라고. 그렇게 죽상을 하고 있으면 있던 손님도 떨어져 나가겠다."

혹시 사양하진 않을까 했는데, 원은 행여 태경이 말을 바꾸기라도 할까 봐 조바심이 나는 듯 서둘러 앞치마부터 벗어 던졌다. 뭐, 거기까진 괜찮았다.

"역시, 우리 사장님 통 크셔."

"야! 야, 인마! 안 놔?"

원에게 안긴 태경의 다리가 허공에서 달랑달랑 흔들렸다.

이 키만 멀대같이 큰 놈이!

분개하는 태경을 아는지 모르는지, 원은 입이 찢어져라 웃으며 홀연히 가게를 빠져나갔다.

"걱정 붙들어 매라더니 하는 짓은 영……."

호구 같은데?

태경은 처음으로 원의 호언장담이 못 미더웠다.

"어? 오빠!"

누군가 자신을 뒤에서 부르는 것도 모른 채, 원은 도로를 향해 손을 흔들었다.

"아 씨, 왜 빈 택시가 없어."

원은 볼품없이 발을 굴렀다. 왜 이렇게까지 조바심이 나는지. 그에 대한 의문은 당장의 문제가 아니었다.

지금이라도 지하철역으로 갈까? 아니면 버스? 그래도 택시가 제일 빠를 텐데.

오고 가는 시간을 계산하며 갈팡질팡하던 원의 팔을 누군가 잡아당겼다.

하. 돌아보자마자 한숨부터 나온다.

"뭐야?"

"그건 내가 물을 말이지. 여기서 뭐 해? 일하고 있을 시간 아니야?"

"신경 꺼라, 제발."

원은 소매를 쥔 손을 가차 없이 떼어 냈다. 미도가 얼굴을 와작 구겼지만 도로 위를 헤집는 원의 시야에 그 표정이 담길 리 없었다.

"어디 가려고. 옷 보니까 일하다 나온 것 같은데…… 무슨 일 있어?"

"술 마시러 왔으면 가서 술이나 마셔."

"내가 술 마시러 여기 오겠어? 오빠 보려고 오는 거잖아."

"그러니까. 날 왜 보러 오냐고. 내가 이렇게까지 치를 떠는데, 넌 자존심도 없냐?"

"어. 없어, 그런 거. 자존심 내다 버린 지 오랜데. 몰랐어?"

택시는 꽁무니도 보이지 않고, 눈치 없는 계집애는 정신 사납게 계속 땍땍거리고.

원이 결국 도로에서 눈을 떼 미도를 응시했다. 잔뜩 날이 선 시선에도 그녀는 그의 눈길이 제게 닿는 것이 좋은지 함박웃음을 지었다.

"봐. 그래도 어쨌든 이렇게 봐 주긴 하잖아. 자존심 챙기면 뭐 해? 그런다고 오빠 얼굴 한 번 더 볼 수 있는 것도 아닌데."

"대단하다, 진짜. 사람이 어떻게 이렇게까지 구질구질할 수가 있지?"

뻔히 상처가 될 말을 그는 아무렇지 않게 내뱉는다. 어떤 남자도 그녀를 이런 식으로 대하지 않았다. 후환이 두렵지 않은 듯, 모진 말을 뱉어 내는 것에 조금의 망설임도 두지 않는 원이 미도는 신기할 따름이었다.

"정신 좀 차렸나 했더니 또 시작이네."

선우원은 날 싫어해.

미도도 그쯤은 알았다. 그럼에도 쉽게 포기할 수 없는 것은, 그 뒤에 더 중요한 사실이 하나 따라붙기 때문이었다.

선우원은 모든 여자를 싫어해.

여자를 그저 돈주머니쯤으로 보는 남자. 그런 남자의 애정을 받는 유일한 여자이고 싶었다.

누구나 다 손에 넣을 수 있는 보석 따위는 필요 없어. 내 것. 나만의 것. 나만 감당할 수 있고, 나만 소화할 수 있는 것. 선우원은 그런 존재로 삼기에 더할 나위 없이 반짝거렸다.

미도는 원이 헤집은 마음을 추스르며 사근사근하게 웃었다.

"어딜 가는데, 응? 내가 데려다줄까 오빠?"

"됐으니까 좀 가라고. 그게 도와주는 거…….. 아, 씹! 택시 놓쳤잖아!"

그가 버럭 소리를 치며 신경질적으로 머리를 쓸어 올렸다.

미도가 눈을 가늘게 좁혔다. 줄곧 자신을 성가셔하긴 했어도, 이렇게 예민한 모습의 원은 처음 보았다. 일만 부지런히 할 뿐, 세상만사 다 귀찮다는 듯 초연한 남자가 연신 손목시계를 들여다보며 입술을 잘근거리는 꼴이라니.

"오빠 수상하다. 요새 또 여자 만나? 얼마 필요한데. 차라리 나한테 얘기……."

"어? 택시!"

"오빠!"

"제발 작작 좀 해라. 질린다, 정말."

마침내 멈춰 선 택시에 오르며 원이 잇새로 씹어뱉었다. 문이 쾅 닫혔다. 어딘지 모를 목적지를 기사에게 말하는 그의 얼굴이 잔뜩 신이 나 보였다.

"대체 뭔데? 뭐냐고!"

멀어지는 택시를 노려보며 미도가 허공에 핸드백을 휘둘렀다.

"여자는 아니겠지."

그럴 리가 없다. 선우원이 여자를 만나러 가면서 저런 표정을 짓는다고?

"……지나가던 개가 웃겠다."

막연한 불안감을 혼잣말로 지우며 미도는 성난 발걸음을 옮겼다.

"일하는 중이라더니, 어떻게……?"

오피스텔 문이 열리자마자 원이 열렬한 키스 공세를 퍼부었다. 원은 설주의 목소리를 게걸스럽게 먹어 치우며 안으로, 안으로 걸어 나갔다. 정확히는 침대가 있는 쪽이었다.

"잠깐, 잠깐만, 숨 좀……."

"숨 쉬지 마."

"어?"

"숨 쉴 틈 없어. 30분 있다가 가야 된단 말이야."

할딱거리며 가슴을 밀어 내는 설주의 말을 원이 짓궂게 되받아쳤다. 놀란 눈이 화등잔만 하게 커진다.

아아. 원은 낮게 탄식하며 설주의 목덜미에 입술을 내렸다. 여자의 눈이 확대되는 순간이면 페니스가 거의 무조건 반사처럼 반응했다.

덕분에 원은 최근 자신의 취향을 재구성하고 있는 중이었다. 아니지, 창조하고 있다는 것이 더 어울리는 표현이겠다.

원은 자신이 어떤 외모의 여자를 좋아하는지에 대해 생각해 본 적이 없었다.

이전까지는 큰 눈과 오똑한 코, 풍만한 가슴의 유무로 예쁜 여자와 그렇지 않은 여자를 구분 짓고는 했지만, 알고 보니 그건 그저 주변인들이 세운 보편적인 미의 기준에 따른 것일 뿐이었다.

원이 정의하는 '취향'이란 심플했다.

꼴리게 하는 것.

다소 저급하고 상스럽게 들릴지 몰라도, 이보다 더 적합한 표현은 없을 거라고 원은 생각했다.

사춘기 소녀의 것처럼 아담하게 부푼 가슴. 작은 엉덩이. 호리호리한 키가 무색하게 자라다 만 것처럼 여성적인 곡선이 부족한 몸에 원은 매번 지나치게 흥분했다. 마약을 하면 이런 기분일까 싶을 정도였다.

오늘도 마찬가지. 친척의 결혼식에 참석해야 하는 문제로 홍콩으로 출국했던 설주가 나흘 만에 작업실에 있다는 메시지를 보내오자마자 원은 당장 그녀를 보러 가야겠다는 것 외에 다른 것은 생각할 수 없었다.

"나 안 보고 싶었어?"

도저히 자신의 입에서 나온 것이라고는 믿을 수 없는 질문이 무심결에 튀어나온다.

그러나 한번 뱉은 말을 도로 주워 담을 수는 없는 법. 이왕 이렇게 된 거, 답은 들어야겠다 싶어서 원은 기대하는 눈빛을 숨기지 않고 설주를 바라보았다.

그녀가 두 뺨을 발그레하게 물들이고는 목을 끌어안으며 먼저 입을 맞춰 왔다.

대답은 그것으로 충분했다. 원은 웃으며 고개를 깊이 비틀었다.

기분이 좋아진다. 그 말을 뒤집으면 이제까진 기분이 별로였다는 얘기가 된다는 걸 부정할 수가 없다.

솔직히 말하자면, 지난 나흘간 원은 내내 저기압이었다. 설주의 홍콩행에 하준재가 동행한 일로 세상에 종말이라도 닥친 것처럼 호들갑을 떠는 연수가 크게 한몫했다. 연수는 두 사람 사이에 이번에야말로 무슨 일이 생길지도 모른다는 공포에 사로잡혀 있었다.

그러나 원의 생각은 반대였다.

두 사람이 약혼한 것은 대략 1년 전. 그 이후 정기적으로 만남을 가졌음에도 불구하고 하준재에게 윤설주가 그저 '평범한 여자'에 그친다는 것은, 적어도 하준재의 취향이 윤설주는 아니라는 얘기였다. 때문에 원은 연수처럼 쓸데없는 불안에 시달리지는 않았다.

그런데 왜 저기압이었느냐고?

그 이유를 알 수 없으니 미칠 노릇인 거지.

원은 자신이 도출해 낸 결론에 그 어떤 오류도 없다고 자신했다. 그런데도 어째서 그렇게 안절부절, 서연수와 똑같은 짓을 했는지 모르겠다. 시험지에 정답을 적어 놓고도 혹시 모를 0.1퍼센트의 오답 가능성에 전전긍긍하는 아이처럼.

'누구누구 가는 거야?'

'뭐…… 어머니, 아버지, 가까운 친척들.'

'가족들만?'

'응. 가족 행사니까.'

뭉뚱그린 그녀의 대답 때문이었을 확률이 가장 높다. 이미 준재가 그 '가족 행사'에 참석한다는 사실을 연수로부터 전해 들은 원으로서는 눈 뜨고 코 베인 것과 다름없는 심정이었으니까.

다 알고도 속아 줘야 했으니 기분이 더러운 게 당연하잖아?

그리 생각하니 제법 수긍이 간다.

원은 한결 개운한 표정으로 설주와 눈을 맞췄다. 초승달 모양으로 예쁘게 휘는 눈을 보며 원은 일자로 뚝 떨어지는 원피스 형태의 파자마를 그녀의 머리 위로 벗겨 냈다.

브래지어를 생략한 가슴이 하얗게 드러났다. 원은 곧장 그녀의 젖무

덤 사이에 얼굴을 묻었다. 비 내리는 숲이 연상되는 서늘한 체향을 듬뿍 들이마시며 붉게 익은 젖꼭지를 손가락 사이에 끼워 문질렀다.

말랑거리던 작은 살점이 이내 뭉치기 시작했다. 그 단단한 감촉을 즐기며 원이 다른 한 손을 아래로 미끄러뜨렸다. 고불거리는 음모를 헤치고 꽃잎을 가르자 설주의 습윤한 동굴이 움찔거리며 반응했다. 원은 망설임 없이 그 안으로 손가락을 집어넣었다.

"아으웃."

익히 알던 체향, 온도, 살결의 감촉, 흐느끼는 듯한 신음 소리. 단 한 번의 침입도 받지 않은 것처럼 숨 막히게 죄여 오는 좁은 내부까지도.

어떤 것도 변하거나 추가되지 않았다. 모든 것이 그대로였다. 원은 무엇에 마음이 놓이는 것인지도 모른 채 안심했다.

원이 설주의 가슴에서 입술을 떼고 무릎을 꿇었다. 긴장 때문인지 형편없이 후들거리는 다리 사이를 손바닥으로 넓게 덮은 채 그녀를 올려다보았다. 설주가 탁해진 눈으로 애원했다.

"침대로 가자, 해준아."

"다리 좀 더 벌려 봐."

"안 돼. 나…… 아흐읏……. 너, 넘어질 것 같아."

"내 어깨 잡고 버텨."

원이 무엇을 하려는지 예상한 듯, 설주는 도리질을 치며 오히려 다리를 오므렸다.

하여간. 진짜 말 안 듣지.

손을 앞뒤로 비비는 것조차 여의치 않을 만큼 요령 없이 꽉 다물어 버린 허벅지에 원에게서 실소가 터졌다.

"손에 피 안 통한다."

"……어?"

원이 엄살을 부리자 설주가 반사적으로 다리의 힘을 풀었다. 원은 기다렸다는 듯 까칠한 음모를 입술로 헤쳤다. 설주가 자지러질 듯 비명을 지르며 원의 어깨를 팡팡 내리쳤다.

"그 정도론 모기 새끼 한 마리도 못 죽일걸."

원이 놀리자 이번에야말로 본때를 보여 주겠다는 듯 작은 주먹이 매서워졌다. 그러나 그 귀여운 반항은 얼마 가지 못했다. 원의 혀끝이 여성의 핵을 음란하게 건드리자 쾌락의 수위가 아슬아슬하게 차오른 것이다.

원은 눈으로, 손으로, 입으로 정신없이 설주의 여성을 탐색하고 음미했다. 수축과 이완을 반복하는 그녀의 질이 마치 그 자체로 살아 있는 생물처럼 원의 손가락을 야금야금 집어삼켰다.

원은 그 광경을 조금 더 자세히 보기 위해 설주의 한쪽 다리를 들어 자신의 어깨에 올려 두었다. 두 발로도 겨우 버텼던 설주는 외발이 되자 거의 온 체중을 원에게 실어야만 간신히 서 있을 수 있었다.

그 무게감이 원을 들뜨게 했다.

기묘한 경험이다. 그녀가 온몸을 내맡기고 자신에게 의지하고 있다는 것만으로 미친놈처럼 실실 웃음이 나온다는 것은.

"흐으윽."

뾰족하게 혀를 세워 그녀의 안에 찔러 넣었다. 바들바들 경련하는 허벅지를 점점 더 넓게 벌리며 원은 입술을 모아 설주의 질구를 세차게 빨았다.

원의 코끝이 정점을 건드리면 설주는 앙앙거리며 고양이처럼 울었다. 원은 그럴 때마다 벌어진 그녀의 입술에 자신의 손가락을 쑤셔 넣고 싶었다.

아니, 성기를 입에 물리고 싶었다. 그러나 시도해 볼 엄두는 나지 않았다. 페니스를 빠는 윤설주라니. 상상만으로도 소름이 끼칠 만큼 흥분이 치솟는데, 그게 현실이 되면 아마 1분 만에 KO 될지도 모른다.

"그만…… 제발, 응?"

열꽃이 핀 듯 온몸을 울긋불긋하게 물들인 채로 설주가 애원했다. 그런 그녀와 눈이 마주친 순간, 원은 머릿속에 가둬 뒀던 말을 놓치고 말았다.

"이런 모습……."

"……응?"

이런 너.

하준재 그 새끼는, 못 본 거지?

세상에. 이런 구차한 질문이라니. 정말 이딴 걸 물어보고 싶었다고?

원이 인상을 쓴 채 도리질을 하자 설주가 무릎을 굽혀 시선을 맞춰 왔다.

"왜 그래?"

그러게. 대체 왜지. 왜, 불현듯 연수의 애원이 떠오르는 걸까.

'나는 죽어도 그 사람 못 나눠 줘.'

죽어도 이해할 수 없을 것이라고 생각했던 그 광기 같은 절박함이, 왜 내 것처럼 느껴지는지.

"……해준아?"

원은 제 안의 혼란을 들키지 않으려는 것처럼 얼굴을 샅샅이 들여다 보는 설주를 당겨 품에 안았다. 그러고는 거실의 서늘한 대리석 바닥 위에서 그대로 그녀를 제 몸에 꿰었다.

살갗에 닿는 시린 감각이 오히려 반가울 정도로 온몸이 뜨거웠다. 아픈 곳도 없이 신열에 시달렸다.

"차가워……."

그녀가 작게 칭얼거리며 어깨를 떨었다. 원은 곧장 자세를 바꿔 등을 대고 누웠다. 아래가 연결된 채 이리저리 휘둘리는 설주의 입술 사이로 간헐적인 신음이 터져 나왔다.

원은 그녀의 가슴 아래 생긴 음영을 정중하게 쓰다듬었다. 그러다 순식간에 돌변해선 그녀의 온몸이 흔들리도록 아래에서 거세게 허리를 쳐올렸다.

위로, 다시 아래로, 불안정하게 버티던 설주가 본능적으로 움켜쥘 무언가를 찾아 손을 뻗었다.

원이 허우적거리는 두 손을 잡았다. 그러자 하얗고 연약한 그녀의 손가락이 그의 손가락과 차곡차곡 엉키었다. 빈틈과 빈틈이 만나 절대 풀리지 않을 것처럼 얽혔다.

원은 그 손에 입을 맞추며 길게 사정했다.

허공에 떠 있는 듯한 기분이 들었다. 비상인지, 추락인지 알 수 없이 그렇게.

◇　◇　◇

설주와의 만남은 첩보 작전을 방불케 했다. 빽빽이 짜인 그녀의 시간표와 지나치게 제 역할에 충실한 김 기사 때문이었다.

불행 중 다행이라면, 졸업 작품을 준비해야 한다는 핑계로 작업실 출입만은 비교적 자유로운 편이라는 점이었다.

그러나 원은 언젠가부터 남들이 하는 평범한 데이트에 대한 갈망을 느끼기 시작했다. 전에는 피곤하다고 생각했던 짓들을 설주와는 하고 싶어 미칠 지경이었다.

영화도 보고 싶고, TV에 소개된 맛있는 음식점에도 가고 싶고, 장거리 드라이브나 여행도 좋았다. 작업실에서의 밀회만으로는 도저히 성에 차지 않게 된 거였다.

'가자. 어? 이 영화 보고 싶다면서. DVD로 나오려면 최소 3개월
은 기다려야 한다니까.'

'그래도 혹시 걸리면……'

'여행 가방 큰 거 하나 구해 올까? 거기 너 넣고 끌고 다니게.'

'농담이지?'

'아니.'

'진담이면 너 심각한 거야.'

'어. 나 지금 심각해. 진지한 거 안 보여?'

'아, 이건 진짜 미친 짓인데……'

불안해하는 설주를 꼬드겨 원은 야금야금 행동반경을 넓혀 나갔다.
몇 번의 데이트가 무사히 지나가자, 그녀 역시 제법 요령과 담력이 생
긴 모양이었다.

물론 작업실 근처에선 일행이 아닌 척 멀찍이 떨어져 걸어야 했지
만, 사람이 많은 번화가에선 보통의 연인들처럼 손을 잡고 걸을 수 있
었다.

그런 수고가 결코 억울하지 않을 만큼 설주와 밖에서 보내는 시간
은…… 뭐랄까, 즐거웠다. 시간이 흐르는 게 아쉽다는 말이 더는 새삼
스럽지 않았다.

"영화 괜찮았지? 연기도 좋고, 감동도 있고."

상영관을 나오며 설주는 여느 때처럼 재잘거렸다. 원은 그녀의 손을
끌어다 잡으며 빨갛게 짓무른 눈가를 내려다봤다.

클라이맥스에서는 그조차도 울컥할 정도였으니 설주가 목이 잠길 정
도로 펑펑 운 것은 당연한 일이었다. 이번엔 기대해 볼 만하다 싶어 원

이 물었다.

"그럼 10점?"

"9점."

"또?"

설주는 대답 대신 배시시 웃었다. 영화를 보고 점수를 매기는 건 언젠가부터 그들 사이에 일종의 유희로 자리 잡은 일이다. 그간 두 개의 10점짜리 영화가 있었던 원과는 달리 아직까지 그녀에게 만점을 받은 영화는 존재하지 않았다.

까다롭기도 하시지. 예술가라 그런가. 원이 야유하자 솜방망이 같은 주먹이 팔뚝을 스쳤다.

"10점 준 영화가 있기는 해?"

"아니, 아직."

"왜? 다 성에 안 차서?"

"그런 건 아닌데……."

머뭇머뭇. 설명할 말을 찾는 것처럼 까만 눈을 도로록 굴리더니 한참 만에야 대답을 들을 수 있었다.

"혹시 더 좋은 영화를 보게 되면 곤란하잖아. 이미 10점은 써 버렸는데, 그것보다 더 마음에 드는 영화가 생겨 버리면."

"11점을 주면 되지."

"안 돼. 그건 반칙이니까."

"그래서 아껴 두는 거라고?"

"아껴 두는 건가? 음…… 그런 건지도 모르겠다."

그런가. 그런 건가. 새삼스럽다는 듯 몇 번 중얼거리다가 이내 그런 건 별로 중요치 않다는 듯 설주는 잡은 손을 풀고 팔짱을 꼈다.

완연한 여름. 타인의 체온이 반갑게 느껴지지 않는 계절임에도 원의 얼굴에서 싫은 기색은 엿볼 수 없었다.

어느새 이렇게 되었다.

손을 잡는 게 당연하고, 팔짱을 끼는 게 자연스러운 사이.

"근데 어젯밤에 왜 전화 안 했어."

"아, 너 한창 바쁠 시간인 것 같아서."

"그런 거 신경 쓰지 말라니까."

자기 전에 연락이 없으면 왠지 섭섭한 사이.

"어떻게 신경을 안 써. 낮에 자야 하는데, 나 때문에 요새 잠 도……."

"또, 또. 쓸데없는 걱정. 됐고, 밥이나 먹자. 배고파."

"그래. 냉면 먹을까?"

"그저께 먹었잖아. 오늘은 너 좋아하는 거 먹자. 초밥이나 쌀국수."

서로가 좋아하는 음식 네댓 개쯤 훤히 꿰고 있는 사이.

"아. 네가 보고 싶다던 전시회, 이번 주말에 가자."

"이번 주말?"

"어. 토, 일 아무 요일이나 괜찮은데, 난."

"아……. 주말에는 일이 있어서."

"무슨 일?"

"그냥, 집안일."

그러나 그럼에도 불구하고 여전히, 완전한 연인은 아닌 사이.

이럴 때면 마음에, 눈빛에, 말투에 뾰족뾰족 가시가 돋았다. 원은 걸음을 멈추고 길 한복판에 우두커니 섰다.

볕이 너무 강하기 때문일까. 뇌가 지글지글 익어 버리는 것 같다. '왜 그래?' 걱정스럽게 묻는 설주에게 버럭 소리치고 싶어진다.

시발. 이 짓도 못 해 먹겠다고.

원의 기분이 이렇게까지 더러운 것은 어제 걸려 온 연수의 전화 때문이다. 더 정확히는, 그녀가 전해 준 소식 때문이었다.

'이번 주 주말에 양가 식구들끼리 제대로 모인대. 알고 있어?'

아니. 몰랐다. 여자는 이제 겨우 한 달 남짓 남은 자신의 결혼에 대해선 그에게 일언반구도 하지 않으니까.

'신혼집은 논현동이라더라. 벌써 가구도 다 들어갔대.'

이렇게 완전히 사랑에 빠진 것 같은 눈으로 바라봐 주면서, 뒤에선 다른 새끼와 차근차근 살림 차릴 준비를 하는 여자.

'선우원. 내가 말했지. 나 죽을 거라고. 그 사람, 그렇게 결혼해 버리면 나 정말 죽어 버릴 거라고.'

죽는 게 그렇게 말처럼 쉬운 줄 알아?

끓어오르는 분노를 참지 못하고 핸드폰을 던져 버렸다. 덕분에 산산조각 난 액정을 볼 때마다 연수의 울음이 메아리쳤다.

죽어. 죽어 버릴 거야. 죽을 거야.

"해준아……?"

무언가 툭 끊어지는 소리가 났다. 실핏줄이라도 터졌는지 눈알이 시큰했다. 원은 까치발을 들고 자신의 얼굴을 가까이 들여다보는 설주의 팔을 휘어잡았다.

아아, 그녀가 낮게 신음했지만 원은 그런 것은 안중에도 없다는 듯 뚜벅뚜벅 걸음을 옮겼다.

"어디 가? 천천히 좀 걸어."

원의 넓은 보폭을 따라잡느라 거의 달리다시피 하는 설주가 애원했지만 배려란 없었다.

원은 택시를 잡아 뒷좌석에 구겨 넣듯 그녀를 태우고 최근 제집 드나들듯 하는 오피스텔 이름을 댔다.

"작업실? 배고프다면서 갑자기 거긴 왜……."

말이 툭 끊기며 발음이 뭉개지는 소리가 났다. 호기심에 룸미러를 흘끗 바라본 택시 기사에게서 끌끌 혀 차는 소리가 새어 나왔다.

하여간 말세야, 말세. 지금이 낮인지, 밤인지. 여기가 길바닥인지, 모텔인지. 요새 젊은것들은 어째서 저리 천지 분간을 못 하나.

다 큰 딸이 있는 중년 남성의 소리 없는 한탄이 길게 이어지는 동안, 원은 설주의 입술을 물고 놓아주지 않았다. 그녀가 고개를 이리저리 저으며 피할수록 무자비하고 집요하게 따라붙었다.

왜 이렇게까지 기를 쓰고 피해. 이까짓 키스가 뭐라고.

설주가 몸을 사릴 수밖에 없는 상황에 대해서는 전혀 생각지 않고 무작정 화가 났다. 화를 내고 싶어서 일부러 그런 구실을 만드는 것인지도 모르겠다.

'어떤 사람이야? 그 남자.'

'어떤 사람인지 내가 판단할 필요가 없는 남자.'

'뭐야, 그게.'

'어차피 내 생각은 중요하지 않다는 뜻이야. 그래서 궁금해한 적 없어. 좋은 사람이든 나쁜 사람이든, 달라질 게 없으니까.'

그게 말이 되나. 아무리 그래도 남편이 될 사람인데, 궁금해하지 않을 수 있다고?

'혹시 결혼식 날짜, 정해진 건 아니지?'

'······응. 아니야.'

천진한 얼굴로 뻔뻔하게 거짓말을 하던 너를, 네 말을, 나더러 믿으라고?

맞붙은 입술을 떼면 악다구니가 새어 나올 것 같았다.

하물며, 하준재 그 개자식도 연수에게 거짓말은 안 한다는데, 너는 왜 걸핏하면 나를 속이지. 그게 네 마음의 크기인가.

연수를 향한 하준재의 마음이 '파혼을 제외한 전부'를 줄 수 있는 마음이면, 너는? 너는 뭘까. 너는 내게 그 정도의 욕심도 없나.

원의 손이 설주의 스커트 사이를 파고들었다. 그러자 곧장 그녀에게서 반응이 나타났다.

원은 입술을 혀끝으로 쓸었다. 알싸하고 비릿한 피의 맛.

요동치는 설주의 동공을 바라보며 원은 그녀가 놀란 나머지 실수한 것이라고 생각하기로 했다. 그녀가 자신을 고의로 상처 낸 것이라고 하면 도저히 견딜 수가 없을 것 같았으므로.

"도착했습니다."

적당한 때를 기다리던 기사가 타이밍 좋게 끼어들었다. 원은 지갑에 손을 넣어 잡히는 대로 지폐를 건네주고 택시에서 내렸다.

그가 묵묵히 그녀를 이끌었다. 오로지 설주만이 사정했다가, 반항했다가, 체념할 뿐이었다.

10

그녀의 작업실엔 그를 모델로 한 그림이 군데군데 놓여 있었다.

스케치북 크기의 크로키부터, 사람 키만 한 유화까지. 어떤 것은 단순한 옆모습이기도 하고, 어떤 것은 추상화에 가까울 정도로 난해하기도 하다.

원은 싸늘한 눈으로 전리품처럼 늘어선 설주의 그림들을 노려보았다. 이제껏 들지 않았던 의문이 불현듯 뇌리를 스쳤다.

"저딴 건 왜 그렇게 열심히 그려."

"저딴 거……라니?"

"나. 내 얼굴 말이야. 정신없이 그려 대잖아. 뭐에 쫓기는 사람처럼!"

원은 아직도 현관에 서 있는 설주에게 뚜벅뚜벅 다가갔다.

손목을 매만지던 여자는 맹수를 피하려는 초식 동물처럼 본능적으로 뒷걸음질 쳤다. 그것이 거부의 몸짓 같아서 원의 눈동자에 또 한 번 불꽃이 일었다.

"그, 그냥 그리고 싶어서 그린 거야. 남겨 놓고 싶어서."

설주의 대답이, 원에게는 기어이 자신을 버리겠다는 예고처럼 들렸다.

사진. 일기. 그림…….

인간이 갖가지 방법들로 순간을 영원히 변하지 않을 증거물로 만드는 이유는 변화와 망각이 두렵기 때문이다.

원은 유난히 정교한, 그래서 마치 사진처럼 보이는 자신의 초상화를 바라보았다.

이것들이, 자신이 떠난 자리에 남을 유류품이라고 생각하니 견딜 수가 없어져 원은 차라리 눈을 감아 버렸다.

"왜 그래. 무슨 일이야. 응?"

무슨 일이냐고? 나를 이렇게 미치게 만들어 놓고, 무슨 일이냐고?

원은 무감각한 얼굴로 설주의 티셔츠 안에 손을 집어넣었다. 실은 세상에서 가장 독하고 잔인한 주제에 천사처럼 말간 얼굴을 한 그녀를 벌주고 싶었다.

멈칫거리며 만류하는 손을 뿌리치고 원은 완강하게 그녀의 옷을 벗겨 나갔다.

"너 도대체……."

"조용히. 감상 중이잖아."

설주를 알몸으로 만들어 놓고, 원은 그녀를 따뜻하게 안아 주는 대신 거실 한가운데 덩그러니 세워 놓았다.

몇 걸음 떨어져 식탁에 엉덩이를 걸쳤다. 수치심에 얼굴을 붉히는 그녀를 보며 원이 자신의 아랫도리를 만지작거렸다.

못 볼 것을 봤다는 듯 질끈 눈을 감는 설주를 향해 원이 삐딱하게 웃었다.

순결한 척, 고상한 척. 실은 어느 한쪽도 포기할 수 없어서, 양손에 떡을 쥐고 배부른 고민에 빠져 있는 주제에.

어쩌자고 이 여자를 걱정했을까. 어쩌자고 이 여자를 안쓰러워했을까.

바지 지퍼를 내리는 소리가 유난히 크게 들렸다.

한 손으로는 가슴, 다른 한 손으로는 음부를 가린 설주가 어깨를 흠 칫 움츠렸다. 원이 브리프 밖으로 흉포하게 일어선 자신의 페니스를 꺼 냈다.

"눈 떠."

"……."

"가까이 와."

"해준아."

차해준, 그 이름을 그녀의 입으로 듣는 것조차 이제 견딜 수 없이 짜증스럽다.

"내가 가?"

윽박지르듯 묻자 설주가 주춤거리며 다가왔다. 그러나 그녀는 완전 히 가까워지지는 않고, 1미터 정도의 간격을 둔 채 그를 마주 보았다.

원은 아무 말 없이 팔을 뻗어 가슴을 가린 설주의 손을 쳐 냈다. 가 로로 곧게 뻗은 쇄골을 매만지던 손이 불쑥 아래로 향했다. 무게를 재 듯 가슴을 떠받치며 신중하게 감싸던 손에 별안간 악력이 실리자 설주 가 놀란 눈으로 원을 바라보았다.

원이 입술을 비틀어 말했다.

"빨아 줘."

"뭐?"

"내 거, 빨아 달라고."

"모, 못 해. 난 그런 거……."

"왜. 더러워?"

"그런 게 아니라……."

"나는 네 거 빨아 주잖아. 근데 너는 왜 못 해."

후배위조차 부끄러워하는 설주에게 구강성교가 얼마나 버거운 요구인지 따위는 개의치 않고, 원은 막무가내로 떼를 썼다.

못 하는 게 아니라, 하기 싫은 거겠지. 그런 삐딱한 생각밖에 들지 않았다.

화를 내고 싶은데, 적당한 이유가 없어 생트집을 잡는 중이라는 걸 원은 애써 무시했다.

결혼 날짜까지 받아 놓고 왜 말을 하지 않는지. 식구들끼리만 갔다는 홍콩엔 왜 하준재가 동행했는지. 상견례라면, 그 결혼을 정말 하겠다는 건지.

그런 것들을 묻지 못하는 대신 어린애처럼 떼나 쓰고 있는 꼴이라니, 한심했다.

"됐어. 집어치워."

아랫배에 바짝 올라붙은 페니스가 들어갈 구멍을 찾아 헛발질만 연방 해 댔다.

한시가 급한 원이 결국 졌다.

이따위 고집을 부리려면, 애초에 여자를 발가벗기는 짓은 하지 말았어야 했다. 제 꾀에 제가 넘어간 것이나 다름이 없다.

원은 설주와 입술을 포개며 그녀의 등허리로 손을 미끄러뜨렸다. 택시에서 설주에게 물려 생긴 상처가 다시 한번 벌어졌지만, 원은 통증을 느끼지 못하는 사람처럼 마구 입술을 문댔다.

흡사 자학하는 것이나 다름없었다. 상처가 쓰라리면 쓰라릴수록 마음도 같이 아파서, 상처를 준 그녀가 미워졌다.

'밉다.'

윤설주를 두고 이런 부정적 감정의 연결이 가능하다는 것이 차라리 다행스럽게 느껴졌다. 벌써 어딘가 고장 난 줄 알았던 물건이 아직 제대로 작동하고 있다는 것을 깨달았을 때의 안도감 같은 것이었다.

원은 한결 나아진 기분으로 설주의 몸을 빙글 돌려 그녀의 허리를 반으로 접었다. 식탁 위에 생크림처럼 부드러운 가슴을 뭉갠 채로 설주가 고개를 외로 틀어 그를 불안하게 올려다보았다.

원은 그 시선을 비웃듯이 손가락을 세워 좁은 구멍 안을 헤집었다. 원이 설주의 몸 안에서 손가락을 구부려 흔들자 가는 허리가 파르르 경련했다.

끈적한 애액이 손가락을 흠뻑 적신다. 그가 냉정히 손을 거뒀다. 그러곤 이를 세워 그녀의 목덜미를 깨문 채 짐승처럼 교미했다.

좁고 축축한 길을 가를 때마다 '밉다, 밉다, 밉다.' 습관처럼 그 말을 되뇌었다.

동작은 점점 거칠어졌다. 여자는 신음조차 버거운 듯 윽윽, 억눌린 소리만을 간신히 내뱉을 뿐이었다.

원은 정복자의 오만한 얼굴로 설주의 하얀 목덜미에 묻은 제 피를 내려다보았다.

식탁을 긁는 그녀의 손톱과, 탁탁, 외설적인 소리와 함께 그의 남성이 진퇴를 반복할 때마다 앞뒤로 흔들리는 어깨를 보았다. 치골에 받혀 형태가 이지러지는 탐스러운 엉덩이와 남성을 더욱 수월하게 받아 내기 위해 잔뜩 꺾인 허리 같은 것도 눈에 담았다.

그러나 지금 이 순간 그 어떤 것보다 원의 시선을 잡아끄는 것은 그녀의 왼쪽 날개뼈 위에 흩어져 있는 작은 점 세 개였다.

'동영상이라도 찍어 와. 어려운 거 아니잖아.'

연수는 그렇게 말했었다. 혹시 그녀가 이대로 결혼을 강행한다면 그런 저급한 영상이라도 써먹겠다는 뜻이었다.

그땐, 연수의 끝을 모르는 이기심과 소유욕에 치를 떨었었는데…….

원은 손만 뻗으면 닿을 거리에 있는 핸드폰과 설주의 몸을 번갈아 응시했다.

뒷모습뿐이라고 해도, 어깨의 점을 단서로 삼으면 의혹이 진실이 되는 건 순식간일지 모른다.

그럴까, 정말. 정말 그렇게 해 버릴까.

어쩌면 가장 안전하고 쉬운 방법일지도 모른다는 생각이 들었다. 이 지긋지긋한 짓을 순식간에 끝낼 수 있는 기가 막힌 묘수가 될지도.

근래의 애매모호한 태도를 보면 윤설주가 이대로 다른 남자의 손을 잡고 식장에 들어가는 것도 무리는 아닌 것처럼 보이니까.

원은 쑤걱쑤걱 빠르게 허리를 움직이며 이제껏 단 한 번도 진지하게 고려해 보지 않은 최악의 경우를 계산해 보았다.

8월 12일. 윤설주와 하준재의 결혼이라는 재앙 이후를.

서연수 걱정이 먼저여야 했다. 그게 맞는 거였다. 하준재를 나눠 가지느니 차라리 죽어 버리겠다는 말을 몇 번이고 했던 연수니까.

그러나 원의 머릿속에 가장 먼저 떠오른 의문 부호는 저 자신에 관한 거였다.

그러면 나는 버림받는 건가? 완전히?

방금까지도 뜨거운 열기에 사로잡혀 있던 몸인데, 심장 저변에서부터 오싹 소름이 돋는다.

원은 오한에 몸을 떨며 발작하듯 설주의 안에 울컥울컥 저를 쏟아 냈다. 그녀의 하체에 뿌리 끝까지 밀착시켜 마지막 한 방울까지 남김없이 사정하고는 부랴부랴 작은 등을 가슴에 안았다.

빈틈없이 팔에 가두고도 어딘가 그가 놓친 작은 틈으로 설주가 바람처럼 스르륵 빠져나갈 것만 같다. 원은 그녀의 존재를 확인하듯 재차 이름을 불렀다.

"설주야."

"······응?"

"윤설주."

"응. 듣고 있어."

"윤설주."

"너, 무슨 일 있는 거지?"

그래. 무슨 일이 벌어지고 있는 것이 틀림없다. 전에는 가져 본 적 없는 어떤 감정에 원은 정신없이 흔들리며 발악했다.

"하지 마."

"뭘?"

"저울질 같은 거 그만둬. 내가 멍청했어. 내가 생각이 짧아서 그랬어."

"······."

"봐. 우리가 지금 뭘 하고 있는지. 네가 나랑 무슨 짓을 했는지."

"해준아."

"네가 어떻게 다른 놈이랑 결혼을 해!"

"······."

"이래 놓고 어떻게. 나를 이렇게, 이렇게······!"

무슨 말을 하고 싶은 건지도 모르겠다. 원은 어느새 설주와 마주 본 채 안간힘을 쓰며 소리치고 있었다.

눈을 벌겋게 달군 채로 '어떻게'와 '이렇게' 따위의 말들만 반복했다. 그녀가 떨리는 손을 잡아 줄 때까지 몇 번이고 끊임없이.

"안 해."

"······안 해?"

"그래. 안 할 거야, 결혼."

사람 하나를 미친놈으로 만들어 놓고, 윤설주는 흐드러지게 웃었다.

대답할 말이 떠오르지 않았다. 이런 순간을 대비해 준비한 표정도 까맣게 잊어버렸다.

원은 그저 놀랍도록 어리숙한 얼굴로 마주 잡은 손끝에 힘을 줄 뿐이었다.

◇　◇　◇

일을 마친 후 집으로 돌아온 원과 해준은 샤워를 하고 좁은 방 안에 나란히 누웠다.

한창 해가 떠 있는 여름의 오전 7시는 숙면을 취하기 좋은 시간은 아니었다. 그러나 하루 종일 서서 일하는 원과 해준에게 창틈으로 들이치는 햇빛 따위는 별문제가 되지 않았다. 게다가 불금이라는 전쟁을 겪고 온 오늘 같은 날은 더더욱.

"원아."

"어?"

"안 졸려?"

하지만 원의 눈은 고된 노동이라는 최고의 수면제에도 불구하고 말똥말똥했다.

자꾸 씰룩거리는 입술을 누르느라 여러 번 몸을 뒤척이자 결국 해준이 부스스한 발음으로 넌지시 타박했다.

"미안. 나 때문에 깼어?"

말은 그렇게 하면서도 원의 목소리는 전혀 미안한 투가 아니었다. 다시 까무룩 잠에 빠지려는 해준을 부르는 것만 봐도 알았다.

"형."

"……으응?"

"그거 있잖아."

"뭐어?"

"주근깨 빼빼 마른 빨간 머리 앤."

본 적도 없는 만화 주제곡을 어째서 자신이 외우고 있는지는 모르겠다만, 안다고 해 봤자 그것도 겨우 두 소절뿐이다.

"그거, 이다음 가사가 뭔지 알아?"

"…….."

해준은 결국 잠들어 버린 건지 대답이 없다.

원은 피식 웃으며 깍지 낀 두 손을 뒤통수 아래 깔고 곰팡이가 핀 천장을 올려다봤다. 그 얼룩덜룩한 무늬 위에 설주의 모습을 그리며 그가 낮게 콧노래를 불렀다.

예쁘지는 않지만 사랑스러워
사랑스러워

"어? 원이 너 어디 가?"

"아, 잠깐 누구 좀 만나러. 왜?"

해준이 옷걸이를 휙휙 젖히는 원의 등 뒤에 대고 물었다. 막 잠에서 깨어난 해준과 달리 원은 어느새 샤워도 마치고 머리도 멋들어지게 넘긴 상태였다.

해준이 의아하게 고개를 갸웃거렸다.

"오늘 사장님이 출근 전에 점심 겸 저녁 쏜다고 했잖아."

"아. 맞다."

"잊어버렸어?"

"깜빡했네. 사장님께는 전화해서 난 오늘 힘들 것 같다고 말씀드릴게. 형이라도 가서 맛있는 거 얻어먹어라."

"됐어. 너도 없는데, 무슨. 난 자장면이나 먹을래, 그럼."

"그럴래? 내가 시켜 줄게."

무슨 좋은 일이 있는지 연신 싱글벙글하는 원에게서 해준의 시선이 떨어지지 않았다. 원은 별로 풍족하지도 않은 옷장을 뒤지더니 양손에 셔츠를 하나씩 들고 해준에게 돌아섰다.

"형. 뭐가 나아?"

"응?"

"이게 얼굴이 더 밝아 보이나?"

"둘 다 똑같은 것 같은데……."

"아니야. 잘 봐 봐. 이건 화이트고, 이건 아이보리잖아."

"그런가?"

"아무래도 화이트가 낫겠다."

스스로 답을 내린 원이 입고 있던 싸구려 티셔츠를 훌렁 벗었다.

우와. 해준은 새삼 감탄하며 자신의 말랑말랑한 배를 주물럭거렸다. 따로 운동을 하지 않는 것은 원이나 저나 매한가지인데 왜 원에게는 연예인에게나 있을 법한 초콜릿 복근이라는 게 있는 걸까?

뭔가에 깊이 찍힌 듯한 옆구리의 흉터만 아니었다면 훨씬 더 근사한 몸일 텐데. 하긴 원에게 빚진 것이 어디 저 상처 하나뿐인가, 뭐.

해준은 자신 때문에 원이 얻게 된 수많은 불행에 대해서 생각했다. 그러고도 여태 원의 그늘 아래에서 기생하고 있는 스스로에 대해서도.

코끝이 찡해지며 청승맞게 눈물이 나오려고 했다. 코를 킁 들이켜자 거울을 보며 셔츠의 단추를 잠그던 원이 돌아보았다. 눈치 빠른 원이 행여 알아챌까, 해준은 부러 크게 하품을 했다.

"근데 누구 만나러 가?"

"그냥 뭐……."

"너 여자 생겼어?"

"어? 뭐? 여자?"

"사장님이 자꾸 물어봐. 너 낮에 뭐 하냐고."

"그 양반 내 뒷조사하는 거에 재미 들렸네."

"뒷조사까지는 아니었는데……. 아무튼, 요새 낮에 바쁘다고 하니까 그게 네가 여자 생겨서 그런 거래."

"주책이다, 주책."

원이 고개를 저으며 투덜거렸다. 해준에게는 그게 마치 부끄러워하는 것처럼 보였다.

그런데 이게 말이 되나? 원이 부끄러워할 줄도 알았나?

해준은 모기에 물려 퉁퉁 부은 종아리를 벅벅 긁으며 생각에 잠겼다.

원은 세상천지에 쑥스럽고 어려운 일투성이인 자신과는 정반대의 사람이었다. 처음 보는 사람과도 쉽게 말을 섞고, 낯선 곳에서도 쉽게 길을 찾고, 해 본 적 없는 일에도 곧잘 능숙해졌다.

원은 필요하거나 해야 하는 것이면 뭐든 거리낄 것이 없다는 듯 행동했다. 그래서 해준은 원이 뭔가를 겸연쩍어하는 것을 목격한 적이 없었다.

"사장님 말이 진짜야? 정말 여자 생겼어?"

"어."

"누구? 혹시, 송미도?"

"그 계집애 얘기가 갑자기 왜 나와?"

불현듯 날카로워지는 말투에 해준은 적잖이 놀랐다. 내가 무슨 말실수를 했나? 해준이 쭈뼛거리며 변명조의 말을 이었다.

"요즘 가게에 자주 오잖아. 혹시 다시 만나는 건가 싶어서."

"내가 언제 송미도랑 만난 적 있어? 맨날 걔가 죽자고 쫓아다녀서 하는 수 없이 몇 번 상대해 준 거지."

"어, 그건 그런데……."

해준이 원의 표정을 살피며 데룩데룩 눈을 굴렸다.

"꺼지라고 해도 기를 쓰고 치근덕대서 나도 아주 죽을 맛이니까 걔 얘긴 꺼내지도 마. 젠장. 가게를 그만둘 수도 없고."

"근데…… 걔 아니면 누군데?"

"어?"

"여자 생겼다면서. 누구냐구."

"뭘 그렇게 꼬치꼬치 묻고 그래? 내가 언젠 여자 없었나. 너무 많아 서 탈이었는데 새삼스럽게……."

원의 말이 틀린 것은 아니었다.

해준은 원의 주변을 끊임없이 기웃대는 여자들을 보며 종종 은행의 풍경을 떠올리고는 했다. 순번 대기표를 뽑아 들고 이제나저제나 자신 의 순서가 돌아오기를 기다리는 사람들 말이다.

그리고 원은 그 은행에서 매우 불성실하고 무책임한 직원이라 정 어 쩔 수 없을 때에만 번호를 눌러 주는 것이다. 딩동, 하고.

"어쩔 수 없는 표정이 아닌데……."

"어? 형 뭐라고?"

원이 거울을 보며 건성으로 물었다.

그리고 보니, 저렇게 오래 거울을 보는 선우원도 처음이다. 이래저 래 오늘의 원이 평소와는 너무나 달라서 해준은 의아함에 눈을 떼지 못했다.

원은 외출 준비를 하는 내내 어떤 멜로디를 흥얼거리고 있었는데, 해준은 머잖아 그 노래의 정체를 알아차렸다.

"빨간 머리 앤이네?"

저 노래, 원이 저번에도……

"혹시……."

그때까지 이불 위에서 뭉그적거리던 해준이 자리에서 벌떡 일어섰다.

"원이 너, 설주 만나러 가?"

나름 그럴듯한 추리였는지, 원은 조금 놀란 듯 눈썹을 들썩이며 해준을 돌아보았다.

해준은 조마조마한 심정으로 원의 입술을 뚫어져라 쳐다보았다. 이내 그 사이로 '어.' 하는 짧은 대답이 흘러나오자 해준은 그야말로 뒤로 넘어갈 듯 기겁했다.

"아직도? 아직도 만나는 거였어? 왜? 그 결혼, 아직 취소 안 된 거야?"

해준의 몸이 앉은 자리에서 들썩거렸다. 원이 설주를 계속 만난다는 건 그 이유 말고는 없지 않은가.

해준은 어울리지 않게 잔뜩 심각한 얼굴로 원이 흥신소에 설주의 뒷조사를 의뢰하던 날을 떠올렸다.

해준은 원이 종종 여자들을 만나고 돈을 받는다는 사실을 알고 있었다. 그런 날이면 원은 늘 피곤에 잡아먹힌 채 돌아왔다. 어떤 날은 목이며 가슴에 손톱자국 수십 개를 달고 오기도 했고, 술을 얼마나 마신 건지 주량이 강한 그가 먹은 것을 다 게워 내는 일도 허다했다.

해준은 원이 그런 일을 하는 것이 싫었다. 죽도록 말리고 싶었다. 그러나 그게 다 연수 때문임을 알아서 나서지도 못했다.

그 사고가 따지고 보면 자기 때문에 벌어진 건데. 저만 아니었으면 원이 그날 소매치기를 나서는 일도 없었을 테고, 그럼 연수의 아버지도 죽지 않았을 텐데.

그래서 하지 말라고도 못 했다.

원에게서 '이게 다 누구 때문인데.' 하는 원망의 말을 듣게 될까 봐 무서워서. 아무리 착하고 너그러운 원이라도 결국은 참지 못하고 제게서 등을 돌려 버릴까 봐 겁이 나서.

그런 원에게서 우연히 설주의 이름을 듣게 됐다.

해준은 의문과 걱정 사이에서 어찌할 바를 몰랐다. 원이 여자를 만나면서 사람을 시켜 주변을 캐는 번거로운 과정을 거치는 것은 처음 있는 일이었다. 좋지 않은 예감이 들어 결국 모르는 척하지 못하고 원에게 물었었다.

'누, 누구야?'

'있어. 엄청 불쌍한 여자.'

'불쌍한 여자……?'

'어. 불쌍하고…… 동시에 복받은 여자지. 이 몸께서 곧 구원해 줄 거니까.'

원은 그날도 여느 때와 다름없이 실없는 농담을 던졌다. 불쌍하다는 건 뭐고, 구원은 또 무슨 얘기인지.

더 자세히 말해 달라고 조르자 원은 픽 웃으며 해준의 어깨에 팔을 걸쳤다.

'우리 형이 오늘따라 궁금한 게 많네. 많이 알면 다쳐.'

원은 늘 그런 식이었다.

원이야 해준을 걱정시키고 싶지 않아서 감추는 것이었겠지만, 해준은 도리어 그럴 때마다 제가 얼마나 무능하고 불필요한 사람인지를 확인받고는 했다. 그러니 평소라면 그즈음에서 무기력하게 돌아섰을 해준이었다.

그러나 15년 만에 들은 이름이 불러온 뭉클한 감정에 도저히 그냥 지나칠 수 없었다.

해준은 마침내 원에게 설주와의 인연을 털어놓았다.

설주에 관한 기억은 내내 선명했다. 뭐든 잘 잊어버리는데도 그녀에 관한 기억만큼은 쉽게 퇴색되지 않았다. 해준의 인생에서 몇 안 되는 따뜻한 추억이라 그랬을 것이다.

해준이 말을 마치자 돌아온 원의 감상은 무심하게 들릴 정도로 간단했다.

'좋은 사람이네.'

응. 원이 너처럼.

해준이 덧붙이자 원은 싱겁다는 듯 웃었었다.

'형. 내 얘기 잘 들어 봐.'
'응.'
'이 여자, 그러니까 윤설주가 곧 결혼을 해.'
'결혼? 정말?'
'그래.'
'근데 왜 불쌍해?'
'남편 될 남자한테 애인이 따로 있거든.'
'……애인?'
'응. 그게 연수야.'

바닥이 쩍, 하고 갈라지는 것 같았다. 충격에서 벗어나지 못하는 해준에게 원은 친절하게, 하지만 어딘지 지친 음색으로 말했다.

'형. 나, 그 남자를 연수한테 줄 거야.'

'……'

'그게 모두한테 좋은 일이잖아. 윤설주는 그런 쓰레기와 결혼하지 않아도 되고, 연수는 원하는 걸 갖고. 그렇지?'

원의 말은 정말 그럴듯하게 들렸다. 해준은 고개를 끄덕이는 것으로 원의 말에 동의했다. 그러자 당연한 수순으로 '어떻게?'라는 물음표가 떠올랐다.

'그럼 그 애한테 가서 사실대로 알려 주려고?'

원은 눈썹 끝을 내리고 애매모호하게 미소 지었다.

'그건 안 돼.'

'왜?'

'형 드라마 좋아하지? 그런 데서 보면 돈 많은 집안끼리 사돈 맺고 그러잖아. 서로 좋아하지도 않는 애들 억지로 결혼시켜서.'

'응.'

'이 결혼이 그런 거야. 그런데 우리가 윤설주한테 연수 얘길 하면, 남자 쪽에서 파혼에 대한 책임을 전부 져야 하는 거라고.'

'그럼 안 돼?'

'안 돼. 결국은 연수한테 모든 화살이 돌아갈 테니까.'

원이 바늘 하나 들어갈 틈도 없는 싸늘한 음성으로 단언했다. 해준은 포기하지 않고 다시 물었다.

'그럼 대체 어떻게 결혼을 못 하게 해?'

원이 그러고 나서 뭐라고 대답했더라. 기억을 더듬자 그날 원의 대답이 한 글자씩 떠올라 퍼즐처럼 맞춰졌다.

'내가 가장 자신 있는 방식으로.'

그리고 원은 갑자기 눈을 반짝 빛내더니 어깨동무를 하며 부탁했다.

'형. 나 형 이름 좀 빌리자.'

그에 해준은 너무나 쉽게 허락했다. 원이라서. 그런 터무니없는 부탁을 해 와도, 그게 다른 누구도 아닌 선우원이라서.

원이 하는 일이니까, 모든 게 다 잘될 거라고 믿었다. 도덕적 옳고 그름 따위는 묻어 둔, 그야말로 맹신이었다.

그런데, 그러지 말았어야 했는지도 모른다. 최근 어딘가 달라진 원의 모습을 지켜보며 줄곧 까닭 없이 불안했던 것이 오늘 정점을 찍었다.

연수 아버지의 사고와 관련된 것만 아니면, 언제나 거침없고 당당했던 원이 이토록 대답하길 꺼리는 것은 분명 좋은 징조가 아니었다.

"윤설주, 결혼 안 할 거래."

해준은 온몸의 긴장을 풀며 가슴을 쓸어내렸다. 그러나 그 안도감은 이어지는 대화에서 길게 버티지 못하고 박살이 났다.

"그럼 오늘 만나는 건 누구야?"

"윤설주."

"왜? 결혼 안 하기로 했다며? 그럼 다 끝난 거 아니야?"

"아직은."

"아직은?"

"그래. 아직은."

"……그럼 언제?"

해준은 아직은, 이라고 대답하는 원에게서 어떤 동요를 느꼈다. 그건 해준이 원을 아주 오래 알아 와서가 아니었다. 원의 불안정한 감정이 도저히 감춰지지 않을 만큼 극심하기 때문이었다.

1시간처럼 느껴지는 1분.

그 끝에, 원이 산만하게 시선을 흩뜨리며 질문에 질문으로 답했다.

"근데 형. 꼭…… 끝내야 하나?"

"응?"

"계속 만나도 안 될 건 없잖아."

"……."

"형. 그 여자가 나 되게 좋아해. 그래서 결혼도 안 하겠다는 거야. 그렇게나 내가 좋다는데, 앞으로 몇 번 더 만나도 괜찮은 거 아냐?"

"몇 번 더 만나서, 뭐 할 건데?"

해준은 설주가 원을 얼마나 좋아하는지, 어째서 파혼을 결심한 것인지보다 원의 머릿속이 더 궁금했다. 아무래도 그에게 더 중요한 것은 설주가 아닌 원이었으니까.

바라던 바는 다 이뤘는데 왜 끝내기엔 '아직'이라는 것인지. 계속 만나도 괜찮지 않을까 하는 생각은 어쩌다 하게 된 것인지.

그런 의문들에 원이 그럴싸하고 납득할 만한 이유들을 붙여 줄 거라고 해준은 믿었다.

"그냥."

"그냥?"

"……."

"원이 너, 여자를 '그냥' 만난 적 없잖아. 한 번도."

딱 맞아떨어지는 답은 아니어도, 적어도 '그냥'은 아니어야 하는 거 아니냐고 외치고 싶은 충동을 해준은 간신히 억눌렀다.

그러나 어떤 물음들은 결코 생략할 수도, 무시할 수도 없다.

"그 애, 설주는 알아? 네가 나 아닌 거."

톡. 톡톡.

열어 놓은 창문으로 물방울이 튀었다. 원의 방황하던 시선이 겨우 머물 곳을 찾은 듯 창틈에 내려앉았다.

"비 온다, 형."

창문 닫아야겠다. 그 말을 툭 던져 놓고 지갑을 뒷주머니에 쑤셔 넣은 원이 집을 나섰다. 하나 있는 우산은 현관 옆에 우두커니 세워진 채였다.

#11

원은 자신이 비에 흠뻑 젖었다는 사실을 마을버스에 오르고 나서야 알았다. 먼저 타고 있던 승객들의 호기심 어린 눈동자가 노골적으로 그를 위아래로 훑어보았기 때문이다.

쫄딱 젖어 이마에 달라붙은 머리카락을 신경질적으로 쓸어 올리며 생각했다.

이 꼴이 될 때까지 전혀 한기를 느끼지 못했다면 그건 신체와 정신 중 어느 쪽의 장애일까. 혹은 둘 다인가.

어쨌거나 해준이 날린 회심의 카운터펀치가 제대로 먹혀든 것은 분명했다. 원이 무의식중에 내내 피해 오던 문제를 해준이 정면으로 마주보게 만든 것이다.

하지만, 지금 내가 할 수 있는 게 있긴 한가? 문제를 인지한들 머리만 더 복잡해질 뿐이다.

이제 와 진짜 이름을 밝혀 봐야 뻔하지 않나. 여자는 마음을 바꿔

예정대로 하준재와 결혼을 하겠지. 그럼 연수는? 죽네 사네 그 꼴을 나더러 어떻게 보라고?

설주의 작업실 앞에서 내렸을 때 다행히 비는 그쳐 있었다. 지나가는 소나기였다.

원은 군데군데 생긴 물웅덩이를 피할 생각도 하지 못하고 차박차박 소리를 내며 걸었다. 거의 말라 가던 바지 밑단에 다시 물기가 스몄다.

원은 언제나처럼 계단을 통해 12층까지 다다랐다. 호텔처럼 카드키를 터치해야만 해당 층에서 문을 열어 주는 승강기 때문에 11층이나 13층에서 내리는 꼼수는 애초에 시도조차 해 본 적 없었다.

가뜩이나 푹푹 찌는 날씨에 고층까지 걸어 올라가다 보면 아무리 체력이 좋은 사람이라도 짜증을 느끼지 않을 수 없을 것이다. 원도 처음에는 분명 그랬다.

그러나 머지않아 그는 이백 개에 달하는 계단을, 한여름의 비상구를 좋아하게 되었다.

그건 오롯이 설주 덕분이었다.

함께 데이트를 하고 오피스텔로 돌아올 때면 설주는 엘리베이터로, 원은 비상구로 자연스럽게 갈라졌다. 그렇게 묵묵히 계단을 중간쯤 오르다 가벼운 발걸음 소리에 고개를 들면 12층에서 걸어 내려온 설주와 어김없이 재회하곤 했다.

그러면 나머지 절반은 더 이상 혼자가 아니었다. 힘드니까 그럴 필요 없다고 말려도 그녀는 좀처럼 고집을 꺾지 않았다.

그 배려를 원은 단 한 번도 사소하다고 생각해 본 적 없었다. 설주가 아무리 별거 아니라고 해도, 그녀의 이마에 송골송골 맺히는 땀방울을 보면 그것을 사랑스럽게 여기지 않는 것은 불가능했다.

"사랑스럽다……."

낯간지러운 표현에 원은 빰을 벅벅 긁었다.

손가락이 외워 버린 비밀번호를 누른 후 들어선 그녀의 작업실은 적요했다. 와서 기다리고 있겠다고 했는데, 잠깐 어디 나가기라도 했을까.

원은 아일랜드 식탁 위에 놓인 설주의 핸드백을 발견하곤 방문을 차례로 열어 보았다.

그녀는 침대 위에 엎드려 곤히 잠들어 있었다. 이불에 반쯤 파묻히고 드러난 나머지 얼굴에 햇볕이 그대로 내리꽂혔다.

원은 커튼을 친 후 설주의 앞에 턱을 괴고 시선을 내렸다. 누군가의 잠든 얼굴을 그저 바라보는 일이 즐거울 수도 있다는 것은 설주를 통해 처음 배운 것이었다.

얇은 눈꺼풀 아래 꿈을 헤매는 눈동자의 움직임을 좇는 것, 규칙적으로 오르락내리락하는 가슴을 보며 호흡을 같이 맞춰 보는 것, 무방비하게 벌어진 입술에 키스를 퍼붓고 싶은 욕구를 참는 것.

이 모든 게 원에게 새로 생긴 비밀스러운 유희였다.

"……그거 알아?"

결혼을 하지 않겠다는 네 말에 내가 얼마나 기뻤는지. 너무 기뻐서, 그게 또 얼마나 나를 당황스럽게 만들었는지.

그녀가 듣지 못할 얘기를 홀로 주절거리는 것 역시도.

원은 이런 걸 뭐라고 불러야 하는지 알 수가 없었다.

핸드폰이 뜨거워지도록 통화를 끊기 싫은 마음을. 밥은 먹었는지, 잠은 잘 잤는지 따위가 궁금한 마음을. 좋은 걸 보고, 맛있는 걸 먹으면 제일 먼저 설주가 떠오르는 마음을. 영화관에서 그녀 옆에 앉는 낯선 남자에도 괜히 뾰족해지는 마음을. 행여 그녀가 보낸 문자를 놓쳤을까 봐 틈만 나면 핸드폰 액정을 켜 보곤 하는 마음을…….

얼굴로 흘러내린 설주의 머리카락을 귀 옆에 걸어 주고 원은 다시 거실로 나왔다.

그녀는 잠에서 깰 기미가 없고, 그러면 그 얼굴을 몰래 들여다보다가 저도 모르게 해선 안 될 말을 고백할 것 같았기 때문이다.

머리와 상의가 에어컨 바람에 어느새 바짝 말라 있었다. 원은 뒤늦게 극심한 갈증을 느꼈다.

그가 얼음을 섞은 생수를 들이켜며 소파 쪽으로 몸을 돌릴 때였다. 식탁 위에 세워져 있던 설주의 핸드백이 팔꿈치에 맞아 쓰러졌다.

내용물이 와르르 쏟아진다. 그 안에서 별의별 게 다 나왔다. 공기알 다섯 개가 사방으로 굴렀고, 낱개로 포장된 사탕이라든가 말린 꽃 같은 서로 연관성이라곤 없는 물건들이 바닥으로 흩어졌다.

원은 침실 문을 흘낏거리곤 이내 떨어진 물건들을 주워 가방에 담았다. 주섬주섬 쓸어 담던 손에 프랜차이즈 카페 로고가 찍힌 휴지 하나가 잡혔다.

하.

흙색 바탕에 그려진 초상화를 발견한 원에게서 헛웃음이 터져 나왔다. 얇은 펜으로 가볍게 그린 남성의 옆모습. 헤어스타일이나 이목구비가 영락없는 그 자신이다.

혼자 밖에서 이런 걸 그리고 다녔단 말이지.

"모델료를 받든가 해야지, 원."

통명스러운 말투와는 다르게 입술은 곡선을 그렸다. 원은 잠시 고민하다 휴지를 반듯하게 접어 자신의 지갑 사이에 끼워 넣었다.

정말 모델료를 받을 수는 없으니 이건 내가 가져도 괜찮지 않나.

원은 합리화 끝에 뿌듯한 얼굴로 다시 여기저기 흩어진 물건을 향해 손을 뻗었다. 워낙 잡동사니가 많아 주워 담는 데만 한참이 걸렸다.

다 끝났나 하고 바닥을 쓱 훑어보는데 신용카드 크기의 폴라로이드 사진 하나가 구석까지 날아가 있는 것을 발견했다.

"뭐야, 이건……."

설주의 까만 눈이 사진 속에서 원을 조용히 응시했다.

카메라를 향해 정면으로 서 있는 그녀의 얼굴엔 작위적인 미소가 끼얹어져 있었다. 그럼에도 불구하고 그녀는 화사하게 빛났다.

그야말로 눈이 부실 만큼 아름다웠다. 새하얀 웨딩드레스를 입고 어깨 위로 베일을 늘어뜨린 설주의 모습은.

예뻐서. 너무 예뻐서. 가슴이 저민다.

호흡이 가빠지는 실체적 통증에 순간 눈앞이 아득해졌다. 이렇게 어여쁘고, 이렇게 사랑스러운 여자를 하준재는 사진이 아닌 실제로 보았을 거라고 생각하니 극렬한 질투심이 끓어올랐다.

원은 관자놀이를 세게 문질렀다. 누군가 정을 대고 망치로 때리는 것 같은 두통이다.

언제일까. 대체 언제 찍은 사진이지? 머리가 쿵쿵 울릴 때마다 같은 질문이 반복되었다.

'오전에 일이 있어서……. 오후에나 볼 수 있을 것 같아.'

설마 그 '일'이라는 게 드레스 숍에 가는 건 아니었을 것이다. 청첩장만 해도 두 달 전에 만들어 뿌렸는데, 드레스는 그보다 훨씬 이전에 준비해 놓지 않았을까.

아니. 그보다, 그보다……. 결혼은 하지 않을 거라고 했잖아. 그러니 적어도 그 말을 한 이후인 오늘은 아닐 거야. 아니어야지.

원은 새빨갛게 충혈된 눈으로 마치 그 안에서 정답이라도 찾듯 사진을 샅샅이 들여다보았다.

눈을 깜빡거리는 것조차 잊어버린 수 분이 흐른 후였다. 침실에서 새어 나온 가느다란 목소리가 그를 찾았다.

"……해준아. 너야?"

원은 도둑질을 하다 들킨 사람처럼 황급히 사진을 자신의 주머니에 집어넣었다. 무의식적으로 저지른 일이었다.

"여기서 뭐 해?"

작은 손이 어깨를 짚었다. 원은 최면에서 풀린 사람처럼 그제야 어기적거리며 일어섰다.

"바닥에 뭐가 묻은 거 같아서."

"뭐가?"

"잘못 봤나 봐. 잘 잤어?"

"응. 너 온 줄도 모르고 잤네."

그녀는 미안한 투로 말하며 눈가로 가져갔던 손을 도로 내렸다. 눈을 비비려다 마스카라가 칠해진 속눈썹을 뒤늦게 인지한 듯한 모양새였다.

원은 장밋빛 블러셔가 곱게 얹힌 설주의 뺨을 엄지로 슬며시 쓸었다.

"화장했네."

"응. 어때? 예뻐?"

"숨 막히게."

"뭐야. 그렇게 진지하게 받아치니까 민망하……."

"이렇게 예쁘게 하고 어디 갔다 왔어?"

말허리를 뎅강 자른 음성이 추궁하듯 물었다.

원은 입술을 질끈 깨물었다. 목 끝까지 차오르다 못해 기어이 밖으로 흘러넘치는 감정을 어떻게 수습해야 할지 몰랐다. 대답을 기다리는 마음이 가뭄에 시달리는 논처럼 쩍쩍 금이 갔다.

설주가 어울리지 않게 오래 뜸을 들이자 원이 먼저 제풀에 지쳐 백기를 들었다.

"왜 말이 없을까. 수상하게."

"저기, 내 말 오해하지 말고 들어 줘, 해준아."

"뭔데 이렇게 겁을 줘? 됐어. 심각한 얘기면 그냥 하지 마."

"오늘 드레스 가봉이 끝났다고 해서, 그거 확인하고 왔어."

차라리 알고 싶지 않아서 부랴부랴 설주의 입을 막으려던 원의 노력이 산산조각 났다. 오해하지 말라고 해 놓고, 오해하지 않을 수 없는 말을 그녀는 너무나 순식간에 해치워 버린다.

원은 어떤 반응을 해야 할지 몰라 멍청히 굳어 있었다.

설주가 한 발자국 다가와 뻣뻣한 원의 손가락에 자신의 것을 끼워 넣었다. 원은 느릿하게 손가락을 말았다. 사이사이 가느다란 뼈가 느껴지기 무섭게 놓칠세라 와락 거세게 붙잡았다.

"결혼, 안 한다고 했잖아. 드레스가 왜 필요한 건데."

"……미안해."

"미안해? 뭐가? 대체 뭐가 미안해?"

"너한테 거짓말했어. 결혼식 날짜, 정해지지 않았다고……."

드디어.

폐에 가득 고였던 숨이 일시에 터졌다. 안도감에서 비롯된 것은 아니었다. 오히려 그 반대에 가까웠다.

갑자기 태도를 달리하는 이유가 무엇일까. 예감은 부정적인 쪽으로 기울었다. 위기감이 두려움을 몰고 왔다.

"언젠데."

"12일."

"겨우 2주 남을 동안 나한테 숨겼던 걸 이제 와 알려 주는 이유가 뭐야."

"……."

"그 결혼, 하겠다고?"

가까스로 꺼낸 목소리가 사시나무 떨듯 했다. 차라리 꾸며 낸 것이었다면 좋았을 텐데…… 그게 아니다. 음성뿐만 아니라 온몸에서 느껴지는 진동은 불가항력적인 것이었다.

원은 중독자의 것처럼 떨리는 자신의 손을 내려다보았다. 그렇게 형편없는 상태로 설주의 대답을 들었다.

"안 해. 안 할 거야. 단지 시간을 좀 벌어야 해. 지금 당장 아무런 준비도 없이 파혼을 통보할 수는 없어."

"왜?"

"예전처럼 바보같이, 속수무책 당하긴 싫으니까."

설주가 전쟁터에 나가는 장수처럼 퍽 비장하게 대꾸했다.

원은 자신이 그녀의 손을 잡고 있는 것인지, 아니면 그 반대인지 알 수 없어졌다.

그녀는 신부가 사라진 결혼식 이후의 자신의 삶을 홀로 착실히 설계하고 있었다.

어린 시절 증여받은 부동산과 주식을 담보로 대출한 금액을 해외의 계좌로 송금하는 작업을 진행 중이었던 것이다. 그녀는 어느 정도의 손해는 감수하게 되겠지만 어머니의 눈을 피하려면 불가피한 일이라고도 했다.

솔직히 말하자면 원으로서는 설주가 설명하는 용어의 절반도 다 이해할 수 없었다.

하지만 결혼하지 않겠다는 그녀의 의지가 확고하다는 것과 그녀가 한주기업의 상속 후보에서 벗어나기 위한 홀로서기를 준비하고 있다는 것만큼은 분명히 알아들었다. 때문에 시간이 필요하다는 것도.

그제야 원은 설주의 파혼이 자신의 짐작보다 훨씬 복잡한 문제라는 것을 실감했다. 더불어 그녀의 파혼이 그 자신에게 미칠 영향도 처음으로 진지하게 생각해 보았다.

그저 두 사람의 결혼을 깨뜨리기에 급급해 그 이후에 대해서는 고민해 보지 않았다. 그럴 여유가 없었다고 하는 편이 더 정확할 것이다. 그저 막연히, 지금 같은 마음이 지속되는 동안에는 이 관계를 유지하고 싶다는 생각뿐이었다.

그것이 가능한 일인지에 대해서는 고려치 않은 어리석은 낙관이었다.

"잠잠해질 때까지, 잠시 외국에 나가 있을 거야. 국내는 아무래도 위험하니까."

이렇게 큰 각오가 필요한 일인지 몰랐는데.

"같이…… 갈래?"

같이?

원은 마른침을 삼키며 설주를 바라보았다. 갑자기 심장이 쿵쿵 뛰고 손바닥에 땀이 찼다.

"꼭 그럴 필요까지는 없지만, 다시 한국에 돌아오기까지 시간이 얼마나 걸릴지 몰라서."

"……."

"지금 당장 대답하라는 건 아니야. 너한테도 이곳에서의 생활이라는 게 있는데, 쉬운 결정은 아니겠지."

단 한 번도 상상해 본 적이 없었다. 한국을 떠나 어느 낯선 나라에 터를 잡고 산다는 것은 그에게는 너무나 멀고 먼 얘기였으니까.

원은 혼란스러운 속내가 고스란히 드러나는 목소리로 더듬더듬 물었다.

"내가 같이 못 가면 우리, 다시 못 만나?"

설주는 잠시 말없이 원을 올려다보았다. 원이 어림짐작하기에, 그녀의 얼굴은 조금 놀란 것처럼 보였다.

원은 무엇이 그녀를 그렇게 의아하게 만들었는지 궁금했지만 차마 묻지 못했다. 다음 순간 설주가 손을 뻗어 그의 머리카락을 어루만지며 기쁘게 웃었기 때문이다.

"못 만나긴 왜 못 만나. 말했잖아. 다시 돌아올 거라고. 그냥, 잠시 장거리 연애를 하게 되는 것뿐이야."

"……."

"그러니까 꼭 같이 가 주지 않아도 괜찮아. 알겠지?"

원은 이 상황에서 웃을 수 있는 설주가 신기하기도, 야속하기도 하다. 그녀는 같이 가 주지 않아도 괜찮다는데, 어째서 그 말을 듣는 제 기분은 전혀 괜찮지 않은 것인지.

그가 그녀와 함께 출국하지 않겠다고 하면, 얼마가 걸릴지 모를 시간 동안은 분리된 채 마음껏 볼 수 없다는 말인데…… 정말 괜찮다고?

유치하게 말꼬리를 잡고 따져 묻고 싶어진다.

하지만 그럴 수도 없는 것이, '그렇게 안 괜찮으면 같이 가든지?' 라는 말이 나오면 역시나 할 말이 없는 쪽은 그 자신이기 때문이다. 무턱대고 설주의 제안을 받아들이기엔 발목을 잡는 것이 너무나 많았다.

아니, 많지는 않다. 다만 무거울 뿐.

연수와 해준의 얼굴이 눈앞에 번갈아 아롱거렸다.

원은 자신이 없는 그들의 삶을 상상할 수 없었다. 동시에 그들이 없는 자신의 삶 또한 상상할 수 없었다.

그런 의미에서 원이 연수와 해준을 처치 곤란의 짐짝처럼 여기는 것은 아니었다. 오히려 그 반대라면 모를까.

미성숙한 세 인간이 하나로 짜깁기되어 그나마 사람 흉내라도 내며 견디는 거라고 원은 자조하곤 하였다.

그래. 그러니까 평생, 이 불우한 공생의 한 조각이 되어서 살기로 하지 않았나.

"네가 이런 표정 지으면, 말을 꺼낸 게 미안해지잖아."

설주가 원의 머리를 쓰다듬던 손을 내려 그의 미간에 손끝을 댔다.

뭉친 찰흙을 편평하게 펴듯 꾹꾹 누르는 힘에 원은 묻지 않아도 자신이 미간에 잔뜩 주름을 잡고 있다는 사실을 알아차렸다. 그녀가 말하는 '이런 표정'이 어떤 표정일지도.

나는 설마 서러워하고 있는 건가. 아쉬워하고 있는 건가. 후회하고 있는 건가.

곧 스스로에 대한 경멸이 치밀어 올랐다.

'차해준과 서연수만 아니면.' 이딴 비겁한 생각을 했다는 것을 설주에게 들키기라도 한 것처럼 수치심이 밀려들었다.

욕심보다는 포기가 익숙한 지난날이었는데, 이젠 그 지난날들을 포기하고 싶어진다. 전부 가짜인 이 연극에 미쳐서.

'그 애가 알아? 네가 나 아닌 거.'

그야말로 미쳐서, 그렇게 묻는 해준의 엄격함에 진저리가 쳐졌다. 이름 따위 뭐가 중요하냐고 반문하고 싶었다.

그러나 관둔 이유는 이미 그 스스로 답을 알고 있기 때문이었다.

'선우원'으로는 결코 그녀의 마을을 얻지 못했을 것이라는 걸. 아니, 행여 어찌어찌 얻었다 하더라도 금방 잃고 말았을 거라는 걸.

문제는 해준의 이름을 빌려 쓰고 있다는 그 자체가 아니라 선우원이라는 사람의 역사가 너무 구질구질하다는 데 있으니까.

미혼모였던 모친이 지병으로 사망한 후 맡아 줄 일가친척이 없어 부득이하게 고아원에서 자라게 된 차해준. 부모도, 태어난 장소와 시간도 정확히 모른 채 뒷골목에서 구걸과 도둑질을 일삼다가 결국 사람까지 죽인 선우원.

그 두 인생 사이에서 느껴지는 압도적인 괴리감이 원을 끊임없이 부추겼다.

그녀에게도 차라리 거짓말이 친절할 거라고.

마음을 준 남자가, 결혼까지 포기하게 만든 남자가 '이런' 사람이라는 걸 알게 하는 건 그녀에게도 못할 짓이라고. 여기서의 '이런'이 가리키는 의미는 지난 언젠가와 같을 것이다.

좆같은.

그러니 말하지 않을 거야. 이 기이한 열기가 식은 후 적당히 헤어지고 나면, 우리는 어차피 다시 교차하기 어려운 사람들이니까.

"생각해 볼게."

원이 미소와 함께 대답했다. 설주가 목을 껴안으며 고맙다고 했다.

그런 그녀에겐 미안하지만, 원은 오늘의 대화를 마음속에서 지울 거라고 다짐했다. 지우기 위해 부단히 노력할 것이다.

어떤 생각은 그저 품고 있는 것만으로도 분하고 위험하니까.

이 같은 삶을 살기 위해 필요한 것은 아무래도 상관없다는 무신경한 태도뿐. 연속된 불행이 그에게 가르쳐 준 가장 값진 생존 전략이었다.

◇　◇　◇

"원아. 가게 앞에 나가 봐야겠는데?"

"네?"

"그 여자애 왔어. 송미도인가 하는 애."

씹.

태경의 앞이라는 것도 잊고 원의 입에서 험악하게 욕이 튀어나왔다.

천지 분간 못 하고 날뛰는 캐릭터로는 송미도가 유일무이할 것이다.

"이미 술에 완전 절었더라. 들어오려는 거 발렛 애들이 말리고 있어. 매상 올려 주긴커녕 뭐 하나 박살 낼 분위기라 그러라고 했거든."

"죄송해요. 제가 내려가서 보낼게요."

원이 굳은 얼굴로 사과했다. 괜찮다는 듯 웃어 보이는 태경을 등지고 서둘러 가게 입구로 나가니 과연 들은 대로 미도가 주차를 담당하는 직원과 실랑이를 벌이고 있었다.

"송미도!"

"어? 원이 오빠다! 오빠아!"

속이 부글부글 끓는다. 여자만 아니었으면 진즉 쥐어패 버렸을지도 모른다.

"오빠, 왜 내 전화 안 받아? 응?"

"야."

"문자도 엄청 했는데……."

"취했으면 가서 발 닦고 잠이나 자라."

"싫어!"

미도가 아이처럼 칭얼대며 원의 허리를 덥석 끌어안았다. 원의 입가로 짜증스러운 한숨이 흩어졌다.

"떨어져."

"오빠, 내가 오빠 좋아하는 거 알지?"

"시발. 안 떨어져?"

"좋아해. 좋아해. 좋아한단 말이야."

미도는 자신을 떼어 내려는 원의 손길을 느끼고 더욱 빈틈없이 깍지를 꼈다. 단단한 원의 가슴이 뺨으로 느껴졌다. 술 때문에 열이 나는 건지, 아니면 이 남자의 품에 안기고 싶어서 열이 나는 건지 알 수가 없다.

"같이 가자. 그럼 갈게. 응? 내가 사장님한테 오빠 빌려 가는 대신 돈도 왕창 주구⋯⋯."

"벽 보고 얘기해도 이것보단 덜 답답하겠네."

"오빠아, 좀⋯⋯."

"말귀 못 알아먹어? 너 싫다고. 눈 마주치기도 싫고, 말 섞기도 싫고. 아, 그냥 네가 내 앞에서 숨쉬기만 해도 싫다고."

"⋯⋯."

"뭘 더, 얼마나 설명을 해야 하냐, 어?"

"왜?"

미도가 원의 가슴에서 고개를 들어 올렸다. 서러워서 달달 떨리는 턱이 어둠 속에서도 확연히 눈에 띄었다.

"전엔 이러지 않았잖아."

"뭐가 달라? 난 너한테 친절했던 적 한 번도 없어."

"친절하진 않아도 냉정하진 않았어!"

거의 울부짖다시피 하며 소리를 지르는 통에 지나가던 행인들까지 전부 그들을 주시했다.

"거짓말이라도 좋아. 응?"

"⋯⋯."

"오빠 그런 거 잘하잖아. 진심 아니어두, 보고 싶었다고, 좋아한다고. 그렇게 말해 주는 거⋯⋯ 오빠한테 어려운 일 아니잖아. 그런데 왜 이제는 그런 것도 안 해 줘, 왜!"

"저기, 택시 좀 잡아 주라."

마구 쏟아지는 미도의 주정을 깡그리 무시하며, 원이 주차 직원을 향해 부탁했다. 그 소리를 들은 미도가 더 거칠게 발악하기 시작했다.

"왜! 내가 상관없다는데, 왜!"

"싫어."

"······뭐?"

"이젠 그런 거 하기 싫다고."

"내가······ 내가 질리게 해서 그래? 내가 너무 오빠 귀찮게 해서?"

"아니."

택시를 잡고 기다리는 직원에게 짧게 눈짓한 원이 마침내 미도를 제게서 떨어뜨렸다. 순순히 깍지를 푼 그녀의 얼굴은 어느새 눈물투성이였다.

"네가 아니라 누구라도 싫어."

동정심이 들 법도 한데, 그렇게 말하는 원의 얼굴이 너무나 단호하고 진지하다. 껄렁거리며 가볍게 농담을 던지던 남자는 어디에도 없었다.

"도저히 못 해 먹겠다, 이젠."

"······."

"그런 개소리 나불대는 것도."

무언가, 달라졌어. 분명······ 무언가가.

지독한 술기운에도 불구하고 몸서리쳐질 정도로 선명히 느껴지는 변화.

미도는 아무 말도 하지 못한 채 얼어붙었다.

◇　◇　◇

한차례 소나기가 훑고 간 거리에서는 투명한 냄새가 났다.

열 맞춰 늘어선 가로수. 그 잎에 매달린 물방울을 통과한 한여름의 태양이 무지갯빛으로 조각나 설주의 얼굴 위로 떨어졌다.

원은 아이스아메리카노를 빨대로 쪽 빨아들이는 아이 같은 얼굴에 쉽게 넋을 빼앗기고 말았다.

"좀 줄까?"

시선을 오해한 그녀가 그에게 커피를 내밀었다. 의도한 바는 아니었지만, 원은 거절하지 않고 기꺼이 빨대를 입에 물었다. 시원한 음료가 더운 식도를 식혔다.

"맛있지?"

"달다."

"달아? 시럽 안 넣었는데……."

원의 말에 설주가 의아하다는 듯 다시 빨대를 가져갔다. 한 모금 마시고는 고개를 갸웃, 한다.

"하나도 안 단데?"

"커피 말고 기분이."

"응?"

"기분이 달다고."

그 말에 그녀가 까르르 웃음을 터뜨린다.

원이 웃느라 벌어진 그녀의 입술을 짧게 훔쳤다. 설주가 놀란 듯 눈을 키우자 그 모습이 또 사랑스러워서 참지 못하고 뺨에 입맞춤을 퍼부었다.

인파로 북적거리는 주말의 삼청동에서, 원의 시야에는 오로지 설주만 보였다. 이제는 이런 일이 더 이상 이상하게 느껴지지 않았다.

"여, 여기 들어가 보자."

설주가 부끄러움을 참지 못하고 원의 품을 빠져나와 근처의 갤러리로 피신해 들어갔다. 연하늘색 스커트 아래로 가느다랗게 뻗은 두 다리가 금방이라도 꼬일 듯 조급해 보인다.

그게 귀엽기도 하고, 저러다 정말 넘어지기라도 하면 어쩌나 걱정도 되어서 원이 부리나케 그 뒤를 쫓았다.

삼면이 직사각형의 캔버스로 가득 찬 공간에 그녀는 온통 관심을 빼앗겼다.

설주는 그림을 구경하고 원은 그런 설주를 구경한다. 그녀가 열심히 설명하는 구도나 기법 같은 내용보다는, 그 입술이 움직이는 모습이나 반짝거리는 두 눈동자 같은 것들이 원에게는 더 흥미로웠다.

"내 얘기 안 듣고 있지?"

아, 걸렸네.

"아니야. 다 듣고 있어."

"거짓말. 내가 방금 뭐라고 했는데?"

"……이거 갖고 싶어?"

"엉뚱한 소리 하지 말고."

"사 줄까?"

원이 티 나게 딴청을 부리자 설주가 '으이그' 소리와 함께 그의 팔 뚝을 꼬집었다.

경청하지 않은 죄가 있으니 아프지 않아도 아픈 척, 원이 엄살을 떨 며 장단을 맞췄다. 못 말리겠다는 듯 결국 웃음을 터뜨리는 그녀에게 그가 좀 더 진지한 음성으로 권했다.

"정말이야. 사 줄게."

"사긴 뭘 사. 마음만 고맙게 받을게."

"갖고 싶은 거 아니야? 마음에 들어 했잖아."

"이 남자가, 이게 얼마인 줄 알고 막 사 주겠대. 겁도 없이."

그녀가 철없는 아이를 보듯 혀를 쯧쯧 찼다. 까짓것, 비싸 봐야 얼마 나 할까 싶어 원은 호기롭게 설주에게 가격을 물었다. 그녀가 손가락 세 개를 쫙 폈다.

"삼백?"

"설마요."

"삼천?"

"좀 더 써."

"설마. 3억?"

설주가 고개를 끄덕였다. 원은 두 눈을 부비고 액자에 얼굴을 바짝 들이댔다.

물감 대신 금칠이라도 했나? 다이아몬드라도 박았나?

휘둥그레 뜬 그의 눈동자를 보며 그녀가 웃음을 삼켰다. 금칠도, 다이아몬드도 찾지 못한 채 혀를 내두르는 원을 설주가 끌어당겼다.

갤러리를 나와서도 원은 3억 원짜리 종이 한 장이 준 충격에서 쉽게 벗어나지 못했다.

"저게 3억이면 세상에서 제일 비싼 그림은 대체 얼만 거야."

"세상에서 제일 비싼 그림이라……. 아마 '모나리자'겠지?"

아아. 그 애매하게 웃고 있는 여자 초상화. 원이 아는 척을 하자 그녀가 생각에 잠긴 음성으로 말을 이었다.

"그 정도면 부르는 게 값 아닐까? 몇조는 우스울 거야. 물론 얼마를 준대도 루브르가 모나리자를 내놓는 일은 없겠지만."

몇조라니. 원은 헛웃음을 흘렸다.

그러다 삼청동의 작은 갤러리에 걸린 유화가 3억 원이라면, '모나리자' 정도 되는 걸작의 가치는 그녀의 말마따나 몇조 원을 가뿐히 상회할지도 모르겠다는 생각을 했다. 미술에 무지한 저조차 익히 알고 있을 만큼 유명한 그림 아닌가.

"아쉽네. 눈썹까지 있었으면 0이 한 개 더 붙었을지도 모르는데."

"오히려 그 반대일 거야. 모나리자가 사랑받는 이유 중에 하나가 그 눈썹에 얽힌 미스터리거든."

"거창하게 미스터리라고 할 게 있어? 미완성이 아니면, 애초에 모델에게 눈썹이 없었던 거겠지."

원이 이해하지 못하겠다는 표정으로 설주를 내려다보자 그녀가 차분히 설명했다.

"정설은 없어. 전부 추측일 뿐이지. 네 말대로 미완성이라 그렇다는 설도 있고, 눈썹을 뽑는 게 당시 유행이었단 말도 있고, 복원 중에 지워졌다고도 하고. 근데, 그중에 제일 낭만적인 설이 뭔지 알아?"

"뭔데?"

"레오나르도 다빈치가 모나리자의 모델을 짝사랑했다는 이야기야."

짝사랑과 사라진 눈썹의 상관관계가 쉽게 정리되지 않아 원이 찜찜한 얼굴로 턱을 긁적였다.

"좋아해서, 더 오래 보고 싶어서. 일부러 완성을 늦추느라 눈썹 그리는 걸 미루고 미뤘대."

그녀가 꿈꾸는 소녀처럼 발그레한 얼굴로 덧붙였다.

"너무 로맨틱하지 않아? 신빙성은 좀 떨어지지만."

그런가. 신빙성이 떨어지는 이야기인가. 하지만 그럼 어때. 어차피 다 추측일 뿐인데.

원은 그녀의 말에 동의하듯 고개를 끄덕였다.

원도 마지막 가설이 가장 마음에 들었다. 화가의 애정이 남긴 결점이 그토록 위대한 작품의 한 축이 되었다고 생각하면 어쩐지 위로가 되었다.

헤어짐이 아쉽다는 이유로, 이미 완성한 그림 위에 다시 덧칠하고 덧칠했을 화가의 마음을 100만분의 1 정도는 알 것 같다고 하면……지나친 자기 연민일까.

원은 떫게 웃으며 하나로 얽힌 설주와 자신의 손을 바라보았다.

혹시 자신의 거짓말을 알게 되면, 이 여자가 조금은 가여워해 줬으면 좋겠다. 네가 돌아설까 봐 무서워서 그랬다고 하면, 싸구려라도 좋으니 동정이라도 해 줬으면 좋겠다.

볼을 붉히면서 낭만을 논하지는 않더라도, 불쌍하니까 버리지는 않겠다고 해 줬으면…….

"원이 오빠?"

무심결에 뒤를 돌아보았다.

미도가 그를 발견하고 한달음에 달려와 품에 안겼다. 옆에 선 설주
는 안중에도 없는 채로.

원은 당황으로 물든 설주의 눈동자와 마주한 후에야 불현듯 중요한
사실을 깨달았다.

자신을 돌아보게 만든 이름이 '원'이었다는 것을.

#12

정지된 사고 회로가 다시 작동한 후, 원이 가장 먼저 취한 행동은 미도를 거칠게 제게서 떼어 내는 것이었다.

우악스러운 손길에 고꾸라질 듯 휘청거린 미도가 간신히 균형을 잡고 그를 쏘아보았다.

"뭐 하는 거야, 오빠! 넘어질 뻔했……."

"누구시죠?"

"뭐?"

"누구시냐고. 나 알아요?"

분명 이것보다 더 나은 대책이 있었을지도 모른다. 그러나 옆얼굴에 꽂히는 설주의 시선에 머릿속이 표백된 듯 새하얗기만 했다.

무작정 설주를 들쳐 업고 이 자리를 벗어나고 싶었다. 원이 설주의 손을 잡아당겨 자신의 옆에 바짝 붙여 세웠다.

"사람 잘못 보신 것 같네요. 그만 가자."

하. 미도가 노골적으로 기분 나쁜 티를 내며 헛웃음을 터뜨렸다. 그러나 미도가 느낄 분노에 쏟을 관심 따위가 원에게 남아 있을 리 없다.

원은 이번에야말로 미도가 자신을 꼴도 보기 싫어할 만큼 혐오하게 되었으면 좋겠다고 생각했다. 이 상황을 무마할 수만 있다면 송미도에 관한 것은 어찌 되든 상관없었다.

그러나 그의 바람과는 달리, 다급히 뒤쫓아 온 미도가 씩씩거리며 길을 가로막았다.

"뭐? 나 알아요? 지금 장난하는 거야?"

"이봐요."

"이봐요? 이봐요, 라고? 어디서 머리라도 다쳤어? 기억 상실증이라도 걸린 거야 뭐야?"

"사람을 착각……."

"선우원! 장난 그만하라고!"

참다못한 미도가 핸드백을 패대기치며 소리를 빽 질렀다.

머리가 지끈거린다. 원은 이 모든 상황이 꿈이었으면 싶었다.

좋았는데. 10분 전까지만 해도 자신과 설주의 세계는 따뜻하고 안전했다. 더할 나위 없이.

원은 그것을 부수려는 미도를 부수고 싶었다.

더 들을 것도 없다는 듯 원은 미도를 한 손으로 내동댕이쳤다. 힘 조절이 안 돼 미도는 거의 처박히다시피 구석으로 쓰러졌다. 마치 찌그러진 깡통처럼 처참한 꼴을 보면서도 원의 눈빛은 무감각했다.

주변에서 탄식하는 소리가 터져 나왔고, 그때까지만 해도 가만히 상황을 관망하고 있던 설주 역시 신음성을 삼켰다. 그녀가 미도를 일으키려는 듯 한 걸음 앞으로 나섰다.

"내버려 둬."

"사과드려. 네가 너무 심했어, 해준아."

"내가? 내가 뭐가 심해. 저 여자가 이상한 거야. 모른다는데 자꾸 헛소릴 하잖아!"

시발!

원은 사나운 욕을 가까스로 입안에 가두며 히스테릭하게 머리를 쓸어 올렸다. 그사이 미도가 비척비척 몸을 일으켰다.

원의 머릿속에서 경보등이 정신없이 비명을 질러 댔다. 원은 다급히 설주를 끌어당겨 다시 한번 자리를 벗어나려고 시도했다.

그러나 이번에 미도에게 붙잡힌 것은 그가 아니라 설주였다.

"이건 또 뭐야? 오빠, 지금 이 여자 때문에 나한테 이래?"

"그 손 안 놔?"

"이 여자 때문이었구나? 그렇지? 하. 나한테 지랄한 게 고작 이딴 여자 때문이었어?"

"손 놓으라고 했…….

"그리고 뭐? 해준아? 이 여잔 왜 엉뚱한 데서…….

"제발 좀!"

닥쳐! 닥치라고!

미도의 입에서 해준에 관한 얘기가 나올까 봐 두 손이 부들부들 떨렸다. 미도와 해준이 바에서 몇 번 인사를 나눈 사이라는 게 떠오르자 견딜 수 없이 초조해졌다.

원은 미도가 뭐라고 소리치든 더는 대꾸하지 않았다. 대신 설주의 손목을 쥔 미도의 손가락을 떼어 내기 시작했다. 그대로 부러진다고 해도 이상하지 않을 만큼 무자비한 손길이었다.

버티던 미도가 결국 악, 소리를 내며 뒤로 물러섰다.

그녀의 눈동자 아래에는 금방이라도 쏟아질 듯한 눈물이 그렁그렁 고여 있었다. 그리고 그건 언제나처럼 원의 눈길을 끌지 못했다.

원의 손에 끌려가는 낯선 여자만이 자꾸 뒤를 돌아볼 뿐이다.

미도는 어제 새로 산 원피스가 더러워지는 줄도 모르고 바닥에 주저앉았다. 멀어져 가는 원의 뒷모습을 향한 그녀의 외침이 처절하다.

"전화해! 전화 안 하면 찾아갈 거야! 꼭 전화해, 오빠!"

원의 앞에서는 더 끌어모을 자존심조차 사라진 지 오래였다. 미도는 되돌아오지 않는 원의 대답을 기다리며 그 자리에서 엉엉 울어 버렸다.

◇ ◇ ◇

원은 누가 봐도 수상하다고 여길 만큼 동요하고 있었다.

그는 택시 안에서 설주의 손을 결박에 가까운 수준으로 세게 쥐고 있으면서도 자각하지 못했다. 도착했다는 기사의 말에 놀라 고개를 들었을 때야 하얗게 질린 그녀의 손을 발견했을 뿐이었다.

택시에서 내린 원이 미안함에 설주의 손을 주물럭거렸다. 그녀는 아무 말 없이 까만 눈을 아래로 내리깔았다.

원은 그녀가 이곳에 도착하는 동안 단 한마디도 꺼내지 않았다는 사실을 깨달았다. 설주의 침묵과 가라앉은 눈동자에 숨이 막혔다. 저라도 뭔가 말해야 했지만 본드라도 바른 듯 입술이 떨어지질 않았다.

시선을 비낀 그녀의 모습이 엘리베이터 문 너머로 서서히 사라졌다. 원은 비상구 쪽으로 무거운 발걸음을 뗐다.

언제나와 같이 그녀는 엘리베이터로, 그는 계단으로.

그러나 이번엔 12층에 다다를 때까지 마중 나온 설주를 만날 수 없었다. 부러 느리게 걸어 올라갔는데도 그랬다.

그녀는 거실 한가운데 우두커니 선 채 그를 맞았다.

화가 난 게 분명했다. 그래. 화가 나지 않으면 이상한 상황이지.

원은 입술 안의 여린 살을 잘근잘근 씹으며 등을 보이고 선 설주를 조심스럽게 끌어안았다. 내쳐지면 어떡하나 싶었는데 그녀는 자신을 그대로 내버려 두었다. 그가 설주의 머리카락 사이에 코를 묻고 입술을 눌렀다.

이렇게 있으니 송미도의 등장으로 난장판이 되어 버린 데이트는 그저 재수 없는 악몽처럼 느껴졌다.

"⋯⋯다른 사람 같았어, 너."

그러나 그녀는 조금 전의 일을 없던 것으로 만들 생각이 없는 모양이다. 원은 설주의 떨리는 목소리가 그녀가 얼마나 놀랐는지를 대변하는 것 같아 마음이 아팠다.

설주가 원의 팔을 풀고 곧게 마주 섰다.

"정말 모르는 사람이야? 정말, 그 여자가 사람을 착각한 거야?"

"그래."

"널 다른 이름으로 부르던데."

"그러니까. 정신이 이상한 여자야. 미친 여자라고."

"그런 것 같지 않았어."

설주는 나지막하지만 확신에 찬 목소리로 대꾸했다. 설주의 의심이 그에게로 향할까 봐 원은 조마조마하며 도리어 그녀를 몰아세웠다.

"어딜 봐서 그런 것 같지 않은데? 갑자기 나타나서 사람을 막 끌어안고, 소리 지르고, 붙잡고. 그게 정신이 멀쩡한 사람이 할 짓이라고 생각해?"

"그럼 대체 왜⋯⋯."

"몰라. 나랑 닮은 남자한테 차이기라도 했나 보지. 진짜 별일이 다 있네."

"정말 아니라고? 정말? 그 여자, 정말 모르는 사람이야?"

"그래."

"⋯⋯원이라는 이름도?"

"몰라. 모른다고!"

짜증이 솟구친다. 거짓말이라면 신물이 나는데도 여전히 거짓말을 할 수밖에 없는 상황에 결국 목소리가 높아졌다.

원은 작게 한숨을 내쉬는 설주를 붉어진 눈으로 응시했다. 그녀는 어쩐지, 잔뜩 흐려진 얼굴로 입술을 깨물고는 나지막하게 말했다.

"그래도, 그렇게까지 할 거 없었잖아. 크게 다치기라도 하면 어쩔 뻔했어."

"너도 봤잖아. 질기게 달라붙는 거. 그렇게 안 했으면 더 곤란해졌을 거라고!"

끝내 송미도를 향한 걱정을 감추지 않는 설주에게 원이 일갈했다.

지나치게 과열된 분위기 때문인지, 아니면 자꾸 엇나가는 대화에 지친 것인지 설주는 그만 입을 다물었다. 대신 피곤하다는 듯 소파에 앉아 멍하게 시선을 창밖에 던졌다.

그런 설주의 동선을 물끄러미 지켜보던 원은 1분도 버티지 못하고 그녀의 옆에 붙어 앉았다.

"미안해. 놀라게 해서. 나도 처음부터 그럴 생각까진 없었는데……. 그냥, 내가 오늘 좀 예민해서 그랬나 봐."

"왜? 나 만나기 전에 무슨 일이라도 있었어?"

"몰라서 묻는 거야, 아니면 모르는 척하고 싶은 거야."

"모르는 척이라니……."

"결혼식. 그런 폭탄을 나한테 던져 놓고 잊어버렸어? 그 말 들은 이후로, 다들 주변에서 요새 왜 이렇게 까칠하냐고 뭐라고 하는데."

설주가 가까스로 눈을 맞춰 주었다. 팔八자가 된 눈썹 끝을 원이 손끝으로 살살 매만지자 그녀가 다소 누그러진 목소리로 말했다.

"그렇게까지 신경 쓰고 있는지 몰랐어."

"어떻게 신경을 안 써. 이제 얼마 안 남았는데."

"그러게. 너 마음 불편할까 봐 얘기 안 하고 숨겼던 건데. 그건 까맣게 잊어버리고 나 좋을 대로 생각했나 봐. 너 괜찮다고."

그녀가 순하게 눈을 구부렸다. 그가 끔뻑 죽는 그 미소였다.

원은 설주의 뺨을 두 손에 가둔 채 이마며 눈썹이며 눈두덩이며 콧잔등이며 가리지 않고 드러난 곳마다 빈틈없이 입을 맞췄다. 그러다 그 입맞춤이 귓바퀴로, 목으로 이어졌다.

원은 설주의 쇄골에 입술을 댄 채 장난스럽게 지껄였다.

"속상하다. 우리 데이트 망쳐서. 오늘 저녁은 진짜 근사한 데에서 먹으려고 했는데."

옷 밖으로 가슴을 그악스레 주무르며 하는 말이 퍽 상냥했다.

설주는 몸을 비틀어 원의 손을 피하며 쏘아붙였다.

"지금이라도 다시 나가면 되잖아."

"나도 그러고 싶은데……."

원이 설주의 손을 끌어다 자신의 페니스 위를 꾹 눌렀다. 설주가 흠칫하며 볼을 새빨갛게 물들였다.

"얘 때문에 안 될 것 같아."

"난 상관없을 것 같은데?"

"왜 상관이 없어. 네 건데."

"내 거라니, 무슨 소릴 하는 거야."

그녀가 푸시시 웃으며 대꾸했다. 그 와중에도 원은 고군분투 중이었다. 제게 유리한 자세를 만들기 위해 원이 기민하게 설주의 다리 사이를 파고들었다. 그가 그녀의 귓불을 앞니 사이에 넣고 혀끝으로 문지르며 어눌해진 발음으로 속삭였다.

"몰랐어? 네 거잖아. 머리끝부터 발끝까지, 다."

"……몰랐네. 네가 다 내 거였는지."

울음기가 섞인 음성이었다.

그렇게까지 감동할 만한 말인가? 반쯤은 농담으로 건넨 말이었는데.

당황스럽기도 하고 멋쩍기도 해서 원은 엉거주춤 굳어 버렸다. 정확히는 티셔츠를 파고들어 속옷을 들추던 손이 허공에 멈췄다.

그 틈을 타 비스듬히 소파에 누운 설주의 손가락이 느릿하게 원의 입술을 쓸었다.

"그럼 이것도 내 거겠네."

"당연하지."

그가 말을 끝내자마자 그녀가 고개를 들어 짧게 입술을 맞댔다. 그리고 이번에는 코를 손끝으로 두드리며 물었다.

"이것도?"

원이 대답 대신 고개를 끄덕이면 그녀의 입술이 기다렸다는 듯 다가왔다.

코끝에 닿는 설주의 온기가 심장을 쿵쿵 뛰게 했다. 가슴이 뻐근할 정도로 크고 선명한 울림 앞에서 원은 조금 더, 조금 더, 하고 외치고 싶었다. 그 마음을 읽은 것처럼 그녀의 질문이 눈꺼풀로, 뺨으로, 턱으로 이어진다.

그녀가 그새 뾰족뾰족 수염이 난 턱을 매만지며 장난스럽게 얼굴을 찡그렸다.

"여기도?"

"응. 머리카락 하나하나까지 전부 다."

원은 그런 설주의 몸을 와락 끌어안았다.

이만큼만. 여기까지만. 그런 식의 제어가 더는 통하지 않았다. 그런 통제권을 벗어난 지는 이미 오래되었다.

"전부 네 거야."

"……."

"네 것으로 만들어 놓고 버리지 마."

설주의 가슴 위에 한쪽 귀를 올려놓고 원은 중얼거렸다.

파닥파닥. 새의 날갯짓 같은 소리가 그녀의 갈비뼈 안에서 새어 나온다. 원은 그 소리에 귀를 기울인 채 납작하게 퍼진 설주의 가슴을 동그랗게 어루만졌다.

손가락이 지난 자리에 자잘하게 돋는 소름까지 사랑스럽다는 감각.

이런 것들이 어떻게 가능한 것인지 원은 설명할 수 없었다. 언제부터 윤설주가 제게 이토록 애틋한 존재가 된 것인지, 그 시기가 명확하지 않은 것처럼.

원에게 이 마음은 인과로 설명할 수 없는 유일한 사건이었다.

그가 여자를 후리고 다니게 된 것은 연수 때문이었고, 그 이전에 사고가, 그 이전에 뒷골목과 사내가 있었다.

모든 일에는 그럴 만한 사연과 과정이 있었다. 물론, 어째서 자신이 부모에게 버려졌는가 하는 것만은 예외였다. 그것은 평생 미지로 남을 것이다.

원은 여기까지 생각하다 피식 웃어 버렸다.

그러고 보니 자신의 인생은 처음부터 정상 궤도를 벗어난 것인지 모르겠다. 탄생부터가 팍팍해서, 사는 것도 팍팍하고 급기야 연애조차 팍팍하기 짝이 없는 걸까.

"무슨 생각 해?"

그녀가 머리를 가만가만 쓰다듬으며 나지막이 물었다. 원은 고개를 들지 않고, 여전히 새의 날갯짓 같은 심장 소리에 귀를 기울인 채 대답했다.

"다음번 데이트에는 오늘 가려고 했던 레스토랑에 꼭 가야지 하는 생각."

그녀는 낮게 웃으며 '그러자. 꼭 가자.' 하고 대답했다.

그래. 이것이면 충분했다. 그러니까 진짜 생각은 비밀에 부치도록 한다. 이토록 팍팍하기만 한 나를, 너는 그래도 사랑스럽다고 여겨 줄까, 묻고 싶은 마음 같은 것은.

◇　◇　◇

설주의 작업실을 나와 가게로 향하는 버스 안에서 원은 꺼 두었던 핸드폰의 전원을 켰다. 드드드. 드드드. 눈으로 좇기도 힘들 만큼 여러 개의 메시지가 한꺼번에 날아들었다.

발신인은 전부 송미도. 언뜻 보아도 내용이 험하다. 원이 그중 가장 최근에 온 것을 열었다.

[당장 전화해. 다 엎어 버리기 전에.]

원이 쯧 혀를 차고 그녀에게서 수신된 문자를 다 지우자마자 화면이 느닷없이 바뀌었다. 다 엎어 버리겠다던 여자가 그새를 참지 못한 결과다.

원은 짧은 고민 끝에 전화를 받았다. 그러나 그녀가 찢어질 듯한 목소리로 내지르는 악청구에 원의 인내심은 1분도 채우지 못하고 바닥을 보였다.

― 오빠가 어떻게 나한테 그럴 수가 있어? 어떻게 그런 식으로 모욕을 줄 수가 있어! 내가 오빠한테 어떻게 했는데! 내가 오빠한테 얼마나 잘했는데!

"……."

― 사과해! 사과하라고! 그럼 한 번은 봐줄…….

"누가 너한테 나 봐 달라고 했어?"

― 뭐라고?

"전화 안 받으면 찾아올 것 같아서 받은 거야. 혹시라도 가게 올 생각 하지 말라고."

— 끊지 마. 끊기만 해. 가만 안 둬. 가만 안 둘 거야!

미도가 으르렁거리며 엄포를 놓았지만 원은 그대로 통화를 종료했다. 가만두지 않겠다며 으르는 말은 어릴 때부터 워낙 밥 먹듯이 들어왔던 것이라 그에게 어떠한 감흥도 주지 못했다.

핸드폰이 다시 무서운 기세로 울리기 시작했다. 원은 아예 미도의 번호를 차단시켰다.

◇　◇　◇

"그래서, 어디로 떠날지 아직도 결정을 못 했다고?"

— 못 한 게 아니라 안 하고 있는 거지.

"왜?"

— 비행기표를 미리 예매해 두는 건 도망치는 사람한테 어울리지 않으니까.

"그런가? 영화에서 보면 죄수들도 결행일, 도피처 이런 거 다 생각해 놓고 탈옥하던데."

— 생각지도 못한 비유네.

건너편에서 경쾌한 웃음소리가 건너왔다.

곧 가게 오픈 시간이라며 태경이 손목시계를 두드리며 눈치를 주었지만 원은 애교 있게 웃으며 두 손을 싹싹 비는 시늉을 했다. 이어폰을 꽂고 설주와 통화를 하며 오픈 준비를 하는 건 원에게 거의 일상이 된 일이었다.

— 아무튼, 미리 어디로 갈지 정해 놓진 않을 거야. 공항에 가서 제일 먼저 눈에 보이는 항공사 카운터에 가서 가장 빨리 떠날 수 있는 표

를 살 거야. 그게 안전하기도 하고.

"어쨌든…… 결혼식 전날이라는 거지?"

— 응.

"그럼 이제 열흘 남았네."

겨우, 열흘이라니.

생각해 보지 않겠다는 다짐이 무색하게도, 원은 함께 떠나자는 그녀의 제안을 틈만 나면 떠올리곤 했다. 어차피 안 될 것이라는 걸 알면서, 그런 일을 저지를 용기가 저 안에 없다는 것을 알면서도 원은 어느 낯선 도시에 뚝 떨어진 그녀와 자신을 습관처럼 상상했다.

만년설이 있는 곳일까. 아니면 햇빛에 달궈진 백사장이 있는 곳일까.

상상에 상상을 거듭하다 보면 원의 결론은 언제나 한결같았다. 장소는 어디든 상관없을 것 같다고. 어디든 좋을 것 같다고.

그러나 설주에게는 말하지 않았다. 그녀 역시 묻지 않았다. 마치 결국엔 원이 상상만으로 만족하고 말 것이라는 사실을 아는 사람처럼.

— 어, 잠깐만.

누군가 설주의 방에 노크를 한 모양이었다.

원은 가만히 귀를 기울였다. 매우 사무적인 여성의 목소리가 먼 거리감을 뚫고 그에게까지 들렸다.

— 이사님께서 찾으십니다, 아가씨.

설주는 곧 내려가겠다고 대답했고 문이 닫히는 소리가 났다. 타닥타닥, 가까워지는 그녀의 바쁜 발소리가 들렸다.

방이 엄청 넓나 보다, 원은 생각했다. 반사적으로 겨우 다섯 걸음이면 가로지르는 데 충분한 자신과 해준의 방이 연상되었다.

— 미안. 어머니가 부르셔서 가 봐야겠다.

"그래."

— 내일 전화할게.

"응."

그것이, 그녀와의 마지막 통화였다.

내일 전화하겠다던 그녀와 그다음 날부터 연락이 닿지 않았기 때문이다.

처음 하루는 일이 많이 바쁜 걸까 하고 생각했다. 그러나 그 이튿날부터는 일이 '바쁜' 것이 아니라 일이 '생긴' 것이 아닐까 걱정되기 시작했다.

원의 신경은 거의 하루 종일 핸드폰에 집중되어 있었다. 30분에 한 번씩 전화를 걸었지만 전원이 꺼져 있다는 안내음만이 쓸데없이 친절하게 통보해 왔다.

그의 걱정이 확신으로 돌아선 것은 그녀와 연락이 두절된 지 나흘째 되던 날이었다. 전원이 꺼져 있다던 익숙한 레퍼토리가 급기야는 '없는 번호'가 된 것이다.

원은 일할 때를 제외한 대부분의 시간을 설주의 작업실에서, 집 근처 가로등 밑에서, 미대 건물 앞에서 보냈다.

그러나 마치 증발이라도 한 것처럼 원은 그녀의 머리카락 하나도 찾을 수가 없었다. 작업실에 남은 그 자신의 초상화가 아니었더라면 지난 3개월이 전부 꿈이었나 하는 의심을 거두기 힘들었을 것이다.

원은 설주와 마주 앉아 밥을 먹고, 수다를 떨고, 때로는 몸을 섞었던 테이블에 홀로 앉아서 손가락을 하나하나 접었다. 결혼식까지 남은 날짜는 이제 한 손으로도 충분히 셀 수 있을 만큼 임박해 있었다.

원은 망설임 끝에 연수에게 전화를 걸었다.

하루가 멀다 하고 전화해 우는소리를 하던 연수가 잠잠한 지 며칠 되었다는 사실이 불현듯 떠올랐고, 어쩐지 그 사실이 매우 찜찜하게 느껴졌기 때문이다.

결혼하지 않겠다는 설주의 뜻을 전한 이후에도 연수는 히스테리를 멈추지 않았었다. 공식적인 파혼 발표가 없다는 이유였다. 그녀는 각서를 받아 놓으라는 둥, 녹음을 하라는 둥 시도 때도 없이 원을 닦달했다.

결혼식 날짜가 가까워질수록 투정과 하소연이 잦아지던 연수가 어째서 이렇게 조용한 걸까.

— ……여보세요.

한참을 가도 끊어지지 않는 통화 연결음에 불안이 극도로 치솟던 찰나, 연수가 잔뜩 쉰 음성으로 전화를 받았다.

"뭐야. 어디 아파?"

— 아니.

"목소리가 안 좋은……."

— 선우원.

수상한 말투. 수상한 분위기. 수상한 숨소리와 그 외의 모든 수상함에 원은 졸아들었다. 그는 침도 제대로 삼키지 못하고 눈만 깜빡였다.

착. 착. 착. 벽시계의 시침이 움직이는 소리만 요란했다.

그렇게 몇 초가 흘렀을까.

연수가 발버둥을 친 끝에야 나올 것 같은, 유난히 힘겨운 목소리로 말했다.

— 그만해.

"……그만하라니, 뭘?"

— 전부 다.

"전부?"

— 두 사람 결혼할 거야.

착. 착. 착. 또다시 시침만이 그의 세계가 끝나지 않았다는 것을 알려 준다.

원은 아무 소리도 내지 못했다. 듣기는 들었는데, 이해가 안 됐다. 이해가 안 되면 무슨 소리냐고 물어야 하는 건데, 그러고 싶지 않았다.

어떤 설명도 듣고 싶지 않았다. 차라리 잘못 들었다고 치부해 버리는 것이 편하지 않겠느냐고 무의식이 속삭였다.

— 그리고 나 이제 한국에 없어.

하나를 뽑기도 전에 또 다른 하나가 새파란 날을 번뜩이며 원을 푹 쑤셨다.

— 고마웠다는 얘기는 죽어도 못 해.

"……."

— 그래도…… 미안했어.

"왜? 갑자기 왜 그런 말을 해?"

원은 다급히 말했다.

한국에 없을 거라니, 미안했다니.

연수가 이런 말을 하는 이유를, 원은 단 한 가지로밖에 해석할 수 없었다. 벌떡 일어나자 원목으로 된 의자가 뒤로 우당탕 넘어갔다.

"너 정말, 주, 죽으려고?"

— 그런 거 아니야.

"아니긴 뭐가 아니야. 죽으려는 거잖아! 걸핏하면 죽는다고, 죽어 버릴 거라고……."

— …….

"두 사람 결혼 안 할 거야. 내가 얘기했잖아. 설주가, 그 여자가 결혼 안 할 거라고 했다고. 말 바꾸고 그럴 사람 아니야. 믿어 봐. 아니, 윤설주를 못 믿겠으면 날 믿어. 내가 절대로 못 하게……."

— 그럴 필요 없어. 이제 괜찮아. 두 사람 결혼하게 돼. 나 안 죽을 거니까. 죽긴 왜 죽어. 누구 좋으라고 죽어, 내가?

스산함이 느껴지는 너스레였다. 원은 여전히 마음을 놓지 못하고 식탁 근처를 서성거렸다.

"그럼 대체 뭐야. 뭐가 어떻게 되어 가는 거야. 두 사람 결혼하게 두라니. 이제 와서 왜? 마지막에 만났을 때만 해도 윤설주, 파혼에 대한 의지가 확고했어. 이제 와서 네가 이러면……."

— 그 의지가, 오늘도 확고하대?

연수가 무참히 말허리를 잘랐다. 시니컬하다 못해 냉정하기까지 한 그녀의 지적에 원은 할 말이 없어졌다.

그가 착잡한 듯 거칠거칠한 손바닥으로 마구 얼굴을 쓸어내렸다.

"실은 며칠째 핸드폰이 꺼져 있어서 연락이 안 닿았어. 번호까지 해지한 것 같아."

— …….

"뭔가 있는 거지? 넌 뭔가 알고 있는 거야?"

— 아니.

"제발…… 뭐라도 알고 있는 게 있으면 좀 말해 줘."

— 그런 거 없어.

"그럼 뭔데! 이상하잖아. 네가 갑자기 다 그만두라고 하는 거. 설주가 내 연락 피하는 거. 둘이 짠 것처럼 어떻게 동시에 이럴 수가 있어!"

결국 비명 같은 고함이 터졌다. 내내 가까스로 억눌러 왔던 불안에 원은 마침내 완전히 잠식당하고 말았다.

— 그 여자가 왜 그러는지는 몰라. 하지만 상황이 네가 장담한 것과 다르다는 건 확실해. 마지막으로 준재 씨 만났을 때 두 사람 결혼엔 아무런 문제도 없어 보였으니까. 결혼 문제로 그 사람이랑 크게 다퉜거든. 아니, 다툰 정도가 아니라 아예 끝났지.

"……끝났다고?"

— 그래. 끝났어. 싫어졌고, 자신 없어졌어. 윤설주가 결혼식장에 나

타나지 않는다고 해서 그 자리에, 준재 씨 옆자리에 내가 대신 설 수 있는 것도 아니잖아.

싫어졌다고? 자신 없어졌다고?

이제 와서?

기가 막혀서 말도 나오지 않았다. 눈독 들이던 물건의 가격표를 확인하고 그것을 내려놓을 때만큼이나 연수의 포기는 쉬워 보였다.

— 결국엔, 끝끝내 나는 안 된다는 거 확실히 깨달았어.

"······."

— 그래서 그만하려는 거야. 준재 씨가 위로금 명목으로 준 돈도 있고, 집이며 차 같은 거 처분하면 몇 년 동안은 돈 걱정 없이 살 수 있을 테니까. 그거 가지고 나도 이제 제대로 살아 봐야지.

"그래서⋯⋯ 전부 그만두라고?"

— 응. 이젠, 선우원 네 도움 필요 없어.

이런 말을, 지금이 아니라 조금 더 일찍 들었더라면 이렇게까지 절망적인 기분을 느끼지 않아도 되었을까.

한 달 전, 아니 일주일 전이었더라면 어땠을까.

최소한 이렇게 눈알이 뜨겁고 목울대가 아릴 정도의 분노는 알 일이 없었을 것이다. 아니. 이런 것을 분노라고 할 수 있나. 이렇게 막막하고 먹먹한 것을?

— 어때? 드디어 해방이라는데, 홀가분해? 파티라도 해야 하는 거 아냐?

연수는 마치 비꼬듯이 그렇게 말했다. 원은 아무런 대답도 하지 못했다.

그녀의 말대로 홀가분해야 하는데, 기뻐야 하는데 그렇지가 못해서. 머릿속엔 오로지 부케를 든 설주가 다른 남자와 팔짱을 낀 모습만 떠올라서.

그 상상만으로도 목이 꽉 잠겨서.

— 잘 살아.

서연수는 그렇게 끝까지, 이기적이고 일방적인 방식으로 안녕을 고했다. 터무니없는 불행에 함께 뒹굴었던 지난날들이 섭섭할 정도로 깔끔하게.

— 나도 잘 살 거니까.

#13

통화가 끊긴 핸드폰을 귓가에서 뗄 생각조차 하지 못하고 원은 그 자리에 못 박힌 듯 서 있었다. 누군가 와서 '얼음 땡'을 외쳐 주길 기다리는 아이처럼.

그 바람이 통한 것일까.

띠리릭―

도어록이 해제되는 소리가 들렸다. 메말랐던 눈동자에 순식간에 물기가 돌았다. 원은 부리나케 현관으로 달려갔다.

"어? 집 비어 있다고 들었는데."

집 안으로 들어서는 이는 설주가 아니었다.

그녀의 이름을 반갑게 부르려던 입술이 낯선 중년 남성의 등장에 금붕어처럼 뻐끔거렸다. 남자는 문지기처럼 앞을 버티고 선 원을 보며 멋쩍은 표정으로 자신의 뒤를 흘끗거렸다.

원은 그제야 남자의 뒤에 또 다른 누군가가 있다는 사실을 알아차렸다.

"……누구시죠?"

"부동산에서 나왔습니다."

"부동산이요?"

"네. 비어 있는 집이니까 아무 때나 들러도 된다고 하셔서 연락 없이 왔는데, 계실 줄은 몰랐네요. 잠깐 들어가서 봐도 되지요?"

"……."

"그럼 실례하겠습니다."

남자가 자신의 말을 증명하듯 카드키를 꺼내 들어 보였다.

공인중개사와 집을 보러 온 남녀가 자신의 옆을 스쳐 지나가는 동안, 원은 후들거리는 두 다리에 힘을 준 채 더운 바람이 들어오는 현관만 멍청히 응시할 뿐이었다. 열린 문 뒤에서 설주가 나타나 다 장난이라고 말하며 눈을 찡긋거릴 것만 같았다.

"여기가 작업실로 썼던 곳이라 아주 깔끔해요. 그냥 가끔 와서 그림만 그리고 그랬던 곳이라 거의 새 집이나 다름없다니까요."

"음, 그러네. 무슨 모델 하우스 같다, 자기야."

"벽지며 바닥이며 불에도 안 타는 최고급 소재에, 가구는 다 물 건너온 거라는데 필요하시면 그냥 쓰셔도 된다고 그러더라고요. 어차피 다 버리는 거라고."

"네? 이걸 다요? 엄청 비싸 보이는데."

"그렇다니까요. 저기, 이거 다 버린다고 하신 거 맞죠?"

시장통 엿장수만큼이나 화려한 언변으로 고객을 구슬리던 공인중개사의 질문이 원을 향해 날아왔다. 워낙 고가인 것이 티가 나는 가재도구들 때문인지, 커플은 기대 반, 의심 반의 시선으로 원을 응시하고 있었다.

그러나 대답은 원의 몫이 아니었다.

원은 커다란 수첩을 옆구리에 낀 중년의 남성을 향해 뚜벅뚜벅 걸음을 옮겼다. 어째서인지 그를 바라보고 있는 세 사람 모두 몸을 움츠리며 뒷걸음질을 쳤다.

"무, 무슨 문제라도⋯⋯."

"이 집 팔리는 겁니까?"

"예? 아, 예. 그러니까 제가 여기서 이러고 있죠."

"다 버린다고, 그랬다는 거죠."

"예, 그렇긴 한데⋯⋯. 여기 사시는 분 아니에요?"

"뭐야. 이 집 문제 있는 거 아니야?"

수상한 분위기에 남녀는 어느새 멀찍이 떨어져 저들끼리 속삭이기 시작했다. 당황한 공인중개사의 이마에서 땀이 삐질삐질 흘러내렸다.

원이 세 사람을 겁에 질리게 만들었던, 싸늘하게 굳은 얼굴로 말을 이었다. 부탁인데 명령처럼 느껴지는 위압적인 어투였다.

"전화 연결 좀 해 주세요."

"예?"

"집 내놓겠다고 한 사람 연락처는 가지고 계실 것 아닙니까."

"아, 예예."

중년 남자는 자신보다 한참이나 나이가 어린 사람에게 지나치게 쩔쩔매는 기색으로 서둘러 가지고 있던 수첩을 뒤적였다. 아, 여기 있네! 남자가 반갑게 외쳤다.

오피스텔 이름과 동, 호수 옆에 적힌 열한 자리 숫자.

낯선 번호였다. 이제는 결번이 되어 버린 그녀의 것이 아니었다.

남자가 자신의 핸드폰에 그 번호를 옮기자마자 원의 손이 잽싸게 핸드폰을 낚아챘다. 통화 버튼을 누르고 상대가 받기를 기다리는 동안, 서로 다른 바람이 팽팽히 대치한다.

차라리 설주가 아니어서, 이 모든 게 어떤 오류였으면 하는 쪽.

그리고, 다만 이렇게라도 그녀의 목소리를 듣고 싶다는 쪽.

— 여보세요?

설주의 음성을 듣는 순간 원은 깨달았다. 자신이 이 목소리를 얼마나 애타게 그리워했는지를.

그래서 이 기가 막힌 상황이 오류가 아니라 사실이라는데도 불구하고 원은 분노하지도, 실망하지도 않았다. 그저 한없이 안도했다. 지난 며칠 내내 한 몸 같았던 모든 불길함을 잊은 채로.

— 여보세요? 말씀하세요.

"나야."

— ......

"나야, 설주야."

— 네가 어떻게......

그녀의 목소리에서는 혼란이 묻어나고 있었다. 그러나 원이 느끼는 혼란에 비하면 그것은 아무것도 아니었다.

원은 이해할 수 없었다. 어째서 반가워하지 않는지. 어째서 기뻐하지 않는지. 어째서 자신처럼 안도하지 않는 것인지.

원이 횡설수설 말을 뱉어 내기 시작했다.

"어떻게 된 거야. 갑자기 연락이 안 돼서 내가 얼마나 걱정했는지 알아? 작업실을 판다는 건 뭐고, 번호는 왜 바꾼 거야."

— ......

"윤설주. 내 말 듣고 있어?"

— 집에 가 있어. 사람이 갈 거야.

고저 없는 목소리가 마치 결번을 알리던 안내원의 음성 같다. 마치 모든 감정이란 감정은 싹둑 거세당한 것처럼 인간미라곤 찾아볼 수가 없었다.

"집이라니. 어딜......"

— 네 집.

그리고 그녀는 친절히 부연 설명 했다.

'너와, 차해준이 사는 집' 이라고.

◇　◇　◇

"야 이 새끼야! 뒈지고 싶어 환장했어!"

설주의 오피스텔에서 나온 원은 정신없이 길을 내달렸다. 좌우 살피지 않고 길을 건너는 그의 등 뒤로 누군가의 욕설이 의미 없이 흩어졌다.

원은 마을버스가 서는 곳에 동네와 어울리지 않는 외제차 한 대가 주차되어 있는 것을 발견했다.

그것은 분명, 김 기사가 운전하고 설주가 타는 차였다.

비탈진 오르막에도 불구하고 텅 비어 있는 차 안을 확인한 원의 두 다리에 가속이 붙었다.

땀과 먼지로 추레해진 옷과 꼴사납게 헉헉대는 모습을 그녀에게 보이기 부끄럽다는 생각이 잠시 스쳤다.

그러나 장마에 마를 날 없이 늘 젖어 있는 벽과 퀴퀴한 곰팡이 냄새가 곳곳에 밴 집이다. 그런 곳에서 더 이상 차릴 체면이 있을까.

원이 조소하며 문을 밀었다. 얇은 철문이 부서질 듯 요란한 소리를 내며 열렸다.

한눈에 다 들어오는 좁아터진 방. 어쩔 줄 모르고 서 있는 해준과 볼 것도 없는 세간을 흘끔거리는 김 기사가 들어서는 원을 바라보았다.

"워, 원아······."

"아. 생각보다 빨리 오셨네."

풍채 좋은 김춘식이 손목시계를 흘끗 내려다보며 말했다. 존대도,

그렇다고 반말도 아닌 묘한 어투였다.

원은 한계까지 차오른 숨을 돌릴 틈 없이 휙휙 주변을 훑었다.

설주는 없었다.

"우리 아가씨를 찾는 거라면, 안타깝지만 여기 온 건 나 혼잡니다."

"……나가서 얘기하시죠."

"나가서? 이 동네에 마땅히 얘기할 만한 곳도 없던데 뭘 번거롭게. 잠깐이면 되니까 좀 앉읍시다."

"원아, 내가 슈퍼에서 주, 주스라도 좀 사 올게."

원이 오기만을 내내 기다렸던 해준이 자리를 피하자 춘식이 바닥에 앉았다. 원 역시 신발을 벗고 들어가 끈적거리는 장판 위에 춘식과 마주 보고 앉았다.

춘식이 호의라고는 눈곱만큼도 찾아볼 수 없는 시선으로 원을 훑어보았다. 아니, 호의적이지 않다는 표현은 너무나 순하다. 춘식에게는 노골적인 적의만이 가득했다.

"본 적이 있는 얼굴이네. 이럴 줄 알았으면 그때 아가씨 학교에서 묵사발을 만들어 놓는……."

"설주는요. 괜찮아요? 잘 있는 겁니까?"

"허!"

"뭐라도 좋으니까 제발…… 제발 얘기 좀 해 주세요."

"거참 재미있구만."

춘식이 허허롭게 웃었다. 그는 잔뜩 힘이 들어간 원의 두 주먹을 곁눈질하고는 말을 이었다.

"지금 선우원 씨 표정이 아주 가관이란 말입니다. 내 앞에서도 연기를 하는 거요? 그런 거라면 정말 존경스러울 정도인데."

비아냥거리는 말에도 수치심 같은 것은 느낄 수가 없었다. 원의 머릿속에는 오로지 그녀의 안부에 대한 걱정만이 가득했다.

그러나 춘식은 원의 애원을 들어줄 마음이 없는 듯 이내 비웃음도, 혐오도 지운 목소리로 본론을 꺼내기 시작했다.

원은 자신의 앞에 내밀어진 하얀 봉투를 멍하게 응시했다.

누군가에게 머리채를 잡혀 별안간 케케묵은 신파극 속에 던져진 것만 같다. 현실감이 느껴지지 않았다.

"자. 돈입니다."

"……."

"얼마를 생각하고 우리 아가씨에게 접근했는지는 모르겠소만, 그보다 많았으면 많았지 절대 적지는 않을 겁니다."

"……."

"거 못 믿겠으면 열어서 확인해 보든가. 내숭 떨지 말고."

원이 봉투에 손도 대지 않고 보고만 있는 것이 답답했는지 춘식이 직접 제 손으로 봉투를 벌려 원의 눈앞에 들이밀었다.

스치듯 보아도 알 수 있었다. 그가 여태 받아 본 어떤 돈보다도 많은 액수라는 것을.

원은 손등으로 봉투를 쳐 내며 춘식의 손을 세게 쥐었다.

"한 번만 만나게 해 주세요."

"만나? 누굴? 우리 아가씨를?"

"한 시간, 아니 10분이라도 좋습니다. 잠깐이라도……."

"만나서 뭐 하시게. 이거 받고 조용히 입 다무는 게 좋을 겁니다. 욕심이 과하면 그나마도 잃는 법이니까."

원은 자신이 잃을지 모르는 '그나마' 가진 것들에 대해 생각했다. 아무리 기를 쓰고 찾으려 해도 도무지 아쉬울 만한 것들이 없었다.

윤설주, 오로지 그 여자 말고는.

그러나 이건 전제부터가 틀려먹은 오만한 결론이다. 자신은 이미 그녀를 잃었으니까. 그러니까 아무것도 없는 거다. 아무것도.

원은 신경질적으로 손을 털털 터는 춘식의 팔을 절박하게 부여잡았다. 춘식이 험하게 욕을 내뱉으며 잡힌 팔을 빼려 안간힘을 썼지만 원의 아귀힘도 그에 못지않았다.

　"이런 정신 나간 작자를 봤나. 뭐 하자는 거요, 대체!"

　"한 번이면 됩니다. 한 번만요. 지금 어디 있어요? 네?"

　"나는 그런 거 알려 줄 수도 없고, 알려 주고 싶지도 않습니다! 돈, 자, 여기 돈 있다니까! 대체 우리 아가씨 신세를 얼마나 더 망치고 싶어서 이러는 거요!"

　"돈 때문이 아닙니다. 정말 그런 게 아니라……."

　"돈 때문이 아니면? 그럼 뭐 때문인데?"

　보고 싶어서. 어떻게 이렇게, 무 자르듯 한순간에 나를 버릴 수 있는지 묻고 싶어서. 매달려 보고 싶어서. 애원해 보고 싶어서…….

　"작정하고 접근했으니, 우리 아가씨 결혼 앞둔 것도 당연히 알고 있을 텐데."

　불시에 들려온 결혼이라는 단어에 원은 춘식의 옷깃을 놓치고 말았다. 춘식은 이때다 싶어 자리에서 벌떡 일어나 원에게서 멀찌감치 떨어져 섰다.

　"괜한 억하심정으로 거사 그르칠 생각 말고, 이 돈 받고 그만 떨어지쇼."

　"결혼, 한다는 겁니까?"

　"그러면 겨우 이만한 흠으로 결혼이 엎어질 줄 알았단 말이요?"

　그러면서 춘식은 구겨진 옷매무새를 가다듬었다.

　할 말은 다 끝났다는 듯 뒤돌아서던 그는 바닥에 아무렇게나 나뒹구는 돈 봉투가 신경이 쓰이는지 다시 돌아와 그것을 원의 손에 쥐여 주었다.

　"거 내가 충고 하나 하자면, 인생 그렇게 사는 거 아닙니다. 남의 눈에 눈물 나게 하면 내 눈엔 피눈물 난다는 말이 괜히 있는 줄 아쇼? 솔직히 나는 아가씨가 그쪽 같은 인간 말종한테 이런 돈을 주는 게 도저히 납득이 안 가지만은, 어쨌든 주는 돈이니 요긴하게 잘 써요. 술 먹고, 노름하고, 그런 허튼 데 쓰지 말고."

"⋯⋯."

"저 빌어먹을 선풍기부터 좀 바꾸든지."

그는 쯧, 혀를 차고 이내 철문을 뻥 차며 멀어졌다.

수표가 삐져나온 봉투가 원의 손안에서 구겨졌다. 오래된 선풍기가 딱딱딱, 관절염 환자의 무릎에서나 날 것 같은 소리를 내며 그를 바라보고 있었다.

이미 수명이 다한 놈을 원은 몇 번이나 살려 놓으며 뿌듯해했었다. 그러나 지금만큼은 그랬던 스스로가 진저리 나게 싫었다.

그냥 새것을 살걸. 진즉 이사를 갔으면 좋았을걸. 하다못해 도배라도 새로 했으면 나았을걸.

그랬다면 돈 때문이 아니었다는 말을 조금은 믿어 줬을까.

이별의 대가, 입막음의 용도로 주어진 거액을 그러쥐고서, 원은 자신이 아끼고 아낀 것들을 하나하나 눈에 담았다.

떨어진 밑창을 절연 테이프로 붙여 놓은 슬리퍼. 이가 나간 밥그릇. 사계절 내내 덮는 촌스러운 꽃무늬 이불.

이렇게 궁상맞게 사는 게 몸에 배서. 생각도 아끼고, 감정도 아끼고, 말도 아끼다가 허락된 모든 기회를 놓쳐 버린 것이다.

말할 수 있었는데. 말해야 했었는데. 원의 고개가 부러진 꽃대처럼 꺾였다.

내가 너를.

나는 너를.

비닐 장판 위에서 딱딱딱, 우스꽝스러운 소리를 내며 눈물이 식었다.

◇　◇　◇

"야 인미, 너 안 되겠다. 병원 가게 들어가서 옷 갈아입고 나와."

"괜찮아요."

"이놈이 누구 초상 치르게 만들려고 작정을 했나. 너 지금 몸이 불덩이야, 알아?"

원이 성가시다는 듯 이마에 닿은 태경의 손을 밀어 냈다. 원은 태경의 옆에서 대걸레 자루를 끌어안은 채 불안하게 눈을 굴리는 밀고자를 향해 눈을 흘겼다. 그러자 태경의 주먹이 등짝으로 날아든다.

"눈을 부라리긴 왜 부려려? 해준이가 말 안 해 줬으면 다 죽어 가는 놈 부려 먹는 악덕 업주 될 뻔했잖아. 뭐 해? 잔말 말고 얼른 옷 갈아입으라니까!"

"그냥 감기예요. 쪽팔리게 누가 이런 걸로 병원을 가요."

"그 쪽팔린 놈 여기 있다. 개도 안 걸린다는 여름 감기에 걸려 놓고 번드르르 입만 산 것보단 낫지, 뭐? 쪽팔려?"

"감기는 시간 지나면 저절로 나아요."

"이 녀석이 끝까지 말 안 듣고. 감기도 심하면 죽는 거야!"

느닷없이 코끝이 찡했다. 뭔가가 목울대를 강하게 치는 느낌에 원은 순간적으로 숨을 쉴 수가 없었다.

태경의 잔소리 위로 그 언젠가 설주의 걱정 어린 음성이 덧씌워진 탓이었다.

'치료 안 하면 죽을 수도 있는 병이야.'

그랬었다. 구두코에 까진 정강이를 보고 호들갑을 떨면서 미안하다고도 했다.

그래서 나는 뭐라고 했더라.

바보라고 놀렸었다. 맹하고, 물러 터졌다고도 했었다.

그 맹하고 물러 터진 여자에게 이렇게 차갑게 내쳐질 줄도 모르고.

'사람 보는 눈 완전 꽝이다, 차해준.'

그러게. 완전 꽝이다.

원은 피식피식 웃으며 마치 그녀가 앞에 있는 것처럼 고개를 끄덕였다. 그러다 어지러워져 눈을 감았다.

이대로 드러누워 버리고 싶다.

아무 생각도 하지 않는 것이 불가능하다면 몇 주쯤, 아니 몇 달쯤 정신을 잃고 쓰러져 있고 싶었다. 꿈도 꾸지 않고 마치 죽은 것과 같은 잠에 빠져 있고 싶었다.

지금처럼 예고도 없이 덮쳐 올 그녀와의 기억이 견딜 수 없이 두려워서. 호흡조차 여의치 않아 가슴을 쥐어뜯어야 하는 이 고통이 낯설어서.

"얘 봐. 얘 식은땀 흘리는 것 봐. 해준아. 원이 앞치마 벗겨라. 강제 연행 해야겠다."

해준이 대걸레를 내팽개치고 기다렸다는 듯 원에게 달려들었다.

저항할 힘도 없었다. 겨드랑이를 받쳐 든 해준에 의해 라커룸으로 끌려 나가다시피 하는데 짙은 향수 냄새가 그의 앞을 막아섰다.

"안녕, 오빠?"

미도가 손가락 다섯 개를 팔랑거리며 싱긋 웃었다. 그러다 원의 초췌한 얼굴을 보고는 얼굴을 찌푸리는 것이었다.

"꼴이 왜 이래. 어디 아파? 설마, 윤설주랑 끝났다고 이러는 거야?"

무시하고 미도를 스쳐 지나가던 원이 뒤를 홱 돌아보았다. 원은 만류하는 해준을 등지고 미도와 마주 섰다.

미도가 웃는 듯, 우는 듯한 표정으로 말을 뱉었다.

"왜 아프고 그래. 기분 더럽게."

"어떻게 알았어."

"뭘 어떻게 알아? 아, 그 여자 이름?"

"……."

"몰랐구나. 나, 마음만 먹으면 하고 싶은 거 다 할 수 있는 사람인 거. 하긴, 내가 그동안 오빠 앞에서 너무 쩔쩔맸지? 등신같이."

평소보다도 몇 배는 더 힘을 준 화장이 무색하게도 그녀의 음성엔 패색이 완연했다.

"오빠가 나를 만만하게 보는 것도 이해는 가. 오빠가 아무리 대놓고 면박을 줘도 자존심 따윈 없는 애처럼 하하 호호. 죽으라면 죽는 시늉도 했을 거야, 아마."

"……."

"근데 오빠, 그거 오빠라서 그랬던 거였어. 내가 원래 잘 웃고, 원래 쉬운 사람이라서가 아니라, 오빠라서."

평소라면 그만 집어치우라고 했을 이야기를 원이 얌전히 듣고만 있는 것은 단지 고열로 인한 현기증 때문만은 아니다. 단 한 번도 자세히 들여다보려고 하지 않았던 그 마음의 윤곽이 손에 잡힐 듯 뚜렷하게 느껴진 까닭이었다.

"나 진짜, 어디 가서 안 꿀릴 만큼 예쁘고, 똑똑하고, 성격도 좋고, 거기다 돈까지 많잖아."

말미에 비린 웃음을 매달고 미도는 원을 직시했다. 며칠 새 해쓱해진 원의 얼굴이 마치 다른 사람 같다.

"그런데 이상하게 보잘것없어지더라. 오빠를 좋아하면서부터는."

자신을 찬찬히 뜯어보는 미도의 시선을 알아챘는지, 원이 자조하며 물었다.

"그래서, 지금은 어때? 날 이렇게 만들어 놓고 나니까 다시 잘나가는 송미도가 된 것 같아?"

"……아니. 더 초라하다. 오빠 이렇게 망가진 거 따지고 보면 나 때문이 아니잖아. 내가 아니라, 윤설주 때문인 거잖아."

전투 의지를 상실한 패잔병처럼 미도가 쓸쓸히 어깨를 늘어뜨렸다.

그러나 미도의 입에서 설주의 이름이 또 한 번 나오자 원은 오히려 돌변했다. 다 죽어 가던 사람답지 않게 미도의 팔을 잡은 손에 괴력이 실렸다.

"말해. 대체 그 여자한테 뭐라고 한 건지. 나에 대해서 대체 무슨 말을 어떻게 했기에……."

그 빌어먹을 결혼을 다시 하겠다는 건지.

저와는 어떻게 되도 좋으니, 원은 설주가 그 결혼을 하지 않길 바랐다. 설주는 하준재 같은 놈에게는 터무니없이 과분한 여자다.

설주에게 버림받는 것은 견딜 수 있다. 그러나 그녀가 그에 대한 증오와 배신감으로 스스로의 인생을 함부로 포기하려는 것까진 참을 수가 없었다.

원이 정말 미칠 것 같은 것은, 자신이 설주의 마음뿐만 아니라 그녀의 미래와 꿈까지 부숴 버렸다는 사실이었다.

"윤설주가 아니야. 내가 만난 건, 그 여자 어머니야. 한주기업의 심이사님."

놀란 원의 눈동자가 중심을 잃고 흔들렸다.

"준재 오빠한테는 얘기 안 했어. 어차피, 겨우 이 정도 일로 엎어질 결혼 아니니까. 나중에 불화니 뭐니 말이라도 나오면 나도 찝찝하고."

와중에 칭찬이라도 바라는 것처럼 미도가 턱을 치켜들었다. 그러나 이미 다른 생각에 잠긴 원의 시선은 그녀를 비껴 나가 있었다.

고열에 흐리멍덩했던 시야가 점차로 선명해진다.

원은 미도와의 대화로 얻게 된 새로운 정보를 빠르게 머릿속에 입력했다. 그러자 일말의 기대감이 샘솟았다.

연락을 끊고, 작업실을 처분하고, 춘식을 통해 돈을 보내고, 결혼을 결심한 것. 이 모든 게 설주의 자의가 아닐지도 모른다는 것에서 오는 기대였다.

어딘가에 꼼짝없이 갇힌 채로 모친의 뜻에 따라 움직여야만 하는 처지가 된 것이 아닐까.

어떤 것도 그에게 유리한 상황은 아니었지만, 그녀의 마음이 변하지 않았을지 모른다는 작은 가능성만으로도 지독했던 몸살에서 해방된 듯한 기분이었다.

설주를 위해 아직 할 수 있는 일이 있다는 생각이 원을 다시 움직이게 했다.

우선은 그녀의 소재부터 파악해야 한다. 주머니를 뒤지던 원은 뒤늦게 핸드폰을 라커에 처박아 두었다는 사실을 떠올렸다.

원이 라커룸을 향해 몸을 틀자 당황한 미도가 서둘러 그의 팔을 붙잡았다.

"어디 가? 나 아직 얘기 안 끝났어."

무심한 눈이 미도를 향했다. 원의 팔을 잡은 그녀의 손이 파르르 떨렸다.

다시 그 눈이다. 그날, 옷에 묻은 오물을 털어 내듯 자신을 모질게 밀어 내던 남자의 눈. 상대의 기분 같은 것은 조금도 생각하지 않는 눈.

미도는 왈칵 눈물이 쏟아지려는 것을 가까스로 참아 냈다.

이제 미도의 원망은 원이 아닌 그녀 자신을 향해 있었다. 이렇게까지 진저리 치며 거부하는 남자를 여전히 열망하는 못난 스스로가 견딜 수 없었다.

"무슨 얘기."

"……."

"너 봐 달라는 얘기? 왜 넌 안 되는 거냐는 얘기? 잘하겠다는 얘기?"

수십 번, 사탕을 조르는 아이처럼 그에게 매달릴 때마다 미도가 말했던 것들이었다.

"이미 알고 있잖아, 내 대답."

언제나와 같이 서늘한 음성에 미도의 손이 힘없이 떨어졌다.

"……왜? 윤설주 때문에? 그런 여자가 어디가 좋아서? 현실 파악 좀 해. 곧 결혼할 여자야. 오빠랑은 안 돼. 오빠 죽어도 못 가질 여자란 말이야."

"알아."

"그런데 왜 이러는 거야? 왜 이렇게 미련을 떨어."

"왜겠어."

반문하는 원을 보며 미도가 힘겹게 억눌러 온 눈물을 떨어뜨렸다. 일말의 연민도 없는 원의 음성이 이어졌다.

"네가 여태 해 오던 짓이잖아. 네 것 아닌 줄 알면서 미련하게 애원하고, 구걸하고."

"……."

"내 꼴이 지금 그래."

"오빠, 제발 좀……."

"내 인생이야 뭐, 말할 것도 없이 처음부터 끝까지 좆같지만 말이야. 그중에서도 제일이 뭔 줄 알아?"

"무슨……."

"너 같은 걸 만난 거야. 너 같은 것 때문에, 그 여자가 울었을 거란 사실이라고."

차라리 마구 욕을 하고 이렇게 망가진 꼴을 보며 한껏 비웃기라도 했다면, 미도는 적어도 비참함은 피할 수 있었을 것이다. 그러나 이번에도 그녀는 자존심을 챙기는 대신 보잘것없어지는 쪽을 택했다.

원은 이제야 그것이 어떤 마음인지를 안다. 외면하려고 해도 자꾸 눈에 밟히고, 떨쳐 내려고 해도 도저히 단념할 수 없는 그 마음을.

그래서 원이 할 수 있는 최대한의 친절은 그 마음을 모르는 척 등 돌리는 것뿐이었다. 그리고 뒤돌아보지 않는 것이었다.

14

원이 설주의 위치를 손에 넣기까지는 정확히 두 시간 45분이라는 시간과 200만 원이라는 돈이 들었다. 그나마도 부동산 중개업자를 통해 알아 둔 그녀의 새 핸드폰 번호가 있었기에 가능한 일이었다.

원은 불법적인 일을 통해 알아낸 그녀의 소재를 향해 지체 없이 움직였다.

설주는 서울 시내의 고급 호텔에 머물고 있었다. 그녀의 외조부가 소유하고 있으며 내일이면 그녀의 결혼식이 치러질 호텔이었다.

원은 그녀가 묵는 호실을 알아내기 위해 리셉션 데스크를 기웃거리는 대신 곧장 호텔 내 부대시설 중 하나인 바로 향했다.

익숙한 얼굴이 그를 반겼다. 불과 몇 개월 전까지 태경의 바에서 함께 일했던 동료인 영훈이었다. 호텔에 도착하기 전 미리 연락을 주고받은 그의 눈짓을 따라 원은 비상구로 걸음을 옮겼다.

"대체 무슨 일이야. 유니폼을 빌려 달라니?"

주위에 사람이 없는 것을 확인하자마자 영훈이 따지듯 물었다.

원은 사연을 설명하는 대신 챙겨 온 봉투를 내밀었다. 담뱃값까지 아껴 모은 돈을 스포츠 도박에 모조리 쏟아붓는 영훈이 거절할 리 없다는 계산이었다. 아무 대가 없이 부탁을 들어줄 만큼 친밀한 사이가 아니기도 했고.

영훈은 못내 껄끄러운 표정으로 원이 건넨 봉투를 챙겼다.

"나 이거 걸리면 진짜 모가지야. 나한텐 문제 안 생기게 한다고 한 거, 확실한 거지?"

"그래. 걱정 마."

원은 건성으로 답한 후 영훈이 내미는 쇼핑백을 낚아챘다. 봉투 안에는 행여 문제가 생겨 해고된다고 해도 섭섭하지 않을 만큼의 금액이 들어 있었다. 액수를 확인한 영훈이 입을 쩍 벌렸다.

원은 화장실에서 옷을 갈아입고 나와 스위트룸이 있는 층으로 향했다.

이제 당면한 문제는 그녀가 머무는 방을 찾아내는 것이었다. 데스크에 물으면 오히려 의심만 살 게 뻔하고, 그렇다고 일일이 문을 두드려 확인해 볼 수도 없는 노릇이다.

오너의 외손녀니 결코 낮은 등급의 객실에서 지내는 것은 아닐 거라는 추측에 기대어 보는 게 다였다.

스위트룸은 총 서른 개. 몇 개의 층을 헤맸을까. 원은 마침내 무료한 표정으로 한 객실 앞을 지키고 있는 가드를 발견했다. 원은 가드가 지키는 것이 설주이기를 간절히 바라며 졸린 눈에 겨우겨우 힘을 주고 버티는 검은 양복을 입은 경호원 앞에 섰다.

자신의 얼굴을 알고 있는 춘식이었다면 일이 상당히 까다로워졌을 테지만 다행히 마주한 경호원은 젊은 여성이었다.

"무슨 일이십니까?"

언제 그랬냐는 듯 빠릿하게 허리를 곧추세우는 경호원에게 원이 맑게 웃어 보였다. 짧게 커트한 머리와 단단한 체격 때문에 언뜻 남자로 오해하기 십상인 경호원의 얼굴이 불그죽죽하게 물들었다.

"수고 많으십니다. 다름이 아니라 아래층 객실에 누수가 있어서 객실 안을 좀 확인해 봐야 할 것 같은데, 괜찮을까요?"

"누수요?"

원이 태연히 고개를 끄덕였다. 그와 제대로 눈도 마주치지 못하는 경호원이 잠깐의 고민 끝에 대답했다.

"여쭤보고 된다고 하면요. 잠시만 기다리세요."

경호원이 노크 후 객실 안으로 먼저 들어갔다. 원은 작은 실마리라도 얻을 수 있을까 싶어 문에 바짝 귀를 댔다. 하지만 아무런 목소리도 새어 나오지 않았다.

이 안에 있는 게 설주가 아니면 어쩌지. 불길한 생각을 애써 잠재우면서 원은 초조히 허락이 떨어지길 기다렸다.

이윽고 안으로 들어갔던 경호원이 다시 복도로 나오며 비켜섰다.

"들어가서 확인해 보세요."

"감사합니다."

원은 저도 모르게 진심 어린 미소를 지었다. 그것은 연애에 있어서만큼은 풋내기에 다름없는 경호원의 경계심을 완전히 무장 해제 시키기에 충분했다. 홀로 복도에 남은 그녀는 정신없이 뛰는 스스로의 심장 소리에 당분간 사명감 따위는 떠올리지도 못할 거였다.

등 뒤로 찰칵하고 문이 닫힌다.

호화로운 인테리어가 무색하게도, 거대한 관처럼 느껴질 만큼 음울한 적막이 내려앉은 객실.

원은 희미하게 느껴지는 인기척을 따라 빠르게 걸음을 옮겼다. 가장 안쪽에 위치한 방으로 다가갈수록 호텔 특유의 방향제 향기는 옅어지고 알싸한 휘발성 냄새가 났다.

그녀가 팔레트를 펼칠 때마다 정신을 몽롱하게 만들던 냄새다.

원은 떨리는 손으로 문손잡이를 잡았다. 소리도 없이 옆으로 밀리는 문, 그 틈으로 몇 날 며칠 꿈에서조차 그렸던 여자의 인영이 어른거렸다.

설주는 창을 향해 앉아 있었다. 붓을 든 손을 무릎 위에 떨어뜨린 채로.

새하얀 캔버스를 멀뚱히 바라보고만 있는 그녀의 뒷모습이, 마치 주인에게 잊힌 낡은 인형 같다.

원은 문간에 선 채 섣불리 발을 떼지 못했다. 그녀를 만날 때면 언제나 그랬듯이 머릿속의 생각들이 곧 균형을 잃고 무너졌다. 어떤 말을 먼저 해야 할지, 어떤 말을 하려고 했는지, 그런 것들이 까마득해진다.

그렇게 백치가 되어서 뒤를 돌아본 설주와 눈이 마주쳤다. 푹신한 카펫 위로 그녀가 들고 있던 붓이 소리도 없이 떨어졌다.

원은 한 걸음 다가갔고, 의자에서 일어선 설주는 딱 그만큼 뒤로 물러섰다. 두 걸음, 세 걸음, 원이 아무리 다가가도 그녀와의 거리는 좁혀지지 않고 처음과 같았다.

설주가 고개를 한쪽으로 기울인 채 느릿하게 입을 뗐다.

"……네가 왜 여기 있어?"

"……."

"직종을 바꿔서 호텔에 취직이라도 한 거야?"

비아냥인지 진심으로 궁금해서 묻는 것인지 구별할 수 없는 목소리였다.

원은 세게 주먹을 쥔 채 고개를 저었다. 미안하다는 말이 쉽게 나오지 않았다. 저지른 짓에 비해 그 말 한마디의 무게는 너무나 가볍다.

그래도 역시 할 수 있는 말은 그뿐이라 원은 더듬더듬 사과했다.

"미안해."

"……."

"미안, 미안해. 내가…… 잘못했어."

처음부터 그러려던 건 아니다. 일부러 상처 주려던 건 아니다. 그런 말로 비겁해질 수 있었으면, 용서라도 빌어 볼 수 있었더라면 얼마나 좋았을까.

보통의 연인들처럼. 평범하게 싸우고 평범하게 화해할 수 있었으면.

아니. 어떻게 감히 용서나 화해 따위를 바랄까. 다만, 평범하게 이별이라도 할 수 있었더라면 좋았을 것이다.

감정이 식어서, 마음이 변해서. 웃음보다 울음이 익숙해질 때쯤, 느닷없지 않게, 그렇게 하는 이별.

그래서 적어도…… 좋았던 순간만큼은 애틋한 추억으로 간직할 수 있는 그런 이별.

원은 설주와 그런 이별을 하게 되기를 바랐다.

파혼을 한 그녀가 어느 낯선 도시로 떠나고, 몇 달, 혹은 몇 년쯤 차해준이라는 이름으로 조금은 불편한 연애를 하다가 권태라는 것이 천천히 그들 사이에 스며들기를.

이제는 불가능한 것이 되어 버린 바람을 접으며 원은 차갑게 가라앉은 설주의 눈을 바라보았다. 그녀는 그가 하는 말을 하나도 이해하지 못하겠다는 듯 천진한 표정으로 고개를 갸웃거렸다.

"미안하다는 말을 들을 수 있을 거라곤 생각 못 했는데."

"설주야."

"작정하고 한 일이었잖아. 처음부터 이게 목적이었으면서 이제 와 뭐가 미안한데?"

그녀는 여상했다. 원은 그제야 확실히 깨달았다. 비아냥이 아니라는 걸. 너무나 진심 같아서 두려울 정도였다. 같이 가자는 말은 감히 꺼낼 수조차 없을 만큼 그랬다.

"처음엔 믿기지가 않더라."

그녀는 지나치게 차분한 음성으로 마치 타인의 이야기를 전하듯 말했다.

"전부 진짜구나, 아니, 전부 가짜였구나. 받아들이고 나서는 네가 죽이고 싶을 만큼 미웠어. 다른 방법은 엄두가 안 나고, 차로 박아 버리는 것 정도는 할 수 있겠다 싶을 정도로."

"……."

"그런데 가만히 생각해 보니까, 나보단 네가 더 불쌍한 거야."

설주의 시선은 어린 시절 원이 너무나 일상적으로 겪어 왔던 그것과 닮아 있었다. 동정. 연민. 그 사이에 희미하게 섞인 혐오와 우월감.

익히 내성이 생겼다고 자부했던 것들에 심장이 쪼이듯 아파 왔다.

"얼마나 고역이었겠어. 설렌다든지, 보고 싶다든지 마음에도 없는 말을 해야 하는 것도 모자라 몸까지 섞는 게."

"그런 게 아니야, 설주야. 그런 게……."

"아니야? 뭐가?"

"처음부터 끝까지 다 거짓말이었던 건……."

"설마."

설주가 자비 없이 말허리를 잘랐다. 한심하다는 듯 응시해 오는 두 눈동자가 또 한 번 원을 난자했다.

"조금은 진심이었다. 뭐, 그런 말을 하려는 건 아니지?"

"……."

"뭐야. 맞췄나 보네, 내가."

그녀는 김샌다는 듯 푸시시 웃었다.

이미 기회를 놓쳤다는 걸 알면서도, 해 봐야 부질없다는 걸 알면서도 말하지 않고는 견딜 수 없는 말이 있었다.

그러나 싸늘하게 식은 그녀의 눈빛이 일깨웠다.

그조차 욕심이었다는 것을.

"내가 그렇게 우스워? 아직도 말 몇 마디 잘하면, 내가 다시 네 뜻대로 휘둘려 줄 것 같아?"

"……."

"다 끝났어. 그러니까 그만 꿈 깨, 차해준."

말을 마치자마자 설주가 '아!' 하고 탄식했다. 그녀는 자신의 실수가 재미있다는 듯 웃었다.

"겨우 3개월이었는데 습관이 무섭긴 무섭네. 김 기사님께 들었어. 진짜 차해준은 너랑 많이 다르다고. 주눅이 들어선지 어깨도 잔뜩 굽어 있고, 키는 나보다 클까 말까. 말하는 것도 어수룩하고, 또 여전히…… 다리를 절더라고."

설주의 시선이 다리에 닿는 것이 느껴졌다.

걱정하는 그녀를 향해 수술로 말짱히 고쳤다고 천연히 거짓말했던 것이 떠올랐다. 무덤덤한 목소리인데도 그 어떤 비난보다도 매몰차게 느껴지는 것은 그 때문이었다.

설주는 원을 탓하기보다는 여전히 자신에게 책임을 돌리는 투로 말을 이었다.

"그래, 해준이는 그런 애였는데……. 매주 볼 때마다 끈질기게 말을 붙여도 반년이 넘게 대화다운 대화 한번 하기 힘들었던 애. 항상 무리에 섞이지 못했던 외톨이. 아니라고 아무리 타일러도, 남들에 비해 제가 너무 못났다는 생각을 떨치지 못하는 애였어. 그래서 더 안쓰럽고, 보살펴 주고 싶었어. 동정이었겠지. 어머니는 늘 그랬어. 넌 동정심이 너무 넘쳐서 탈이라고. 그거, 사는 데 아무짝에도 쓸모없는 거라고. 괜한 벌레만 꼬인다고."

"……."

"어쩌면 그 충고를 귀담아들었어야 했나 봐."

내내 매우 가파르게 뛰던 심장이 뚝 멎었다. 제가 한 짓을 돌아보면 그녀에게 버려지 취급을 받는 것이 마땅하다 여겨지는 한편, 한없이 섧고 비참해지는 것을 갈무리할 수가 없었다.

원은 상처받은 표정을 감추기 위해 이를 악물었다. 그런 내색을 해 그녀가 가해하는 기분을 느끼게 하고 싶지 않았다. 아픈 티를 내면 그녀는 그를 마음껏 미워하지도 못할 것이다.

원은 설주가 사정을 두지 않고 자신을 증오하기를 바랐다. 심지가 다 타 버린 초처럼 아무 감정도 남지 않은 것보다야 눈을 발갛게 물들이고 목이라도 비틀겠다고 달려드는 편이 나을 것 같았다.

"그래서 고맙게 생각하고 있어. 이런 식으로 당해 보지 않고서는 절대 어머닐 이해할 수 없었을 테니까. 철없이 사랑이니 꿈이니, 그런 환상 같은 것들을 좇다가 결국엔 내가 가진 걸 전부 잃어버렸겠지. 바보같이."

설주는 후련하다는 듯 그렇게 말하며 흘러내린 머리를 쓸어내렸다. 그런 그녀의 손가락이 반짝 빛났다.

원은 그제야 설주의 왼손 약지를 감싼 반지를 발견했다. 절로 주눅이 들 만큼 휘황찬란한 보석이 손쉽게 원의 목을 졸랐다.

원은 흡사 폐병을 앓는 사람처럼 고르지 못하게 숨을 쉬며 꾹꾹 눌러 온 말을 터뜨렸다.

"그래서 선택한 게, 이 결혼이야?"

그녀의 자의가 아니라는 걸 알고 있었다. 집이 아닌 호텔에 유폐된 것이나, 객실 앞을 지키는 가드의 존재가 그랬다.

원은 조바심을 내며 설주에게 바짝 다가섰다.

"같이 가자. 내 옆에 있어 달란 소리가 아니야. 마음에도 없는 이딴 결혼 하지 말고, 너 하고 싶은 거 하면서 살아. 그럴 수 있잖아. 그러려고 했었잖아."

"그래. 그러려고 했었지. 그런데 네가 알려 줬잖아. 나한테 안전한 곳은 다름 아닌 여기라는 거."

그녀가 더 이상 가까이 다가오지 말라는 듯 냉랭하게 몸을 틀었다. 그러나 원은 설주의 사인을 무시하고 다가가 그녀의 팔을 움켜쥐어 자신에게로 돌렸다.

시간이 촉박했다. 가드가 언제 수상함을 감지하고 들이닥칠지 알 수 없다.

"다 좋아. 나를 외면하고, 원망하고. 그래, 정말 차로 쳐 버린다고 해도 다 이해할 수 있어. 그런데 이 결혼은 안 돼. 자포자기하듯 아무한테나……."

"누가 그래? 자포자기라고."

그녀가 헛웃음을 터뜨리며 잡힌 팔을 풀었다.

"자포자기도 아니고, 아무나도 아니야. 유능하고, 젠틀하고, 매력적인 사람이야. 무엇보다 나한테 해가 될 사람이 아니……."

"그 남자, 여자 있어."

설주의 말을 뚝 잘라 내는 원의 음성은 잔뜩 거칠어져 있었다. 이 상황에서도 질투가 끓어오르는 게 우스웠다.

뭐? 해가 될 사람이 아니라고? 젠틀해? 시발, 두 번만 젠틀했다간 빌어먹을 아랫도리가 남아나질 않겠네.

원은 시기심과 열등감으로 폐부가 터져 나갈 듯 숨을 거칠게 씩씩대었다.

"꽤 오래 만난 여자가 있어. 결혼 이후에도 정리할 생각은 없는 여자. 결혼은 결혼대로 하고, 따로 정부를 두겠다는 거라고. 그딴 놈이랑 결혼을 왜 해, 네가. 그런 놈이랑은 결혼하면 안 되는 거잖아."

하준재와 완전히 정리했다는 연수의 말은 까맣게 잊은 것처럼 원은 목에 핏대를 세웠다. 아주 없는 얘길 지어내는 것도 아니었다. 그런 놈은 연수가 아니라도 분명 언제가 되었든……

"상관없어."

"……뭐?"

"상관없다고."

"어떻게 상관이 없어? 이게 어떻게 상관없는 문제야!"

원이 참지 못하고 윽박지르듯 소리쳤다.

그러나 그가 그토록 열을 낸 것이 무색하게도 그녀는 여전히 차디차게 식은 눈으로 물끄러미 올려다볼 뿐이었다.

"상관없어. 애초에 사랑 같은 건 바란 적 없는 사이니까."

깔끔한 대답이었다.

그녀는 이 결혼이 갖는 거래로서의 의미를 정확히 간파하고 있었다. 그러니 애초에 사랑은 고려할 만한 가치도 없다는 거였다. 그런 결혼을 하겠다는 거였다.

원은 믿을 수가 없다는 듯 되물었다.

"그런 결혼이어도 정말 괜찮다는 거야? 이래 놓고 자포자기가 아니라고?"

"그래. 아니야. 이게 얼마짜리 결혼인데. 이걸 포기하는 게 더……."

"거짓말."

원이 나직하게 중얼거렸다. 바로 되받아칠 줄 알았던 그녀는 한참이나 뜻 모를 시선으로 얼굴을 더듬어 오더니, 이내 지친 음성을 흘렸다.

"내가 거짓말하는 거라면, 이유가 있어야 하는 거잖아."

그 말이 원을 정통으로 후려갈겼다.

"누군가를 속일 땐, 목적이 있어야 하는 거잖아. 네가 내게 돈을 노리고 접근한 것처럼."

"……"

"내가 괜찮은 척하는 거면, 그건 널 걱정시키고 싶지 않아서일 텐데……."

그녀는 떼를 쓰는 어린아이를 설득하듯 침착하게 조곤조곤 단어를 골랐다. 그 표정이 치가 떨릴 만큼 여상했다.

평소와는 다른 어떤 징후, 예를 들면 조악하게 만들어 낸 미소라든지 분노로 떨리는 목소리라든지 하는 것은 찾아볼 수 없는 태도였다.

틈이 없었다. 도무지 비집고 들어갈 틈이.

"나한테, 너를 위한 거짓말을 할 만큼의 애정이 남았을 리가 없잖아. 아, 물론 네가 내 걱정을 할 리도 없겠지만."

어떻게 걱정을 하지 않을 수 있겠어. 하루 이십사 시간을 분 단위로, 초 단위로 쪼개어 그 사이사이 오로지 네 생각만 잔뜩 심어 놨는데.

말하고 싶은 것들이 입안에 우글우글 들끓었지만 원은 단 한마디도 입 밖으로 꺼내지 못했다. 거짓으로 쌓아 올린 관계에서는 어떤 말도 곡해되고 만다. 두려움이 원의 입을 틀어막았다.

그녀는 이제, 그가 하는 말이라면 의심부터 하게 되어 버린 것이다. 그 이면에 어떤 숨은 의도가 있는지.

여자를 그렇게 만든 것이 다름 아닌 저라는 것을 알면서도 원은 지금의 상황이 무던히 한스러웠다. 동시에 외로웠다. 연극이 끝나 커튼이 내려온 무대 위에서 혼자만 퇴장하지 못하고 다시 조명이 켜지기를 기다리는 사람처럼.

"할 얘기 더 없으면 이만 나가 줘. 누가 알면 곤란하니까."

그녀가 마른 어깨를 돌리며 창밖을 응시했다.

끝인 것이다. 여자는 이대로 작별하기를 바라는 것이었다.

그럴 수는 없다.

원은 어금니로 입안 여린 살을 베어 물며 생각하고 또 생각했다. 여기서 나가면 끝이라고. 정말 끝이라고. 다시는 볼 수도, 만질 수도 없게 될 것이라고.

그러면 살아질까?

원은 생채기가 난 볼 안을 혀끝으로 쓸며 자답했다.

그녀를 잃는다고 해서 갑자기 호흡이 멎거나 치명적인 바이러스에 감염되거나 온몸에 암세포가 퍼지는 일 따위는 일어나지 않을 거라고.

그러니까 살아갈 거라고.

살아 있는 한은 때가 되면 꼬박꼬박 배도 고플 테고, 잠이 올 테고, 여름엔 더위를, 겨울엔 추위를 느낄 거다. 그러니까 말하자면 생리적으로는 완벽히 '산다'고 말할 수 있는 상태로 살아갈 것이다.

그러나 원은 그러한 형태의 삶이 얼마나 무의미한지 잘 알고 있었다.

애착도, 열망도 없이…… 모든 감정적인 기능을 죽인 채로 그저 먹고사는 일에만 치중하는 삶.

그렇게 될 거다. 그렇게 되어 버릴 것이다. 설익은 채로 목이 따인 과실은 그저 썩은 내를 풍기며 천천히 뭉그러질 뿐이다. 달아지지 못하고. 씨를 맺지 못하고. 자연히 쪼그라들며 시들지도 못하고.

원은 시선을 마주치지 않는 설주의 옆얼굴을 향해 달달 떨며 말했다.

"그러면……."

침을 삼키려 노력했지만 고열로 바짝 마른 목구멍은 그저 위아래가 맞닿으며 쓰리기만 했다.

"결혼, 그거 하고……. 그리고, 만나 주면 안 돼?"

"무슨 소릴 하는 거야?"

설주가 날카롭게 물었다. 원은 그녀에게 자신의 모습이 어떻게 비쳐질지 알 수 없었다.

뻔뻔하게 보일까? 가련해 보일까? 그도 아니면 그냥 끔찍하기만 할까.

표정을 꾸미는 일은 그야말로 숨 쉬는 것만큼이나 간단했는데, 그 쉬운 게 지금은 좀처럼 되지 않았다. 그저 헐떡이는 숨을 고르기만도 바빴으니까.

"상관없다며. 그 남자한테 정부가 있든 없든. 사랑이 아니니까, 그런 거 상관없다며."

"……."

"그러면 너한테 내가 있는 것도 괜찮은 거잖아. 그 남자가 하는 거니까, 너도 해도 되는 거잖아."

"그러게. 하긴, 나만 절개를 지키고 사는 건 억울할 수도 있겠어."

그녀가 비식 웃었다. 오래된 낙엽이 부서지는 것 같은 미소였다.

그럼에도 원은 희망에 찼다. 설주를 계속 볼 수만 있다면 그녀가 다른 남자와 버진로드를 걷는 것쯤 골백번도 더 참을 수 있을 것 같았다.

연수는 절대 하준재를 나눠 갖는 일은 있을 수 없다고 했다. 그 지독한 독점욕이야말로 사랑이라고 했다.

그러나 원의 것은 달랐다. 그는 설주의 절반이라도 갖고 싶었다. 절반이 아니라 천분의, 만분의 일이라도 좋았다.

이런 것도 사랑일까? 얼마나 불안하든, 또 얼마나 치욕스럽든 관계없이 여자의 아주 작은 조각이라도 갖고 싶은 이런 마음도.

"그래도, 안 해. 짐승이랑 살 맞대고 산다고…… 나까지 짐승이 될 필요는 없으니까. 양심을 저버리면서까지 옆에 두고 싶을 만큼 나한테 너, 가치 없으니까."

설주가 말을 마친 직후였다. 말을 하느라 벌어진 입술이 다물리기도 전에 그녀의 혀에 그의 혀가 엉기었다.

원은 맹렬히 여자의 입안을 훑었다. 밀어 내는 두 손을 한손으로 그러쥐고 자꾸 뒤로 물러나는 목을 남은 한 손으로 감싸 옴짝달싹 못 하도록 끌어당겼다. 깨물면 새빨간 피가 아니라 과즙이 흐를 것 같은 다

디단 혀를 감으며 되뇌었다.

흔들려라. 제발 좀 흔들려라.

원은 혓바늘이 일 정도로 설주의 혀를 제 것으로 문지르고 사정없이 빨아 당겼다. 심장이 귓바퀴에 달린 것처럼 그 자신의 심장 박동이 요란하게 들렸다.

눈을 감고 있으니 서걱서걱, 톱질하는 듯한 그 소리가 점점 선명해져서 원은 번쩍 눈을 떴다. 그러자 눈이 마주쳤다.

설주의 눈은 까맣게 죽어 있었다. 결코 키스를 하는, 키스를 받는 여자의 눈이 아니었다.

지루하게 이어지는 강의가 끝나기만을 기다리는 학생처럼, 뇌의 대부분을 딴생각하는 데 할애하고 있는 것처럼 보였다.

이런 적이 없었다. 수없이 입술을 문대고 혀를 섞을 때마다, 항상 긴장한 듯 힘주어 두 눈을 감던 여자였다. 어쩌다 시선이 얽히면 부끄럽다는 듯 눈을 내리까는 여자였다.

원은 입술을 떼고 설주의 앞에 무너졌다. 무릎을 꿇은 채로 여자의 다리를 끌어안고 납작한 배에 얼굴을 묻었다.

그녀의 옷은 축축했다. 원은 어째서 젖은 옷을 입고 있느냐고 물으려다가, 그것이 다름 아닌 자신이 흘린 눈물 때문이라는 것을 깨달았다. 한심하게도 눈가에 눈물이 맺혀 있었다.

원은 뺨을 타고 흘러내리는 미지근한 액체를 손등으로 대충 훔치며 마음을 게워 내듯 고백하였다.

"내가…… 만약에 내가, 너를 사랑한다고 하면."

"……."

"믿어 줄래? 응? 네가, 믿어 줄까?"

서투르고 엉성하기 짝이 없어서 아무리 좋게 쳐줘도 역시나 고백이라고 하기는 쪽팔렸다. 그래도 원은 그녀의 대답을 기다렸다. '어쩌면 이라는 세 글자를 염불처럼 가슴에 새기면서.

"아니."

마음이 부서지는 데는 단 두 글자면 충분했다.

그렇게 봄의 끝 무렵에 시작해 여름에 끝이 났다.

고작 3개월 동안의 것이라고 하기에는 너무 눈물겨운 것이라 원은 설주와의 시간을 계절로 셈하기로 하였다.

두 계절의 사랑이 조용히, 그러나 결코 조용하지만은 않게 끝난 것이다.

◇　◇　◇

다음 날, 예정대로 윤설주와 하준재는 세간의 주목을 받으며 화려하게 식을 올렸다.

원이 그토록 두려움에 떨며 남은 날을 세고 또 세던 8월 12일은 유난히 해가 맑았다. 마치 시절을 착각한 가을이 불쑥 찾아온 것처럼 구름 한 점 없는 하늘이 신기할 정도였다.

새하얀 웨딩드레스를 덮은 비즈가 햇볕을 받아 눈부시게 반짝거렸다. 빈말로라도 행복해 보인다고 할 수 없는 신부의 가칫한 얼굴 위에도 볕은 눈치 없이 내리쬐었다.

부부가 된 두 사람이 시애틀에 신접살림을 꾸렸다는 얘기를 들었다. 하준재의 시애틀 지사 발령으로 인한 처사였다.

마치 세상에 종말이 닥친 것처럼 막막했던 그날 이후로도, 원은 살았다. 살지 못할 이유가 없었다. 달라진 것이라고 해 봐야 더 이상 설주와 닿을 수 없다는 것 하나였으므로.

그러나 그 하나로 인해 삶 전체가 흔들렸다. 원은 언제나 지진으로 흔들리는 땅을 딛고 살았다. 죽고 싶다는 생각에 수시로 온 정신을 빼앗겼기 때문이다.

이렇게까지 힘들다니, 이상한 일이었다.

어린 시절 매일이 치욕인 날을 보내면서도 자살을 생각한 적은 없었다. 버텨야지. 버티다 보면 어떻게든 되겠지. 언제나 의식의 밑바닥에는 삶을 향한 끈질긴 집착이 있었다.

하지만 지금, 그에게는 더 이상 내일에 대한 기대가 없다. 뒤의 내용이 궁금하지 않은 책을 억지로 한 장 한 장 넘기고 있는 것처럼 지난했다.

이 정도의 감정이었던가? 이렇게 짙은 후유증이 남도록 그 여자가 박혀 있었던가?

스스로가 생각하기에도 의아할 정도였다.

그러나 그것이 사실이었다. 마치 중독자와 같았다.

무언가에 중독된 사람은 자신이 의존해 왔던 것을 끊어야 하는 순간이 오면 필연적으로 그 이전과는 비교도 할 수 없게 그 대상을 갈망하게 된다. 금연을 다짐한 사람에게 숨 쉬는 매 순간 담배가 간절한 것과 같은 이치다.

원이 그랬다. 숨 쉬는 매 순간 그녀가 간절했다. 어떤 매개체 없이도 줄곧 그런 상태였으니, 설주를 연상시키게 하는 작은 계기라도 맞닥뜨리는 날이면 원은 완전히 붕괴되고는 하였다.

이를테면, 모나리자가 그려진 케이스를 끼운 핸드폰을 봤다든지, '빨간 머리 앤'이라는 간판을 단 옷 가게 앞을 지날 때라든지.

남들이 들으면 비웃을 만한 일에도 원은 쉽게 동요했다.

그렇게 계절이 가고 해가 바뀌기를 반복했다. 시간으로도 결코 매몰되지 않는 여자의 환영에 혹독하게 학습되면서.

그렇게 5년 후, 그녀는 느닷없는 소식으로 그를 찾아왔다.

두 사람이 이미 2년 전 이혼하고 부부 생활을 정리했다는 늦은 기사였다. 사유는 성격 차이로, 원만한 합의 끝에 각자 서로의 길을 가기로 결정했다는 것이었다.

그러나 앞선 기사를 비웃듯, 며칠 후 또 다른 기사가 꼬리를 물고 인터넷을 휩쓸었다.

하준재에게 사실혼 관계의 동거녀가 있고 그 사이에 네 살짜리 아이가 존재한다는 내용이었다. 흐릿하게 모자이크 처리 된 사진 아래 '화경건설 하준재 전무의 동거녀 S 양'이라는 부제가 달려 있었다.

원은 직감적으로 사진 속 인물이 연수임을 깨달았다. 잘 살라고, 자신도 잘 살 거라고 했던 그 서연수였다.

기어이. 네가, 기어이.

원은 피부가 짓무르도록 마른세수를 하며 상대에게 닿지도 못할 욕을 퍼부었다.

설주를 향한 걱정으로 인한 불면과 섭식 장애는 결국 만성이 되었다. 정신 차리라는 말을 듣는 건 이골이 날 정도였다.

그럴 수밖에 없었다. 먼 이국 어딘가에 있는 여자는 행방조차 묘연했으니까.

어제를 사는 건지, 오늘을 사는 건지, 내일을 사는 건지 분간할 수 없을 정도로 하루하루가 매일 엉망이었다.

그렇게 꼬박 다시 2년이었다.

영원히 끝나지 않을 것 같은 기다림으로 황폐해진 세계에, 마침내 여자가 자박자박 걸어와 다시 꽃을 피웠다.

여름의 끝에서 겨울까지

#1

— 승객 여러분. 저희 비행기는 목적지인 인천국제공항에 도착하였습니다. 여러분의 안전을 위하여 비행기가 완전히 멈추고 안전벨트 사인이 꺼진 후…….

여객기는 미세한 진동과 함께 활주로 위에서 서서히 움직이고 있었다. 설주는 조그마한 창을 통해 뿌연 안개에 둘러싸인 공항의 모습을 응시했다.

무려 7년 만의 귀국이었다. 그러나 인천의 하늘은 출국하던 날과 다름없이 비구름으로 덮여 있었다. 마치 시간을 통째로 비껴간 듯, 7년 전의 것과 데칼코마니처럼 닮은 하늘이었다.

설주는 거울을 꺼내 자신의 얼굴을 들여다보았다. 장시간의 비행으로 얼굴이 약간 부어 있었으나 그녀가 확인하려는 것은 눈가에 자연스럽게 녹아든 시간의 흔적이었다.

거울 속에는 풋풋함 대신 완연한 성숙미가 자리 잡은 삼십 대 초반

여성의 얼굴이 긴장한 듯 두 눈을 깜빡이고 있다.

설주는 거울 든 손을 내리며 싱겁게 웃었다.

떠날 때와 똑같은 계절, 똑같은 하늘 때문인지 어쩌면 거울에 비치는 게 스물다섯의 윤설주일지도 모른다는 엉뚱한 생각이 들었기 때문이다. 두고 온 사랑 때문에 이륙하는 비행기 안에서 성마르게 등 뒤를 훔쳐보던, 그 철모르고 가엾던 여자 말이다.

이제는 오래된 친구처럼 느껴질 만큼 익숙한 편두통이 어김없이 그녀를 급습했다. 설주는 미간을 좁히며 가방을 뒤져 자그마한 약통과 생수 하나를 꺼냈다.

타이레놀 한 알을 입에 털어 넣으며 관자놀이를 문지른다. 옆자리에 앉은 노신사가 걱정스러운 시선을 보냈다.

설주는 괜찮다는 듯 희미하게 웃어 보였다. 그야말로, 순수한 두통이었다. 온갖 검사 끝에 결국은 '원인 불명'이라는 수식어를 갖게 된.

그러나 설주는 최첨단 의료 기기와 숙련된 의사도 잡아내지 못한 제 편두통의 원인이 무언지 알고 있었다.

그 남자.

그 이름 한번 불러 보지 못한 남자 때문이다.

7년 전, 그녀를 버렸고, 그녀가 버린 그를 떠올릴 때마다 설주는 어김없이 두개골이 깨질 듯한 통증에 시달렸다. 그가 남긴 유일한 흔적인지도 모르겠다.

설주는 끓어오르는 원망을 이기지 못하고 새하얀 약통을 노려보았다. 그래도 최근에는 약을 먹는 횟수가 많이 줄었었는데.

역시, 돌아오지 말았어야 했어.

한숨을 쉬며 후회해 보아야 이미 늦은 일이었다. 머리 위 좌석 벨트 사인이 꺼지기가 무섭게 자리에서 일어나는 사람들 사이에 섞여 그녀 역시 내키지 않는 걸음을 내디뎠다.

◇　◇　◇

숙소에 짐을 풀자마자 핸드폰이 울렸다.

전화를 걸어 온 사람은 그녀가 한국행 비행기에 오르는 데 지대한 영향을 끼친 자였다. 그러므로 전화를 받는 설주의 음성은 다소 뾰족했다.

「왜?」

— 잘 도착했어, 베이비?

「그래, 불행하게도.」

— 이런. 여전히 나한테 화가 나 있는 것 같은데?

「정확히 맞췄어. 그거 알아? 내가 영어를 배울 때 저지른 가장 큰 실수는 비속어를 따로 공부하지 않았다는 거야. 쓸 일이 없을 줄 알았거든.」

롭의 호탕한 웃음소리가 귓가를 때렸다. 그러나 찌푸린 설주의 표정은 펴질 줄을 몰랐다.

싸한 분위기가 열여섯 시간의 시차를 건너 전해진 것인지 롭이 황급히 웃음을 갈무리했다.

— 대체 왜 싫다는 거야? 이번에야말로 그 묵힌 양말 냄새가 나는 수프를 마음껏 먹을 수 있게 됐는데.

롭은 정말이지 한국어를 익히는 데엔 천부적인 얼간이였다. 된장찌개라는 단어를 어림잡아 백 번은 알려 준 것 같은데 여전히 제대로 발음하지도, 기억하지도 못했다.

덕분에 알고 지낸 지 4년이 넘었음에도 롭이 기억하는 한국어란 '예뻐'와 '사랑해' 뿐이다. 그마저도 형편없는 발음이지만.

어쨌거나, 롭 덕분에 잊고 있던 허기가 슬슬 밀려오기 시작했다. 움직임이 자유롭지 않은 기내에서 뭔가를 먹으면 속이 부대끼기 일쑤라

기내식도 물린 설주였다.

롭에 대한 원망은 다음으로 미루고 밥부터 먹어야겠다.

「된장찌개를 눈치 안 보고 먹을 수 있는 것만 **빼면** 하나도 좋은 게 없어서 싫어. 그러니까, 이제부터 난 그 유일하게 좋은 걸 하러 나갈 거야.」

— 좋아. 마음껏 즐기도록 해. 내가 보고 싶어도 좀 참고. 우리는 2주 후 한국에서 재회할 테니까.

「글쎄. 한국에서 보게 될지, 밴쿠버에서 보게 될지는 그때가 되어 봐야 알겠지.」

— 그렇게 말하지 마, 주. 나는 널 믿고 있으니까.

롭이 낑낑거리며 애교스럽게 말했다.

저놈의 믿는다는 소리. 그게 부담감과 책임감을 주기 위한 입바른 소리에 지나지 않는다는 걸 알면서도 설주의 어깨는 납덩이라도 매단 듯 무거워졌다.

그녀는 어영부영 롭과의 통화를 마치고 지갑과 핸드폰만 챙긴 채 게스트 하우스를 나섰다.

숙소가 종로에 위치한 탓에 눈 돌리는 곳마다 죄 음식점이다. 대충 아무 곳에나 들어가 롭에게 예고한 대로 된장찌개를 주문해 먹었다.

정말이지 이거 하난 맘에 드네. 설주의 입가가 비스듬히 올라갔다.

해외에서는 한식당을 가야 겨우 먹을 수 있는 게 이 된장찌개다. 구수한 국물이 가진 냄새의 파급력은 그야말로 어마어마해서, 설주는 이웃에 사는 꼬장꼬장한 백인 노인의 항의를 받은 이후로는 다신 집에서 요리하기를 시도하지 않았다.

"아. 살 것 같다."

흡족함에 절로 콧노래가 나왔다.

설주는 밥 한 공기를 다 비우고서 식당을 나섰다.

지표면을 지글지글 데우는 복사열이 기다렸다는 듯 그녀를 덮쳤다. 소름이 와르르 돋을 만큼 에어컨 바람이 센 곳에 있었기 때문인지 숨이 턱 막히는 기분이다. 어딘가로 피신하지 않고는 못 배길 지독한 더위였다.

그녀는 주변을 두리번거리다 막 한 커플이 팔짱을 끼고 나오는 건물 안으로 숨어들었다.

커피숍인 줄 알았는데, 작은 갤러리다. 어쨌거나 시원하다는 점에서는 합격이다. 설주는 오랜만의 여유를 즐기며 갤러리 내부를 둘러보았다.

서른 개 남짓한 작품이 딱히 공통된 주제도 없이 무질서하게 공간을 차지하고 있었다. 설주는 저라면 어떻게 배치했을까 상상하며 벽을 따라 걸음을 옮겼다.

대부분은 그녀의 흥미를 잡아끌지 못했다. 그러니 점점 느려지는 걸음이 작품을 감상하기 위한 이유는 아니었다.

'이거 갖고 싶어?'

'사 줄까?'

내내 입술만 뚫어지게 보아서 얼굴을 달아오르게 만들었던 남자의 열없는 음성.

그녀는 관자놀이를 짚으며 입술을 말아 물었다. 약통을 가지고 왔어야 했는데……. 핸드폰과 지갑만 달랑 들고 나온 스스로의 부주의함이 한심하다.

'빈번이'와 '이따금' 그 중간쯤의 빈도로 남자는 설주의 의식 속으로 찾아들었다. 늘 통증을 동반한 채.

그녀로서는 억울한 일이었다. 그가 저지른 잘못에 자신이 이렇게 오래도록 아픔에 허덕여야 한다는 것이.

분하고 기가 막혔다. 거짓으로 점철된 시절을 그리움으로 기억하는 스스로에게 넌덜머리가 났다. 하물며 부처도 이토록 관대하지는 않겠다고 스스로를 힐난하여도 효과는 늘 순간에 그쳤다.

'설마, 3억?'

휘둥그렇게 뜬 눈을 비비던 남자의 이미지가 어제도 본 듯 익숙하다. 질림조의 목소리 역시.

설주는 두통을 몰아내려 애쓰며 힘없이 웃었다.

그래서 그는 어떻게 되었을까? 3억 원이라는 돈을 받고 나서.

놀랐을까. 화가 났을까. 아니면 혹시 기뻐했을까.

남자에게 건넨 돈은 애초 도피를 목적으로 모은 비자금의 일부였다. 얼마간은 빼앗기고, 또 얼마간은 은행에 반환하고 나니 남은 금액이 3억 원 그쯤이었다.

그녀에게는 더 이상 쓸모가 없어진 돈이었으므로 그대로 수중에 쥐고 있다 어머니의 계좌에 편입되게 두느니, 그에게 주는 편이 더 낫다고 생각되었다. 그녀에게는 차고 넘치는 것 중 하나였고, 그에겐 언제나 부족했던 것이었기 때문에.

그러니 그녀가 그에게 '하필' 3억 원을 준 데에는 어떤 악의도, 교활함도 없었다.

그러나 가끔 설주는 궁금했다. 그가 봉투 안에 든 것이 3억 원이라는 것을 알고, 그날을 연상했을지.

기분이 달다던 그날을. 누군가에 의해 진짜 이름으로 불리고 마구 성을 내던 날을. 머리끝부터 발끝까지 제 모든 게 다 그녀의 것이라고, 그러니 버리지 말라며 살을 맞대던 순간을.

떠오른다면, 그 감상은 어떠할지도 알고 싶었다.

저처럼 이렇게 아플지. 허전할지. 서러울지. 그리울지. 7년의 공백이 지워진 것처럼 생생하게 사무치는지.

"잘 지내려나……."

한국행 비행기에 오르며 그와 마주치는 일은 없게 해 달라고 빌었지만, 어쩌면 한 번쯤은 괜찮을지도 모르겠다. 만나는 것은 말고, 먼발치에서 스치듯이 그렇게.

잘 살고 있는지. 아직도 그렇게 가슴 떨리게 웃는지 알고 싶었다.

그러면 울고 매달리던 모습이 더 이상 마지막 기억이 아닐 테니까. 그 후엔 정말 아프지 않을지도 모르니까.

어쩌면 자신이 그의 인생을 만신창이로 만들었을지 모른다는, 그 오만한 착각에서 비롯된 죄책감으로부터 완전히 해방될 수 있을지도 모르니까.

그래. 딱 한 번쯤.

입술을 말아 물며 설주는 조용히 그렇게 중얼거렸다.

◇　◇　◇

그녀는 그야말로 문전박대를 당했다.

예상은 했지만 노인은 완고했다. 낯선 이방인의 방문에 떨떠름했던 얼굴은 '영화'라는 말을 듣자마자 붉으락푸르락하더니 급기야 작대기를 집어 들고 그녀를 밖으로 몰아내었다.

설주는 한숨을 쉬며 마치 군사 분계선의 철조망처럼 위협적으로 높게 둘러친 펜스를 올려다보았다. 그 안의 비현실적으로 아름다운 숲과는 반대로 펜스 바깥쪽에는 대략 이십 보마다 삭막한 경고문이 붙어 있었다.

〈사유지 무단 침입 시 고발 조치 함.〉

딱 그 주인만큼이나 융통성이라곤 없는 문구였다.

설주는 무릎을 굽히고 앉아 작대기에 스친 복숭아뼈를 살폈다.

큰 상처는 아니었지만 피가 스멀스멀 배어 나오는 살갗을 들여다보며 그녀는 롭을 향해 모든 원망을 돌렸다.

사건의 발단은 '죽기 전에 꼭 가 봐야 할 비밀스러운 장소 Top 10'이라는 제목의 30분짜리 영상에서 비롯되었다.

이 넓고 넓은 세상에 그토록 많은 명소를 제쳐 두고 강원도 산간의 2층짜리 목조 저택과 저택을 둘러싼 자작나무 숲을 선택한 제작자의 안목은 그야말로 나무랄 데가 없었다. 설주 역시 영상 속 풍경에 압도되었으니까. 고발 조치 될 것을 감수하고 제작자가 몰래 펜스를 넘어 촬영한 숲은 신비롭고 우아하기까지 했다.

그러나 영상을 본 롭이 다음 영화는 반드시 여기서 촬영해야겠다고 선언한 이후로, 설주에게 그 영상은 재앙이 되고 말았다.

미술팀인 그녀가 장소 섭외를 위해 이곳에 오게 된 경위는 싱거울 정도로 간단했다. '롭 켄트렐 사단'의 유일한 한국인이라는 이유에서다. 더불어 롭의 무한 신임까지.

당장 오늘 저녁에도 롭으로부터 전화가 걸려 올 텐데, 뭐라고 해야 하나. 작대기에 얻어맞고 쫓겨났다고?

익숙하지 않은 산길을 비틀비틀 걸어 내려가며 설주는 한숨을 푹푹 내쉬었다.

비보를 전해 들은 롭의 반응은 그래도 여전히 희망적이었다.

— 주, 우리에게는 2주나 되는 시간이 있다고!

그 말로 이쯤에서 그만 포기하자는 말을 원천 봉쇄 하고 나섰다.

「정확히는 2주가 아니고 12일 남은 겁니다, 감독님. 그리고 나는 그 12일 동안 매일 등산을 하게 생겼고.」

— 잘됐네. 이참에 체력 단련 좀 해. 주, 넌 정말이지 너무 허약해.

그의 얄미운 대꾸에 이가 갈렸다.

작품에 미친 인간 같으니.

롭은 그녀가 매일 등반해야 하는 것이 히말라야라도 '난 널 믿는다.' 따위의 말로 그녀의 노동력을 야금야금 착취할 인간이다.

설주는 땀으로 범벅이 된 몸을 씻어 낸 후 뒤늦게 저녁을 고민했다.

더워서 입맛이 없었지만 아침에 김밥 한 줄을 챙겨 먹은 이후 내내 빈속이었으므로 뭐라도 요기를 해야 했다. 한여름에 왕복 네 시간짜리 산행을 2주 연속하려면 죽지 않기 위해서라도 먹어야 하는 것이다.

설주는 인터넷으로 근처 맛집을 검색했다. 오늘 아침, 서울에서 춘천의 한 호텔로 숙소를 옮겼기 때문에 역시나 닭갈비가 주메뉴인 식당들이 리스트를 차지했다.

그러나 호텔 밖으로 나서자마자 기다렸다는 듯 맨살에 진득하게 달라붙는 습기에 따뜻한 음식은 쳐다보기도 싫었다.

그녀가 고른 메뉴는 물냉면.

은쟁반에 딸려 나온 가위로 면을 열십자로 자른 후 겨자 두 바퀴, 식초 두 바퀴를 둘렀다. 이렇게 먹는 법은 남자에게 배운 것이다.

그를 알기 전까지, 그녀에게 냉면은 선호하는 음식이 아니었다.

'식혀 먹을 필요 없으니까 얼른 해치우기 좋잖아. 일할 때는 냉면만 한 게 없어. 최대 속도로 먹으면 5분도 안 걸리거든.'

저녁으로 뭘 먹었느냐고 물으면 십중팔구는 냉면이라고 대답하기에 한번은 그렇게 냉면이 맛있느냐고 물었다. 돌아온 대답이 예상과 달라 당황하는 그녀에게 그는 히죽 웃으며 농담을 던졌었다.

'노동자를 위해 신이 내린 음식이지.' 라고.

그녀가 경험해 본 적 없는 일들이 일상다반사로 일어나던 삶이, 지금은 좀 바뀌었을까.

어느새 국물만 남은 냉면 그릇을 내려다보며 설주는 한참이나 그렇게 앉아 있었다.

"저, 손님. 죄송하지만 식사 다 하셨으면 그릇 정리 좀 해도 될까요? 오늘따라 대기 손님이 많아서……."

"네? 아, 네. 지금 일어나려던 참이었어요. 죄송합니다."

설주는 자리에서 벌떡 일어났다. 종업원이 다가와 말을 건네지 않았다면 한 시간이고 두 시간이고 코라도 박을 것처럼 냉면 국물만 들여다보고 있었을 거라 생각하니, 낯이 화끈거렸다.

절로 혀가 차졌다. 원래도 잊을 만하면 찾아와 그녀를 들쑤셨던 기억들이었지만, 이렇게 일상을 침해하는 수준이 된다면 곤란했다.

한국이기 때문이야. 여긴 너무, 그를 떠올리게 하는 것들이 많으니까.

그렇게 자위했다가 오싹 소름이 돋았다. 그러면 앞으로 열흘이 넘는 시간 동안 매일 이런 상태로 지내야 하는 걸까.

멍했다가, 울었다가, 웃었다가, 두통약을 입안에 털어 넣는 꼬라지라니. 정신병자가 따로 없잖아.

안 되겠다, 정말.

숙소로 돌아가던 설주는 방향을 바꿔 시외버스 터미널로 향했다. 조금은 욱하고 충동적인 마음으로 한 시간에 한 대꼴로 있는 서울행 버스 티켓을 샀다.

여전히 그가 그곳에 있을지는 미지수다. 아니, 냉정히 생각하면 그 반대일 확률이 월등히 높았다.

7년이다. 자그마치 7년.

그동안 그녀는 18개 도시를 거쳤다. 사랑이라고 하기엔 어딘가 엉성한 짧은 연애도 두 번이나 했다.

그러니 그 역시 변했을 것이다. 무언가를 얻고, 또 어떤 것은 놓기도 하면서.

설주는 그가 기꺼이 놓아 버린 것에 제가 포함되어 있을 가능성에 대해 생각했다. 제가 아프다고, 그 역시 아플 것이라는 섣부른 낙관 따위는 하지 않았다.

아니, 그건 낙관이 아니다. 공멸이지. 내가 아픈 만큼 너도 아파야지, 하는 유치한 억하심정으로 그를 찾아가는 것이 아니었다.

해가 떨어지기 시작할 때쯤에야 그녀는 낯선 거리에 섰다.

분위기 있는 인테리어가 돋보이는 카페와 펍이 길을 사이에 두고 경쟁하듯 늘어서 있었다.

어쩌면 이미 다른 가게가 들어섰을지 모른다고 생각했던 것은 기우였다. 설주는 어렵지 않게 목적지를 찾아냈다. 웅장하고 고급스러운 외관 때문에 놓치려야 놓칠 수 없었기 때문이다.

끊임없이 밀려들어 오는 고급 외제차들 덕분에 발레파킹을 하는 직원의 수만 얼추 다섯이다. 생각지도 못한 규모에 어쩐지 주춤하는 기색으로 눈을 굴리는데, 그중 하나와 시선이 마주쳤다.

'Valet'이라는 글자가 형광으로 빛나는 조끼를 입은 남자가 별안간 귀신이라도 본 듯 대경실색했다.

아는 얼굴인가 했지만 그건 아니었다. 뭐에 그리 놀란 건지 가늠이 안 되어서 자꾸 흘끔거리는 시선에 불편함만 가중되었다.

무턱대고 여길 온 것부터가 그리 현명한 생각은 아니었다고 그녀는 뒤늦게 후회했다.

가게 안으로 들어가 대놓고 그를 찾을 용기도 없지만, 근처에 죽치고 앉아 그가 나타나기만을 하염없이 기다릴 만큼 미련스럽지도 않다.

발끝에 힘을 주었다. 피하는 것은 어렵지 않은 일이었다.

그때도, 그러니까 7년 전에도 그렇게 울며 매달리는 남자를 벌레 취급 하며 떼어 내지 않았던가.

설주는 눈을 질끈 감고 몸을 돌려 걸었다. 하지만 늪 위를 걷는 것 처럼 안간힘을 써야만 하는 걸음이었다.

그러나 어느 순간 시야가 멋대로 빙글, 하더니 눈앞에 그가 있다.

자비 없는 손아귀에 잡힌 팔뚝은 부서질 듯 아프고, 이마 위로는 남자의 가쁜 숨이 흩어졌다.

할 말을 잃고 올려다보기만 했다. 눈 한 번 깜빡이지 않고 직시해 오는 남자의 눈에 서서히 물기가 어렸다. 일그러진 얼굴이 금방이라도 울음을 쏟아 낼 듯하더니.

"밥은…… 먹었어?"

마치 어제 헤어졌던 사람에게 인사하는 것처럼, 앙상하게 웃었다.

#2

그렇게 남자가 물어 와서, 어땠더라.

밥을 먹고 와서 다행이라고 생각했었나. 아니면 밥을 먹지 말고 올 걸, 하고 아쉬워했었나.

마음을 제대로 들여다볼 겨를도 없이, 갑작스러운 상황에 놀라서 그저 대답하기에 급급했다. 먹었다고 하자 그는 급격히 어두워진 안색으로 안절부절못했다.

팔을 으스러뜨릴 듯 쥐던 악력은 곧 사라졌지만, 대신 어깨에 메고 있던 가방끈이 붙들렸다. 얼핏 범죄자의 도주를 감시하는 사람 같기도 하고, 시장통에서 엄마를 잃어버릴까 봐 치맛단을 잡고 걷는 아이 같기도 한 모양새다.

"저기……."

"그럼 커피 마실래? 생크림 케이크 좋아하잖아. 이 옆에 케이크 맛있는 집 있어. 같이 가자. 응?"

어째서 그런 자질구레한 것들을 남자가 여태 기억하고 있는지 의외였다가, 냉면 먹다 넋이 나갔던 저도 그와 별반 다르지 않다는 것을 깨달았다.

대체 뭐 하고 있는 건가 싶어 저도 모르게 조소가 흘러나왔다.

7년 동안 그 어떤 교류도 없었다는 사실을 잊은 듯 행동하는 남자에게는 미안하지만, 그녀에게 생크림 케이크는 이미 철 지난 기호 음식이었다.

나이가 들면 입맛도 변한다는 말이 설주에게도 예외는 아니었다.

캐러멜이나 시럽에 적신 도넛 같은 다디단 디저트를 밥 대신 먹을 정도로 좋아했던 적도 분명 있었던 것 같은데, 언제부터인가 '달다'는 '느끼하다'가 되었다.

설주는 그런 저를 되돌아보며 남자를 바라보았다. 그 역시 허겁지겁 냉면을 들이켜야만 하는 생활에서 벗어난 것처럼 보였다.

"아, 일하다 나와서. 옷이 좀 보기 그렇지?"

검은색 와이셔츠에 검은색 슈트, 역시나 검은 구두까지.

거기에 재킷까지 걸친 모양새가 아무래도 몸이 바쁜 일을 할 것 같지 않았다. 시상식 레드카펫에서나 어울릴 것 같은 복장이었다.

그러나 설주는 아무것도 묻지 않았다. 어떻게 사는지 보려고 했고, 잘 살고 있는 걸 봤으니 됐다.

"그만 들어가."

"어? 커피는……."

"괜찮아. 일하던 중에 나왔다면서. 얼른……."

"아니야. 상관없어. 지금 한가한 시간이라."

눈에 훤히 보이는 거짓말이다. 그의 어깨 너머로 보이는 주차 요원들은 여전히 눈코 뜰 새 없이 바쁘게 움직이고 있었다.

설주는 보란 듯 그의 등 뒤를 향해 턱짓했다. 남자가 뒤를 돌아보더니 이내 미간에 깊게 주름을 잡았다.

돌아간 얼굴, 그의 턱선이 유난히 도드라졌다. 소년과 청년이 혼재되어 있던 얼굴에 날카로운 인상이 더해졌다.

"아, 그게……. 가게는 바쁜데, 난 한가해. 정말이야."

그러나 곧 들려오는 어리숙한 변명은 냉정한 얼굴과 퍽 이질의 것이었다. 그 괴리가 그에겐 참 잘 어울렸다.

그때도 그랬었다. 뭐든지 아귀가 맞지 않는 것투성이인 남자였다.

객관을 잃지 않은 눈으로 첫사랑을 말하고, 어린아이 다루듯 하지 말라고 신경질을 내면서도 손으로 머리카락을 쓸어 주면 긴장하던 남자였다.

맑은 수채화 물감에 여러 겹 둘러싸인 듯 불투명한 사람. 가늠할 수 없는 사람.

우아함은 콘트라스트의 미묘함에서 시작된다던 한 여성 화가의 말처럼, 설주는 그의 불분명함에 매료되었었다. 일목요연하지 않은 행동들의 반복이 호기심을 불러일으켰고, 그를 신비롭게 보이도록 만들었으니까.

그래. 그 호기심이 문제였다.

'아무래도 상관없어.' 라는 말을 입버릇처럼 달고 살면서도, 위태롭게 흔들리는 눈동자로 결핍을 호소하는 남자. 그를 조금 더 알고 싶다는 욕심, 그 욕심 말이다.

"잠깐이라도 좋아. 커피 한잔 마실 시간 정도만이라도."

7년 전 그 호텔에서만큼이나 그는 처절하고 비굴해 보였다.

마음이 시큰거렸다. 이런 모습을 보고 싶었던 것은 아니었다. 마주치는 상황 역시 바란 적이 없었다.

이번에도 욕심이 모든 걸 망쳐 버렸다. 그녀가 버린 남자가 잘 살고 있는지 궁금했던 이기적인 호기심. 그 호기심 때문에 이번에도 남자는 학대당하는 아이처럼 겁먹은 눈을 하고 있는 것이다.

남자가 연약하게 굴 때면 설주는 그가 한없이 가엾고 안타깝고, 다시 사랑하고 싶은 충동을 느꼈다. 그러니 이런 만남은 위험하다.

바보 같은 짓이다. 여전히 신뢰할 수 없는 남자를 믿고 싶어진다는 것은. 결코 순수하지 않은 남자를 세상에서 가장 순수한 감정으로 대하고 싶어진다는 것은.

"지나는 길이었어."

"설주야……."

"그러니까 그냥 지나가게 둬."

설주는 그가 잡고 있는 가방끈을 잡아당겼다. 그러나 헐겁게 말려 있던 남자의 손이 절대 놓지 않겠다는 듯 넝쿨처럼 질기게 엉겨 왔다.

가방끈으로 길 한복판에서 그와 줄다리기라도 해야 하는 건가. 그녀가 한숨을 쉬며 시선을 들어 올렸다.

"그럼, 바래다줄게."

"괜찮아."

"내가 그러고 싶어서 그래."

"싫어. 불편해."

야멸찰 정도로 딱 잘라 거절하는 말에 그는 잠시 말문이 막힌 듯 황망한 얼굴을 했다.

그녀는 다시 가방끈을 잡아당겼다. 그러나 역시, 꿈쩍도 하지 않는다.

"바래다만 줄게."

"방금 내 말 못 들었어? 불편……."

"닥치고 조용히 운전만 할게. 쳐다보지도 말라고 하면 그것도 그렇게 할게."

"……."

"바래다주기만 할게. 정말 아무것도 안 하고, 바래다주는 것만……."

이를 악문 듯 뭉개진 단어들이 몇 번이나 반복되었다. 힘을 잔뜩 준 눈이 꼭 노려보는 것 같았다.

설주는 가방끈을 쥔 손을 힘없이 떨어뜨렸다.

설주는 아이들이 울음을 참을 때 보이는 일련의 징표들에 대해서 알고 있다.

어린 목에 힘을 주느라 웅얼거리는 발음, 위로 솟은 어깨와 뼈가 희게 드러날 정도로 세게 쥔 주먹, 붉어진 얼굴, 부릅뜬 눈과 같은 것들 말이다.

그런 상태의 아이에게는 어쩔 수 없이 말랑한 음성이 튀어 나간다. 결코 비정해질 수 없다. 시원하게 울어 버리는 쪽보다, 꾸역꾸역 눈물을 삼키는 아이 쪽이 언제나 마음을 더 아프게 하는 법이었다.

물론 그는 아이가 아니다. 장신의 키와 서늘한 마스크 어디에서도 아이다운 느낌은 찾아볼 수 없다.

그러나 그래서 더 마음이 물러졌다. 완벽한 성인 남성의 얼굴이 아이의 것처럼 유약해 보였기 때문에.

차창 밖으로 네온사인과 가로등 불빛이 어지럽게 지나갔다. 느리게나마 바뀌는 풍경이 아니었더라면 그녀는 차가 움직이고 있는지 의심했을 것이다. 신호와 규정 속도를 벗어나는 일이 없는 남자의 검은 세단은 안정적인 동시에 무척 조심스러웠다.

그는 조금의 흐트러짐도 없이 매우 곧은 자세로 운전에 몰두해 있었다.

쳐다보지도 않겠다는 말이 진심이었는지, 그는 사이드 미러를 확인할 때를 빼고는 조수석 쪽으로 눈길도 주지 않았다. 조용히 가겠다는 말도 마찬가지. 행선지를 물을 때 말고, 그는 대화를 이어 나가려는 어떤 시도도 하지 않았다.

'어디로 가면 돼?'
'근처 가까운 지하철역에……'
'그러니까, 어디.'

그 지하철을 타고 가려는 곳이 어디냐고 또 한 번 또박또박 묻고는 그가 길게 한숨을 내쉬었다.

'내가 너한테 얼마나 불편한 사람인지 더 확인시켜 주지 않아도 돼. 이미 충분히 잘 알겠으니까.'

이제 와 그토록 상처받은 얼굴을 해 봤자 아무 소용 없다고 생각하면서도, 설주는 결국 백기를 들 듯 토설했다.

'숙소가 속초라 그래. 정 그러면 버스 터미널로 데려다줘.'

불빛이 그림자를 남기며 지나갈 때마다 검은 차창에 남자의 옆얼굴이 비쳤다.

도드라진 눈썹 뼈와 콧날이 눈가에 짙은 그늘을 만들었다. 길고 시원하게 트인 눈매에도 불구하고 남자의 눈을 보면 늘 '슬픔'이란 단어가 먼저 떠오르는 것은 그 때문이었다. 지독하게 아름답고 슬픈 눈이다.

그 눈이 오로지 저만 좇을 때도 있었다. 정말이지 사랑에 빠졌다고밖에 할 수 없는 눈동자를 그렸던 순간들이 많았다.

변화는 선명했다.

딴청을 피우거나, 핸드폰을 보고 있거나, 그도 아니면 자고 있는 모습들. 측면이 대부분이었던 그의 초상화는 어느새 정면을 그린 것들로 바뀌었다.

빤히 쳐다보며 웃던 눈.

등을 돌리고 있어도 언제나 그의 시선이 따라붙는 것이 느껴졌었다. 손이 떨려 그림을 그려 나가기 힘들 정도로 물끄러미 쳐다볼 때가 많았다.

오히려 관찰당하는 것은 그녀 쪽이 된 것처럼, 남자는 눈으로 샅샅이 그녀를 어루만졌다. 그러다 이따금 못 견디겠다는 듯 일어나 입을 맞추고 늑골을 부수고 들어올 듯 품을 파고들기 일쑤였다.

그런 식으로, 사랑받고 있다고 확신할 수밖에 없도록 만들어 놓고…….

설주는 눈을 느리게 감았다 떴다. 각막 위에 덧씌워진 기억이 밀려 사라지도록.

그러다 눈을 떴을 때 시야에 보인 것은 '서울'이라고 적힌 톨게이트였다.

"어디 가는 거야?"

"속초라면서."

"그래서 터미널로…….”

"이 시간에 버스가 어디 있어."

"늦게까지 있는 거 확인했어. 심야도 있고."

"위험해."

그가 독선적으로 뇌까렸다. 이미 톨게이트는 등 뒤로 사라졌다. 설주는 반항기 어린 음성으로 쏘아붙였다.

"내가 어디서 지내는지, 네가 아는 거 싫어."

빠드득. 가죽을 덧댄 핸들이 그의 손아귀 안에서 거칠게 문대어졌
다.

"내가 찾아갈까 봐?"

"그래."

"네가 알려 주지 않아도 찾으려면 충분히 찾아. 서울도 아니고 속
초. 거기 뒤지는 거 하루면 충분해."

"그래서. 그렇게 하겠단 소리야?"

"안 해."

씹어뱉듯 투박한 대꾸가 돌아왔다.

정말일까, 미심쩍어하는 그녀의 속을 다 읽어 내리는 사람처럼 통명
스러운 목소리가 이어졌다.

"7년이잖아. 7년이나 우리……. 윤설주는 윤설주대로, 나는 나대로
상관없이 살았잖아."

말하는 중간 그가 아차 하며 미간을 우그러뜨렸다.

설주의 표정 역시 비슷했다. 7년 만에 그에게 듣는 '우리'라는 단어
가 어색하고, 또 그만큼 거리감이 느껴져서 무감한 가면을 유지하기 어
려웠다.

"이제 와 뭘 해."

"……."

"이제 와 뭘 하겠느냐고, 내가."

밥 먹자. 차라도 마시자. 그렇게 붙잡고 놓아주지 않았던 사람이 맞
는지 의심스러울 정도로 그가 돌변해 말했다.

"나도 생각이라는 게 있는데 모르겠어? 해서 될 일, 죽어라 해도 안
될 일. 그 정도는 구별할 수 있어. 나한테 너, 죽어라 해도 안 되는 사

람 된 지 오래야. 아니, 애초에 나 같은 게 넘볼 수 있는 상대가 아니었지."

그가 자조했다.

죽어라 해도 안 되는 사람. 설주는 남자의 말을 곱씹어 생각했다.

7년 전 그때, 그는 그런 마음이었던 걸까. '죽어라' 라는 건 대체 얼마만큼의 절박함을 표현하는 말일까.

"……S호텔이야."

입을 열면 계획에도 없던 질문이, 원망이, 한탄이 쏟아져 나올 것 같아서 그 말을 끝으로 눈을 감아 버렸다.

그의 차는 평일 밤의 고속 도로를 시원하게 달렸다. 춘천 시내에 들어선 차가 신호에 걸려 멈췄다.

붉은색 신호가 이지러져 보인다.

설주는 설마 하는 불안함과 함께 제 눈가를 더듬었다. 다행히 젖어 가는 것은 그녀의 얼굴이 아니라 창밖의 세상이었다. 안개처럼 흩날리던 물방울이 폭우로 변하는 것은 순식간이었다.

"우산 안 가지고 왔지?"

그가 누그러진 목소리로 물었다.

운전석 쪽을 돌아보자, 남자는 그녀 쪽으로 틀고 있던 고개를 황급히 돌려 앞 유리에 얼굴을 바짝 들이댔다. 구멍이라도 뚫린 것처럼 비를 퍼붓는 시커먼 하늘을 올려다보면서 그가 걱정스럽게 중얼거렸다.

"엄청 쏟아지네……."

한 치 앞도 가늠하기 어려울 정도로 내리는 비 때문에 그때부터 차는 기어가다시피 했다. 그는 로비 앞이 아니라 굳이 호텔 뒤편의 야외 주차장으로 차를 몰았다.

투두둑, 투둑.

엔진이 꺼지자 빗소리가 더욱 요란하게 들렸다.

"지금 내리면 옷 다 버릴 텐데. 10분만 더 있다 내려."

"괜찮아."

"5분만. 5분만 더. 이거 소나기야. 조금 있으면 잦아들 거야."

"됐어. 겨우 몇 걸음인데 뭘."

"그럼 잠깐만 기다려."

운전석 문이 먼저 열리고, 뒤이어 조수석 문이 열렸다.

불과 몇 초 사이 흠뻑 젖어 버린 남자가 재킷을 머리 위로 펼친 채 서 있었다. 팔을 당기는 힘에 어찌해 볼 겨를도 없이 설주는 그 품에 안겨 걸었다.

숨이 찼다. 정말이지, 불과 몇 걸음이었는데.

호텔 뒷문에 도착하자마자 설주가 팽개치듯 그를 밀어 냈다. 우산 대신이었던 재킷이 벌어진 틈 사이로 툭 떨어졌다.

그녀는 남자의 얼굴을 올려다보았다. 그가 7년 전 그때처럼 상처받은 얼굴을 하고 있진 않을까 했던 것은 기우였다.

빗물을 턱 끝으로 뚝뚝 흘리며, 그는 오히려 그녀를 달래듯 웃었다. '괜찮아.' 라고 말하는 미소였다.

그게 오히려 더 견디기 힘들었다. 상처를 주고도 도리어 위로를 받는 것 같은 상황이.

"덕분에 편하게 잘 왔어. 그만 들어가 볼게. 조심히 가."

그녀가 졸아든 목소리로 어수선하게 작별을 고하고 등을 돌리던 순간이었다.

"저기…… . 고마워."

시끄러운 빗소리가 차라리 다행스러웠다.

"모르는 척하지 않아 줘서."

끊어질 듯 말 듯, 가까스로 닿아 오는 떨리는 목소리를 못 들은 척

할 수 있어서.

◇ ◇ ◇

"또 오면 그때는 똥물을 갖다 퍼부어 버릴 줄 알어!"

쾅.

거대한 철문이 눈앞에서 또 한 번 세게 닫혔다. 오늘로 벌써 세 번째 문전박대였다.

볼 때마다 느끼는 거지만, 저 무거운 철문을 한 손으로 쾅쾅 닫는 것을 보면 결코 예사 노인은 아니다.

젊었을 적 힘깨나 쓰는 일을 했을 게 분명해. 어쩌면 씨름이나 역도 선수였을지도 모르지.

하긴, 누구의 도움도 없이 혼자 힘으로 2층짜리 집을 지은 것부터가 보통에서 한참 벗어나 있질 않은가.

"그나저나, 진심이신 것 같은데……."

설주는 흠뻑 젖어 버린 운동화를 벗어 들었다. 거꾸로 뒤집자 안에 고여 있던 물이 주르륵 흘렀다.

첫날은 작대기에 얻어맞고, 둘째 날은 소금 세례, 그리고 오늘은 노인이 어제 예고한 대로 물벼락이 쏟아졌다. 그러니 내일은 정말 오물을 뒤집어쓰게 될지도.

으으. 그건 정말 상상만 해도 끔찍한데.

설주는 몸을 부르르 떨며 소름이 돋은 팔을 쓸어내렸다.

오늘에야말로 정말 사표를 담보로 롭과 협상해야 할지도 모르겠다. 지금 심정으로는 '나야 촬영이야, 선택해.' 그런 유치한 대사를 서슴없이 날릴 수도 있을 것 같다.

그러나 아마 롭은 콧방귀도 뀌지 않을 것이다. 그녀는 언제든, 누구로든 대체 가능한 인력인 반면, 그는 전 세계의 영화인이 주목하는 젊고 천재적인 감독이니까.

새삼 을의 서러움에 대해 곱씹으며 하산하는 길은 유난히 추웠다.

기분 탓인가 했더니 그게 아니라 정말 감기가 찾아온 모양이었다. 볕도 들지 않는 빽빽한 숲길을 쫄딱 젖은 채로 헤맸으니 무리도 아니었다.

호텔에 도착한 그녀는 곧장 이불 속으로 파고들어 으슬으슬한 몸을 세게 껴안았다.

조금 더 세게. 조금 더.

그러나 아무리 힘을 주어도 원하는 만큼 따뜻하지도 단단하지도 않아서, 서글퍼졌다.

언제였더라.

눈을 감고 고열에 몸을 내맡긴 채 언젠가 꼭 지금 같던 날을 떠올렸다.

체했던가, 몸살이었나, 그도 아니면 생리통이었나.

원인은 기억나지 않았다. 그저 날이 아주 푹푹 찌던 날이었는데, 최악의 컨디션으로 작업실에 처박혀 있던 날이었다.

몸이 아플 때면 으레 그랬듯이 혼자였다. 어릴 때 생긴 습관이었다.

그녀가 아프면 어머니는 짜증이 늘었다. 꼬박꼬박 주는 월급이 얼만데 어째서 애 하나 제대로 간수를 못 하냐고, 어머니는 그녀가 병치레할 때마다 보모를 향해 화살을 돌렸다.

보모가 머리를 조아리며 어쩔 줄 몰라 하면 설주는 그게 꼭 제 탓같았다. 아픈 게 꼭 잘못인 것처럼 느껴져서, 앓을 때면 구석으로 파고들었다.

혼자인 게 편했다. 제가 아픈 걸 아무도 모르는 게 차라리 나았다.

그런데 그 남자가 왔다. 누에가 고치를 짓듯 이불을 둘둘 말고 스스로의 열에 데워지는데, 그 사이로 서늘한 손이 불쑥 들어왔다.

'왜 그래. 어디 아파?'
'열나잖아!'
'바보야? 아프면 병원엘 가야지 왜 여기서 혼자 이러고 있어!'

길길이 화를 내는 모습에, 왈칵 눈물이 났다.
서러워서. 아픈 것도 서러운데, 왜 다들 화를 낼까.
아파서 제정신이 아닌 머리로 어린아이나 할 법한 일차원적 생각에
빠져서 훌쩍훌쩍 꼴사납게 울었었다.
저리 가. 꼴도 보기 싫어. 나가. 광증에 걸린 사람처럼 허우적거리는
팔을 그가 그러쥐었다.

'미, 미안. 미안해. 화낸 거 아니야. 걱정이 돼서 그래. 열이 너무
많이 나잖아. 어디가 아픈 거야, 응?'
'어지러워? 목말라? 물 줄까?'
'안아 달라고?'
'더? 이렇게?'
'왜 이렇게 말랐냐. 부러지겠다.'

철이라는 게 든 후, 처음으로 누군가의 옆에서 마음껏 아파 보았다.
단단히 붙들어 주는 팔이, 가물가물한 시야를 채우는 찡그린 얼굴
이, 설익은 쌀알이 부표처럼 둥둥 떠 있는 죽이, 눈물 나게 좋았다.
"……등신."
쇳소리가 성대를 긁으며 튀어나왔다. 몸을 돌려 눕자 눈물이 관자놀
이를 타고 미끄러졌다.

어째서 자라지 못한 걸까. 7년이나 지났는데. 어째서 여전히 이렇게 바보같이 덜떨어지고 물러 터져서는······.

모른 척하지 않아 고맙다는 그 말에 이렇게 마음이 미어지는지.

나쁘고 독하고 교활한 남자였다. 이제 와 뭘 하겠느냐고 해 놓곤 10분만 더, 5분만 더, 하며 아쉬운 듯 붙잡아 머릿속을 혼란스럽게 만드는 남자.

겁이 났다. 그런 사람에게 다시 흔들릴까 봐.

눈물 때문에 더 이상 남자에 대한 생각을 할 수 없을 정도로 열이 오르기 시작했다. 지금이라도 약국에 들러 해열제를 사 먹어야 할는지도 모른다.

그러나 설주는 이내 포기하고 눈을 감아 버렸다. 아픈 것은 매한가지이므로, 밤새 그를 앓는 것보다 차라리 신열에 시달리는 것이 나았다.

#3

　잠에 취해 몇 번인가 시계를 확인 할 때마다 시침은 '2' 언저리였다. 비슷한 모양을 한 시계를 세 번인가 목격했으니 적어도 이십사 시간은 훌쩍 지난 것이다.

　아파서라고는 해도, 꿈도 없는 잠을 실로 오랜만에 잤다.

　몇 번인가 핸드폰이 울었던 것 같기도 했으나 설주는 손가락 하나 까딱할 수 없었다. 어차피 그녀에게 전화를 해 올 사람이란 롭이거나, 롭과 관련된 사람이거나 둘 중 하나였다.

　어쨌거나 핸드폰의 진동은 무시할 수 있는 수준이었다. 그러나 멈추지 않고 울리는 차임벨 소리는 달랐다.

　설주는 결국 무거운 눈꺼풀을 들어 올렸다.

　눈을 뜨긴 했지만 꼼짝도 못 하고 누운 채 머리를 두 손으로 감쌌다. 두개골 안을 누군가 사포로 긁어내는 것처럼 두통이 심했다.

　호텔 직원의 다급한 목소리가 몇 번 그녀를 부르더니 허락도 없이 문이 열렸다. 낯선 얼굴이 자신을 걱정스럽게 들여다보던 기억을 끝으로 설주는 졸도하듯 의식을 놓아 버렸다.

◇　◇　◇

온몸이 찼다. 온몸이 찬데, 이상하게도 손끝만 따뜻해서, 갓난아이가 젖내를 쫓아 고개를 돌리듯 설주는 자신의 손을 감싼 온기에 이끌렸다. 그 따스함을 놓칠세라 꽉 쥐고 품 안으로 끌어당겨 낮아진 체온을 덥혔다.

그러니까, 본능이었다.

그러나 아무리 살기 위해서라고 해도…… 싫다. 내가 매달린 온기가 이 남자의 것이라니.

"너 추워서 그런 거야."

눈을 떠 보니 그의 팔 한쪽을 죽부인처럼 꼭 끌어안고 있는 꼴이었다.

"추워서 그런 거니까 괜찮아. 딴생각 안 해."

화끈거리는 속내를 다 읽은 것처럼, 자신이 할 말이 그의 입에서 대신 흘러나왔다.

팔을 탁 놓자 그가 멋쩍은 듯 웃었다. 어째서 여기 있느냐는 물음을 던지려는데, 남자가 한발 빨랐다.

"급성 편도염이래."

편도염?

"목이 엄청 아팠을 거라는데, 그걸 그냥 참았어? 열이 39도까지 올랐던 건 알아?"

그가 자신의 손등을 이마에 살짝 댔다. 털어 버리려고 팔을 들어 올리는데 그가 먼저 손을 거뒀다.

자꾸 타이밍을 놓치는 것이 제가 아파 굼뜬 탓인지, 그가 민첩한 탓인지 알 수 없었다. 어쨌거나 굳이 묻지 않아도 그가 자신의 상태를 술술 말해 주는 것은 퍽 편리했다. 물론 대부분은 타박조이긴 했다.

"열이 그렇게까지 오르면 도와 달라고 했어야지. 호텔 직원이라든지, 하다못해 119라도 부르든지."

"……."

"발목은 접질린 거야? 다쳤으면 바로 병원에 가야지 그렇게 방치하다 큰일 나. 인대가 좀 늘어났다는데, 당분간은 무리하게 움직이면 안 된대."

뜻 모를 소리에 설주는 이불을 들춰 제 몸을 훑었다. 오른쪽 발목이 붕대로 둘둘 감겨 있었다.

마지막으로 산에서 내려올 때 다리를 삐끗했던 것이 기억났다. 전신에 근육통이 느껴지던 참이라 발목만 특별히 아프다는 생각을 못 했었다.

"네 몸에 왜 이렇게 무심해."

그가 바람이 들어가지 못하도록 이불을 다시 꼼꼼히 여미며 중얼거렸다.

"파상풍인가 뭔가. 상처 그거, 작다고 우습게 보다 죽을 수도 있다고 나한테 그래 놓고서는."

언제 적 얘기를…….

"어디서 어떻게 지내든, 그래도 아프면 재깍재깍 병원은 가겠구나."

"……."

"그거 하나 안심하고 지냈는데."

그가 침대 옆 보호자용 의자에 털썩 앉으며 침잠한 눈으로 응시해 왔다. 눈 아래가 거뭇했다. 며칠 전 보았을 때보다 얼굴이 가칫하게 말라 있었다.

잘난 얼굴에 드리운 수척함이 저와는 무관하겠지, 하면서도 마음이 무거워서 설주는 불퉁스레 쏘아붙였다.

"너한테 내 걱정 부탁한 적 없어. 그런 말로 괜한 부채감 느끼게 하지 마."

"……목 안 말라? 물 마실래?"

남자가 화급히 화제를 돌렸다. 설주는 아무 대꾸도 하지 않았지만 그는 어느새 물병과 컵을 들고 침대맡에 서 있었다.

쪼르륵. 물 따르는 소리가 들리자 뒤늦게 타는 듯한 갈증이 밀려왔다. 설주는 그가 입에 빨대를 물려 주는 대로 얌전히 따랐다.

"천천히 마셔. 천천히."

애 다루듯 어르는 말투가 적잖이 거슬려 설주는 인상을 쓰고 남자를 노려보았다. 하지만 그는 조금도 개의치 않고 빨대를 뱉어 내는 그녀에게 '다 마셨네. 잘했어.' 하고 칭찬까지 하는 것이었다.

걱정 따위 네 몫이 아니라는 말에 뺨이라도 맞은 듯 처량한 얼굴을 했던 사람은 온데간데없었다.

"그런데 왜 여기 있는 거야. 어떻게 알고."

빨대와 컵을 정리하던 남자의 등이 흠칫 긴장했다. 뒷목이 빳빳이 굳는 것이 눈에 확연히 보일 정도였다.

"묻잖아. 어떻게 여기 있는 거냐니까?"

"안 알려 줄래."

"뭐?"

"화낼 것 같아. 윤설주 화내는 거 무서워서 싫어."

그가 의자에 앉아 이를 드러내며 뻔뻔하게 웃었다. 대놓고 배짱이라 어이가 없어 말이 나오질 않았다.

"졸리다."

졸리다고?

"빵 하나 사 먹었더니 배불러서 그런가."

이쪽의 황당함은 제 알 바 아니라는 듯, 남자는 긴 몸을 구부정하게 접어 침대 가장자리에 얼굴을 누였다.

가로로 긴 눈꺼풀이 위아래로 끔뻑끔뻑. 이미 반쯤 수마에 사로잡힌 눈동자가 그녀를 향해 고정되어 있었다.

"그거 알아?"

선정적일 정도로 나른한 시선을 하고서 그가 물었다.

"잘 때 내 욕 하더라."

"내가? 그럴 리가……."

"정말이야. 나쁜 놈, 나쁜 새끼, 나쁜 자식. 막 그랬어."

그가 한쪽 입꼬리를 느슨하게 올리며 눈을 감았다.

"할 줄 아는 욕이 그거밖에 없어서 어떡하냐."

"……."

"나 같은 놈은 그 정도론 눈 하나 깜짝 안 한다니까."

새근새근 편안한 숨소리. 일을 마치고 바로 온 것인지 반쯤 풀어 헐거워진 넥타이를 목에 달랑거리는 채로 매단 남자는 깊이 잠들었다.

무슨 좋은 꿈을 꾸는지 희미하게 웃는 얼굴이었다.

이렇게 또, 한참을 바라보게 만드는.

"……나쁜 놈."

"그만 와."

"안 지겨워? 같은 소리 반복하는 거?"

그가 침대 위에 만화책을 우르르 쏟으며 피식 웃었다.

이게 다 몇 권이야. 설주가 입을 떡 벌리고 바라보자 그가 득의양양하게 가슴을 폈다.

"로맨스. 무협. 스릴러. 공포. 다 있어. 같이 보자."

"뭘 이렇게 많이……."

다 보려면 보름 정도는 입원해 있어야 할 것 같다. 그가 그중 하나를 집어 그녀의 무릎 위에 놓았다.

"이거 재밌어 보이네. 아. 여기 샤워실 있지?"

"샤워실은 왜?"

"좀 씻겨 주게."

"누구…… 나?"

"그럼 누구겠어?"

"나 혼자 못 씻을 정도로 아프지 않아. 오늘 아침에도 머리 감았어."

"거짓말."

그가 눈을 가느스름하게 뜨고 흘겨보았다.

정말인데! 설주가 억울함에 항의하는 눈동자로 호소하자 그가 팔짱을 끼고 그녀를 위아래로 훑어보았다.

"어디 봐, 그럼."

"뭐, 보, 보긴 뭘 봐?"

엑스 자로 교차한 팔이 저도 모르게 가슴께를 가렸다. 사이즈가 커서 헐렁한 환자복이 오늘따라 유난히 신경 쓰였다. 설주는 나무토막처럼 굳어서 흘끔흘끔 그의 눈치를 보았다.

그때, 그가 커다란 손을 그녀에게 뻗었다.

잔뜩 긴장해 버리고 만다.

이제 스킨십이 자연스러운 관계도 아니고, 아무렴 그가 병원에서 낯뜨거운 짓을 벌일 리는 없다고 생각하면서도 눈을 질끈 감게 되는 것이다.

"그러네, 진짜. 샴푸 냄새 나네."

남자의 손이 뒤통수를 감싼다. 그가 오뚝한 코끝으로 장난스럽게 머리카락을 헤집었다.

순식간에 다가왔다 순식간에 멀어진다.

설주는 어안이 벙벙한 채로 그를 올려다보았다.

"대체 무슨 상상을 한 거야?"

그가 여전히 가슴 앞에 꼬여 있는 팔을 두고 빙글거리며 놀려 댔다.

상상은 무슨 상상! 설주는 발끈하며 휙 드러누워 이불을 뒤집어썼다. 쿵쿵거리는 소음이 이불 안에 가득했다. 키득거리는 웃음소리가 옅게 흘러들었다.

"나 좀 씻고 올게. 땀을 좀 흘렸더니 냄새나는 것 같네."

운동이라도 하고 온 건가. 설주는 아무런 대꾸도 하지 않고 이불 안에 박혀 있었다. 뚜벅거리는 그의 발소리가 점점 멀어졌다.

설주는 그제야 이불 밖으로 얼굴을 내밀었다. 머리카락 사이에 아직도 그의 코와 입술이 묻어 있는 것 같아서, 손을 들어 마구 머리를 쓸어내렸다.

◇　◇　◇

의료진의 처치에도 불구하고 열이 약 올리듯 오르락내리락했다. 제때 치료하지 않고 방치한 탓이었다.

내리 자는 동안 본의 아니게 쫄쫄 굶어 학대하는 바람에 위장은 보란 듯 파업 선언. 미음조차 소화시키는 것이 수월하지 않았다.

똑똑똑 규칙적으로 떨어지는 수액을 올려다보며 그녀는 한숨을 길게 내뱉었다. 아프다고 해서 마음 편히 쉴 수도 없는 노릇이다.

그냥 적당히 퇴원하고 싶은데. 산장에도 가 봐야 하고. 벌써 닷새나 그냥 날려 먹었잖아.

입원까지 했다는 말에 롭은 그녀가 아픈 것이 저 때문인 양 안절부절 어쩔 줄을 몰랐다.

— 주. 괜찮아. 일에 대해서는 걱정하지 마. 처음부터 무리한 부탁이었어. 당장 못 가서 미안해. 퇴원하면 바로 돌아와. 2주까지 있을 필요 없으니까.

「포기하겠다는 거야? 그곳에서 꼭 촬영하고 싶다고…….」

— 널 그렇게 힘들게 하면서까지 고집할 정도로, 꼭 거기여야만 하는 건 아니야.

「그런 말, 늦었다고 생각 안 해? 내가 얼마나 고생할지 다 알고 보낸 거였으면서.」

— 그래서 지금 참회 중이야. 퇴원하면 돌아와. 보고 싶어.

롭이 물기가 느껴지는 음성으로 말했다. 꼭 그 산장이 아니어도 된다는 말의 진정성이 심히 의심스러웠지만, 이번 것은 진짜였다. 설주는 맥없이 고개를 끄덕였다.

「그래. 돌아갈게.」

그래도 돌아갈 곳이, 자신을 기다려 주는 누군가가 존재한다는 사실이 위로가 되었다.

이혼 후 꽤 오랫동안 마구잡이로, 발길 닿는 대로 여기저기를 쏘다니던 때가 있었다. 자의 반, 타의 반으로 무국적인이나 다름없는 생활을 했다.

세간에 알려진 '성격 차이'라는 이혼 사유는 사실 아주 미화된 것이었다. 기사가 그 정도 선에 그치기까지 어머니가 언론사에 로비한 금액이 얼마일지, 설주는 짐작조차 할 수 없었다.

'마약이라니? 마약이라니! 술에, 남자에, 이젠 하다 하다 네가 별 짓을!'

뺨을 올려 치던 어머니의 모습을 떠올리면, 지금도 짜릿했다. 그 고상한 얼굴이 흉하게 일그러질 때 설주가 느꼈던 건 분명 쾌감이었다.

'네가 일부러 이러는 거 모를 것 같아? 그래도 정도를 지켰어야지! 반항도 반항 나름이지, 이게 뭐 하는 짓거리야!'

물론 정말 마약에 손을 댄 것은 아니었다. 신분을 감추지 않고 마약 구매에 힘쓴 것은 사실이지만.

재벌가 자제의 마약 스캔들은 순식간에 찌라시가 되어 한국에 떠돌았다.

그녀의 집안은 물론이고, 시댁, 그러니까 하준재의 집안에서도 소식을 듣고 길길이 날뛰었다. 소문이 기사화되면 두 기업 모두에 치명타가될 것은 불 보듯 뻔한 상황.

'이렇게 버려지니 어때. 속이 시원하니?'

'진작 버려 주시지 그랬어요, 어머니. 제가 이렇게까지 망가지기전에요.'

'……한심한 것.'

결국 그녀는 완전히 도려내어졌다. 염증이 퍼져 한쪽 팔을 전부 절단해야 하는 지경이 되기 전에, 썩어 들어가는 손가락을 잘라 내듯이.

그 과정에서 이혼은 필연적이었다. 혼자 남은 그녀는 어디에도 속하지 못했다. 속할 필요도 없어졌다. 더 이상 누구도 그녀를 원하지 않았으니까.

그즈음, 설주의 피붙이들은 그녀를 '실패작'으로 규정했다. 재활용조차 불가능한 쓰레기로 분류된 것이다.

그토록 원했던 자유였다. 그런데도, '자유'보다 '혼자'라는 단어가 가슴에 더 사무쳤다. 너무 외로워서 스스로의 변덕스러움을 탓할 여유조차 없었다.

누군가가 필요했다. 함께 밥을 먹고, 영화를 보고, 산책을 가고. 그런 일상을 전부 함께해 주진 않아도…… 적어도, 그녀의 별것 없는 일상이 무사한지 물어 줄 사람이.

정처 없이 떠도는 와중에도 더러 친구는 생겼다. 그리고 그중 두 명과는 어설픈 연인으로 발전하기도 했다.

오래가지는 못했다. 애인을 대하는 그녀의 태도를 향한 롭의 역설 때문이었다.

「사랑하는 거랑, 사랑하려고 노력하는 거랑은 다른 거야. 그걸 혼동하면 안 돼.」

무엇이 다르지?

처음엔 고개를 갸웃했다. 그러나 머잖아, 그녀는 자신이 누구라도 사랑하기 위해 필사적으로 스스로에게 거짓말을 일삼고 있다는 것을 깨달았다.

전혀 설레지 않고, 만남이 기다려지지 않는 자격 미달의 연애.

외롭지 않은 상태였다면 결코 인연이 되지 않았을 사람들이었다. 뒷담화를 즐긴다든지, 은연중에 인종 차별적인 발언을 흘린다든지, 잘 모르는 타인을 제멋대로 재단해 평가하는 단점 따위를 무시하려고 안간힘을 썼다.

오히려 그런 것쯤은 어떤 장애도 되지 않을 만큼 그들을 좋아한다고 스스로를 속였다. 사랑하려고 부단히 노력하느라.

"아직 저녁 안 나왔지? 죽 사 왔는데 이거 먹어. 간호사 선생님한테 허락도 받았어."

그게 바로 이 남자 때문이라는 것을, 부정할 수가 없다.

오늘도 남자에게서는 희미한 땀 냄새가 났다. 듣자 하니 운동을 하루라도 거르면 몸이 찌뿌둥하다고 했다.

빤히 바라보자 그가 티셔츠의 네크라인을 쭉 당겨 킁킁 냄새를 맡았다. 티셔츠가 딸려 올라가 마르고 탄탄한 복근이 드러났다.

그러나 설주의 시선은 다른 곳에 가 있었다.

"냄새 많이 나? 너 저녁 먹는 거 보고 씻으려고 했는데, 지금 씻고 올까?"

"얼굴이 왜 그래?"

"얼굴? 왜? 뭐 묻었어?"

그가 고개를 갸웃거리며 두 뺨을 문질렀다. 설주는 미간을 좁히며 그의 손을 끌어 내렸다.

"상처를 그렇게 세게 만지면 어떻게 해. 다시 피 나잖아."

"피?"

그가 놀라서 눈을 동그랗게 떴다. 설주는 거울을 찾아 내밀었다. 어디에 거하게 쓸렸는지, 오른쪽 턱과 귀 사이에 빨간 빗금이 여러 개였다.

"어, 이거 뭐지?"

"대체 무슨 운동을 하기에 매일 그렇게 한 군데씩 다쳐 와?"

"이야. 드디어 나한테 궁금한 게 생긴 거야?"

질문에 대답은 하지 않고 그가 입술을 헤벌쭉 찢었다. 그러다 문득 쓰라린지 눈가를 찡긋거렸다.

어제는 손톱에 시퍼렇게 멍이 들어 오더니, 오늘은 그 잘난 얼굴에 흠집을 내 오다니.

끌끌 혀를 차는 그녀에게 그가 부랴부랴 포장해 온 죽을 내밀며 딴청을 부렸다.

"환자가 먹을 거라고 해서 좀 싱거울지도 몰라. 그래도 약이라고 생각하고 먹어. 퇴원하면 그땐 정말 맛있는 거 사 줄게."

남자가 꾸역꾸역 숟가락을 쥐여 주었다. 큼지막한 전복 살이 올라간 죽에서 김이 올라왔다. 멍하게 쳐다만 보는 그녀가 답답했는지, 그가 숟가락을 도로 빼앗아 갔다.

"먹여 달라는 거지? 좋아. 나 그런 거 해 보고 싶었어. 자, 아— 해."

아무런 대꾸가 없어도 그는 혼자 능청스럽게 잘도 주절거렸다. 입술을 다물고 뚱한 얼굴로 응시하는 그녀에게 그가 다시 '아' 하고 입을 크게 벌렸다.

설주는 한숨 끝에 말문을 열었다.

"나 퇴원하……."

"어, 묻었다."

그 틈을 기다렸다는 듯 뜨끈한 죽이 입안으로 밀려든다. 그가 내미는 것을 받아먹으려고 벌린 입이 아니라 입가가 온통 죽으로 범벅이 됐다.

그가 키득 웃고는 손가락으로 그녀의 입가를 훑었다. 죽이 희게 묻어난 검지가 남자의 입술 사이로 사라졌다. 쪼옥, 하고.

"이상하다."

얼굴이 붉게.

"죽이 왜 달지?"

달아올랐다.

"도, 돌아갈 거야. 퇴원하면."

눈을 접어 가며 웃는 남자가 심장을 쿵쿵, 사정없이 때려서 설주는 황급히 가슴을 웅송그렸다.

"돌아가? 어디로?"

"원래 있던 곳으로."

혼자인 것이 익숙한, 내 안전한 삶으로.

"왜?"

그의 얼굴에서 거짓말처럼 웃음기가 걷혔다.

"아직 2주 안 지났는데."

무서울 정도로 일그러진 얼굴이었다. 설주는 당황한 기색을 숨기지 못하고 되물었다.

"어떻게 알아?"

"2주 예약했다고 들었어. 호텔 직원한테."

그런 거 막, 함부로 알려 주지 않을 텐데.

그러나 곰곰이 생각해 보면 그에게 그쯤은 누워서 떡 먹기인지도 모른다. 7년 전 유니폼을 입고 보란 듯 가드를 속여 호텔 방에 찾아왔던 남자가 아닌가.

불현듯 떠오르는 아픈 잔상. 설주는 머릿속에 떠도는 생각을 거름망 없이 그대로 뱉어 냈다.

"죄책감 때문에 이래?"

"뭐?"

"내가 언제 떠나는지, 그런 걸 왜 묻고 다녀?"

그가 난데없이 뺨이라도 얻어맞은 듯 억울한 표정으로 입술을 사려 물었다.

"나 더 이상 너한테 줄 거 없어. 네가 빼앗을 만한 거, 아무것도……."

"죄책감? 들지. 당연히 그래야지."

"그럴 필요……."

"넌 아냐?"

"무슨 소리야?"

"죄책감. 너도, 느껴야 하는 거 아니냐고."

그의 턱이 불룩 솟았다. 도드라진 눈썹 뼈에 유난히 깊어 보이는 눈이 그녀를 노려보았다.

"나, 엄청 힘들었어."

"……."

"정말, 진짜 많이."

"……."

"자업자득. 인과응보. 그딴 거 다 개소리로 들릴 만큼, 끔찍하게 비참했다고."

구겨진 미간을 펴려는 듯 손끝으로 문지르던 그가 고개를 떨어뜨리며 길게 한숨을 내뱉었다. 그러더니 다시 입꼬리를 끌어 올려 눈을 맞춰 왔다.

"네가 잘못했다는 말 아니야. 나라도 그렇게 했을 거야. 나 같은 놈, 나라도……."

말문이 막힌 듯 입술만 덧없이 벙긋거린다. 죽 그릇을 들고 자리에서 일어서는 그의 모습은 회피에 가까웠다.

"다 식었다. 데워 올게."

설주는 스스로를 보호하듯 구부린 무릎을 품 안으로 바싹 끌어당겨 안았다.

그가 빠져나간 병실이 휑했다.

허전함이, 적막함이, 밀물처럼 발끝을 적셨다.

그가 다시 이렇게 만들었다. 무감해지기 위해 7년을 몸부림쳤던 감정을 고작 이 며칠로, 그가.

#4

"체온도 안정적이고, 염증도 많이 가라앉았고⋯⋯."

오전 회진을 위해 병실을 찾아온 담당의의 말에 설주는 귀를 쫑긋 세웠다. 두 손까지 꼭 맞잡은 모습이 먹이를 기다리는 토끼 같다.

의사가 피식 웃음을 터뜨리며 말을 맺었다.

"좋습니다. 퇴원하셔도 되겠네요."

"아⋯⋯ 정말요?"

머리를 갸웃 기울이게 만드는 반응이었다.

경과를 더 지켜봐야 한다는 말을 전할 때마다 늘어난 출소일에 절망하는 듯한 수감자의 얼굴을 할 때는 언제고, 막상 퇴원이라고 하니 왜 아쉬운 표정을 짓는 건지.

그새 병원에 정이라도 들었나? 알 수 없는 노릇이다.

"약 처방해 드릴 테니까 잘 챙겨 드시고, 무엇보다 절대 안정, 아시죠? 운동 같은 건 당분간 자제하시고요. 잘못 관리하면 다음번엔 정말 통깁스 해야 해요."

무기력하게 고개를 끄덕이는 환자를 뒤로하고 의사는 간호사에게 이런저런 지시를 내린 후 훌쩍 사라졌다.

설주는 주삿바늘이 내내 꽂혀 있던, 이제는 파란 멍이 희미하게 남은 손등을 가만가만 매만졌다.

시선이 자꾸 닫힌 문을 향했다.

오늘도 그는 저녁 시간 때쯤 오겠지. 밤에 일하는 남자니 아마 낮에는 자고, 출근하기 전에 들르는 것이리라.

'퇴원 수속은 12시 이후부터 가능해요. 혹시 점심 취소하실 거면 최소한 11시 전까진 알려 주시고요.'

혈압을 재러 온 간호사가 일러 준 말이 떠올랐다.

그게, 그러니까…….

그가 모르게 퇴원할 수 있다는 말로 들렸다.

퇴원을 하고 호텔로 가서 곧장 짐을 찾아 공항으로 향하면 어떨까. 그가 병원으로 찾아와 빈 침상을 발견할 때쯤이면, 그녀는 출국 수속 카운터를 지나고 있을 것이다.

설주는 핸드폰을 열어 밴쿠버로 향하는 항공권을 검색했다. 남은 좌석이 있을까, 하는 염려가 무색하게도 당장 오늘 밤 10시 비행기가 예약 가능 상태였다.

그녀는 못 볼 것을 본 사람처럼 황급히 액정을 꺼 버렸다.

뭘 고민하는 거야.

스스로를 엄하게 다그쳐도 문드러진 마음은 좀처럼 단단해지지 않는다.

끔찍하게, 비참했다.

둘 중 하나의 단어만 썼다면 이렇게 불편한 기분이 들지는 않았으리라. 이토록 걱정스럽지도 않았을 것이다.

인사도 없이 사라져 버려도 괜찮을까.

죽어도 안 될 사람. 어차피 끝난 인연. 그는 그런 말로 자위하며 쉽게 체념하고 잊을까. 아니면…….

아무 결정도 내리지 못한 채 우물쭈물하다가 시간을 다 흘려보냈다. 결국은 병원 밥으로 점심까지 해결하고 2시가 넘어서야 간호 스테이션으로 향했다.

"저 지금 퇴원하려고 하는데요."

"지금요? 보호자분 안 기다리시고요?"

"아, 보호자 없어요. 저 혼자예요."

"음? 그럼 그 남자 친구분은요?"

갓 대학을 졸업했을 것 같은 앳된 간호사가 애교스럽게 웃었다.

남자 친구라니, 그를 두고 말하는 게 분명했다.

당황한 설주는 안중에도 없이 함께 근무를 서던 간호사 둘이 그녀의 앞으로 모여 재잘대기 시작했다.

"아니 어쩜 그렇게 자상하세요? 그 비주얼에 성격까지 좋은 건 진짜 반칙 아니에요?"

"매일 병문안 오실 때마다 저희 간식까지 챙겨 주시고……. 요즘 그런 분들이 흔치 않거든요."

최근엔 집에 들어가 남편 얼굴을 보면 괜히 짜증이 난다는 우스갯소리. 서로 나이트 근무 서겠다고 간호사들 사이에 눈치 싸움이 대단했다는 농담.

결과적으로 그를 찬양하는 말들이 정신없이 귓가로 흘러들었다. 그런 간호사들에게 이제 와 남자 친구가 아니라고 하기도 민망해서 설주는 그냥 애매하게 웃어 버렸다.

수간호사의 호통이 울리고 나서야 마침내 수다가 중단되었다.

설주는 아직 붕대를 풀지 못한 오른쪽 발목을 끌고 느릿느릿 퇴원 수속을 마쳤다.

그래도 아직 두 시간이나 남았다. 남자가 오기까지.

더 기다릴 핑계도 없어져서 그녀는 소지품을 챙겨 병실을 나섰다. 저녁에 그가 병원으로 헛걸음한다면, 그건 그가 자신의 말을 듣지 않은 탓이다.

오지 말라고, 또 오면 병원을 옮기겠다고 진즉 협박까지 했지만 무시한 건 그다. 그러니까 내 잘못은 아니야. 내가 너무한 게, 아니라고.

병원 로비에 마련된 의자에 앉아 몇 번이나 엉덩이를 들썩거렸는지 모른다.

다리가 아파서 조금만 더. 머리가 어지러워서 조금만 더.

그러다 보니 두 시간이 훌쩍이었다.

"여기 있었네!"

거친 숨소리가 머리칼을 흔들어 고개를 드니 그가 있었다. 허리춤에 양손을 올린 채로 그가 숨을 고르며 밝게 웃었다.

"놀랐잖아. 병실에 갔는데 어떤 할머니가 침대에 누워 있어서."

"……밖에 너무 덥길래."

절대로, 기다린 건 아니고.

"해 지면 움직이려고."

절대로.

호텔로 데려다 달라고 했는데, 움직이는 차 안에서 깜빡 잠들었다

깼을 때는 웬 낯선 곳이었다.

레스토랑 주차장의 커다란 안내판을 발견하고 설주는 놀라서 고개를 돌렸다. 그러자 운전석에 앉아 잠이 든 그가 보였다.

설주는 저도 모르게 숨을 죽였다.

고단해 보이는 얼굴이었다. 근사하다느니, 멋지다느니 하는 감상보다도 눈 밑에 짙게 드리운 피로가 먼저 눈에 띄었다.

그리고 그 얼굴을 하염없이 바라보다가 문득 어떤 갑갑함을 느껴 시선을 아래로 내렸을 때야 깨달았다.

그에게 왼쪽 손이 잡혀 있다는 것을.

마디마디가 굵은 남자의 손이었다. 섬세하면서도 유들유들한 외모와는 달리 강퍅하게까지 느껴지는 손. 그 손이 올가미처럼 단단히 깍지 낀 채였다.

깨우게 되더라도 손을 빼는 게 나을 것 같았다. 이대로는, 아무래도, 너무…… 약해질 것 같아서.

"……."

그러나 잠든 사람의 것이라고는 할 수 없는 악력. 손을 비틀던 그녀가 결국 침묵을 깼다.

"안 자는 거 다 알아."

"……들켰네."

거짓말처럼 그가 눈을 반짝 떴다. 그러고도 막 잠에서 깬 사람처럼 태연히 기지개를 켰다.

"호텔로 데려다 달라고 했잖아."

"저녁은 먹어야지. 배 안고파? 난 엄청 고픈데."

"난 배 안……."

"같이 오고 싶었어, 여기."

말허리를 뎅강 자른 남자가 조수석의 벨트를 풀었다. 벨트가 짧아지며 가슴을 사선으로 그었다.

"다음번 데이트, 그게…… 7년이나 걸릴 줄 몰랐는데."

주차장 조명에 노랗게 물든 얼굴이 습관처럼 웃었다. 마치 그것 말고 다른 표정은 다 잊은 사람처럼.

"물론 이게 데이트라는 건 아니고."

금세 가벼워진 음성이었다. 그 허술한 연기에 그녀 역시 애써 순진하게 속았다.

◇　◇　◇

"맛있다. 그치?"

"실은 나도 여기 처음 와 봐."

"사장님이 소개해 줬던 곳인데, 뭐 여기서 소개팅을 하면 백전백승이라나."

"어쨌든, 여기서 만난 분이랑 결혼까지 하셨어. 프러포즈도 여기서 하고."

"만나고 결혼까지 네 달 걸렸나?"

"다들 너무 이르다고 말렸는데, 잘 살아. 벌써 애도 둘이나 있고."

"큰애가 딸, 둘째가 아들."

그는 말하고, 그녀는 일방적으로 듣기만 하는 그런 기이한 식사가 이어졌다.

딱히 경청하는 기색이 없어도 그는 무안해하지도 않고 잘도 떠들었다. 오히려 시간이 지날수록 불편해지는 것은 그녀뿐이다.

"그만해."

"어?"

"내가 알 필요 없는 얘기들. 네가 여기 몇 번 왔는지, 누가 여기서 프러포즈를 했는지 그런 거, 전혀 안 궁금하니까."

그가 조용히 나이프와 포크를 내려놓았다.

배가 고프다던 남자의 접시는 처음 서빙되었을 때와 별반 다르지 않았다. 끝없이 주절거리느라 정작 음식을 씹을 틈이 없었던 것이다.

"그럼 네 얘기 해 봐."

"무슨 얘길 해."

"그냥 아무 거나 다. 정말 쓸데없는 얘기라도 상관없으니까, 아무거나."

"……."

"옆집에서 키우는 강아지 얘기라도 좋아."

그가 팔꿈치로 테이블을 누르며 바짝 몸을 기울였다.

기대감이 어린 따뜻한 눈동자. 아무리 시시껄렁한 얘기를 해도 그는 흥미롭게 들어 줄 것만 같다.

설주는 냅킨을 들어 입가를 닦고 물을 한 모금 마셨다. 그의 시선이 집요하게 따라붙는 것이 느껴졌다.

"내가 너랑 하고 싶은 얘긴 단 하나야. 그러니까, 이번엔 제대로 대답해 줬으면 좋겠어."

본능적으로 불길함을 감지한 것인지 남자의 미간에 주름이 파였다.

"나한테 왜 이러는 거야."

"이러다니, 뭘?"

"왜 이렇게 친근하게 굴어. 다신 안 볼 것처럼 해 놓고 왜 자꾸 찾아와. 왜 이렇게 잘해 줘."

"그러면 안 되나? 그게 나빠?"

"나빠."

"어째서?"

선문답 같은 대화가 꼬리를 물고 이어졌다. 대체 뭐가 잘못된 건지 모르겠다는 표정을 하는 남자에게 설주는 되는대로 마구 소리치고 싶은 심정이었다.

왜 나쁘냐고?

네가 날 찾아올 거라고 생각하면 바보같이 기다리게 되니까!

자괴감이 들었다. 이 남자 때문에 얼마나 아팠었는지, 아니, 실은 현재 진행형인 그 통증이 무색하게 그로 인해 설레고, 잠을 설치고, 의심하고, 기대하는 스스로가 한심해서.

차마 입 밖으로 꺼낼 수 없는 감정이 혀끝을 맴돌았다.

대답을 기다리던 그가 재차 그녀를 몰아세웠다.

"잘해 주는 게 뭐 어때서. 맛있는 거 먹이고 싶고, 좋은 데 데려가고 싶고, 예쁜 거 보여 주고 싶고. 그게 도대체 뭐가 나빠."

"나빠."

"……."

"내가 불편해하는 거 뻔히 알면서 모르는 척, 네 멋대로 굴고 있잖아."

"불편해?"

"그래. 불편해. 아무것도 아닌 사이에, 이유도 없는 호의를 받는 거…… 부담스럽고 신경 쓰여."

큰맘 먹고 한 말에 그는 가볍게 웃으며 머리를 기울였다.

"다행이네. 불쾌가 아니고 불편이라."

내용과는 다르게 그는 꽤 까칠한 음성이었다. 그 모습이 못내 마음에 걸려 침묵하는 그녀를 향해 그가 말을 이었다.

"죄책감 때문이냐고 물었었지."

"……."

"그래. 맞아."

온몸의 맥이 일시에 탁 풀려 버린다. 그러고는 이내 울 것 같은 기분이 되어 버렸다.

더없이 명쾌하고 유일하게 납득할 수 있는 대답인데도 불구하고 어쩐지 실망이, 배신감이 밀려들었다.

무엇을 기대했어? 사랑이라도 한다는 말을 바랐어?

설주는 스스로를 신랄한 어조로 꾸짖었다. 그가 그런 대답을 한들, 어차피 믿어 줄 용기도 없는 주제에.

그가 그녀의 접시 위에 제 몫의 가니쉬를 덜어 주었다.

구운 아스파라거스였다. 그녀가 좋아하는.

경직된 표정을 추스르지 못하고 바라보니, 남자가 어깨를 으쓱이며 눈을 아래로 떨어뜨렸다.

"그럼 이제 문제없는 거지."

잠긴 목을 큼큼 헛기침으로 가다듬으며.

"이유가 생겼으니까."

그러곤 해치우듯 자르지 않은 스테이크 덩어리를 한입에 넣고 우적우적 씹었다.

물 한 모금 삼키지 않고 한참이나 그 큰 살코기를 넘기는 동안, 그는 몇 번이나 입술을 말아 물었다.

◇　◇　◇

호텔에 도착해 그녀가 제일 먼저 한 일은 그날 객실 문을 열었던 직원을 찾는 일이었다.

그 직원이 아니었다면 병이 더 악화되었을지도 모르는 일이라 감사 인사를 전하는 게 당연하다고 생각되었기 때문이다.

더불어 몇 가지 꼭 확인해야 할 것도 있었다.

"그런데, 그날 제 방에는 무슨 일로……."

"네? 아, 그거요? 그게 저기…… 계속 'Do Not Disturb' 사인이 걸려 있어서 혹시나 어디 불편하신 건가 하고요."

그래 봐야 이틀도 되지 않았는데.

완전히 의혹이 풀린 것은 아니었으나 설명에 딱히 토를 달기도 뭐하다. 설주는 떨떠름하게 고개를 끄덕인 후 질문을 이어 나갔다.

"병원에서 눈떠 보니까 아는 얼굴이 옆에 있더라고요. 제가 그 사람 번호를 가지고 있질 않아서 병원에서 연락했을 리는 없는데. 혹시 어떻게 된 일인지 아세요?"

"아, 그분이요? 제가 손님 쓰러지신 거 발견하고 병원으로 모시려고 하는데, 그분이 마침! 정말 딱 때맞춰 호텔에 찾아오신 거예요. 보호자라면서 동행하시겠다는데, 저희도 경황이 없고 해서요."

"제가 이 호텔 2주 예약한 것도 알고 있던데. 그건요?"

"……."

"투숙객 정보를 동의 없이 타인에게 발설하는 거, 충분히 문제 삼을 수도 있어요."

거짓말을 하려면 좀 더 요령 있게 했어야 맞다. 눈도 마주치지 못하고 미리 달달 외워 온 것처럼 속사포처럼 쏟아 내는 말에 좀처럼 신뢰가 가질 않았다.

게다가 병원에 있게 된 경위가 정말 우연에 의한 것이라면 그의 입에서 '네가 화낼 것 같아 알려 주기 싫다' 따위의 반응은 나오지 않았을 것이다.

설주는 이미 잔뜩 겁을 먹은 직원을 조금 더 엄하게 다그쳤다.

"너무 위험하다고 생각하지 않으세요? 그 사람이 스토커라든지, 제게 원한이 있는 사람이라든지. 그럴 가능성도 충분히 있는 거잖아요."

"아, 아니에요!"

"뭐가요?"

"네?"

"뭐가 아니란 거예요?"

모르쇠로 일관하던 직원이 결국 눈치를 보며 조심스럽게 물었다.

"남자 친구라고 하셨는데……. 아니에요?"

"아니에요."

일언지하에 부정하자 직원은 사색이 돼서 허리를 굽혀 죄송하다는 말을 반복했다. 사과를 받는 입장도 편치가 않아서 설주는 서둘러 만류했다.

이 건으로 호텔 측에 어떤 클레임도 제기하지 않겠다는 약속을 하고 나서야 직원은 울며 겨자 먹기로 실토하기 시작했다.

"남자 친구인데 연락이 안 된다고 하셔서, 처음에는 저도 절대 고객님 개인 정보는 알려 드릴 수 없다고 말씀드렸었어요. 그러니까…… 그분이, 저기……."

"편하게 말씀하세요."

"그, 결혼 준비하는 과정에서 약간 다툼이 있어서 홧김에 헤어지자고 했는데, 그 후로 연락이 안 되신다고……. 걱정되니까 객실 한 번만 확인해 달라고요. 그러면서 사진까지 보여 주시는 통에……."

"사진이요?"

"네. 폴라로이드 사진인데, 고객님께서 드레스 입고 찍으신 거였어요. 제가 반신반의하니까 지갑에서 꺼내 보여 주셨거든요."

드레스를 입고 찍은 폴라로이드 사진이라…….

답은 쉽게 나왔다.

그러나 그건 그가 가지고 있을 만한 사진이 아니다. 가방 한구석에 처박아 두었는데 언제, 어디서 잃어버린 건지도 모르는 물건이었다.

그게 실은 잃어버린 것이 아니었나?

어쨌든, 난데없이 직원이 방으로 들이닥쳤던 것은 사실 그 남자 때문이었던 것이다. 'Do Not Disturb' 사인 때문이 아니라.

"우울증이 좀 있는데, 자살 시도라도 했으면 어떻게 하냐고 몰아붙이셔서 방법이 없었어요. 정말 그런 일이 벌어지면 곤란하니까……. 그래서 확인만 해 보겠다고 했는데, 정말 정신을 잃고 쓰러져 계셔서 저도 너무 놀랐어요. 테이블에 약통까지 있어서 일이 터졌다 싶었죠. 로비에 호출을 하니까 다른 직원이랑 그분이랑 같이 올라오셨어요. 병원까지도 그분이 같이 가 주셨고요."

약통.

설주는 이마를 짚으며 한숨을 내뱉었다. 타이레놀을 수면제로 착각한 모양이었다.

기겁했을 직원이 딱한 동시에 그런 뚱딴지같은 거짓말로 멀쩡한 사람을 한순간에 우울증 환자로 만든 남자 때문에 어처구니가 없었다.

아니, 그보다 대체 뜬금없이 방을 확인해 달라느니 하는 요구를 왜 했던 것일까? 초능력자가 아닌 이상 그녀가 아프다는 걸 알고 있을 리도 없는데.

"근데 정말 남자 친구 아니……."

"네. 아니에요. 결혼하려던 사이도 아니고, 우울증이라느니 하는 것도 다 말도 안 되는 얘기고요."

"그럼, 그분은 왜 그런 거짓말을……. 정말 스토킹 같은 걸 당하고 계신 거예요? 혹시 도움이 필요하시면 말씀하세요."

도움이라니?

기껏해야 이십 대 중반이나 됐을까 싶은 어린 여직원이 돌연 정의감에 차서 말했다.

"또 오면 경찰을 부를까요? 제가 진술 같은 것도 해 드릴 수 있어요."

의외로 불의를 참지 못하는 성격인가. 제 일처럼 씩씩대며 말하는 걸 보니 약간은 귀엽다는 생각도 든다. 설주는 굳어 있던 얼굴을 풀고 피식 웃어 버렸다.

"걱정해 준 건 고맙지만, 괜찮아요."

"그래도⋯⋯."

"그 사람, 나쁜 사람은 아니에요. 천부적인 거짓말쟁이긴 하지만."

잘 이해하지 못하겠다는 듯 직원이 큰 눈을 뒤룩뒤룩 굴렸다. 설주는 직원에게 들어오는 길에 산 음료 세트를 건넨 후 자신의 방으로 돌아왔다.

싸늘하게 식어 있는 침대가 그녀를 반겼다. 설주는 그 위에 누워 단조로운 무늬의 천장을 하염없이 바라보았다.

그래서 이제부터 어떻게 할 건지 생각하지 않을 수가 없다.

더 이상은 한국에 머물 이유가 없었다. 내일 당장이라도 밴쿠버로 돌아가는 것이 옳았다. 집도, 친구도, 직장도 모두 그곳에 있으므로 머뭇거릴 필요가 없는 문제였다.

그러나 그럼에도 불구하고 결심이 서지 않는다. 가자. 돌아가자. 그렇게 스스로를 부추겨도 금세 미적지근해져서는 그렇게 서두를 건 또 뭔가 싶은 것이다.

다리도 아직 온전히 낫지 않았고, 편도염 때문에 처방받은 항생제도 사흘 치나 된다. 돌아가 봐야 당장 투입될 촬영도 없고.

자꾸만 핑계를 갖다 붙이는 스스로가 못마땅했지만, 멈추고 싶어도 그게 의지대로 되지 않았다.

손을 들어 이마를 짚어 보았다. 병원에 있을 때, 남자가 그녀의 이마를 손으로 덮고서 놀렸던 것이 떠올랐다.

'여기다 계란 깨면 프라이 되겠다.'

그렇게 지독하게 아팠었는데, 이젠 미지근한 체온만이 손끝에 느껴질 뿐이었다. 처방받은 약을 마저 먹을 필요도 없이 말끔히 다 나은 것 같았다.

그런데 어째서 다행이라는 생각이 들지 않는 걸까. 병원 냄새 그거, 정말 끔찍하게 싫었는데도.

#5

퇴원 이후에 남자는 거짓말처럼 발길을 뚝 끊었다.

기분이 나빴나. 제 딴엔 호의라고 베풀었는데, 부담스럽다느니, 불편하다느니. 분명 듣기 좋은 소리는 아니었을 테니까.

하긴, 서울에서 춘천까지 매일 왔다 갔다 하는 게 보통 일은 아니었을 것이다.

뭐, 지금이 아니었더라도 얼마나 오래갔겠어. 언젠간 이렇게 됐을 텐데.

그렇게 체념하듯 생각을 끊어 내려고 해도 어쩐지 야속한 마음이 들었다.

이럴 거면 뭐 하러 그렇게 사람 마음을 들었다 놓았는지. 뭐 하러 그렇게 따뜻하게 웃어 줬는지.

정말이지…… 악취미가 따로 없다.

멀리 가기 귀찮아 대부분의 끼니를 편의점에서 사 온 것으로 때웠다.

차갑게 식은 삼각 김밥을 삼킬 때마다 이 근처에 뭐가 유명하다느니, 뭘 잘하는 음식점이 있다느니. 그러면서 퇴원하면 같이 가 보자고 눈을 반짝이던 남자가 떠올라 괴로웠다. 한입 베어 물 때마다 물을 마시지 않으면 삼키기 어려울 지경이었다.

그렇게 퇴원 후 3일째.

이러나저러나, 결국은 머뭇거리기만 하다 2주를 다 채우게 생겼다.

어제저녁 롭은 왜 당장 돌아오지 않느냐며 장장 30분에 걸쳐 닦달을 했다. '왜' 라는 질문에 끝내 시원스레 답하지 못하는 그녀를 롭은 몹시도 수상쩍게 여겼다.

설주는 '아직 된장찌개를 한 번밖에 먹지 못해서.' 라는 말도 안 되는 핑계를 댔다. 롭은 코웃음을 쳤지만 다행히 그 이상 캐묻지는 않았다.

오늘이야말로 비행기 티켓을 예매해야겠다.

그렇게 굳게 다짐하며 발목에 감겨 있던 붕대를 풀었다. 가능한 오래 압박해 두는 것이 좋다는 의사의 권고가 있었지만, 가렵기도 하고 답답하기도 해서 더는 무리였다.

설주는 의자에 앉아 조심스럽게 발목을 이리저리 돌려 보았다. 기름칠을 잔뜩 해야 할 것처럼 삐거덕거리긴 해도 움직이는 데는 무리가 없었다.

"……그래도 등산은 무리인가."

비록 롭이 바로 돌아와도 된다고는 했지만 미련을 완전히 거둘 수가 없었다. 그 아름다운 장소를 필름에 담아내고자 하는 욕심으로 따지자면 그녀 역시 결코 롭에 뒤지지 않았다.

어떡하나. 느릿느릿 다녀오면 괜찮지 않을까? 또 한 번 삐끗하면 이번엔 통깁스 신세라고 했는데.

하지만, 통깁스 한 번 한다고 다리를 영영 못 쓰게 되는 건 아니잖아?

오락가락하는 마음 사이에서 갈피를 잡지 못하고 있는데, 호텔에 비치된 전화기가 울렸다. 컨시어지 데스크에서 걸려 온 전화였다.

— 저 손님이 찾아오셨는데요.

아침 댓바람부터 대체 누가? 아니, 아침인 게 문제가 아니라 애초에 날 찾아올 만한 손님이 누가 있지?

— 손님 명함을 들고 오셨는데……. 잠시만요. 저, 어르신 성함이 어떻게 되신다고요?

'최웅춘! 아니 대체 몇 번을 물어보는 거여!' 노인의 꼬장꼬장한 목소리를 듣는 순간 자리에서 펄쩍 뛰어오를 뻔했다.

"지금 바로 내려갈게요! 잠시만 기다리시라고 전해 주세요!"

인터폰에 대고 속사포처럼 쏟아 낸 후 곧장 로비로 향했다.

발이 아픈 것도 잊고 날 듯이 뛰어가니 로비에 비치된 소파에 앉아 있던 노인이 예의 그 작대기로 바닥을 내리치며 호통했다.

"거 발모가지 부러지고 싶어 환장했어!"

놀라서 딸꾹질이 튀어나올 것 같았다.

투시라도 하시는 걸까? 겉으로 봐선 전혀 아픈 티가 나질 않을 텐데.

흉흉한 기세에 차마 묻지 못하고 겨우겨우 허리를 숙여 인사하니 노인이 뒷짐을 지고 입구로 향했다.

"아 뭐 해, 어여 안 따라오고!"

"네? 어딜……."

대답은 돌아오지 않았다. 설주는 헐레벌떡 노인의 뒤를 쫓았다.

◇　◇　◇

요새도 이런 곳이 있나 싶게 허름한 식당이었다. 식당보다는 밥집이라고 부르는 게 더 어울릴 것 같은, 간판도 제대로 달려 있지 않은 곳.

응춘은 작대기로 주렴을 헤치며 안으로 들어섰다.

"고등어조림 줘."

"생태찌개로 해. 오늘 들어왔어."

"알아서 줘, 그럼."

설주의 의견을 묻지도 않고 주문하는 응춘이나, 막무가내로 다른 메뉴를 권하는 주인장이나 어딘가 화난 사람들처럼 퉁명스러운 목소리다.

곧 보글보글 끓는 찌개가 가운데 놓였지만, 그녀는 잔뜩 긴장해서 침조차 마음대로 삼키지 못하고 얼어붙어 있었다.

젓가락으로 밑반찬을 뒤적이던 응춘이 별안간 버럭 소리쳤다.

"어여 안 먹어!"

"머, 먹어요. 잘 먹겠습니다."

불에 덴 듯 화들짝 놀라서 국자부터 집어 들었다. 그릇에 덜어 앞에 내려놓으니 노인은 입술을 잠깐 씰룩거리고는 이내 군말 없이 국을 떠먹었다.

그녀는 음식을 쉼 없이 입안으로 밀어 넣었다. 깨작거렸다간 또 불호령이 떨어질 것만 같아서.

눈으로 들어가는지 코로 들어가는지 모르게 먹어 치우는 와중에도 '맛있다.'라는 생각이 드는 걸 보면 숨은 맛집, 뭐 그런 건가 보다.

"그래도 밥은 복스럽게 먹는구먼."

……칭찬받은 건가?

고개를 갸웃하니 마침 밥그릇을 다 비운 노인이 숟가락을 내려놓았다.

"거, 영화인가 뭔가 그거. 얼마면 되는겨."

"네?"

"아, 얼마 동안 찍을 거냐고!"

아무튼 여간 다혈질이 아니다. 설주는 군기가 바짝 든 군인처럼 등을 곧게 펴고 잽싸게 대꾸했다.

"날짜로 따지자면 총 100일 내외가 될 것 같아요. 연속해서 촬영하는 건 아니고요, 여름, 가을, 겨울 골고루 영화에 담는 게 저희 감독님 희망 사항이라 날짜를 쪼개서……."

"자세한 건 됐고, 그러면 그거 찍는 동안 자네도 여기서 지내는 거여?"

당연한 질문이었다. 앵글에 잡히는 거라면 그것이 아무리 작은 소품이라도 우선 미술팀의 손길을 거치는 것이 순서였다. 감독의 상상을 그대로 공간에 녹여내 실체로 만들어 내는 것. 그게 미술팀의 존재 이유니까.

설주가 고개를 끄덕이며 긍정의 대답을 내놓자마자 웅춘의 입이 열렸다.

"좋아. 그라믄 그거 혀."

설주는 자신의 귀를 의심했다. 소금이며 물이며 인정사정없이 테러할 때는 언제고, 이렇게 뜬금없이 오케이 사인이 떨어지다니.

"갑자기 왜……."

"그것이 중요혀?"

"아니, 그게……."

"노인네가 죽을 때가 됐나 보다 하면 되지, 뭣이 그라고 궁금한 게 많어!"

또 한마디 거들었다간 숟가락이 이마로 날아들 것 같아서 설주는 얼른 입을 걸어 닫았다. 웅춘이 시근덕거리며 말을 이었다.

"대신, 앞마당에 꽃잎 하나라도 상하게 했담 봐. 그길로 쫓겨나는 줄 알어!"

절대 그럴 일은 없게 하겠다는 다짐을 몇 번이나 받아 내고도 영 못 미더웠는지, 노인은 옛날 일을 들추며 그녀를 겁주었다.

외국에서 무슨 상까지 받은 유명한 사진작가 하나가 하도 사정사정을 해서 딱 한 번 촬영을 허락해 준 적이 있었다는 것이다.

"내가 그 양반 카메라를 박살 내 버렸지."

이유인즉, 구도에 거슬린다는 이유로 키 작은 나무 두어 그루를 베어 버렸다는 것이다. 노인은 그 땅의 풀 한 포기, 꽃 한 송이도 전부 자식 같은 존재라고 했다.

"내 그 이후론 찾아오는 것들마다 전부 엉덩이를 걷어차 버렸다고."

마치 대단한 무용담이라도 늘어놓듯, 응춘이 으스대며 말할수록 설주의 의문은 커져 갔다.

어째서 자신만 예외인가 하는 것이었다.

매일같이 찾아갈 땐 결코 틈을 내어 주지 않던 노인이 오늘 갑자기 호텔까지 찾아와 이러는 이유를 도무지 짐작할 수 없었다.

단순한 변덕이라면 더더욱 곤란했다. 본격적인 촬영 준비를 하는 와중에 안면을 몰수해 언제 그런 약속을 했냐고 시치미를 떼면, 일정도 일정이거니와 금전적인 손실 역시 막대할 것이기 때문이다.

그러므로 서로의 요구 조건을 서면으로 작성해 확실히 해 두는 것이 뒤탈 없을 거라 생각했다.

"저, 어르신. 그러면 장소를 제공해 주시는 것에 대해 저희 쪽에 따로 요구하실 사항은 없으신가요? 말씀해 주시면 제가 제작진과 상의해서 수일 내로 계약서를 작성해 찾아뵙겠습니다."

"골 아프게 뭐 그런 걸 만들어? 그냥 와서 찍고 가!"

"그, 그래도요. 촬영하는 동안 아무래도 불편하실 텐데, 저희도 염치가 있지 어떻게……."

"빙빙 돌리지 말고 하고 싶은 말이 뭐야!"

응춘이 귀찮다는 듯 손을 휘휘 저으며 설주의 말을 잘라먹었다.

설주는 난감함에 어색한 미소만 흘렸다. 그러나 반드시 짚고 넘어가야 할 얘기라, 결국 그녀의 입에서 '사용료'라는 단어가 튀어나왔다.

노인의 안색이 단번에 어두워졌다.

"젊은 사람이 돈부터 앞세워 얘기하는 건 어디서 배워 먹은 버르장머리여?"

여태처럼 큰 목소리로 호통을 치는 것도 아니고, 나지막하게 꾸짖는 목소리에 설주는 꿀 먹은 벙어리가 되었다.

"찾아오는 사람들마다 다 그러더구먼. 돈은 얼마든지 주겠다고. 그러고 보니, 나 찾아온 첫날 자네도 그랬었지?"

그거야, 들어 볼 생각도 하지 않고 등을 돌려 버리니 어떻게든 붙잡고 싶은 마음에…….

약간의 억울함이 있으면서도 부끄러운 마음이 컸다. 가만히 듣고만 있는 그녀를 향해 웅춘이 쯧, 혀를 찼다.

"돈이나 벌까 싶었으면 내 까짓것 백 번이고 천 번이고 하라고 했겠지."

의자에서 일어선 웅춘이 식당 주인에게 값을 치렀다. 제가 내겠다고 만류하려던 설주는 뒤늦게 지갑도 가지고 나오지 않았다는 사실을 깨달았다.

그녀는 가게 문을 나서는 웅춘의 뒤를 놓칠세라 서둘러 따라붙었다.

"빨리 시작하는 게 좋을 거여. 산엔 가을이 빨리 오니까."

가게 앞에서 노인은 그 말만 남기고는 작대기로 땅을 쿡쿡 찍어 가며 멀어졌다. 귀신에라도 홀린 것 같은 얼굴로, 설주는 한참 동안이나 자리를 떠나지 못했다.

◇　◇　◇

소식을 전해 들은 롭은 귀청이 떨어져 나가게 환호성을 질러 댔다.

— 당장 날아갈게!

빈말이 아니라, 롭이라면 정말 통화를 끊자마자 공항으로 출발할지도 모른다.

지나치게 충동적이고 지나치게 낙관적인 인간. 그런 기질들이 예술적인 방향으로 적당히 표출되었기에 망정이지, 그게 아니었더라면 진즉 히피나 집시가 되었을 사람이다.

설주는 노인이 장소 제공에 따른 금전적인 대가를 바라지 않더라는 말을 전했다. 당연히, 롭의 반응은 그녀의 예상 범주를 벗어난 것이었다.

— 그 할아범, 화끈한 게 벌써부터 마음에 드는데?

계약서의 유무 따위는 별 상관없다는 듯한 태도. 걱정이 된 설주는 노인이 약속을 번복할 가능성에 대해서도 충고했다.

— 자존심이 센 노인이잖아. 그런 일은 없을 거야.

배우와 자세한 일정을 조율하고 촬영에 필요한 인원을 꾸려 빠른 시일 내에 입국하겠다는 말을 끝으로 롭은 전화를 끊었다.

애초에 2주 안에 노인을 설득해야 했던 것은 크랭크 인 날짜가 정해져 있었기 때문이다. 한국이 아니면, 차선책으로 점찍어 둔 중국에서 촬영할 생각이었으나 이젠 그럴 필요가 없게 되었다.

롭이 밴쿠버에서 동분서주하는 동안 설주 역시 이곳에서 처리해야 할 문제가 산더미였다.

그가 데려올 소수 정예의 제작진을 제외하고 나머지 스태프는 한국에서 충당해야 하므로 당장 내일부터 영화판에 잔뼈가 굵은 인력들을 수소문해야 했다. 거기에 숙소나 차량 등의 문제까지.

어느 것 하나 미술팀의 업무라고는 할 수 없는 것들이었지만 별다른 도리가 없었다.

꽤나, 바빠지겠다.

묘하게 안도가 되었다. 지난 며칠간 딱히 집중을 요하는 것이 없어

빈 공간만 잔뜩 생겨 버린 머릿속에 그 남자만 존재했으므로.

그러니까 오늘까지만 마음껏 생각나도록 두어야지. 딱, 오늘까지만.

그러나 그녀의 계획을 비웃듯, 남자는 여느 때처럼 예고도 없이 등장했다.

해 질 녘, 호텔 앞 벤치를 지날 때였다.

노숙자, 그도 아니면 취객처럼 보이기 딱 좋은 널브러진 자세로 딱딱한 나무 벤치에 누워 있던 남자가 벌떡 일어나 알은체를 했다. 설주는 거의 뒤로 자빠질 정도로 놀라 비명을 질러야 했다.

"미안, 놀랐어?"

"그럼! 갑자기 그렇게 튀어나오는데 당연히 놀라지!"

차마 노숙자인 줄 알았다는 말은 못 하고 눈을 가늘게 뜨고 노려보았다. 그러나 그녀의 두 눈동자는 얼마 가지 않아 또 다른 일로 놀라 화등잔만큼 커다랗게 부풀었다.

"팔 왜 그래?"

"어? 발목 다 나았어?"

"그거, 깁스한 거 아니야?"

"벌써 풀어도 돼? 의사가 그래도 된대?"

"다쳤어?"

"아직 저녁 전이지?"

그는 도통 그녀의 목소리가 들리지 않는 것처럼 제 할 말만 했다. 남자는 가까이 다가오면 큰일 날 것처럼 멀찍이 떨어져 섰다.

설주는 단박에 그 거리를 줄여 그와 마주 섰다. 자세히 보니 얼굴도 엉망이다.

"어디서 쌈박질이라도 했어?"

"아니. 나이가 몇 갠데 싸움은 무슨……."

"그럼?"

"그, 운동하다가."

"대체 무슨 운동인데?"

"어?"

"무슨 운동이냐고."

"역도."

역도라니. 물음표가 절로 그려졌다. 올림픽 기간이 아니면 1년에 한 번 들을까 말까 한 단어가 아닌가.

정작 말을 뱉은 사람도 떨떠름한 표정을 짓는 반응에 그녀의 추궁이 길어졌다.

"하고 많은 운동 중에 웬 역도를……."

"체육관 다니는데 그냥 그것도 같이하는 거지. 어, 그게 팔에 근육 키우는 데 좋다고 해서."

"뭐, 그래. 팔은 그렇다 쳐. 근데 얼굴로 하는 운동도 있어?"

"어? 아, 이거는 면도하다가. 왼손으로는 처음 해 봐서."

여기저기 긁힌 생채기가 잘생긴 얼굴을 빼곡하게 덮고 있었다. 그가 멋쩍게 자신의 얼굴을 더듬었다.

"보기 싫어?"

"그럼 보기 좋겠어?"

"많이 못생겼어?"

"신경은 쓰여?"

다른 사람 눈에 자신이 어떻게 보일지, 그런 걸 신경 쓰는 사람이 이런 몰골로 나타나다니. 톡 쏘아 비꼬자 그가 너스레를 떨었다.

"에이. 그나마 내세울 만한 게 얼굴인데, 망했다."

그런 말을 할 거면 시무룩한 표정이라도 어떻게 좀 하든지. 설주가 고개를 절레절레 저으며 다시 발걸음을 옮기자 그가 바짝 따라붙었다.

"얼굴 다 나으면 오려고 했는데, 어떻게 지내는지 너무 궁금해서……."

"……."

"그러게 전화번호 좀 알려 주면 오죽 좋아?"

"……."

"아니면 혹시, 내가 이렇게 불쑥 찾아오는 게 좋아서 일부러 안 알려 주는 건가?"

걸음을 멈추고 쏘아보았다.

미워서. 정말이지 제멋대로인 남자가 너무 미워서. '내일도 올게!' 하고는 사라져서 잔뜩 걱정하게 만들더니, 며칠 만에 상처투성이로 나타난 그가 너무 미워서.

"아, 알았어. 농담이야. 농담."

나한테는 없는, 농담할 수 있는 여유가 너한테만 있는 것도 미워서.

설주는 다시 휙 고개를 돌려 걸음을 재촉했다. 그의 독백에 점점 초조함이 실리기 시작했다.

"그 정도로 별로야? 꼴도 보기 싫을 정도로?"

"……."

"그냥 컨실러인가 뭔가 그거 바를 걸 그랬나……."

남자가 혼잣말로 중얼거렸다. 끝까지 그의 말을 못 들은 척하려던 설주는 저도 모르게 옆을 돌아보았다.

화가 났던 것도 잊고 '이 남자, 화장도 했었나?' 순수한 호기심에 그의 얼굴을 유심히 바라보는데, 별안간 커다란 손이 두 눈을 덮었다. 순식간에 암흑이다.

"뭘…… 그렇게 빤히 쳐다봐."

대뜸 시야가 가려진 이유를 알지 못해서 설주는 퉁명스럽게 대꾸했다.

"화장도 하나 싶어서."

그가 펄쩍 뛰며 손을 거둬들였다. 남자의 두 뺨도 모자라, 귀까지 물들인 붉은빛이 저녁 어스름에도 선명했다.

"화장은 무슨. 그런 거 안 해."

"방금 컨실러라며."

"그건 직원 애들이 발라 준다고 해서. 내가 상처, 이것 때문에 하도 고민하니까. 다 가려 준다고……."

그가 우물쭈물 말끝을 흐렸다. 그러더니.

"정말 그래? 진짜 감쪽같아지나?"

얼굴에 난 상처를 무심하게 긁고는.

"지금이라도 바를까? 받아 오긴 했는데."

주머니에서 원통으로 된 자그마한 물건을 꺼냈다.

"그럼 덜 보기 싫을 거 아니야."

커다랗고 마디가 굵은 손에 들린 그것은 미니어처 같았다. 바비 인형의 파우치에서 훔쳐 온 것처럼.

"그렇게 되면 윤설주가 같이 저녁 먹어 주나?"

웃음이 터져 버렸다. 그가 저 투박한 손으로 뭔가를 얼굴에 섬세하게 찍어 바른다는 상상을 해 버린 순간.

"하하."

남자가 속도 없이 마주 웃었다.

◇　◇　◇

줄기차게 저녁 타령을 하더니 먹는 폼이 영 시원찮다. 전엔 그녀가 제 몫의 반도 다 먹기 전에 그릇 바닥을 싹싹 긁던 남자가 밥알을 세는 것처럼 깨작거리고 있었다.

같은 메뉴를 시켰으니, 그의 것만 특별히 맛이 없는 것도 아닐 텐데. 밑반찬을 집으며 그녀가 지나가는 투로 물었다.

"빨리 먹는 습관은 이제 고쳤나 봐."

"어? 아니. 어. 뭐, 그렇지."

그렇다는 건지, 아니라는 건지. 남자가 도통 뜻이 헷갈리는 화법으로 어물쩍거렸다.

그가 이미 저녁을 먹었다는 사실을 꿈에도 모른 채, 그녀는 그의 깁스한 오른손을 물끄러미 보았다.

왼손으로 젓가락질하는 게 불편해서인가?

설주는 한참 망설인 끝에 그의 공깃밥 위에 반찬을 집어 올려 주었다. 남자가 고개를 번쩍 든다.

"먹어. 아니면, 포크 달라고 할까?"

"아니! 필요 없어, 포크."

남자가 이상하리만큼 펄쩍 뛰었다.

아, 그게 화근이었다. 그 이후로 이거 집어 달라, 저거 집어 달라. 요구가 많아진 것이다.

입원했을 때 그가 간호해 준 일이 있어 차마 내치지 못하고 설주는 고분고분 그의 밥그릇 위에 반찬을 집어다 날랐다. 밥이 줄어드는 속도가 눈에 띄게 빨라졌다.

"맛있다. 여기 맛집인가 봐."

"올 때마다 손님이 별로 없는 걸로 봐선 별로 그런 것 같진 않은데."

"그래? 이상하다. 되게 맛있는데. 우리가 단골 하자."

영양가 없는 얘기가 뭐가 그렇게 재미있는지 그는 연신 방긋거렸다.

재회한 첫날은 '우리'라는 단어를 목에 걸린 가시 뱉어 내듯 힘겨워

하더니, 오늘은 사뭇 경쾌했다.

아니, 경쾌하다 못해 쿨하기까지 했다.

"우울증이라느니, 자살이라느니."

"……캑."

"호텔 직원한테 그런 거짓말까지 해 가면서 실랑이한 이유가 뭐야? 내 방 방문 열어서 뭐 하려고."

오래된 친구를 대하는 것처럼 너무 편안해 보이는 남자를 어쩐지 그대로 두고 싶지 않았기 때문일까. 준비했던 물음이 계획했던 것보다 일찌감치 튀어나와 버렸다.

사레가 들어 콜록거리는 남자에게 설주는 무심하게 물컵을 쓱 밀어 주었다.

"내 방에 뭐 훔쳐 갈 만한 거 없는데."

"그냥 너 불러내고 싶은데 방법이 없어서 그런 거야."

"그냥 불러내려고 그런 거짓말까지 했다고? 말이 돼?"

"말 안 되도 어쩔 수 없어. 다른 말은 해 줄 게 없다고."

남자가 뻔뻔히 되받아쳤다.

"얼렁뚱땅 넘어갈 생각 하지 마."

단호히 쏘아붙여도 그는 꾹 다문 입을 열지 않았다. 설주는 빠르게 포기하고 곧장 다른 주제로 넘어갔다.

"어쨌든, 뭐 훔치려고 그런 건 아니라는 거지?"

"훔치다니, 무슨 그런 말도 안 되는……."

"결백하다고?"

반은 농담으로, 반은 진담으로 물으니 그가 격하게 고개를 끄덕였다. 설주는 당혹스러운 표정을 하는 남자에게 손바닥을 내밀었다.

"나 몰래 내 물건 가져간 적 있잖아."

"아니야. 그런 적 없는……."

“돌려줘, 내 사진.”

“사진? 무슨 사진?”

“호텔 직원한테 들이밀었던 사진.”

“……다, 들었어?”

연신 헛기침을 하며 물 한 컵을 다 비운 남자가 슬그머니 묻는다.

거참, 자세히도 일러바쳤구만. 그가 이를 앙 물고 투덜거렸다.

“애꿎은 직원 탓 하지 마. 내놔, 얼른.”

“싫어.”

단칼에 돌아온 거절에 어안이 벙벙할 따름이었다. 남의 물건을 허락
도 없이 슬쩍한 사람치고는 너무나 당당한 태도였다.

“이건 좋고 싫고 할 문제가…….”

“그거, 이제 네 거 아니야.”

“무슨 그런 억지가 있어? 내 사진인데.”

“며칠 전에 나 되게 비싼 시계 주워다 경찰서 갖다줬는데 그러더라.
반년 지나도 주인 안 나타나면 내 거 된다고.”

그가 살짝 탓하는 눈빛으로 그녀를 응시했다.

“그런데 7년이나 후에 와서 내놓으라니. 억지를 부리는 쪽은 내가
아닌 것 같은데.”

“그거야…….”

“없어진 줄도 몰랐던 거잖아.”

“…….”

“있는지 없는지도 모를 만큼, 중요한 거 아니었단 소리잖아.”

그가 그렇게 말하는데.

“난 아니야. 나한테는 그거.”

“…….”

“없으면 안 되는 거야.”

그의 말대로 왠지 떼를 쓰고 있는 쪽은 그녀 자신처럼 느껴져서, 설주는 내밀었던 손을 슬그머니 거두고 말았다.

"그러니까 착한 윤설주가 양보 좀 해라. 응?"

어느새 서운한 눈빛을 지운 남자가 빙글거리며 미소 지었다. 그러다 입술 옆에 난 상처가 쓰라린지 미간을 찌푸리며 얼굴을 매만진다.

그의 얼굴엔 오래되어 붉은 자국만 희미하게 남은 상처와 막 딱지가 앉은, 생긴 지 얼마 안 된 상처가 뒤섞여 있었다. 대개는 뭔가에 긁힌 것 같은 얇고 긴 모양이다. 잡티 하나 없이 매끈한 피부라 유난히 더 눈에 띄었다.

사람이라면 절로 안타까운 마음이 들 법했다. 속상한 음성이 저도 모르게 튀어나왔다.

"전동 면도기를 써."

"습관이 안 돼서 못 쓰겠어. 꼭 면도하다 만 느낌이라."

"아니면 누구한테 부탁을 하든지."

"이런 걸 누구한테 해 달라고 해."

그가 웃음기 섞인 말투로 대꾸했다.

글쎄. 그러고 보니 누구한테 해 달라고 해야 하나. 그녀는 정말 별생각 없이 그의 말을 받아쳤다.

"직원들 많잖아."

"아쉽게도 점장 면도까지 해 주겠다고 나서는 직원은 없네요."

"왜, 그 컨실러 주인한테 부탁하면 되겠……."

왜 저런 수상한 표정을 짓는 거지?

그의 눈이 점점 가느스름해지고 있었다. 입꼬리에 힘을 단단히 준 것이, 웃음을 참는 게 분명했다.

이상한 기운을 감지한 그녀가 말을 중간에 끊자 그가 안달이 난 듯 보챘다.

"왜 멈춰. 계속해 봐."

"뭘?"

"그냥, 하려던 말 계속해 보라고."

"왜 그래야 하는데?"

"예뻐서."

이번엔 그녀가 사레에 들렸다. 차이점이 있다면, 그는 뭔가를 씹고 있었다는 거고, 그녀는 그저 숨만 쉬고 있었을 뿐이라는 거.

설주는 얼굴이 새빨개질 정도로 기침을 뱉어 내고 나서야 겨우 입술을 뗐다.

"쓸데없이 왜 실없는 소릴 해서……."

"진짜야. 진짜 예뻐."

그녀에게 기운 그의 몸은 테이블의 거의 반을 넘어와 있었다. 중간에 장애물이 있는 게 다행스럽게 느껴졌다.

남자가 저런 눈을 할 때면, 예전에는 십중팔구…….

끌어안겨서 무차별적으로 쏟아지는 입맞춤을 당해 내야 했으니까.

"이러쿵저러쿵 얘기하는 게 걱정하는 거 같고, 질투하는 것 같아서……."

"질투는 무슨……!"

"예전으로 돌아간 것 같은 기분이 들어."

발끈하는 것조차 잊어버리고 말 정도로 진지한 어조로 그가 말했다.

"내가 차해준이었을 때. 내가 네게 아직 좋은 사람이었을 때."

"……."

"내가 네 남자였을 때. 꼭 그때 같아."

명치가 저릿했다. 도저히 더 듣고 있을 수가 없었다. 설주는 자리에서 벌떡 일어나 계산하는 것도 잊고 가게 밖으로 나섰다.

찌는 듯한 열대야가 그녀를 반겼다. 숨이 막혔다. 그러나 이 질식할 듯한 먹먹함이 비단 날씨 탓만은 아니었다.

"미안. 내가 쓸데없는 말을 한 것 같다."

계산을 마치고 급히 뒤따라온 남자가 눈을 내리깔며 궁색하게 주절거렸다. 설주는 그대로 그를 무시한 채 걸음을 옮겼다.

네가 내 남자였던 적이 있긴 있었느냐고. 턱 밑까지 차오른 말을 꾸역꾸역 삼켜 내면서.

6

설주는 부지런히 서울과 춘천을 오가며 촬영 준비에 박차를 가했다.

롭을 비롯한 제작진의 입국 날짜가 정해지고, 굵직굵직한 사안들은 대부분 해결되었다. 애초에 발목을 잡는 거라곤 촬영지 섭외뿐이었으므로 그 이후의 일은 순풍에 돛 단 듯 흘러갔다.

과일 바구니를 들고 정식으로 노인을 찾아갔을 때도 그녀가 걱정하던 일은 벌어지지 않았다. 노인은 여전히, 결코 친절하다고는 할 수 없는 얼굴로 직접 말린 구절초를 띄운 차를 내오기까지 했다.

딱히 골머리를 썩일 일이 없는 날들이었다.

"오늘은 좀 늦었네?"

일주일 넘게 매일 저녁, 호텔 앞을 지키고 있는 남자만 빼면 말이다.

"가게가 한가한가 봐."

"요즘 통 손님이 없어. 주말 빼면 텅텅 비거든."

도저히 앞뒤가 맞지 않는 얘기다. 그 큰 바의 점장씩이나 되는 남자가 장사가 안 된다는 말을 하면서 표정이 이토록 밝다는 것은.

물론 설주는 그가 하는 말의 절반도 믿지 않았다. 수십억을 호가하는 슈퍼카가 줄지어 주차장으로 들어가는 걸 두 눈으로 똑똑히 봤는데, 눈 가리고 아웅 하는 식이었다.

"그러다 정말 잘려."

후, 하는 한숨과 함께 타박하면서도 설주는 차마 매몰차게 등을 돌리지 못했다. 아니, 모질게 모르는 척하고 호텔 안으로 들어가 버린 게 벌써 여러 날이다.

그러나 그때마다 다음 날이면 어김없이 등장해서 아무렇지 않게 웃는 남자였다. 도저히 그 속을 모르겠다.

"괜찮아. 우리 사장님 나 맘대로 못 잘라."

"이렇게 일을 해이하게 하면서 대체 무슨 배짱이야?"

질문을 던져 놓고 그와 눈이 마주친 순간, 듣지 않아도 답을 알 것 같은 기분이었다.

이 근사한 남자와 어떻게든 닿고 싶은 여자들이 과연 한 달에 얼마의 매출을 올려 줄까? 정말이지 한심한 걱정을 했구나 싶다.

"사장님 큰딸이 날 엄청 좋아하거든. 나랑 결혼하겠대."

그가 으스대며 말했다. 설주는 저도 모르게 조소하며 쏘아붙였다.

"……잘됐네. 결혼해. 점장이 아니라 사위 하면 되겠어."

그가 걸음을 멈추고 뜨악한 얼굴을 했다.

"올해 막 유치원 들어간 애랑?"

"뭐?"

"악담을 해도 유분수지. 차라리 혼자 늙어 죽으라고 해."

별 해괴한 소릴 다 듣겠다는 듯, 남자는 절레절레 고개를 흔들었다.

다시 뚜벅뚜벅 느리게 걸으며 그는 몇 번이고 질린 듯한 음성으로 중얼거렸다. 명백히 놀리는 투였다.

"전자발찌감이야. 전자발찌……."

쥐구멍이 있다면 숨고 싶은 기분으로, 그녀가 그의 뒤를 종종거리며 따랐다.

◇ ◇ ◇

"뭐 하나 적어 줘."

주문한 음식이 나오길 기다리는데, 그가 주머니에서 펜을 꺼내 내밀었다. 무슨 소리인가 하고 바라보자 그가 대답 대신 깁스한 팔을 테이블 위에 올렸다.

"유치하게. 적긴 뭘 적어."

"나 원래 유치한 거 좋아해. 얼른."

"뭘 적으라는 거야."

"아무거나. 나한테 할 말이 그렇게 없나?"

그가 청테이프를 둘둘 감아 놓은 것 같은 오른팔을 정신없이 까딱이며 보챘다.

설주는 마지못해 펜을 집어 들었다. 남자의 얼굴이 조명이라도 켠 듯 환해졌다. 의자에서 엉덩이를 반쯤 띄운 채 기대하는 눈빛이 아이 같았다.

"보지 마. 부담스러워."

펜을 든 채 머뭇거리자 그가 착하게 눈을 감았다. 펜 뚜껑을 입에 물고, 설주는 빠르게 초록색 깁스 위에 글씨를 휘갈겼다.

"뭐야, 이게."

눈을 뜬 남자가 황당하다는 얼굴로 그녀를 바라보았다. 설주는 뭐가 문제냐는 듯 어깨를 으쓱였다.

"빠른 쾌유를 바랍니다? 생판 남도 이렇게는 안 쓰겠다."

abnormal weathe 319

불만스럽게 구시렁거리던 그가 재차 펜을 쥐여 주었다.

"글이 싫으면 그림이라도 그려 줘."

"……뭐?"

"예전엔 자주 그려 줬었잖아. 내 얼굴."

말문이 턱, 하고 막혔다. 설주는 굳은 얼굴로 펜을 내려놓았다.

"이제 그림…… 안 그려."

아니. 못 그린다고 해야 하나.

자조하는 입가가 어색하게 우그러졌다. 설주는 약간 두려운 눈으로 남자를 바라보았다. 그가 이유를 캐물을까 봐 덜컥 겁이 났다.

캔버스 앞에만 서면 생각나는 게 네 얼굴뿐이었다고. 아무리 아름다운 사람을 앞에 두어도, 그 어떤 황홀한 풍경을 눈에 담아도 손이 움직여지지가 않았다고.

그런 사실들을 토로하고, 원망이 짙은 음성으로 흉하게 울게 될까 봐.

"그러면 손만 빌려줘."

굳은살이 단단한 손이 손등을 덥석 덮는 바람에 그녀는 순식간에 우울에서 끌려 나왔다. 그는 더 묻지 않고, 펜을 쥔 그녀의 손을 깁스 위로 움직였다.

"됐다."

그렇게 완성되었다. 설주는 자신이 쓴 멋없는 문장 옆에 새로이 추가된 찌그러진 하트를 보며 피식 웃음을 흘렸다.

"이렇게 못생긴 하트는 처음 봐."

"예쁘기만 한데 왜 그래."

그가 입술을 뾰족하게 내밀었다가 이내 밝게 웃었다.

"마음에 든다. 고마워."

참, 별게 다 고마운 남자다.

◇ ◇ ◇

여름의 끄트머리에 마침내 설주는 자신의 동료들과 한국 땅에서 재회했다.

장시간의 비행에도 지친 기색이라곤 전혀 찾아볼 수 없는 롭이 두 팔 벌려 설주를 끌어안았다. 수염이 돋은 그의 까칠한 뺨이 그녀의 볼에 닿았다. 쪽, 하는 소리가 양쪽 귀에 번갈아 들렸다.

설주는 익숙하게 롭의 인사에 화답했다.

「내 나라에 온 걸 환영해.」

「세상에. 주. 대체 무슨 일이 있었던 거야?」

「응? 무슨 뜻이야?」

「더 아름다워졌잖아. 아팠다고 해서 해골 같은 모습일 줄 알았더니.」

롭이 제 볼을 쪽 빨아들여 얼굴을 홀쭉하게 만들었다. 설주가 새초롬하게 눈을 흘기고 돌아서자 롭이 냉큼 옆에 서서 스스럼없이 어깨에 팔을 걸쳤다.

뾰족한 팔꿈치가 그의 옆구리를 사정없이 강타했다.

「윽.」

「떨어져. 무거우니까.」

「역시 변했어. 그사이 나 말고 다른 남자라도 생긴 거야?」

「서운한 척해도 소용없어. 어깨는 안 돼. 네 팔이 얼마나 무거운 줄 알아? 걸을 때마다 키가 1센티씩 줄어드는 기분이야.」

어지간한 여자 허벅지만 한 롭의 팔뚝을 보며 설주가 멀찍이 떨어져 섰다. 꾸준히 키워 온 근육이 짙은 눈썹과 갈라진 턱, 구릿빛으로 태닝한 그의 피부에 더할 나위 없이 잘 어울렸다.

그러나 그 커다란 몸이 기대 온다면 얘기가 다르다. 큰 키를 자랑하듯 함께 걸을 때마다 어깨에 팔을 걸쳐 오는 것은 그의 나쁜 습관 중 하나였다. 아무리 지적해도 고쳐지지 않는.

「나는 네가 이렇게 발끈하는 게 좋아. 고양이 같거든.」

대체로 그녀가 아무리 엄하게 꾸짖어도 롭은 콧방귀도 뀌지 않고 그저 귀엽게만 보았다. 바로 지금처럼.

그가 설주의 코끝을 꾹 누르며 'meow' 하고 울었다.

헛웃음이 절로 나왔다.

롭을 보고 있자면 남자는 아무리 나이가 먹어도 애라는 말이 자연스럽게 떠올랐다. '신의 연출력'이라는 별명을 가진 남자에게 이토록 개구쟁이 같은 면이 있다는 건 함께 촬영 현장에서 뒹구는 제작진들만이 아는 사실이다.

「자, 그럼 가실까요, 마담.」

무도회장의 신사처럼 롭이 한쪽 무릎을 살짝 구부리며 손을 내밀었다. 설주는 픽 웃으며 그의 말을 정정했다.

「내가 널 에스코트하는 거야. 따라와.」

장비가 담긴 커다란 백팩을 짊어 메고 있던 스태프들 사이에서 연쇄적으로 웃음이 터져 나왔다.

롭은 응춘을 보자마자 와락 껴안는 것으로 반가움과 고마움을 대신했다.

노인에게는 날벼락 같은 일이었을 거라고 생각한다. 설주는 이마를 짚으며 그를 미리 단속하지 않은 자신의 부주의함을 탓했다.

허리를 굽히는 한국식 인사까지는 무리여도, 악수 정도로 끝나는 무난한 첫 만남을 완성했어야 하는데.

불행 중 다행이라면, 그가 뺨을 맞대고 인사하는 비쥬(Bisous)까지는 시도하지 않았다는 점이다.

「세상에! 영상에서 봤던 것보다 훨씬 멋져! 여길 직접 만들었다니, 당신은 진정한 아티스트야. 내가 정말 근사한 영화를 만들어 선물해 줄게.」

"아니, 이, 이 시커먼 놈은 대체 누구여? 뭐라고 씨부리는겨?"

"저, 저희 감독님이세요. 집이 너무 멋지다고, 꼭 좋은 영화를 만들어서 보답하겠다고 하네요."

그녀가 말을 끝내자마자 롭이 친근감의 표시로 노인의 몸에 팔뚝을 툭 부딪치며 눈썹을 찡긋거렸다.

제발. 그렇게 무식하게 두꺼운 근육은 흉기나 다름없다니까.

설주가 교육 의지를 다지며 응춘을 향해 미안한 눈빛을 보냈다. 그러나 이미 때는 늦었다.

"아니, 이런 버르장머리 없는……."

「주. 뭐라고 하는 거야? 날 왜 이렇게 빤히 쳐다봐? 잘생겼대? 내가 마음에 든대?」

아이고 머리야.

「제발 좀 꺼져 줄래, 감독님?」

이곳에서 홀로 고군분투하던 시절이 갑자기 그리워지는 이유는 뭘까.

설주는 제 험난한 앞날이 예상돼 연거푸 터지는 한숨을 삼키지 못했다. 설마하니 소금 세례, 물벼락 맞던 때보다 험난할까 싶으면서도 도저히 낙관적인 생각은 할 수 없었다.

◇　◇　◇

그렇게 반죽 좋게 아무나 덥석덥석 끌어안던 롭은, 숙소 앞에서 남자를 마주쳤을 때만큼은 마치 딴사람처럼 경계 태세에 돌입했다. 물론 그건 남자 역시 마찬가지였다.

"누구야?"

「누구야?」

두 남자가 동시에 양쪽에서 물어 왔다.

노인과 롭 사이에서 이미 한바탕 전쟁을 치른 이후여서 기진맥진한 상태의 설주는 가만히 롭의 등을 떠밀었다.

「나중에 설명할게. 먼저 들어가 있어.」

「왜 나야? 저 남자는 안 보내고 왜 나만…….」

「그나마 네가 더 내 말을 잘 들으니까. 자자, 롭, 착하지?」

「세상에! 나보다 더 네 말을 안 듣는 사람이 있단 말이야?」

「제임스! 감독님 좀 데려가!」

롭은 조명 감독의 손에 이끌려 블랙홀에 빨려 들어가듯 숙소 안으로 연행되었다. 롭이 완전히 시야에서 사라지고 나서야 설주는 남자와 마주 섰다.

내내 삐딱하게 서서 돌아가는 상황을 주시하던 그가 주머니에 찔러 넣었던 왼손을 빼 든다. 시야를 가리는 앞머리를 정리해 주는 그의 손.

설주는 넋이 나가 멍하니 서 있다가 한 템포 늦게야 목을 뒤로 뺐다.

"허, 헝클어졌어?"

"누구야?"

그녀의 목소리는 들리지도 않는 사람처럼 그가 거듭해 물었다. 상냥한 음성과는 다르게 눈빛에 날이 서 있다. 물론 설주는 그 사실을 알아차리지 못하고 가볍게 대꾸했다.

"감독님."

"생각보다 되게, 어리네?"

롭의 화려한 수상 경력만을 아는 사람들이 워낙 자주 하는 말이라 설주는 그러려니 했다.

"다들 놀라. 그래도 어리다고 할 정도는 아니고."

"몇 살인데?"

"서른다섯. 한국 나이로는 서른일곱이겠다."

"둘이 친해?"

"무슨 그런 질문이 다 있어."

새삼스러운 물음에 설주가 피식 웃으며 타박했다. 그러나 다른 때라면 그녀의 웃음에 쉽게 전염되었을 남자는 딱딱하게 굳은 무표정으로 똑같은 말을 반복할 뿐이었다.

"되게 사이가 좋아 보여서. 친해?"

"뭐…… 그렇지. 감독이기 전에 친구로 만났으니까."

"친구?"

"응."

"무슨 친구?"

남자는 꼬치꼬치 캐물었다.

친구가 그냥 친구지 뭐. 설주는 무신경하게 말을 뱉었다.

남자가 차게 가라앉은 눈동자로 입술을 달싹인다. 뭔가 하고 싶은 말이 있는 걸까, 하고 기다렸지만 그는 이내 이 사이로 입술을 말아 앙다물 뿐이었다.

"근데 왜 또 왔어. 오늘부터 바빠질 거라니까."

"오지 말라는 소리는 안 했잖아."

"그게 그 얘기지."

"그러면, 오지 마?"

그가 바짝 거리를 좁히며 물었다. 설주는 커다란 그림자에 순식간에 갇힌 채로 남자를 올려다보았다.

'오지 마.' 그 말은 제가 듣기에도 너무나 몰인정하고 차갑게 들려서 그녀는 구구절절 설명을 덧붙였다.

"팔 불편해서 운전도 못 하는데, 버스로 왔다 갔다 하기 피곤하잖아. 이제 나 아픈 것도 다 나았고, 식사도 앞으론 스태프들이랑 다 같이 해야 할 테니까⋯⋯."

"그래서, 오지 마?"

"안 와도 괜찮다는 뜻이야."

안 와도 괜찮은 거구나.

남자가 겨우 들릴까 말까 한 소리로 중얼거렸다. 그 표정이 너무 어두웠다. 구겨진 미간 사이의 홈이 깊다.

"내가 무슨 말실수했어?"

지켜보고 있자니 입술이 바짝 말라 결국 그렇게 묻고 말았다.

그가 손을 떨어뜨리고 힘없이 웃으며 고개를 저었다.

"날 생각해서 하는 말인 거 알아."

"근데 왜⋯⋯."

"근데, 윤설주는 누구에게나 다 그러니까."

그가 하고 싶은 말이 뭔지 전혀 알 수 없었다. 혼란에 젖는 그녀의 표정을 읽었는지, 그가 느리게 입술을 열었다.

"너는, 네가 원하는 것보다 상대를 배려하는 게 우선인 사람이잖아."

그게, 나쁜 건가?

점점 미궁 속으로 빠져드는 기분이다. 어느새 그녀는 좀 전의 그와 비슷하게 미간을 잔뜩 우그러뜨리고 있었다.

그가 피식 웃으며 주름진 피부 위를 손가락으로 두드렸다.

"그래서 그런 윤설주가 같이 가자고 욕심내 줬을 때."

"⋯⋯."

"나 그때, 실은 엄청 좋았어."

그가 어느 부분에서 서운함을 느끼는지 설주는 뒤늦게 깨달았다.

그는 '누구에게나' 친절한 사람에게 친절한 대접을 받는 것은 조금도 특별하고 기쁜 일이 아니라는 걸 말하고 있는 거였다. 차라리 이기적으로 굴어 주라고, 그런 애원을 하고 있는 거였다.

그러나 그래도 될까? 그럴 수 있는 사이인가, 우리가?

설주에게는 아직도 생생한 기억이다. 마주 웃고, 끌어안고, 입 맞추고. 사랑하지 않으면서 그 모든 일을 해냈던 남자.

비참해지는 것을 각오하고 솔직히 고백하자면, 자신이 그를 버렸다는 것도 구차한 자기만족에 불과했다.

7년 전, 무릎을 꿇으며 흘렸던 눈물만큼은 진심이었을 거라고 믿고 싶은 것이다. 그것까지 거짓은 아니었을 거라고, 차라리 속고 싶은 비겁한 마음에서 비롯된 위로였다.

"그래. 그랬었지."

풀어서 자세히 들여다보면 아플 게 뻔해서. 그래서 싸구려 포장지로 얼기설기 밀봉해 놓은 기억들이다.

그러나 남자가 자꾸 이렇게 들쑤신다. 잘 찾아보면 그 안에 대단히 값진 보석이라도 있을 것처럼.

"그리고 너는 끝까지 내 손 안 잡았고."

그런 거 없는데. 반짝거리나 싶어 살펴보면 전부 날카로운 유리 조각인데. 그래서 결국은 이렇게 원망하는 말만 나올 텐데.

"잡으려고 했어. 같이 떠날 수만 있으면 어디든 좋을 거라고 하루에도 수십 번 생각했다고. 마지막에 네가 날 한 번만 믿어 줬더라면, 나는 정말……."

"마지막?"

설주는 무참히 남자의 음성을 잘라 냈다.

과거의 일 따위는 다 잊은 듯 아무렇지 않은 척하는 것이 더는 불가능했다. 서럽지 않아서, 참을 만해서 입을 다물고 있었던 것이 아니다.

"그날 했던 말들, 조금만 더 일찍 해 주지 그랬어. 다 들켜 버리기 전에."

갈라진 둑이 결국 와르르 무너져 내리듯, 설주가 마침내 원망을 쏟아 냈다.

"마지막에 내가 널 한 번만 믿어 줬더라면 어디든 함께 갔을 거라고? 그게 얼마나 말도 안 되는 소리인지 알고 하는 거야?"

"……."

"나를 수없이 속인 사람을 또 믿을 만큼, 내가 바보 천치였어야 해?"

"그러면 안 되는 거야?"

"뭐?"

"바보 같은 게 왜. 좀 바보 같으면 뭐 어때서."

그가 담담한 목소리로 잘도 뻔뻔한 얘기를 지껄였다. 싸늘하게 피가 식는 것 같았다. 어떻게 그렇게 가볍게 말할 수 있는가. 그녀는 분노로 경련하는 손끝을 손바닥 안으로 말아 쥐며 쏘아붙였다.

"쉽게 얘기하지 마."

"그런 거 아니야."

"그런 게 아니면? 나를 그렇게 수없이 속이고도 모자랐어? 이왕 속은 거 한 번 더 속아 주지 싶어서 아쉬웠어?"

"아니야. 그런 게 아니라, 그냥 나는, 난……."

그가 잇새로 낮게 욕을 내뱉으며 고개를 모로 틀었다. 드러난 눈가가 발갛게 물들어 있었다.

"나는 그랬으니까. 세상에서 둘도 없는 머저리였으니까."

이를 악다문 채, 그가 불분명한 발음으로 한참 만에야 말을 끝맺었다. 그가 애원하는 듯한 눈으로 다시 그녀를 내려다보았다.

남자가 이렇게 연약한 눈으로 쳐다볼 때면 설주는 늘 말문이 막혔다. 아주 사소한 다정함에도 왈칵 눈물을 쏟을 것 같은 눈.

설주는 질끈 입술을 깨물며 시선을 피했다. 그러나 그의 커다란 손이 그녀의 고개를 정면으로 돌려세웠다.

"손 치워."

"싫어."

"뭐 하자는……."

"그러지 마, 제발."

"……."

"네가 눈을 피하면, 그게, 나는 그게 꼭……."

뺨에 닿은 그의 손이 떨고 있었다.

떨어뜨린 시선에 그가 우격다짐으로 그려 넣은 일그러진 하트가 담겼다. 그때 고맙다고 말하던 남자는 세상을 다 가진 사람처럼 웃고 있었는데, 지금의 남자는…….

"세상이 끝나 버린 것 같아."

목소리에도 멍이 든다면 이런 느낌일까.

그의 음색은 한껏 푸르뎅뎅하고 시큰거렸다.

"네가 웃는 게 좋았어. 내가 울리게 될 사람인데, 자꾸 웃게 하고만 싶었어. 날 미워하게 될 사람인데, 나를 좋아하게만 만들고 싶었어. 모르겠어. 어쩌다 그렇게 됐는지. 네가 불쌍해서 그랬나? 네게 미안해서 그랬나? 아무리 생각해도 모르겠어. 그때도 몰랐었고 지금도 몰라. 그냥 정신 차리고 보면 정신없이 네 생각만 하고 있었어."

그가 정돈되지 않은 말을 빠르게 쏟아 냈다. 스스로도 무슨 말을 주절대는지 잘 모르는 것 같은 혼란스러운 표정이다. 그러더니 흐린 얼굴로 물었다.

"진심이 된 게, 너한테만 잔인한 일이었겠어?"

무참히 밟아 죽일 꽃에 정성스레 물을 주는 일이나 마찬가지인 일.

"그러니까 조금만 봐주면 안 돼? 나쁜 놈 말고, 이 멍청한 놈 하고. 조금만 불쌍하게 생각해 주면 안 돼?"

적선을 구걸하는 거지처럼 자존심 따위 다 내다 버린 꼴로 그가 사정했다.

그때와 닮았다. 사랑을 고백하면 믿어 주겠느냐고 물어 오던 때. 거기에 마음을 빼앗겨서 하마터면 다른 것은 돌아보지 않고 고개를 끄덕일 뻔했던 그녀 자신의 모습까지도.

"불쌍해. 딱해, 너. 네가 굳이 그렇게 부탁하지 않아도 그래."

그녀는 담담하게 그렇게 말했다.

진심이었다. 덮어놓고 원망만 하기엔 너무 가엾은 인생을 살아온 남자다.

"그런데 나는…… 그래도 내가 더 불쌍해."

"설주야."

"그래서 나는, 나를 그렇게 불쌍하게 만든 네가 미워."

네가 아니었으면 그 바닥도 없는 슬픔 같은 것은 모르고 살 수 있었을 테니까. 천연하게 나를 속이던 너 때문에 가슴 뜯었던 시간이 흉터처럼 남아 있으니까.

"……미안해."

그런데 이상하지. 그럼에도 불구하고, 다시 네가 좋아질 것 같아.

"용서가 안 될 것 같아."

"괜찮아. 용서, 그런 거……."

"그러니까 그만 와."

네가 내게 가진 죄책감을 무기로, 날 사랑해 달라고 조르고 싶어질 것 같아.

"이번엔 확실히 말할게."

"……."

"다신 오지 마."

설주는 뒤돌아서 뛰었다.

잘한 일이었다.

구차한 여자. 추접한 여자. 그보단 차라리 불쌍한 여자로 남는 것이 나았다.

#7

목덜미에 불현듯 차가운 것이 닿았다. 설주는 소스라치며 놀라 뒤를 돌아보았다.

흡사 각막을 태우기라도 할 것처럼 햇빛이 시야로 하얗게 짓쳐들어왔다. 눈부심에 빠르게 눈꺼풀을 깜빡이면서, 윤곽뿐인 누군가를 보며 찰나 남자를 떠올렸다.

「근무 태만이야, 주.」

롭이었다.

요령 없이 급하게 들이마신 숨에 폐가 뻐근하다. 무지근한 흉통에 인상을 쓰는 설주에게 롭이 캔 음료를 내밀었다.

표면에 자잘하게 물기가 어린 것을 받아 들자마자 마개를 따 꿀꺽꿀꺽 마셨다. 그래도 얹힌 것 같은 느낌이 통 가시질 않는다.

「무슨 생각 하고 있었어?」

「그냥 아무 생각 안 하고 있었어.」

「사람이 아무 생각도 안 할 수 있을 때는 잠잘 때뿐이야.」

「그건 너처럼 세상 모든 일에 다 참견하고 싶어 하는 인간한테 국한된 얘기지.」

롭이 키득거리며 수긍했다. 설주는 그를 따라 픽, 웃고는 오랜만에 한국어 강의에 나섰다.

「아무 생각도 안 하고 그냥 있는 걸 한국어로 뭐라고 하는 줄 알아?」

「뭔데?」

"멍 때린다."

그래 봐야 일주일도 기억 못 할 테지만, 어쨌든 롭은 배울 때만큼은 열의를 가지고 달려드는 열혈 학도였다.

제멋대로 움직이는 혀를 가지고 한국어 발음을 따라 하려는 롭의 모습을 구경하는 재미가 꽤 쏠쏠하다. 그래서 그녀는 무료할 때면 이것저것 써먹기 좋은 단어를 그에게 알려 주고는 했다.

"몬 테뢴다."

「와우. 잘하네.」

터질 것 같은 웃음을 겨우 누르고 엄지를 치켜들었다. 놀리는 것도 모르고 롭은 싱글벙글해서 몇 번이고 어설프기 짝이 없는 한국어를 반복했다.

그가 가슴을 쭉 펴며 스스로를 가리켜 자랑스럽게 소리쳤다. 나 턱턱해!

"그래. 너 똑똑해."

"I don't wanna be called 너."

「뭐? '너' 말고 그럼 뭐라고 불러?」

"오파. 나, 오파."

한국인 스태프들 사이에서 이름 뒤에 붙는 오빠나 누나 같은 단어의 뜻을 궁금해하기에 알려 줬더니 그새 이렇게 써먹는다.

그녀는 저도 모르게 웃음을 터뜨렸다.

그러자 별안간 등 뒤에서 불호령이 떨어진다.

"워째 일 안 하고 또 농땡이여!"

응춘이었다.

설주는 후다닥 일어나 롭과의 거리를 벌렸다. 그래도 성에 차지 않는지 작대기를 무기처럼 든 응춘이 롭과 설주의 발끝을 툭툭 쳤다.

작대기 끝에 묻은 진흙이 다리에 튀자 롭이 지저스를 부르짖으며 뒷걸음질로 멀어졌다.

"농땡이가 아니라요, 잠깐 상의를 좀 하고 있……."

"고놈의 상의 두 번만 했다간 정분나겠네."

응춘이 검버섯이 핀 뺨을 실룩거리며 심술궂게 쏘아붙였다. 그러나 설주도 롭도 응춘이 골을 내는 데 익숙해진 지 오래.

두 사람은 군말 없이 각자의 자리로 흩어졌다. 해명을 해 봤자 어디서 말대꾸를 하느냐는 꾸지람만 돌아올 것이 뻔했다.

정말 속을 알 수 없는 노인이다.

이유나 알고 당하면 억울하지나 않을 텐데, 뭐가 마음에 들지 않느냐고 물어도 응춘은 그저 도끼눈을 뜨고 길고 긴 잔소리만 늘어놓을 뿐이었다.

요는, 일을 하러 왔으면 일만 해야지 남녀가 찰싹 달라붙어 있어서야 영화인지 뭔지는 어느 천년에 다 만들겠느냐는 것이다.

뭐 백번 양보해서 팔순이 넘은 고지식한 노인의 눈에 그들의 일하는 모습이 필요 이상으로 친근해 보였다고 해도, 이해할 수 없는 건 그 엄격한 기준이 오로지 설주와 롭에게만 적용된다는 사실이었다.

시건방진 첫인사 때문에 롭에게 미운털이 박힌 것이 분명했다. 그래도, 촬영 허가를 번복하지 않는 것만으로도 감지덕지할 일이라고 설주는 생각했다.

짧은 휴식 시간이 끝나고 다시 불이 켜진 카메라 앞에 선 배우들의 열연이 시작되었다.

기십 명의 스태프들이 한 몸이라도 된 듯 침묵했다. 그 가운데 장난기를 지운 롭이 두 눈을 번뜩이며 모니터를 응시하고 있었다.

배우들이 주고받는 대사 사이로 나뭇잎을 때리는 바람 소리가 섞여 든다.

롭이 아쉬운 표정으로 고개를 저었다. 설주는 고개를 들어 길게 누운 산등성이를 바라보았다.

색온도가 떨어지는 시점이 점점 앞당겨지고 있다. 일몰 시각이 빨라진다. 여름을 탈피한 숲이 가을로 접어들었다는 징조였다.

"벌써 그렇게 됐나……."

예기치 않은 강풍으로 결국 오늘 촬영은 이만 접자는 철수 명령이 떨어졌다.

저마다 장비를 챙겨 산에서 내려갈 채비를 한다. 부랴부랴 서둘러도 산의 초입에 도착할 때쯤이면 아마 태양의 끄트머리만 간신히 남아 있을 것이다.

산에는 가을이 빨리 온다는 노인의 말은 틀리지 않았다.

설주는 산과 달리 여전히 여름 한가운데에 있는 서울을 떠올렸다. 소품을 구하기 위해 이틀 전 갔던 도심의 건물은 에어컨 실외기에서 쏟아지는 더운 바람으로 처서가 지나고도 손을 댈 수 없을 만큼 뜨거웠다.

그러니 그 남자는 아직도 여름에 살고 있겠지.

낯선 거리감에 설주는 몸을 떨었다.

차로 두어 시간 달리면 닿을 거리에 있는 남자가 아주 멀게 느껴졌다. 열몇 시간의 시차를 두고 떨어져 있을 때에도 아무렇지 않았던 것이 이제는 목이 멘다.

그런 스스로에게 신경질이 났다. 어째서 이렇게 무력한가.

"아!"

「조심 좀 해, 주.」

딴생각을 하고 걷다가 튀어나온 돌부리를 미처 보지 못했다. 휘청거리는 설주의 팔을 롭이 잽싸게 낚아챘다.

설주는 그의 시선이 자신을 샅샅이 훑고 있다는 것을 느꼈다. 그녀가 어색하게 웃으며 잡힌 팔을 빼냈다.

「알았어. 잘 보고 다닐게.」

「내가 데려올까?」

「누굴?」

「나보다 더 말 안 듣는다는 그 남자.」

서양인 특유의 움푹 팬 두 눈에 장난기라고는 없었다. 그녀는 억지로 입꼬리를 끌어 올리며 딴청을 부렸다.

「뭐야. 또 무슨 헛소릴…….」

「그 남자 때문이었던 거지? 매번 좋아하지도 않는 남자랑 데이트 따위나 하고…….」

「그만해, 롭.」

설주가 결국 정색하며 얼굴을 찡그리고 나서야 롭은 말을 멈추었다.

롭은 어깨를 으쓱이며 'sorry.' 하고 사과했지만, 솔직한 말로 그의 표정은 전혀 미안함을 느끼는 사람의 것 같지 않았다.

「잘생기긴 했더라.」

돌아서서 앞장서 산을 내려가는 그녀의 어깨에 팔 한쪽을 걸치며 그가 능청스럽게 말을 붙였다.

「뭐, 그래 봤자 이 몸을 따라오려면 한참 멀었지만. 그렇지?」

숱 많고 두꺼운 눈썹을 찡긋거리며 거만하게 턱을 치켜드는 롭.

설주는 소리 없이 대꾸했다. 글쎄, 하고.

◇　◇　◇

그로부터 며칠 후, 기어이 사달이 났다.

설주는 산장에서의 실내 촬영에 쓰일 소품을 픽업해 점심나절이 되어서야 뒤늦게 팀에 합류했다. 꽤 커다란 앤티크 액자 하나를 낑낑거리며 업고 온 그녀를 발견한 롭이 잽싸게 다가와 물건을 받아 들었다.

거기까지는 아무런 문제도 없었다. 일은, 그들이 여느 때와 다름없이 뺨을 맞대며 인사를 나누었을 때 벌어졌다.

'퍽' 인지, '딱' 인지. 여하튼 소리만 들어도 그 고통이 여실히 느껴질 정도였다.

머리를 움켜쥔 롭이 놀란 표정으로 소리의 진원지를 찾아 고개를 돌렸다. 마치 술이라도 거나하게 마신 듯 노인의 얼굴은 불콰했다.

"내 이럴 줄 알았지!"

롭의 머리를 때린 건 노인이 늘 지니고 다니는 막대기였다. 롭이 짧게 욕설을 내뱉었지만, 불행 중 다행으로 노인은 영어를 알아듣지 못했다.

설주는 스태프들의 시선이 모두 자신들 쪽으로 몰린 것을 깨달았다. 자칫하면 상황이 심각해질 것 같아 그녀가 황급히 응춘을 뜯어말렸다.

"왜 이러세요, 어르신. 진정을 좀⋯⋯."

"재주는 곰이 부리고 돈은 되놈이 번다더니! 딱 그 짝이구만!"

"네?"

"여기가 어디라고 쪽쪽거리고 있어?"

"아니에요. 그런 게 아니라, 저희는 그냥 인사를⋯⋯."

"듣기 싫어! 내 아무래도 가만있으면 안 되겠어. 이러다 죽 쒀서 개 주지!"

설주를 홱 떨궈 낸 응춘이 거칠게 숨을 몰아쉬며 롭을 향해 눈을 부라렸다.

롭이 설명을 바라는 표정으로 설주를 응시했지만, 그녀 역시 딱히 해 줄 수 있는 말이 없었다. 재주는 곰이 부린다느니, 죽 쑤어 개 준다느니 하는 말이 어째서 이 상황에 튀어나온 것인지 이해할 수 없었기 때문이다.

그러나 노기등등한 응춘을 향해 그게 무슨 뜻이냐고 물어볼 엄두는 나지 않았다. 물론, 묻는다고 해도 호락호락 대답해 줄 노인이 아니기도 했지만.

노인은 그렇게 한참이나 귀를 닫고 혼자 시근덕거리더니 이내 현관을 거칠게 밀고 나가 버렸다. 뒤에는 대체 뭐가 문제냐고 신음하는 설주와 롭만이 남았을 뿐이다.

설주의 부단한 노력에도 불구하고 롭과 응춘의 사이는 악화 일로를 걸었다.

이번만큼은 롭도 억울함이 상당했는지 전과는 다르게 응춘을 보아도 본척만척하기 일쑤였다. 이대로는 당장 내일 촬영이 엎어진다고 해도 무리가 아닌 상황이다.

설주와 몇몇 한국 제작진은 의기투합해 대책을 강구했다.

"아무래도 술만 한 게 없지."

"술?"

"남자들 단순해서 술 먹다 보면 원수도 됐다가 친구도 됐다가 하잖아."

그게 과연 거의 50년의 나이 차를 가진 롭과 응춘에게도 적용될까?

설주는 걱정스러운 의견을 슬그머니 내비쳤지만, 모두들 밑져야 본 전이지 않겠냐는 식이었다. 어차피 더 나빠질 것도 없는 관계란 소리다.

"쇠뿔도 단김에 빼랬다고, 결행일은 내일로 하자."

마침 내일은 저녁 촬영이 있는 날로, 현장 스태프 몇 명이 산장에서 1박을 하기로 예정되어 있었다. 촬영이 끝난 후 자연스럽게 술자리 분위기를 만들어 롭과 웅춘을 앉히자는 것으로 의견이 모였다.

이윽고 누군가 짝 소리를 내며 손뼉을 쳐 해산을 알렸다. 다들 이 문제를 썩 심각하게 생각하지 않는 듯 현장은 다시 유쾌한 농담으로 가득 찼다.

영화 제작이라는 게 변수의 연속이기 때문에 다들 어지간한 사건 사고에는 면역이 되어 있었다. 일례로 이번 촬영 초반만 해도 느닷없이 새끼를 다섯이나 단 멧돼지의 등장에 현장이 아수라장으로 변하기도 했다.

그래. 그런 무시무시한 산짐승의 습격도 이겨 냈는데, 사람 사이의 갈등이야 대화로 충분히 해결할 수 있는 것 아니겠어? 겉으론 몰인정하고 사나워 보여도 어쨌거나 촬영을 허락해 준 걸 보면 의외로 정이 많은 노인인 게 분명해.

설주는 내일의 술자리에 도움이 되는 생각들로만 머릿속을 가득 채웠다.

◇　◇　◇

다음 날. 산을 오르는 스태프들의 백팩에는 종류도 다양한 술이 여러 병 담겨 있었다. 그 양이 실로 어마어마해서, 설주는 롭과 웅춘의 화해는 그저 애주가들의 구실에 불과한 것은 아닌가 하는 의심을 했다.

그럼에도 그녀의 마음은 저녁에 있을 회동에 대한 기대로 부풀어 있었다.

"왜, 여기……."

산장 앞 화단에서 그녀를 보고 꿈쩍 놀라 호미를 떨어뜨리는 남자를 보기 전까지는 말이다.

며칠 만이지?

부러 날짜를 헤아리려고 노력하지 않았기 때문에 마지막으로 그를 본 후 정확히 며칠이 지났는지조차 알 수 없었다.

그러나 깁스를 푼 오른손으로 야무지게 호미질하던 것을 보면 팔의 부상이 완전히 나을 정도로 적지 않은 시간이 지났음은 분명했다.

설주는 남자를 보자마자 그의 팔부터 살피는 스스로에 진저리를 쳤다.

좋아하게 되는 것은 그렇게 쉬웠는데, 좋아하지 않게 되는 것은 어째서 이토록 어려운 걸까. 이렇게 필사적으로 노력하는데도.

모르는 사람인 척, 남자를 스쳐 지날 때 쿵 바닥이 꺼지는 것만 같았다. 설주는 산장으로 들어가 매정하게 현관을 닫아 버렸다.

다신 오지 말라는 말에 간단히 발길을 끊어 놓고, 이제 와 일하는 곳까지 쫓아온 저의는 대체 무얼까.

이쯤 되니 남자가 이 상황을 일종의 유희로 즐기고 있는 것은 아닌가 하는 생각까지 들었다.

오락가락하며 휘청거리는 그녀의 마음을 모를 리 없는 남자다. 새삼 그에게 여자가 얼마나 쉬운 존재인지 상기하지 않을 수 없었다.

설주는 거칠한 목재의 감각을 등으로 느끼며 눈을 감았다.

7년 전 어머니의 사늘한 음성이 불현듯 귓전을 때렸다.

'재작년 K식품 손 대표 첫째 딸. 결혼 한 번 엎어졌던 거 기억나니? 자살 소동 일어나고 난리도 아니었던 거. 다들 그게 예비 신랑이 속 썩여서 그런 거 아니겠느냐고 말들도 참 많았지. 근데 알고 보니까 말이야, 그 얌전한 애가 실은 따로 남자가 있었다지 뭐니. 고아에다가 술장사나 하는 웬 사기꾼한테 단단히 빠져서는 그 난리를 부렸었다는 거야.'

그래, 그런 소식을 들은 적이 있긴 했다. 몇 번이나 죽으려고 했었다고……. 약도 먹고, 손목도 긋고.

'손 대표가 큰딸이라면 아주 껌뻑 죽었잖니. 예쁘고 똑똑하고 음전하고, 사고만 칠 줄 아는 둘째, 셋째랑은 다르다고 지겹게 싸고돌았었지. 그런 큰딸이 죽겠다고 그러니 아무리 손 대표라도 별수 있어? 하다 하다 안 되겠으니까 그 사기꾼을 찾아가서 병원에 있는 제 딸, 한 번이라도 만나 달라고 사정사정을 했더라는 거야. 그러니까 그 어린놈이 눈 하나 깜짝 안 하고 딱 한마디 했다더구나.'

그때 그녀는 어머니가 자신을 불러 가깝지도 않은 사람의 지난 사생활을 이러쿵저러쿵 늘어놓는 것을 꽤 수상하게 여겼었다. 어머니는 원래도 수다를 좋아하는 성격이 아니었고, 그녀를 불러 하는 말이라곤 명령에 가까운 내용이 대부분이기 때문이었다.

'병원 가 주면, 얼마 줄 거냐고.'

손이 떨리기 시작했다. 웃음을 머금고 있던 어머니의 얼굴이 극도로 차게 식은 것도 그즈음부터였다.

'우리 딸이 왜 이렇게 떨까?'

애정이라고는 눈곱만큼도 찾아볼 수 없는 목소리였다. 끝을 직감한 딸의 손가락에 어머니는 화려하고 무거운 반지를 끼워 넣었다.

'결국 어떻게 됐는지 너도 잘 알 거야. 그 결혼식 나랑 같이 갔었으니까. 손 대표 딸, 제 몸만 축내고 거의 산송장 같은 몰골로 드레스 입었지. 어딜 봐도 새 신부 같은 얼굴은 아니었어.'

그 반지는 그녀가 약혼식 이후로 내내 서랍에 처박아 놓았던 것이었다. 하준재와 나눈.

'나는 우리 딸이 그렇게 되는 꼴은 못 봐. 그럼. 안 될 말이지. 손 대표야 원래가 물러 터진 인간이라 천만 원 주고 놈을 딸 앞에 데려다 놨다지만, 난 달라. 내 딸 눈에서 눈물 뺀 놈, 나라면 그 눈알을 뽑아 버릴 거야. 감히 내 딸 몸을 건드린 그 천박한 손가락을 다 잘라 놓을 거야. 반반하다는 얼굴도 죄 갈아 놔야겠지.'

그토록 섬뜩한 말을 어머니는 더없이 우아하고 고상한 음성으로 포장했다. 그녀는 딸의 손가락에 마치 열매처럼 맺힌 다이아몬드를 황홀한 눈빛으로 보며 말했다.

'어떡할까? 설주야. 엄마가 어떻게 하면 되겠니?'

온몸이 사시나무처럼 떨렸다.

'감히 너를, 내 딸을, 우리 한주기업을 농락한 놈에게는 어떤 벌이 적당할까. 말해 보렴. 어딜 어떻게 찔러야 가장 아플지. 넌 잘 알 거야. 그렇지? 그놈의 약점 말이다.'

'어, 어머니……'

'듣자 하니 가족도 없고, 가진 것도 없더구나. 빼앗을 게 없어. 망가뜨릴 것이 없단 말이지. 딱 하나. 그 몸뚱이 빼고는 말이야.'

설주는 울며불며 매달렸다. 아무리 잘못을 빌어도, 다신 만나지 않겠다고 맹세해도 어머니는 그저 코웃음만 쳤다. 실망, 아니 분노로 번뜩이는 어머니의 눈을 보며 그녀는 싹싹 빌던 두 손을 내려놓았다.

'제가 필요하시잖아요.'

'뭐?'

'결혼이요. 하준재, 화경건설의 도움이 필요하시잖아요. 아직은 저, 어머니한테 쓸모 있는 물건 아니에요?'

'네가 지금 날 협박하는 거니?'

협박이 아니라 협상이라고 되받아치는 그녀의 얼굴은 이미 눈물범벅이었다. 그런 딸의 얼굴을 어머니는 멸시가 가득한 눈초리로 노려보았다.

'그 사람 내버려 두세요. 저를 뜻대로 움직이게 하려면 지금으로선 그 방법밖에 없다는 거 어머니도 인정하실 거예요.'

'이런. 내가 너를, 아주 헛키운 건 아니었구나.'

소름 끼치는 웃음소리. 그 일그러진 미소가 눈꺼풀 안쪽에 아른거려 그녀는 눈을 부릅떴다.

남자와의 재회 이후, 되짚어 봐야 고통뿐인 기억들이 이렇듯 불시에 떠오르곤 했다. 결코 짧지 않은 시간이 흘렀음에도 그날 어머니에게서 들은 말이 토씨 하나 틀리지 않고 그대로 재생되었다. 전부터 그녀를 괴롭혀 오던 해묵은 의심이 점점 몸집을 키워 갔다.

저 때문에 죽을 결심까지 했다는 여자의 소식 앞에서도 계산기 두드 릴 줄만 알았던 남자가 왜 내게만 이토록 유별나게 구는 걸까? 죽어 가는 사람 앞에서도 동하지 않았던 죄책감이 어째서 내게만 적용되는 걸까?

죄책감? 아니.

차라리 어떤 다른 목적이 있어서라는 결론이 훨씬 논리적이다.

처음부터, 단 한 순간도, 내게 조금의 진심도 없었던 건 아닐까.

설주의 생각은 마침내 그런 가정에까지 이르렀다. 유리하고 편리한 환상을 제거하는 마음이 송곳에 찔리는 듯 따끔거렸다.

그러나 이렇게라도 하지 않으면 언제까지고 그에게 휘둘려 제자리걸 음만 하게 될 따름이다.

뭘까.

"역시…… 돈 때문인가."

한주기업의 가계도에서 윤설주라는 이름은 배제된 지 오래였다. 그러나 그가 과연 이 사실을 알고 있을지는 의문이다. 적어도 그녀의 입 으로 말해 준 적은 없으니까.

그녀는 이제 어디에나 있을 법한 평범한 직장인에 다름없었다.

재벌 3세로서 얻었던 모든 특혜를 한순간에 박탈당하고, 그나마 있던 주식과 부동산마저 모조리 빼앗겼다. 그뿐일까. 하준재 쪽에서 위자료 명목으로 계좌에 넣어 준 돈까지 어머니는 남김없이 털어 갔다.

설주는 저도 모르게 거울에 비친 자신의 모습을 훑어 내렸다. 추레하다고는 할 수 없어도, 7년 전과 너무나 달라진 스타일이 고스란히 시야에 담긴다.

수천만 원짜리 블라우스를 몸에 걸치고도 아무렇지 않게 아이들과 공을 차며 흙먼지를 뒤집어쓰던 생활이 까마득했다.

지금의 그녀는, 1달러 차이도 꼼꼼하게 따져 장을 보고 집세를 아끼기 위해 낯선 사람들과 거리낌 없이 룸 쉐어를 하는 평범한 사람이다. 아니, 오히려 평범이란 기준에 못 미치는 여자일 수도.

그에 반해 그는 어떻지?

명품 브랜드의 옷과 시계에, 예쁘고 튼튼하지만 연비는 최악인 최신 모델의 외제차까지. 그야말로 여느 재벌가의 자제라고 해도 믿을 정도였다.

그녀는 그런 수준을 유지하기 위해 얼마만큼의 돈이 필요한지 누구보다 잘 안다. 그가 점장으로 있는 바가 제아무리 크다 한들, 월급만으로는 감히 충당하지 못할 것이 분명했다.

돈. 생각이 자꾸 그쪽으로 기운다.

이제 줄 수 있는 게 아무것도 없다는 말을 제대로 듣기는 했을까? 아무리 그래도 핏줄인데. 당장은 남처럼 살고 있어도 언젠가 때가 되면 기업에서 그녀를 필요로 할지 모른다는 가능성에 배팅하려는 걸까.

충분히 그럴 듯한 얘기다. 지난 몇 년간 주변에서 가볍고, 지겹게 떠들어 대던 입들이 떠올랐다.

'딱 한 번 고개 숙이면 남은 평생이 꽃길인데, 왜 쓸데없는 고집을 부려?'

'한주기업이 너희 외할아버지 거라며? 좋겠다. 금수저도 아니고, 완전 다이아수저네.'

'뭐 하러 사서 고생을 해? 아, 혹시 서민 체험 그런 거야?'

'진짜 다음 달에 갚을게. 너무 급해서 그래. 오천, 그거 너한텐 큰 돈도 아니잖아.'

그렇게 해서 멀어진 인연이 이미 여럿이다. 그녀가 말한 적 없는 사실을 대체 어디서 듣고 왔는지 모를 일이었다.

어쨌거나 그녀가 그들을 통해 깨달은 사실은, 어떤 사람들에게 자신은 죽어도 한주기업 심 회장의 외손녀밖에는 되지 않는다는 것이었다.

확신할 수 있니? 그는 그런 사람들과 다를 거라고. 설주는 스스로에게 질문했다.

고작 3개월 남짓이었다. 불순한 의도를 갖고 접근한 남자였다.

나는 그에 대해서 얼마나 잘 알고 있지? 식성? 침대 위에서의 버릇? 음악이나 영화 취향?

설주는 모든 정보와 기억을 되짚어 그가 좋은 사람이라는 증거를 찾아내려고 했다.

그러나 애초에 믿을 수 없는 남자인걸. 어디까지가 연기고, 어디까지가 진짜였는지 구별할 능력 따위는 없는…….

「헤이, 주. 롭이 찾던데?」

그때였다. 닫힌 현관을 벌컥 열고 들어온 누군가에 의해 생각이 잘려 나갔다.

그녀는 서둘러 알겠다고 눈짓한 후 산장 밖으로 나섰다. 남자가 말이라도 붙여 오면 어떻게 해야 할지 고민했지만, 화단엔 장비를 점검하는 스태프들뿐이다.

그새 간 걸까. 아니, 이렇게 간만 보려고 이 험한 산중까지 온 건 아닐 거야.

그녀는 작은 초식 동물처럼 끊임없이 주변을 경계했다. 그러나 남자의 모습은 보이지 않고 멀리서 가까이 오라고 손짓하는 롭의 각진 얼굴만 눈에 띄었다.

다가가니 롭이 물음표가 가득한 얼굴로 팔을 잡아끌었다.

「아까 그 사람, 저번에 그 남자 아니야?」

「용케도 알아봤네.」

「잊어버리기 쉬운 인상은 아니잖아. 게다가 오늘은 복장이…….」

롭이 말을 하다 말고 낄낄거렸다.

복장이 왜? 기억을 더듬었지만 놀라서 동그래진 눈과 '깡' 소리를 내며 자갈 위로 떨어지던 호미밖에는 떠오르지 않았다.

「아무튼, 왜 왔대? 너 보러 온 거야?」

「잘 모르겠어. 얘길 안 해 봐서. 혹시 어디로 갔는지 봤어?」

「저기, 창고 쪽으로 가던데? 그 괴팍한 노인을 찾는 모양이었어.」

작대기에 머리를 얻어맞은 이후로 롭은 응춘을 가리킬 때마다 괴팍하다는 수식어를 붙였다.

부디 술 몇 잔에 풀릴 정도로만 삐진 거여야 할 텐데.

설주는 한숨을 내쉬며 롭이 알려 준 위치로 걸음을 옮겼다. 남자를 찾는 것은 어렵지 않았다. 창고 뒤 응달에서 새어 나오는 목소리 덕분이었다.

"할아버지, 이건 약속이랑 다르잖아요."

"내가 뭘? 나는 아무 말도 안 했구먼."

"말만 안 하면 뭐 해요? 일부러 촬영 있는 날 부르신 거죠? 또 미운 털 잔뜩 박히게 생겼다고요."

"그럼 그냥 얘기혀. 그럼 예쁨받을 거 아녀?"

"절대 싫습니다. 별로 안 좋아할 거예요. 그리고 저 좋자고 한 일인데요, 뭘…….”

투덜거리는 음성과 놀림조의 음성이 번갈아 들려온다.

꽤나 친밀하게 들리는 대화 소리에 설주는 자신의 귀를 의심했다.

결코 하루 이틀 알고 지낸 사이가 아닌 것처럼 보였다.

그건 그렇고, 나를 보러 온 게 아니었어?

대화 내용을 완전히 알아들을 수는 없었지만, 듣자 하니 남자가 여기 온 까닭은 노인의 호출 때문인 것 같았다.

그녀는 좁은 구멍에 몸을 숨긴 생쥐처럼 숨죽인 채 계속해서 귀를 기울였다.

"내가 다 뜻이 있어서 불렀으니께 잔말 말고 하던 일이나 계속혀."

"싫습니다. 또 마주치기 전에 얼른 내려갈래요."

"어허? 사내놈이 그라고 간이 작아서야 뭔 큰일을 해?"

응춘이 혀를 끌끌 찼다. 남자는 말이 없다.

"보아하니 딴 놈이 채 갈 것 같아서 부른 거여. 내 앞에서 둘이 입술을 맞대고 쭉쭉거리는데 내가 부아가 안 나?"

설마. 그때만 해도 설주는 노인이 말한 둘이라는 게 저와 롭을 두고 하는 소리는 아닐 거라고 생각했다. 뺨이면 모를까, 입술을 맞댄 적은 추호도 없으니까.

"네 녀석이 그 처자 여기 붙들어 놓겠다고 얼마나 생고생을 했냐? 응? 팔 한쪽 바쳐 가면서."

"그 고생을 할 때 눈 하나 깜짝하지 않은 게 누구신데."

"아, 어쨌거나 네놈 소원 들어준 것도 나여."

팔 한쪽을 바쳤다니.

바보가 아니고서야 대화의 윤곽을 잡아 가기란 어려운 일이 아니었다.

처음부터 이상하긴 했다. 그렇게 강경하던 노인이 직접 찾아와 느닷없이 촬영 허가를 해 줬던 것이.

설주는 하, 하고 자조했다.

"그런데요, 영감님. 방금 그거 거짓말하신 거죠? 입술을 맞대고 쭉

쭉거렸다느니 하는 거."

"거짓말은 무슨. 참말이여. 내가 내 두 눈으로 직접 봤지."

"안 속습니다. 분명 그냥 친구라고 했⋯⋯."

"아 정말이라니께! 어찌나 부아가 나든지, 그 감독 놈 머리통을 후려갈겨 버렸다고."

설마 하던 것이 기어코 사람을 잡는다고, 노인이 묘사한 낯부끄러운 행위의 주인공은 그녀 자신과 롭이었다.

설주는 앞뒤 잴 것 없이 웅춘의 말을 이어 받았다.

"그건 그냥 인사라고 몇 번이나 말씀드렸는데요, 어르신."

도깨비처럼 갑자기 등장한 그녀 때문에 바닥에 쪼그리고 앉아 자루가 떨어진 낫을 손보던 웅춘이 엉덩방아를 찧었다. 엄살기가 다분한 '아이고.' 하는 신음에 아랑곳하지 않고 설주가 따지듯 말했다.

"그리고 입술이 아니라 뺨이라니까요."

"아니, 그, 내가 보기엔 입술 같아서 입술이라고 한 것이지."

"아니에요. 절대로. 다른 스태프들도 그렇게 인사하는 거 몇 번 보셔 놓고 왜 꼭 저랑 감독님한테만 그러세요?"

"크흠. 그게 내가 다 좋은 뜻으로다가 그런 거지, 무슨 억하심정이 있어서 그런 것은 아니고⋯⋯."

괄괄하던 기세가 한풀 꺾인 것을 보고 설주의 날카로운 시선이 이내 남자에게로 옮겨 갔다.

그는 주인이 아끼던 신발을 물어뜯은 개처럼 잔뜩 그녀의 눈치를 보고 있었다. 것도 꽤나 우스꽝스러운 옷을 입고.

"꼴이 그게 뭐야?"

롭이 복장이 어쩌고 했던 이유가 이래서였구나. 남자는 낡고 해지고 색마저 빠진 옷을 입고 있었다.

아마도 웅춘이 밭일을 할 때나 입는 옷이겠지.

그의 몸에는 옷이 턱없이 작아서 어깨와 팔뚝 부분은 피조차 통하지 않을 것처럼 보였다.

"할아버지가 비싼 옷 버린다고……. 아, 그러게 안 입는다고 했잖아요."

그가 머쓱하게 뒤통수를 긁으며 투덜거렸다. 노인은 뭐가 그리 즐거운지 연신 킬킬거린다.

설주는 붉게 달아오른 남자의 귀를 응시하다가 먼저 뒤돌아섰다.

"따라와. 얘기 좀 해."

그러나 보폭이 큰 남자의 터벅거리는 발걸음 소리 대신 웅춘의 쩌렁쩌렁한 음성만이 돌아왔다.

"어딜? 안 돼. 내 손님이니까 쫓아낼 생각 말어!"

"쫓아내려는 게 아니고요, 어르신……."

"아이, 아무튼 안 돼! 해야 할 일이 산더민데 어딜 빼돌리려고? 자네는 가서 영환가 뭔가 마저 찍고, 네놈은 얼른 나 따라와."

새우처럼 허리가 굽은 노인이 남자의 소매를 잡고 끌었다. 그는 큰 키가 무색하게 자그마한 웅춘에게 질질 끌려갔다.

머리 꼭대기에 뜬 해가 기세등등하다. 남자의 상의는 등줄기를 따라 색이 짙어져 있었다.

"……호미질을 대체 얼마나 오래 했길래."

온몸이 저렇게 땀이야?

설주는 주름진 이마를 짚은 채 멀어지는 두 개의 인영을 바라보았다.

#8

 남자를 달고 산을 올랐던 웅춘은 해가 완전히 산 아래로 떨어진 후에야 산장으로 되돌아왔다. 야간 촬영은 주간에 비해 몇 배로 더 주의를 기울여야 하기 때문에 설주 역시 한눈팔 겨를이 없었다.

 「좋아! 다들 고생 많았어.」

 OK 사인이 떨어진 건 밤 11시가 다 되어서였다. 스태프들은 피곤에 찌든 얼굴로 빠르게 시선을 주고받았다. 설주 역시 질세라 가담했다.

 「롭. 배 안 고파?」

 「왜? 배고파?」

 「응. 그리고 너도 배가 고팠으면 좋겠어.」

 「내가 네 말을 잘 듣긴 하지만, 내 위장까진 아니야.」

 수상함을 감지한 롭이 슬금슬금 뒷걸음질 쳤다. 그러자 조명팀에서 가장 건장한 스태프 두 명이 하이에나처럼 롭을 덮쳤다. 롭은 꼼짝없이 붙들려 테이블 앞에 앉았다.

"오밤중에 이게 뭔 난리여?"

곧 웅춘도 산장에서 끌려 나왔다.

탐탁지 않은 표정으로 연신 구박을 늘어놓긴 했지만, 가장 싹싹한 스태프의 애교 앞에서는 무용지물이었다.

"에이, 11시면 초저녁이죠. 할아버지 막걸리 좋아하시는 것 같아서 제가 여기까지 힘들게 들고 왔단 말이에요."

애교가 아니라 단순히 막걸리에 혹한 것일지도 모르지만.

순식간에 숯이 타고, 고기가 불판에 올라갔다. 설주는 쌈 채소 따위를 물에 씻으면서 산장을 흘끗거렸다.

가는 걸 보진 못했으니 어딘가 있을 텐데…….

눈에 보여도, 눈에 보이지 않아도 신경 쓰이는 성가신 남자 같으니라고.

그녀는 땅이 꺼져라 한숨을 내쉬며 전투적으로 술을 비워 내는 사람들 사이에 섞였다.

누군가 그녀에게도 술을 권했다. 오랜만에 그녀도 술이 고팠던지라 망설임 없이 입안에 털어 넣었다.

폭탄주였나. 으. 불이 붙은 듯 식도가 뜨겁게 달아올랐다.

"먹어."

코앞에 불쑥 고기가 내밀어졌다. 입안에 가득한 독한 알코올 향에 재고 따질 것도 없이 덥석 받아먹었다.

"너무 많이 마시지 마. 술 잘 못 하잖아."

그였다.

"아니면 안주라도 같이 먹어. 속 버려."

남자가 작은 접시에 구운 버섯이며 양념에 버무린 콩나물 같은 것들을 담아 준다. 그러고도 마음이 놓이지 않는지 그는 그녀의 컵에 생수를 가득 따랐다.

설주는 말없이 눈을 들어 그를 바라보았다.

넝마보다도 못한 옷들은 드디어 벗어 던진 모양이다. 깨끗해 보이는 하얀 티셔츠에 몸에 잘 맞는 청바지 차림. 흙이 묻어 꾀죄죄하던 얼굴도 말끔했다.

"저기……."

"청담동에 바 운영하신다면서요? 정확히 위치가 어디예요? 제가 집이 그 근방이거든요."

설주가 가까스로 입을 떼려는 찰나, 누군가 그들 사이를 비집고 들어와 남자에게 살갑게 말을 붙였다.

특수분장팀의 막내다.

주간 촬영 이후 숙소로 돌아갔어도 될 인원이 여태 남아 있는 이유에 대해서는 그녀의 달아오른 뺨만 봐도 알 수 있을 것 같았다.

"그, B 스테이크 하우스 옆에……."

"어? 설마 G Bar? 세상에. 전 그냥 작은 술집인 줄 알았는데."

"그래 봐야 전 그냥 직원이에요."

꼬박꼬박 대답해 주는 그의 입술에는 직업적인 웃음이 걸려 있었다. 그게 보기 좋다고 하면 거짓말일 것이다.

설주는 기계적으로 접시에 담긴 음식물을 입으로 옮겼다. 그런 그녀의 맞은편으로 롭이 다가와 눈을 부라렸다.

「이거 주, 네가 주도한 거지?」

「아닌데. 난 그냥 참여만 한 거야. 어때? 얘기 좀 해 봤어?」

「몰라. 저 노인이 술 마실 때는 또 얼마나 괴팍한 줄 알아? 마주 보고 마신다고 욕하고, 건배할 때 내 잔이 더 위에 있다고 욕하고, 한 번에 다 안 마신다고 욕하고. 그냥 내가 하는 건 모조리 다 싫은 거지.」

「그건 문화 차이야, 롭. 말했잖아. 한국에선 윗사람과 아랫사람 사이에 지켜야 할 예절이…….」

옆얼굴이 따끔거려서 말을 채 끝맺지도 못하고 고개를 돌렸다. 시선을 들킨 그가 미간에 잡았던 주름을 펴고 헛기침을 했다.

대화 중이었던 거 아니었나?

곧이어 분장팀 막내가 초조한 기색으로 물었다.

"저기, 제 얘기 듣고 계세요?"

그가 또 웃는다. 언제 이쪽을 노려보았냐는 듯 상냥하게 앞사람과 눈을 맞추고. 한눈 따위 판 적이 없는 사람처럼 '네, 그럼요.' 하고 대답했다.

"곧 제 생일이거든요. 안 그래도 파티 어디서 할까 했는데, 혹시……."

"저희 가게에서 하시게요?"

"워낙 예약하기 어렵다고 들었는데, 가능할까요?"

"무조건 가능해야죠. 설주 동료분이신데."

남자가 생글거리며 대답했다. 그와 동시에 설주는 젓가락 한쪽을 떨어뜨렸고, 분장팀 막내는 목소리를 높였다.

"어머. 두 분 아는 사이세요?"

"네."

"어떻게……?"

남자는 질문에 답하지 않고 찌르는 듯한 시선으로 그녀를 응시했다. 그녀가 대신 대답해 주기를 말없이 종용하고 있는 것이었다.

침묵이 길어지자 막내의 눈빛이 점점 뾰족해졌다. 연적을 마주한 눈이다.

스물둘이라고 했었나? 스물셋?

정확한 나이가 기억나지 않았다. 어쨌거나 열 살 가까이 차이 나는 어린 여자에게 라이벌 취급을 받는 건 어이가 없는 동시에 썩 기분 나쁘지 않은 일이었다.

설주는 남자가 물을 채워 놓은 잔 대신 롭의 술잔을 빼앗아 비우고는 태연자약한 얼굴로 대꾸했다.

"전에 잠깐 만났던 사이예요."

쿨해 보이고 싶은 마음 반, 그냥 아는 사이라고 둘러댔다가 짓궂은 남자가 반발심에 이실직고할지도 모른다는 노파심 반이었다.

그러나 파장은 예상 밖으로 어마어마했다.

"두 분이 사귀었었다고요?"

"뭘 그렇게 놀라요. 민망하게."

"아니, 뭔가. 두 분이 그런 쪽으로는 매치가 잘……. 어, 그러니까 뭔가 스타일이 좀 다른 느낌이라……."

안 어울린다는 말을 어떻게든 그럴싸하게 둘러대느라 막내는 땀을 삐질삐질 흘렸다.

설주는 대수롭지 않게 어깨를 으쓱이며 술을 한 잔 더 비웠다.

"뭐, 잘 안 맞았으니까 결과적으론 헤어졌겠죠."

"아, 혹시 기분 나쁘신 건 아니죠?"

"전혀요. 신경 쓰지 말……."

"내가 많이 부족해서 망쳤어요. 우리가 안 맞았던 게 아니라."

설주의 목소리를 끊고 그가 조용히 얘기했다.

그녀는 잔에 술이 넘치는 줄도 모르고 계속 소주병을 기울였다. 남자의 손이 술병을 가로챘다.

시선이 얽히자 마치 물 안에 잠긴 듯한 착각이 든다. 술에 취해 마구잡이로 떠드는 목소리가 희미해지고 스스로의 숨소리만 기이할 정도로 커다랗게 울리는 것이다.

안 취했는데. 차라리 취했으면 좋겠다 싶을 정도로 멀쩡한데.

설주는 인상을 쓰며 남자를 노려보았다. 그가 그녀의 시선을 받아치며 술잔을 들어 냉큼 비웠다.

입술에 묻은 소주를 보란 듯이 날름 핥는 붉디붉은 혀.

아니. '보란 듯이'는 아닌지도 몰라. 그는 그저 순수하게 흐르는 술을 혀로 닦았을 뿐인데, 그걸 보는 내가 순수하지 못한 걸지도.

"나 화장실 좀."

얼굴에 피가 확 몰리는 기운에 그녀가 자리에서 일어섰다. 오고 가는 한국어에 꿰다 놓은 보릿자루처럼 멀거니 앉아 있던 롭이 기다렸다는 듯 따라 일어섰다.

「주. 어디 가?」

「화장실.」

「같이 가 줄까?」

롭이 이를 드러내고 웃으며 음흉하게 눈썹을 찡긋거린다. 밉지 않은 장난에 평소라면 유쾌하게 맞받아쳤을 테지만, 지금은 그럴 여유가 없었다.

「롭. 영화 여기서 접고 싶은 거 아니라면 얼른 원래 자리로 가.」

롭이 마지못해 어기적어기적 의자에서 일어섰다. 투덜거리는 그의 입 모양이 그녀를 향해 '사나운 새끼 고양이'라고 말하고 있었다.

설주는 모르는 척 산장으로 향했다. 남자 쪽으로는 시선 한 자락 흘리지 않았다.

그러나 시끌벅적한 술판에서 멀어지자마자 익숙한 발자국 소리가 등 뒤를 밟는다. 그녀는 고집스럽게 앞만 응시한 채 화장실로 들어섰다.

철컥. 화장실 문을 잠그자 참았던 숨이 터져 나왔다. 거울에 비친 얼굴이 퍽 볼만하다. 반갑지 않은 기시감이 속을 울렁거리게 했다.

그를 학교에서 처음 봤던 날.

잔인할 정도로 선명하다.

거울 속, 익은 듯 달아올랐던 얼굴 뒤로 아무렇지 않게 여자 화장실 안으로 걸어 들어오던 남자의 모습이.

똑똑똑.

"설주야."

설주는 흠칫 놀라 문에 기댔던 몸을 떨어뜨렸다.

"괜찮은 거야?"

설주는 이를 앙다물고 문을 노려보았다. 괜찮지 않아, 하는 비명이 언제고 목구멍을 박차고 튀어나올 것만 같다.

생각해 보면 남자가 그녀의 인생에 끼어든 이후로 단 한 순간도 괜찮았던 적이 없었다.

롤러코스터를 타는 것처럼 늘 감정이 널을 뛰었다. 기쁨이, 슬픔이, 단 한 번도 겪어 보지 못한 압도적인 크기로 그녀를 흔들었다.

"왜 대답이 없어. 윤설주. 문 좀 열어 봐."

철컥, 철컥.

잠금장치에 걸린 문손잡이는 절반도 돌아가지 못했다.

설주는 잠시 고민하다가 잠금을 풀었다. 그대로 두면 문을 통째로 뜯을 것처럼 그가 문을 두들겨 댔기 때문이다.

"괜찮아? 대답이 없어서 쓰러진 줄 알았잖아."

그가 꼼꼼히 그녀의 얼굴을 살폈다. 얼굴에 닿으려는 남자의 손을 피하고, 설주는 오전부터 내내 묻고 싶었던 것을 입에 올렸다.

"아까 창고에서 어르신이랑 대화하는 거 들었어. 설명해. 어떻게 네가 어르신이랑 아는 건지. 무슨 고생을 왜 했는지."

"별로 고생……."

"팔 이야기는 뭐야?"

너스레를 떨며 웃던 남자의 안색이 점차 어두워졌다. 그가 머뭇거리는 기색을 보이자 설주는 틈을 주지 않고 독촉했다.

"어르신께 가서 여쭤볼까?"

그가 체념조의 한숨을 지었다.

"너 병원에 옮길 때, 네 가방 챙기다가 다이어리를 봤어. 자세히는 안 봤어. 그냥…… 스케줄표만 봤어. 집도 구하지 않고 호텔에서 지내는 거, 누가 봐도 한국에 잠깐 있을 사람 같아서. 네가 알려 주질 않으니까, 언제 떠나는지라도 좀 알고 싶어서."

더 이상 둘러댈 말이 없다고 생각했는지 남자가 마침내 이실직고했다. 조심스럽다 못해 주눅 든 음성이 가만히 말을 이었다.

"왜 귀국했는지. 언제 돌아갈 건지. 산장 주소며 할아버지 연락처 같은 거, 다 거기 적혀 있더라."

"그래서, 도와주고 싶었어? 그렇게 하면 죄책감 좀 덜 수 있을까 싶어서?"

"아니."

그녀의 말이 끝나자마자 그가 급히 부정했다. 미간에 깊게 주름을 잡고, 그는 이때까지와는 다르게 잇새로 씁듯 한 자 한 자 내뱉었다.

"너랑 상관없이 나 좋자고 한 일이야."

"그게 어떻게 너한테 좋은 일이 돼."

설주 역시 지지 않고 맞받아쳤다. 그가 이렇게까지 나오는 이유를 알 수 없었다.

죄책감 운운하긴 했지만 아까도 생각했듯이 말도 안 되는 소리였다. 자살 시도까지 했다는 여자에 비하면, 그녀의 인생은 망가진 축에 들지도 않는다.

"촬영 허가 못 받으면, 너 갈 거였으니까."

"그러니까 그게 너랑 무슨……."

"무슨 상관이냐고? 무슨 상관인지 정말 몰라서 묻는 거야?"

그가 사납게 물었다. 설주는 한 걸음 뒤로 물러섰다. 어느새 남자의 얼굴이 코앞으로 다가와 있었다.

물기가 어른거리는 눈동자가 마치 한입에 삼킬 먹잇감을 보듯 그녀를 주시했다.

견딜 수 없게 하는 눈빛이었다. 숨 쉬는 것조차 자유롭지 않게 만드는 눈. 그런 눈으로 그는 그녀가 마른침 삼키는 것을 가만히 바라보았다.

목, 턱, 그리고 입술.

그 위에 유난히 오래 남는 시선을 도저히 모르는 체할 수 없었다. 설주가 먼저 고개를 가로로 비틀었다.

그가 피식, 자조하며 말했다.

"널 봐야겠으니까, 내가."

"……."

"이렇게, 나한테 치를 떠는 얼굴이라도 봐야겠어서 그랬어."

대답이 됐나? 그가 물었다. 뺨에 그의 숨결이 느껴졌다.

설주는 아무런 말도 돌려주지 못했다. 고개를 돌려 그를 정면으로 마주 볼 수조차 없었다. 그러면 입술이 부딪칠 것만 같아서.

"그런데 그러지 말 걸 그랬다."

수년 같은 몇 초가 지나고 그가 천천히 뒤로 물러섰다.

돌아서는 남자의 얼굴은 싸늘했다. 본 적 없는 표정이었다.

문득, 심장이 내려앉았다.

◇　◇　◇

밤새 잠 한숨 이루지 못했다. 남자의 얼굴이 떠오르면 입과 코가 막힌 것처럼 숨이 차고 가슴이 선뜩해서 그랬다.

그녀는 결국 새벽 동이 틀 무렵 일찌감치 자리를 털고 일어섰다. 여자 스태프들이 다닥다닥 붙어 누워 있는 방은 답답함만 가중시켰다.

초가을 산의 이른 아침은 입김이 흩어질 정도로 서늘하다.

설주는 얇은 외투를 어깨 위로 걸치고 정적이 내려앉은 정원을 거닐었다. 한 달쯤 지나면 첫 서리를 맞게 될 꽃잎은 여전히 색이 선명하고 싱싱했다.

노인이 애지중지 돌보는 탓인지 숲의 나무도, 정원의 꽃도 마치 계절과는 상관없는 것처럼 보인다. 영원히 시들지 않도록 방부 처리를 한 듯.

롭은 한국의 단풍을 무척이나 기대하고 있었다. 정원의 단풍나무를 들여다보며 색이 얼마나 변했나 관찰하는 것은 요즘 그의 주요 일과 중 하나였다.

얼굴을 가릴 수 있을 정도로 큼지막한 단풍이 주를 이루는 밴쿠버에 비해 이곳의 단풍은 종류와 색깔이 다양하고 크기도 아기의 손바닥처럼 앙증맞다며 재미있어했다.

물론, 세계 최고의 단풍은 역시 퀘백의 것이라며 으스대긴 했지만.

"꼭두새벽부터 나와서 뭣 하는겨?"

채 물들지 못하고 떨어진 단풍잎 하나를 주워 빙글빙글 돌리는데 등 뒤에서 깔깔한 노인의 음성이 건너왔다. 노인이 옆구리에 끼고 있는 소쿠리를 바라보며 설주가 물었다.

"벌써 밭에 가시려고요?"

"지금 나가야지. 낮 되면 더워서 일 못 혀."

"밤엔 멧돼지 나온다면서요."

"나야 이만하믄 살 만큼 살았는디, 그깟 짐승이 뭐 무섭겄어?"

어슴푸레한 새벽녘에도 눈에 띌 만큼 노인은 백발이 성성했다. 빠진 이를 고스란히 내보이며 씩 웃어 보인 웅춘이 이내 터벅터벅 걸음을 옮겼다.

설주가 웅춘의 등 뒤에 대고 다녀오세요, 하고 짧게 인사를 건넸다. 그러나 노인은 몇 걸음 안 가 다시 그녀에게 되돌아왔다.

"고놈이 뭔 잘못을 얼마나 크게 저질렀는가는 몰라도, 너무 야박하게 굴지는 말어."

응춘이 전에 없이 부드러운 어조로 그녀를 다독였다.

"늙은이가 웬 오지랖이냐 싶겠지만…… . 자네 마음 얻으려고 아등바등하는 것이, 꼭 옛날 나 보는 것 같아서 맘이 그렇구먼."

"어르신 젊었을 적이요?"

"응. 할멈이 나 때문에 젊어서 고생이 많았거든. 열여덟에, 아무것도 모를 때 그냥 어거지로 한 이불 덮고 살았어. 우리 때야 다 그랬지. 집안서 이제부터 네 처 될 사람이다, 했는데 영 내 눈에는 안 차더라고. 속 많이 썩였지. 노름하고, 허구한 날 술 퍼마시고…… ."

스스로 생각하기에도 한심했는지, 응춘이 잠시 말끝을 흐렸다.

"애들은 우리 할멈이 다 키웠어. 시장에서 국수 팔아서 대학도 보내고 시집 장가 보내고 다 했다고. 그러다 어느 날 정신 차리고 보니까, 청춘이 다 간 거야. 술을 하루도 안 빼 놓고 먹었으니 아, 몸이 멀쩡할 리가 있나. 위를 반을 들어내 버렸어. 한 5년을 병원에서 죽네 사네…… . 할멈이 그 병수발을 다 들었지."

응춘이 제 배를 쓰윽 매만졌다. 그 아래 있을 커다란 수술 자국을 가늠하는 듯.

"그렇게 쎄가 빠지게 고생을 하고 좀 살 만해지니까, 아니, 망할 할망구가 시름시름 앓기 시작하는 거여. 나한테 있던 것이 옮아갔나, 암이라고 하데. 배를 열었다 고대로 닫아 버렸어. 늦어도 한참 늦었다고 하드만."

세월이 스며 탁한 동공 아래 눈물이 차올랐다. 노인이 쪼글쪼글한 손으로 얼굴을 거칠게 쓸었다.

"그래서 내가 여기 업고 올라왔어. 산속에 예쁜 집 짓고, 꽃도 심고, 나무도 심고, 그러고 살아 보는 게 평생소원이라고 해서."

응춘이 정원 구석구석을 눈으로 쓰다듬었다. 회한에 젖은 목소리가 새벽 공기에 조용히 섞어 들었다.

"……그렇게 가벼운 줄 몰랐지. 그렇게 작은 줄 몰랐어. 그런 몸으로 하루에 국수를 삼백 그릇씩 팔았더라고, 할망구가."

설주는 가만히 서서 응춘의 시선을 따라 고개를 움직였다.

그저 예쁘기만 했던 풍경이 달리 보였다. 곳곳에 녹은 노인의 후회와 그리움이 눈에 보이는 듯했다.

설주는 설핏 웃으며 응춘을 위로했다.

"그래도 할머니가 많이 좋아하셨겠어요. 이렇게 멋지게 만들어 주셨잖아요."

"글쎄. 잘 모르겠어. 죽기 며칠 전에 내 욕을 한 바가지로 하더라고. 평생 내 앞에선 조신하니, 험한 말 한번 한 적 없었는데. 뭐, 속은 시원했을 거여."

응춘이 코를 킁 들이마시며 킬킬 웃었다. 그러고는 뒤늦게 멋쩍음이 밀려오는지 괜한 헛기침을 터뜨렸다.

"참, 하여튼 늙으면 이렇다니까. 잔소리, 군소리만 늘어."

"아니에요. 말씀해 주시니까 이제 좀 이해가 돼요. 왜 저한테 소금 뿌리고, 물 뿌리고 그러셨는지."

그녀가 부러 농담조로 히죽거리며 맞받아치자 응춘의 헛기침 소리가 점점 커졌다. 그러고는 넌지시 물어 오는 거였다.

"거, 나 때문에 병원 신세 졌다믄서?"

"네?"

"고 되바라진 녀석이 어찌나 바락바락 대들던. 할아버지 때문에 병나서 입원까지 했다고."

퉁명스러운 음성과는 다르게 얼굴은 온화했다. 어떤 연유에서인지는 몰라도 응춘이 남자를 아끼고 있는 것은 분명해 보였다.

설주는 내친김에 미처 남자에게 듣지 못한 얘기를 화제에 올렸다.

"그런데요 어르신, 그 사람, 팔은 어쩌다 그렇게 된 거예요? 산에서 미끄러지기라도 했대요?"

"미끄러지기는. 산 탈 때 날다람쥐가 따로 없더구만. 나무 베다가 그랬어."

"나무요?"

"저기 밭에 죽은 나무가 하나 있었거든. 톱으로 베어 내는데, 속이 썩었더라고. 속이 빈 나무는 한쪽으로 곱게 넘어가질 않아. 여러 갈래가 나서 어디로 쓰러질 줄 모르니 위험하지. 돕겠다고 기어이 따라와서는 거기 팔이 깔린 거야."

그날이 생각나는지 노인이 얼굴을 한껏 우그러뜨렸다.

"그래도 고놈 아니었으면 그날이 내 제삿날 될 뻔했어."

"다행이네요."

"다행? 아이고, 말도 마."

응춘이 느닷없이 진저리를 쳤다.

"저 성가신 놈이 제 팔 한 짝 값 내놓으라고 어찌나 성화였는지 몰라. 아주 기다렸다는 듯이 사람을 달달 볶아 대는데. 아이고. 차라리 내가 그냥 콱 뒈졌어야 하는데 싶을 정도였다니까?"

"팔 한쪽 값이라니 그게 무슨······."

"그게 뭔 소리겠어? 자네 여기 붙들어 놓으란 말이지."

답답하다는 듯 쯧쯧 혀를 차는 응춘 때문에 어쩐지 모든 게 제 탓인 것만 같아 설주는 겸연쩍게 얼굴을 붉혔다.

"아무튼 지독해. 물이 다 뭐고, 소금이 다 뭐야. 내가 닭똥 긁어모아다가 옛다, 이거나 처먹어라 해도 눈 하나 꿈쩍 안 해. 저 담장 밖에 텐트 치고 밤새 시위할 때부터 알아봤지."

"텐트요?"

"말 안 하던가? 자네 병원에 있는 동안 몇 날 며칠 요 밖에서 텐트 치고 잤어, 고놈이. 자고 일어나면 주변 사방팔방이 멧돼지 발자국인데 겁도 없이 말여."

아아. 그녀의 입에서 미처 추스르지 못한 신음성이 새어 나왔다. 운동을 하고 왔다면서 매일 땀에 절어 병실을 찾던 남자가 떠올라서였다.

서울과 춘천을 왕복하는 줄 알았을 때에도 적잖이 불편하고 미안했던 마음이 눈덩이처럼 불었다.

"하여튼 독해. 독한 놈이여. 그런 놈이 작정하고 덤비는데…… 자네가 버티면 얼마나 더 버티겠어?"

옛날이야기에 반짝 눈물까지 보였던 노인이 이내 남의 집 불구경하듯 관조적으로 말했다. 그러곤 할 말을 잃은 그녀를 어쩐지 딱하다는 듯 쳐다보고 이내 새벽안개 속으로 유유히 사라지는 것이었다.

설주는 사위가 점점 밝아지는 것도 깨닫지 못하고 한참을 멍하니 그 자리에 서 있었다.

그렇게 구불구불한 산등성이 위로 해가 반쯤 모습을 드러냈을 때였다. 현관문이 열리고 누군가의 인기척이 느껴졌다.

노랗게 빛을 받은 남자가 한쪽 눈을 찡그린 채 그녀를 보고 있었다. 시선이 마주치자 그가 서두르는 기색으로 정원을 벗어났다.

설주는 잠시 머뭇거리다 빠르게 그 뒤를 쫓았다. 그녀가 뒤따르고 있다는 걸 뻔히 알 텐데, 그는 작심한 듯 돌아보지 않았다.

결국 뛰어야 했다. 걸어서는 도저히 남자의 보폭을 따라잡을 수가 없었다.

"잠깐만."

간신히 그를 잡을 수 있었다. 산장과 정원에서는 이미 한참 멀어진 후였다. 주변을 살피니 산을 내려가는 등산로로 이어지는 길목이었다.

다들 잠들어 있는 시각, 남자는 인사도 없이 가 버리려고 했던 거다.

그 사실을 깨닫자마자 또 한 번 심장이 내려앉았다. 비행 중 난기류를 만났을 때처럼 시야가 새하얗게 변하고 현기증이 났다.

설주는 손에 바짝 힘을 주었다. 그러자 그가 천천히 몸을 돌려 마주 섰다. 하지만 도저히 고개를 들 수가 없다. 이상하게 그를 올려다보는 게 겁이 나서.

어떡하지? 어젯밤처럼, 네가 그렇게, 차갑고 무서운 얼굴을 하고 있으면…….

두려움을 의식하는 순간, 그녀는 그가 자신을 떠나길 바란 적이 단 한 번도 없었음을 인정할 수밖에 없었다.

오지 말라는 말을 손에 꼽을 수도 없이 뱉으면서 이율배반적으로 그가 자신의 말을 무시해 주길 바랐다. 지치지 않고, 포기하지 않고 계속해서 부딪쳐 오기를.

결국 내가 너를 다시 믿고 싶어지도록.

아니, 다시 속고 싶어지도록.

그러나 이제 모든 것이 끝나 버렸다는 직감이 들었다. 끝없는 불신과 거부에 그가 결국 백기를 들어 버린 거라는 직감.

당연한 일이다. 그는 바보가 아니니까.

그녀 스스로도 자신에게 그 정도의 가치가 있는 것인지 확신하지 못하겠는데, 그라고 해서 다르겠는가.

설주는 새삼스러운 시선으로 자신의 손을 내려다보았다.

급하게 쥔 건 그의 오른쪽 소매였다. 얼마 전까지만 해도 초록색 깁스로 돌돌 감겨 있던 팔.

역기를 들다가 다쳤다고 둘러대던 얼굴이 떠올랐다. 그런 어설픈 거짓말을 곧이곧대로 믿은 자신은 얼마나 더 어설픈 인간일지.

설주는 두 손으로 그의 오른쪽 소매를 돌돌 말아 올렸다. 그가 흠칫하며 팔을 빼려고 했다. 그러나 그녀의 손이 더 빨랐다.

수술로 인해 생긴 듯한 상처는 팔꿈치에서 시작해 아래로 7센티가량 이어져 있었다. 생긴 지 얼마 안 되어 주변 피부보다 약간 솟아오른 데 다가 붉기까지 하다.

"들어가. 쌀쌀한데 밖에 오래 있지 말고."

그가 황급히 자신의 팔을 거두며 딱딱한 어투로 충고했다. 설주는 피식 웃으며 낮게 물었다.

"걱정해 주는 거야?"

"왜. 하지 말까? 이것도 기분 나쁜가?"

그녀는 말없이 고개를 저었다.

당황스러운 것보단 안타까운 마음이 컸다. 두 손을 꽉 맞잡은 채, 그 녀는 불안한 마음을 가라앉혔다.

하고 싶은 말이 많았다. 비록 이제 와 그에게 아무 의미가 되지 않 는다 해도.

"고마워."

말을 뱉고 나서야 설주는 문득 깨달았다. 다시 만난 이후, 자신이 이 말을 하는 것에 얼마나 인색하게 굴었는지를.

그에 반해 남자는 너무나 터무니없는 것에도 고맙다며 웃어 줬다. 모르는 척하지 않았다는 이유로도. 쾌유를 빈다는 멋없는 글자에도.

"갑자기, 왜……."

그가 마치 들어서는 안 될 말을 들은 사람처럼 주춤거린다.

설주는 뒤늦게 고개를 들어 남자를 마주 보았다. 평소와 다른 그녀 의 태도가 불길함으로 다가온 것인지 그는 잔뜩 찡그린 얼굴이었다.

"왜는 무슨. 고맙다는 인사 충분히 들을 만하잖아."

"인사받고 싶어서 한 일 아니야."

"그럼?"

"……."

"그럼 무슨 말이 듣고 싶었는데?"

"……없어, 그런 거."

그가 입을 꾹 다물며 고개를 모로 틀었다.

모든 기대를 내려놓은 것 같은 그 고집스러운 옆모습에 가슴이 먹먹했다. 설주는 가까스로 희끄무레하게 웃어 보였다.

"그래도 고마워."

남자의 얼굴에 드리운 그림자가 점점 짙어졌다.

고맙다는 인사가 그에겐 그저 변덕으로 느껴질 뿐일까. 혀끝이 썼지만 그를 탓할 일은 아니었다. 이렇게 웃는 것도, 다시 만난 이후론 처음 있는 일일 테니까.

"가려는 거지?"

그는 눈을 가늘게 뜬 채 대답하지 않았다. 설주 역시 더 묻지 않았다. 또 올 거야? 라는 말은 속으로 삼켰다.

"잘 가."

손을 들어 짧게 흔들었다. 그가 마주 웃어 주기를 바란 것은 아니었지만, 마네킹처럼 무감각한 눈으로 내려다보기만 하는 것은 생각보다 더 쓰라린 일이었다.

더 보고 있기가 힘들어서 설주는 먼저 등을 보였다. 담담했던 표정이 빠르게 무너져 내렸다. 그가 이런 얼굴을 보지 못해서 다행이라는 생각이 들었다.

"하나만 물어보자."

그러나 그 생각이 미처 끝나기도 전에 그가 그녀의 앞을 가로막고 숨 가쁘게 물었다.

"너는 얼마나 진심이었어?"

남자는 화가 난 것 같았다. 얇은 티셔츠 너머로 탄탄한 가슴이 들썩이는 것이 보였다.

"너는……."

그가 불현듯 이를 아드득 씹었다. 설주의 시선이 핏줄이 선 그의 관자놀이에서 새카만 눈동자로 옮겨 갔다.

그는 발갛게 달아오른 눈가를 짜증스럽게 문지르더니 마침내 결심한 듯 입을 열었다.

"너는, 날 사랑했어? 네 사랑은 진짜였어?"

이상한 일이다. 이토록 격양된 목소리와 잔뜩 일그러진 얼굴에도 불구하고 더는 그가 화를 내고 있다고 생각할 수 없었다.

그의 눈이 마치 7년 전, 마지막 날의 그때와 닮아 있기 때문일 것이다. 깊게 호소하는 눈동자. 보는 이를 덩달아 나약하게 만드는, 그 깨질 듯한 연약함까지.

"네가 믿든 안 믿든, 나는 뭐든 다 할 수 있었어. 계속 만날 수만 있다고 하면, 그래, 네가 다른 남자의 아내가 되는 것도 참을 수 있었다고. 빌어먹을. 좀 더 솔직히 말할까? 네가 나한테 하준재를 없애 달라고 해 줬으면, 그런 생각까지 했어. 그러면 나는 그렇게 했을 거니까. 할 수 있었을 거니까. 네가 원하는 거라고 하면, 정말, 아무 죄책감 없이……."

그는 감정이 복받치는 듯 마구 쏟아 내던 말을 끊고 입술을 세게 씹었다.

"말해 봐. 사랑이긴 했어? 속았다는 배신감에 아무렇지 않게 버릴 수 있을 정도로만 마음을 준 거, 그런 것도 사랑이기는 한가?"

"그런……."

"아니면 결국 나도 그런 거였나?"

"……."

"도망갈 구실. 이용이라고 하고 싶지 않아서, 사랑이라고 착각해야만 했던 사람."

남자는 스스로 상처를 내면서 마치 재미있는 얘기를 하듯 웃었다. 그러다 거짓말처럼 웃음을 멈추고 잠시 허공을 노려보았다. 격정이 빠져나간 그의 눈이 서서히 차갑게 얼어붙고 있었다.

그렇게 두면 안 되겠다는 생각밖에 들지 않았다. 설주는 다급히 부정했다.

"아니. 아니야, 절대."

그러나 그는 그다지 그녀의 말을 믿는 기색이 아니었다. 금방이라도 돌아설 것처럼 건조하기만 했다.

그 역시 이런 기분이었을까. 어떤 말을 해도 상대의 마음을 움직일 수 없을 것 같다는 막막함이란 이런 거였구나.

해는 완전히 떴지만 설주는 동이 트기 전보다 더한 한기를 느꼈다. 그녀는 저도 모르게 자신의 두 팔을 끌어안으며 그에게 한 걸음 가까이 다가섰다.

어디서부터 어떻게 얘기를 시작해야 할지 갈피를 잡을 수 없었다. 그러나 고민할 틈 같은 것은 주어지지 않았다. 그가 그야말로 지긋지긋하다는 듯 피곤한 기색으로 고개를 비꼈다.

"대단하다, 진짜. 사람이 이렇게까지 구차해질 수도 있구나."

그는 염증이 짙은 음성으로 혼잣말을 중얼거린 후 곧장 등을 돌려 산을 내려갔다.

작정한 사람처럼 아주 잠깐도 그녀에게 시선을 두지 않는다. 큼지막한 보폭으로 그가 빠르게 초록 속으로 걸어 들어갔다. 윤이 나는 그의 검은색 머리카락이 시야에서 완전히 사라지기까지는 채 10초도 걸리지 않았다.

······안 돼.

가위에 짓눌려 있다 가까스로 깨어난 사람처럼 설주는 뒤늦게 비틀거리며 산길을 달려 내려갔다. 삐죽삐죽한 나뭇가지가 이마를 할퀴어

옅게 피가 배어 나왔지만 그녀는 전혀 고통을 느낄 수 없었다.

그를 잡아야겠다는 생각뿐이었다. 그와 다시 시작하고 싶다는 거창한 이유에서는 아니었다.

다만, 말해 주고 싶었다.

사랑이었다고.

그가 믿을 때까지 백 번이고 천 번이고 말하고 싶었다. 지금이 아니면 그 말을 할 기회가 다신 없을 것 같다는 공포가 밀려들었다.

"아!"

뭔가가 발부리에 걸린다 싶더니 순식간에 지면이 가까워진다.

설주는 날카로운 돌이 위협적으로 솟아 있는 흙길 위에 넘어진 채 무릎을 감싸 쥐었다. 바지와 손가락 사이가 금세 검붉은 피에 젖어 들었다. 이마에 맺힌 피와는 비교도 되지 않았다.

그러나 상처를 제대로 들여다볼 시간 따위 없다. 그녀는 벌떡 일어나 다시 비탈진 산길을 내달렸다.

남자의 실루엣을 발견한 건 그로부터도 한참 후. 설주는 숨이 턱 끝까지 차서 소리쳤다.

"잠깐만!"

그의 발걸음이 멎었다. 그러나 그뿐이었다.

그는 뒤를 돌아보면 큰일이라도 날 것처럼 전보다 더 걸음을 빨리해 그녀에게서 멀어졌다. 흡사 도망이라도 가는 모양새였다.

"얘기 좀 해! 할 말이……."

할 말이 있는데.

시야가 희뿌옇다. 목이 메더니 기어이 흐느낌이 새어 나왔다.

앞이 제대로 보이지 않을 지경이 되자 더는 그를 따라갈 수도 없다. 팔뚝만 했던 그의 흐릿한 뒷모습이 손바닥만 하게 작아졌다.

왜 그렇게 서둘러 가는 거야? 왜 한 번도 돌아보질 않는 거야? 여태

단 한 번도 그런 적 없었으면서, 왜!

서러움이 복받쳐 올랐다. 설주는 거의 악을 지르듯 그의 이름을 불렀다.

"선우원!"

늘 혼자서만, 누가 듣기라도 할까 비밀스럽게 발음하던 이름이다.

그녀는 얼굴을 가린 채 주저앉았다. 손바닥을 적신 피가 눈물과 섞여 얼굴을 엉망으로 만드는 것도 몰랐다.

"너, 이게 대체⋯⋯."

남자의, 원의 음성이 머리 위에서 흩어졌다. 그가 새하얗게 질린 얼굴로 그녀를 끌어안았다.

겨울의 끝에서 영원까지

#1

"무릎은 다섯 바늘 정도 꿰매야 할 것 같고요, 나머지는 그냥 타박상 정도라 간단하게 드레싱만 하시면 됩니다."

"얼굴은요? 피가 많이 났는데……."

"그냥 묻은 거예요. 이마 살짝 긁히신 건 딱히 치료가 필요한 정도는 아니고요."

응급실 레지던트가 차트를 넘기며 안심하라는 듯 웃었다.

불행 중 다행이란 이럴 때 쓰는 말인가 보다. 무릎을 꿰매야 한다는 진단은 암울했지만, 다칠 곳도 없는 그 작은 얼굴이 무사하다는 것에 원은 하늘을 향해 절이라도 할 수 있을 것 같았다.

새빨간 피. 세상에, 그렇게 많은 피라니.

기절하지 않고 무사히 설주를 응급실까지 업고 온 것은 그야말로 기적이었다.

오는 내내 설주로부터 몇 번이고 심호흡하라는 둥, 호들갑 떨 필요 없다는 둥 주의를 들었던 것도 무리는 아니었다. 누가 환자고 누가 보호자인지 모를 일이다.

"저희 외과 선생님이 예쁘게 잘 꿰매세요. 너무 걱정 마세요."

의료진이 보기에도 제 상태가 불안정해 보이는 모양이었다. 위로를 가장한 농담에 원은 겸연쩍게 입꼬리를 끌어 올렸다.

그러나 아래로 내린 시선에 검붉은 얼룩이 진 티셔츠가 들어오자 억지 미소는 흔적도 없이 사라져 버린다.

무슨 유난이냐고 해도 어쩔 수 없다. 피범벅이 된 얼굴을 떠올리면 지금도 숨이 잘 안 쉬어질 정도였으니까.

"좀 따끔할 거예요."

원이 설주의 침대로 다가갔을 때는 간호사가 상처 부위에 마취제를 주사하려는 참이었다.

원은 긴 주삿바늘을 목격하고 헐레벌떡 설주의 옆에 섰다. 너무 겁이 나서 혼이 나가 버린 건지, 그저 멍하게 주사기를 보는 설주의 손을 원이 세게 부여잡았다.

"조금만 참아."

빤히 올려다보는 설주의 시선이 느껴졌다. 그녀의 얼굴은 깨끗했다. 피를 닦아 낸 거즈가 철제 트레이 위에 어지럽게 널려 있었다. 조그만 얼굴 어디에서도 핏자국은 찾을 수 없다.

원은 가슴을 쓸어내리며 설주의 머리를 끌어 품에 안았다.

"무서우면 보지 마."

가슴에 그녀의 따뜻한 입김이 번져 나갔다. 설주가 너무나 얌전히 안겨 있어서 이게 꿈인가 싶을 즈음 당겨 안은 어깨에서 연약한 진동이 느껴졌다.

아프겠지. 얼마나 아팠을까.

그렇게까지 다쳐서 쫓아오는 줄도 모르고 돌아보지 않으려고 안간힘을 썼다.

미친놈. 등신.

스스로를 향한 신랄한 욕설에도 직성이 풀리지 않았다. 벽에 머리라도 박고 싶은 심정이다.

간호사는 곧 담당의가 와서 봉합할 거라는 얘기를 환자인 설주 대신 원을 향해 했다. 그녀가 내내 그의 품에 얼굴을 묻고 있었기 때문에.

"많이 아파?"

그녀는 말없이 고개만 끄덕였다. 동그란 코끝이 가슴을 무르게 긁었다.

더 파고들 곳도 없는데 설주가 몸을 자신에게로 더욱 기울이자 원은 뭔가 심상치 않음을 직감적으로 알아차렸다.

"괜찮아? 의사 선생님 모셔 올까?"

"아니……."

길게 늘어지는 목소리가 마치 우는 것처럼 들렸다.

"잠깐 얼굴 좀……."

"윤설주 씨?"

원이 그녀를 떼어 내고 얼굴을 확인하려던 찰나, 커튼을 젖히고 의료진이 들어왔다. 이름을 확인하고 상처를 잠시 들여다보더니 곧장 바늘과 실로 흉하게 벌어진 상처를 기워 나갔다.

"예쁘게 꿰매 주세요. 흉터 안 남게."

"하하. 흉터가 아주 안 남을 수는 없는데."

"……."

"……뭐, 최대한 노력해 보겠습니다."

원이 무시무시한 얼굴로 상처 부위를 노려보자 의사가 긴장한 얼굴로 냉큼 덧붙인다.

처치는 싱거울 정도로 순식간에 끝나 버렸다. 간호사가 주의 사항을 알려 주는 동안에도 원은 보호자 노릇을 톡톡히 해냈다.

"실밥 제거는 일주일 후라고 하셨죠?"

"네. 맞아요."

정신이 없는 그녀 대신 재차 확인하는 원에게 간호사의 사심 가득한 미소가 끊이질 않았다.

물론 설주에게 온 신경이 쏠려 있는 원이 그 사실을 알 리 없다. 안다고 해도 별 감흥을 느끼지 못했을 테지만.

"수납하고 처방전 받아 올게. 여기서 잠깐 기다리고 있을 수 있지?"

그녀는 미동도 하지 않았다. 곤란하다기보다는 걱정이 되었다.

원은 결국 설주의 어깨를 잡아 억지로 자신에게서 떨어뜨렸다.

"얼굴 좀 봐. 뭐가 잘못됐……."

잘못됐구나.

흰자가 새빨갛게 충혈된 그녀와 눈을 마주치는 순간 대답은 들은 것이나 마찬가지였다.

원은 윗니에 세게 깨물려 있는 설주의 아랫입술을 엄지로 문지르며 허리를 굽혔다. 주먹 하나 들어갈 정도로 가까이 내려간 얼굴에도 그녀는 피할 생각조차 하지 못했다.

깜짝 놀라 속눈썹을 파르르 떨며 시선을 피해야 정상이다. 이건 윤설주답지 않았다.

설주의 입술에 닿아 있던 원의 손이 뺨을, 그리고 이마를 만지고 지나갔다. 열은 없는 것 같은데, 그래도 모르는 일이다.

"체온 재 봤어?"

"……."

"말해 봐. 어디가 어떻게 아픈 거야. 무릎 말고 다른 데 아파? 정밀 검사 해 볼까?"

그래. 왜 진작 그 생각을 못 했지? 엑스레이 말고, CT나 MRI 같은 거, 뭐 그런 걸 했어야 하는지도 모른다.

원은 발을 동동 구르며 생각했다.

의료진이 너무 대충 진단한 것은 아닌가. 교통사고도 후유증이 더 무섭다지 않은가.

그렇게 험한 산길에서 살이 찢어질 정도로 넘어졌는데, 원이 보기엔 이것 역시 교통사고와 다를 바 없었다.

"잠깐만 있어. 내가 가서……."

"아픈 곳 없어. 수납 좀 부탁할게. 지갑을 안 가져와서."

설주의 차분한 음성이 간호사를 찾으러 가려던 원을 가로막았다. 그래도…… 하며 우물쭈물하는 그를 향해 그녀가 정말 괜찮다는 듯 웃어 보였다.

"아, 그리고 전화 좀 빌려줄래? 다들 찾고 있을지도 몰라."

원은 선뜻 자신의 핸드폰을 내밀었다.

잠겨 있는데? 하고 등 뒤에서 묻는 그녀에게 그가 잠시 머뭇거리고는 대답했다.

"112035."

7년 전 그녀의 화실 비밀번호였다.

'오래 기다렸어?'

'한 30분쯤?'

'30분이나? 더웠겠다. 다음부턴 나 없어도 그냥 들어와 있어. 어차피 나 말곤 아무도 안 오니까. 291675. 비밀번호야. 못 외우겠으면 적어 줄까?'

'어렵네. 무슨 의미야? 연상되는 게 없으니까 잘 안 외워져.'

'그냥, 전 주인이 해 놨던 거 그대로 쓰고 있는데.'

'뭐? 바꿔야지 그걸 왜 여태 쓰고 있어. 위험하게.'

'위험한가? 거기까진 생각 못 했네. 음, 그럼 이왕 바꾸는 김에 너도 외우기 쉽게 만들자.'

'쉽게?'

'응. 생일이 언제야?'

"……3월 5일."

설주가 자그마하게 중얼거렸다. 잊을 리가 없었다. 함께 만든 비밀번호였는걸. 오롯이 그의 생일로만 채우려는 그녀를 만류하던 멋쩍은 음성도 생생했다.

'내 집도 아닌데 그게 뭐야. 네 생일도 합쳐. 11월 20일이지?'

'어? 어떻게 알았어, 내 생일? 알려 준 적 없는 거 같은데…….'

'난 윤설주에 대해서 모르는 게 없어.'

'그래? 확실해? 문제 낼 테니까 맞춰 볼래? 꿀밤 내기하자.'

'아. 하나 생각났다. 모르는 거.'

'뭔데?'

'속옷 사이즈. 생각난 김에 확인해 봐야겠다.'

'아하핫! 하지 마! 간지러워!'

부서지고 망가지고, 그래서 날카로운 파편이 되었다고 생각했던 장면들이 마치 영사기를 틀어 놓은 듯 머릿속에서 재생되었다.

귓가를 스치는 스스로의 웃음소리가 너무나 생경하고 낯설었다.

그렇게 밝고 티 없이 웃기도 했었나. 내가.

오랜 시간을 들여 훼손시켰던 기억들이 순식간에 원형을 되찾았다.

복구된 기억 속의 자신은 하나같이 너무나 즐겁고 행복하고, 따뜻하고 부드러웠다. 누구에게도 상처받지 않고, 누구에게도 상처 주지 않을 것처럼.

설주는 손안에 든 직사각형 물건의 무게감을 가늠하듯 잠시 쥐어 보곤 이윽고 액정을 켜 키패드를 눌러 나갔다.

잠금은 손쉽게 풀렸다.

그는 대체 무슨 생각으로 여태 이 숫자를 기억하는 걸까. 그저 익숙해졌기 때문일까. 단순히 외우기 쉽다는 이유일까.

본래의 목적 같은 것은 비밀번호를 들은 순간 잊고 말았다.

그녀는 잠금 화면을 풀었다가 전원 버튼을 눌러 액정 끄기를 반복했다. 머릿속에 떠오르는 이유를 충분히 납득할 수 있을 때까지.

"통화 다 했어?"

얼마나 지났을까. 그가 한 손에 처방전과 영수증 따위를 들고 다가왔다. 설주가 고개를 저었다. 원이 까맣게 꺼진 핸드폰을 발견하곤 눈썹을 들썩였다.

"왜? 배터리 없어?"

"아니."

"근데 왜……."

"왜 이 비밀번호를 써?"

예상하지 못한 질문이었는지 원은 급소를 찔린 것 같은 표정을 지었다. 그는 당황을 감출 생각도 하지 못하고 어물거리며 대꾸했다.

"그냥. 그러고 싶어서."

"그냥. 그냥이면…… 아무 의미 없다는 뜻이야?"

"……."

"너한테는 이게 아무 의미 없는 숫자가 된 거야?"

얄미울 만큼 천진한 질문에 원의 입매가 일자로 굳게 다물렸다.

그녀는 알고 있는 걸까.

그녀가 아무렇지 않게 던지는 질문 하나하나에 그는 수백 번, 수천 번 생각한 후에야 겨우 답을 내놓고는 한다는 걸. 어떤 대답이 그녀를 웃게 할지. 어떻게 대답해야 그녀가 그를 어제보다 조금 더 용서하게 될지.

"나는 잊어버리고 있었어. 자꾸 생각나게 두는 것보단…… 잊으려고 안간힘을 쓰는 게 더 쉽고, 덜 아팠으니까."

설주가 침대에서 일어나 조심스럽게 다가왔다. 부쩍 가까워진 거리에 그는 혼란이 가중된 얼굴로 그녀를 내려다보았다.

"너는 날 떠올리는 게 아프지 않았어?"

그녀가 어떤 의도로 묻는 것인지 원은 알 수 없었다. 그러니 당연하게도 어떤 대답이 정답인지도 알 수 없다.

그는 그녀의 순한 눈망울을 보며 마른침을 삼켰다. 조마조마한 심정으로 그저 솔직한 대답을 내놓을 수밖에.

"아팠어."

"그러면서, 바보야, 그런데 왜 이런 짓을 해."

설주는 울듯이 얼굴을 일그러뜨리며 핸드폰을 쥔 손으로 원의 가슴을 밀었다. 원은 꼼짝도 하지 않았다. 오히려 그녀가 비틀거리는 바람에 그가 그녀를 단단히 붙들어야 했다.

"그래도 나한테는 그게 더 쉽고, 덜 아파서 그랬어."

"……."

"자꾸 생각하고, 그리워하고, 보고 싶어 하는 게, 잊는 것보다 더 좋아서."

원이 빙그레 웃었다. 그 얼굴이 너무 가여워서 저도 모르게 손이 갔다.

원은 설주가 내민 손에 가만히 뺨을 댔다. 허리를 구부정하게 굽힌 그의 얼굴 위로 아무것도 바르지 않은 새카만 머리카락이 쏟아졌다. 주인의 손에 몸을 맡긴 강아지처럼 나른하게 그녀의 손길을 즐기는 원에게 설주가 복받친 음성으로 따졌다.

"왜 그리워해. 왜 보고 싶어 해. 뭐 하러 그래. 네 입으로 그랬잖아. 7년이나…… 난 나대로, 넌 너대로 살았다고 했잖아. 죽어도 안 되는 사람이라고 했잖아. 남은 건 죄책감뿐인 것처럼 네가, 그렇게 말해 놓고……"

입술이 막혔다. 비스듬히 기울어진 그의 감은 두 눈만 시야에 가득할 뿐, 남은 배경은 점멸하며 사라져 갔다.

설주 역시 질끈 눈을 감았다. 입술의 주름을 하나하나 세려는 듯한, 지독하게 느린 입맞춤이다. 그의 입술이 그녀의 입술 가장자리를 따라 모이를 쪼는 새처럼 움직였다.

설주는 소리 없이 웃으며 눈을 떴다. 그가 유난히 반짝이는 눈으로 물었다.

"이래도 죄책감 때문인 것 같아?"

"……아니."

스스로의 심장 소리가 너무 커서 귀가 멀어 버릴 것 같다. 하지만 그마저도 좋아서 웃음이 난다면 정말 미친 걸까.

뭐, 어때. 미치면 어때. 이렇게나 좋은걸.

설주는 원의 목을 꽉 끌어안으며 그의 귓가에 속삭였다.

"꼭, 나를 사랑해서인 것만 같아."

아니. 사랑이 아니어도 좋아. 내가 그렇게 믿으면 되니까.

조금 더 힘이 셌으면 좋겠다고 생각했다. 이 정도 닿아 있는 것으론 아쉬워서. 더욱 꽉 끌어안을 수 있으면 좋겠어서.

그러자 등을 두른 그의 팔에 단단히 힘이 들어갔다. 마치 그녀의 생각을 읽은 것처럼. 가슴이 뻐근할 만큼 세게 안고는 발이 허공에 대롱

거리도록 그가 그녀를 들어 올렸다.

설주는 낮게 웃음을 터뜨리며 원의 귓가에 속삭였다.

"그래서. 대답은?"

내가 맞췄어? 하고 그녀가 코끝을 찡긋했다.

"고마워."

"뭐야, 그게."

투정을 부리듯 등을 두드리는 작은 손. 그러나 그녀가 아무리 멋없다고 타박해도 지금 이 순간 그가 가장 하고 싶은 말은 이것이었다.

고맙다고. 이렇게 예쁘게 웃어 줘서. 내 세계에 다시 나타나 줘서. 너를 알 수 있게 해 줘서. 내 이름을 불러 줘서.

"사랑한다는 말을 할 수 있게 해 줘서."

네가 아니었으면 죽을 때까지 알지 못했을 말. 이렇게 가슴 저리는 말을 가르쳐 줘서.

◇　◇　◇

「걱정할 정도는 아니야, 롭. 내일부터는 다시 현장에 나갈게. 오늘만 좀 봐줘.」

— 내일부터? 무슨 소리야. 실밥 풀 때까지는 조심해야지. 일주일 동안 산장 출입 금지. 이건 감독으로서의 명령이야.

「그 말, 굉장히 섭섭하게 들리는 거 알아? 일주일이나 빠져도 촬영에 아무 지장을 주지 못하는 인력이라는 거야, 내가?」

— 후방 지원하란 소리야. 산 오르내리다 상처 벌어지거나, 땀 흘려서 염증이라도 생기면 더 오래 쉬어야 하잖아.

「롭.」

미안함에 설주의 음성이 길게 늘어졌다.

그렇잖아도 최소 정예로 꾸려진 제작팀이라 한 자리라도 공백이 생기면 그 빈자리를 메꾸기 위한 스태프들의 고생은 배로 늘어난다. 그런 이유로 그녀 역시 결코 고집을 꺾을 생각이 없었다.

「정말 괜찮아. 심하게 다친 게 아니라니까.」

— 내일부터 움직여도 된다는 건 의사 소견이야, 아니면 네 판단이야?

「당연히 의사한테 물어보고 하는 소리지.」

— 그래도 불안해. 네가 그 다리로 사방팔방 뛰어다닐 걸 생각하면 벌써부터 촬영에 집중을 못 할 것 같은 기분이라고.

롭이 투덜거리자 설주는 저도 모르게 웃음을 터뜨렸다. 거뭇거뭇하게 턱수염이 돋은 얼굴로 아이처럼 볼멘소리를 하는 그의 얼굴이 연상되었기 때문이다.

빠앙!

그 순간 뒤에서 사나운 경적 소리가 울렸다. 통화를 하던 설주는 흠칫 놀라며 운전석을 돌아보았다.

원이 당황한 얼굴로 비상등을 켜 뒤차에 양해를 구했다. 그녀는 잠시 핸드폰을 귓가에서 떨어뜨리고 원을 향해 물었다.

"왜 그래? 차에 무슨 문제 있어?"

"아니. 신호 바뀐 걸 못 봤어."

허둥대며 핸들을 잡는 것과는 반대로 그가 대수롭지 않게 대꾸하자 설주 역시 그러려니 했다.

통화를 하는 그녀의 얼굴을 연신 흘끔거리느라 원이 운전에 제대로 몰두하지 못하고 있다는 사실을 설주는 꿈에도 생각지 못했다.

— 주. 무슨 일이야?

「아, 별일 아니야. 아무튼 나 따돌릴 생각 말고, 저녁에 숙소에서 봐. 자세한 얘긴 그때 해.」

— 그래. 혼자 아닌 것 같으니까 걱정은 안 할게. 아니, 그 반대인
가? 같이 있다가 그 지경이 됐으니.

「놀리는 거야?」

— 아니. 하지만 단단히 벼르고 있다는 것쯤은 알아 둬. 내가 가장
아끼는 동료의 무릎을 박살 내 놓다니.

「직접 보면 '박살'이라는 단어가 절대적으로 과장된 표현인 걸 알게
될 거야. 이따 봐, 롭.」

설주는 롭이 뭔가를 더 주절거리기 전에 서둘러 인사하고 통화를 종
료했다. 창밖으로 익숙한 건물이 보여 그녀는 고개를 갸웃거렸다.

"내가 숙소 바뀌었다고 얘기한 적 있나?"

"아, 어. 들었어. 할아버지한테."

"어르신이? 어떻게 아시고?"

"나야 모르지. 스태프 중 누군가가 말씀드렸든지 뭐⋯⋯."

그가 말끝을 흐리며 부드럽게 핸들을 틀었다. 설주가 그런가, 하고
수긍하는 듯한 추임새를 곁들였다.

원은 남몰래 관자놀이에 맺힌 식은땀을 닦아 냈다.

다신 오지 말라는 말을 어기고 참새가 방앗간 드나들 듯 춘천을 드
나들었다는 사실을 그녀가 알면 뭐라고 생각할까?

숙소를 옮긴 것도 모르고 이전의 호텔 앞을 기웃거렸던 때를 떠올리
자 불현듯 얼굴이 달아올랐다.

'저기요. 그분 여기 안 계세요.'

누군가 차창을 두드리기에 봤더니 낯이 익은 얼굴이었던 것이다.

영문도 모르고 호텔 직원의 뾰족한 시선을 받으며 원은 가슴이 철렁
했었다. 설주가 하루아침에 캐나다로 돌아가기라도 한 건가 싶어서.

'없다니요? 그게 무슨…….'

'영화 찍으러 오신 분들이랑 다 같이 숙소 옮기셨어요.'

'어디로요?'

'그건 모르죠. 아니, 알아도 말씀 못 드리겠는데요!'

앳된 얼굴의 직원이 씩씩대며 말했다. 한겨울이었다면 콧김이 선명히 보였을 것이다.

노골적인 적의에 원이 어리둥절한 얼굴을 하자 직원이 두 주먹을 불끈 쥐고 소리쳤다.

'왜 거짓말하셨어요? 남자 친구 아니라고 하시던데요! 덕분에 제가 얼마나 곤란했는지 아세요?'

아아. 원의 건조한 느낌표에 직원은 눈을 회까닥 뒤집을 것처럼 분통을 터뜨렸지만, 그도 잠시였다. 사근사근한 미소를 곁들인 그의 사과 앞에서 분노를 오래 유지할 수 있는 사람은 극히 드물었으니까.

마지막에는 직원과 근처 벤치에 나란히 앉아 쭈쭈바를 빨며 유의미한 정보까지 얻을 수 있었다.

'스토킹당하시는 건가 싶어서 신고하는 건 어떻겠냐고 말씀드렸었거든요.'

'저를요?'

'네. 근데 뭐, 그렇게 나쁜 사람은 아니라고 하시더라고요.'

아아. 설주의 입에서 자신을 두둔하는 말이 나올 줄이야.

그런 건 상상도 못 했던 원이 감격의 신음성을 흘렸을 때였다.

'타고난 거짓말쟁이라고 덧붙이긴 하셨지만.'

무슨 거짓말을 얼마나 많이 하셨기에 그런 취급을 받으세요? 하고
혀를 쯧 차던 직원은 공항 검색대의 보안 요원처럼 엄격한 눈으로 그
를 위아래로 훑어보고는 멋대로 결론을 내렸더란다.

'여자 문제죠?'

'……네?'

'아니, 그게, 음, 나쁜 뜻으로 드리는 말씀은 아니고, 외모가 워낙
좀 눈에 띄셔서…….'

억울하다. 원은 하늘에 맹세코 그 부분에 있어서만큼은 100퍼센트
결백하다고 자부할 수 있었다.

7년 동안 연애는 고사하고 소위 말해 '썸'이라고 부를 만한 어떤 이
성과의 교류도 없던 그에게 직원의 말은 모독이나 다름없었다.

어떻게 그럴 수 있었느냐고 누군가가 묻는다면, 글쎄…….

딱히 독신으로 살겠다고 결심한 것은 아니었다. 언젠가 설주와 만날
거라는 희망으로 참고 견딘 것도 아니었다. 그걸 뭐라고 설명해야 할
까.

그저 어쩔 수 없었기 때문이었다. 그렇게 사는 것 말고는 애초에 다
른 선택지가 없는 것과 같았다.

원에게는 누구를 만나든, 설주에게 그랬던 것과 같을 수 없을 것이
라는 확신이 있었다.

그토록 절실하고 애틋하고 압도적인 감정을 불러일으킬 만한 사람이

세상에 또 있을 거라고 생각할 수 없었다.

그런 자신에게 '여자 문제'를 운운하다니.

기가 차는 한편, 설주 역시 몰래 그런 오해를 품고 있는 것은 아닌가 하는 염려 역시 슬그머니 생겨났다. 더군다나 7년 전, 관계의 종지부를 찍게 된 것에 송미도라는 제삼자의 역할이 크지 않았나.

새삼 하나하나 풀어 가야 할 문제가 많음을 느낀다.

그녀가 이 정도 마음을 열어 준 것도 기적 같은 일이라는 것을 알면서도 이 이상 기대하는 일을 완전히 포기할 수가 없는 탓이다.

당연한 일이었다. 원이 설주와 하고 싶은 일들은, 겨우 '나쁜 사람은 아닌' 정도의 사람과는 할 수 없는 것들이니까.

설주를 바라보는 원의 표정은 복잡했다. 눈물이 날 것처럼 한없이 기쁘면서도 억누를 수 없는 초조함이 그대로 드러나는 얼굴이었다.

그러나 그녀의 시선이 제게 닿는 순간 원은 황급히 고개를 돌려 불안을 감췄다.

"저번 숙소가 더 나은 것 같은데. 여긴 주변도 좀 그렇고…… 시설도 열악해 보이고."

앞 유리 쪽으로 얼굴을 바짝 붙인 원이 8층짜리 모텔을 보며 중얼거렸다.

숙소는 그야말로 유흥가 한가운데에 자리하고 있었다. 주변으로 경쟁하듯 다닥다닥 모텔들이 붙어 있었으며 밥집보다 술집이 월등히 많았다.

당장이라도 따로 지낼 곳을 마련해 주겠다고 하면, 당연히 거절하려나.

"제작비 절약하려면 어쩔 수 없지. 그래도 룸 크기는 전보다 훨씬 커. 생각만큼 그렇게 별로는 아니야."

"밤 되면 시끄러워서 잠 설치거나 하진 않아?"

"피곤해서 깊이 잠들어 버리니까 그런 건 잘 못 느끼지."

원의 속도 모르고 설주는 천진난만하게 웃으며 대답했다. 뭔가 핑곗거리를 찾아야 하는 원으로서는 꼬투리를 잡지 않으면 안 되었다.

"그 정도로 일이 힘들어? 그러면 며칠만이라도 쉬지 그래. 상처 덧나면 안 되는데."

"롭이랑 같은 소릴 하네. 물 안 닿게, 씻을 때만 조심하면 된다는 말 같이 들어 놓고."

별것 아닌 일에 유난이라는 듯 그녀는 피식 웃어 버렸다. 원의 이마에 핏줄이 불끈거리며 도드라졌다.

설주가 저 숙소에서 지내는 게 싫은 이유 중 가장 큰 비중을 차지하는 게 바로 그 감독이라는 놈이다.

촬영장에서도 모자라 숙소에서까지 놈이 마음만 먹으면 그녀를 볼 수 있다는 사실이 영 꺼림칙했다. 자신은 모르는 설주의 지난 몇 년을 알고 있는 롭을 생각하면 원은 저도 모르게 적대감과 시기심이 치밀어 견딜 수가 없었다.

어젯밤 술자리에서만 해도 그렇다.

스스럼없이 스킨십을 주고받으며 그로서는 완전히 해석할 수 없는 영어로 대화를 나누는 두 사람을 목격할 때마다 사이에 끼어들어 미친 척 분탕질하고 싶은 심정이었다.

영어를 더 배워야겠다. 과외 시간을 배로 늘려야겠어.

원이 홀로 그런 다짐을 하는 것을 아는지 모르는지, 설주가 자신의 피 묻은 옷을 내려다보며 입을 열었다.

"저기. 차에서 잠깐만 있어. 혼자 쓰는 방이 아니라 안에서 기다리라고 하기가 좀 그래."

늦은 점심을 먹기 전, 우선 옷부터 갈아입고 싶다는 그녀의 말에 숙소에 들른 길이었다.

"금방 올게."

원은 문손잡이를 잡으며 당부하는 설주의 왼손을 황급히 부여잡았다. 내리려다 말고 자신을 돌아보는 그녀를 향한 원의 시선이 불퉁스럽다.

"나 그거 싫어."

"싫어? 뭐가?"

"……."

"아, 여기서 혼자 기다리는 거? 정말 옷만 갈아입고 금방 올 거야. 룸메이트 짐이 여기저기 있어서 같이 들어갈 수가……."

답이 없는 원을 보며 설주가 나름대로 추리를 이어 나갔다. 원이 한숨을 쉬며 자신을 달래는 설주를 만류했다.

"그게 아니라……."

그렇잖아도 낯부끄러워 하기 망설여지는 말인데. 전혀 감을 잡지 못하는 설주 때문에 더더욱 어려웠다.

유치하게 들리진 않을까. 별걸 다 섭섭해하는 속 좁은 남자라고 생각하진 않을까.

그런 걱정으로 숨조차 가만가만 쉬어 가면서 입을 열었다.

"이름 불러 줘. '저기'라고 하지 말고."

차마 '그 감독 녀석한테 하는 것처럼.'이란 말은 못 하겠다.

"7년 걸려서 겨우 한 번 불러 줬잖아. 자주 말해 봐야 입에 붙고 안 헷갈릴 것 같아서 그래."

스스로가 듣기에도 꽤 그럴싸한 근거였다.

그러나 예전 일을 떠오르게 하는 말은 언제나 두렵고 조심스러운 법이라, 설주를 응시하는 원의 눈동자는 잔뜩 흐렸다.

그러기에 어째서 해준의 이름을 갖다 썼냐는 말이 나올까 봐, 그러다 보면 역시 너는 틀렸다는 말 따위가 그녀에게서 나올까 봐 원은 긴장하지 않을 수 없었다.

"틀렸어."

"……어?"

"한 번, 아니야."

찰나에 원이 놀란 심장을 부여잡는 것도 모르고 설주는 수줍게 웃었다.

"많이 불러 봤거든, 네 이름. 혼자서. 질리도록."

그녀가 옛날처럼 머리를 쓰다듬었다. 세상에서 가장 귀엽고 소중한 것을 보는 듯한 그 눈빛도 여전했다.

원은 충동적으로 설주의 손을 끌어 내려 손바닥에 입술을 눌렀다. 실은 설주의 온몸에 입맞춤을 퍼붓고 싶은 마음을 참느라 입술이 얼얼해질 때까지 그녀의 손을 괴롭혔다.

"더 자주 불러 줘."

"헷갈릴 일 없는데도?"

"어. 그래도."

"……그래. 그럴게."

원아. 원아. 원아.

흥얼거리듯 속삭이는 낮은 목소리. 소리에도 촉감이 있다면 말랑말랑하고 부드러울 것 같은 느낌.

원은 처음으로 자신의 이름이 퍽 사랑스럽다는 생각을 했다.

2

'이름은 있지?'

'⋯⋯.'

'없어도 괜찮아. 이제부터 만들면 되니까. 음, 뭐가 좋을까? 혹시 생각해 둔 이름 있니? 아니면 선생님이 멋진 이름으로⋯⋯.'

'있어요, 이름.'

원에게 주민등록번호가 생긴 것은 그 사고가 일어난 이후였다. 초유의 사태였다.

부랑자가 거느리는 아홉 명의 아이들. 신문은 앞다투어 이들의 소식을 1면에 실었다.

수사 기관보다 발 빠른 언론의 보도로 부모에 의해 실종 신고가 되어 있던 세 명의 아이들이 가족의 품으로 돌아갔다. 한 명은 해준과 비슷한 사연으로 사내에게 속아 자의로 무리에 합류했다가 억류된 케이스였다.

그리고 나머지 넷. 관계 기관에서 나온 공무원들은 출생 신고조차 되어 있지 않은 네 명의 아이들 앞에서 우왕좌왕했다.

그중 하나가 원이었다.

'아, 있구나? 뭔데? 선생님한테 말해 줄래?'
'원이요.'

연고자는 말할 것도 없고, 부모에 대한 기억도 없는 아이들. 수사 초반, 사내는 이 네 명만큼은 자신의 핏줄이라고 진술했다.

그러나 친자식이라고 하면 감형될지도 모른다는 얕은수에서 비롯된 거짓말은 유전자 검사로 금방 들통이 났다.

원에게는 피 말리는 시간이었다. 그런 악마 같은 인간이 정말 자신의 아버지일 바에는, 차라리 평생 진짜 부모 따위는 모르고 살게 해 달라는 기도를 밤마다 올렸을 정도로.

'원? 한 글자야?'
'네.'
'원. 원이라. 멋있는 이름이네.'

사내 역시 그렇게 말했었다.

'네 이름은 미국 말이야. 얼마나 멋지냐? 넘버 원!'

사내는 종종 킬킬거리며 으스댔다. 그게 대단한 특혜라도 되는 것처럼. 단지 그가 돈을 가장 많이 벌어 오기 때문에 붙여 준 이름이면서 말이다.

그럼에도 불구하고 원은 사내가 임의로 부르던 호칭을 버리지 못했다. 아니, 버리지 않았다고 하는 것이 옳은 표현일 것이다.

'생일은? 혹시 곽용태, 그러니까 그 아저씨한테 들은 거 있니?'
'3월 5일이요.'
'3월 5일? 3월 5일이면…….'

출생 신고가 되어 있지 않았기 때문에 생년월일 역시 불명. 구멍이 많은 사내의 기억과 병원에서의 검사를 토대로 간신히 연령대를 추측할 따름이었다.

누군가는 다시 태어나는 것과 다름이 없다고 했다.

'사고 난 날이잖니.'
'네.'
'왜 하필……. 저기, 원아. 그건 좋은 생각이 아닌 것 같아.'
'상관없는 거잖아요. 그날로 할래요, 저는.'

그러나 이름을 새로 짓고 없던 생일을 만든다고 다른 사람이 될 수 있는 것은 아니었다.

천애 고아에 제대로 된 교육 한번 받지 못한 거지. 사람을 죽인 소년.

그게 자신이었다.

어른이라는 사람들은 하나같이 입을 모아 말했다.

지우고 살면 된다고. 이제부터 새롭게 살면 된다고.

그에 대한 반발심이 아주 없었다고 하면 거짓말일 것이다.

그러나 가장 지배적인 감정은 두려움이었다.

정말 다 잊어버리게 될까 봐. 그러면 안 될 것 같아서.

과거의 스스로를 부정하면, 아이들 몇을 불구로 만들어 놓고도 파렴치하게 선처를 바라는 사내와 별반 다를 바 없는 괴물이 될 것 같았기 때문이다.

그래서 결코 좋아할 수 없는 이름이었다.

불리는 순간마다 느껴지는 건 수치와 자괴감뿐이었다. 종국에는 그런 감정에조차 무덤덤해져 이따금 소스라치게 스스로를 혐오하게 되는 이름.

"원아. 여기 처음이지? 어르신이 데려와서 와 봤는데 진짜 맛있게 잘하더라."

"원아. 이거 먹어 봐."

"원아. 거기 휴지 좀."

그런데 그 이름을 네가 부르니까.

"왜? 왜 그렇게 웃어? 나 얼굴에 뭐 묻었어?"

"아니."

"근데 왜……."

"나를 좋아할 수 있을 것 같아서."

"어?"

설주가 숟가락에 밥을 올리다 말고 고개를 기울였다.

"윤설주처럼 좋은 사람이 좋아하는 남자면."

원은 히죽 웃으며 가시를 발라낸 갈치를 젓가락으로 조심스럽게 집어 들었다.

"그 사람도 굉장히 좋은 사람일 것 같거든."

아, 하고 말하니 설주가 흠흠 헛기침을 하며 입을 벌렸다.

뽀얀 갈치 살이 그녀의 입으로 쏙 들어가는 걸 보며 원은 만족스러운 듯 입술을 한껏 늘어뜨려 말했다.

"그게 나라서 기분 죽인다고."

설주가 터지는 웃음을 막으려 손등으로 입술을 가렸다. 엎히기라도 할까 봐 서둘러 그녀의 손에 물컵을 쥐여 주는 원만 노심초사였다.

"내가 좋아하든 아니든 상관없이, 너 좋은 사람이야."

"타고난 거짓말쟁이기는 하지만?"

흐익. 설주가 해괴한 숨소리를 내며 놀란 눈을 데룩데룩 굴렸다. 그런 그녀를 보며 원은 상상만으로도 고통스럽다는 듯 내뱉었다.

"그리고, 무지하게 상관있어."

"응?"

"바닥까지 못돼질 거야. 윤설주가 나 안 좋아하면."

"뭐라고?"

"진짜야. 아마 세계 평화가 위험해질걸."

설주가 헛웃음을 터뜨렸다. 그러나 원의 얼굴은 농담하는 사람답지 않게 끝까지 심각했다.

"그러니까 네가 나 끝까지 좋아해 줘야 해."

좋아해 줘. 더 좋아해 줘. 오래오래 좋아해 줘.

보채는 그 말을 원은 마치 협박하듯 했다. 설주는 못 이기는 척 고개를 끄덕였다.

그제야 함박웃음을 짓는 남자. 설주는 오랜만에 손끝이 간지러웠다. 다시 붓이 잡고 싶었다.

◇　◇　◇

「박살 맞네!」

「아니라니까.」

「헤이. 이거 봐 봐. 박살이야. 박살 맞지? 유진! 이리 와서 봐 봐. 이

거 박살 난 거잖아. 완전히 박살이야. 그렇지?」

롭은 설주의 무릎에 난 상처를 온 동네에 소문이라도 내야 직성이 풀리는 사람처럼 굴었다. 복도를 지나는 스태프들을 일일이 붙잡아 그녀의 무릎을 반강제로 공개하는 것이었다.

설주는 체념한 채 벽에 등을 기대었다. 롭이 이렇게 난리 법석을 떠는 이유는 뻔했다.

「쉬어야겠지? 이렇게 박살 난 다리로 산을 오르는 건 정말 미친 짓 아니야?」

「그러게. 주. 고집부리지 말고 롭 말 듣지 그래?」

「들었어? 나 혼자만 그렇게 생각하는 게 아니라니까.」

어떻게든 그녀에게 휴가를 주려는 롭의 노력이 가상해서인지 스태프들이 저마다 성화였다.

여기저기서 '박살' 이라는 말이 메아리치자 노이로제에 걸릴 것만 같다. 결국 설주는 두 손 들어 항복해야 했다.

「알았어. 쉴게. 쉰다고.」

롭이 허공에 잽을 날리며 크게 뛰어올랐다. 여기저기서 환호성이 들렸다.

유쾌한 사람들. 설주는 무릎의 통증도 잊고 마주 웃었다.

「자. 이제 어쩌다 이렇게 된 건지 얘기해 봐. 너 이렇게 될 동안 네 엑스는 그냥 보고만 있었던 거야?」

「노코멘트. 내 사생활에 지나친 관심은 삼가 줘, 감독님.」

「친구로서 묻는 건데. 그것도 안 돼?」

「대체 뭐가 그렇게 궁금한 건데?」

「궁금해하는 게 당연한 거 아닌가?」

「그게 왜 당연하지?」

설주가 가슴 앞으로 팔짱을 끼며 물었다. 원래도 그녀의 일에 참견하길 좋아하는 롭이지만, 한국에 들어온 후 그 정도가 날이 갈수록 심해지고 있다.

그녀의 날카로운 시선을 읽었는지 롭이 뒷머리를 북북 긁으며 의기소침하게 대꾸했다.

「네가 한국에 남겠다고 하면 곤란해지니까.」

「뭐?」

「그 남자가 꼭, 내 제일 친한 친구, 제일 유능한 팀원을 빼앗아 갈 것 같아서 불안하단 말이야.」

예상치 못한 말에 그녀는 꿀 먹은 벙어리가 되었다.

미처 거기까지 생각해 보지 않은 것이 분명한 설주의 반응에 롭의 한숨이 깊어졌다.

「주. 넌 대체로 겁이 많으면서, 가끔은 정말 놀라울 정도로 대책 없이 굴더라.」

「음, 지금 흉보는 거지?」

「칭찬인데. 그거, 굉장히 닮고 싶은 점이거든.」

「대체 어느 부분이?」

이해할 수 없다는 듯 어깨를 들썩이는 설주를 향해 롭이 미스터리하게 웃었다.

각진 턱이 불끈거리는 것으로 보아 기분이 별로라는 건 분명한데, 입술은 호선을 그리는 것이었다.

「놀라울 정도로 대책 없이, 이 부분 말이야.」

「네가? 거기서 얼마나 더 대책 없는 짓을 저지르고 싶어서?」

그녀는 기함하며 손사래를 쳤다.

존스홉킨스에서 날아온 합격 통지서를 뒤로하고 화산 폭발로 초토화된 도시에서 1년 반 동안 봉사 활동을 한 롭. 연 매출 200억 원 규모의 회사를 운영하는 부모님이 그토록 경영 승계를 원했는데도 콧방귀도 꾸지 않았다는 롭.

그런 인간의 입에서 나올 말이 아니었다.

「안 믿기지? 하지만 사실이야. 사람마다 가장 자신 없고 조심스러운 대상 같은 건 다 다른 거니까.」

해석은 되는데 이해하기는 어려운 소리였다.

그러나 조금 전까지만 해도 아이처럼 복도를 활개 치고 다니던 그의 기분이 한순간에 착 가라앉아 버렸다는 것만큼은 분명했다.

설주는 부러 꾸민 밝은 목소리와 함께 롭의 팔을 툭 쳤다.

「이런. 넌 자신감 빼면 볼 거 없는데.」

「그런가?」

「그래. 그러니까 기운 내. 혹시, 음, 내가 한국에 남을까 봐 걱정인 거라면, 그건 네가 너무 앞서가는 거야.」

롭은 그다지 그녀의 말을 믿지 않는 심드렁한 기색으로 커다란 몸을 벽에 기댔다.

「그런 거였으면 좋겠네.」

「뭐, 행여 네 걱정이 현실이 되더라도 축복해 줘야 하는 거 아니야?」

「축복?」

「나라면 그럴 거야. 네가 만약 아마존 원주민과 사랑에 빠져서 그곳에 영영 터를 잡고 산다고 해도 행복하길 빌어 줄 거야. 자주 만날 수 없어서 무척 아쉽기야 하겠지만.」

설주가 확신에 찬 어조로 말했다.

롭은 잠자코 그녀의 말을 들으며 자신의 갈라진 턱을 매만졌다. 그건 뭔가 굉장히 마음에 들지 않을 때 나오는 그의 습관이었다.

「그게 바로 너와 나의 차이야, 주. 내가 나답지 않게 조심스러울 수밖에 없었던 이유이기도 하고.」

「응? 갑자기 무슨 얘기야?」

「너는 모르는 게 좋은 얘기.」

롭이 비스듬히 웃었다. 그러더니 이윽고 주머니에서 뭔가를 꺼내 내밀었다.

그녀가 산장에 두고 왔던 핸드폰이다.

설주가 그것을 받아 들려는 순간, 그가 손을 높이 들어 올렸다. 무릎이 아파서가 아니더라도 결코 닿을 수 없는 높이였다.

「롭, 우리 이런 장난 할 나이는 지나지 않았어?」

「이상하게 주기 싫다.」

「오늘따라 왜 이렇게 심술이야?」

「겨우 이 정도로? 앞으로 더 할지도 모르는데?」

「뭐어?」

그녀가 인상을 쓰며 노려보자 그가 졌다는 듯 핸드폰을 곱게 돌려주었다.

방으로 들어가던 롭은 잊고 있던 뭔가가 떠올랐다는 듯 그녀를 향해 외쳤다.

「그 친구 말이야. 영어를 아주 못하진 않더라.」

「그 친구라니? 누구?」

「거의 다 알아들은 것 같던데. 어쨌거나 혹시 내 얘기 하면, 그거 내가 다 헛소리한 거였다고 해 줘.」

「무슨…….」

「잘 자, 주.」

롭은 제 할 말만 하고는 손 키스를 날리고 시야에서 사라져 버렸다. 어리둥절한 얼굴을 하고 선 설주의 손안에서 핸드폰이 부르르 몸을 떨었다.

저장되어 있지 않은 번호였다. 그러나 누구의 것인지 단번에 알 수 있었다.

한때 그녀의 핸드폰에 '소희'라는 이름표를 달고 있던, 그녀의 손가락이 숱하게 누르던 번호였으므로.

"응, 소희야."

— ……오랜만이네, 그 이름.

웃음 띤 목소리. 더는 다른 누구의 이름으로도 부를 필요가 없는 사람. 원이었다.

이번에도 또 롭인가 뭔가가 받으면 당장 춘천으로 튀어 가야지. 통화 연결음을 들으며 원이 그렇게 다짐할 때였다.

— 응, 소희야.

설주다.

왠지 맥이 탁 풀린다. 원은 헛기침과 함께 뒤통수를 긁적였다.

그 녀석이 안 받길 바란 거 아니었나? 아니, 오히려 그 핑계로 설주를 보러 가고 싶었던 건가?

남의 속도 아니고, 제 속인데도 종잡을 수가 없다.

"……오랜만이네, 그 이름."

— 그러게.

"핸드폰 받았구나."

— 응. 방금 주더라. 안 잊고 챙겨 와서 다행이야.

설주의 대답에 원은 자신의 기분이 왜 가라앉았는지를 뒤늦게 깨달았다. 핸드폰을 건네받았다면 두 사람이 만났다는 소리니까.

젠장. 입바른 소리만 해 대는 망할 녀석.

「당신은 상상도 못 할 거야. 그동안 주가 얼마나 힘들었는지. 얼마

나 외로워했는지. 이번엔 잘해야 할 거야. 또 울리면 바보같이 지켜
보고 있지만은 않을 테니까. 그땐, 무슨 일이 있어도 내가 너 같은
남자를 잊게 해 줄 거라고. 이건 경고야.」

「경고치고는 별로 위협적이지 않은데.」

「당신…… 영어를 할 줄 알아?」

「당신이 지금 듣고 있는 정도는.」

「아, 이런, 젠장…….」

「어쨌거나 충고 고맙군. 하지만 당신이 바라는 일은 일어나지 않을
거야. 그러니까 지금까지처럼 쭉 지켜만 보라고. 알아들어?」

불과 한 시간 전 롭과 나눴던 짧은 대화를 떠올리며 원은 머리를 사
납게 헝클어뜨렸다. 호기롭게 쏘아붙이기는 했지만 역시, 불안한 건 어
쩔 수가 없다.

같이 일하는 걸로도 모자라 숙소까지 같으니 하루에 몇 시간이나 얼
굴을 맞대고 있을까. 계산해 봐야 속만 시끄러워진다는 것을 알면서도
적당히가 안 된다.

적어도 열두 시간은 보겠지. 난 그 절반도 함께 있기 힘든데.

혼자 마음을 졸이며 구시렁거리는데 핸드폰 건너편에서 그녀가 물었
다.

— 원아. 혹시 롭이랑 통화했어?

"어? 왜?"

— 아니, 롭이 알 수 없는 소릴 해서.

"무슨 소리!"

원은 발끈하며 자리를 박차고 일어섰다. 의자가 우당탕하는 소음과
함께 뒤로 넘어갔지만, 그건 지금 그의 관심사가 아니었다.

— 무슨 소리야? 뭐 부서진 것 같…….

"무슨 얘길 했는데? 그 자식이 뭐라고 하는데?"

— 왜 이렇게 흥분했어.

설주의 희미한 웃음소리가 들린다.

흥분 안 하게 생겼어? 놈이 나한테 제대로 선전 포고를 했는데.

원이 조금만 더 충동적인 성격이었다면, 아마 설주에게 그렇게 대꾸했을 것이다. 그러곤 스스로 상황을 불리하게 만들었겠지.

"흥분은 무슨. 흥분 안 했어, 나."

하지만 원은 제 연인에게 연적의 고백을 대신 전달할 정도로 우둔하지 않았다.

"통화하긴 했는데. 왜? 뭐라고 해?"

— 역시 너구나. 너보고 영어 잘한다던데?

"뭐?"

누가 누굴 칭찬해! 듣자 하니 한국어는 별 이상한 말밖에 할 줄 모르던데.

'멍 때린다.' 따위의 말로 한국 스태프들과 농담 따 먹기를 하던 롭을 떠올리며 원이 파르르 분노했다.

— 무슨 얘기 했어?

"그 감독이 거기까진 말 안 해?"

— 응. 그냥 자기가 다 헛소리한 거라고 전해 달래.

헛소리는 무슨. 진심이 하도 끈적끈적해서 못 들어 줄 정도던데.

"글쎄. 별 얘기 안 했는데. 내가 다 못 알아들었을 수도 있고."

— 그런가. 근데 좀 놀랐어. 네가 영어 잘하는 줄은 몰랐거든.

그게 얼마나 피나는 노력의 결과인 줄 안다면, 이렇게 간단히 '놀랍다' 라는 표현으로 끝내지는 못했을 텐데.

공부를 너무 열심히 해서 코피가 나는 건 드라마에서나 나오는 일인 줄 알았다.

그 일이 실제로 제게도 일어났다고 하면, 과연 설주는 어떤 반응일까? 게다가 그 불타는 학구열이, 그녀와 젊은 감독의 대화를 엿듣고 싶은 몹쓸 호기심에서 기인한 것이라면?

"영어, 그게 뭐 어렵다고."

스스로의 능청스러움에 쓴웃음을 물며 원이 대꾸했다.

흔히 쓰이는 회화적 표현이라면 어느 정도 귀에 익은 상태였지만, 설주와 롭이 전문 용어를 써 가며 촬영에 관한 이야기를 할 때면 원은 여전히 절반도 그 내용을 알아듣지 못했다.

"내일 산장 안 가는 거지?"

— 응. 아마도.

"아마도? 갈 수도 있다는 소리처럼 들리는데."

— 정말이지, 롭이나 너나 과잉보호야.

"나는 '너'고 그 감독은 왜 '롭'인데."

— 뭐?

설주가 황당하다는 듯 되묻고 나서야 원은 자신의 실수를 깨달았다. 질투를 해도 이토록 좀팽이 같은 질투라니.

"아니, 내 말은, '너'라는 호칭은 너무 삭막하다 이거지."

— 삭막해?

"이참에 애칭 같은 것도 좀 고려해 보라고."

— 애칭? 무슨 애칭?

"많잖아. 연인 사이에 부를 만한 거."

연인 사이.

뱉고 나니 꽤 만족스러워서 입가에 절로 미소가 스몄다.

— 예를 들면?

"뭐, 남들 하는 거."

— 그러니까. 난 잘 모르겠는데. 원이 네가 예를 들어 봐.

뻔히 시치미를 떼시겠다? 원이 의뭉스러운 표정으로 말문을 열었다. 스스로 듣기에도 놀라울 정도로 뻔뻔한 음성이 튀어나온다.

"자기? 여보? 아니다. 차라리 영어로 하자. 네 동료들도 다 알 수 있게. babe 정도가 좋겠네."

— 원이 너…… 7년 동안 되게 느끼해졌다.

"네가 수줍음이 많아진 게 아니고?"

딱히 부정하긴 어려운지 설주는 침묵했다. 어쩌면 두 뺨을 붉히고 있을지도 모를 그녀의 얼굴을 허공에 그리며 원은 피식 웃었다.

◇　◇　◇

설주는 아침을 먹고 곧장 서울행 버스에 올랐다.

침대 위에 꼼짝없이 누워 있으라는 롭의 신신당부가 있었지만, 그렇지 않아도 빠듯한 촬영 일정에 한가하게 허비할 시간 따위는 없었다. 서울의 고미술 상가를 돌아본 후 의상팀에서 부탁한 액세서리를 픽업해 올 계획이었다.

"늦어도 3시 버스는 타야겠다."

촬영팀이 하산하기 전에 춘천으로 돌아오려면. 그보다 늦으면 외출한 사실을 롭에게 들켜 또 어마어마한 잔소리를 들어야 할 것이다.

설주는 오전 내내 분주히 움직였다. 그런 그녀가 원에게서 온 문자를 발견한 것은 점심 무렵. 편의점에서 컵라면에 적힌 조리 시간 3분을 기다리던 때였다.

[지금 일어났어.]
[쉬고 있어?]
[아직 자?]

[목소리 듣고 싶어.]

[일어나면 연락 줘.]

첫 문자가 온 게 두 시간 전. 5분 간격으로 도착해 있는 문자에 절로 입술 끝이 말려 올라갔다.

설주는 지체 없이 통화 버튼을 눌렀다. 연결음이 채 한 번도 제대로 울리기 전에 곧장 그의 목소리가 들려왔다.

"어? 어떻게 바로 받아?"

— 핸드폰 보고 있었어.

"나한테 언제 전화 오나 싶어서?"

순전히 장난이었다. 그런데 상대가 이렇듯 말이 없으면 본의 아니게 정곡을 찌른 게 되어 버리는 것이다.

설주는 어색하게 웃으며 말을 이었다.

"뭐야. 진짜인가 보네?"

— 아니. 꼭 그런 건 아니고…….

뜸이 지나치게 길었다. 원은 하, 하고 어딘가 곤혹스러운 듯한 한숨을 내뱉었다.

— 문자 보고 있었어. 어젯밤에 네가 보낸 거.

"그걸 왜?"

— 실감이 잘 안 나서.

"……."

— 왜 그런 거 있잖아. 너무 좋은 일이 생기면 이거 꿈인가 싶은 거. 그래서, 그냥 확인차.

"꿈, 아니야."

— 응. 꿈 아니더라. 한 백 번쯤 읽으니까 알겠네. 꿈 아닌 거.

웃으며 하는 소리에도 코끝이 찡해졌다. 편의점 직원이 울상인 그녀를 수상하다는 듯 바라보았다.

설주는 완전히 익지 않은 컵라면을 열어 한 젓가락 크게 입에 밀어 넣었다. 그러면 혹시 눈물 단속에 실패하더라도 라면이 어지간히 매운가 보다, 그럴 것 같아서.

"아 뜨거."

— 뭐 먹고 있어?

"라면."

— 왜 라면을 먹고 그래. 앞에 식당 가는 것도 힘들 만큼 아파? 그거 먹지 말고 좀 기다려. 한 20분이면 가.

뭐? 20분?

설주는 잘못 들었나 싶어 핸드폰을 바짝 귀에 갖다 붙였다.

"어딘데? 춘천이야?"

— 어. 연락이 없어서 우선 출발했어. 초밥 포장한 거 기다리는 중인데, 다른 것도 사 갈까?

그의 상냥함은 언제나 무심했다. 원의 고저 없는 목소리를 듣고 있으면 이런 일이 마치 당연하고 대수롭지 않은 것처럼 느껴지곤 했다.

어제도 새벽까지 일했으니 기껏해야 서너 시간밖에 자지 못했을 텐데. 그냥 숙소에서 쉬라는 롭 말을 들을걸. 뒤늦게 후회가 밀려왔다.

"거길 왜 갔어. 나 지금 서울이란 말이야."

— 서울?

"응. 소품 몇 가지 사고, 의상팀 심부름도 좀 하고 그러려고. 미안해서 어쩌지?"

— 괜찮아. 그럼 초밥은 이따 저녁으로 먹자. 유명한 집에서 샀는데 되게 맛있어 보여. 금방 갈 테니까, 알았지?

그는 조금도 짜증스러운 기색 없이 서둘러 통화를 마무리 지었다. 천천히 오라고 했지만 그가 과연 그 말을 귀담아들었을지는 알 수 없다.

설주는 라면이 불어 가는 것도 모르고 턱을 괸 채 창밖의 거리를 구경했다.

세상 모든 게 아름다워 보이는 기분이다. 그저 견디기 위한 시간뿐이었던 시절은 이제 완전히 지나고 없었다.

촬영에 쓰일 주얼리를 받아 들고 매장을 나섰을 때다. 익숙한 차가 도로변에 선 채 그녀를 맞았다.

차주가 차체에 비스듬히 기대고 있던 몸을 바로 세우고 입술을 늘어뜨렸다. 반경 10미터 안의 사람들 시선이 약속이라도 한 듯 그를 향했다.

연인과 함께인 여자들조차 참지 못하고 한 번쯤 흘끔거릴 정도로 수려한 남자.

설주는 한쪽 눈을 찡그린 채 신의 완벽한 피조물이 자신에게 가까이 다가오는 것을 바라보았다.

"오늘 무슨 날이야?"

"왜?"

"슈트. 되게 멋있는데?"

원은 그녀의 손에서 짐을 빼앗아 드느라 정신이 없었다. 그녀가 말하기 전까지는 깨닫지 못했다는 듯 그가 자신의 옷차림을 새삼 슥 훑어보았다.

"멋있어?"

"응."

"내가? 아니면 옷이?"

그가 빙글거리며 물었다.

원의 팔에 어깨를 감싸인 채로 걸음을 옮기는 내내 동경에 가까운 시선들이 따라붙었다. 설주는 보란 듯 까치발을 해 원의 귓가에 속삭였다.

"슈트 입은 선우원 씨가요."

그러면 매일 입어야지, 하고 그가 듣기 좋은 소리만 해 댔다.

원은 한강으로 차를 몰았다.

다 불은 라면을 반도 먹지 못한 설주나, 일어난 이후로 한 끼도 먹지 못한 원이나 허기지긴 마찬가지였다.

두 사람은 저녁으로 먹으려던 초밥을 한강 둔치에 앉아 해치웠다. 그가 사 온 음식은 하나같이 훌륭했고 가을볕은 적당히 따뜻했다.

한 가지 아쉬운 점이라면 이 풍경과 이 남자를 등지고 춘천행 버스를 타야 할 시간이 가까워져 오고 있다는 점이랄까.

"오늘 꼭 돌아가야 해? 3일 쉰다면서, 응?"

바람에 흐트러지는 머리카락을 그가 단정히 귀에 걸어 주며 물었다. 설주는 시선을 굴리며 대답을 우물거렸다.

5분 전까지만 해도 '당연히 가야지!' 하고 확고했던 마음이 원의 보채는 음성에 금방 물렁해졌기 때문이다.

"조금이라도 더 있어 주라. 아직 해도 안 졌잖아."

"그게……."

"가 봤자 촬영도 다 끝난 시간인데 왜 꼭 이렇게 일찍 가려고 해."

"롭이 하도 잔소리를 해서 몰래 온 거거든. 꼼짝 말고 숙소에서 쉬고 있으라고 해서……."

"그러면 그 감독 때문에 가려는 거네."

어떻게든 그녀를 꼬드기려 할 때의 녹아내릴 듯 감미롭던 목소리가 아니었다.

한순간에 뾰족해진 음성에 설주는 내심 당황했다.

"롭 때문이라기보다는, 괜한 분란 만들고 싶지 않은 거지. 내가 서울에 있다고 하면 다들 걱정할 것 같아서."

"나는?"

"어?"

"나도 네 걱정 많이 해. 네 동료들 중 누구보다도 더."

"내 걱정 할 게 뭐 있어. 혼자도 아니고, 같이 지내는 사람들도 다들 오래 알고 지낸……."

"그래서."

원이 머리를 쓸어 올리며 입술을 깨물었다.

"그래서 걱정이 되는 거야."

"그래서, 라니?"

되물었지만 그는 말이 없었다. 그러나 할 말이 없다기보다는 하고 싶은 말을 참는 기색이다.

"그냥, 싫어."

한참 만에야 그가 입을 열었다.

"윤설주한테는 나보다 중요한 게 너무 많은 것 같은 게."

"원아."

"무서워. 언젠가 그런 것들이 날 버릴 이유가 될 것 같아서."

"무슨……. 그런 말이 어디 있어."

설주가 마주 앉은 원의 목을 끌어안았다. 그가 그녀의 목에 입술을 댄 채로 말했다.

"피곤한 남자라고 생각하고 있지?"

"알긴 알아?"

"너무 좋아서 그래. 네가 너무 좋아서."

"……."

"그래서 별거에 다 질투가 나. 영화 일은 물론이고 네 동료들, 하다

못해 너만 보면 꼬리 치는 그 동네 떠돌이 개한테까지도."

우스갯소리라고 하기엔 너무 진지한 어투라 설주는 차마 웃지도 못했다. 무거운 분위기를 환기시키기 위해 그녀가 너스레를 떨었다.

"음, 그러면 어떻게 해야 하나? 일이고 뭐고 확 그만둬 버릴까? 하루 종일 선우원 옆에 붙어 있게?"

"그럴래?"

그가 자신의 목을 감은 설주의 손을 풀고 기다렸다는 듯 반색했다. 예상한 반응이 아니라 그녀는 얼떨떨한 얼굴로 그를 마주 보았다.

"그래도 되는데, 정말."

"……어?"

"먹여 살릴 수 있어. 네가 허락만 해 주면."

장난이었다고 실토하기가 미안할 정도로 그의 표정이 기대감에 차 있었다.

문득 그녀가 한국에 남을까 봐 걱정하던 롭의 말이 떠올랐다. 롭이 너무 앞서 나간 것이라고만 생각했는데, 어쩌면 그녀의 생각만 너무 뒤처져 있었던 건지도 모르겠다.

"우선은, 오늘 하루로 하자. 오늘 하루 종일 네 옆에 붙어 있는 걸로."

좋지? 하고 그녀가 천연덕스럽게 물었다.

원은 실망감을 감추고 고개를 끄덕였다.

3

"10주년? 그 말을 왜 이제야 해."

"네가 이때다 싶어서 그 핑계로 나 보내려고 할 거 뻔하잖아."

뻔뻔하기까지 한 대꾸에 설주는 기가 막혀 웃었다. 영화표를 끊어 놓고 화장실에 들렀다 나오며 우연히 그가 통화하는 걸 듣지 못했더라면 까맣게 몰랐을 사실이었다.

유난히 힘을 준 옷차림에는 다 이유가 있었던 것이다. 가게의 매출을 올리는 데 가장 크게 기여한 서른 명 정도의 VIP만이 입장할 수 있는 10주년 기념 프라이빗 파티.

원은 피곤하다는 듯 미간을 짚으며 변명했다.

"그냥 앞으로도 돈 많이 써 주세요, 하는 자리야. 꼭 오픈부터 있어야 할 필요 없어. 있다가 너 바래다주고 가도 충분해. 오늘은 친히 사장님께서도 왕림해 계시고 하니까……."

"그러면 더더욱 참석해야 하는 거 아니야? 나 먹여 살리신다면서요.

그런데 사장님 눈 밖에 날 일을 하면 어떻게 해."

"필요 없다면서 거절할 땐 언제고. 아, 입장하나 보다. 들어가자."

"아니."

설주가 원의 팔을 붙들고 당겼다.

"영화는 다음에 보자. 얼른 가 봐. 네 말대로 정말 상관없는 거면 전화가 그렇게 끊임없이 울릴 리가 없잖아."

짧은 대화가 이어지는 사이에도 원의 핸드폰 액정에는 부재중 전화가 차곡차곡 쌓여 가고 있었다.

설주가 단호하게 말하자 원은 이러지도 저러지도 못하고 애꿎은 머리카락만 헤집었다.

"그럼, 같이 갈래?"

"어?"

"그렇잖아도 너 다시 만났다고 하니까 해준이 형이 되게 궁금해했었거든."

"그런 거면 따로 약속을 잡는 게 낫지 않을까? 오늘 같은 날이면 정신없을 텐데."

"겸사겸사 나 일하는 것도 보고. 안 궁금해? 나 일할 때는 또 얼마나 멋있는지 모르지?"

그가 악마처럼 유혹했다.

설주는 딱 잘라 궁금하지 않다고 말하지 못하는 스스로가 원망스러웠다. 원이 때를 놓치지 않고 그녀를 더 세게 흔들었다.

"손님들 사이에 섞이는 게 불편한 거면 사무실에 있어도 돼."

"……."

"하루 종일 같이 있어 준다고 했잖아."

회심의 일격에 결국 설주가 고개를 끄덕였다. 제가 원래 이렇게 무른 사람이었나, 되짚어 볼수록 답은 하나였다.

문제는 그녀가 아니라 이 남자가 너무나 교활하고 매력적인 탓이었다.

G Bar의 모든 직원들은 오픈을 앞두고 발바닥에 불이 나도록 뛰어다니고 있었다. 그들의 머릿속에는 오늘의 파티를 성공적으로 치러 내야 한다는 생각뿐이었다.

잘나고 대단하신 점장님이 웬 여자와 다정하게 손을 잡고 등장하기 전까지는.

"헐."

원과 설주를 처음 발견한 한 여직원의 감탄사는 곧 들불이 번지듯 전 직원에게로 퍼져 나갔다.

들뜨고 소란스러운 분위기가 좀처럼 소강상태에 접어들지 않자 결국 원이 손가락을 들어 입에 가져다 댔다.

"다들 합죽이가 됩시다."

합!

서른이 넘는 인원이 일사불란하게 입을 다물었다. 꽃과 풍선과 조명, 2층 높이의 벽 한 면을 통째로 장식한 와인 진열대가 아니었더라면 여기가 유치원인가 싶을 정도다.

"……윤설주?"

호기심 어린 눈동자들을 피해 외관보다 더욱 화려한 실내를 두리번거리는데 등 뒤에서 누군가 그녀의 이름을 낮게 불렀다.

누군지 모를 낯선 얼굴이 울 듯 웃을 듯 미묘한 표정을 하고 서 있었다. 모르는 사람이라고 단정하려니 설주는 어딘가 찜찜한 기분이 들었다. 상대의 표정에 뒤섞인 수십 가지 감정은 초면인 사람에게 내보일 수 있는 종류의 것이 아니었다.

"누구⋯⋯."

조심스럽게 목소리를 내는데 남자가 주춤거리며 가까워졌다. 자세히 보면 눈에 띄고야 마는 절뚝거리는 걸음걸이를 보고서야 설주는 그가 누구인지 깨달았다.

"차해준?"

요모조모 뜯어보니 어릴 때의 이목구비가 고스란히 남아 있다. 말하자면, 원과는 정반대의 느낌을 주는 얼굴이다.

이렇게나 다른 생김새를 두고 한때나마 거짓말에 속아 원을 해준으로 착각했던 것이 어이가 없을 정도였다.

"오랜만이야."

설주가 웃으며 인사했다. 문득 원이 감싸고 있는 팔에서 무지근한 악력이 느껴졌다. 의아해서 올려다보자 그가 경직된 미소를 지어 보였다. 해준의 존재가 7년 전의 일을 떠올리게 할까 봐 노심초사하는 게 뻔했다.

"나 여기 데려온 건 원이 너잖아. 그렇게 나 들쳐 업고 도망가고 싶단 표정이면 어떡해?"

속삭이며 옆구리를 찌르자 원이 뒤늦게 긴장을 내려놓고 구속하듯 두른 팔을 내렸다. 설주는 그런 그를 뒤로하고 한 발짝 앞으로 나섰다.

원의 사기극에 동조한 해준에게 한때 배신감을 품었던 적도 있지만, 전부 지난 일일뿐이다. 이제 와 시시비비를 따진다든지 묵힌 원망을 쏟아 내는 소모적인 행동 대신 그녀는 20년의 시간을 넘어 해후한 친구에게 반갑게 손을 내밀었다.

"잘 지냈어?"

"설주야!"

오락가락하다 결국 울상이 되어 버린 해준이 악수에 응하는 대신 설
주를 향해 두 팔 벌려 다가왔다.

　　그러나 해준은 그녀의 옷자락에 닿아 보지도 못하고 누군가에게 제
지당했다.

　　"아무리 반가워도 포옹은 안 돼, 형."

　　"안 돼?"

　　"안 돼."

　　"정말?"

　　"정말."

　　"치사하다."

　　"응. 나 원래 치사해."

　　"16년 의리도 여자 친구 앞에선 아무것도 아니구나."

　　해준이 투덜투덜 볼멘소리를 늘어놓았다. 후폭풍은 5초간의 정적 끝
에 찾아왔다.

　　"여자 친구요?"

　　"대박! 점장님 여자 친구요?"

　　"꺄악! 여자 친구래!"

　　가게 안은 이미 파티가 시작된 듯 비명과 환호성이 넘쳐흘렀다.

◇　◇　◇

　　스타가 되면 이런 느낌일까?

　　설주는 자신을 둘러싼 수십 쌍의 초롱초롱한 눈동자를 가까스로 외
면했다. 원이 만들어 준 무알코올 칵테일을 들이켜는데 무슨 맛이 나는
지도 알 수가 없다.

　　피치, 뭐라고 했던 것 같으니 복숭아 맛이 나야 할 텐데.

설주는 잔을 입에서 떼고 어색하게 웃어 보였다. 원이 기다렸다는 듯 물었다.

"맛있어? 여자 손님들이 제일 좋아하는 건데. 달달하다고."

"으응."

"반응이 영 시큰둥한데. 입에 별로 안 맞아? 너무 단가?"

수십 쌍의 눈동자 중에 가장 부담스러운 것은 단연 원의 것이다.

원은 설주의 옆에 바짝 붙어 앉아 그녀만 주시하고 있었다. 직원들의 관심이 제게 주목된 것을 아예 인식하지 못하는 사람처럼.

"좀 상큼한 걸로 만들어 줄게. 잠깐만."

"아니, 괜찮……."

그녀가 말을 끝내기도 전에 원이 부리나케 자리에서 일어섰다.

멀찌감치 떨어진 바에서 자몽 주스나 얼음 따위를 셰이커에 붓는 원의 모습은 영화의 한 장면 같았다. 펜과 종이가 있다면 홀린 듯 그의 모습을 담았을지도 모른다.

"그러고 보니까 맞네. 너 눈썰미 좋다."

"와, 실물을 보게 될 줄은 몰랐는데."

"나도. 뭔가 연예인 보는 기분이야."

"나는 저번에 봤었어. 딱 보는 순간 알았지. 이제야 말하지만 점장님의 짝사랑이 성공한 거, 팔 할은 내 덕이라 할 수 있다고."

서성거리는 목소리들만 아니었다면, 원의 일하는 모습을 구경하는 데 더욱 집중할 수 있었을 텐데.

마지막 말에 그녀는 결국 못 들은 척하기를 포기하고 말았다. 게다가 언뜻 본 기억이 나는 얼굴이기도 하고. 구면이라고 하긴 뭐하지만…….

"저번에 본 적 있는 것 같은데. 가게 앞에서."

"아! 저를 기억해 주시는 거예요?"

그때와 다름없이 'Valet'이라고 적힌 형광 조끼를 입고 있는 남자가 마치 교황을 만난 신도처럼 감격에 겨운 얼굴을 했다.

그녀가 대화의 물꼬를 트자 어슬렁거리며 기회만 엿보던 다른 직원들도 저마다 테이블 앞으로 모여들었다.

"아실는지 모르겠지만 그때 오셨던 거, 제가 점장님께 말씀드린 거거든요. 아! 덕분에 저 이것도 받았어요. 특별 보너스랄까?"

남자가 손목을 들어 시계를 자랑해 보였다.

무슨 소리인지 대략 추리는 가능했다. 돌아서는데 어떻게 알고 헐레벌떡 나타났던 원이 떠올랐다.

"그런데 저를 어떻게 알아보시고……. 그 전에 뵌 적이 있었나요?"

"아뇨. 직접 뵌 적은 그날이 처음이었어요. 그래도 워낙 사진을 많이 봐서 얼굴이 눈에 익었거든요. 그러니까, 어, 호칭을 뭐라고 해야 하지? 점장님 여자 친구분이시니까……."

"그냥 이름 불러 주세요. 윤설주예요."

"아, 네. 설주 씨 사진이요. 저희 중에 그 사진 한 번도 안 본 사람 아무도 없을걸요?"

남자의 말에 다들 동조하는 듯 고개를 끄덕였다. 사진이라면…….

"혹시 그, 폴라로이드 사진이요?"

"네! 드레스 입고 찍으신 거요."

대체 간수를 어떻게 했기에 생판 모르는 사람까지 그 사진의 존재에 대해 다 알고 있다는 말인가.

"어쨌든 잘 생각하셨어요. 저희 점장님 받아 주신 거요. 같은 남자가 봐도 멋있거든요. 물론 여자들 눈엔 더더욱 멋있겠지만."

"그럼 뭐 하니? 양귀비가 환생해도 마다할 고귀하신 몸인데."

처음 그녀를 보고 '헐'을 외쳤던 여직원이 모난 목소리로 면박을 주었다. 곧장 자신의 말실수를 깨달은 듯 눈치를 보긴 했지만 은근히 시선에는 날이 서 있었다.

익숙한 눈이었다. 그녀에게 어떤 가치가 있는 것인지 재단하는 눈. 그게 어떤 의미인지 알고도 남았다.

7년 전도, 지금도, 그와 나란히 걸을 때면 무수히 받게 되는 것이었으므로.

"하하. 얘 말은 신경 쓰지 마세요. 지 잘난 맛에 사는 애니까."

"뭐야? 너 말 다 했어?"

"참 나. 내가 뭐 틀린 말 했나? 아무튼, 뵙게 돼서 영광이에요. 저희 점장님의 열렬한 짝사랑이 드디어 끝난다니, 감개가 무량합니다!"

남자가 유들유들하게 웃으며 연극배우 같은 톤으로 외쳤다. 그 유쾌함에 설주 역시 마주 웃지 않을 수 없었다.

"원이 그랬어요? 짝사랑이라고?"

"음, 그 비슷하게는 말씀하셨죠."

짝사랑이라니.

세상에서 원과 가장 어울리지 않는 단어가 있다면 바로 그것일 거라고 생각하며 설주가 물었다. 그녀가 듣기 좋으라고 남자가 꾸며 낸 말일 거라 생각했다.

"누구냐고 물으니까 그러셨어요. 좋아하는 여자라고요. 사귀는 사이가 아닌데 일방적으로 좋아하는 거면 그게 뭐, 짝사랑 아니겠어요?"

"다들 일 안 하고 뭐 하는 거지? 오픈 한 시간도 안 남았는데."

"네네. 갑니다, 가요!"

마침 과일과 칵테일을 들고 등장한 원의 축객령에 남자는 눈을 찡긋하고는 쫓기듯 후다닥 사라졌다. 모여들었던 구경꾼들도 뜨끔해서는 스리슬쩍 자취를 감췄다.

둘만 남게 되자 원의 얼굴에서 엄한 기색은 씻은 듯 사라졌다. 여름과 겨울만큼이나 낙차가 큰 표정.

설주는 새삼스러운 기분으로 원의 미소 띤 얼굴을 바라보았다.

"다들 내가 되게 신기한가 봐."

"많이 불편하게 했어? 이 녀석들을 그냥……."

"네 여자 친구를 보는 건 처음 있는 일인 것처럼 그러네."

그래. 맞다. 떠본 거. 들은 이야기가 하도 믿겨지지 않아서.

"처음 있는 일 맞아."

원은 대수롭지 않게 어깨를 으쓱였다.

"왜……?"

"왜냐니? 뭐가?"

"이상하잖아, 그거."

"내가 여자 없이 지낸 게 이상한 일이라 이거지, 윤설주한테는?"

"아무래도 좀……."

"있었나 봐? 남자가."

그가 턱을 괴고 빙글거렸다.

그래. 분명 빙글거리는 게 맞는데 어쩐지 그의 눈길이 닿는 곳마다 따끔따끔 아프다. 마치 포를 뜨는 듯 날카롭고 예리한 시선이었다.

"있었다고 해도 탓할 수야 없지. 옆을 지키지 못한 내 잘못이니까."

원은 자신의 질문에 스스로 답했다. 그녀의 대답이 중요치 않은 것이 아니라 알고 싶지 않다는 투였다.

비록 단발성으로 끝난 연애라고 할지라도 그사이 두 명의 남자가 자신을 스쳐 갔다는 것을 알면 기분이 좋지는 않으리라.

하긴. 그깟 연애가 대수랴. 정략적인 것이라고 해도 그녀는 이미 결혼까지 했던 몸이다.

그게 죄스러운 것은 아니지만, 오늘 같은 날, 지금 같은 상황에 부러 꺼낼 만한 얘기는 아니었다.

설주는 서둘러 화제를 돌렸다.

"좋아하는 여자라고 했다며?"

"그런 얘기까지 했어?"

원이 미간을 찌푸렸다. 그러나 귓바퀴가 붉어진 것을 보니 기분이 나쁘다기보다는 부끄러운 쪽에 가까운 것 같았다.

"기분 좋았어. '좋아했던'이 아니라 '좋아하는' 여자라고 해 줬다는 거."

어쩌면 그 직원의 기억이 잘못된 것일 수도 있고, 그저 듣기 좋으라고 한 소리일지도 모르지만, 그래도 기뻤다. 그가 너무 사소한 것에 의미를 두는 여자라고 생각한대도 별수 없다.

"종화가 그 얘기만 해?"

"응?"

"가끔 네 사진 보면서 정신 나간 놈처럼 혼자 말 걸더라는 소린 안 했느냐고."

원은 놀란 듯 동그랗게 눈을 키우는 설주를 보며 피식 웃었다. 그녀는 무슨 그런 농담이 다 있냐는 얼굴로 미심쩍이 입술을 열었다.

"놀리는 거지?"

"응."

"뭐야. 진짜 속을 뻔했잖아."

원은 다행이라는 듯 가슴을 쓸어내리는 설주를 향해 구태여 말을 보태지 않았다.

네 사진에 말을 걸고 입을 맞춰야 했을 만큼 막막했고, 그 막막함이 비참하다는 생각도 할 수 없을 만큼 네가 그리웠다고.

때로는 너의 향수를 뿌리고 너의 말투를 흉내 냈다가 그게 진짜 너와 너무 달라서, 그 위화감에 밤새 통곡하곤 했다고.

TV에서, 라디오에서 '사랑'이라는 단어를 들을 때마다 발작처럼 네가 떠올라 아무것도 할 수가 없었다고.

눈물이 흐를 것 같아서 문득 하늘을 올려다볼 때가 많았다고.

원은 그녀가 사실이 아니길 바라는 얘기 같은 것은 마음 깊은 곳에 묻어 두었다.

"오픈 준비 끝입니다. 사장님 도착하셨고요."

멋대로 눈이 젖어 가는 것 같던 때, 타이밍 좋게 다가온 매니저가 보고했다. 원은 엄지와 검지로 동그라미를 만들어 보였다.

"오케이."

그녀가 덩달아 긴장하는 것이 느껴졌다. 바짝 힘이 들어간 두 손을 가슴 앞으로 세게 깍지 끼는 모습이 귀여워 도저히 그냥 지나칠 수 없었다.

원이 직원들을 향해 등을 보이고 섰다.

자리에서 일어나려던 설주는 자신을 막아선 원을 서지도 앉지도 못한 엉거주춤한 자세로 올려다보았다.

"너를 여기 데려오는 게 아니었는데."

"뭐라고?"

"후회된다고."

설주는 제 귀를 의심했다. 그의 잔뜩 구겨진 미간을 봐선, 제대로 들은 게 맞는 것 같⋯⋯.

"보는 눈이 많아서, 뭐 하나 제대로 할 수가 없잖아."

턱이 그의 손가락에 의해 들린다 싶더니, 순식간이었다. '스치듯'이라는 표현이 더할 나위 없이 꼭 맞아떨어지는 입맞춤이었다.

"무슨⋯⋯."

"괜찮아. 안 보여."

하지만 그래서 더 수상할 거야. 하는 말이 그에 의해 먹히고 말았다.

이번엔 꾹 누르는 듯한. 결코 키스는 아니지만, 그래도 누군가에게 들키면 곤란할 법한 스킨십이 이어졌다.

"미, 미쳤어."

"그런 얘기 자주 하더라, 주변에서. 그래도 나 정도면 곱게 미친 거라던데."

"어떻게 미치는 게 곱게 미치는 건데?"

"다정하게. 착하게. 여자라고는 윤설주밖에 모르게."

얼굴이 화르륵 달아올랐다. 그의 손가락이 뺨을 조심스럽게 매만졌다. 입안엔 삼키지 못한 마른침이 고여 혀가 뻐근할 지경이었다.

그때였다.

"아니, 이게 누구신가? 요새 연애하느라 얼굴 구경하기가 하늘의 별 따기보다 어렵다는 우리 점장님 아니신가!"

조롱조의 낯선 음성이 원의 너른 등 뒤에서 들려왔다. 원이 길게 한숨을 쉬며 불평했다.

"정말…… 여길 데려오는 게 아니었어."

파티가 시작되고 초대받은 VIP가 하나둘 가게를 채우자 원은 설주를 자신의 사무실로 이끌었다.

기껏해야 구석진 곳에 책상 하나, 의자 하나 정도 있을 줄 알았던 사무실은 그녀의 예상 외로 꽤 널따랗고 고급스러웠다. 사무실이라기보다는 원룸에 가까운 게다가 한쪽에는 접이식 침대까지 있다.

"와. 되게 잘 꾸며져 있다. 이거 생화인가? 무슨 꽃이야?"

"리…… 뭐더라. 잘 모르겠다."

"직접 산 거 아니야?"

"내가? 아냐. 주기적으로 플로리스트 한 분이 출장 오시는데, 바에 있는 거 교체하는 김에 남는 걸로 사무실도 해 주고. 뭐 그런 거야."

"으흠?"

그녀는 저도 모르게 눈썹을 치켜세우며 원을 돌아보았다. 그가 고개를 갸웃거렸다.

"왜?"

"여자?"

"누구? 플로리스트?"

"응."

원이 대답 대신 하하 웃음을 터뜨렸다. 넓은 사무용 테이블에 기댄 그가 양팔을 벌렸다. 설주는 왠지 골이 나서 자리에 선 채 꼼짝도 하지 않았다.

"내가 가면 포옹으로 안 끝날 텐데."

"어쩌 협박처럼 들리네."

"협박 맞아."

그가 이를 드러내며 미소 지었다. 송곳니가 유난히 뾰족해 아찔할 정도다.

"여기는 보는 눈이 없잖아. 아까랑 다르게."

그가 펼쳤던 팔을 내리고 비스듬히 기대 있던 몸을 바로 했다. 뚜벅뚜벅 다가오는 발걸음 소리가 지나치게 크게 울렸다.

"그러니까, 참을 필요가 없다는 뜻이지. 뭘 하든, 제대로 할 수 있다는 뜻이고."

"장난 그만……."

"네가 싫다고만 안 하면."

그가 한 팔로 허리를 감으며 고개를 내렸다. 딸꾹질이 나올 것 같아서 설주는 황급히 입술을 말았다.

그의 매끄러운 입술이 귓바퀴를 따라 흐르다 급기야 귓불을 깨문다.

그녀는 금방이라도 고꾸라질 것처럼 흔들리는 다리를 주체할 수 없었다. 이런 자극적인 상황이 너무 오랜만이라 정신을 차릴 수가 없다.

바짝 붙은 그의 몸에서 흉기처럼 부풀어 오른 부분이 너무나 적나라하게 아랫배를 눌렀다. 천 몇 장을 사이에 둔 것으로는 아무 소용이 없을 만큼 흉흉한 기세였다.

"아, 저, 저기……."

겁먹은 듯 달달 떨리는 목소리가 제 것이 맞는지 의심스러웠다.

어느새 그에게 목덜미를 빨리고 있다. 허리를 지분거리던 손이 뱀처럼 유연하게 아래로 미끄러지더니 엉덩이를 주물렀다.

"설주야."

원의 음성이 다소 거칠었다.

그가 가쁘게 몰아쉬는 숨이 쇄골을 간지럽힌다. 설주는 아득한 시야에 가까스로 힘을 주고 고개를 든 그와 눈을 맞췄다.

그의 입술이 붉다. 설주는 자신의 목에도 비슷한 색깔의 자국이 남았을지 모른다는 생각을 했다. 그녀가 주춤거리며 손을 들어 올려 목을 감쌌다.

원이 낮게 웃으며 다시 그녀의 이름을 불렀다.

"설주야."

대답을 하려고 입을 벌렸다. 그러나 발음해야 할 혀가 그에게 묶여 버렸다.

첫 키스 때도 이렇게까지 긴장하지는 않았던 것 같은데.

그는 기어이 그녀를 무너뜨렸다. 엉덩이를 쓰다듬던 커다란 손이 스러지는 그녀의 몸을 지탱해 주었다.

키스는 길었다. 그리고 그 이상 깊을 수 없을 만큼 깊었다.

어느새 그녀의 손가락은 원의 옷깃으로 옮겨 가 있었다.

온몸을 달아오르게 하는 젖은 소리. 그 끝에 입술을 뗀 그가 말했다.

"문."

"……."

"잠글까."

물음표 따위 없는 질문이었다.

　설주는 아무런 대꾸도 하지 못했다.

　당연했다. 그러라고 하면 그가 말하는 '참을 필요 없는 일'에 그녀 역시 기꺼이 동참하겠다는 뜻이 되니까.

　잔인한 남자. 원은 반드시 그녀에게서 바라는 대답을 얻고야 말겠다는 듯 집요했다.

　설주는 그의 다리가 은근히 자신의 중심을 누르는 것을 느꼈다. 바지가 아닌 치마를 입었더라면 진즉 그의 허벅지에 의해 말려 올라가고도 남았을 일이다.

　어쩌려고 이래.

　입술이, 혀가 자유로웠다면 이 말을 했을 것이다.

　그의 혀가 거칠 것 없다는 듯 맹렬히 그녀의 안을 탐색했다. 뻣뻣하게 굳어 있는 그녀의 혀를 멋대로 빙글 돌리고는 제 쪽으로 끌어당겨 혀뿌리가 아리도록 강하게 흡입했다.

혓바늘이 올올히 설 것만 같다. 깨물린 적 없는데도, 그저 빨린 것만으로도 아릿하게 저렸다.

아. 설주는 뒤늦게 깨달았다.

그는 내게서 단순히 '응.'이라는 대답을 받아 내려는 게 아니야. 이 남자는, 내가 부탁하고 사정하게 만들려는 거야. 그게 아니라면 이렇게, 이렇게까지…….

"아앗."

새된 음성이 저도 모르게 새어 나왔다. 그의 손끝이 재촉하듯 가슴을 움켜쥐었기 때문이다.

주인의 의지를 배반하고 일어서 버린 젖꼭지가 원의 손바닥에 뭉개졌다.

"단단해. 구슬 같아."

그가 키득거리며 말했다. 브래지어 위로도 느낄 수 있을 만큼 유두가 아프게 뭉쳐 있었다.

원은 그걸 장난감처럼 다루었다. 손가락으로 꾹꾹 눌렀다가 잡아당기고, 그조차 성에 차지 않는 듯 손톱으로 튕겼다.

"문 잠가 달라고 해."

분하게도 목소리만 조금 잠겼을 뿐인 그가 팔딱팔딱 맥이 뛰는 귀뿌리에 쪽 소리 나게 입을 맞추며 재촉했다.

"빨리. 응?"

"선우원, 너 진짜……."

"아니. 그 말 말고. 가르쳐 줬잖아. 잠가. 겨우 두 글자인데 어려워?"

돈다. 빙글거리는 그의 얼굴이 빙글빙글.

희롱당하는 건 가슴뿐인데 뇌수까지 녹아내리는 것 같다.

"이렇게 하면 좀 쉬워지려나?"

그의 손이 기어코 밑으로 향한다.

설주는 그가 어떤 방식으로 아래를 애무하는지 낱낱이 기억하고 있었다. 그 지독할 정도의 쾌감 앞에서 언제나 정신을 놓아 버렸던 스스로의 모습까지도.

흥분과 기대감, 그 사이로 누군가에게 이 모습을 들키면 어쩌지 하는 불안이 뒤섞였다. 그녀는 벼랑 끝에 몰려서야 남은 선택지는 투항밖에 없음을 인정했다.

"문……."

똑똑.

"점장님. 심 대표님이 오셔서 찾으시는데요."

불쑥 등장한 누군가 문밖에서 그녀의 목소리를 끊어 냈다.

혼비백산한 설주는 비명을 지를 것 같은 입을 황급히 틀어막았다. 블라우스 위로 반쯤 드러난 그녀의 가슴 위에 키스를 뿌리던 그가 불편한 심기를 고스란히 드러내며 말했다.

"없다고 그래."

"저, 그게요……. 이미 계신 줄 알아 버려서요. 제가 얘기한 건 아니고 사장님이요."

불투명한 유리문 너머로 비치는 인영은 애가 타는지 안절부절못하고 있다.

원의 한숨이 그녀의 가슴 위로 번졌다. 젠장, 하는 소리를 얼핏 들은 것 같지만 경황이 없던 와중이라 확실하진 않았다.

어쨌든 원이 이 아슬아슬한 행위를 그만두기로 마음먹었다는 사실이 중요했다.

가슴을 맛보느라 구부정하게 접었던 허리를 펴며 그가 그녀의 블라우스 단추를 다시 채워 주었다.

"같이 나갈래?"

설주는 고개를 저었다.

피가 몰린 얼굴. 따끔거리는 목덜미. 타액에 젖은 가슴. 그리고, 축축해진 속옷.

이런 꼴을 하고 아무렇지 않은 척 사람들을 상대할 자신이 있을 리 없다.

"그래. 그럼 좀 쉬고 있어. 인사만 하고 금방 올게."

원은 아쉬운 듯 설주의 이마에 입술을 누르며 뺨을 매만졌다.

그 음성이 다정한 걸로 모자라 정중하기까지 했다. 조금 전까지의 일은 그녀 혼자만의 꿈이 아니었을까 싶을 정도로 얼굴 역시 너무나 태연자약하다.

얄미워. 나도 똑같이, 드러나 보이는 곳에 잇자국이라도 내 줄 걸 그 랬어.

생각해 봤자 이미 늦었다.

사무실에 홀로 남은 설주는 식지 않은 두 뺨을 감싸 쥔 채 소파 위로 털썩 주저앉았다.

◇　◇　◇

원은 10분을 간신히 채운 후에 돌아왔다. 적어도 30분은 걸릴 거라고 생각했는데.

이렇게 금방 와도 괜찮은 건지 물으려던 찰나, 예고도 없이 문이 벌컥 열렸다.

사장인 태경이었다. 그는 한 손엔 샴페인, 다른 한 손엔 빈 잔을 손가락 사이에 대롱대롱 걸고서 등장했다.

용케 넘어지지 않고 지그재그로 걸으며 그가 저보다 한참이나 큰 원의 어깨에 팔꿈치를 올렸다.

"진짜 너무한 거 아니냐? 한 잔도 안 하겠다고? 10주년인데?"

"사장님 가게가 열 살 된 게 뭐 저한테까지 좋은 일이라고."

"이놈 자식, 말하는 것 좀 보게? 아, 당연히 너한테도 좋은 일이지! 내 장사가 안 망해야 네가 앞으로도 쭉 투자금 회수할 것 아니냐."

"본전치기는 예전에 했는데요, 뭘."

"세상천지에 본전 찾으려고 투자하는 놈이 어딨냐? 투자라는 건 모름지기 내 돈이 팡팡 뻥튀기처럼 커져서 돌아오는 재미에 하는 거라고."

안 그래요, 제수씨?

태경이 불쑥 설주를 향해 물었다.

핑퐁처럼 오고 가는 대화를 따라잡는 것도 벅찬데 갑자기 제수씨라니.

설주는 황급히 두 손을 휘저었다.

"무, 무슨. 그냥 이름으로 불러 주세요."

"에, 뭐 어때요. 미리 좀 당겨 부르는 거지. 수줍음이 많으신 편이구나?"

"미안. 사장님이 좀 취했······."

"아니면은, 어, 우리 원이랑 잠깐 연애만 하다 마려고요?"

태경은 갈수록 취기가 오르는지 원의 얘기는 들은 척 만 척, 테이블 위에 잔을 놓고 병을 기울였다. 기포가 보글보글 올라오는 옅은 금빛 액체가 넘칠 듯 출렁였다.

"그러지 마세요. 오래오래 만나요."

"형."

태경을 부르는 원의 호칭이 달라졌다.

설주는 자신의 눈치를 보는 원을 향해 괜찮다는 듯 웃어 보였다. 당황스럽기는 해도 듣기 불쾌한 얘기는 아니었다.

"만나다가, 결혼도 하고, 애기도 낳고, 그러면 더 좋고. 하하. 이런 소리 주책스럽게 들리려나."

"알면 제발 그만 좀 하세요. 형. 사장님아. 자, 내가 차에 데려다줄 테니까 오늘은 이만 들어가시는 게 좋겠네. 더 마시면 형수님한테 애꿎은 나까지 혼나."

"제수씨. 이 녀석이 말하는 거는 이렇게 밥맛 떨어지게 해도, 마음은 되게 여려요. 얘가요, 그때 진짜 많이 울었거든요. 9년 알면서 이 녀석 우는 거 딱 한 번 봤는데, 그게……."

"아, 진짜, 이 인간이!"

원이 억지로 끌어내리려고 해도 태경은 꿋꿋이 버텼다. 술에 취한 사람의 몸 어디에서 그런 힘이 나오는지 모를 일이었다.

주저리주저리 이어지는 취중 폭로에 다급히 태경의 입을 틀어막은 원이 찌푸린 얼굴로 물었다.

"제가 술 안 마셔 준다고 꼬장 부리는 거죠, 지금?"

"엇? 그걸 이제 알았냐?"

히죽거리는 태경에게 원은 차마 화도 못 내고 헛웃음만 터뜨렸다.

그는 잠깐 뭔가를 곰곰이 생각하는 모양새로 술잔을 쳐다보더니 이내 설주에게로 시선을 돌렸다.

"나 술 마셔도 돼?"

"응? 마시고 싶으면 마시는 거지, 그걸 왜 나한테 물어?"

"마시면 너 오늘 못 데려다줘."

태경의 야유가 쏟아졌다. 여태 여기저기서 술 권할 때마다 거절한 게 다 그런 이유에서였냐며 배신감 운운하는 태경을 원은 가볍게 무시했다.

질문의 의도를 뒤늦게 알아챈 설주는 자신이 그를 곤란하게 한 것 같아 급히 핸드백을 챙겼다.

"그런 거였음 진작 얘기하지 그랬어. 지금 가도 버스 있으니까 괜찮아. 나 신경 쓰지 말고……."

"자고 가."

가까이 다가온 그가 손목을 쥔 채 나직이 말했다. 그녀에게만 가까스로 들릴 법한 목소리였다.

"지금 이 시간에 가면 새벽에 춘천 도착하잖아. 위험해서 안 돼."

태경은 원의 뒤에서 줄기차게 '마셔라! 마셔라!'를 연호하고 있었다.

설주는 어쩔 줄 모르고 원과 태경을 번갈아 응시했다. 그녀의 근사한 남자 친구가 이번엔 제법 간절한 투로 부탁했다.

"자고 가라. 응?"

"……알았어."

원이 기다렸다는 듯 샴페인 잔을 들어 올렸다. 그의 목울대가 위아래로 요동친다.

설주는 한계까지 휘어진 원의 눈매를 보며 어쩐지 말려든 것 같다는 생각을 떨칠 수가 없었다.

◇ ◇ ◇

원의 집으로 향하는 차 안에서 설주는 깜빡 잠이 들고 말았다. 새벽 3시라는 늦은 시간에 더해 머리를 기댄 그의 어깨가 매우 안락했기 때문이다.

눈을 뜨니 조명이 환한 지하 주차장이다. 대리운전 기사가 있어야 할 운전석은 텅 비어 있었다.

눈을 비비며 몸을 바로 세우니 어깨에 걸쳐 있던 원의 재킷이 흘러내렸다.

"일어났어?"

"으응. 도착했으면 깨우지. 나 오래 잤어?"

"아니. 오래 안 잤어. 내릴까?"

차내의 전자시계는 그가 빤한 거짓말을 하고 있다고 가리켰지만 설주는 부러 알은체하지 않았다. 그가 차에서 내리는 그녀를 조심스럽게 잡아 주었다.

"업힐래?"

"어? 왜?"

"다친 다리로 오늘 너무 무리한 거 아닌가 싶어서."

그녀는 황당하다는 낯으로 원을 쳐다보았다. 그런 사람이 아까 사무실에서 잘도 그런 짓을…….

적반하장도 유분수란 말이 혀끝에 맴돌았지만 지금은 참는 편이 나을 것 같다.

그렇잖아도 그의 집으로 가고 있다는 사실에 심장이 터질 것 같은데, 괜히 사무실에서의 일을 언급했다간 불난 집에 기름을 붓는 격이 될지도 모른다.

눈을 굴리던 설주는 곧 적당한 화젯거리를 찾아내곤 입을 열었다.

"차, 이번에 바꾼 거라며?"

"그런 얘긴 대체 누구한테 들었어?"

"해준이."

"형은 별 얘길 다 했네."

"우리 만났던 첫날 태워다 준 차도 나쁘진 않았던 거 같은데. 왜 바꿨어?"

"뭐 그야, 전에 몰던 거 너무 오래되기도 했고, 작아서 불편하기도 하고. 뭣보다 전에 건 튼튼하지가 않아서 자칫 사고라도 나면…….."

엘리베이터를 기다리며 성실하게 대답을 이어 나가던 원의 시선이 설주에게로 떨어졌다. 웃지 않으려 잔뜩 힘이 들어간 입꼬리를 바라보며 원은 포옥 한숨을 내쉬었다.

"사람 떠보는 못된 짓은 어디서 배웠어?"

"미안. 그래도 덕분에 선우원이 얼마나 귀여운 남자인지 알게 됐으니까 아주 못된 짓만도 아니지 않아?"

"귀여워?"

귀엽다고? 귀엽다고 했어, 지금?

원이 경악하거나 말거나 설주는 배시시 웃을 뿐이었다.

해준의 얘기가 자꾸 떠올라 평소엔 나른한 표범 같던 남자가 지금은 낑낑거리며 젖을 찾는 하룻강아지처럼 보였다.

'너 다시 만나고 한동안 원이 제정신 아니었어. 그래서 너 나타난 이후로는 엉뚱한 사람들만 득 봤지. 전 같으면 기물 파손으로 신고했을 진상 손님이나, 150만 원짜리 와인 해 먹은 직원이나 다 그냥 넘어갔거든. 아! 원이 차 바꾼 것도 너 때문인데, 알고 있어? 전에 끌고 다니던 거, 카센터에서 맨날 그만 좀 보내 주라고 해도 꾸역꾸역 몰고 다니더니. 너 만나자마자 다음 날 바로 가서 새 차 계약했잖아. 그것도 그렇게 비싼 차를! 다른 사람도 아니고 선우원이! 나 진짜, 이유를 모르고 겪었더라면 병원에라도 데려가려고 했을 거야.'

지난 몇 시간 동안 그에게서 '널 여길 데려오는 게 아니었어.' 라는 말을 족히 열두 번은 들었지만, 설주는 역시 가길 잘했다고 생각하는 중이었다. 아쉽고 멋쩍은 소리 같은 건 가능한 아끼는 원에게선 결코 들을 수 없는 비하인드 스토리를 잔뜩 얻을 수 있었으니까.

잠시나마 그의 고급 외제차와 옷차림을 보고 그에게 가게 일 외에 다른 고소득의 부업이 있을 거라고 짐작했던 것이 미안할 지경이었다.

지인들의 이야기를 종합해 보면, 믿을 수 없게도 원에겐 7년간 여자가 없었다고 한다.

"해준이 형이나, 사장님이나. 하는 말의 90퍼센트는 허풍 아니면 허구야. 잘 걸러서 들어야 해."

땡— 하는 소리와 함께 도착한 엘리베이터에 몸을 실으며 원이 중얼거렸다.

거울에 비친 그의 얼굴은 조금 달아올라 있었다. 술기운 때문만은 아니리라.

"그래서? 내가 들은 얘기도 그 90퍼센트에 포함되는 말이란 거야?"

"차는…… 그래, 누구 때문에 산 게 맞긴 하지."

다시 한번 땡. 이번엔 도착을 알리는 소리.

설주는 원의 손이 도어록 패드를 누를 때쯤에야 묘하게 눈에 익은 주변 풍경을 알아차렸다. 아파트라는 게 다 거기서 거기인 비슷한 구조라 전혀 눈치채지 못했다. 자신의 핸드폰 비밀번호와 같은 번호를 차례로 눌러 문을 연 원이 그녀의 등을 부드럽게 감싸 이끌었다.

"다시 돌아온 걸 환영해."

7년 전에 그와 그녀가 만든 낙원이 그 자리에 있었다. 조금도 훼손되지 않은 채로.

◇　◇　◇

먼저 키스를 한 건 그녀였을 것이다. 그러니까, 그게…… 아마도.

제대로 기억할 수 없는 것은 선후 따위는 까마득해질 정도로 원이 설주를 몰아붙인 탓이었다.

내일이 걱정될 정도로 그에게 빨린 입술이 얼얼하다. 설주는 원의 관심이 자신의 가슴으로 옮겨 간 틈을 타 손가락으로 입술을 쓸었다.

두 배쯤 부풀어 있는 통통한 입술이 제 것 같지 않아 어색할 지경이었다. 너무 얇아 예민해 보인다는 소리를 종종 듣곤 하는 입술이었는데……

문득 그가 이렇게 매일 빨아 주면 입술이 커질 수도 있을까, 하는 엉뚱한 상상이 들었다. 물론, 그의 애무가 잠시 느슨해진 사이에만.

"아, 읏!"

쪼옥, 하는 다소 민망한 소리와 함께 그가 그녀의 유두를 입에 머금었다.

흡입이라고 해야 할 것이다. 가슴 끝이 떨어져 나갈 것 같은 압력에 기어이 참았던 신음이 새어 나왔다.

설주는 입술을 매만지던 손가락을 황급히 이 사이로 밀어 넣었다. 그러고는 저도 모르게 파인 자국이 남을 만큼 세게 깨물었다.

그렇게 하면 원이 빨아 대고 있는 가슴에서 번지는 쾌감을 잠시나마 억누를 수 있었다.

그가 그녀에게 견디라고 하는 건 그야말로 통증보다 더한 자극이다. 그 감각에 아무런 저항 없이 몸을 맡기면 그야말로 이성을 잃고 울부짖게 될 것만 같았다.

"왜 깨물어."

젖무덤 사이에서 고개를 든 그가 허스키한 목소리로 타박했다.

"뭔가 물고 있을 게 필요해?"

그의 손이 조심조심 입술을 쓰다듬었다.

통각이 지나치게 혹사당한 탓인지 그의 손이 지나간 자리는 마치 파리가 앉은 듯 가렵기만 했다. 입술을 긁고 싶어진다.

아, 해. 마침 원이 말했고, 설주는 기다렸다는 듯 자신의 손가락을 뻗었다.

"상처 내지 마."

웃기는 일이지. 당장 몇 시간 후면 그녀의 몸은 그가 남긴 순흔과 손자국으로 꽃이 핀 듯 온통 울긋불긋해질 텐데.

하지만 괜찮다. 원이 주는 건 그게 뭐든 달았다.

설주는 잇자국이 난 손가락을 혀끝으로 살살 쓸어내리는 원을 가만히 바라보았다.

마치…… 서로의 상처를 핥아 주는 짐승이 된 것만 같아.

그의 입술이 닿으면 온몸이 성감대가 되어 버리는 건지, 그저 손가락을 빨릴 뿐인데도 척추가 저릿했다.

그뿐일까. 벌어진 다리 사이에 자리 잡은 그의 단단한 성기가 옷을 사이에 두고 입구를 쿡 찌르자 이번엔 머리칼이 쭈뼛 선다.

신음이 또 나올 것 같은데, 그에게 손이 잡혀 있어 아쉬운 대로 입술을 말아 치아 사이에 끼웠다. 그러자 원이 귀신같이 알고 쯧, 혀를 찬다.

그럼 어떡해. 울어 버릴 것 같단 말이야.

차마 말로 하지 못하고 그녀가 애원하듯 원을 올려다보았다.

"물어."

"어? 아니, 잠깐……."

으읍.

그녀의 것보다 훨씬 굵고 거친 손가락에 의해 입안을 점령당한 설주가 데룩데룩 눈을 굴렸다. 도리질을 쳐도 소용없었다. 그의 손가락은 갈고리처럼 치아에 걸려 있었다.

"아으리 으애오 이어……."

아무리 그래도 이건.

발음이 형편없이 샜다. 삼키지 못한 타액이 밖으로 넘쳤다.

원은 어쩐지 초조한 얼굴로 그녀의 입가를 샅샅이 핥으며 말했다.

"물기만 해. 혀는 쓰지 말고. 너무 야한 느낌이라 버티기 힘드니까."

야한 느낌이라는 건 대체 어떤…….

묻고 싶었지만 곧 머릿속이 하얗게 비고 말았다. 허벅지 안쪽을 넓게 어루만지던 나머지 한쪽 손이 꽉 쥐듯 음부를 덮었기 때문이다.

반사적으로 턱에 힘이 들어갔다.

물지 말아야지. 물더라도 안 아프게 살짝만 물어야지. 그런 다짐은 아무런 소용이 없었다.

청바지 위로 음핵을 찾던 원은 금방 끈기를 잃었다.

한 손으로도 가뿐히 버클을 풀고 지퍼를 내린 그가 본격적으로 그녀의 아래를 탐하기 시작했다. 팬티 속으로 손을 집어넣자 곱슬거리는 음모가 손바닥을 간질였다.

원은 그 감각을 음미하려는 듯 손바닥으로 둥글게 원을 그렸다. 그러고는 중지를 세워 비가 내린 것처럼 미끄러운 설주의 습지에 담갔다. 그녀가 경련하듯 떨며 허리를 휘었다.

찌걱거리는 소리가 점점 빨라진다.

설주는 환한 조명에 어지러움을 느끼며 팔로 두 눈을 가렸다. 그의 눈에 제가 어떻게 보일지 상상하면 자꾸 어디론가 숨고 싶었다.

양옆으로 헤쳐진 블라우스. 밀려 올라간 브래지어에 눌려 잔뜩 부풀어 있을 가슴. 엉덩이에 바지와 팬티를 건 채로 다리를 벌리고 있는 모습이라니.

불을 꺼 달란 말은 그저 입안에서만 맴돌았다. 치아 사이를 비집은 그의 손가락이 지그시 혓바닥을 누르고 있기 때문이었다.

불현듯 다시 시야가 밝아졌다.

원은 자신을 보지 않는 설주를 용납할 수 없다는 듯 단호히 팔을 아래로 끌어 내렸다.

"으……."

자유롭지 않은 혀로 낼 수 있는 발음은 이것뿐. 백치가 되어 버린 느낌에 설주는 미간을 찌푸렸다.

그저 견디기 힘들면 깨물라며 넣어 놓은 손가락에 슬그머니 다른 의도가 실리기 시작한 건 그때였다. 그의 검지가 입천장과 볼 안쪽을 느른하게 쓸었다. 어금니 안쪽에서 신침이 흘러나왔다.

"허리띠 좀 풀어 줄래."

그가 고개를 기울인 채 말했다. 목소리는 상냥한데, 어쩐지 시선은 위압적이다.

"손이 하나라 네가 도와줘야 할 것 같은데."

설주는 반박하지 않았다. 내 바지는 한 손으로도 잘만 벗기지 않았냐는 말은 일찌감치 포기했다. 말해 봐야 또다시 말을 막 배운 아이처럼 형편없는 발음만 샐 것이 뻔했다.

"얼른 안 움직이면 나 바지에 쌀지도 몰라."

머뭇거리는 그녀를 원이 재차 독촉했다. 일부러 그녀가 부끄러워하는 것을 보려고 선정적이고 속된 표현을 쓴다는 걸 알면서도 어쩔 수 없이 얼굴이 붉게 물들고 말았다.

설주는 응징하듯 원의 손가락을 조금 세게 깨물었다. 그가 한쪽 눈썹을 치켜세웠다.

"도발하는 거……."

원은 말을 끝맺지 못하고 놀란 듯 자신의 바지춤을 내려다보았다. 그녀의 작은 손이 서툴게 자신의 허리띠를 풀어내고 있었다.

장난이었다. 관계에 있어선 워낙 소극적인 설주니까, 정말 해 주리라곤 결코 기대한 적 없는, 그냥 장난.

"아, 그만. 그만해."

말이 씨가 되게 생겼다. 원은 급격히 치미는 사정감에 설주의 손을 잡아 제게서 떼어 냈다.

억지로 그러모은 여유가 메말라 버리고 남은 것은 미칠 듯한 갈증뿐.

원은 한 손으로 가뿐히 바지와 드로어즈를 끌어 내렸다. 파충류가 탈피하듯 느릿느릿 옷을 벗던 설주는 배꼽을 향해 고개를 치켜든 원의 성기를 보곤 그대로 경직되고 말았다.

한두 번 봤던 것도 아닌데 새삼 그 크기에 압도되어 버린 그녀는 불안한 시선으로 원을 올려다보았다. 그러고 보니까 섹스를 안 한 지가 어언······.

"으읏!"

원은 겨우 머리만 들어간 아래를 보며 흠칫 동작을 멈췄다.

좀 전의 소리가 비명인지 신음인지 헷갈렸다.

그녀의 안은 뜨겁고 더할 나위 없이 축축하게 젖어 있었지만, 손가락을 깨무는 강도는 그녀가 느끼는 고통의 크기를 방증하듯 점점 세지고 있었다.

"아파?"

설주는 대답 없이 도리질만 했다. 그러나 원은 이미 그녀에게서 제 몸을 빼내고 있었다.

그만두려는 걸까?

그녀가 의아한 듯 그를 바라보았다. 어째서인지 원은 그녀의 눈을 피해 고개를 모로 튼 채였다.

"미안해. 나도 그만둘 수 있으면 좋겠는데······."

그가 앞뒤로 몸을 움직였다. 다만 그녀의 안으로 들어오진 않고 꽃 잎을 살살 가를 뿐이었다.

이미 넘치게 흐르는 윤활유로도 안심이 안 되는지 젖꼭지 역시 다시 그의 입속으로 빨려 들어갔다.

아까처럼 몸이 갈라지는 듯한 통증은 없었지만 자극적인 것으로 치자면 이쪽이 더했다. 그의 남성에 난 주름이 음핵을 끊임없이 마찰했기 때문에.

설주는 저도 모르게 하체를 비틀어 아랫도리를 원의 아랫배에 가까이 댔다. 그가 넌지시 웃으며 물었다.

"넣어도 돼?"

그녀는 정신없이 고개를 끄덕였다.

곧 그녀의 안으로 그가 빠듯하게 밀어닥쳤다. 설주는 파도처럼 밀려오고 쓸려 나가길 반복하는 원의 목을 놓칠세라 꽉 끌어안았다.

땀에 젖은 몸이 하나처럼 뒤엉켰다.

그녀의 한쪽 다리가 그의 팔꿈치 안쪽에 걸렸다. 진퇴를 더 쉽게 하기 위해서인가 싶었는데 아무래도 무릎의 상처가 걱정되는 모양이었다.

몸을 섞고 있다는 사실보다 이런 그의 사소한 배려에 더 가슴이 울렁거린다.

설주는 소리 없이 흐느끼기 시작했다. 눈꼬리로 흘러내리는 눈물과 함께 이윽고 절정이 찾아왔다.

아랫배가 뜨끈했다. 혼곤하다. 그가 뭐라고 중얼거리는 것이 멀게만 느껴졌다.

원은 사정 후에도 간헐적으로 움찔거리며 내벽을 두드리는 자신의 성기를 조심스럽게 뺐다. 그의 것인지 그녀의 것인지 모를 젖빛 액체가 아직 닫히지 않은 구멍에서 주르륵 흘러 버리고 만다.

원의 표정에 아쉬움이 깃들었다. 설주의 상처만 아니었더라면 그대로 몸을 엮은 채 잠에 들고 싶었던 것이다.

"물 닿으면 안 되니까 닦기만……."

부끄러워서 눈을 감고 있는 줄 알았는데, 숨소리가 고르다. 통통하게 부은 작은 입술이 무방비하게 벌어져 있다.

원은 뒤늦게 그녀의 입에서 손가락을 뺐다.

타액이 길게 늘어졌다.

젠장. 주인 허락도 없이 아래가 다시 꺼떡꺼떡 들어갈 곳을 찾아 헤맸다. 원은 설주의 치열이 고스란히 새겨진 손가락으로 자신의 물건을 감쌌다.

그녀의 몸에 들어갈 때만큼은 아니지만 이쪽도 썩 나쁘지는 않다. 세상모르게 잠들어 있는 반라의 설주.

원은 번들거리는 그녀의 아래와 둥글게 퍼진 가슴을 바라보며 손을 빠르게 위아래로 흔들었다. 그녀가 잠에서 깨 이 광경을 목격하면 어쩌지 하는 생각이 수치심과 동시에 흥분을 불러일으켰다.

그는 어이없을 만큼 빠르게 두 번째 사정에 성공했다. 평소에 걸리던 시간의 절반도 되지 않았다.

아니, 시간을 따질 것이 아니었다. 사정까지 가지 못하고 중간에 그만둔 적이 대체 몇 번인가. 헤아릴 수조차 없다.

원은 자조하며 서둘러 일어나 정액으로 범벅이 된 손을 씻고 따뜻한 물에 타월을 적셔 와 설주의 몸을 닦았다. 많이 피곤했는지 그녀는 잠결에 밀어 내면서도 결코 눈을 뜨진 않았다.

거즈를 떼고 상처가 무사한 것을 확인하고 나서야 그 역시 샤워할 수 있었다.

원은 깨끗해진 몸으로 설주의 옆에 누워 그녀의 잠든 얼굴을 한참이나 바라보았다.

꿈이 아니라는 거, 그녀에겐 실감이 난다고 했지만 원은 여전히 자신이 꿈을 꾸고 있는 것은 아닐까 의심스러웠다.

실제로 그녀가 없는 동안 이런 꿈을 너무 자주 꾼 탓이다. 분명 그녀와 행복하게 데이트를 하고 함께 잠자리에 들었는데, 다음 날 눈을 뜨면 그 혼자 이 너른 침대에 누워 있는 식이었다.

"……어디 못 가, 이번엔."

그는 몸을 짓누르는 불안감을 종식시키려는 듯 설주를 끌어안았다.

오늘 밤은 차라리 잠들지 않기로 했다.

해가 방 안을 밝히고, 그녀가 눈뜨는 걸 지켜보는 거다.

설령 꿈결이라도 도망가지 못하도록.

원은 그렇게 밤새 품 안의 여자를 지켰다.

5

긴긴 밤이 지나고, 눈을 뜬 그녀가 처음 마주한 것은 약간 충혈된 원의 두 눈이었다. 일 때문에 밤낮이 거의 바뀐 채 생활하는 남자라 깨어 있을 거라곤 생각도 하지 못했던 설주는 눈을 휘둥그레 떴다.

"잘 잤어?"

그가 다정히 머리를 쓸어 넘겨 준다.

설주는 그제야 이불 밖으로 나온 그의 팔이 맨살이라는 걸 깨달았다. 자신이 베고 있는 나머지 한쪽 팔도.

그렇다는 건 알몸이라는 거다. 그나, 그녀 자신이나.

설주는 급하게 숨을 들이마시며 이불을 가슴 앞으로 잔뜩 그러모았다. 원이 가소롭다는 듯 웃었다.

"귀엽긴 하지만, 이제 와서 굳이 그럴 필요가 있을까."

"응? 뭐가? 이거, 이건 그냥 추워서인데. 왜?"

"아하. 추워서?"

그가 고개를 끄덕이며 그녀의 말꼬리를 잡았다.

그러나 그가 그녀를 놀리는 데 일가견이 있는 만큼, 설주 역시 만만 찮은 말 돌리기의 귀재. 그녀는 능청스럽게 하품을 하며 원에게 물었 다.

"아 그나저나, 나 언제 잠들었지?"

"그러게. 대체 언제부터 잤어? 어제 내가 한 말은 듣고 잠든 거야?"

"어제? 뭐라고 했는데?"

그가 눈을 가늘게 뜨고 바라본다.

뭔가 중요한 말이라도 했을까? 하지만 아무리 기억을 뒤져 봐도 떠 오르는 거라곤 벨트를 풀어 달라든가, 혀는 쓰지 말라든가, 넣어도 되 냐는……

설주는 순식간에 빨갛게 달아오른 얼굴로 고개를 흔들었다. 해가 중 천인데 머릿속이 온통 살색으로 가득 차고 말았다.

"무슨 생각을 하십니까, 아가씨?"

"생각은, 내가 무슨 생각을 한다고 그래."

"얼굴이 새빨갛잖아. 꼭, 새벽에 내 아래 있을 때처럼."

"네, 네가 잘못 본 거야."

"그래?"

머리카락을 쓸어 주던 그의 손이 귓바퀴를 훑었다.

나른하게 묻는 그의 눈이 기묘하게 빛났다. 분명 웃고 있는데도 충 혈되어 있어서 다소 무섭기까지 한 눈이었다.

설주는 저도 모르게 꿀꺽 마른침을 삼켰다.

"왜, 왜. 뭐."

"그렇게 시치미를 떼니까…… 확인해 보고 싶어지네."

"무슨 확인을 한다고……."

"네 몸."

아아. 아침부터 이런 대화라니. 너무 위험하다. 심장에 무리가 갈 정도로.

"어젠 이런 얼굴로 잔뜩 젖었었잖아. 내가 정말 잘못 본 건지, 아니면 네가 거짓말을 하는 건지 만져 보면 알 수 있을 것 같은데."

귓불에서 목덜미로, 이젠 어깨를 둥글게 문지르는 그의 손이 의미하는 바는 명확했다.

"어떻게, 실례 좀 해도 되나."

설주는 순식간에 자신의 위로 올라온 원을 보며 놀란 듯 입을 벙긋거렸다. 당장이라도 그가 자신의 아래에 손가락을 담글 것 같아서 함부로 눈을 뗄 수 없었다.

원에게는 어쩐지, 길들여지지 않은 맹수에게서나 느껴질 법한 위태로운 분위기가 풍겼다. 지금이야 허락을 구하고 있지만, 마음만 먹으면 언제든 제멋대로 그녀를 물어뜯을 수도 있을 것 같아 조마조마해지는 것이다.

그녀는 몇 번이나 입맛을 다신 끝에 겨우 입을 뗐다.

"안 돼."

"왜?"

"내가 좀 저혈압이라, 공복에 섹스는 어려울 것 같아."

"섹스하자고 안 했는데. 확인만 해 본다고 했지."

"확인 '만' 한다는 거, 장담할 수 있어?"

"장담할 수 있으면? 오케이 하는 거야?"

"……어?"

잔뜩 심각한 얼굴의 설주를 내려다보던 원의 입술 사이에서 기어이 웃음이 터져 나왔다. 그가 옆으로 구른 채 얼굴을 가리고 낄낄거린다. 잘 짜인 근육이 그가 어깨를 들썩일 때마다 함께 조여들었다.

원이 아예 밤을 샜다는 사실을 모르는 설주는 막 잠에서 깨고도 혼자만 완벽한 그가 원망스러울 따름이었다. 질투를 담은 손이 아프지 않게 원의 등을 때렸다.

"그만 웃고. 냉장고에 뭐 있어? 나 배고파."

"샌드위치 사다 놓은 거 있어. 가져올게. 마실 건? 커피? 주스?"

"주스."

네, 마님. 그가 경쾌하게 외치곤 침대를 박차고 벌떡 일어섰다.

마음의 준비도 하기 전에 그의 나체가 시야를 가득 메우자 설주가 비명을 지르며 이불 속으로 얼굴을 숨겼다. 그의 웃음소리가 또 한 번 울려 퍼지는가 싶더니 애써 모은 이불이 손에서 빠져나갔다.

그러고는, 그의 입술.

"모닝 키스 정도는 괜찮지? 공복에, 저혈압이라도."

"⋯⋯응."

"사랑해."

"⋯⋯."

"라고 했어."

원이 기습적으로 말했다. 놀라서 아무 말도 못 하고 있자 그가 장난스럽게 이마를 맞부딪쳤다.

"이걸 못 듣고 자면 어떻게 해. 태어나서 처음 해 본 말이었는데."

아무리 야한 농담을 할 때도 사수하던 얼굴을 붉게 물들이는 남자.

사랑스러워서 견딜 수가 없었다. 설주는 참지 못하고 원의 얼굴로 손을 뻗었다. 입술을 하나로 포개자 그가 기다렸다는 듯 그녀의 혀를 낚아챘다.

"안 된다면서. 공복에 섹스는."

"오늘만."

원이 설주의 몸 위로 체중을 실으며 대꾸했다.

"그래. 오늘만."

◇　◇　◇

숙소는 썰렁했다. 야간 촬영이 있는 날이니 내일 늦은 오후나 되어야 다들 초주검이 된 모습으로 돌아올 것이다.

바쁜 일정에 숨 돌릴 틈도 없을 동료들에겐 미안하지만, 설주는 오랜만에 얻은 혼자만의 시간이 반가웠다. 지금만큼은 자신의 상처에 대한 룸메이트나 롭의 걱정 어린 관심도 달갑지 않을 것 같았다.

설주는 옷을 갈아입을 생각도 하지 못하고 침대 가장자리에 털썩 앉았다.

그녀의 손엔 반투명한 커버를 뒤집어쓴 통장과 도장이 들려 있었다. 원과 샌드위치를 나눠 먹으며 예전과 하나도 달라지지 않은 작업실에 대해 어떻게 된 거냐고 물었을 때, 그가 그녀에게 쥐여 준 것이었다.

'이게 뭐야?'

'네 거.'

'내 거라니? 이거 통장 아니야? 이런 거 놓고 간 적 없는 것 같은…….'

'그때, 네가 나한테 줬던 3억.'

멍하니 원과의 대화를 복기하며 설주는 떨리는 손으로 통장을 열었다.

'실은 그때 바로 돌려주고 싶었어. 그런데 다 써 버리는 바람에.'

'……'

'어디다 썼는지 안 물어봐?'

'어디다…… 썼는데?'

'여기 사는 데.'

그는 칭찬을 바라는 강아지처럼 눈을 반짝반짝 빛냈었다. 그러나 불
행히도 설주는 복받치는 울음을 참기에도 벅차서 그런 원을 따뜻하게
안아 주지 못했다.

도리어 왜, 뭐 하러 그런 짓을 했느냐고 따져 묻기만 했다. 원은 제
기대와 다른 반응에도 전혀 섭섭해하지 않고 답했다.

누군가 다른 사람이 들어와 그 공간에 남은 그와 그녀를 지우는 것
을 도저히 두고만 볼 수가 없었다고.

'여기 되게 비싸더라. 모자란 건 사장님한테 빌리고 그랬어. 그 돈
먼저 갚느라 오래 걸린 거지, 아니면 훨씬 더 빨리 채웠을 거야.'

통장에 찍힌 마지막 입금일은 2년 전 겨울이었다. 무수히 찍힌 숫자
들을 바라보다 그녀는 서둘러 첫 장을 열어 확인했다.

〈이월 발급(2013.04.12.) 이월 잔액: ₩126,520,000〉

그가 그녀에게 준 것이 첫 번째 통장이 아니라는 뜻이었다.

설주는 먹먹한 눈으로 남은 페이지들도 일일이 확인했다. 그녀의 가
슴을 미어지게 하는 것은 매달 10일 들어오는 큰 액수가 아닌, 15만
원, 7만 원, 적게는 2만 원까지도 찍혀 있는 다른 날의 입금 기록들이
었다.

돈이 생기는 족족 이 통장에 넣으며 그는 대체 무슨 생각을 했을까.
전해 줄 수 있을지 없을지도 모를 이 돈을 모으느라 그는 얼마나 고된

시간을 보냈을까.

애초에 왜 그 작업실을 사는 바보 같은 짓을 했을까. 그토록 모질게 돌아섰던 여자, 뭐가 그리 애틋해서 그 흔적이라도 붙들고 싶었을까.

원의 앞에서 간신히 억눌렀던 눈물이 뒤늦게 쏟아져 내렸다. 설주는 통장을 품에 안은 채 엉엉 목 놓아 울어 버렸다.

이미 놓쳐 버린, 그와 함께 행복할 수 있었던 시간들이 아까워 견딜 수 없이 아픈 서른둘의 가을이었다.

◇　◇　◇

파랗던 하늘이 점점 탈색되기 시작하더니 성큼 겨울이 왔다. 그녀가 있는 곳은 아니었지만, 강원도 어디에는 얼마 전 첫눈이 내렸다고 한다.

원은 그 뉴스를 본 이래로 며칠째 매우 들떠 있었다. 올해 첫눈은 꼭 그녀와 맞겠다는 의지가 대단했다.

그게 어디 마음대로 되는 일이냐고 미온한 반응을 보이는 설주를 향해 원은 대단한 해결 방법이라도 알려 주는 듯 비장하게 말했다.

'그러니까 자주, 많이, 오래 같이 있어야지. 언제 어디서 첫눈을 맞게 될지 모르니까.'

제가 뱉은 말을 지키기라도 하려는 듯 원이 춘천에 머무르는 시간이 점점 길어지고 있었다. 이젠 설주의 동료들도 그와 그녀의 관계를 알아서 원이 바빠서 오지 못하는 날에는 오늘은 해가 서쪽에서 떴냐며 그녀를 놀려 대기 일쑤였다.

어쨌든 다행히도 대부분이 그녀의 연애를 축하해 주는 분위기였다.

물론 전부는 아니다. 분장팀 막내가 충동적으로 일을 그만두겠다고 촬영장을 뛰쳐나가 버렸던 날은 정말이지 다시 생각해도 진땀이 났다.

'저번에 말씀드렸던 거 기억하세요? 생일 파티요.'

'아, 네. 스케줄 확인해 봤는데 그날이 주말이라 예약이 다 차 있어서요. 혹시 저희 가게 맞은편에 B Bar는 어때요? 거기 사장님과 친분이 있어서 부탁드리면 신경 써서 준비해 주실 거예요.'

'좋죠. 거기도 예약하기 힘든 곳인데. 그럼 부탁 좀 드릴게요.'

그날은 아무런 문제도 없었다. 막내의 상기된 얼굴이 걱정스럽기는 했어도 별일이 있으랴 싶었던 것이다.

당시만 해도 다들 원을 그녀의 전 남자 친구 정도로만 알고 있을 때였다. 두 사람의 만남은 대부분 숙소 앞에서 이루어졌다. 딱히 비밀스러운 방식을 고집한 것은 아니지만, 아무래도 동료들의 관심을 사는 것이 부담스럽긴 했다.

때문에 원은 촬영장에는 아주 드물게 방문했고, 그마저도 설주가 아닌 응춘에게 용건이 있는 듯 행동하곤 했다.

일터에 애인을 끌어들인다는 비난이 나올까 조심스러웠던 것인데, 머잖아 그게 예기치 않은 결과를 낳았다.

'오빠. 아, 오빠라고 해도 되죠? 원이 씨는 너무 간지러워서.'

'아…… 예. 뭐, 편하신 대로 부르세요.'

'와, 정말요? 오빠도 말 편하게 해요. 저 되게 어려요. 깍듯이 존댓말 안 해도 되는데.'

'천천히요.'

설주가 원, 그리고 응춘과 함께 차를 마시는데 불쑥 다가온 막내가 전에 없이 저돌적으로 굴었다. 이전까진 긴가민가했으나 살살 눈웃음을 치며 그의 옆에 바짝 다가앉는 막내의 입에서 나온 비음은 도저히 부정할 수 없는 호감 표시였다.

설주의 동료에게 모질게 대할 수도 없는 원은 내내 난감한 기색이었으나 막내는 그런 뉘앙스를 읽어 내지 못했다.

'아 참! 오빠. B Bar에서 예약됐다고 연락받았어요. 너무 고마워요.'

'고맙긴요. 이번 주죠? 생일 미리 축하해요.'

'음, 미리 축하 말고 당일에 축하해 주세요!'

'아, 그날은 촬영장에 못 올 것 같은데……'

'어차피 저희 그날 촬영 없어요. 그러니까 제 말은, 음…… 파티에 와 주시면 안 돼요, 오빠?'

하하. 원은 찡그리는 것만 못한 얼굴로 어색하게 웃음을 흘려 댔다. 설주는 관자놀이를 짚었고, 응춘은 재미난 구경이라도 생겼다는 표정이었다.

'미안하지만, 그 시간에 전 일해야 해서요.'

'그러면 낮에는요? 낮엔 시간 돼요, 오빠?'

그때, 원의 얼굴에 번지던 악랄한 미소를 설주는 앞으로도 결코 잊을 수 없을 것이다. 의무적인 것에 가깝던 다정함이 순식간에 사라지는 것을 보며 설주는 불안함에 발만 동동 굴렀다.

'그냥 파티에 갈게요, 그럼.'

'정말요? 우와! 진짜죠? 약속한 거예요!'

'그럼요. 아. 여자 친구랑 같이 가도 되죠?'

막내의 심장에 **쩍쩍** 금이 가는 소리가 들릴 정도였다.

'오빠 여자 친구 있어요?'

'네.'

그러면서 그는 설주를 쳐다보았다. 도저히 모르는 척할 수 없는 사인이었다.

'설마……. 저번엔 분명 전에 사귀었던 사이라고…….'

'다시 사귀어요.'

'아니, 언제부터요? 왜 숨겼어요?'

마치 연인이라도 **빼앗긴** 듯 막내는 삿대질까지 하며 소리쳤다. 원은 냉담한 얼굴로 자신에게 날아든 질문에 손가락을 접어 가며 일일이 답을 주었다.

'한 달 반 됐네요. 그리고 숨긴 게 아니라 말을 안 한 거죠. 아무도 물어보지 않았으니까.'

천연하게 결백을 주장하는 원을 보며 와작 얼굴을 구긴 막내는 곧장 촬영장을 이탈했다.

그렇게 공공연하게 밝혀진 연애였다.

일이 그 지경이 되고 나니 일찌감치 전 스태프 앞에서 현재진행형이 된 관계를 공표해야 했나 싶었지만, 실은 알 만한 사람은 전부 눈치채고 있었다고 했다.

설주의 동료들은 제 감정에 취한 막내가 주변 조언을 전부 무시한 결과라고 그녀를 위로하는 동시에 열렬한 축하 인사도 잊지 않았다.

그런 와중에 롭만이 시큰둥한 반응이라 의아하긴 했지만.

「헤이, 주! 저기, 저쪽.」

누군가 그녀의 어깨를 두드려 주의를 끌었다. 상대가 손가락으로 가리키는 곳엔 원이 있었다.

언제나처럼 손에 주렁주렁 쇼핑백을 든 원은 그를 먼저 발견한 다른 스태프들에게 둘러싸인 채였다.

「덕분에 매번 입이 호강이야.」

음향 감독이 볼이 터져라 크루아상을 밀어 넣으며 설주를 향해 엄지를 치켜들었다.

외부인임에도 불구하고 원이 자유롭게 촬영장을 드나들 수 있는 건 그가 그녀의 애인이라서가 아니라, 종종 이렇게 간식거리를 사다 나르기 때문인지도 모르겠다.

하여간. 환심을 얻는 법에 대해선 통달한 사람 같다.

물론 그가 굳이 어떤 액션을 취하지 않아도 통째로 마음을 바치려는 여자들이 도처에 널려 있기는 하지만 말이다.

"저도 하나 주세요."

"아, 네. 여기……."

설주는 그를 중심으로 북적거리는 여성 스태프들 사이에 섞여 손바닥을 내밀었다. 빵이 종류별로 가득 담긴 봉투를 내밀던 원이 목소리를 알아채곤 숙였던 고개를 들었다.

"언제 왔어?"

"좀 아까."

함지박만 하게 벌어지는 원의 입술을 보자 토라진 척을 하는 것도 쉽지 않다. 설주는 주변 시선을 의식해 까치발을 들고 원의 귀를 잡아당겼다.

"여기, 나 보러 오는 거 맞아?"

으르듯 속삭이자 그가 대답 대신 예고도 없이 허리를 답삭 끌어안았다. 그녀는 화들짝 놀라 원을 밀어 냈다. 하필 그 와중에 이쪽을 바라보던 롭과 눈이 마주쳤다.

롭이 못 볼 것을 봤다는 듯 고개를 돌려 버리자 순식간에 얼굴이 뜨거워졌다. 이미 평정심은 무너진 채였지만, 설주는 최대한 목소리를 담담하게 가다듬었다.

"근데 무슨 일이야? 일은 어쩌고. 오늘은 온단 말 없었잖아."

"첫눈 맞으려고."

"눈이요? 밖에 눈 와요?"

그녀 대신 다른 누군가가 끼어들어 되물었다. 그러나 그는 소리가 들려온 쪽으로는 눈길 한 번 주지 않고 설주의 손을 움켜쥘 뿐이었다.

도착한 곳은 온통 하얀 눈밭이었다. 아스팔트를 깔아 놓은 듯한 하늘에 티끌 같은 하얀 눈이 가볍게 흩날리고 있었다.

설주의 숙소와 겨우 30분 떨어진 곳이다. 그리 넓다고 할 수 없는 한국 땅에서 이렇게 행정 구역을 하나만 건너도 전혀 다른 기후를 볼 수 있다는 건 신기한 일이었다.

그녀는 입을 벌린 채로 설국이 되어 버린 풍경을 바라보았다.

"정말 눈 맞으려고 온 거였어?"

"응."

"여기 눈 오는 건 어떻게 알고?"

"인터넷에 실시간으로 뜨는 거 봤어. 아직 와서 다행이네. 그쳤을까 봐 걱정했는데. 내릴까?"

어안이 벙벙했다. 이렇게까지 해서 첫눈을 그녀와 맞으려는 그에게서는 어떤 결연함까지 엿보였다. 그녀는 생각이 많아졌다.

그러나 원은 처음 눈을 본 강아지처럼 그저 들뜬 모양새였다.

"와."

설주를 나무 아래 마른땅에 세워 둔 원이 양팔을 벌린 채 분분히 내리는 눈 사이로 달려 나갔다. 그의 코트를 뒤집어쓴 채로 설주는 웃음을 터뜨렸다.

눈밭에서 구른 원은 눈사람이 되어 돌아왔다. 머리끝부터 발끝까지 새하얗다. 단순히 눈이 묻었기 때문이 아니라 추위에 하얗게 질린 피부 때문에 더욱 그렇게 보였다.

설주는 놀란 얼굴로 원의 머리에 얹은 눈을 털어 냈다.

"감기 걸리면 어쩌려…… 엄마야!"

그가 갑자기 그녀를 와락 끌어안았다. 발이 허공에 붕 뜨고 시야가 빙글빙글 돌았다.

그렇게 눈밭을 뛰어다니고도 힘이 넘치는 모양이었다. 아니면 흥이 넘치는 것이려나.

"눈이 그렇게 좋아?"

가파른 호흡으로 원의 입김은 유독 간격이 짧았다. 그리고도 아직 충분치 않은지 나무 그늘 밖으로 손을 뻗어 손바닥에 눈을 담아내고 있었다.

꽤나 아이 같은 면이 있네, 하고 생각하는 그녀에게 그의 차분한 음성이 떨어졌다.

"응. 좋아. 이렇게 좋은 건지 처음 알았네."

소리 없이 쌓이는 눈만큼 적요하고, 어딘지 쓸쓸하게 느껴지는 대답이었다.

설주는 원의 등 뒤로 다가가 그를 껴안았다.

"예전엔 싫어했어?"

"응."

그걸…… 싫어했다, 라고 할 수 있나.

원은 더 적당한 단어를 찾기 위해 조용히 눈을 감았다.

두려움. 그래. 두려움이라고 해야 어린 시절의 그 사무치는 절망감을 담아낼 수 있을 것이다.

"왜?"

그때는 첫눈을 보면 단 한 가지밖에 생각할 수 없었으니까.

추워지겠구나. 사람들의 지갑이 닫히겠구나.

눈썰매장에 가자며 부모의 손을 잡고 조르는 보통의 아이들을 보면서 어린 원은 생계를 걱정해야 했다. 아니, 걱정했던 건 생계가 아니라 생사인지도 모르겠다.

겨울은 거리의 아이들에게 너무나 길고 혹독한 계절이었다. 너덜너덜한 박스 하나를 두고 다투던 날이 주마등처럼 감은 눈꺼풀 안을 스쳤다.

마른 아이들이 한파에 픽픽 쓰러져 나가는 와중에도 사내는 시뻘겋게 치뜬 눈으로 오로지 돈을 벌어 오라고 채근했다. 옷깃을 여민 사람들 사이에서 부르튼 손으로 아무리 간절히 구걸해 봐야 누구도 걸음을 멈추지 않는 날이 허다했다.

겨울은 그랬다. 거리는 황량했고 인심은 얼어붙었다.

처음으로 소매치기를 했던 해의 겨울은 그중에서도 유난했었다.

덜덜 떨며 어설프게 시도했던 도둑질의 끝이 어떠했는지 떠올리자,

꼭 그때처럼 뺨과 등에서 통증이 느껴졌다.

자비 없는 욕설과 구타가 한바탕 지나간 후, 소복소복 쌓인 눈 위로 입안에 고인 피를 뱉으면서도 한 푼도 얻지 못한 빈손이 더 쓰라렸었다.

외환 위기로 나라가 휘청였던 1998년의 겨울은.

원은 질끈 감았던 눈을 떴다. 악몽에서 겨우 빠져나온 것 같은 느낌이었다. 식은땀이 등줄기를 타고 내렸다.

원은 허리를 감은 설주의 팔을 풀고 몸을 돌려 그녀와 마주 보았다.

어둠 속에서 보석처럼 빛나는 설주의 눈동자는 너무나 무구했다. 불시에 떠오른 어린 날의 기억이 수치스럽고 역겹게 느껴질 정도로.

"……춥잖아."

"어?"

"더위보다 추위에 약해서 겨울은 별로 안 좋아했어. 감기를 달고 살았거든."

말할 수 없다. 죽어도 알게 하고 싶지 않았다. 살기 위해서 아무런 죄의식 없이 다른 사람의 지갑을 훔치고, 그러다 사람까지 죽이고 말았다는 과거 따위는.

살인과 사기는 차원이 다른 죄목이다. 연애를 수단으로 돈을 챙겼다는 전력을 그녀가 알고 있다는 것만으로도 원에게는 충분히 고통스러운 일이었다.

"그런데 하나도 안 춥네. 눈도 예쁘고. 여기 파묻혀서 잘 수도 있겠다."

"……."

"네가 있어서 그런가."

원은 걱정거리라곤 없는 사람처럼 천진하게 웃었다.

그가 비스듬히 시선을 내리깔았다. 정교하게 조각한 듯한 그의 옆모습이 오늘따라 유난히 시렸다.

입가에 머무른 미소가 금방이라도 바스라질 듯 아슬아슬해서 그녀는 가슴에 쌓인 수많은 질문을 조용히 삭혔다. 난생처음 첫눈이 좋다는 그를, 적어도 오늘은 울리고 싶지 않아서.

"그럼 여기서 자고 갈까?"

"어?"

"자고 가자. 뭐 어때. 하나도 안 춥다면서."

그녀는 펑펑 흩날리는 눈송이 아래로 그의 손을 잡아 이끌면서 밝게 웃었다. 깨질 것 같던 원의 미소가 견고해질 때까지, 발목까지 쌓인 눈 위를 종종거리며 뛰었다.

철없는 아이처럼.

그런 자신을 그가 더없이 사랑스러운 눈길로 봐 준다면 그걸로 충분 했다.

◇　◇　◇

그러나 그 다정했던 남자에게서 서서히 이상 징후가 발견되기 시작 한 건, 함께 첫눈을 밟던 그 밤으로부터 한 달가량이 지나서였다.

— 전원이 꺼져 있어 소리샘으로…….

설주는 한숨을 쉬며 전화를 끊었다. 이미 그에게 보내 놓은 메시지 가 열 통을 넘겨 음성 메시지를 남길 필요조차 느낄 수 없었다.

스타일리스트 중 하나인 샬럿이 핸드폰을 붙들고 있는 설주를 향해 지나가는 투로 물었다.

「데이트?」

「응?」

「데이트하기로 한 거 아냐? 크리스마스이브잖아.」

「아, 뭐, 그렇지.」

「좋겠다. 아, 나는 아쉬운 대로 그이랑 영상 통화나 해야지. 나 없다고 어디서 여자 꼬실 궁리나 하고 있는 거 아닌가 몰라.」

「마크처럼 소문난 로맨티시스트가 그럴 리가 있겠어?」

「흥. 모를 일이지. 아무튼, 너라도 즐거운 데이트 하라고. 메리 크리스마스, 주!」

「메리 크리스마스, 샬럿.」

동료와 손을 흔들고 인사한 뒤에 설주는 결국 해준에게 연락해 보기로 했다. 그녀가 아는 원은 약속을 해 놓고 이렇게 함부로 연락을 두절할 남자가 아니었다.

— 여보세요? 윤설주?

첫 통화를 이런 용건으로 걸었다는 게 상당히 겸연쩍었지만, 원의 행방을 묻기에 해준만큼 적합한 사람은 없었다.

그녀는 미안한 음성으로 원과 연락이 되지 않는다는 말을 전했다.

— 그렇잖아도 나도 너한테 전화해 볼까 했어. 원이가 어제 가게도 안 나오고 해서. 너 만나러 춘천 가느라 출근 늦어질 때도 꼭 얘기했던 애거든. 그러니까 너랑 있는 것도 아니란 거지? 대체 무슨 일이지?

해준의 음성이 점점 귓가에서 뭉그러졌다.

심장이 쿵쿵 불안하게 뛰기 시작했다.

#6

　

설주는 조급증이 일어 도무지 숙소 안에 있을 수가 없었다.

시계는 벌써 오후 7시를 가리키고 있었고 원에게서 전화가 걸려 온 것은 10분쯤 전이었다. 춘천 톨게이트를 지나고 있다고, 자세한 얘기는 만나서 해 주겠다며 그는 운전 중이란 이유로 통화를 짧게 마쳤다.

설주는 그를 위해 준비한 크리스마스 선물을 들고 방문을 나섰다.

「놀러 가는 거야?」

복도에서 서성거리던 롭이 그녀의 걸음을 잡아챘다. 편의점에라도 들렀는지 그는 과자와 맥주가 불룩하게 든 봉투를 들고 있었다.

「응. 넌 안 나가? 크리스마스잖아.」

「나가긴. 남아서 어제 촬영분 다시 확인해 봐야지.」

밴쿠버에 있었더라면 떠들썩하게 파티를 벌이며 제대로 휴일 분위기를 즐기고 있었을 텐데. 일에 완벽히 찌들어 버린 롭을 보고 있으니 여간 안타까운 것이 아니었다.

하지만 그가 이렇게 매달리는 것도 무리는 아니다. 후반 작업 중에 문제를 발견하면 재촬영이 쉬운 거리도 아니다 보니 조금의 실수나 오차도 치명적이기 때문이었다. 어쩌면 공들여 찍은 신을 통째로 날려야 할 수도 있다.

설주는 가까이 다가가 위로하듯 롭의 팔을 두드렸다.

「미안. 돌아오면 나도 좀 도울게.」

「언제 오는데?」

「어?」

빈말은 아니었다. 원과의 약속만 없었더라면, 딱히 할 일도 없는 처지에 롭의 고충을 모르는 척할 이유가 없었으므로.

그러나 롭이 정색을 하고 묻자 설주는 주춤할 수밖에 없었다.

「오늘 오긴 와?」

「어, 그게……. 글쎄, 가 봐야 알 것 같은데.」

물론, 설주는 원을 일찌감치 돌려보낼 생각이었지만, 그게 어디 그녀의 마음처럼 쉬웠던 적이 있던가.

그간 갖은 핑계를 대며 기어이 그녀를 새벽에나 놔주었던 원을 생각하면 오늘 밤도 무사히 넘어가기 힘들 거라는 생각이 들었다. 게다가 크리스마스이브라는 좋은 구실을 원이 놓칠 리도 없고.

「그렇게 좋아?」

롭이 서먹하게 느껴지는 침묵을 깨고 물었다.

「뭐가?」

「그 남자 말이야.」

「무슨 그런 질문이 다 있어. 당연히 좋으니까 만나지.」

하나 마나 한 대답을 돌려주며 설주는 픽 웃었다.

그러나 롭의 경직된 표정은 풀릴 기미가 보이지 않는다.

「그렇게 좋으면서 전엔 왜 헤어졌어?」

「응?」

「그렇게 좋아하는 사람 두고 왜 다른 남자랑 결혼을 했느냐고.」

설주는 애매하게 고개를 돌렸다. 사적인 부분을 털어놓는 걸 언제나 어려워하는 그녀를 잘 아는 그가 어째서 이런 불편한 질문을 하는 것인지 알 수 없었다.

기껏해야 들을 수 있는 답이란 '어쩌다 보니 그렇게 됐다.' 든지 '우울한 얘긴 별로 하고 싶지 않다.' 가 대부분이라는 걸 모를 리 없을 텐데 말이다.

「사정이 있었어.」

이번 역시 설주는 두루뭉술하게 답변을 피했다.

롭의 질문에 제대로 답을 하려면 7년 전 원이 그녀에게 그럴 수밖에 없었던 배경까지 설명해야 하는데, 그건 더더욱 내키지 않는 일이었다.

「그래. 그랬겠지.」

롭은 예상외로 순순히 고개를 끄덕였다. 그리고 덧붙였다.

「어쨌든, 그러면 이제 완전히 해결된 거야? 헤어질 수밖에 없었던 사정 같은 거.」

헤어질 수밖에 없었던 사정.

곧장 떠오르는 것은 어머니와 외할아버지였다. 그러나 그게 다일까? 7년 전의 이별이 온전히 강요와 외압에 의해 이루어졌다고 할 수 있나?

아니.

마음이 조금 더 단단했다면, 그의 감정을 확신할 수 있었더라면 그녀는 헤어지는 것이 아니라 다른 방법을 생각해 냈을 것이다. 어떻게 해서든 함께할 수 있는 방법을.

「사람은 쉽게 변하지 않아, 주.」

어두워지는 설주의 얼굴을 보며 롭이 나직하게 한숨을 내뱉었다.

「재회한 커플들이 처음 헤어졌던 문제와 같은 이유로 이별을 반복하는 거 진부할 만큼 흔한 얘기잖아.」

「롭, 우리는…….」

「오해하지 마. 악담하는 게 아니라, 그러지 않길 바라서 하는 소리야.」

그는 그녀가 끼어들 틈도 없이 말을 이었다. 설주는 미간을 좁히며 롭을 바라보았다.

「네가 얼마나 방황했었는지 아니까. 또 그렇게 다치고 아파할까 봐 너무 걱정이 돼.」

그녀가 알던 다정한 친구의 얼굴로 돌아온 롭이 입술을 미끄러뜨리며 웃었다.

「걱정해 주는 건 고마운데.」

설주는 화들짝 놀라 돌아보았다. 원이 복도 끝에서 무섭게 굳은 얼굴로 다가왔다.

「전에도 얘기하지 않았나? 그럴 일 없을 거라고.」

"원아, 언제 왔……."

"전화 안 받아서 뭐 하고 있나 했더니."

그가 신경질적으로 머리카락을 쓸어 올렸다.

설주는 핸드백 안에 넣어 둔 핸드폰의 존재를 까맣게 잊고 있었다. 숙소 앞에 도착하면 전화하겠다고 했던 원의 말이 뒤늦게 떠올랐다.

「이봐. 오해하지 말라고. 나는 그냥 친구로서 주가 걱정됐을…….」

"걱정이고 나발이고 해도 내가 한다고."

원이 격양된 말투로 단어를 씹어뱉었다. 설주는 깜짝 놀랐다. 이렇게 과민하게 반응할 일이 아닌데.

「주. 방금 네 남자 친구가 나한테 뭐라고 한 거야?」

「별말 안 했어. 롭. 넌 그만 들어가 봐.」

"왜? 그냥 말해 주지 그래. 아니면 내가 얘기할까?"

"원아."

설주가 가라앉은 음성으로 나무랐다.

원은 입술을 꽉 깨물었다. 지금 대체 누굴 편드는 거냐는 말이 튀어나올 것 같아서.

단지 친구라면, 그저 아는 사람이라면 이렇게 무르게 대처하지는 않았을 텐데. 상대가 설주의 동료라는 사실이 자꾸 브레이크를 걸었다.

"……알았어. 그만 가자."

다 들릴 정도로 크게 한숨을 내쉰 원이 설주의 손을 꽉 쥐었다. 롭의 눈동자가 연인의 맞잡은 손에 떨어졌다.

원은 보란 듯 설주를 제 옆에 붙여 어깨를 감쌌다. 언젠가 롭의 시선을 느끼고 촬영장에서 설주의 허리를 덥석 끌어안았을 때처럼. 유치한 소유권 주장이다.

「롭. 우린 가 볼게. 작업, 너무 무리하지 말고.」

「내 걱정은 마.」

눈물 나서 못 봐 주겠군.

원은 속으로 비아냥대며 롭을 노려보았다. 흉흉한 눈초리에 롭이 악동 같은 미소를 지었다.

「그래. 크리스마스 잘 보내, 주.」

그러면서 다가와 설주에게 고개를 내리는 것이었다.

응춘의 표현을 따르자면, 입술을 쭉쭉 맞대는 그 인사가 바로 그의 눈앞에서 펼쳐지려 하고 있었다.

「그만.」

원은 손바닥을 펴 설주의 얼굴을 가렸다. 망할 자식. 손바닥이 아니라 주먹을 뻗고 싶은 걸 간신히 내리누르며 원은 욕을 씹어 삼켰다.

「왜? 난 그냥 인사하려는 것뿐인데.」

「로마에 왔으면 로마법을 따르란 말 알지? 한국에서 인사는 이렇게 하는 거야.」

말이 끝나기도 전에 원은 롭의 손을 우격다짐으로 쥐었다.

「생각해 보니까 당신이랑 나, 인사도 제대로 안 했더라고?」

이건, 말이 악수지.

아래위로 쥐고 흔드는 게 힘겨루기를 벗어나 거의 손가락뼈를 으스러뜨리려는 수준이었다는 것을 가운데 낀 설주만 까맣게 몰랐다.

◇ ◇ ◇

"어떻게 된 거야. 갑자기 연락이 안 돼서 내가 얼마나 걱정했는지 알아?"

원과 숙소를 나와 차에 둘만 있게 되자 설주는 미뤄 둔 궁금증부터 꺼내 들었다.

무슨 일이 생긴 건 아닌가 하루 종일 마음을 졸인 것이 무색하게 그는 겉으로 보기에 별문제가 없어 보였다. 차내에 희미한 술 냄새가 도는 것과 눈 밑에 다크서클이 짙은 것, 손질 없이 급하게 말린 것 같은 머리만 빼면 말이다.

"미안해. 핸드폰이 망가져서 연락을 할 수가 없었어."

설주는 그가 증거라도 대듯이 들이미는 핸드폰을 받아 들었다. 전에 쓰던 것과 다른 모델, 새것이 맞았다.

"어쩌다가?"

"취객이랑 시비가 좀 붙어서……."

"어제 출근 안 했다던데. 해준이가."

"해준이 형이랑 통화했어?"

"응. 네가 하도 연락이 안 되니까, 혹시 무슨 일이라도 있나 해서."

아아. 원이 난감한 기색으로 마른세수를 했다. 설주는 대체 그가 무엇 때문에 당황하는지 알 수 없어 더욱이 불안감에 휩싸여야 했다.

"취객이라는 게, 그러니까······. 우리 가게 손님 말고. 술집에서."

"술집? 어제 술 마셨어?"

"응. 뭐, 아는 형들이랑."

"누구?"

"있어. 어, 그······ 거래처 사람들."

"그래서, 술 마시다 싸움이 난 거야?"

"싸움이 아니라, 그냥 시비가 좀 붙은 거야."

"그런데 가게엔 왜 안 나갔어?"

"아······. 그게······."

누구라도 수상함을 눈치챌 수 있을 만큼, 원은 횡설수설하고 있었다. 캐물을 생각은 없었지만 어쩌다 보니 거의 취조하는 모양새가 되어버렸다.

"상대 쪽 남자 하나가 좀 다쳐서."

"다쳐? 그냥 시비 붙은 정도였다면서 어쩌다······."

"아니! 내가 때린 건 아니야. 내 일행이. 아니. 때린 게 아니라 그냥 자기 혼자 부딪친 것 같았는데."

"그래서?"

"그래서······ 술집에서 신고를 해서 경찰서에 붙잡혀 있다 보니까 가게도 못 나가고, 연락하기도 어렵더라고."

"그럼 이제 괜찮은 거야? 잘 해결된 거야?"

"당연하지. 이렇게 멀쩡히 나온 거 보면 몰라?"

원은 말을 하는 중간 자신의 목덜미를 몇 번이고 매만졌다. 부산스러운 그의 손을 따라 설주의 시선 역시 바빠졌다.

경찰서에 붙잡혀 있었다는 건 유치장에서 잠을 잤다는 얘기인가? 이

계절에 오죽 잠자리가 춥고 불편했을까 싶어 그녀는 저도 모르게 원의 뒷목으로 손을 뻗었다.

어깨가 뭉쳤겠거니 짐작했는데 손끝에 느껴지는 것은 정상을 벗어난 체온과 축축한 식은땀이다.

"무슨 땀을 이렇게……! 원이 너 어디 아파?"

"아냐, 나 괜찮……."

"괜찮긴 뭐가 괜찮아. 열도 엄청 높잖아."

원의 이마와 목, 급기야 니트 안으로 들어가는 그녀의 손엔 망설임이 없었다. 그의 몸은 정말이지 펄펄 끓는 용광로 같았다.

"지금 이거 무슨 의미야? 내가 생각하는 그런 건가?"

"아니야."

"그런 게 어딨어. 만졌으면 책임져야지."

원이 물색없이 우스갯소리를 했다. 니트 안에 들어간 손을 빼고 입을 맞추려는 그를 피해 설주가 고개를 뺐다.

그가 곧장 울적한 표정으로 눈썹을 팔八자로 늘어뜨렸지만, 그녀는 호락호락 넘어갈 생각이 없었다.

"병원은 가 봤어?"

"나 안 아파."

"계속 그렇게 우길 거야? 그럴 거면 나 그냥 들어갈래."

"……아프다고 해도 들어갈 거잖아."

"뭐?"

"얼른 가서 쉬라고 할 거잖아. 데이트는 무슨 데이트냐고."

"그럼 아픈데 놀려고 했어?"

거봐. 원이 핸들을 끌어안은 팔에 얼굴을 묻으며 시무룩하게 중얼거렸다. 이윽고 설주의 손이 이리저리 뻗친 원의 머리카락을 쓰다듬었다.

"간호해 줄게."

그의 귀가 쫑긋거린다. 팔에 숨긴 얼굴이 어떤 표정을 하고 있을지 훤히 보이는 것 같다.

"환자 역할에 충실해 준다고 하면."

"환자, 그거, 뭐 어떻게 하는 건데."

"병원 가고 약 먹고 쉬면 돼. 간단하지?"

"간호해 준다면서. 결국엔 나를 의사한테 팔아넘기겠다는 소리로밖에 안 들려."

굵은 팔뚝 위로 원이 얼굴을 반쯤 드러내고 웃었다. 아픈 것만 아니면 철없이 구는 그의 이마를 한 대 쥐어박았을지도 모르겠다.

"내가 어떻게 하는지 잘 봐. 간호의 정석을 보여 줄 테니까. 우선 자리부터 바꿔."

"자리? 자리는 왜?"

"환자한테 운전을 맡길 순 없지. 내 생명도 걸려 있는 문젠데."

설주는 말을 마치자마자 조수석 문을 열고 내렸다. 운전을 못 할 정도는 아니라는 원을 몰아내고 그녀는 기어이 운전대를 잡았다.

그르릉. 흡사 짐승의 울음처럼 들리는 엔진 소리를 배경음 삼아 그녀가 모는 차는 유유히 상행선 고속 도로를 탔다.

◇　◇　◇

"봐. 그냥 몸살감기라잖아."

"열이 너무 높단 얘기는 왜 걸러 들어?"

늦은 시간인 데다 크리스마스이브에 문을 연 병원을 찾느라 설주는 진땀을 빼야 했다.

열 군데가 넘는 병원을 수소문한 끝에 겨우 진찰을 받고 나오는 원의 목소리는 아까보다 조금 더 쉬어 있었다. 바이러스가 본격적으로 그의 몸에 영향력을 행사하는 모양이었다.

약을 챙긴 설주는 서둘러 아파트로 차를 몰았다.

"얼른 누워."

"명령조로 말하지 마."

"왜? 기분 나빠?"

"아니. 너무 섹시해서. 병원놀이 때려치우고 다른 거 하고 싶어지거든."

설주는 얼굴을 붉힌 채 홱 몸을 돌렸다. 등 뒤에서 그의 웃음소리가 번졌다.

그 다른 게 뭔지는 묻지 않아도 뻔했다. 감기라는 진단을 받고 나서 의사에게 던졌던 질문과 결코 무관하지 않을 터였다.

'옮을까요?'

'네. 증상이 경미하긴 해도 조심하시는 게 좋죠. 식사하실 때 위생 유의하시고, 수건 같은 것도 따로 쓰시는 게 좋고요.'

'그리고요?'

'네?'

질문의 저의를 파악하지 못한 의사가 고개를 갸웃거렸다. 그건 그를 따라 진료실에 들어갔던 설주 역시 마찬가지였다.

'그러니까 스킨십 같은 건⋯⋯.'

'워, 원아!'

뭐 어떠냐는 식으로 돌아보던 그의 얼굴은 지금과 딱 비슷했다.

내가 부끄러워하고 당황하는 모습을 즐기는 게 틀림없어.

반응하지 말아야지 하면서도 설주는 언제나 저보다 한 수 위인 원을 이겨 낼 재간이 없었다.

설주는 죽을 끓이기 위해 냉장고를 뒤져 쓸 만한 재료를 몽땅 꺼냈다. 양파나 당근 같은 것들이 그녀의 손에 딸려 나왔다.

처음에는 쌀조차 없던 주방을 생각하면 장족의 발전이다. 생수와 맥주 몇 캔이 전부였던 700리터짜리 냉장고를 떠올리면 설주는 지금도 한숨이 절로 났다.

7년 만에 마주했던 그의 얼굴이 전보다 날카로워 보인 것은 시간의 흔적이 아니라 야윌 수밖에 없는 생활을 해 왔기 때문이었다.

"설마 그거 내 죽?"

"왜 일어났어? 눈 좀 붙이라니까."

"잠이 안 와. 끌어안고 잘 누가 옆에 없어서 그런가."

부스스한 머리로 침실에서 나온 원이 아이처럼 칭얼거리며 설주의 옆구리 사이로 손을 집어넣는다. 등 뒤로 그의 탄탄한 가슴이 느껴지는가 싶더니 커다란 손이 배를 살금살금 쓰다듬기 시작했다.

"안 잘 거면 식탁에라도 좀 앉아 줄래?"

"싫은데요."

"얌전히 환자 역할 하기로 했잖아."

"이런 환자도 있고, 저런 환자도 있는 거지."

"그래서, 계속 이렇게 비협조적으로 나오겠다고?"

설주는 주걱을 들고 뒤를 돌아 원을 향해 눈을 치켜떴다. 뜨끔한 그가 구부정하게 허리를 굽혀 이마를 설주의 어깨에 문질렀다. 그의 머리카락이 턱을 간지럽혀 설주는 잔뜩 움츠러들었다.

"좀 봐주라. 키스도 못 하고, 섹스도 못 하고. 겨우 만지는 것밖에 못 하는데."

"그래도. 집중이 안 된단 말이야."

"대충 만들어. 개밥을 줘도 맛있게 먹을 거니까."

"말을 해도……."

"어. 탄 냄새 난다."

원이 무심코 던진 말에 그녀는 화들짝 놀라 다시 냄비 쪽으로 몸을 돌렸다. 잠시 눈치를 살피던 그의 손이 다시 슬금슬금 움직이기 시작했다.

배에서 가슴으로, 가슴에서 목으로.

설주는 입술을 질끈 깨물었다. 주걱을 쥔 손에서 자꾸 힘이 빠져 참지 못하고 한마디 하려는데 순간 목 언저리에서 이질감이 느껴진다.

"이게 뭐야?"

"목걸이."

'또?' 라는 질문은 생략했다. 설주는 가스레인지 불을 끄고 가만히 원을 응시했다. 그는 어쩐지 딴청을 피우는 모양새로 자신의 머리를 헤집어 댔다.

"뭘 줘야 할지 모르겠어서. 그래도 그냥 넘어가면 아쉽잖아. 크리스마스인데."

"그래서 샀다고? 목걸이를?"

한 달 전쯤 있었던 그녀의 생일에도 원이 건넨 것은 목걸이였다. 단순히 창의력이 모자라서라고 하기엔 어쩐지 개운치 않았다.

그녀는 시선을 내려 전혀 다른 디자인의 목걸이가 두 개가 걸려 있는 자신의 목을 내려다보았다.

"귀걸이는 잘 안 하는 것 같아서."

"그건 그런데……."

"그래도 귀걸이로 할 걸 그랬나?"

"아니야. 고마워. 예쁘다. 마음에 들어."

"돌아가면서 해. 매일 똑같은 거 하면 질리잖아. 나중에 또 사 줄게.

매일매일 다른 거 하게."

그가 비로소 마음이 놓인다는 듯 해맑게 웃었다. 설주 역시 마주 웃으며 챙겨 온 크리스마스 선물을 내밀었다. 넥타이와 그녀가 직접 만든 향초였다.

그는 날 듯이 기뻐했다. 쓰기 아깝다며 연신 냄새만 킁킁 맡던 원은 또 만들어 주겠다는 그녀의 약속을 받아 낸 후에야 초에 불을 붙였다.

진한 라벤더 향이 가득 차오른 공간에서 그는 죽 한 그릇을 뚝딱 비웠다. 그때까지만 해도 지나치게 활기가 넘치던 원이었지만, 약 기운이 돌기 시작하면서부터는 자꾸 감기는 눈꺼풀을 밀어 올리느라 안간힘을 쓰는 게 눈에 보일 정도였다.

설주는 말없이 원에게 담요를 덮어 주었다. 잠에 취한 그가 실눈을 뜨고 픽 웃었다.

"병원놀이도 가끔, 할 만한 것 같아."

그는 결국 틀어 놓은 영화의 반도 다 보지 못하고 잠에 빠져들었다. 열감이 느껴지는 원의 이마를 쓰다듬던 설주도 오래 버티지 못하고 수마에 붙들렸다.

시간이 얼마나 지났을까.

옆이 허전한 것을 느끼고 설주는 불현듯 두 눈을 번쩍 떴다. 오한에 시달리는 원을 위해 실내 온도를 높여 놓은 탓에 공기는 훈훈했지만, 어쩐지 휑한 기분을 지울 수가 없다.

시계는 새벽 3시를 가리키고 있었다.

"원아."

……

"화장실에 있어?"

허공을 울리는 건 자신의 목소리뿐이다. 그녀는 집 안의 모든 조명을 켜고 몇 개 되지 않는 방문을 일일이 열어 보았다.

하지만 어디에도 원은 없었다. 모든 게 그대로인데, 그와 그의 핸드폰만이 사라져 버렸다.

그와 내내 연락이 되지 않을 때의 불안감이 다시 그녀를 급습했다. 속이 메스꺼워지는 그 불쾌한 두근거림 말이다.

재차 음성 사서함으로 넘어가는 전화를 내려놓고 설주는 황급히 외투를 걸치고 현관 밖으로 나섰다.

그녀는 가장 먼저 주차장을 확인했다. 차는 주차해 놓은 그 자리를 그대로 지키고 있었다.

그나마 설득력이 있는 가정은, 가게에 뭔가 일이 생겨 그가 급히 나갔을지도 모른다는 생각이었다. 몸이 아파서 직접 운전을 하는 대신 택시를 타고 갔을 가능성도 충분히 있었다.

그러나 어느 정도의 급한 용건이어야 그가 쪽지 한 장 남기고 가지 않았다는 사실을 당연하게 받아들일 수 있는 걸까.

주차장 입구로부터 살을 에는 찬바람이 휘몰아쳐 들어왔다.

잠시 갈등하던 설주는 다시 아파트로 올라가는 대신 단지 밖으로 향했다. 적막한 새벽이 그녀를 집어삼켰다.

관리 사무소 측에서 크리스마스를 맞아 세운 트리마저 불이 다 꺼져 있다. 잎을 다 떨어뜨린 나뭇가지가 바람에 떠는 소리만 드문드문 휘파람처럼 울려 스산함을 더하는 가운데.

짝. 짝.

정체를 알 수 없는 파열음이 섞여 있었다. 설주는 자석에 이끌리듯 발걸음을 옮겼다. 그리고 머지않은 곳에서 익숙한 뒷모습을 찾아낼 수 있었다.

"원……!"

목이 졸린 듯 말이 나오지 않았다. 흔들리는 그녀의 동공에 맺힌 것은 하나가 아닌 두 개의 인영이었다.

비껴 난 시야에 아까는 보지 못했던 낯선 이가 비열한 웃음을 띠우며 손을 휘두른다.

짝. 짝. 소리가 날 때마다 원의 고개가 돌아갔다. 그는 저보다 두 뼘이나 작은 상대에게 무력하게 뺨을 내어 주고 있었다.

"원아!"

설주는 지체하지 않고 크게 그의 이름을 불렀다. 목석처럼 서 있던 원이 커다랗게 뜬 눈으로 그녀를 돌아보았다.

넋이 나간 듯한 얼굴이 점차 일그러지더니, 마침내 그의 입술이 벌어졌다.

"오지 마."

잘못 들은 것이겠지. 바람이 사나우니까.

귀를 의심하는 게 걸음을 멈추는 것보다 차라리 더 쉬워서 그녀는 그의 말을 못 들은 척 앞으로 나아갔다.

"오지 마."

"……"

"오지 마! 오지 말라고!"

원이 악을 질렀다.

감기 때문에 여러 갈래로 갈라진 목소리가 이번엔 너무도 선명해서, 설주는 그 자리에 못이 박힌 듯 멈춰 서고 말았다.

#7

그가 낮은 목소리로 사내와 주고받는 대화는 설주에게까지 미치지
못했다. 그나마 어둠에 익은 눈으로 원의 험악한 표정을 읽어 낼 따름
이었다.

이해할 수 없었다. 뺨이 저토록 부어오를 때까지 얼빠진 채 서 있기
만 하던 남자가 이번엔 성난 짐승처럼 상대에게 대들었다. 자칫하면 덤
벼들어 멱살이라도 잡을 수 있을 것 같은 분위기였다.

그럴 수 있었으면서 왜 맞기만 했던 걸까. 대체 저이가 누구이기에.

단언컨대 그녀는 모르는 사람이었다.

얼굴에 온통 주름이 자글자글한 작은 남자. 응춘만큼은 아니더라도
남자의 나이는 얼추 예순은 되어 보였다. 자신을 관찰하는 시선을 느낀
것인지 불현듯 남자가 그녀 쪽으로 시선을 틀었다.

치아가 몇 개 없는 입이 활짝 벌어졌다. 예상외로 그 웃음의 바탕은
호의였다.

남자의 탁한 동공에는 진득한 호기심이 배어 있었다. 그 시선이 닿는 곳마다 낱낱이 해체되는 듯한 섬뜩한 기분에 설주는 제 팔을 세게 끌어안았다.

다가가 묻고 싶었다. 누군데 원을 그렇게 함부로 대하느냐고. 왜 나를 그런 눈으로 보느냐고.

그러나 그녀에게 그런 기회는 주어지지 않았다. 원이 이윽고 남자를 돌려세워 거칠게 등을 떠밀었기 때문이다. 마치 헌옷수거함에서 꺼낸 듯한 매우 낡은 옷을 걸친 남자는 몸을 한껏 움츠린 채 어기적거리며 멀어져 갔다.

설주는 남자가 몇 번이고 뒤를 돌아볼 때마다 원이 아닌 자신을 향해 미소 짓는 것을 똑똑히 보았다.

"……왜, 왜 나왔어. 추운데. 들어가자. 응? 들어……."

"뭐야?"

가까이에서 본 원의 얼굴은 더욱 형편없었다. 대체 뺨을 얼마나 세게, 얼마나 여러 번 맞아야 입술까지 터질 수 있는 것인지 설주는 짐작조차 할 수 없었다.

그녀는 남자를 보내고 서둘러 제게 달려오는 원의 손을 강하게 뿌리쳤다. 무슨 일 있었냐는 듯 속없이 허허 웃는 그의 속셈이란 듣지 않아도 뻔했다.

"누구야? 대체 누군데 널 이 꼴로 만들어?"

"내가 맞을 짓 해서 맞은 거야. 별거 아니야. 괜찮으니까 그렇게 화낼 필요 없어."

"맞을 짓? 맞을 짓이라고 했어?"

이렇게 보기만 해도 쓰라린데, 그는 상처가 더 벌어지는 줄도 모르고 버릇처럼 입술을 가로로 늘어뜨렸다. 그녀를 안심시키기 위한 목적 말고는 아무것도 느껴지지 않는 텅 빈 미소였다.

"웃지 마. 웃지 말고 똑바로 대답해."

"우선 들어가자. 혼내도 들어가서 혼내."

"원아, 제발……."

"얘기할게. 우선 들어가. 너 입술이 파랗게 질렸어."

원이 두 손을 꽉 붙잡으며 애원했다.

얼굴을 때리는 한풍보다도 더 시린 그의 손에 설주는 마지못해 끌려갈 수밖에 없었다. 저보다는 감기에 걸린 몸으로 오랜 시간 밖에서 떨었을지 모르는 그의 몸이 더 걱정스러웠다.

"어쩌려고 이 시간에 혼자 밖엘 나와. 위험하게."

집에 들어와 시계를 확인한 원이 얼굴을 찌푸리며 말했다. 부산스럽게 주방으로 가 커피포트에 물을 올리는 원을 따라 설주가 가만히 눈동자를 움직였다.

"차 끓여 줄게. 마시고 좀 더 자자. 너까지 감기 걸리면 어쩌지? 밖에 얼마나 있었어?"

"원아."

"아. 전화했었구나. 주머니에 넣어 놔서 몰랐네. 걱정했겠다. 갑자기 없어져서 많이 놀랐어?"

"선우……."

"설주야."

그가 등을 보인 채 조리대 모서리를 짚으며 고개를 숙였다. 주절주절 흘러나오던 잠긴 목소리는 그녀의 이름을 뱉는 것으로 한참이나 침묵을 지켰다.

설주는 참을성 있게 그가 자신에게 들려줄 이야기를 기다렸다. 털어놓기 어려워서 준비가 필요한 거라면 그녀는 얼마든지 인내할 수 있었다.

그러나 지금처럼 덧없는 말로 논점을 벗어나 주의를 흩뜨리려는 것은 참을 수가 없었다.

"그냥, 못 본 척해 주면 안 돼?"

"……뭐?"

"못 본 척해 줘. 부탁이야."

설주는 원의 손등에 갈고리 모양으로 도드라지는 힘줄을 바라보았다. 숨을 들이쉴 때마다 터질 듯 팽창하는 날개뼈 주변의 근육이 마치 그 자체로 살아 있는 것 같다.

그녀는 그가 무언가를 참느라 안간힘을 쓰고 있다는 걸 알아차렸다.

"왜 그래야 하는데?"

실망감을 감춘 목소리가 떨려 나왔다.

설주가 바라는 건 단 한 가지, 그가 진실해지는 것뿐이었다.

그런 후에 말해 주고 싶었다. 그 어떤 인과로도 그따위 폭력을 정당화할 수는 없다고. 네가 어떤 잘못을 저질렀든, 누구도 너를 그렇게 때리게 둬선 안 된다고. 저라도 원의 편이 되어 주고 싶은 것뿐이었다.

"왜 못 본 척해야 하는……."

"어차피 말 안 해 줄 거니까."

"……."

"그러니까 차라리 궁금해하지 마. 아무것도 알려고 하지 마."

그러나 그런 저에게 그가 필요로 하는 것은 '무관심' 뿐이다. 설주는 그의 말을 비약해 해석하지 않으려고 몇 번이나 심호흡을 했다. 그러나 아무리 생각해도 결론은 하나였다.

"네가 보여 주는 것만 보고, 들려주는 것만 듣고. 그것 참…… 편리하고 멍청한 애인이네. 안 그래?"

"그런 거 아니야. 그냥 이번 일만 모르는 척 넘어가 달라는 거야. 네가 알아 봐야 좋을 것 없는 일이라……."

"해가 될 일인지 아닌지는 내가 듣고 판단할 문제야. 나한테 아무 얘기도 해 주지 않고 이러는 건 네가 날 허수아비 취급 하는 것밖에 안 돼."

"그런 뜻이 아니라는 거 잘 알잖아."

"그런 뜻이 아니면? 넌 가능해? 가능하다고 생각해서 나한테 그런 걸 요구하는 거야? 내가 누군가에게 바보같이 맞는 걸 보고서도 아무 것도 궁금해하지 않고, 몰라도 된다고 하면 그래, 그렇구나, 쉽게 수긍해 버리는 게……."

"기어이 듣고 싶어? 기어이, 내가 얼마나 개 같은 새끼인지 전부 다 알아야 속이 시원하겠느냐고!"

원이 마침내 뒤를 돌아보았다.

그는 마치 슬픔이라는 검은 벨벳에 겹겹이 둘러싸인 것처럼 보였다. 노도처럼 격양된 음성과는 달리 얼굴에선 분노의 징후를 찾아보기 어려웠다.

그저 금방이라도 무너질 것처럼 위태로울 뿐이었다.

손을 잡아 주고 싶도록 안타까워서 설주는 저도 모르게 그에게 한 발짝 다가섰다. 그러자 그가 발작처럼 도리질하며 뒷걸음질을 쳤다.

"너는 감당 못 해. 아니, 감당하게 하고 싶지 않아."

타협은 없다는 단호한 어조였다. 손바닥 마디뼈가 희게 질릴 정도로 세게 말아 쥔 주먹이 그의 의지를 피력하고 있었다.

"욕하고 싶으면 해. 미워하고 싶으면 그렇게 해. 이기적이고 제멋대로에 고집불통인 놈. 차라리 그렇게 원망하고 말아."

대체 왜 이렇게까지 하느냐고. 그런 비난을 감수해 가면서까지 비밀에 부쳐야 할 일이라는 게 대체 뭐냐고.

설주는 돌아서는 원을 붙잡고 몇 번이고 되물었다. 그러나 그에게서 얻을 수 있는 것은 강박적인 침묵뿐이었다.

울지 않으려고 했지만, 결국 서러움이 치받아 눈가가 젖어 갔다.

이런 것도 연인이라고 할 수 있니?

설주는 피딱지가 앉은 원의 입술 언저리에 약을 찍어 바르며 호소했다.

그에게 무가치한 존재가 된 것 같은 소외감에 대해 토로하자 원은 그녀가 그런 말을 하는 것을 견딜 수 없다는 듯 손가락으로 입술을 내리눌렀다. 가로막힌 말들이 입안에서만 메아리쳤다.

그가 신열로 바싹 마른 입술을 제 손가락 위에 포갰다. 키스인 듯 아닌 듯 한 입맞춤이 자잘하게 이어졌다.

그런 원이 밀어 낼 수도 없게 다정하고 따뜻해서 설주는 더욱 울음이 복받쳤다. 치명상을 입은 작은 짐승처럼 헐떡이는 그녀를 원은 나직한 속삭임으로 달랬다.

"그래도 옆에 있어 주잖아. 이렇게 울어 주잖아. 여전히."

그것은 끝끝내, 그녀가 원하던 대답은 아니었다.

◇　◇　◇

"죄송합니다. 중요한 전화라."

매달 한 번 있는 회의였다.

태경은 까칠한 얼굴로 핸드폰을 들고 사무실 밖으로 나서는 원의 뒷모습을 주시했다. 지난달에 실시한 프로모션 결과와 예약률, 매출 현황을 정리한 표를 각자의 자리에 나눠 주던 매니저 역시 태경의 시선을 따라 고개를 들었다.

회의는 자연스레 중단되었다.

태경이야 새로 벌인 베트남 음식점 프랜차이즈 사업에 몰두하느라 바와 관련해선 원에게 전권을 일임한 지 오래였고, 네 명의 매니저 군단 역시 실질적인 운영보다는 상부로부터의 지침에 따라 직원과 고객

관리에 주력하고 있었다. 따라서 이 회의를 진행할 만한 인원은 실장급 뿐이다.

"어, 어떻게…… 계속 회의 진행할까요, 사장님?"

실장이 눈치를 살피며 모기만 한 목소리로 침묵을 깼다.

태경은 심드렁하게 원이 나간 문 쪽을 흘긋거리다가 테이블을 차지하고 앉은 여섯 명을 죽 둘러보았다. 딱히 잘못한 것도 없으면서, 태경의 시선을 받은 직원들이 흠칫하며 딴청을 피웠다.

"요새 가게 분위기 안 좋아?"

그 누구도 섣불리 입을 열려고 하지 않았다. 숨 막힐 것 같은 중압감에 다들 허리를 꼿꼿이 편 채 정면만을 직시했다.

흡사 저와 눈을 마주치기라도 하면 목이 날아갈 것처럼 구는 직원들의 태도에 태경의 미간엔 세로 주름이 깊어졌다.

"다들 왜 이렇게 굳었어?"

태경은 꼭 필요할 때가 아니고서야 딱히 위계를 따지지 않는 원의 성격을 잘 알고 있었다. 때로는 그 정도가 과해서 몇몇 불량분자들이 나태해질 때가 있긴 해도, 대체로 직원들의 근무 만족도는 높은 편이었다.

스트레스를 받을 때면 부러 시찰이라는 핑계로 종종 들르기도 했을 만큼 화목한 분위기가 자랑이었던 곳이다.

그런데 오늘 이곳의 온도는 차갑다 못해 시리다.

매출 때문은 아니고, 대체 뭐야?

"죄송합니다."

보고서에서 별문제를 찾아내지 못한 태경의 의문이 깊어질 때쯤, 통화를 마친 원이 사무실로 돌아왔다. 여느 때라면 '이 몸이 인기가 많아서.' 따위의 추임새를 붙였을 원이 짧은 사과를 끝으로 착석하자 태경은 비로소 알 것 같다는 얼굴이 되었다.

한 집단의 분위기는 으레 그 우두머리의 감정에 영향을 받기 마련이다.

태경은 회의 내내 어두운 기색으로 간신히 필요한 대답만 하는 원을 남몰래 관찰했다. 원이 이렇게 제 감정을 질질 내보이는 것은 7년 전을 마지막으로 처음 있는 일이었다.

"새해부터 왜 죽상이야? 설주 씨랑 잘 안 돼?"

회의가 끝나고 태경은 커피나 한잔하자며 원을 붙잡았다. 원은 마지못해 자리에 앉았다. 한창 연애 중인 놈답지 않게 안색이 파리한 원이 제 뺨을 벅벅 문질렀다.

"아니에요, 그런 거."

"아니긴. 잡아뗄 거면 티라도 내지 말든가."

"……"

"싸웠어?"

"아뇨."

원은 급기야 무릎에 팔꿈치를 세우고 두 손에 얼굴을 묻어 버렸다.

태경은 나름 열심히 머리를 굴려 추리해 나가기 시작했다.

아니라는 저 말을 곧이곧대로 믿으면 그야말로 바보 천치인 거고. 윤설주라는 여자에 관한 한 물러 터져서 전부 오냐오냐하는 녀석이니 보통의 연인들처럼 사소한 걸로 말다툼을 했을 리도 없다.

보자. 그러면 뭐가 남았나?

"제수씨가 바람이라도 폈어?"

"아니에요. 형은 대체 무슨 그런 말도 안 되는 소리를……."

"아니면 아닌 거지, 성질은. 쳇."

영화감독이라는 놈이 제 여자 친구와 너무 친밀하게 지내는 게 신경 쓰인다며 지나가는 말로 푸념하던 것이 불쑥 떠올라 물었을 뿐인데, 원은 지뢰라도 밟은 듯 펄쩍 뛰었다.

그러면 역시 그건가?

"봄 다가와서 그래? 촬영 봄 되면 끝난다면서."

원이 꽤 오래전부터 그 문제로 전전긍긍하고 있다는 것을 알고 있는 태경이다. 해결된 줄 알았더니 여태 속을 썩이는 모양이다.

"왜? 싫대? 거절해?"

"아니요. 못 물어봤어요, 아직."

"아직? 왜? 반지 산 지 한참 되지 않았나?"

태경의 목소리가 자연히 커졌다.

기억을 되짚어 보니, 원이 청혼 반지를 사는 일로 자신에게 SOS를 요청한 게 얼추 두 달 전이었다. 국내에 미출시된 모델을 점찍어 놓은 원의 레이더에 마침 해외 출장을 앞두고 있던 태경이 딱 걸린 것이었다.

"샀으면 후딱 안 주고 대체 왜 모셔 놓고 있나?"

"……그냥요. 다이아가 너무 작은 것 같아서."

원이 픽, 힘없이 웃으며 몸을 뒤로 젖혔다.

이런 미친놈, 소리가 절로 나온다. 아끼는 동생 부탁에 출장 가서 정작 할 일은 제쳐 놓고 대기표까지 받아 가며 운반한 반지였다.

아니, 얼마나 힘들게 손에 넣었는지는 둘째 치고, 요새는 2캐럿도 작다고 하나?

태경은 뒤통수를 벅벅 긁으며 채근했다.

"그래서, 반지 때문에 머리가 아픈 거야?"

"……형."

질문에나 제대로 답할 것이지. 태경은 손등으로 눈을 가린 원의 나지막한 부름에 퉁명스레 답했다.

"왜."

"예전에 기억나요? 언제였지. 나 바에 들어오고 얼마 안 됐을 때였는데……. 형이 그랬었잖아요. 너 그러다 벌받는다고. 남의 눈에서 눈물 나게 하지 말라고."

갑자기 케케묵은 고릿적 얘기를 들추는 까닭은 뭔가. 원이 말하는 때는 거의 10년은 거슬러 올라가야 하는 이야기다.

아직도 생생히 기억난다. 그 시절로 말할 것 같으면 원이 정말이지 무분별하게 여자들을 만나고 다닐 때였다. 하루에 그치기도 하고, 보통은 한 달, 길어야 두세 달이면 끝나는 만남을 원은 동시다발적으로 해냈다.

이유는 뭐, 당연히 서연수였다.

그때는 그게 일상이었다. 하루에도 두세 명의 여자들이 원을 보러 바에 들렀다 가곤 했다. 대개 그들이 좋은 수입원이 되어 주었으므로 당시 태경은 별 문제의식을 느끼지 못했다.

단순히 생각하면 서로 원하는 것을 주고받는 게 아닌가. 기브 앤 테이크.

누구나 인정하는 만고불변의 진리가 남녀 사이에도 적용될 수 있는 거라고 치부했을 뿐이었다.

그랬던 태경이 원을 향해 거의 저주나 다름없는 말을 퍼부은 것은 지나치게 무식하고 잔인한 원의 여자 정리법을 목격했기 때문이었다.

'사람 죽인 놈이라도 상관없어?'

'뭐?'

'진지하게 만나고 싶다며. 그러면 이런 건 알고 만나야지.'

'무슨 소리……. 너 꽤, 괜히 거짓말하는 거지?'

'못 믿겠으면 알아봐. 어릴 때라 다행히 빨간 줄 긋는 건 면했지만, 기록은 남아 있을 테니까.'

선을 넘어 성가시게 구는 여자가 있으면 원은 자신의 끔찍한 과거를 서슴없이 드러내 상대를 질리게 만들었다.

겁을 먹거나, 치를 떨거나. 그렇게 돌아서는 여자들을 보며 원은 '거봐. 그럴 줄 알았어.' 하는 표정으로 고개를 떨궜다.

자해와도 같았다. 자신이 저지른 죄의 무게를 그런 식으로 확인한다는 것은.

"너 그러다 천벌받는다, 그 소리, 형 말고도 정말 여기저기서 많이 들었었는데……."

"……."

"형. 저요, 그 천벌 7년 전에 이미 다 받은 줄 알았어요. 설주 잃어버렸을 때. 그때 그 벌 다 받은 줄 알았어."

그때 원의 마음고생이 얼마나 깊었는지 태경만큼 잘 아는 사람도 없을 것이다. 단장의 슬픔이라는 게 어떤 건지 가슴을 쥐어뜯으며 우는 원을 보고 배웠으니까.

"혹시 설주 씨가 알았어?"

대답할 기운도 없다는 듯 고개만 젓는 원을 향해 태경은 조바심 짙은 음성으로 다그쳤다.

"그런데 뭐가 문제야. 그 일, 설주 씨한테 말하지 않으려니까 마음에 걸려서 그래?"

"전혀요. 실은 말해야 하는 건데, 그걸 모르는 건 아닌데. 설주한테만큼은 절대……."

느릿하게 말을 잇던 원이 갑자기 뭔가에 얻어맞은 듯 몸을 움찔 떨었다. 다급히 주머니 속 핸드폰을 꺼내는 원의 얼굴에서 빠르게 핏기가 가셨다.

태경은 쫓기는 사람처럼 핸드폰을 귀에 가져다 대는 원을 속수무책 바라만 보았다.

"죄송해요, 형. 오픈 전엔 올게요."

그 말만 남기고 원은 머리칼이 휘날리도록 사무실을 빠져나갔다.

태경은 그저 망연자실하게 열린 문만 바라볼 뿐이었다.

예감이 좋지 않았다. 원이 이 엄동설한에 외투를 걸치는 것도 잊고 저리 허둥지둥할 만큼 뭔가 매우 불길한 일임은 틀림없었다.

고민하던 태경은 해준을 호출했다. 아무래도 원의 비극에만큼은 무심해질 수 없었다.

사내는 마치 오점 같았다.

그는 흰 도화지에 실수로 떨어뜨린 검은색 잉크를 떠오르게 하는 지저분한 모양새로 카페 한가운데를 차지하고 있었다. 자그마한 체구가 무색하게 흉악한 인상은 남자 직원들도 함부로 다가가 쫓아내지 못할 정도였다.

화이트 톤의 고급스러운 인테리어 덕분에 SNS를 하는 사람들 사이에서 사진이 잘 나오기로 유명한 청담동의 한 카페였다. 원은 그곳에서 그, 곽용태를 만났다.

"왔냐?"

사내는 앉은 채로 눈알만 움직여 원을 맞았다. 얇은 재킷 차림인 원을 보고 흡족한 듯, 허옇게 껍질이 일어난 거무튀튀한 입술이 양옆으로 찢어졌다.

"담엔 잠바 정도는 입고 나와라. 그 정도 인내심은 있거든, 내가."

"……."

"얼어 죽기라도 하면 안 되잖냐. 지금은 네가 내 유일한 돈줄인데."

곽용태가 제가 뱉은 말에 혼자 배를 잡고 킬킬거렸다. 그러더니 문득 주변을 돌아보고 원에게 주문하는 것이었다.

"커피 좀 사 주라. 시팔. 뭐가 뭔지 알아야 시키지. 나처럼 무식한 놈들은 커피도 마시지 말란 거야 뭐야?"

그는 부러 들으란 듯 목청을 높였다. 불편함을 느끼고 자리를 뜨는 손님들이 몇 보이자 용태는 입에 담기도 무서운 욕과 함께 바닥에 침을 퉤 뱉었다.

대리석 바닥에 들러붙은 노란 가래침. 원은 치미는 구토감을 삼키며 카운터로 다가갔다.

"어? G Bar 점장님 아니세요?"

같은 상권 안에 있는지라 서로 얼굴을 알고 지내는 사이였다. 카페 사장은 난감해하면서도 구세주라도 만난 듯 원을 반겼다.

"저분, 아는 분이셨어요? 경찰을 불러야 하나 고민하고 있었는데……."

"죄송합니다. 잘 달래서 금방 데리고 나갈게요."

다 필요 없으니 당장 꺼져 달라는 말을 가까스로 참고 있는 카페 사장에게 원은 넉넉하다 못해 과할 만큼의 커피값을 치렀다.

저 때문에 장사를 망친 것에 대한 나름의 변상이었다. 그 역시 이곳에서 용태를 끌고 나가고 싶은 마음이야 굴뚝같았다.

하지만 어디 순순히 끌려 나올 인간인가. 괜한 짓을 했다간 이 예쁜 카페가 지옥도로 변할지 모른다.

"뭐야. 이딴 걸 칠천 원이나 받고 파는 거야? 이런 날강도 같은 놈들."

"목소리 낮추세요."

"뭐. 내가 못 할 말 했냐? 옛날 생각해 봐라. 엉? 하루 온종일 구걸하고 다녀도 칠천 원이 다 뭐냐. 천 원 한 장 못 벌어 오는 애새끼들이 허다했지. 아, 물론 너는 예외였지만."

뜨거운 커피를 한입에 털어 넣은 용태는 마치 행복한 추억이라도 회상하는 듯 잔뜩 신이 난 얼굴이었다.

"하여튼 네놈은 싹수부터가 달랐어. 크게 될 놈인 줄 내 진즉부터 알았지. 내가 말이야, 이번에 나와서 몇몇 애들을 수소문해 봤는데 다들 그지 꼴을 하고 살더라 이거야. 선우원만큼 잘된 놈이 없더라고. 하기사. 애초에 부모도 버린 놈들이 출세라고 해 봐야 결국 그 바닥이지."

무릎 위에 놓인 원의 주먹에서 빠드득 소리가 났다. 확성기를 단 듯 커다란 목소리에 어느새 카페 안의 모든 시선이 그들이 앉은 테이블로 쏠려 있었다.

먹은 것도 없는 속이 뒤집어졌다. 헛구역질이 나올 것 같아서 원은 다급히 물을 들이켰다. 그리고 재킷 안주머니에서 흰 봉투를 꺼내 테이블에 내려놓았다.

"나 참. 뭐가 그렇게 급해? 본 김에 술도 한잔하고……."

"일하다 나왔습니다."

"아아. 참. 그렇지?"

욕지거리를 하며 바쁘다는 사람을 닦달해 불러낼 때는 언제고, 용태는 마치 지금 떠올랐다는 듯 천연덕스럽게 놀란 얼굴을 했다.

원은 어릴 적 걸핏하면 자신을 구타하던 두꺼운 손이 봉투를 집어 드는 것을 묵묵히 바라보았다.

웃음을 참느라 씰룩이던 용태의 뺨이 곧 볼썽사납게 일그러지기 시작했다. 봉투 안을 확인한 그가 흉흉한 기세로 원을 향해 눈을 부라렸다.

"뭐야, 이게?"

"우선은 이걸로 생활하고 계시……."

"이깟 푼돈으로? 야, 이 새끼야. 너 내 말을 여태 어디로 들은 거

야? 이 씹새끼. 너 내가 머리 굴리지 말라고 했지? 내가 전화 한 통화
만 하면 너 그냥 삽질만 하다 끝나는 거야. 한주기업이고 뭐고 다 날아
가는 거라고. 똑똑한 새끼가 어디 순진하게 말귀 못 알아먹는 척이야?"

곽용태의 주먹에 테이블이 쾅쾅 흔들렸다. 머리가 지끈거렸다. 사내
가 내뱉는 말들이 깨진 유리 조각이 되어 뇌 구석구석을 찌르며 돌아
다니는 것만 같다.

"왜. 내가 못 할 것 같아? 엉? 내가 그냥 말로만 이러는 것 같으냐
고!"

용태가 닳아 해진 점퍼 주머니에서 폴더형의 오래된 구식 핸드폰을
꺼내 들었다. 원은 차분히 용태가 누군가에게 전화를 거는 것을 바라보
았다.

따르릉, 따르릉. 볼륨을 한껏 키워 놓은 탓에 건조한 통화 연결음이
마주 앉은 원에게까지 고스란히 전해졌다.

그러나 원의 태연한 태도에 용태는 조금 더 겁을 줘야겠다는 필요성
을 느꼈는지 아예 통화를 스피커폰으로 돌려 테이블에 내려놓았다. 이
래도 네가 돈을 주지 않고 배기겠냐는 협박이었다.

— 예. 형님.

상대는 남자.

경상도 사투리가 약간 섞인 목소리를 향해 원은 유심히 귀를 기울였
다. 유년 시절 용태의 밑에 있을 때 들어 본 목소리일까 했는데, 아무
래도 떠오르는 얼굴이 없다.

"그래. 나다."

— 어쩨. 일은 잘돼 갑니꺼?

"잘돼 가긴. 씹팔. 이 새끼가 아직 살 만한지 내 말을 영 우습게 듣
네. 이제 대가리가 좀 컸다 이건지. 어쩔까?"

— 그러게 제가 뭐랬습니꺼. 한주에 먼저 연락을 하는 게 좋다 안

했습니꺼? 딸래미가 사람 죽인 놈 만난다는데, 암만 연 끊었다고 해도 가만히 앉아서 구경만 할 부모 없습니더. 뉴스에 다 나오게 한다고 하면 그 조무래기 새끼 터는 것보다야 두둑이 챙겨 주겠지예.

"그러게 말이다. 그럴 걸 그랬나?"

용태가 의자에 몸을 늘이며 비열한 웃음을 흘렸다. 어디, 네가 이래도 버티나 보자, 하는 얼굴이었다.

— 형님이 너무 물러 터져서 그런다 아입니꺼. 차암, 쓸데없이 정은 많아 가. 아니면 겁이라도 좀 줍시더. 그년 춘천에 있다믄서예. 찾는 건 일도 아닙니더.

"그래, 그래. 그렇지. 그래도 부대끼고 산 세월이 있는데 사람이 그렇게 박하면 쓰나. 기회는 한 번 줘야지."

기회. 기회라.

원은 조소했다. 어떻게 하면 더 많이 배를 불릴까, 머리 굴리는 것을 모를 줄 알고.

용태의 계산속이 훤히 그려졌다. 돈 나올 구멍이라면 기가 막히게 냄새를 맡는 작자였다. 언젠가는 결국, 한주기업에서도 알게 될 거다.

그 언젠가란, 내게서 돈을 뜯어낼 만큼 뜯어낸 후가 되겠지. 이 늙은 괴물이 마침내 내게서 돈의 씨가 말랐다는 걸 깨달은, 바로 그 순간.

— 기회는 무슨 염병할 기회요. 그러지 말고 당장 내일이라도 나랑 한주에…….

원은 더 참지 못하고 테이블 위에 올려 둔 핸드폰을 쥐어 두 동강 냈다. 가슴이 세차게 들썩였다. 극렬한 살인 충동에 눈앞이 붉게 물들었다.

죽이고 싶다. 정말이지, 저 빌어먹을 몸뚱이를 산 채로 갈기갈기 도륙하고 싶었다. 이 순간 손에 칼이 들려 있다면 어땠을까.

곽용태의 목을 긋지 않을 것이라고 자신할 수 있나.

'나한테 해코지라도 했담 봐. 당장 뉴스에 너랑 그년 얘기가 나올 거야. 이틀 이상 연락이 안 되면 그땐 다 불어 버리라고 했거든.'

우습게도 이런 상황에서조차 원을 머뭇거리게 하는 이유는 단 하나, 설주였다. 그녀는 그가 사람이길 포기하지 않도록 하는 유일한 존재였다.

원은 패잔병처럼 핸드폰을 든 손을 늘어뜨렸다. 겁에 질렸던 용태가 뒤늦게 분개하며 손을 휘둘렀다.

짜악. 솥뚜껑 같은 손에 빗맞은 귀가 먹먹하다. 어항 속에 든 물고기가 이럴까. 삿대질을 하며 입을 벙긋거리는 용태의 목소리가 들리지 않았다. 원은 눈을 질끈 감고 고개를 흔들었다.

짜악.

"어머!"

"어떡해. 가서 말려야 하는 거 아냐?"

고개가 다시 세차게 돌아가며 비로소 달아났던 청력이 되돌아왔다. 기함하며 숨을 들이켜는 소리. 수군거림. 용태의 험한 욕지거리.

"그깟 1억이 아까워? 어? 이런 은혜도 모르는 후레자식 같으니라고. 나 아니었으면 어디 쓰레기통에서 얼어 뒤졌을지도 모르는 새끼가. 재벌이랑 놀아나니까 너도 같은 급인 것 같아? 정신 차려, 이 새끼야. 지금이야 아무것도 모르니까 너같이 근본도 모르는 놈을 만나 주는 거지. 다 알아 봐. 어떻게 될 것 같아? 그때도 그 반반한 낯짝이 먹힐 줄 알아?"

순간적으로 자신을 지배했던 두려움을 떨치려는 듯 용태의 독설은 장황하게 이어졌다.

용태가 시커먼 손가락으로 원의 머리를 툭툭 쳤다. 아무런 대꾸도 하지 못하고 앉아 있는 원을 보니 그제야 안심이 되었다.

그러나 방심할 수는 없다. 핸드폰을 망가뜨릴 때의 그 눈. 그래, 그건 분명 살기였으니까.

지렁이도 밟으면 꿈틀하고, 쥐도 궁지에 몰리면 고양이를 문다는데, 너무 몰아세웠나 싶다. 어쨌거나 제게 돈벼락을 안겨 줄 기특한 놈이 아니던가.

확실히 난놈은 난놈이야. 세상에. 자그마치 한주기업이라니.

분명 범상치 않게 살고 있을 줄은 알았다. 그러나 이건 그의 상상력을 초과하는 정도였다. 영리한 줄은 알았지만, 잘난 얼굴을 십분 활용해 무려 재벌가에 입성할 담력까지 겸비하고 있을 줄은 몰랐다.

'뭐? 돈 때문에 만나는 게 아니라고? 지나가는 개가 웃겠네.'

물론 녀석이 딱 잡아떼긴 했지만, 이 곽용태가 누군가.

암만 잘나 봐야 제 앞에선 여전히 코흘리개 어린아이에 불과한 놈 하나 밟아 주는 건 일도 아니다.

'사랑 타령을 하려거든, 그래, 당연히 다 알고 만나는 거겠지? 네 놈이 부모 없이 길에서 동냥이나 하던 거지새끼인 거. 엉? 사람도 죽인 무서운 놈인 거. 다 말했겠지? 그거 다 알고도 그 계집애는 좋다고 하는 거겠지?'

'……'

'뭐야. 말 안 했어? 에이. 사랑하는 사람을 그렇게 속이고 그러면 쓰나. 내가 대신 말해 줄까? 엉?'

새파랗게 질리던 얼굴을 떠올리며 용태는 비열한 웃음을 삼켰다. 그리고 원의 몫으로 나온 커피를 당연한 듯 가져가 입술을 축였다.

돈지랄이라고 욕은 했지만, 그는 이 시금털털한 맛이 마음에 들었다. 교도소에서 종종 마셨던 분말 커피와는 차원이 다른 맛이었다.

15년. 강산이 변하고도 남을 만큼 긴 세월 동안 사회와 분리된 채살았던 용태는 새삼스러운 눈으로 통유리 밖의 거리를 응시했다.

빛의 도시다. 다채로운 조명. 화려한 간판들. 꼬리를 물고 지나가는 자동차의 헤드라이트 불빛. 온통 반짝거리는 것 천지였다.

그러나 나는 어떤가. 늙고 병든 데다 뭐 하나 가진 것도 없다.

용태는 거리를 지날 때면 마치 벌레가 된 듯한 기분을 느꼈다. 얼굴을 찌푸리며 행여 옷깃이라도 닿을까 몸을 사리는 사람들을 마주할 때마다 용태는 악다구니를 질렀다.

나도 한때는 잘나갔어! 수중에 모아 놓은 돈도 꽤 있었고, 그 돈에 혹해 들러붙는 계집년들도 많았다고!

그러나 모든 것이 물거품처럼 흔적도 없이 사라져 버렸다. 용태는 그 원흉을 향해 거침없이 손을 날렸다.

꿈쩍 못 하고 얌전히 맞아 주는 걸 보면 분이 좀 풀리는가 싶다가도, 그 지독한 15년간의 감방살이를 떠올리면 속에서 울분이 치솟았다.

"시팔, 너만 아니었으면……."

아니지, 아니지.

이런 식으로 자꾸 자극하다가 참다못한 원이 자폭이라도 하면 끈 떨어진 연 신세가 되는 건 저라는 걸 잊어선 안 된다.

용태는 원의 뺨에 남은 자신의 손자국을 보며 쯧, 혀를 찼다. 사내새끼가 피죽도 못 얻어먹은 것처럼 허연 건 예나 지금이나 여전했다.

"2주 줄 테니까 잔금은 그때까지 꼭 줘라. 알겠냐? 그리고 시팔, 수표 말고 현금으로 좀. 엉? 새끼가 사람 번거롭게."

용태는 큼큼 헛기침을 하며 테이블 위에 뒹구는 돈 봉투와 망가진 핸드폰을 집어 들었다.

삼천만 원. 비록 요구한 금액의 절반도 되지 않는 돈이지만, 앞일을 생각하면 충분히 너그러워질 수 있었다.

1억 원. 그건 원이 지레 겁에 질려 자포자기할까 봐 쳐 둔 연막에 불과했다. 원이 정말 그 재벌 회장의 손자사위라도 되면, 그때는 더 큰 금액을 노릴 작정이었다.

그러고 나면…… 집도 사고 회사도 하나 차리고 빌딩도 사고. 아, 때깔 좋은 차도 하나 뽑고, 마누라도 얻고, 이빨도 해 넣어야지!

상상만으로도 입이 찢어진다.

선우원이야말로 황금알을 낳는 거위가 아닌가. 그러니 섣불리 배를 갈라 숨통을 끊어 버리는 실수를 해선 안 된다.

"자, 이거. 가면서 약이라도 사다 발라라. 입술 터졌다."

용태는 주머니를 뒤져 꾸깃꾸깃한 만 원짜리 지폐 한 장을 원의 손에 쥐여 주었다. 얼굴로 먹고사는 놈인데, 다음부터 뺨은 때리지 말아야지. 장한 다짐과 함께였다.

#8

어쩌다 이렇게 되어 버렸을까.

원은 말없이 머그잔을 매만지는 설주를 보며 마른침을 삼켰다. 묘하게 가라앉은 기류 사이로 어느새 침묵이 자연스럽게 자리를 잡았다.

대화가 없다는 것 자체는 문제가 아니었다. 문제는, 그녀의 시선이 자신이 아닌 다른 곳을 자꾸 맴돈다는 것이었다.

이건 분명 그날 새벽, 그 사건 이전에는 없던 습관이다.

"그럼, 며칠이나 쉬는 거야?"

손바닥에 고인 땀 때문에 연신 미끄러지는 잔을 내려놓고 원이 설주의 주의를 끌었다. 아스팔트 위 검게 뭉친 눈을 물끄러미 응시하던 그녀가 정면으로 고개를 돌렸다.

"글쎄. 눈이 완전히 녹든지, 아니면 차라리 다시 쌓이든지. 그럴 때까지."

눈이 녹아 군데군데 얼음이 되어 버린 산이 기어이 스태프들의 발목을 여럿 해 먹었다. 롭은 결국 어제저녁 잠정 촬영 중단을 선포했다.

"그러면 같이 서울로 가. 촬영도 없는데 꼭 여기서 지낼 필요 없잖아."

원은 테이블 위로 손을 뻗어 컵의 손잡이를 만지작거리는 설주의 손을 쥐었다. 그녀의 눈동자가 도르륵 굴러 마치 신기한 것을 봤다는 듯 한참이나 얽힌 두 손에 머물렀다.

"오늘 당장은 어렵고……. 음, 생각해 볼게."

원은 설주의 찬찬한 눈이 이번엔 제 얼굴로 향함을 느꼈다.

그는 어설피 입매를 늘였다. 얼굴에 어떤 표정이 얹혀 있을지 전혀 감을 못 잡은 채로 그녀의 시선을 마주하려니 그것 역시 고역이었다.

뺨에 든 멍은 잘 가려졌던가. 입술이 찢어진 곳은 잘 아물었던가.

설주를 만나러 오기 전에 분명 몇 번이나 거울을 보며 확인했는데도 자신이 없어진다. 그녀가 이렇게 명백히 살피는 듯한 시선을 보내오면 없던 상처도 생기는 것만 같아서.

원은 제 턱을 쓱쓱 문지르며 한껏 과장되게 웃었다.

"왜 그렇게 봐? 너무 잘생겨서?"

그녀는 말없이 미소만 지었다.

그 속이 읽히지 않는다. 이렇게 살을 맞대고 있는데도, 마주 보며 웃고 있는데도 문득 설주가 생면부지의 낯선 타인처럼 느껴졌다. 불안감에 손에 바짝 힘이 들어갔다.

"혹시…… 아직 나한테 화났어?"

설주와의 사이에 벽이 있다면 그것을 쌓아 올린 게 저라는 걸 안다. 근본적으로 그 벽을 허물어뜨리려면 전부 사실대로 고해야 한다는 것도.

하지만…… 목에 칼이 들어온다고 한들 그게 가능할까. 그 망할 과거를 내 입으로 네게 털어놓는 일이.

이기적이라고 해도 할 수 없다. 사기꾼, 인간 말종, 쓰레기, 거짓말쟁이. 어떤 욕을 들어도 상관없었다.

너를 잃지 않을 수만 있다면, 세상 모든 사람들로부터 살인자라고 손가락질받는다고 해도 살아갈 수 있을 거야. 하지만 반대로.

"아니."

"……."

"여전히 속상하고, 섭섭하고, 널 이해할 수는 없지만, 화가 난 건 아냐."

세상 전부가 내 편이라도 네가 없으면.

설주야. 그래도 내가 살아갈 수 있을지 모르겠어.

"그냥…… 기다리는 중이야. 착한 사람, 사랑스러운 사람, 미안한 사람, 보고 싶은 사람. 이미 너한테 그런 사람은 다 되어 봤으니까. 기다리다 보면 언젠간 믿을 수 있는 사람, 의지할 수 있는 사람도 될 수 있겠지, 하고."

그녀는 피가 통하지 않을 만큼 꽉 잡힌 손을 흘끗 보고 귀엽게 고개를 기울였다.

"이렇게 세게 잡지 않아도 나 어디 안 가는데."

코가 시큰거린다. 조금만 긴장을 늦추면 눈시울이 뜨거워질 것 같다.

고개를 숙여 얼굴을 감춘 원의 입술이 설주의 손등 위로 내려앉았다.

미안했다. 말로 다 할 수 없을 정도로. 이렇게, 바보 같을 정도로 착한 사람을 여전히 속이고 있다는 죄책감이 온몸을 무겁게 짓눌렀다.

그러나 감당할 수 있다.

감당할 수 없는 건 오로지 그녀가 저를 두려워하고 혐오하고, 그러다 이런 남자를 한때나마 사랑했다는 사실까지 증오하게 되는 것뿐이다.

"설주야. 나는……."

목이 꽉 메어 말이 나오지 않았다.

이미 그녀에게 너무 많은 부분을 의지하고 있다는 말을 해 주고 싶었다. 도리어 그래서, 이렇게 겁쟁이가 될 수밖에 없다는 사실도.

"원아. 괜찮은 거지?"

머리카락을 가만가만 쓰다듬는 그녀의 손길이 느껴졌다.

와중에도 피식 웃음이 났다. 강아지가 아니라고 툴툴거리면서도 은연중에 이렇게 만져 주는 걸 좋아한다는 사실을 그녀에게 들킨 것이 틀림없다.

가까스로 웃는 얼굴이 되고 나서야 원은 고개를 들고 설주와 시선을 나란히 했다.

"괜찮아."

진심에서 우러나온 말이었다. 설주를 안심시키기 위해서가 아니었다. 환각제처럼 제 안에 스미는 말을, 원은 몇 번이고 되새김질했다.

그때였다. 주머니에 든 핸드폰이 짧게 진동했다. 도착한 것은 목적어가 생략된 문자였다.

[잡았습니다.]

그러나 원은 충분히 알아볼 수 있었다.

곽용태를 만나고 일주일 후. 그토록 기다리던 연락이 드디어 도착한 것이다.

◇　◇　◇

계획은 완벽했다.

그날, 카페에서 기대했던 금액의 절반밖에 받지 못한 곽용태는 분을 참지 못하고 원이 보는 앞에서 자신의 끄나풀에게 연락을 했다.

곽용태의 핸드폰 수발신 목록은 한 민간 조사 업체에 모조리 기록되는 중이었다.

마침내 공범의 전화번호를 가려낸 형사 출신의 베테랑 조사원은 곧장 위치 추적에 돌입했다. 얻어 낸 전화번호가 대포폰이라는 것은 미처 예상하지 못한 일이었지만, 큰 문젯거리는 아니었다.

그리하여 원은 지금, 조사원이 잡아들인 곽용태와 그의 공범을 마주하고 있다.

"여기. 잔금입니다."

업계에서 가장 유능한 곳인 만큼 착수금도, 성공 보수도 타 업체에 비해 두 배 가까이 지불해야 했지만 아깝다는 생각은 전혀 들지 않았다.

조사원은 몸을 결박당한 채로 눈을 부릅뜬 곽용태와 남자 앞에서 보란 듯 받은 돈을 꺼내 세어 보았다.

여기까지 끌려오는 과정이 그리 순탄치 않았다는 것을 방증하듯, 곽용태의 주름진 얼굴은 잔뜩 부어올라 있었다. 원래도 듬성듬성하던 치아가 더 비어 있는 것을 보니 이가 몇 개 나갔는지도 모르겠다.

원은 저벅저벅 걸어 바닥에 아무렇게나 퍼질러 앉은 곽용태의 앞에 한쪽 무릎을 굽혀 몸을 낮췄다.

그가 가까워지기만을 기다렸다는 양, 용태가 퉤 하고 침을 뱉었다. 코트의 오른쪽 어깨 부분이 지저분해졌다.

용태는 잘난 낯짝에 명중시키지 못한 것이 분하다는 듯 거칠게 욕을 하면서도 다시 시도할 생각은 하지 못했다. 옆을 지키고 선 조사원 하나에게 머리를 얻어맞았기 때문이다.

"그럴 필요 없습니다. 이미 충분히 맞은 것 같은데."

너그럽기까지 한 음성에 곽용태는 몸을 부르르 떨었다.

그 꼴을 보면서도 딱히 희열 같은 것은 느껴지지 않았다. 원이 바라는 것은 복수 따위가 아니라 그저 안전해지는 것뿐이었으므로.

"어떻게 할까요."

돈값은 확실히 하겠다는 듯, 여러 명의 조사원 가운데에서도 '팀장'이라는 직함을 단 남자가 뒤처리를 물었다. 원은 그 질문을 그대로 팀장에게 돌려주었다.

"어떻게 하면 좋을까요."

"그거야 사장님 마음먹기에 따라 달렸죠. 저희야 사장님이 하고 싶지만, 직접 하기 어려운 일을 대신 처리해 드릴 뿐이니까."

사장님이라니. 아무리 들어도 적응이 되지 않는다.

그러나 원은 딱히 만류하지 않았다. 나이와 성별을 불문하고 의뢰인에 대한 호칭을 통일하는 것은 팀장의 업무 노하우 중 하나다.

의뢰인의 개인 정보는 일절 필요로 하지 않는다는 것. 그러므로 어떤 범법 행위든 안심하고 자신에게 맡겨 주라는 의미였다. 행여 수사 기관에 덜미가 잡히더라도 의뢰인의 무사를 보장하겠다는 것이다.

"하지만, 조언을 드리자면……."

팀장이 목소리를 낮게 깔았다.

용태는 불길한 기운을 감지한 것인지 눈을 뒤룩뒤룩 굴리며 팀장과 원을 번갈아 바라보았다. 그보다 더욱 심하게 얻어터진 끄나풀은 잔뜩 겁을 집어먹고는 석고대죄하듯 고개를 처박고 있었다.

"뭐든 확실한 게 좋지 않겠습니까. 경찰에 넘겨 봐야 협박 및 금품 갈취, 그거 몇 년 안 됩니다. 그리고 교도소에 넣어 둔다고 안심할 수 있는 것도 아니고요. 바깥과 접촉할 수 있는 길은 무궁무진합니다. 제가 형사 생활 할 때 말입니다. 감방에서 출소 앞둔 수감자 매수해서 피해자한테 보복이랍시고 2차, 3차 가해 저지르는 지독한 놈들 한두 번 본 게 아니거든요."

"화, 확실한 거? 확실한 거라니! 이, 이 미친놈들이 지금 무슨 개소리를……."

팀장이 빙긋 웃었다. 그게 아마 곽용태에게는 사신의 미소처럼 느껴졌을 것이다.

용태는 빠르게 두 눈을 깜빡이며 주변을 둘러보았다. 2층. '퍼펙트 공공칠'이라는 우스꽝스러운 상호의 글자를 하나씩 덧칠한 창문이 여섯 개. 그리고 장정이 여덟.

도망칠 수 있는 가능성에 대해 계산하던 용태는 빠르게 태세를 전환했다. 우선은 살고 봐야 했다.

"원아. 워, 원아. 저기, 내가 잘못했다. 엉? 잘못했어. 돈도 다 돌려주마. 내가 먹고살 길이 막막해서 그랬어. 정말 너한테 무슨 억하심정이 있어서 그런 것은 아니고……. 가진 것도 없고, 할 수 있는 것도 없고. 이 나이에 전과만 있으니 내 속이 오죽했겠냐, 엉? 한 번만 봐주라. 옛정을 생각해서라도……."

"옛정이요?"

원이 못 들을 것을 들었다는 듯 고개를 기울였다. 옛정이라니. 하도 어이가 없어 헛웃음이 나올 지경이었다.

자신의 말실수를 인지한 듯 용태가 황급히 고개를 내저었다.

"그래. 내, 내가 너한테 많이 잘못했지. 나도 안다. 그래도 좀만 불쌍하게 봐 주면 안 되겠냐? 엉? 이 늙은이가 살면 얼마나 더 오래 산다고……."

용태는 비틀거리며 엉덩이를 들썩이더니 아무렇게나 뻗고 있던 다리를 움직여 무릎을 꿇었다. 아마 손이 자유로웠더라면 불이 나도록 손바닥을 비볐을 것이다.

"나는 너 잘 안다. 네가 얼마나 순하고 착한 애였는지, 엉? 애초에 그때 그 일도 다 해준이 그 녀석 위하다가 그런 거 아니냐. 너는, 원이 너는 결코 남한테 해코지하고 그럴 놈이 못 돼."

그런가. 모르겠다. 원은 용태가 설명하는 사람이 정말 자신이 맞는지 확신할 수 없었다.

그가 기억하는 어린 선우원이란 매일같이 남의 지갑을 탐내던 작은 악마일 뿐이었다. 굶기 싫고, 맞기 싫어서 훔친 돈에 대해선 깊게 생각해 본 적이 없는 교활한 아이. 피해자의 절망이나 분노를 생각하면 차마 할 수 없는 짓이었다.

기억이 가물가물했다. 무뎌지려고 노력했기 때문에 무시할 수 있었던 것인지, 아니면 처음부터 남의 고통엔 무감각했던 것인지.

그런 자신에게 순하고 착한 아이라니. 그런 건 애초부터 없었거나, 설령 있었다 하더라도 죽어 버린 지 오래인데.

내 안에 순수라는 게 있었다면, 그걸 살해한 사람이 다름 아닌 당신일 텐데.

"그러면 어떻게 해 줄까요?"

원은 선뜻 자비를 베풀 듯 물었다. 용태의 눈이 반짝인다. 당장 살궁리를 모색하느라 친절한 음성에 가린 차가운 표정은 간과하고 말았다.

"딱 한 번만 용서해 주면 내 죽을 때까지 평생 네 앞엔 얼씬도 안 하마. 하늘에 대고 맹세……."

푸흡!

큭큭.

용태가 말을 마치기도 전에 여기저기서 웃음이 연쇄적으로 터지기 시작했다.

"다들 재미있나 봐요, 당신이 하는 소리가."

"저, 정말이야. 진짜 다시는……."

"얼마나 기가 차면 웃음이 다 나겠어. 안 그래요? 무턱대고 믿어 달

라. 용서해 달라. 내가, 그런 소리나 듣자고 비싼 돈 들여 사람까지 샀겠습니까?"

곽용태의 얼굴이 새하얗게 질렸다. 그는 무릎걸음으로 다가와 원의 발치에 머리를 박았다.

쿵. 쿵. 쿵.

이마가 터져 바닥에 피가 고이는데도 용태는 통각을 잃은 사람처럼 자해를 멈추지 않았다.

"잘못했다. 내, 내가 잘못했어. 살려만 줘. 엉? 겨, 경찰서에 가라고 하면 얌전히 가마. 내가 한 짓도 다 인정하고, 감형, 그만 건 바라지도 않을 거야. 항소도 안 해. 쥐 죽은 듯이 살 테니까 제발……."

"답답하네. 아직도 문제가 뭔지 모르다니."

"……무, 문제?"

"나는 당신을 믿을 수가 없어. 그렇다고 담보로 잡고 있을 만한 것도 없지. 당신은 당신 목숨 말고는 어떤 약점도 없는 사람이니까."

구두코에 볼썽사납게 피가 튀어 있었다. 눈 하나 깜짝하지 않고 무심히 검붉은 피를 응시하며 원은 생각했다.

당신을 어떻게 해야 하나. 나는, 어디까지 감당할 수 있나.

저도 모르게 시선이 팀장을 향해 뻗었다. 용태를 보는 팀장의 눈에서는 일말의 감정도 느껴지지 않았다.

그건 말하자면…… 인간을 대하는 눈이 아니었다. 팀장에게 곽용태는 차라리 무생물에 가까웠다.

'뭐든 확실한 게 좋지 않겠습니까.'

만약 그 확실한 방법에 동의한다면 곽용태는 어떻게 될까. 상상은 가장 끔찍하고 잔인한 방향으로 흘렀다.

관용을 모르는 남자의 손에 쓰임을 다한 물건처럼 아무렇게나 부서지고 해체될 곽용태의 모습이 그려졌다.

그러나 그 참혹한 광경을 목도할 일은 없을 것이다. 할 일은 그저 팀장이 요구할 추가금을 지불하는 것뿐.

원의 눈동자가 느리게 눈꺼풀에 잠긴다. 그가 갈등하고 있다는 것을 눈치챈 팀장이 말문을 열었다.

"그냥 저희한테 맡기십시오. 뒤탈이 없어야 사장님도 맘 놓고 편히 지내시지 않겠습니까?"

"……."

"후회하실 땐 이미 늦는 겁니다."

마치 으름장을 놓듯 덧붙이는 말이라니. 팀장의 말에 용태는 이성을 잃은 듯 마구 비명을 질러 대기 시작했다.

사람 살려! 여기 사람 죽어요!

그 처절한 구조 요청에 응해 줄 이는 아무도 없었다. 조사원들은 코웃음 치며 용태의 발악을 구경했다.

"아이 씨, 저게 더럽게……."

조롱조의 웃음소리가 이어지는 가운데 누군가 신경질적으로 중얼거렸다. 동시에 지린내가 코끝을 강타했다.

원은 용태의 젖은 바지춤과 점점 넓게 번져 가는 바닥의 노란 액체를 응시했다. 팀장은 인내심이 극에 달한 듯 원을 향해 독촉했다.

"이만 결단을 내려 주시죠."

"야, 야 이놈들아! 당장 이거 풀지 못해! 이 천벌받을 놈들! 네놈들이 이러고도 무사할 것 같아! 이놈들! 이 금수만도 못한 놈들!"

"계속 듣고 있어야 합니까?"

팀장이 귀를 후비적거렸다. 원은 구부렸던 한쪽 무릎을 펴 몸을 바로 세웠다.

곽용태는 엄습하는 공포에 아예 정신을 놓아 버렸는지 자신이 눈 오줌 위를 뒹굴며 고래고래 악을 질러 대고 있었다.

주먹에 단단히 힘이 들어갔다. 마음은 여전히 갈피를 잡지 못하고 우왕좌왕했다.

애초 원이 마련해 둔 선택지는 두 가지였다. 곽용태와 그의 끄나풀을 경찰에 넘기거나, 아니면 돈을 좀 더 쥐여 주고 해외 어딘가로 영영 쫓아내거나.

곽용태에겐 약점이 없어도 공범의 사정은 달랐다. 시골에 노모와 중학생이 된 딸이 있었던 것이다.

이이제이. 공범의 가족을 인질로 잡고, 공범으로 하여금 곽용태를 감시하고 단속하게 할 작정이었다.

그러나 팀장이 던져 준 세 번째 선택지가 원을 강하게 뒤흔들었다.

확실하고 뒤탈이 없는 방법. 불안감에서 완전히 해방될 수 있는 너무나 매혹적인 제안.

꽉 쥔 주먹 안에서 팔딱거리며 맥이 뛴다. 영하의 기온이 무색하게 원의 관자놀이엔 식은땀이 맺혔다. 라이터를 대면 그대로 불이 붙을 것처럼 입안이 바싹 메마른다.

눈이 마주친 팀장은 웃고 있었다. 승리를 확신하는 미소였다.

원은 자신만만한 팀장의 눈을 보며 천천히 입술을 열었다.

"……저는."

"원아!"

누군가 비명처럼 그의 이름을 부르짖은 건 바로 그 순간이었다.

그건 이런 더럽고 삭막한 곳에서 들릴 리 만무한 음성이었다. 여기에 있을 리 없는, 있어서는 안 될 여자의 목소리였다.

환청이겠지. 그래. 분명 환청이다.

원은 먼지와 함께 바닥을 뒹구는 오래된 날벌레 사체를 응시한 채 고집스럽게 돌아보지 않았다.

그러나 사무실 안의 모두의 시선이 입구를 향해 있었다. 하물며 곽용태의 흐리멍덩한 두 눈마저도.

뒤를 돌았다. 실제론 1초도 걸리지 않았을 시간이 영겁처럼 길게 느껴졌다.

"원아."

이게 악몽이 아니라는 것을 알려 주듯 설주의 발음은 유난히 또박또박했다.

"……하. 하하. 하하하하!"

쩌렁쩌렁 귓가를 때리는 웃음소리. 실핏줄이 터져 시뻘건 곽용태의 눈에선 더 이상 공포를 찾아볼 수 없었다.

원은 아수라장 같은 내부를 휘둘러보았다.

역겨운 지린내. 낭자한 피. 그 가운데 꼿꼿이 서 있는 윤설주.

곧이어 복도 끝에서부터 다급한 발소리가 차츰 가까워졌다. 헐떡대는 숨소리와 함께 등장한 것은 태경과 해준이었다.

"세상에. 이, 이게 무슨……."

지옥이었다. 내 손으로 만든, 나를 위한 지옥.

◇　◇　◇

설주가 태경의 연락을 받은 건 일주일 전의 일이었다. 해준을 통해 번호를 알아낸 것에 대해 사과의 말부터 꺼낸 태경은 심각한 음성으로 물었었다.

'혹시 원이랑 무슨 일 있어요? 남 연애에 간섭하는 거, 굉장히 실례되는 행동인 건 아는데 너무 걱정이 돼서요.'

그렇게 시작한 통화는 꽤 길게 이어졌다.

설주는 어느 새벽, 아파트에 찾아와 원을 향해 손찌검했던 중년 남성에 대한 얘기를 꺼냈다. 그자가 누구인지 태경이라면 알지 않을까 기대했지만, 그는 오히려 그녀에게 제대로 본 것이 맞는지 재차 확인하며 믿을 수 없다는 듯 항변할 뿐이었다.

'맞을 짓을 했다니, 말도 안 돼요. 제가 아는 원이는 남한테 원한 사고 그럴 놈이 아니에요. 중년 남자라니, 대체 누가……'

'얼마 전에 술자리에서 취객들이랑 시비가 붙어서 경찰서에 간 적이 있다고 했는데, 혹시 그 일에 대해선 모르시나요? 관련이 있지 않을까 싶은데.'

'술자리에서 시비요? 원이가요?'

'네. 거래처 사람들과 술 한잔하는 자리였다고 들었어요.'

'그럴 리가요. 거래처 직원 중에 원이랑 사적으로 어울려 놀 만큼 친한 사람이 없을 텐데요. 꼭 필요할 때 아니면 술자리 같은 건 즐기지도 않는 녀석이고요. 게다가 경찰서라니, 금시초문입니다.'

대화를 하면 할수록 설주는 헷갈렸다. 대체 원이 말한 것 중 어디서부터 어디까지가 진실이고 거짓인지 알 수가 없었다.

큰 소득은 얻을 수 없었던 통화에 실망감이 스쳤지만, 어쨌든 저 말고도 원을 염려하는 누군가가 존재한다는 사실은 그녀에게 큰 힘이 되었다.

'기우인가 했는데, 설주 씨가 본 것도 있고 하니 아무래도 원이한테 무슨 일이 생긴 것 같네요. 절대 제 입으로 구구절절 늘어놓을 타입 아니에요. 그러니까 당분간 원이 좀 잘 지켜봐 주세요. 혹시 무슨 일 생기면 저한테 바로 연락 주시고요.'

알겠다고 대답하면서도 설주는 부디 태경에게 전화를 걸 만한 일이 벌어지지 않기를 기도했다.

그리고 이어진 며칠 동안은 무사한 일상이 계속되었다.

그 새벽에 목격한 일이 혹 꿈은 아니었나 싶을 정도로 원은 여상했다. 여전히 잘 웃었고 다정했다. 전처럼 연락이 두절되거나 다쳐서 오는 일도 없었다.

아파트에서 함께 밤을 보냈던 날에도 그저 곤히 자고 일어나 여느 때와 같이 달콤한 모닝 키스로 하루를 시작했다. 새벽 내내 뜬눈으로 지킨 것이 무색하게 원의 핸드폰은 고요했다.

그런데 오늘, 함께 서울로 가자던 남자가 급한 일이 생겼다며 허둥지둥 자리에서 일어섰다. 그녀로서는 내용을 알 수 없는 문자를 확인한 직후였다.

안 좋은 일이냐는 물음에 그는 웃으며 고개를 저었다. 그러나 차게 얼어붙은 눈은 다른 말을 하고 있었다.

눈과 입술.

둘 중 어느 쪽을 믿어야 할지 갈팡질팡하던 설주는 원의 차가 출발하기 무섭게 택시를 잡아탔다. 요금이 얼마가 나오든 그 두 배를 지불하겠다는 말에 택시 기사는 맹렬히 원을 추격했다.

도착한 곳은 오래된 건물들이 을씨년스러운 서울 변두리의 한 동네였다.

원이 들어간 5층짜리 빌딩은 대부분의 층이 비어 있는지 창마다 '임대 문의'라는 현수막이 커다랗게 걸려 있었다. 불이 켜진 곳은 몇 되지 않았다. 그 안에서 원을 찾기란 너무나 쉬운 일이었다.

형광등이 깨진 어두컴컴한 복도. 그곳에서 설주는 숨죽인 채 귀를 기울였다.

심드렁하면서도 고압적인 목소리 하나. 겁에 질린 채 애걸하는 목소리 하나. 그리고 익숙하고도 낯선, 나지막한 원의 목소리를 향해서.

믿을 수 없고 믿고 싶지 않은 대화가 오갔다. 이따금 둔탁한 소음 뒤로 신음이 흐르기도 했다. 저주에 가까운 욕설이 터져 나오기도, 냉소가 섞이기도 했다.

그러나 그런 혼란 속에서 원의 음성만큼은 처음부터 끝까지 차분했다. 그런 기이한 침착함으로 원이 내놓으려던 해답이 무엇인지 설주는 알 수 없었다.

그리고 앞으로도 영영 알 수 없을 것이다. 제가 가로막은 대답이 무엇이었을지는.

#9

자신의 안전을 확신한 곽용태는 당장 경찰을 부르겠다며 고래고래 소리를 질러 댔다.

그는 저 살인자 새끼가 한 번으로도 모자라 또 같은 짓을 저지르려 했다고, 이번에야말로 살인 미수로 감방에 처넣겠다며 눈을 홉뜨고 대들었다.

한마디도 하지 않는 원을 대신해 태경과 팀장이 나서 사태를 수습했다.

드잡이에 가까운 한바탕의 소란 끝에 곽용태가 요구한 것은 결국 돈이었다. 원을 신고하면 저 역시 법망에서 무사하지 못할 것이라는 불보듯 뻔한 결말 대신 소기의 목적이나마 이루려는 것이었다.

어쩌면, 복잡한 건 질색이니 그냥 저한테 넘기라는 팀장의 말 때문이었을지도 모르겠다.

이 모든 과정을 관망하는 원의 두 눈은 까맣게 죽어 있었다.

참담했다. 이곳이 2층이 아니라 20층이었다면, 당장 창밖으로 뛰어 내렸을지도 모를 만큼.

밖으로 몸을 던졌을 때 추락사가 가능한 높이였다면. 그래. 차라리 죽어 버리는 게 나았을 거다. 이런 공포를 겪어 내느니…….

원은 간신히 눈동자를 움직여 바닥을 응시하는 설주를 바라보았다. 앞으로 쏟아진 머리카락에 가려 그녀의 표정을 읽을 수가 없었다.

너는 지금 어떤 얼굴을 하고 있을까. 너는 이제 어떤 눈으로 나를 바라볼까. 아니, 네 눈이 나를 향할 일이 다시 있기는 할까.

원은 차갑게 얼어붙은 손끝을 말아 손바닥에 손톱을 깊이 박아 넣었다. 입술을 열면 비명을 지를 것 같아 단 한마디도 꺼낼 수 없었다.

살인자! 살인자! 살인자!

이미 자리를 뜨고 없는 곽용태의 목소리가 메아리처럼 울렸다. 빠지고 부러진 치아 사이로 지나치게 명료하게 뱉은 그 단어를 그녀가 듣지 못했을 리 없다.

원은 손톱자국이 선명히 남은 손바닥에 얼굴을 묻었다. 기다렸다는 듯 눈가에 뜨겁게 열이 올랐다.

"집에 가자."

머리 위로 설주의 음성이 내려앉은 것은 그때였다.

고개를 들어 정면을 향한 시선 끝엔 설주의 희고 마른 손이 있었다.

"집에 가자, 원아."

운 흔적이 완연한 얼굴이었다. 검은 머리카락 뒤로 그녀가 내내 감추고 있던 것은.

그 눈물이 무슨 신호인지 알 수 없었다. 이렇게 극악무도한 남자를 사랑한 스스로에 대한 연민인지. 참혹하게 끝나 버린 연애에 대한 애도인지.

그러나 그보다 더 해석하기 어려운 것은 그녀의 손이다. 살인자에게 내밀어진, 작고 부드러운 손.

원은 연약하기 짝이 없는 설주의 손을 한참이나 응시했다. 할 수 있는 건 애초에 정해져 있었다.

"……그래. 가자."

설주의 손을 잡는 것. 그리고 그녀가 향하는 곳이 그 어디든 함께 가는 것. 그뿐이었다.

그가 숨기고 있는 것들에 대해 알았던 날은, 그러니까…… 그와 몸을 섞고 며칠이 지난 때였다.

"……처음부터 석연찮다는 생각은 했었어."

10년이 훌쩍 넘는 시간을 지나 대뜸 찾아와 첫사랑 타령을 하는 남자. 그 얼굴이 기억과 너무 다르다는 게 첫 번째 의심이었다.

꼽자면 수상함을 품을 만한 정황은 수두룩했다.

진짜 스토커처럼 그녀가 어디에 있든 알아내 찾아오는 것. 수술을 했다는 말과 달리, 바지를 걷어 올린 다리가 흉터 하나 없이 매끈했던 것. 문득 예전 얘기를 꺼내면 기억이 잘 안 난다며 두루뭉술하게 넘기는 것도.

그녀로 하여금 빨리 경계를 내려놓도록 만들었던 모든 장치가, 실은 감정보다 이성을 앞에 두고 생각해 보면 너무나 어설프고 작위적이라는 것을 몰랐다.

"아니, 모르고 싶었는지도 몰라. 무턱대고 믿고 싶었던 건지도."

위험하고 비합리적이라는 걸, 알면서도 말이야.

'……내가 죽였어.'

'내가…… 죽였어요. 내가…….'

그 무모한 믿음에 금이 가기 시작한 것은 악몽을 꾸는 남자를 목격하면서부터였다.

누군가를 죽였다는 고백을 몇 번이고 거듭해 중얼거리며 그는 밤새 사시나무처럼 몸을 떨었다.

그리고 다음 날 아침엔 간밤에 무슨 일이 있었냐는 듯 말끔한 얼굴로 빙글거리며 모닝 키스를 했다. 스스로 악몽을 꿨다는 사실조차 모르는 것 같았다.

그 미소를 망가뜨릴 용기가 없어서였을 것이다. 직접 묻지 못한 까닭은.

몇 번이나 고민한 끝에 돈 몇 푼으로 남자의 과거를 샀다. 무엇이 그를 그토록 힘들게 하는지 알고 싶다는 생각이 죄의식을 옅게 희석시켰다.

좋은 마음이라고. 도울 수 있으면 돕고 싶어서라고. 손에 쥔 작은 실마리 끝에 어떤 것이 있는지 상상도 못 한 채로 그런 자기변명을 열심히 덧붙였다.

그런데 전부 가짜였다는 이야기.

"이름도, 나이도, 사연도."

그 녹아내릴 듯한 미소도, 말도…… 전부 다.

타 죽을 작정으로 맹렬하게 달려들었는데 그 불빛이 실은 도화지 위에 그려진 것이었으면, 부나비에겐 다행스러운 일일까?

아니. 어쨌든 결과는 같을 거다. 크레파스로 그린 불빛에 부딪히고 부딪혀서, 결국 날개에 열상을 입고 떨어져 바르작거리며 죽을 거다.

그녀는 딱 그 마음으로, 그에게 계속 기만당하기를 자처했다.

"속는 건, 속아 주는 건…… 별로 어렵지 않았어."

가짜라는 것을 기꺼이 잊을 만큼 사랑스러워서 속는 것이 수월했다. 나중엔 너무나 진짜 같은 순간이 많아 잠깐이 아니라 평생도 속을 수 있을 것 같다는 생각을 했다.

하준재와의 결혼에 두 눈을 새빨갛게 물들이며 화를 냈을 때.

다시는 못 만나냐고 묻는 그의 얼굴이 꼭 울음을 터뜨릴 것처럼 유약해 보였을 때.

기분이 달다고, 간지럽게 웃으며 온 얼굴에 입술을 문댔을 때.

"아이처럼 가슴을 파고들며 버리지 말라고 말하는 네 목소리가, 너무…… 절박하게 들렸을 때."

아. 그래. 그가 영원히 그 시한부 연극을 끝내지 않길 바랐다. 파혼이라는 목적을 이룬 후에도 꿈결 같은 거짓말이 영영 지속되기를.

흥정할 수만 있으면 했을 것이다. 조금 더 나를 속여 줄래? 그럼 나는 뭐든, 뭐든…….

"거짓말."

"……."

"거짓말이야, 그렇지?"

"원아."

"알고 있었다고? 다…… 다, 알고 있었다고? 내가 얼마나 끔찍한 놈인지! 얼마나 형편없는 놈인지! 얼마나, 얼마나 더럽고, 얼마나……."

설주는 발작처럼 중얼거리는 원을 다급히 끌어안았다. 아무리 팔에 힘을 주어도 온몸을 부들부들 떠는 그의 경련을 가라앉힐 수가 없었다.

"끔찍하지 않아. 형편없지 않아. 원아. 아니야. 그렇게 생각하지 마, 제발……."

끊임없이 달랬다.

불규칙하게 들썩거리는 가슴이 제대로 호흡할 수 있을 때까지. 몇 번이고 괜찮다는 말을 반복했다.

그러나 그는 귀를 닫고, 강박적으로 고개를 끄덕거렸다.

"그랬구나. 아, 그래서. 그래서 나를……."

"원아."

"나를, 그래서…… 버렸던 거야?"

뚝뚝 끊어지는 호흡 사이로 간신히 단어를 뱉어 내는 그의 얼굴을 설주가 조심스럽게 매만졌다.

어머니 얘기를 하지 않을 수가 없었다. 그 냉혈한의 손에 송두리째 망가져 버린 한 청춘에 대한 이야기도.

아직도 생생했다. 첫 연애, 그 풋풋한 두근거림이 참극으로 끝나 가던 과정이.

그녀와 사귀었다는 이유로, 상대는 한순간에 직장을 잃었다. '너와 상관없는 일이야. 아무래도 내가 회사가 원하는 인재상이 아닌가 봐.' 그렇게 자위하던 남자가 그녀를 증오하게 되기까지는 채 3개월이 걸리지 않았다.

그는 번번이 면접에서 탈락했으며 간신히 입사한 회사에서도 하루 만에 부당하게 해고당하기 일쑤였다.

20년째 한자리에서 장사를 하던 그의 부모님은 임대인으로부터 계약 만료 통보를 받았고, 군대가 체질인 것 같다던 남동생은 어느 날부터 벌어진 지속적인 가혹 행위로 정신병을 얻고 조기 전역 했다.

더는 못 하겠다고, 남자는 그녀를 향해 원망의 말을 쏟아 냈다.

이젠 네 얼굴만 봐도 끔찍하고 소름이 돋는다고 했다. 이게 다 너 때문이라고. 처음부터 만나지 말았어야 했다고. 저와 제 가족의 인생에서 꺼져 달라고. 그리고 너 때문에 망가진 걸 다 되돌려 놓으라고.

짧은 설렘은 희생자를 여럿 남기고 쓸쓸히 죽었다. 다신 누군가를 좋아하지 않겠다고 결심했다.

"그런데 네가 왔어."

첫사랑이라는 달콤한 말과 함께.

"무서웠어. 너도 그 사람처럼 똑같이 나를 원망하고 증오하게 될까봐. 아니, 실은 그조차도 하지 않을까 봐. 너무 쉽게 나를 버릴까 봐. 그래서 네가 날 사랑한 적이 단 한 번도 없었다는 사실을 확인받게 될까 봐."

신뢰할 수 없었다. 자신의 이름조차 거짓인 남자. 그런 남자가 하는 보고 싶어, 예뻐, 좋아해 따위의 말들을 어떻게 믿을 수 있을까.

속절없이 흔들리면서도, 속수무책 빠져들면서도 그녀의 가슴 한편엔 마침내 가면을 벗어 던진 그로부터 버림받게 될 것에 대한 두려움이 늘 자리했다.

"그래서, 버려지느니 차라리 버리자. 그거였어?"

원이 이해할 수 없다는 듯 물었다.

억울하고 분했다. 어쩌면, 7년이 아니라 영원한 이별이 됐을지도 모르는데. 무모하더라도 단 한 번만 나를 믿어 줄 순 없었나. 그토록 간절히 매달렸는데.

"순수하게 널 걱정하는 마음도 컸어. 그때 네가 너무 위태로워 보여서. 겨우겨우 살아가는 게 눈에 보여서. 그나마도 가진 걸 빼앗기면, 정말 손쓸 수 없이 잘못되어 버릴 것 같아서……."

그에게는 싫어도 살아가야 할 이유 같은 것이 없었다. 가족이나 꿈 같은, 삶에 애착을 갖게 하는 것들 말이다.

현실엔 한쪽 발만 담그고 사는 것 같은 남자. 아주 작은 불행을 계기로도 와르르 무너질 것 같은 사람. 제 욕심에 망가지는 원을 볼 자신이 없었다.

"너와 헤어지면서 내가 바랐던 건 단 하나였어. 네가 네 삶을 좀더 아끼는 거. 그 사고에서, 서연수에게서 벗어나 완전히 네 인생을 사는 거."

그런 이유로, 결혼식을 앞둔 며칠 전 연수를 만난 설주는 그녀에게 제안했다.

하준재를 주겠다고.

설주는 스스로 그림자 아내가 될 것을 자처했다. 두 기업의 합작 사업이 궤도에 오르고, 하준재의 전무 승진이 확정되면 미련 없이 이혼해 주겠다는 각서를 썼다.

그리고 그 대가로 서연수가 약속해야 할 것은 원의 인생에서 완전히 사라져 주는 것이었다.

'거절해도 좋아요. 사랑하는 남자가 몇 년간 다른 여자의 남편으로 사는 걸 보는 일, 아무리 보여 주기 식의 쇼라고 해도 싫겠죠. 그러니까, 연수 씨가 그 정도 인내심을 갖기 힘들다면 내 쪽에서 파혼을 해 줄 수도 있어요. 물론 그 과정에서 연수 씨 존재가 드러나는 건 각오해야겠죠. 저도, 저희 집안도 결코 지는 싸움은 하지 않으려고 할 테니까. 그런 후에도 준재 씨와 그의 집안에서 연수 씨를 받아들일 거란 자신이 있다면…… 거절하세요, 내 제안.'

서연수에겐 선택권이 없었다. 그런 점에서 설주가 한 말은 제안이라기보단 협박에 가까웠을 것이다.

하준재를 설득하는 일은 서연수를 상대하는 것보다 훨씬 간단한 일이었다. 서연수의 존재 자체가 그의 아킬레스건이었으니까.

타고난 장사꾼인 남자가 모든 책임을 자신이 떠안아야 하는 파혼을 감당할 리 없었다.

하준재와 부부라는 이름으로 묶여 미국에서 지냈던 3년 동안, 설주가 그를 만난 건 스무 번이 될까 말까였다. 회사의 공식 행사나 집안

모임이 있을 때가 아니면 볼 일이 없는 사람이었다.

더 이상 거리낄 것이 없어진 하준재는 당연한 듯 서연수와 살림을 차렸다. 그녀의 고독과는 상관없이 적어도 그 두 사람은 행복했을 것이다.

이혼도 하기 전에 생긴 아이를 품에 안고 완벽한 가족의 모습으로 웃던 얼굴들이 뇌리를 스쳤다.

"몰랐어. 나는, 나는 정말 아무것도……."

원의 뺨을 매만지는 설주의 손끝이 젖어 들어갔다.

그토록 지독하게 파혼에 매달렸던 연수가 하루아침에 백기를 들었던 것. 평생 망령처럼 달라붙어 열여섯 살 때의 사고를 상기시킬 것 같았던 그녀가 전화 한 통을 끝으로 허무하게 사라져 버린 것.

그 모든 일이 전부 설주의 희생 때문이었다는 것을 뒤늦게 깨달은 원은 신음하듯 흐느꼈다.

고맙다는 말도, 미안하다는 말도 어느 것 하나 충분하지 않아서 원은 오히려 아무 말도 하지 못했다.

"그런데 여전히 그 일로 힘들어하고 있으면 어떻게 해. 왜 아직도 그딴 인간한테, 그 사고에 휘둘리고 있느냔 말이야."

어느새 그녀의 얼굴도 눈물로 엉망이 되어 있었다.

원은 제 꼴은 아랑곳 않고 설주의 눈물을 훔치기 바빴다. 내내 참아 왔던 것이 터진 듯 그녀는 쉽사리 울음을 그치지 못했다.

"미안해. 내가 다 잘못했어. 울지 마. 응? 다 내 잘못이야. 미안해. 미안해. 다신 안 그럴게. 그만 울어."

"뭐가 미안한지는 알고 하는 말이야?"

발갛게 짓무른 눈가를 비비며 그녀가 쏘아붙였다. 그래 봐야 코맹맹이 소리였지만, 그마저도 원에겐 충분히 위협적이었다.

"네가 그런 결혼 하게 만든 거. 너한테 안 좋은 모습 보인……."

"그런 거 말고."

따지듯 말을 끊는 설주 때문에 원은 입을 벌린 채 굳어 버렸다.

정답이 있는 질문인 게 분명했다. 틀리면 그녀가 간신히 그친 울음을 다시 터뜨릴까 봐 원은 덧없이 입술만 벙긋거렸다.

"나한테 거짓말한 거."

결국 기다리다 못한 설주가 그 대신 답을 내놓았다.

"다신 나 속이지 않겠다고 약속해. 앞으론 절대, 아무것도 숨기지 않겠다고."

곧게 편 새끼손가락과 함께였다.

원은 물기에 젖어 평소보다 더 말간 설주의 눈동자와 부러질 듯 연약한 그녀의 새끼손가락을 번갈아 바라보았다.

어쩌자고 이렇게 예쁠까. 왜 이렇게까지 사랑스러울까. 나처럼 보잘것없는 놈한텐 과분한 여자라는 생각이 들 정도로.

"그러다, 날 싫어하게 되면……."

그녀가 적당히 괜찮은 사람이었다면 이런 기분을 느낄 일은 없었을 것이다. 분수에 넘치게 너무 좋은 것을 탐내고 있는 것이 아닌가 하는 불안감 말이다.

머잖아 그녀는 알아차리게 될지 모른다. 자신은 이렇게 불완전한 남자와 함께하기엔 아까울 정도로 너무나 완벽한 사람이라는 걸.

"아직도 뭔가 대단한 비밀을 숨기고 있는 거야? 그것도 내가 널 싫어하게 될 만한?"

설주가 탓하듯 물었다.

원은 정신없이 고개를 가로저었다. 오래 생각할 겨를이 없었다. 원은 그녀의 손가락에 덥석 제 것을 걸었다.

그의 것의 반이나 될까 말까 한 가느다란 손가락이 힘 있게 구부러졌다. 절대 풀리지 않을 것처럼 단단히 얽혀 있는 두 개의 손가락을 보던 원의 팔에 불시에 힘이 들어갔다.

앗, 하는 외마디 비명과 함께 손가락이 묶인 설주의 상체가 원에게 기울었다.

벌어진 입술 사이로 그의 뜨거운 혀가 밀려 들어왔다. 키스는 갑작스러운 만큼이나 달콤했다.

이상한 일이었다. 누구의 것인지 모를 찝찔한 눈물이 밀려들어 오는데도 소금기는 전혀 느껴지지 않았다. 사각거리는 각설탕을 입에 문 것처럼, 입안이 온통 녹아내릴 것만 같다.

시금털털한 아메리카노를 마시며 연신 달다던 원의 말이 귓가에 맴돌았다.

그때, 너도 이랬을까. 심장이 어릿어릿한 두근거림을 표현할 길이 없어, 그저 달다는 말밖에 할 수가 없었던 걸까.

호흡을 나누는 것 말고는 할 일이 없는 사람들처럼 입맞춤은 한참이나 이어졌다.

입술을 차곡차곡 포개고, 도톰하게 부어오를 때까지 문지르고, 혓바늘이 일어나도록 혀를 비비는 것이 전부 사랑을 속삭이는 일이었다.

그리고 동이 틀 때쯤에야 기절하듯 잠에 빠지며 그는 낮게 물었다.

나라도 괜찮으냐고.

갈비뼈가 빠듯하도록 그를 세게 끌어안은 설주의 답은 짧았다.

너라서 괜찮은 거야.

7년 전엔 미처 말하지 못했던 진심이었다.

◇　◇　◇

흥신소 팀장에게서 예기치 않은 전화가 걸려 온 건 그로부터 며칠 후였다.

— 그놈 말입니다. 곽용태. 지금 한주 본사 빌딩 앞이라는데요.

애석하게도 춘천으로 통하는 고속도로를 달리던 중이었고, 조수석에 탄 설주가 노란 귤껍질을 까고 있던 순간이었다. 그녀가 들어선 안 될 통화란 없다는 생각에 발신인을 확인하지 않고 통화 버튼을 누른 것이 화근이었다.

원은 부리부리하게 눈을 키워 자신을 돌아보는 설주를 보며 억울하다는 듯 고개를 내저었다.

"따로 감시하란 의뢰를 한 적은 없는 걸로 아는데요."

— 뭐, 애프터서비스라고 생각하시면 됩니다. 아무래도 불안해서 제가 빠릿빠릿한 놈 하나 붙여 놨거든요. 한 일에 비해 보수를 너무 과하게 받은 면이 있잖습니까? 꼭 화장실 갔다가 뒤 안 닦고 나온 것처럼 찜찜해서 말이죠.

언뜻 들으면 의뢰인을 위하는 척 굼뜨게 말을 잇는 팀장의 속셈이란 굳이 묻지 않아도 뻔했다. 큰돈을 물어다 줄 건수를 눈앞에서 아쉽게 놓쳤으니, 이런 식으로 다시 충동질을 하려는 거였다.

운전대를 쥐고 남은 한쪽 손으로 원이 구겨진 미간을 문질렀다. 타이밍을 골라도 하필 이런 타이밍에, 하는 투정은 찰나였고 곧 걱정과 불안이 그 자리를 대신했다.

역시 그날 울고불고 머리를 바닥에 찧어 가며 사죄하던 건 단지 목숨을 구걸하기 위한 몸부림일 뿐이었구나.

용태의 가증스러운 얼굴이 떠오르자 손아귀에 잔뜩 힘이 들어갔다. 빨래를 짜듯 꽉 비틀어 쥔 핸들에서 빠드득하는 소리가 났다.

— 어떻게, 잡아 오라고 할까요?

팀장의 떠보는 듯한 음성이 스피커폰을 통해 흘러나왔다. 가속 페달을 필요 이상으로 세게 누르지 않으려 안간힘을 쓰면서 원은 입술을 깨물었다.

놈은, 그 괴물은 기어이 나를 망칠 셈인가.

조수석에 앉은 설주를 돌아보는 원의 시선은 거의 애원에 가까웠다. 그녀가 희미하게 웃으며 고개를 가로저었다.

"아니요. 됐습니다."

원이 내놓았어야 할 대답을 가로채는 그녀의 음성은 여상했다. 그의 걱정과 불안이 우스워질 정도로 담담한 어조였다.

— 아, 사장님 혼자가 아니셨던 모양입…….

"네. 유감스럽게도요. 마음 써 주신 건 감사한데, 저희는 애프터서비스 필요 없습니다. 괜한 시간 낭비, 인력 낭비 그만하시는 게 좋겠네요."

차분하게 타이르는 말 속에 숨은 가시를 눈치채지 못할 팀장이 아니었다. 실례가 많았다는 말로 통화를 마무리 짓는 그에게서 다소 허둥거리는 기색이 느껴졌다.

처음부터 끝까지 침착한 건 설주뿐이었고, 원이 말을 붙여 볼 새도 없이 핸드폰엔 통화 종료라는 글자가 떴다.

"그렇게 끊으면……."

"이렇게 안 끊으면?"

되받아치는 기세가 날카로웠다. 원이 나지막이 한숨을 내쉬었다.

곽용태가 얼마나 악착같고 비열한 사람인지 안다면 그녀가 이렇게까지 태연할 수 없으리라는 데 생각이 미쳤다.

"가만히 두면 안 돼. 절대 포기 안 할 거라고. 돈 되는 일이라면 수단과 방법을 가리지 않는 인간이야."

"잘됐네. 이번에야말로 임자 만나겠다."

"뭐?"

"끔찍하게 싫은 어머니지만, 이번만큼은 응원해 볼까 싶어. 궁금하네. 감히 당신 돈을 넘보는 하이에나를 어떤 우아한 방식으로 처리하실지."

빙글거리는 미소가 흥미진진한 스포츠 게임을 보듯 기대에 부풀어 있었다. 원의 시각에 그건 태평하다 못해 무모해 보이기까지 했다. 저 때문에 그녀가 괜한 곤욕을 치르게 될 수도 있다는 생각을 하면 원은 온몸의 피가 바싹 마르는 기분이었다.

"⋯⋯한주에서 무시하면 언론사로 갈 거야. 기삿감이랍시고 싸구려 푼돈에 너랑 내 얘길 풀어놓을 거라고."

"그럼 뭐 어때."

"그렇게 가볍게 얘기할 문제가 아냐."

"심각할 건 뭐야."

설주가 어깨를 으쓱이며 손을 뻗었다. 핸들을 하도 세게 쥐어 푸릇한 핏줄이 굵게 도드라진 원의 손등을 그녀가 주의를 주듯 가볍게 두드렸다.

"네 생각보다 사람들은 남의 일에 관심 없어, 원아."

"아니. 욕하고 비웃고 수군댈 거야. 네가 전혀 모르는 사람들이, 전혀 상관도 없는 사람들이 너에 대해 이러쿵저러쿵 입을 함부로 놀려 댈 거라고."

"상관없는데."

"설주야."

"상관없어. 진심이야. 네가 그랬잖아. 내가 전혀 모르는 사람들, 나와 전혀 상관도 없는 사람들이라고. 난 그런 사람들이 나에 대해 무슨 생각을 하는지 하나도 안 궁금해, 원아."

그녀가 퍽 단호하게 말하곤 넌지시 물었다.

"넌 다른 사람 머릿속이 궁금해? 신경 쓰여?"

"⋯⋯아니."

하지만, 누군가 네게 왜 나 같은 놈을 만나느냐고 나무란다면, 그래서 네가 흔들리기라도 한다면. 그건 단지 신경 쓰이는 정도가 아닐 거다.

원은 까맣게 가라앉은 눈으로 설주를 보았다. 타들어 가는 그의 속도 모르고 그녀가 고이 눈을 접어 웃었다.

"그럼 됐어."

그때까지만 해도 원은 설주의 자신만만함을 무모한 낙관이라고 여겼다. 팀장에게 전화해 뒤늦게라도 용태의 동태를 살펴야 하는 것은 아닌가, 하루에 수십 번 유혹에 시달렸다. 저도 모르게 뉴스나 인터넷 기사에 촉각을 세우는 날이 며칠이나 이어졌다.

그러던 중, 머잖아 기어이 그 악마의 얼굴을 TV에서 보게 되었다. 그러나 그건 원이 상상했던 방향과 한참 어긋나 있었다.

불법 도박장을 운영하다 적발되어 구속된 일당 틈에 껴 있는 곽용태를 원은 한눈에 알아보았다. 모자와 마스크로 얼굴을 가렸다 한들 모를 수가 없었다.

잔뜩 굽은 어깨, 카메라를 노려보는 독기 어린 눈동자. 틀림없는 그였다.

도박 외에 그 안에서 벌어진 마약 거래나 성매매 따위의 범법 행위들이 낱낱이 공개되며 사건은 사회적으로 큰 파장을 몰고 왔다. 거기엔 그의 전과 기록도 한몫 단단히 했다.

언론에서 떠들어 대는 곽용태의 형량은 갈수록 늘어났다. 그가 검찰 조사에서 자신은 바지사장에 불과하다며 억울함을 토로했다는 짤막한 기사는 몇 시간 지나지 않아 흔적도 없이 사라졌다.

"역시. 대단하시네, 심 이사님."

일련의 사태를 관망하던 설주의 감상은 심드렁했다. 재판은 의뭉스러울 만큼 신속했고, 법은 놀라울 정도로 가차 없었다.

원은 한때 제게 거인처럼 거대했던 남자가 수갑을 찬 채 호송되는 모습을 브라운관을 통해 지켜보았다.

15년 만에 되찾았던 사내의 자유는 그렇게 짧고 초라하게 끝이 났다.

◇ ◇ ◇

한때, 이뤄질 수 없는 것을 염원한 적이 있었다.

시나브로 그녀가 좋아졌듯이, 시나브로 그녀를 잊게 되기를.

하지만 한 번이라도 사랑이라는 걸 해 봤더라면 원은 처음부터 그런 기대 따위는 하지 않았을 것이다.

첫사랑이라, 꼬박 7년이 걸려서야 그는 깨달았다.

어떤 사람은 존재 자체를 잊는 것이 불가능하다는 것을. 세상엔 시간의 흐름과 상관없이 결코 과거 시제로 말할 수 없는 사람이 있다는 것을. 이별은 어느 한순간에 마침표를 찍듯 완성되는 것이 아니라는 사실을.

사람은 사람으로 잊는 거라고 태경이 위로한 적 있었다. 그러므로 새로운 사랑 앞엔 반드시 실연이 선행되어야 한다고 했다.

"그래서?"

"우선 실연부터 제대로 끝내고 생각해 보겠다고 했어. 아직도 매일 매일 헤어지는 중인 것 같다고."

"정말 그렇게 얘기했어?"

"어."

그러자 태경은 그랬다. 그 말이 꼭, 아직도 매일매일 연애하는 중이라는 말로 들린다고. 정신 차리라고.

"미친놈이라고 그러던데. 무드 없는 인간."

촉.

자연스럽게 입술이 붙었다가 떨어졌다. 설주가 웃음을 터뜨리며 원의 얼굴을 밀어 냈다.

"틀린 말은 아닌 것 같은데, 뭐. 7년이었잖아. 내 생각에도 그건 정말 좀 미친 것 같아."

"그러게. 어떻게 감당할래? 평생 같이 살 남자가 자타가 공인하는 미친놈인데."

그의 입술이 야금야금 귓불부터 목덜미까지 먹어 치운다. 발끝이 곱아드는 감각에 그녀는 한껏 기어들어 가는 목소리로 웅얼거렸다.

"누가 그래? 내가 평생, 으훗, 너랑…… 같이 산다고?"

가슴으로 미끄러지며 내려가던 얼굴이 번쩍 고개를 들었다. 까만 동공을 담은 눈이 커다랗게 부풀어 있었다. 뭐라도 끼워 넣으면 그대로 단단히 꽂힐 것처럼 미간에 파인 주름이 깊었다.

"무슨 말이야, 방금 그거?"

"너 나랑 결혼하려고 그랬어?"

"당연하지. 윤설주 아니면 내가 누구랑 해, 결혼을."

"그래? 몰랐는데. 음, 어쨌거나 난 아냐."

"……뭐?"

원이 침대에서 용수철처럼 몸을 튕기며 일어났다.

헐렁한 파자마 바지 한가운데를 불룩하게 밀어 올린 어떤 것을 무시한 채 설주는 능청을 떨었다.

"나한테 청혼한 적 없잖아."

"아……."

"요즘 세상에 프러포즈도 없이 결혼 허락해 주는 호락호락한 여자가 어디 있어? 완전히 날로 먹으려고?"

"아니, 아니야. 그런 게 아니라……."

"반지라도 하나 주면서 말하면 모를까."

"반지?"

귀가 쫑긋거리는 게 눈에 다 보일 정도였다. 설주는 입안 여린 살을 지그시 깨물며 애써 웃음을 삼켰다.

"잠깐만. 잠깐만 여기 꼼짝 말고 있어."

마치 포박하듯 이불을 목 끝까지 덮어 준 원이 초조하게 몸을 돌렸다.

주방을 분주하게 돌아다니는 그의 바쁜 발걸음 소리가 침실까지 새어 들어온다. 설주는 이불을 코까지 끌어 올려 숨죽인 채 웃음을 흘렸다.

탁. 탁. 탁.

찬장 서랍이 열렸다 닫히는 소리가 그의 당황한 마음을 대변하듯 점점 다급해졌다.

장난은 이쯤 하고 나가 봐야겠다. 더 하면 울지도 모르니까.

"뭐 해?"

등 뒤에서 불쑥 튀어나온 짓궂은 음성에 높게 쌓인 그릇 사이를 샅샅이 뒤지던 원이 홱 뒤돌았다. 문가에 기댄 설주가 고개를 갸웃 기울이고 있었다.

"왜 나왔어? 들어가 있으라니까."

"뭐 찾는데? 내가 도와줄까?"

"아, 나 뭐 찾는 거 아니라 그냥……."

"그래? 난 너 이거 찾는 줄 알았는데."

설주는 등 뒤로 감췄던 손을 들어 원의 앞에 활짝 펴 보였다. 그녀의 새끼손가락에 걸린 반짝이는 다이아몬드 링을 발견한 원이 놀란 눈으로 다가왔다.

"이거, 이거 어디서……."

"잘도 꽁꽁 숨겨 놨더라. 혹시 내 거 아닌데 내가 김칫국 마시는 건 아니지?"

"아니야. 네 거야. 당연히 네 거지. 네 거, 맞긴 맞는데, 근데……."

아…… 이렇게 줄 계획은 아니었는데.

원이 허탈한 듯 한숨을 뱉으며 중얼거렸다. 큰 키와 떡 벌어진 어깨, 수줍음 따윈 모를 것처럼 세련된 이목구비가 무색하게도 그의 귀는 빨갛게 익어 있었다.

원은 머쓱한 듯 뒤통수를 긁적이며 물었다.

"그런데 왜 새끼손가락에 꼈어? 혹시 작아?"

확실하게 하고 싶어서 그녀가 잠든 사이 줄자로 몰래 치수를 재기까지 했었다. 그럴 리가 없다고 생각하면서도 사이즈 문제가 아니라면 굳이 새끼손가락에 반지를 낄 이유가 뭐가 있나 싶었다.

"아니. 네 몫으로 남겨 둔 거야. 네가 끼워 줬으면 싶어서."

부끄러운 듯 빠르게 깜빡이는 속눈썹이 나비의 날갯짓 같다. 원은 설주의 눈꺼풀에 키스하고 싶은 충동을 가까스로 억누르며 그녀가 내미는 반지를 건네받았다.

"그러면…… 잠깐만 기다려 주면 안 돼? 이왕 하는 거 제대로 해야지. 지금은 반지밖에 없고, 장소도……. 조금 더 근사한 데서, 꽃 같은 걸로 예쁘게 꾸며서 해 줄게. 옷도 멋있는 걸로 입고. 잠옷 입고 프러포즈하는 정신 나간 놈이 어딨어."

"알몸으로 청혼해도 받아 줄 텐데, 뭐가 걱정이야?"

"……어?"

"나 더 기다리기 싫어, 원아."

생일이 지나고 며칠 후에 발견했으니 두 달 넘게 기다린 셈이다. 크리스마스 때 줄 생각인가 했는데, 그날의 선물도 역시 목걸이라 내심 얼마나 의아했었는지 모른다.

"……그러면."

반지를 손안에서 굴리던 그가 마침내 한 발짝 다가왔다. 딱히 보석에 욕심을 내 본 적이 없는데도, 그가 준비한 반지만큼은 하루빨리 끼고 싶어서 내내 빈 손가락이 간지러웠던 설주는 반짝반짝 눈을 빛냈다.

"대신 매일매일 청혼받는 기분으로 살게 해 줄게."

원의 오른쪽 무릎이 바닥에 닿았다. 너무 놀라 만류하는 것도 잊고 그녀는 입만 벙긋거렸다.

"그러니까, 나랑 결혼해 줄래?"

올려다보는 그의 눈엔 긴장감이 가득했다. 어쩐지 왈칵 눈물이 쏟아질 것 같아서 설주는 입술을 꾹 깨물었다.

거의 엎드려 절 받기 식으로 받아 내는 프러포즈라 덤덤할 줄 알았던 예상이 완전히 빗나갔다. 목이 꽉 멘다.

'응.' 그 짧은 대답도 할 수 없을 만큼.

"왜 대답이 없어?"

"……."

"설마. 아아, 안 돼. 알몸으로 해도 받아 준다고 했잖아. 이제 못 물러."

그가 서둘러 설주의 손을 끌어 반지를 밀어 넣었다. 이번엔 네 번째 손가락에 정확히 자리 잡은 반지를 보며 그가 고집부리는 아이처럼 막무가내로 말했다.

"결혼해. 결혼해, 나랑. 무조건 해야 해. 해 줄 때까지 조를 거야."

"……."

"결혼해. 결혼하자. 당장 하자, 우리."

덥석 허리를 끌어안고 놓지 않는다. 원하는 대답을 받아 낼 때까지 결코 떨어지지 않을 것처럼 엉겨 붙는 원에게 설주는 결국 터져 버린 눈물과 함께 입술을 열었다.

"응."

그 한 글자로 그해 원의 겨울은 봄이 되었다.

그녀와 있으면 그의 세상은 늘 현실과 멀었으므로 놀라운 일은 아니었다.

과연 누가 믿어 줄까?

"설주야."

"응?"

네가 웃으면, 겨울에도 꽃이 피는 것 같다고 하면 말이야.

"왜? 말해. 뭔데?"

"사랑한다고."

"……갑자기?"

"갑자기 아니고, 언제나."

원은 간절히 소망했다.

"언제나 그래."

계절을 헤아리는 것이 소용없는 시간과 아무도 믿어 주지 않을 세계가 영영 끝나지 않기를.

이토록, 가장 이상적으로 이상한 날에.

에필로그

"첫 번째 생일이잖아."

한파가 맹위를 떨치는 2월의 어느 날, 그가 불쑥 말했다. 아직 그의 생일이 되려면 몇 주 더 있어야 하는데도.

"그러니까, 내가 원하는 걸로 줘."

미리 그렇게 말하는 의도가 뭘까. 설주는 눈을 가늘게 뜨고 원을 응시했다.

"미완성으로 남아 있는 그림 있잖아."

"⋯⋯어?"

"그거. 마저 다 그려 줘."

그게 무려 7년 전에 그리다 만 걸 가리키는 거였다. 작업실에 그대로 두고 간 그림 중 하나였다.

막막했다. 7년이나 붓을 놓고 살았는데 갑자기 그림을 그려 달라니.

"다른 거 뭐⋯⋯."

"없어. 갖고 싶은 것도 없고, 필요한 것도 없고."

원은 완고했다. 보통은, 그녀가 조금만 곤란한 기색을 보여도 그게 뭐든 고집을 꺾던 남자였다.

별수 없이, 그녀는 알겠다고 했다.

◇　◇　◇

더 이상 그림을 그리지 않는 걸까.

처음 그런 의심을 하기 시작한 건, 설주의 다이어리를 봤던 날이었다. 그러니까, 편도염에 의한 고열로 펄펄 끓던 몸을 병원으로 옮겼던 그날이다.

7년 전엔 빈 종이만 있으면 온갖 잡다한 것을 그려 대던 여자의 다이어리에 온통 딱딱한 글씨만 있어서 설마 했다.

그리고 그다음은, 깁스 위에 그림을 그려 달라고 했을 때 싸늘히 얼어붙던 그녀의 얼굴.

그림을 왜 안 그리지? 하던 의문은 못 그리는 걸까, 로 서서히 굳어져 갔다. 재회한 이후 단 한 번도 설주가 뭔가를 그리는 걸 본 적이 없었다.

"천천히 그려."

의자에 앉아, 7년 전 그리다 만 그림의 포즈를 취하며 원은 생각했다. 엉덩이에 쥐가 나는 한이 있어도 움직이지 말아야지.

"저기, 있잖아, 원아."

"응."

"나 사실, 그림…… 되게 오랫동안 안 그렸어."

이젤 앞에 앉아서야 설주가 뒤늦게 고백했다.

"오래 걸릴지도 몰라. 완성한다고 해도…… 전보다 형편없을 거고."

"잘 그려 달라고 한 적 없는데."

"응?"

"나는 그냥, 네가 날 그려 주는 게 좋은 거야."

원이 빙그레 웃었다. 그때도 그랬다. 설주가 한번 붓을 들면 적어도 한두 시간은 꼼짝없이 한 자세로 버텨야 했다. 팔 아프고, 다리 아프고, 허리 아프고…….

그래도 그게 어찌나 좋던지.

그녀가 애정 어린 눈으로 구석구석 더듬어 오는 게. 집요하게 탐색하는 눈이 좋아서. 그녀의 관심을 독차지하는 게 좋아서.

"후."

설주가 붓을 들고 심호흡을 했다.

자신이 없었다. 처음엔 뭐라도 그릴라 치면 원만 떠오르는 게 괴로워서 그랬고, 지금은, 지금은…….

뭔가를 그린다는 행위 자체가 어색해져 버렸다. 7년 만에 마주한, 누구도 아닌 제 손끝에서 탄생한 그림들이 너무나 낯설고 생경할 만큼.

"그럼 시작할게."

그래도, 생일 선물로 제일 갖고 싶은 거라는데.

이젤에 붓이 닿았다. 7년 동안 윤곽만 희미하게 남았던 그림 위에 마침내 색을 입히기 시작했다.

"즐거워 보여."

"……응?"

"네 얼굴."

시간이 흐르는 줄도 모르고 있었다. 분명 환할 때 시작했던 것 같은데, 어느새 밖이 어둑했다.

"벌써 시간이……. 힘들었겠다. 말하지."

"재밌었어."

"재밌긴. 가만히 앉아만 있어 놓고. 괜히 나 미안할까 봐 그러는 거다 알아."

멋쩍음에 부러 툴툴거리며 붓을 내려놓았다. 한 발자국 떨어져서 본 초상화는, 다행히도 퍽 마음에 들었다.

"그릴 만했어? 나 좀 변해서."

"응? 변해?"

"변했지. 변했겠지. 아무렴 7년 전 얼굴이랑 같을까."

의자에서 일어나 다가온 원이 어깨를 감싸며 말했다.

그런가? 잘 모르겠다. 그저 여전히 잘생겼는걸. 7년 전의 밑그림 위에 채색을 하면서도 어떤 이질감도 찾아볼 수 없을 정도다.

"그러고 보니까 정말 못 느꼈어."

"뭘?"

"다른 점을 말이야. 대체 얼굴에 무슨 짓을 한 거야? 비결이 뭐지? 어째서 너 혼자만 하나도 안 늙은 건데?"

설주가 홱 몸을 돌려 장난스럽게 원의 얼굴을 주물럭거렸다. 그는 아무렇게나 망가져도 되는 찰흙처럼 설주의 손에 제 얼굴을 맡긴 채였다.

"내가 너보다 한 살 어리잖아."

"……뭐?"

그가 치사하게 놀려 댔다.

"이렇게 나온다 이거지?"

잠시 당황했던 설주가 곧 의뭉스레 웃었다.

"그러고 보니까 너 왜 누나라고 안 해? 나보다 한 살이나 어리면서 꼬박꼬박 이름 부르고 말이야."

"못 할 거 없는데."

엇.

당연히 발끈할 줄 알았는데. 이러면 내 계산과 틀린데.

설주는 주춤주춤 뒷걸음질을 쳤다. 원의 눈빛이 묘했다. 뭔가를 잘못 건드려도 한참 잘못 건드렸다.

"누나."

"원아, 저기, 그게, 내가 잘못 생각……."

"누나. 오늘은 자고 갈 거야?"

"하지 마."

"내 말에 대답부터 해야지, 누나. 자고 갈 거냐고."

킬킬거리며 옆구리를 파고든 손이 가슴을 쥐었다. 귀를 막고 도망 다니던 설주는 침대 위에 풀썩 쓰러졌다.

그 위로 원이 몸을 포갰다. 체중을 실어 설주의 허벅지를 벌리는 건 식은 죽 먹기보다 쉬웠다.

"말만 누나지. 이렇게 막돼먹은 연하가 어딨어?"

"여기."

"앗, 하지 마. 아침에도 했잖아!"

티셔츠와 브래지어가 한꺼번에 위로 올라갔다. 몸을 버둥거렸지만, 원의 입술이 가슴을 먹어 치우는 걸 도저히 막을 수 없었다.

"아흐."

양쪽을 골고루 빤 후에, 반쯤 정신을 놓게 만들고 그가 번들거리는 입술로 천연히 말했다.

"누나. 나 오늘은 콘돔 안 하면 안 돼?"

"그, 그놈의 누나 소리만 안 하겠다고 하면."

그는 입에 지퍼 잠그는 시늉을 했다.

설주는 마지막으로 그와 몸을 섞은 지 열두 시간도 채 되지 않아 또 다시 원의 아래에서 정신없이 흔들렸다.

"비결이 뭐냐고 물었지."

좁은 내벽 안에 제 흔적을 가득 뿌린 남자가 귓불을 물고 말했다.

"나한텐 시간이 안 갔어."

언제나, 마음이 그랬거든. 그렇게 버려지고도 네가 좋았거든. 너만 좋았거든. 7년 내내.

"그래서 앞으로도 평생 안 늙을지 몰라."

똑같을 거야. 7년 전처럼. 지금처럼. 앞으로도.

키득거리며 진심 반, 장난 반 섞인 말을 중얼거리는 원을 그림 속의 남자가 물끄러미 쳐다보았다.

걱정했던 것과 다르게 아름다운 그림이다. 물론, 그녀가 오물을 그려 놓는다고 해도 역시 그의 눈엔 황홀할 테지만.

"선물 고마워."

"……생일 축하해, 원아."

스스로를 괴롭히려고 만들었던 생일이다. 평생 죄를 기억하려고 채운 족쇄다. 누구에게도 축하받아선 안 되는 날이었는데…….

태어나길 잘했다는 생각이 들었다. 너를 만나서. 너를 알게 되어서.

생일 축하한다, 선우원.

말없이 속으로 읊어 보았다. 태어나 처음으로 스스로에게 건네는 축복이었다.

— *Fin*

이상 기후

초판 1쇄 찍음 2019년 2월 8일
초판 1쇄 펴냄 2019년 2월 15일

지은이 | 이다림
펴낸이 | 정 필
펴낸곳 | **(주)뿔미디어**

기획 · 편집 | 이영은, 심은지, 박지희
표지 디자인 | 우 물

출판등록 | 2002년 9월 11일 (제1081-1-132호)
주소 | 경기도 부천시 원미구 소향로 17, 303(두성프라자)
전화 | 032)651-6513 / 팩스 | 032)651-6094
E-mail | dahyangs@naver.com
블로그 | http://blog.naver.com/dahyangs
비북스 | http://b-books.co.kr

값 10,000원

ISBN 979-11-315-9570-1 03810

www.b-books.co.kr

www.b-books.co.kr